Il y a en toi beaucoup
plus que ce que
tu connais.

IDHUN

La Résistance

Laura Gallego García

Traduit de l'espagnol par Marie-José Lamorlette

bayard jeunesse

L'éditeur tient à remercier Isabelle Gugnon
pour sa précieuse collaboration

www.idhun.fr

Ouvrage publié originellement par Ediciones SM
sous le titre *Memorias de Idhún, La Resistencia*

18, rue Barbès 92128 Montrouge Cedex
ISBN : 978-2-7470-2277-4
Dépôt légal : avril 2010

Loi n° 49-956 sur les publications destinées à la jeunesse

Pour Andrès,
le premier qui a osé franchir la Porte avec moi,
et qui a écouté cette histoire sous la lumière
des trois lunes.

Quoi qu'elle fasse, toute personne sur Terre
joue toujours le rôle principal de l'Histoire
du monde. Et, normalement, elle n'en sait rien.

Paulo Coelho, *L'alchimiste*

Première partie

La Résistance

1
JACK

C'était la fin du mois de mai. Cet après-midi-là, un garçon de treize ans suivait à bicyclette une route départementale bordée de hauts sapins. Il rentrait chez lui, dans une ferme située près d'un petit bois.

Le garçon, qui s'appelait Jack, vivait là depuis quelques années avec ses parents, dans les environs de la petite ville danoise de Silkeborg. Et chaque jour après la classe, quand le temps le permettait, il faisait le trajet à vélo. En plus de le défouler, la promenade le détendait et chassait de son esprit toute autre préoccupation.

Mais, ce soir-là, c'était différent.

Jack avait eu toute la journée un étrange pressentiment au sujet de ses parents ; une crainte indéfinissable qui l'avait incité à téléphoner chez lui à midi pour s'assurer qu'ils allaient bien, que tout était en ordre. Cependant, quand il était sorti du collège, ce mauvais pressentiment était revenu le tourmenter avec plus de force. Sans motif apparent, il avait l'impression que sa famille était en danger. Et il avait beau se dire que c'était absurde, qu'il n'avait aucune raison de s'inquiéter, il était incapable de penser à autre chose et voulait vite rentrer chez lui pour vérifier si rien n'allait de travers.

Quand il arriva enfin à la ferme, son cœur était prêt à éclater après l'effort qu'il avait fourni. Il jeta son vélo près de l'auvent sans se soucier de le ranger et courut vers l'entrée.

Il s'arrêta net, le pouls battant. Joker, son chien, n'était pas venu l'accueillir comme d'habitude. On n'entendait pas non plus ses jappements à l'intérieur de la maison. « Il a dû aller dans le bois », se dit Jack pour se rassurer.

Puis, n'y tenant plus, il courut vers la porte. Elle était entrouverte, il s'avança et resta pétrifié.

En apparence, tout était normal. Le salon était éclairé et l'on entendait le murmure du téléviseur.

Mais une atmosphère étrange régnait dans la maison.

Jack pénétra dans le salon d'un pas mal assuré. Son père était assis sur le canapé, face au téléviseur, et lui tournait le dos. Il pouvait voir sa tête dépasser du dossier.

– Papa...

Pas de réponse. La télévision diffusait une émission stupide où des gens imitaient des chanteurs célèbres, et Jack se raccrocha désespérément à l'idée qu'il était logique que son père se soit endormi.

Il contourna le canapé et, après un bref instant d'hésitation, regarda son père en face.

Celui-ci était immobile, blafard. Ses yeux grands ouverts fixaient le vide. Il n'y avait pas de trace de sang ni de violence sur son corps.

Pourtant Jack sut qu'il était mort.

Quelque chose frappa brutalement sa conscience. L'espace d'un instant, tout comme son cœur, le temps parut s'arrêter ; mais, presque aussitôt, le monde vacilla autour de lui et se mit à tourner à une vitesse folle. Le jeune garçon se pencha sur son père et le secoua plusieurs fois, pour le faire réagir. Il savait au fond de lui-même que c'était inutile, mais il ne voulait pas se résigner.

– Papa ! Papa, s'il te plaît, réveille-toi...

Sa voix se brisa en un sanglot terrifié. Il pensa alors qu'il n'était peut-être pas trop tard, qu'il devait appeler une ambulance et que peut-être… Il courut jusqu'au téléphone et décrocha, mais il n'y avait pas de tonalité.

Il reposa le combiné dans un mouvement de rage et de désespoir ; il essuya ses larmes avec la manche de son pull, fit volte-face et se précipita dans l'escalier.

– Maman ! hurla-t-il. Maman, descends tout de suite, avec ton portable !

Il trébucha sur une marche et tomba, se cogna les genoux, mais cela ne l'arrêta pas. Il se releva et se remit à monter l'escalier quatre à quatre.

– Maman !

Mais il se tut lorsqu'il aperçut quelqu'un au fond du couloir. Quelqu'un qui n'était pas sa mère. Il se figea, déconcerté. L'inconnu et lui se dévisagèrent un moment.

Il s'agissait d'un homme aux yeux noisette et aux traits délicats, arborant une expression dure et légèrement moqueuse. Il avait les cheveux sombres et frisés et portait une sorte de tunique qui lui arrivait aux pieds.

– Qui… qui êtes-vous ? murmura Jack, les yeux pleins de larmes.

Puis quelque chose attira son attention. Sur le parquet, aux pieds de l'étranger, se trouvait une masse inerte. Jack sentit ses jambes se dérober sous lui ; il dut s'appuyer au mur pour ne pas tomber.

Le corps qui gisait sur le sol était celui de sa mère. Elle était pâle, la tête tournée vers lui, les yeux ouverts.

Le sang de Jack se glaça dans ses veines. Non ! Ce n'était pas possible…

Cependant il n'y avait aucun doute. Le regard de sa mère était vide, inexpressif.

Ses yeux étaient morts.

– Maman ! cria-t-il, saisi d'horreur.

Il s'élança vers elle sans accorder la moindre importance à la présence de l'homme aux cheveux noirs.

Tout se passa alors très vite. L'inconnu cria quelques mots dans une langue que Jack ne comprenait pas (mais qui, soudain, lui parut étrangement familière) et le garçon reçut un choc violent à la poitrine, qui lui coupa le souffle et le projeta en arrière.

Jack heurta le mur et secoua la tête, étourdi. Il avait du mal à respirer. Il n'avait aucune idée de ce qui l'avait percuté avec une telle puissance ; il était hors de portée de l'individu en tunique quand cette attaque brutale l'avait envoyé contre le mur.

Toutefois, l'horreur de la situation le ramena vite à la réalité.

Il s'avisa soudain que cet étrange personnage était sans doute le meurtrier de ses parents, et une partie de lui, une partie enfouie qui ne se réveillait que de temps en temps, mais qu'il connaissait bien, hurla sa douleur, sa colère et sa soif de vengeance.

Sa raison, en revanche, lui disait que le plus prudent était de faire demi-tour, de fuir à toutes jambes et de prévenir la police...

Heureusement, il parvint à dominer sa fureur et à retrouver son bon sens. Il se remit debout d'un bond, et, prenant son adversaire de court, se précipita dans l'escalier. Il entendit l'homme crier derrière lui, mais ne s'arrêta pas. Il descendit en trombe ; dans sa hâte, il trébucha de nouveau et tomba, roulant jusque dans le salon.

Il allait se relever quand il sentit une présence glacée dans son dos. Il frissonna malgré lui et se tourna lentement...

Près de lui se tenait un garçon un peu plus âgé que lui, vêtu de noir. Il était mince mais musclé, avec des traits doux et des cheveux châtain clair, très fins et lisses, qui encadraient son visage. Ses yeux bleus se rivèrent sur Jack et le scrutèrent.

C'était la première fois qu'ils se rencontraient, Jack en était sûr, mais, curieusement, il ne put s'empêcher de ressentir une répulsion subite à l'égard de l'inconnu. Des frissons le parcoururent.

Lorsqu'il croisa son regard, il éprouva une sensation étrange, une sorte de secousse, comme si quelque chose s'était introduit en lui et explorait ses pensées les plus secrètes, ses sentiments les plus intimes.

Et ce n'était pas tout.

Il faisait froid.

Jack resta paralysé, fasciné par le regard du jeune garçon en noir.

« Je te cherchais », dit une voix dans son esprit.

À cet instant, Jack comprit qu'il allait mourir d'une manière ou d'une autre, comme la mouche prise dans une toile d'araignée ou le rat paralysé par le regard d'un serpent.

C'est alors qu'il fut violemment empoigné et poussé sur le côté, à bonne distance du garçon en noir. Il tomba à la renverse sur le tapis, secoua la tête et se retourna pour voir qui l'avait ainsi arraché à l'emprise de la mort.

Son sauveur était un jeune homme d'une vingtaine d'années, grand et musclé, aux courts cheveux châtains et à l'expression grave et sévère. Il avait surgi du néant, s'interposant entre Jack et l'adolescent qui le menaçait. Quelque chose en lui imposait le respect, malgré ses étranges vêtements. Le garçon en noir l'observa d'un air impassible, mais parut se mettre sur ses gardes. Puis tout se passa très vite : sous les yeux stupéfaits de Jack, le nouveau venu tira une épée de sa ceinture et la brandit devant son adversaire. Le garçon en noir sembla accepter le défi, car il tira la sienne d'un fourreau accroché dans son dos et para le coup de son attaquant avec une rapidité et une agilité presque surhumaines. Jack, terrorisé, observa les deux inconnus entamer un duel dans son salon. Ils renversèrent la table, déchirèrent les rideaux, détruisirent le téléviseur d'une estocade. Impuissant, Jack assistait au combat sans oser bouger. Le jeune homme qui l'avait sauvé se déplaçait avec assurance et sérénité, et les coups qu'il portait étaient les plus forts ; cependant, le garçon en noir était plus rapide, plus agile et silencieux, plus dangereux aussi. Jack se rendit compte que, chaque fois que les deux épées se croisaient, une sorte de scintillement surnaturel jaillissait de leur tranchant.

Tout cela ne pouvait pas être vrai, il faisait un cauchemar... Jack voulut crier, mais quelqu'un le tira en arrière et lui couvrit la bouche.

Il se sentit mal. Son premier réflexe fut d'essayer de se libérer, mais il n'y parvint pas. Il se tourna tant bien que mal et vit que son assaillant était un jeune homme mince âgé de dix-huit ou dix-neuf ans, aux cheveux noirs, aux grands yeux sombres, aux traits agréables et au visage sérieux. Jack tenta encore de se dégager, en vain. Le jeune homme le fixa et lui fit signe de ne pas insister ; Jack comprit que c'était un ami, qui se trouvait là pour l'aider. Il lui saisit les mains avec désespoir.

– S'il vous plaît, sanglota-t-il, s'il vous plaît, aidez-moi... Mes parents...

Son sauveur hocha la tête et s'adressa à lui dans une langue inconnue. Jack pivota pour désigner le canapé où gisait le corps de son père, puis détourna brusquement son visage, parce qu'il ne supportait pas cette scène.

Pendant ce temps, les deux autres jeunes gens poursuivaient leur duel et l'individu en tunique, probablement l'assassin des parents de Jack, venait d'apparaître en haut de l'escalier. Le jeune homme qui retenait Jack s'en aperçut. Il cria quelque chose à son compagnon, qui acquiesça en revenant vers lui. Le garçon en noir le suivit d'un bond et abattit son épée sur eux, juste au moment où le premier des jeunes gens attrapait le bras de son ami.

Jack sentit qu'on lui serrait les poignets, et la dernière chose qu'il aperçut avant que tout se mette à tanguer autour de lui fut une paire d'yeux bleus glacés.

*

Jack poussa un cri et se réveilla en sursaut. Il s'assit dans son lit, la respiration hachée, sentant dans sa poitrine les battements affolés de son cœur.

« Ce n'était qu'un mauvais rêve », pensa-t-il, irrité.

Mais il tremblait. Lui qui détestait les serpents, il avait rêvé d'un énorme reptile, terrifiant, qui se dressait sous un ciel étrange, couleur de sang. Un ciel dans lequel six astres émettaient une lueur aveuglante.

Il essaya de se calmer. Il frissonnait et une angoisse bizarre l'étreignait comme un étau de glace. Il respira à fond. « Ce n'était qu'un cauchemar », se dit-il encore. Pourtant, ce n'était pas la première fois qu'il rêvait de cette scène et il se demanda s'il ne l'avait pas déjà vue dans un film de science-fiction. Si c'était le cas, il ne s'en souvenait pas.

Puis il se rappela qu'avant de rêver du serpent géant, il avait fait un songe beaucoup plus effrayant ; il n'en avait qu'un vague souvenir, mais il savait que ce rêve concernait ses parents et qu'il n'avait aucune envie d'y penser davantage.

Il passa une main dans ses cheveux blonds ébouriffés et jeta un coup d'œil sur sa droite, cherchant du regard les chiffres phosphorescents de son réveil.

Alors il se figea.

Il n'était pas dans sa chambre. Il se trouvait dans un lit qui n'était pas le sien, dans une pièce inconnue, un endroit étranger. Et cette pièce était bizarre : elle n'avait pas de coins, mais des murs arrondis, comme un igloo géant. Une fenêtre également ronde donnait sur une claire nuit étoilée où se mouvaient les formes sombres des arbres. Ce paysage ne lui était pas familier.

Jack battit des cils, l'esprit confus. Où diable se trouvait-il ? Que se passait-il ?

Il se leva d'un bond, repoussant des draps incroyablement doux, et chercha un interrupteur, en vain. Il attendit que ses yeux s'habituent à l'obscurité pour regarder autour de lui.

Cette chambre possédait pour tout mobilier une chaise et une table à la forme étrange, une armoire du même style et un meuble à mi-chemin entre une commode et des étagères. En revanche, elle comportait deux portes.

L'une, entrouverte, paraissait donner sur un placard. Jack ouvrit l'autre en tirant sur une poignée d'un curieux métal bleu-vert, et se glissa dehors.

Il se retrouva dans un couloir au plafond voûté, semblable à un tunnel, qui s'incurvait doucement vers la droite, sans angle. Ce couloir était éclairé par des appliques munies d'ampoules électriques tout à fait normales. Jack inspira profondément, pris d'un malaise. Quelle était cette folie ?

Le jeune garçon avança avec précaution, s'efforçant de ne pas faire de bruit quand... il heurta quelqu'un. Il sursauta. Il s'agissait d'un jeune homme brun, mince à l'air sérieux, qu'il avait déjà vu dans... son salon. C'était lui qui l'avait retenu pendant que les deux autres étrangers se battaient à l'épée.

Et, soudain, tout lui revint à l'esprit: le trajet à bicyclette jusqu'à la ferme, l'homme en tunique, le duel entre son agresseur et son sauveur, ces yeux bleus inhumains, ses parents morts...

Ses parents, morts.

Non, il n'avait pas rêvé. Tout cela s'était vraiment produit.

Jack étouffa un cri de désespoir et, sans réfléchir, se précipita sur le jeune homme pour le frapper. Il le prit par surprise et tous deux tombèrent à terre. Le jeune homme poussa une exclamation dans sa langue bizarre, mais Jack ne tenait pas en place, cognant tant qu'il pouvait. Tout à coup, des mains de fer s'emparèrent de ses poignets et une voix sereine, tranquille et posée, prononça des mots qu'il ne comprit pas. Jack tenta de se dégager, sans y parvenir. Sentant qu'on le tirait en arrière pour le séparer de son adversaire, il résista. Fou de rage, il chercha à voir qui l'avait attrapé et découvrit le jeune homme qui s'était battu chez lui contre le garçon aux yeux bleus. Il était robuste, avec des bras musclés, et Jack se rendit compte qu'il n'avait aucune chance, même s'il résistait de toutes ses forces.

Finalement, épuisé, Jack se rendit. Il était vaincu.

Il se laissa tomber, tremblant, et fut pris de sanglots irrépressibles.

Le jeune homme brun qu'il venait d'attaquer se pencha alors sur lui pour lui parler. Jack détourna le visage, à la fois en colère et anxieux. Il avait eu le temps de voir à travers ses larmes que l'autre l'observait d'un air inquiet. Il prononça encore quelques mots et, cette fois, Jack le regarda. Cela ressemblait à du danois, pourtant il ne comprenait pas. Le jeune homme s'en aperçut; il fronça les sourcils, pensif, et fit un nouvel essai.

Cette fois, Jack le comprit.

– Oui, je parle anglais, marmonna-t-il.

Ses propres paroles lui parurent étranges. Il déglutit pour s'éclaircir la voix. Comme il ne pouvait se servir de ses mains, toujours prisonnières, il inclina la tête pour se frotter le visage contre sa manche afin de sécher ses larmes.

Le second jeune homme le regarda et son camarade reprit en hésitant, avec un accent bizarre :

– Bon. En fait, je ne maîtrise pas très bien l'anglais ; j'ai eu peu de temps pour l'apprendre. Mais je crois que nous nous comprendrons.

Jack acquiesça, déçu. Il parlait l'anglais aussi couramment que le danois, car son père était britannique. Cette pensée fit ressurgir celui-ci dans sa mémoire, assis sur le canapé, mort, et Jack ferma les yeux pour réprimer ses sanglots. Il essaya de se persuader que tout cela n'était qu'un cauchemar.

– Je sais que ce n'est pas le moment idéal pour discuter, poursuivit le jeune homme. Je veux juste que tu saches qu'ici, quoi qu'il advienne, tu seras en sécurité.

– En sécurité ! répéta Jack avec amertume. Après ce que vous avez fait à mes parents !

– Nous t'avons sauvé la vie, rectifia son interlocuteur. Si nous étions arrivés à temps, nous aurions peut-être aussi pu sauver tes parents. Mais nos ennemis nous ont pris de vitesse, une fois de plus.

L'expression de fureur et de dépit qui passa sur son visage incita Jack à le croire.

– Mes parents..., répéta-t-il, obnubilé par cette pensée.

Il essaya mentalement de recomposer le puzzle des évènements. La scène à laquelle il avait assisté chez lui avait opposé deux groupes distincts. Deux personnes, l'homme en tunique et le garçon vêtu de noir, avaient tué ses parents et l'auraient probablement tué dans la foulée sans l'intervention des deux jeunes gens avec qui il parlait. Ceux-ci lui avaient donc sauvé la vie. Mais pourquoi, et qui étaient ces gens ? Et qu'est-ce que ses parents avaient à voir avec cette histoire ?

– Pourquoi ? murmura-t-il, bouleversé. Pourquoi eux ?

Cette fois, il ne put retenir une larme qui roula sur sa joue. Il baissa brusquement la tête pour qu'ils ne le voient pas pleurer.

Le premier jeune homme s'adressa à lui avec compassion.

– Je suis sincèrement désolé. La seule chose que je peux te promettre, c'est que nous te protégerons et que nous continuerons à lutter pour qu'il n'y ait pas d'autres morts.

– D'autres morts ? répéta Jack, désorienté.

L'autre soupira.

– Mieux vaut éviter de te mêler à cela. Moins tu en sauras, plus tu seras en sécurité.

Jack se révolta.

– Non ! cria-t-il. J'ai besoin de comprendre ce qui s'est passé ! Vous m'entendez ? Et je veux rentrer chez moi ! Qui êtes-vous ? Où m'avez-vous conduit ?

– Dans un endroit sûr, insista le premier jeune homme. Quant à savoir qui nous sommes, je ne peux te dire que nos prénoms : je m'appelle Shail et voici mon ami Alsan. Il ne parle pas anglais, ni français, ni aucune autre langue à part la nôtre, ajouta-t-il en poussant un soupir résigné.

Jack se tourna à demi vers Alsan qui, impassible, lui tenait toujours les poignets. Shail haussa les épaules et s'adressa à lui dans son étrange idiome. Alsan lâcha Jack, qui frotta ses articulations endolories.

– Je m'appelle Jack, murmura-t-il.

Puis, trop épuisé pour rester debout, il se laissa tomber sur le sol et demeura là, assis par terre, recroquevillé, le menton sur la poitrine, tremblant de peur, de douleur, d'angoisse et d'impuissance... Les sentiments qui se mêlaient dans son esprit étaient si divers que, pendant un moment, il eut l'impression de se trouver au cœur d'un cyclone.

Shail se redressa et lui tendit une main pour l'aider à se relever. Jack le regarda, éberlué, contenant ses larmes.

– Nous voulons t'aider, dit Shail, très sérieux.

Jack hésita, puis se résolut à accepter sa main et se releva. Avec méfiance, il se tourna vers Alsan. Le visage du jeune homme paraissait toujours de pierre, mais il y avait dans ses yeux de la sympathie et de la pitié. Jack chancela.

– Tu n'es pas seul, dit doucement Shail.

Jack sentit que tout vacillait autour de lui. Ses jambes flageolaient comme si elles étaient en gélatine. C'est à peine s'il nota qu'Alsan le soutenait pour l'empêcher de s'effondrer.

Il eut vaguement conscience qu'ils l'emmenaient dans une pièce plus spacieuse et l'asseyaient dans un fauteuil. Quand son vertige cessa et qu'il reprit connaissance, il constata qu'il se trouvait dans un salon meublé dans le style de la chambre où il s'était réveillé, et équipé d'éléments qui paraissaient déplacés dans un tel lieu : des lampes, une chaîne hi-fi, un ordinateur...

– Bienvenue dans notre centre d'opérations ! déclara Shail.

Arraché à sa torpeur, Jack sursauta et fit volte-face. Le jeune homme, appuyé au chambranle de la porte, lui souriait aimablement. Dans sa chemise blanche et son jean, il avait l'allure d'un garçon normal. Pourtant, quelque chose en lui le rendait différent. Jack chercha Alsan du regard, mais découvrit qu'il était parti.

– Tu t'es évanoui, reprit Shail. Tu es très faible, il faut que tu manges quelque chose. Tu n'as pas faim ?

Jack fit non de la tête.

– J'ai l'estomac retourné.

– Ça ne m'étonne pas, commenta Shail d'un ton grave. Tu as vécu une expérience très pénible.

Jack, réprimant une grimace de douleur, fixa durement Shail.

– J'ai besoin de savoir, déclara-t-il.

Le jeune homme le considéra d'un air songeur.

– Bien, lâcha-t-il en s'asseyant près de lui. Je vais essayer de t'expliquer certaines choses. Je suppose que tu veux savoir qui est entré chez toi l'autre soir, et pourquoi.

Jack acquiesça.

– C'est long à expliquer. Disons que ces hommes cherchent... des gens très particuliers. Des gens qui se sont échappés... d'un certain endroit. De l'endroit d'où ils viennent.

Il scruta le visage de Jack, dans l'attente d'une réaction qui ne vint pas.

– Je... je ne comprends pas, balbutia le jeune garçon.

Shail fronça les sourcils.

– Vraiment, tu ne sais rien ? Tu ignores d'où venaient tes parents ?

– Mon père était anglais et ma mère danoise. C'est ce que tu veux dire ?

Shail se caressa le menton, perplexe.

– Comme c'est étonnant..., murmura-t-il. Tu ne parles pas l'idhunaïque et tu ne sais pas pourquoi on vous a attaqués. J'ai du mal à croire que tes parents ne t'aient rien dit... pourtant... Non, ce n'est pas possible. Ils ne commettent jamais d'erreurs.

Jack perdit patience.

– S'il te plaît, raconte-moi tout. J'ai *besoin* de savoir ce qui s'est passé. Tu ne comprends donc pas ?

– C'est bon, c'est bon. Tu te souviens du garçon en noir ?

Jack frissonna malgré lui. « Je te cherchais », susurra de nouveau la voix dans un recoin de sa mémoire.

– Je vois que oui, commenta Shail. Bien. Il... il se nomme Kirtash, et c'est un assassin. Un assassin spécial : froid, implacable et... très puissant.

– Puissant comment ? demanda Jack en frissonnant à nouveau.

– Je ne peux pas te l'expliquer, mais je suis sûr que tu l'as senti. L'autre, le ma... je veux dire l'homme en tunique, s'appelle Elrion et l'accompagne depuis peu, ce qui est étrange, car Kirtash agit toujours seul. Néanmoins, je crois que c'est Elrion qui a...

Il se tut.

– Qui a attaqué mes parents ? acheva Jack à voix basse.

Il avait un nœud dans la gorge et avala sa salive en tâchant de refouler ses larmes.

Shail acquiesça, l'air peiné.

– Mais qui a voulu...

La voix de Jack se brisa ; il fit son possible pour formuler sa question, mais ne parvint qu'à bredouiller :

– Et pourquoi ?

Shail soupira.

– L'endroit d'où nous venons, Jack, est gouverné par des individus qui détestent qu'on se rebelle contre eux. C'est pour cela qu'ils emploient Kirtash. Il parcourt le monde à la recherche de gens comme nous... des exilés... des gens qui se sont échappés jusqu'ici. Il les cherche, il les trouve... et il les tue.

Jack prit une longue inspiration. Il s'imagina un pays opprimé par des dictateurs qui le dirigeaient d'une main de fer.

– Mais mes parents... ne venaient pas de cet endroit, objecta-t-il. Ils me l'auraient dit !

– Oui et non..., Jack. Si tu as raison, Kirtash et les siens se sont trompés de cible, mais je trouverais cela très étrange, car ils ne se trompent jamais.

Jack garda le silence. Il avait du mal à assimiler toutes ces informations.

– Nous sommes... des rebelles, poursuivit Shail. Ou des traîtres, comme ils disent. Alsan et moi, nous sommes venus ici pour accomplir une mission, et nous nous heurtons à Kirtash. Nous essayons de l'empêcher de continuer à assassiner les nôtres, mais il nous prend toujours de vitesse et...

Cette fois, ce fut au tour de Shail de frissonner.

– Nous ne pouvons lutter contre lui. Nous n'avons pas assez de moyens.

– Quoi ? Je ne comprends pas, dit Jack. C'est un garçon à peine plus âgé que moi, peut-être un an ou deux tout au plus, mais ce n'est qu'un adolescent, et s'il est seul...

Shail lui jeta un regard indéchiffrable.

– Kirtash n'est pas ce qu'il paraît. D'après ce que nous savons, il n'a que quinze ans, mais il a assassiné un nombre incalculable de personnes depuis qu'il est ici.

– Enfin, c'est impossible. C'est... absurde.

– Absurde ou pas, c'est la vérité. Crois-moi, personne n'est sorti vivant d'un affrontement avec lui. Personne.

Jack eut l'impression que Shail tremblait. Ce n'était pas bon signe. Soudain, il se rappela quelque chose.

– Nous lui avons pourtant échappé ! s'exclama-t-il en fronçant les sourcils. Kirtash avait une épée, il allait... Et je me suis évanoui, puis je me suis retrouvé ici.

Shail eut l'air mal à l'aise.

– Nous nous sommes échappés sans l'affronter. Alsan n'aurait pas pu tenir longtemps, alors... nous avons préféré fuir.

– Comment ?

– Il nous aurait tués, poursuivit Shail, éludant la question. Il a été entraîné pour être le meilleur et le plus implacable assassin qu'on ait jamais vu. Il est rapide, mortel, venimeux comme un scorpion. Et très discret. Il ne laisse jamais aucune trace de son passage. Il est comme l'ombre de la mort. Une sorte d'ange exterminateur.

Jack inspira avec difficulté. De nouveau, la tête lui tournait.

– Je dois rentrer chez moi, bredouilla-t-il.

– Non. Si tu rentres, Kirtash te trouvera et t'éliminera. Il n'aime pas faire les choses à moitié. Ici, tu seras en sécurité.

Jack le regarda dans les yeux.

– En sécurité ? répéta-t-il. Mais je ne sais même pas où je suis. C'est un lieu tellement étrange, ici...

Shail esquissa un demi-sourire.

– Cet endroit s'appelle Limbhad. Il a été créé par nos ancêtres il y a très, très longtemps. Kirtash et les siens ne le connaissent pas. C'est un refuge secret.

– Et comment es-tu sûr qu'ils ne vous trouveront pas ?

Shail se leva, le visage sérieux.

– Nous avons nos moyens. Nous ne sommes pas aussi démunis que nous en avons l'air. C'est juste que...

Il hésita avant d'achever à voix basse :

– C'est juste que Kirtash nous dépasse tous. J'aimerais savoir qui il est réellement, ajouta-t-il, comme pour lui-même.

Jack s'appuya au dossier de son siège, un fauteuil confortable, et ferma les paupières.

– Tu es très pâle, constata Shail. Il faut que tu reprennes des forces.

Mais Jack n'en avait pas fini.

– À supposer que mes parents se soient enfuis de quelque part, reprit-il lentement, de quel endroit s'agit-il ?

Shail ne répondit pas. Il continua à l'observer, hésitant.

– De quel endroit se sont-ils échappés ? insista Jack.

– D'un monde nommé Idhun, confessa enfin Shail, dans un murmure.

Jack le fixa, perplexe.

– Je n'ai jamais entendu ce nom.

Shail se tut. Il se détourna et sortit de la pièce sans rien ajouter. Jack se leva pour l'arrêter, mais ses jambes refusèrent de le porter. Lorsqu'il put enfin gagner le couloir en chancelant, Shail n'était plus là.

Jack resta un moment immobile. Puis, lentement, il se laissa glisser à terre et s'assit, dos au mur. Il entoura ses genoux de ses bras, posa la tête dessus et, recroquevillé, il se remit à pleurer, sans bruit.

Il était très fatigué. Sa peur et sa tension semblaient s'être évanouies, remplacées par de la tristesse et un profond abattement. Il se demandait si Shail avait dit la vérité et s'il était vraiment en lieu sûr. Cependant, le spectacle de la nuit paisible et étoilée qu'il apercevait par la fenêtre le calma peu à peu. Un havre de paix et de tranquillité. Il ferma les yeux pour se reposer, mais son cœur continuait à saigner. En quelques heures à peine, toute sa vie s'était écroulée. Ses parents étaient morts pour une raison inexplicable, et on le retenait dans un endroit inconnu sans qu'il sache pourquoi. Quant à ces deux étranges individus qui avaient fait irruption chez lui, Alsan et Shail...

L'instant précis où tout avait basculé lui revint à l'esprit. L'homme en tunique, Elrion, avait tué ses parents... ou alors, c'était l'autre, celui que Shail avait appelé Kirtash, le garçon aux yeux bleus.

Il eut un frisson et se rendit compte qu'il avait froid.

D'un geste brusque, il secoua la tête. Il ne reverrait plus jamais ses parents vivants et cette idée lui était insupportable. Il était désormais orphelin. Tout s'était passé si vite...

Comment y croire ?

L'espace d'un instant, il eut envie de se laisser emporter par la douleur, de fermer les yeux et de dormir, de dormir pour toujours et de ne jamais se réveiller, pour ne pas avoir à affronter la peur et le chagrin. Cette vague de sentiments l'entraîna et manqua de le submerger. Puis, petit à petit, il refit surface.

Il n'aurait su dire combien de temps il était resté là, prostré contre le mur, mais à un moment donné il releva la tête et constata qu'il était toujours dans ce lieu mystérieux que Shail avait appelé « Limbhad », seul dans le couloir. Il inspira à fond et s'efforça de réfléchir à sa situation puis, après quelques minutes, il décida de se lever et de quitter cette maison, malgré l'avertissement de Shail. Il chercherait un téléphone et appellerait la police, tenterait de joindre son oncle et sa tante, qui vivaient à Silkeborg. Ces derniers se faisaient sûrement du souci pour lui.

Il se mit debout en chancelant et tituba sur plusieurs mètres, en quête de la sortie.

Un peu plus loin dans le couloir, il trouva une porte entrouverte, par laquelle jaillissait une vive lumière. Il s'en approcha avec précaution.

La porte donnait dans une cuisine, une pièce aussi étrange et originale que tout le reste à Limbhad. Au fond flambait un feu accueillant, et des plats de toutes formes étaient rangés dans des placards aux angles arrondis. Sur la droite se trouvaient un réfrigérateur, un four électrique et une plaque en vitrocéramique. Jack était encore surpris par ce mélange d'objets insolites et d'appareils courants, qui formaient un contraste déconcertant.

Il allait repartir quand il trébucha sur un obstacle. Un miaulement indigné se fit entendre. Une chatte au pelage couleur cannelle s'écarta de son chemin et le regarda, hautaine, avant de sauter avec élégance sur une chaise et de s'y installer. Elle lança une autre œillade offensée à Jack.

– Pardon, murmura-t-il.

Un bruit le fit sursauter et il vit alors une fille assise sur un banc le long du mur, les jambes croisées, un bol de lait entre les mains. Jack s'étonna de ne pas l'avoir remarquée tout de suite. Elle avait environ douze ans, de longs cheveux châtains et des yeux sombres qui paraissaient trop grands pour son petit visage au teint foncé et au nez retroussé. Des yeux qui le fixaient... Jack respira à fond. Lui qui voulait passer inaperçu, il avait réussi. Toutefois, cette fille ne paraissait pas dangereuse.

Comme elle le regardait avec méfiance, il leva les mains en signe d'excuse.

– Salut, lança-t-il.

La fille ne le comprit pas. Jack lui dit bonjour en anglais, et un sourire se dessina sur son visage.

– Hello, répondit-elle.

– Je m'appelle Jack.

– Moi, c'est Victoria.

Son anglais n'était pas mauvais, mais il était moins fluide que celui de Jack. Il songea avec dépit qu'il ne parviendrait pas à lui soutirer beaucoup d'informations.

– Tu es une amie d'Alsan et de Shail ?

Elle hocha la tête.

– Tu viens d'Idhun, alors ?

Victoria réfléchit avant de répondre. La chatte bondit sur la table, faisant sursauter Jack, et le gratifia d'un regard hostile. Il tendit la main pour caresser son pelage soyeux. Elle abaissa les oreilles et, se mit bientôt à ronronner bruyamment. Il sourit.

– Je ne sais pas, répondit enfin la fille, hésitante.

Jack commençait à se sentir frustré : Shail savait beaucoup de choses, mais il ne voulait rien raconter. Alsan était sans doute aussi bien informé que lui, mais il ne parlait que son étrange langue (l'idhunaïque, avait dit Shail) ; quant à Victoria, elle paraissait plus encline à communiquer, mais ne maîtrisait pas assez l'anglais pour s'exprimer avec clarté...

– Je ne comprends pas, soupira-t-il. Je ne comprends rien. Je veux des réponses.

Victoria s'apprêta à dire quelque chose, puis elle se ravisa. Apparemment, elle ne trouvait pas les mots qu'elle cherchait.

Jack s'assit sur un tabouret, déçu, et enfouit le visage entre ses mains.

Il sursauta quand il sentit Victoria près de lui. Elle s'était levée et se tenait debout à côté de lui, un objet à la main. Jack y jeta un coup d'œil. Il s'agissait d'une chaîne à laquelle était accrochée une amulette en argent en forme d'hexagone, avec un symbole étrange gravé à l'intérieur. Victoria lui fit signe de passer la chaîne autour de son cou. Il obéit et sentit aussitôt une légère secousse, comme un chatouillis qui le parcourait de l'intérieur.

– Et maintenant ? demanda-t-elle. Tu me comprends, maintenant ?

Jack cligna des yeux, perplexe, convaincu qu'il n'avait pas bien entendu. Victoria ne lui avait parlé ni anglais ni danois, pourtant il l'avait très bien comprise. S'il n'avait pas cru cela impossible, il aurait juré qu'elle s'adressait à lui dans l'étrange langue d'Alsan et de Shail.

– Mais... que se passe-t-il ? balbutia-t-il.

Il s'arrêta net en s'avisant qu'il venait lui aussi de s'exprimer dans une langue qui n'était pas la sienne.

Victoria sourit.

– C'est une amulette de communication, expliqua-t-elle. Si tu la portes, tu peux parler et comprendre notre langue. Garde-la. Je crois que je maîtrise déjà assez bien l'idhunaïque pour m'en passer. Sinon, Shail m'en donnera une autre.

Déconcerté, Jack effleura l'amulette. Un éclair de lumière s'en échappa et le fit sursauter.

– Aïe ! J'ai reçu une décharge électrique !

Victoria le regarda de nouveau, l'air méfiant.

– Elle a réagi contre toi, dit-elle à mi-voix. Tu ne crois pas à la magie ?

– Pardon ?

– Victoria !

Ils se tournèrent tous deux vers la porte. Shail se tenait à l'entrée de la cuisine, l'air alarmé.

– Que lui as-tu raconté ?

– Que ne lui as-tu pas raconté, toi ? Tu n'avais pas dit que tu devais lui parler ?

Shail parut embarrassé.

– C'est que... tu vois, il n'est pas tout à fait comme nous.

Victoria dévisagea Jack, surprise.

– Alors, pourquoi l'avez-vous amené ici ?

– Parce que Kirtash l'a attaqué.

– Mais, si Kirtash s'en est pris à lui, c'est qu'il est des nôtres !

Jack ouvrit la bouche pour intervenir, mais une voix autoritaire s'immisça dans la conversation :

– Hé, là ! Pourquoi criez-vous ?

Alsan se tenait sur le seuil. Apparemment, il venait de faire de l'exercice, car son torse nu était couvert de sueur et il avait une serviette sur les épaules. Bras croisés, il les observait, la mine sombre.

– Mais..., s'étonna Jack en le regardant à son tour. Shail m'a dit que tu ne connaissais pas ma langue !

– Il ne la connaît pas, Jack, confirma Shail avec patience. C'est toi qui maîtrises la nôtre.

Victoria soupira, agacée. Alsan se tourna vers Shail et le fixa comme s'il exigeait une explication. Ce dernier haussa les épaules.

– Je suis désolée, intervint Victoria. C'est ma faute. Je lui ai prêté l'amulette de communication pour qu'il me comprenne, mais je ne savais pas que vous ne lui aviez rien dit...

– Je lui ai expliqué certaines choses, rectifia Shail. Pourtant, bizarrement, il prétend qu'il n'a jamais entendu parler d'Idhun... Si je lui en avais révélé plus, il m'aurait pris pour un fou.

– Enfin, c'est un Idhunite, ou pas ? demanda Alsan, en fronçant les sourcils.

– Je n'en sais rien ! Il est assez âgé pour être le fils d'Idhunites exilés, mais il affirme qu'il est né sur la Terre. Et je ne pense pas que Kirtash se soit trompé sur son compte. Tout cela me déconcerte au plus haut point...

– Bon, ça suffit ! explosa Jack en interrompant leur conversation. Vous êtes tous cinglés ! Je rentre chez moi !

Il se dirigea d'un pas résolu vers la porte de la cuisine, mais Alsan ne s'écarta pas. Il restait là, les bras croisés et les muscles luisants de sueur.

– Laisse-moi passer, fulmina Jack.

Alsan ne bougea pas. Il se contenta de le toiser d'un air pensif.

– Laisse-moi passer ! insista Jack. Je veux partir d'ici.

Alsan parut changer d'idée car il se poussa sur le côté. Jack le dépassa et s'éloigna dans le couloir, non sans entendre le reproche que Victoria adressait à ses compagnons :

– Il va falloir lui expliquer, vous ne croyez pas ? Vous n'allez pas lui cacher éternellement la vérité !

2
LIMBHAD

La maison était silencieuse et plongée dans la pénombre, environnée par la nuit étoilée. Jack se sentait faible, mais il voulait s'échapper, coûte que coûte. Il se raccrocha à ce projet. S'il était occupé à quelque chose, au moins ne penserait-il pas à...

Son estomac se révulsa de nouveau au souvenir du cauchemar qu'il avait vécu cette nuit-là. Il battit des cils pour contenir ses larmes. Il n'allait pas se remettre à pleurer, pas maintenant. Il avait besoin de garder l'esprit clair.

En explorant les lieux, il découvrit que l'édifice avait une architecture étrange : il était formé d'un grand corps central de forme arrondie, recouvert d'une coupole. Autour de lui s'ouvraient de petites pièces semblables à des igloos, comme des demi-bulles entourant une demi-bulle plus grande. Il trouva enfin la porte principale, ovale, qui conduisait à un petit jardin silencieux. Hélas, elle était fermée.

Jack secoua en vain la poignée et finit par donner un coup de pied dans la porte, furieux et désespéré. Il se fit mal mais, curieusement, il se sentit beaucoup mieux. Il continua à parcourir la maison, à la recherche d'une autre sortie.

Il put visiter plusieurs pièces, mais la plupart étaient fermées à clé. Il s'aperçut bientôt que les fenêtres étaient recouvertes d'une matière semblable à du verre, bien que beaucoup plus flexible, et qui se gondolait sous la pression du doigt. Toutefois, il ne trouva pas le moyen de les ouvrir et ne réussit pas non plus à les casser. Ce matériau avait la consistance du caoutchouc, tout en étant aussi transparent que le verre le plus fin.

Au bout d'un moment, il se retrouva face à un large escalier en colimaçon qui montait à l'étage supérieur, et décida de l'emprunter. Il déboucha devant une énorme porte couverte de symboles étranges, également fermée. Sur la gauche, il y avait une porte plus petite donnant sur une immense terrasse, en forme de coquillage, qui longeait tout un côté de l'édifice.

Jack sortit et traversa la terrasse pour aller s'appuyer à la balustrade aux formes douces et ondulantes. La lumière des étoiles baignait le paysage. En contrebas s'étendait un jardin et, au-delà, s'élevait une autre construction plus petite, semblable au bâtiment principal. Elle était surmontée d'une haute pointe dressée en son centre.

Le garçon cligna des yeux, surpris. Certaines des structures qu'il avait vues défiaient la logique de l'architecture conventionnelle, voire les lois de la gravité. Néanmoins, solides, elles s'élevaient fièrement du sol.

Regardant vers l'horizon, Jack aperçut un petit bois et distingua aussi, derrière les arbres, les pics d'une chaîne de montagnes. Il se tourna dans toutes les directions, dans l'espoir d'apercevoir la clarté de l'aube naissante, afin de s'orienter.

Il ne vit rien de tel.

– Comme c'est bizarre, murmura-t-il pour lui-même. Pourquoi ne fait-il pas jour ? Combien de temps s'est-il écoulé depuis que je suis ici ?

Il chercha la lune dans le ciel, mais ne l'aperçut pas non plus. Il s'appuya de nouveau à la balustrade, envisageant un instant de sauter par-dessus, puis se ravisa : c'était trop haut, et il se blesserait à coup sûr. Il valait peut-être mieux retourner à l'étage inférieur et essayer de s'échapper d'une autre manière. Il s'empressa donc de rentrer.

Lorsqu'il passa de nouveau devant l'énorme porte ornée, elle s'entrebâilla dans un grincement. De quelques centimètres à peine, mais cela fit sursauter Jack. Il n'y avait personne alentour. Il contracta les épaules – ce n'était sans doute qu'un courant d'air – et n'hésita pas à la pousser.

Il se retrouva dans une immense salle circulaire dont les hauts murs étaient couverts d'étagères garnies de livres très anciens. Au centre de la pièce trônait une grande table ronde en vieux bois, entourée de six fauteuils magnifiquement sculptés. Jack s'approcha pour examiner la table. Sa surface était gravée des mêmes étranges symboles que ceux qui figuraient sur la porte, mêlés à des dessins d'animaux mythologiques et de créatures qu'il n'avait jamais vues. Au centre de la table, un faible rayon de lumière sortait d'une fente circulaire. Jack leva les yeux et vit, juste au-dessus, dans le plafond de la salle, une lucarne ronde par laquelle filtrait la douce lueur des étoiles. Elle était équipée d'une sorte de vitrail qui représentait trois soleils et trois lunes.

Jack recula instinctivement, effrayé sans savoir pourquoi. Il s'arrêta et voulut se ressaisir. Qu'est-ce qui l'avait troublé de cette manière ?

Il fit de nouveau quelques pas en avant et releva la tête. La verrière n'avait rien de spécial. Trois soleils disposés en triangle. Trois lunes formant un autre triangle inversé. Les deux figures étaient entrelacées, et les lignes qui joignaient les astres entre eux dessinaient… un hexagone.

Jack prit l'amulette de Victoria, qu'il portait toujours autour du cou, pour l'observer avec attention ; mais l'obscurité l'empêchait de la voir distinctement.

– Si seulement j'avais un peu de lumière, murmura-t-il, frustré.

Soudain, il entendit un chuchotement, puis un léger craquement, et une lumière chaude et changeante inonda la pièce. Jack bondit comme si on l'avait pincé et regarda autour de lui. Six torches disposées le long du mur circulaire s'étaient allumées.

– Qui va là ? demanda-t-il en essayant de contrôler les battements affolés de son cœur. C'est toi, Shail ?

Nul ne lui répondit. Rien ne bougea. Seule la lumière fantomatique des torches tremblait et s'agitait, produisant des ombres inquiétantes dans la salle.

Jack fronça les sourcils et se concentra sur l'amulette, un hexagone comme celui de la verrière. Qu'est-ce que cela voulait dire ?

Il regarda de nouveau la lucarne. Les six astres, qui luisaient mystérieusement, lui causaient toujours un vague malaise. Il avait la sensation de les avoir déjà vus... dans un ciel étrange et terrifiant, couleur de sang.

Il eut le cœur serré au souvenir de son cauchemar où le serpent géant se dressait devant un impressionnant ciel rouge. Que signifiait tout ceci ? Ce symbole avait-il un rapport avec lui, avec ses rêves et la mort de ses parents ?

Se penchant en avant pour mieux distinguer les figures de verre de la lucarne, il posa sans s'en rendre compte les mains sur la table. Subitement, un intense faisceau de lumière surgit de la fente au centre de la table et s'éleva en une colonne brillante vers la lucarne aux six astres. Stupéfait, Jack recula, vacilla et tomba par terre. Il resta assis sur les dalles, bouche bée, pendant qu'une scène prodigieuse se déroulait devant lui.

Les lumières qui jaillissaient de la table avaient commencé à tourbillonner, se mélanger et s'entrecroiser, donnant naissance à des couleurs étranges et surprenantes. Elles tournèrent tant et plus jusqu'à finir par former une sphère brillante de couleur bleu-vert.

Jack mit quelques secondes à comprendre qu'il voyait une planète. Il pensa d'abord que c'était la Terre, puis les lumières se firent plus précises, l'hologramme, plus net, et le jeune garçon constata que cette géographie lui était complètement inconnue. Il découvrit trois petites sphères qui tournaient autour de la plus grande, et trois autres, plus importantes, qui étaient immobiles, non loin de là.

« Les soleils et les lunes », pensa-t-il en déglutissant.

Soudain, la rotation des sphères s'accéléra et Jack eut l'impression que la planète grandissait, jusqu'à prendre toute la place, comme si elle s'approchait à vive allure. Il ferma les yeux, nauséeux, mais les rouvrit presque aussitôt.

C'est alors qu'il se vit sur la planète.

Il n'était pas à sa surface, il la survolait et c'était une sensation merveilleuse qui l'emplissait de joie. Depuis tout petit il rêvait de voler, et l'un de ses meilleurs souvenirs était un tour dans un petit avion que lui avait offert un ami de son père, un pilote, quand ils vivaient en Angleterre.

Mais, là, il n'y avait pas d'avion. Il flottait dans les airs, sillonnant le ciel. Il décida de profiter de ce qui lui arrivait et de ne pas gâcher son plaisir en cherchant à comprendre ce qui se passait exactement.

Il aperçut des prés verts et de douces collines, des steppes froides et de très hautes chaînes de montagnes, un désert au-delà (il frissonna pour une raison indéterminée), une mer infinie, des villes à l'architecture étrange et fantastique qui lui rappelèrent la maison de Limbhad, des torrents impétueux et de beaux lacs tranquilles, mais, surtout, il aperçut les forêts, d'interminables étendues d'arbres énormes qui paraissaient toucher les nuages.

Puis il découvrit les créatures de cette étrange contrée.

Des animaux ordinaires, tels des moutons et des chevaux, paissaient dans les prés, mais il distingua aussi des êtres qu'il n'avait jamais vus. Des oiseaux étranges, au plumage coloré, venaient à sa rencontre, et des bêtes dont il aurait juré qu'elles n'existaient pas levaient la tête pour le regarder depuis les plaines et les clairières.

Jack était de plus en plus troublé. Il se demandait quand il allait s'éveiller de ce rêve surprenant, lorsqu'il les vit.

Le premier d'entre eux passa près de lui et l'observa avec étonnement, avant qu'une lueur de compréhension n'éclaire ses yeux dorés. Jack, terrifié, voulut battre en retraite, et la créature émit un grognement qui ressemblait à un ricanement.

Trois autres apparurent ensuite, comme surgis des nuages, voilà sans doute pourquoi Jack ne les avait pas remarqués plus tôt. Leurs écailles luisaient au soleil telles des pierres précieuses polies et scintillantes. Leurs ailes puissantes battaient l'air, produisant des remous autour d'eux. De leur gueule s'échappait de temps à autre une volute de fumée.

Des dragons.

Énormes, terrifiants et magnifiques. Des animaux mythiques qui n'existaient que dans les légendes et dans l'imagination des gens.

Fasciné, Jack voulut les suivre, mais ils étaient déjà loin. Immobile, il les regarda s'éloigner vers la lumière du matin.

Soudain, il entendit une sorte de rugissement et comprit, sans savoir comment, qu'il s'agissait d'un avertissement. Les dragons s'étaient arrêtés. Il sentit que quelque chose n'allait pas.

Les quatre créatures extraordinaires, en suspens dans les airs, contemplaient un spectacle effrayant : les trois lunes s'étaient levées à l'horizon et se déplaçaient à une vitesse phénoménale, montant vers le firmament, à la rencontre des trois soleils. À la fois captivé et effaré, Jack vit les six astres former une conjonction surprenante. Retenant son souffle, il attendit qu'ils forment la figure qu'ils allaient à coup sûr dessiner dans le ciel : un hexagone parfait.

Un évènement terrible s'annonçait.

Le premier signal fut un bruit assourdissant qui ébranla le ciel, la terre et la mer. Le deuxième fut la teinte rouge sang qui embrasa peu à peu le firmament. Le troisième fut la terreur des dragons. Jack les vit faire demi-tour dans les airs et s'enfuir, affolés ; s'échapper n'importe où, coûte que coûte.

Le premier dragon tomba à terre comme une pierre et fut aussitôt encerclé par les flammes. Le deuxième et le troisième ne tardèrent pas à connaître le même sort. Le quatrième, devant ce qui arrivait à ses compagnons, poussa un cri de douleur, d'impuissance et d'agonie.

Il battit des ailes, cherchant sans doute à gagner un lieu où le pouvoir destructeur des six astres ne pourrait l'atteindre, mais, comme les autres, il finit par tomber et s'embraser.

Jack gémit et se précipita instinctivement vers lui pour lui porter secours, mais il dut freiner sa descente pour ne pas être englouti par le feu qui dévorait son corps. Un vent violent l'emporta au loin en le faisant tourner sur lui-même. Quand il se ressaisit, il tombait en piqué sur le bois. Étonnamment, il lui suffit de souhaiter s'arrêter pour y parvenir.

Soudain, quelque chose le frôla en sifflant comme une flèche, et Jack frissonna. Il entrevit un corps écailleux entre les nuages et pensa qu'il s'agissait d'un autre dragon. Hélas, quand la créature se dressa devant lui, il comprit son erreur.

C'était un serpent gigantesque. Son corps très long, ondulant, donnait à Jack l'impression qu'il était partout à la fois. Il se maintenait dans l'air au moyen de deux immenses ailes membraneuses, semblables à celles d'une chauve-souris, qui semblaient occuper tout l'espace au-dessus du jeune garçon. Ses yeux irisés fixaient Jack, qui vit sa tête triangulaire s'ouvrir, laissant apparaître des crocs mortels et une langue fendue qui produisait un horrible sifflement...

C'était le serpent de ses cauchemars.

Jack s'écarta en poussant un cri, révulsé devant le monstre, dont il détourna les yeux un instant. Il découvrit alors que le ciel était zébré de milliers de serpents ailés, une véritable armée, qui s'abattait sur ce monde merveilleux maintenant enveloppé d'une lumière rougeâtre qui ne présageait rien de bon.

Jack fit demi-tour et se retrouva de nouveau face au serpent ; cette fois, il ne put faire autrement que de le fixer.

Il hurla.

*

– Jack !

Jack ouvrit les yeux et s'assit d'un bond, en pleine confusion. Devant lui, les yeux du serpent – non, ceux de Victoria – l'observaient avec inquiétude.

– Que... que s'est-il passé ? murmura-t-il, étourdi, en s'apercevant qu'il était toujours dans la salle à la sphère lumineuse.

Victoria eut un mouvement de recul et Jack regarda autour de lui. Sur la table tournait toujours l'étrange sphère de lumière et, à l'intérieur, les yeux du serpent brillaient encore... Le jeune garçon les vit s'estomper lentement au milieu des lumières changeantes.

– Je les hais, murmura-t-il en frissonnant. Je hais les serpents.

– Tu l'as vu, chuchota Victoria. Tu as vu ce qui s'est passé à Idhun.

Jack se tourna vers elle.

– Tu veux dire que ce monde-là... c'était Idhun ?

Elle hocha la tête, puis se pencha pour prendre dans ses bras la chatte qui se cachait derrière elle, nerveuse.

– Moi non plus je n'en croyais pas mes yeux, au début. Il m'est arrivé la même chose qu'à toi, je ne me souvenais plus de rien. Mais, en découvrant cette scène, j'ai eu une impression de... familiarité.

– Alors cet endroit, Idhun, serait... un autre monde ? Avec des dragons et tout ça ?

– C'est exactement ce que j'essaie de t'expliquer, murmura Victoria. L'Âme, cette sphère lumineuse, vient de te montrer quelque chose qui s'est produit il y a trois ans, quand ils ont utilisé la magie de la conjonction des trois soleils et des trois lunes à leurs propres fins, et ont réussi à faire mourir les dragons et les licornes pour revenir à Idhun et prendre le pouvoir...

– Ils ?

– Les serpents ailés. Les sheks, comme ils s'appellent eux-mêmes, déclara Victoria d'un ton grave. Maintenant, notre monde est livré à leur tyrannie. Tu les as vus, n'est-ce pas ?

Jack tremblait de tout son corps.

– C'est impossible, dit-il. Impossible. J'avais vu ces serpents auparavant, dans mes rêves... ou plutôt mes cauchemars. Mais comment... ?

Victoria détourna les yeux avant de répondre, à mi-voix :

– Certains sorciers idhunites ont pu s'enfuir et gagner la Terre juste après l'invasion. Aujourd'hui, les serpents, par l'intermédiaire de Kirtash, les font tous assassiner.

Jack l'écoutait avec attention, troublé. Il secoua la tête.

– Attends... Tu as parlé de « sorciers » ? Tu veux dire des magiciens ? Mais...

– Shail en est un, coupa Victoria. Tu l'as vu apparaître et disparaître dans les airs, comme si de rien n'était. Comment crois-tu qu'il t'a sauvé de Kirtash ? Il a utilisé ses pouvoirs pour se téléporter avec toi sous son nez. Il s'est sauvé d'Idhun avec Alsan, il y a trois ans, et il est fasciné par la technologie terrienne. Depuis son arrivée, il a essayé d'apprendre tout ce qu'il pouvait. Comment penses-tu que marchent l'ordinateur, la lumière et les appareils électroménagers qui sont ici, sans installation électrique ?

Jack allait répliquer, mais il se ravisa, se rappelant qu'il avait cherché en vain des interrupteurs dans toute la maison.

– Shail a apporté tous ces objets de la Terre, même si cela ne plaît pas à Alsan. Il les fait fonctionner avec sa magie. Selon lui, la magie n'est rien d'autre que de l'énergie canalisée.

– De l'énergie canalisée..., répéta Jack, stupéfait.

Victoria hocha la tête.

– Les Terriens ont laissé mourir la magie, mais à Idhun elle court dans les veines de nombreuses créatures. Et ici, à Limbhad, nous avons le meilleur des deux mondes.

– Qu'est-ce que tu entends par là ?

– Qu'en ce moment tu ne te trouves pas dans ton monde. Limbhad, en idhunaïque ancien, signifie « la maison de la frontière ». Elle est située dans une sorte de pli spatiotemporel entre Idhun et la Terre. C'est un tout petit monde, un microcosme qui s'achève avec ces montagnes que tu vois par la fenêtre. Et il y fait toujours nuit. Seuls quelques magiciens idhunites savent comment arriver jusqu'ici, c'est pourquoi cet endroit est complètement sûr.

Jack se leva, encore tremblant, et répéta :

– Ce n'est pas possible. Je suis sûr que tout cela n'est qu'une hallucination... Ça ne peut pas être réel. Je dois... je dois rentrer chez moi.

Avant que Victoria ait eu le temps de le retenir, le jeune garçon repartit sur la terrasse, courut jusqu'à la balustrade et l'enjamba avec détermination.

– Attends, ne fais pas ça, tu vas te blesser ! lui cria Victoria.

Ignorant sa mise en garde, Jack sauta sans hésiter dans le jardin en contrebas. La chute fut rude. Avant de rouler au sol, il sentit qu'il se tordait la cheville, puis il se heurta douloureusement le coude. Il se redressa avec peine et leva les yeux. Victoria était penchée à la balustrade et le regardait avec inquiétude. Il lui fit un signe d'adieu.

Il était libre.

*

Jack enfouit la tête entre ses mains, découragé, et songea pour la énième fois que tout cela n'était qu'un cauchemar.

Il avait mis un long moment à traverser le petit bois et à atteindre l'un des pics rocheux, qui n'étaient pas bien hauts. Parvenu au sommet, blessé, épuisé mais triomphant, il avait regardé à l'horizon, espérant apercevoir les lumières d'un village ou le tracé sinueux d'une route.

Et il s'était retrouvé face à quelque chose de terrifiant.

Il n'y avait rien.

Absolument rien.

Ce n'était pas un néant fait de noirceur, d'ombres ou de brouillard. Ce n'était pas non plus un désert immense, ni une steppe interminable, ni un océan sans fin.

C'était, tout simplement, rien.

Une sorte de barrière invisible l'empêchait d'aller plus loin et, s'il regardait un peu au-delà, il voyait... quelque chose d'indescriptible, une sorte de tourbillon qui tournait lentement et silencieusement. Limbhad était au milieu, immobile, petit monde de quelques kilomètres carrés à peine, qui comportait en tout et pour tout une rivière, une chaîne de pics montagneux peu élevés, une plaine, un pan de ciel étoilé. Exactement comme l'avait dit Victoria.

– Je suis désolée, fit une voix douce, près de lui. Je comprends que tu aies du mal à l'accepter.

Jack se tourna vers Victoria et la dévisagea comme s'il s'agissait d'un fantôme.

– Tu m'as suivi ?

Elle acquiesça. Il cala son menton dans ses mains, abattu.

– Tu t'es blessé, reprit Victoria en chuchotant.

Jack haussa les épaules. Tout lui était égal. Indifférent, il la laissa prendre sa main pour examiner les écorchures qu'il s'était faites en tombant de la terrasse. Mais il n'était pas préparé à ce qui arriva ensuite. Une douce lumière éclaira sa paume et il sentit un chatouillis qui remonta le long de son bras jusqu'à son coude blessé.

– Eh ! s'exclama-t-il, en se dégageant brusquement.

Victoria lui sourit.

– Regarde tes mains.

Jack obéit et découvrit, stupéfait, qu'il n'avait plus une seule écorchure. Il considéra la fille avec incrédulité.

– Comment... ? C'est toi qui as fait ça ?

Victoria ne répondit pas, et prit le visage de Jack entre ses mains avec douceur, en le regardant dans les yeux. Il était fasciné. Leurs regards se mêlèrent un moment, les yeux verts de Jack, les yeux sombres de Victoria, et tous deux éprouvèrent alors un sentiment étrange, une curieuse intimité, comme s'ils se connaissaient depuis toujours. Victoria détourna son regard, rompant ce contact visuel, mais sans retirer sa main. Elle frotta du bout des doigts une éraflure que Jack avait sur la joue et qu'il s'était faite avec une branche en traversant le bois. De ses doigts émanait une légère chaleur et Jack sentit de nouveau un agréable chatouillis. Quand elle retira ses mains, il se toucha la joue et s'aperçut qu'elle était parfaitement lisse. Émerveillé, il reporta son attention sur Victoria qui examinait maintenant sa cheville. Sans lui faire quitter sa chaussure, elle répéta le processus et la douleur de Jack disparut.

Il la contemplait, médusé.

– Comment savais-tu que j'avais mal à la cheville ?

Elle partit d'un rire espiègle.

– J'ai vu que tu boitais du pied droit quand tu t'es dirigé vers le bois. Il n'y a là aucun mystère.

– Que sais-tu faire d'autre ? demanda-t-il, captivé.

Victoria considéra ses mains avec dépit.

– Pas grand-chose, avoua-t-elle. Mes pouvoirs de guérison se limitent aux blessures superficielles. Je ne peux pas faire de miracles. Mais j'essaie d'apprendre avec Shail.

– Tu m'as dit que Shail et Alsan viennent d'Idhun, se rappela Jack. Et toi ?

– Je n'ai pas connu mes parents, dit-elle au bout d'un moment. J'ai été élevée sur Terre, dans un orphelinat. Aujourd'hui, je vis avec ma grand-mère, c'est-à-dire la femme qui m'a adoptée. Je ne sais pas si mes parents étaient ou non des Idhunites. Mon cas est particulier. Au départ, il n'y avait pas de magiciens sur Terre, tu sais ? Les rares qui s'y trouvent sont venus d'Idhun, et Kirtash les élimine l'un après l'autre.

Jack sentit un frisson lui parcourir le dos.

– C'est pour cela que Kirtash a attaqué mes parents ? demanda-t-il à voix basse. Parce qu'il a cru qu'ils étaient... des sorciers échappés d'Idhun ?

Victoria l'observa en silence. Jack avait la tête basse, les cheveux en bataille, le regard perdu sur un point du sol, et son air triste l'émut profondément.

– Shail m'a raconté, murmura-t-elle. Je suis désolée...

Jack se détourna d'un coup. Victoria vit que ses épaules se convulsaient et s'approcha de lui, indécise. Elle lui toucha le bras.

– Jack, je..., commença-t-elle, mais elle ne put continuer.

Jack avait fondu en larmes et, même s'il était honteux de s'épancher ainsi devant une inconnue, il avait besoin qu'on le console. Victoria le devina et l'enlaça avec maladresse, sans trop savoir comment s'y prendre. Jack appuya la tête sur son épaule, reconnaissant, et pleura longuement. Victoria aurait voulu lui murmurer des paroles de réconfort, mais seuls des mots creux et dénués de sens lui venaient à l'esprit, si bien qu'elle se contenta de l'étreindre. Le jeune garçon ne semblait pas avoir besoin d'autre chose. Il laissa libre cours à sa douleur, puis se calma peu à peu, soit qu'il fût rassuré, soit qu'il ne lui restât plus de larmes.

– J'aimerais pouvoir t'aider, souffla Victoria, mais elle se tut aussitôt, navrée d'avoir prononcé ces mots.

C'était juste une pensée qui lui avait échappé. Jack leva la tête et l'observa. Il ne pleurait plus, mais avait les yeux rouges.

– Je regrette, dit-il, embarrassé, en s'écartant d'elle. Je regrette de t'avoir imposé cette scène ridicule.

– Ne t'inquiète pas, c'est normal, répondit Victoria, aussi gênée que lui. Tu as vécu des choses très dures.

Jack sourit, elle l'imita. Il y eut un bref silence, ni vide ni confus, que suffit à remplir un regard lourd de sens.

– Le pire, soupira Jack, c'est que je suis responsable de ce qui est arrivé à mes parents.

– Ne dis pas ça, protesta Victoria. Ce n'est pas vrai.

– Si. Mes parents étaient des gens normaux, tu comprends ? Mon père était programmateur en informatique et ma mère, vétérinaire. Nous avons beaucoup voyagé et vécu dans de nombreux endroits avant de nous installer à Silkeborg, au Danemark, près de la famille de ma mère. Papa et maman n'ont jamais eu de conduite bizarre, ni mentionné Idhun, ni rien de tel. Alors que moi...

Il frissonna, se demandant s'il devait continuer. Il décida que oui.

– Parfois il m'arrive des trucs étranges... qui ont un rapport avec le feu.

– De quel genre ?

– Je déclenche des incendies sans le vouloir. Pas souvent, cela ne m'est arrivé que deux ou trois fois dans toute ma vie. La première, j'étais petit et je ne m'en souviens pas. C'est ma mère qui me l'a raconté. Ça se passe quand j'ai peur ou que je me mets en colère... mais, l'autre nuit, ça s'est produit pendant que je dormais. Je faisais un rêve affreux, récurrent, qui ressemble beaucoup à ce que j'ai vu tout à l'heure dans votre bibliothèque. J'étais menacé par un de ces serpents géants... tout près de moi. J'ai toujours eu la phobie des serpents, et c'était un cauchemar vraiment angoissant. Je me rappelle avoir crié dans mon sommeil... Quand je me suis réveillé, ma chambre était en flammes. Heureusement, on a pu éteindre le feu à temps, mais mes parents ont eu très peur. Moi aussi, car si eux ne savaient pas ce qui avait provoqué l'incendie, pour moi c'était clair. Les flammes avaient formé un anneau autour de moi. J'étais au milieu, tu comprends ? C'est moi qui les avais allumées.

Victoria inspira profondément. Elle parut sur le point de dire quelque chose, mais changea d'idée et resta silencieuse.

– Cela s'appelle la pyrokinésie, je crois, poursuivit Jack. Déclencher du feu avec son esprit. Je me suis un peu renseigné...

– Ou c'est peut-être de la magie, suggéra Victoria à mi-voix. Tu devrais en parler à Shail. Il comprend ces choses-là, il pourrait peut-être t'expliquer.

– Après l'incendie, se remémora Jack, je suis allé au collège comme tous les jours, mais j'avais un mauvais pressentiment, l'impression que quelque chose n'allait pas à la maison. Et quand je suis rentré, le soir, mes parents étaient...

Il ne put terminer sa phrase. Il se racla la gorge pour desserrer le nœud qui l'étreignait et poursuivit :

– Je ne sais pas combien de temps s'est écoulé depuis. Un jour, deux, peut-être trois... Comment le savoir dans cet endroit où le soleil ne se lève jamais ? Pourtant il me semble que cela remonte à une éternité.

– Je suis désolée, répéta Victoria à voix basse.

– Tout cela a eu lieu à cause de moi, je le sais. Nous menions une existence paisible jusqu'à ce que je mette le feu à ma chambre... J'ignore comment je l'ai fait, et pourquoi, ajouta-t-il en regardant ses mains d'un air abattu. J'avais presque oublié que j'avais ce pouvoir, j'étais convaincu que je pouvais mener une vie normale... et puis ça a recommencé, et quelques heures plus tard on a attaqué mes parents. Ça ne peut pas être un hasard. C'était moi qu'ils cherchaient. Je ne me le pardonnerai jamais !

Le jeune garçon se cacha le visage dans les mains, bouleversé. Victoria lui pressa doucement le bras d'un geste rassurant. Il releva la tête.

– Tu crois que je viens d'Idhun ?

– Je ne sais pas trop, dit-elle d'une voix hésitante. Ton histoire est étrange, c'est vrai. Mais il y a seulement trois ans que les sheks ont pris le pouvoir à Idhun et que l'exil vers la Terre a commencé. Si tu venais de là, tu t'en souviendrais, tu ne crois pas ?

– Sûrement. Je suis né sur Terre, j'ai des preuves : des photos, mon faire-part de naissance... Beaucoup de gens pourraient t'assurer que je vis sur cette planète depuis treize ans. En plus, ajouta-t-il plus bas, tout le monde dit que j'ai les yeux de mon père. Je n'ai pas pu être...

– Adopté ? acheva Victoria, devinant ce qu'il pensait.

Jack hocha la tête.

– D'où te vient cette idée, Jack ?

– Eh bien... je ne suis pas comme mes parents, admit-il. Je fais des choses surnaturelles, et il y a trop de coïncidences : les incendies, les rêves, la vision de la bibliothèque... Personne ne pouvait le savoir, je n'ai jamais raconté mes cauchemars, mais maintenant il semblerait que tout cela soit lié... à Idhun et à vous. Pourtant, mes parents étaient des gens normaux. Alors, d'où viens-je ? Qui suis-je ? Pourquoi suis-je ainsi ?

– Jack, murmura Victoria. Si tes parents n'étaient pas des Idhunites, Kirtash ne les aurait pas attaqués. Il s'en tient en général à ses cibles habituelles.

« Je te cherchais », se souvint Jack.

– La cible, dit-il, c'était moi et non eux, j'en suis convaincu. Cela a beau me paraître étrange, j'ai quelque chose à voir avec Idhun, même si je n'avais jamais entendu parler de cet endroit auparavant. Mais quoi ?

– Il t'arrive la même chose qu'à moi, déclara Victoria, compréhensive. J'ai douze ans et j'ai toujours vécu sur Terre. J'ai aussi fait ces rêves et Shail dit que j'ai des dons pour la magie. Et Kirtash a essayé de me tuer, moi aussi…

Elle inspira profondément avant d'ajouter :

– Shail m'a sauvée. Juste à temps. Je n'ai pas pu regarder Kirtash en face. Si je l'avais fait…

Elle ne termina pas sa phrase.

– C'est terrible, lâcha Jack à voix basse. Mais comment Kirtash nous a-t-il trouvés ? Est-ce qu'il a un radar pour… localiser les gens comme nous ?

– En quelque sorte, oui. Il détecte la magie. C'est difficile dans un monde comme Idhun, où elle est présente partout, mais sur Terre, où elle est si rare, la moindre modification de la réalité se remarque beaucoup plus. Kirtash la perçoit instantanément. Nous ne savons pas comment il procède, mais il est capable d'arriver en quelques minutes à l'endroit où s'est produit le phénomène. Et nous… nous surveillons Kirtash à travers l'Âme. Chaque fois qu'il se manifeste, nous essayons de l'intercepter pour éviter qu'il tue une fois de plus. Hélas, nous arrivons toujours après lui, et souvent trop tard…

– Alors j'avais raison, dit Jack. C'est de ma faute. Kirtash a dû détecter l'incendie de l'autre jour.

– Non, Jack. Tu n'es pas responsable. D'abord, tu ne l'as pas fait exprès, et qui sait… Peut-être que Kirtash vous avait déjà repérés.

Jack ferma les yeux, anéanti.

– Si, c'est de ma faute ! Bon sang, ma vie a été chamboulée à cause d'une réalité qui m'échappe et que je ne contrôle pas du tout. Si seulement je pouvais revenir en arrière… Si je pouvais changer ce qui s'est passé…

– C'est impossible, Jack, alors ne te torture pas ainsi. Tu es comme tu es, voilà tout. Si tu possèdes de réels pouvoirs magiques, tu ne dois pas considérer ça comme une malédiction, mais un don avec lequel tu pourras faire de grandes choses… des choses positives.

Jack garda le silence, le temps d'assimiler les paroles de Victoria. Puis il se rappela ce qu'elle lui avait dit et la scruta avec inquiétude.

– Si Kirtash détecte la magie..., le fait que tu viens de t'en servir pour me soigner ne nous met-il pas en danger ?

– Nous sommes à Limbhad, lui rappela Victoria en souriant. Ici, il n'est pas dangereux d'utiliser la magie. Kirtash ne peut la détecter, et d'ailleurs il ne sait même pas comment venir jusqu'ici.

– Justement... comment arrive-t-on ici ? Par magie ?

– Oui et non. Je t'ai parlé de l'Âme, n'est-ce pas ?

– Tu veux dire cette sphère qui m'a montré ce qui s'est passé à Idhun ?

– L'Âme est l'esprit de Limbhad, son cœur et sa conscience, lui expliqua Victoria en souriant. Elle est la conscience de ce microcosme. Les magiciens qui ont créé la maison de la frontière se sont assurés qu'on pouvait communiquer avec elle. Située entre deux autres mondes, l'Âme se nourrit à la fois de l'énergie d'Idhun et de celle de la Terre. C'est pour cela qu'elle peut nous montrer beaucoup de choses... mais pas tout ce que nous voudrions.

– Et elle peut vous transporter d'un endroit à un autre, devina Jack.

Victoria acquiesça.

– En fait, il faut posséder un peu de magie pour contacter l'Âme de cette manière. N'importe qui peut communiquer avec elle, mais, pour qu'elle te déplace, tu dois combiner ta propre magie à la sienne. Ensuite, c'est elle qui fait presque tout le travail. Son pouvoir n'est pas exactement comme le nôtre, ce qui le rend beaucoup plus difficile à détecter pour Kirtash. Seuls Shail et moi pouvons l'utiliser. C'est nous qui sommes chargés des voyages de Limbhad vers la Terre, et de la Terre vers Limbhad. Et c'est facile.

– Alors n'importe qui peut surgir ici s'il possède un pouvoir magique, c'est ça ?

–Non. L'Âme est un être intelligent et elle fait office de gardienne. Elle connaît les habitants de Limbhad, elle n'accorde un droit de passage qu'à eux seuls.

–Comment ça marche ? Tu récites une formule magique, quelque chose dans le genre ?

–Non. Il me suffit de me concentrer pour contacter l'Âme. Je l'appelle mentalement et elle accourt, m'enlève et m'emmène jusqu'ici. Je viens dès que je peux, toutes les nuits et parfois aussi l'après-midi, pour apprendre à utiliser ma magie avec Shail.

–Pourquoi veux-tu développer ta magie ? D'après ce que tu m'as raconté, si tu l'utilises ailleurs qu'à Limbhad, Kirtash te trouvera...

Victoria tressaillit.

–Je sais, mais, si je suis vraiment d'Idhun, Kirtash ne tardera pas à me trouver de toute manière. Et, ce jour-là, j'aimerais avoir la possibilité de me défendre... Shail dit qu'on ne pourra le vaincre que par la magie, ajouta-t-elle après avoir pris une longue inspiration.

Jack resta songeur un moment.

–Tu crois que je pourrais apprendre la magie ? demanda-t-il.

–Tout dépend si tu as un véritable don ou non. Shail vérifia si ton pouvoir sur le feu est lié à la magie... ou s'il a une origine différente.

–J'aimerais qu'il le fasse vite ! s'exclama Jack avec ardeur. Parce que j'ai *besoin* de le savoir. J'ai besoin de savoir si ce qui est arrivé à mes parents est de ma faute, et...

–Et pourquoi tu es ici, acheva une voix dans son dos.

Les deux enfants se retournèrent. Derrière eux se tenait Alsan, aussi sérieux, calme et majestueux qu'une statue grecque. Il regarda Jack, puis Victoria. Celle-ci réagit la première.

–Je vous laisse, murmura-t-elle. Vous avez beaucoup de choses à vous dire.

Alsan et Jack gardèrent le silence. Le jeune homme attendit que Victoria soit partie pour s'asseoir près du garçon.

– Je ne me suis pas présenté. Je m'appelle Alsan, fils du roi Brun, prince héritier du royaume de Vanissar et chef de la Résistance de Limbhad.

– Sans blague ! Tu es un prince ? Un vrai ? s'exclama Jack.

Alsan se demanda si le garçon se moquait de lui, mais la lueur qui brillait dans ses yeux était amicale. Aussi lui sourit-il à son tour, ce qui semblait lui demander un effort, à croire qu'il n'y était pas habitué.

– Je suis un prince. Ou du moins je l'étais. J'ai quitté mon monde il y a trois ans, après l'une des plus terribles invasions de son histoire. Je ne sais même pas si mon père vit encore. Il se peut que je sois déjà roi ou que mon royaume ait été détruit, ainsi que mon peuple.

Le jeune homme parlait posément, mais Jack percevait une pointe d'amertume dans sa voix.

– Pourquoi es-tu parti ? s'enquit-il.

– Pour accomplir une mission. Je devais arrêter Kirtash à tout prix, puis les choses se sont un peu compliquées.

Alsan soutint le regard de Jack.

– Je regrette que nous ne soyons pas arrivés à temps.

Jack respira à fond. Depuis qu'il s'était épanché sur l'épaule de Victoria, il se sentait mieux. Sa douleur était toujours présente, mais il considérait désormais la situation avec plus de distance.

– Tu m'as sauvé la vie, dit-il. Ce Kirtash ne me quittait pas des yeux et je... je savais que j'allais mourir. Puis tu es intervenu et tu m'as écarté pour l'affronter. Je m'en souviens maintenant. Tu n'as pas d'excuses à me faire. C'est à moi de te remercier, au contraire.

Alsan accepta en inclinant la tête. Tous deux se turent un instant, et contemplèrent le tourbillon silencieux qui entourait le petit monde de Limbhad.

– Tout cela est tellement... étrange, murmura Jack.

– Je comprends, compatit Alsan, qui hésita avant d'ajouter : J'ai ressenti la même chose quand je suis arrivé sur Terre. C'est un monde très différent du mien. Je crois que je ne pourrai jamais m'y adapter totalement.

Jack se rappela combien Shail paraissait à l'aise avec la technologie, les langues et les vêtements terrestres, et il eut envie de sourire. Mais il se retint, car il devinait qu'Alsan était orgueilleux et qu'avouer ses faiblesses lui avait coûté.

– Et maintenant que vais-je faire ? chuchota le jeune garçon. Shail affirme que je ne peux pas rentrer chez moi. Kirtash me recherche, et, si je vais chez des amis ou dans ma famille, je les mettrai en danger. Je ne peux pas rester ici éternellement, conclut-il, découragé.

– Que veux-tu faire ? lui demanda Alsan. Lutter ?

– Oui. Non. Je ne sais pas... Il va bien falloir que je réagisse, mais j'ignore comment...

Jack se rappela la panique qu'il avait éprouvée lorsque Kirtash le fixait froidement. De la haine était venue se mêler à l'épouvante, faisant naître un sentiment difficile à définir.

– Je ne pourrai pas affronter Kirtash...

– Pourquoi pas ? rétorqua Alsan. Je t'apprendrai à te défendre, si tu veux. Au moins, si tu décides de partir d'ici, tu auras une chance de survivre.

– Me défendre comment ? Comme toi ? Avec une épée ?

Alsan hocha la tête.

– D'après Shail, seule la magie peut venir à bout de Kirtash, objecta Jack, troublé.

– Je n'utilise pas n'importe quelle épée, précisa Alsan en souriant. L'armurerie de Limbhad est pleine d'armes magiques, dont certaines, légendaires, sont arrivées ici il y a très longtemps.

– Des armes magiques ? répéta Jack. Ça existe ?

Alsan acquiesça sans entrer dans les détails.

– Est-ce qu'un revolver ne serait pas plus efficace ?

– Je connais les revolvers et je ne les aime pas, grommela Alsan en reprenant son air grave. Il n'est ni noble ni courageux de tuer à distance, et Kirtash aurait ta peau avant que tu aies eu le temps de tirer. En revanche, les armes légendaires ont l'avantage d'apporter une certaine protection à celui qui les utilise. Kirtash lui-même se sert d'une épée magique.

– Oui, j'ai vu, dit Jack en se renfrognant.

– Même les assassins comme lui doivent respecter les règles qui régissent ce type d'armes. La première est que, si deux épées légendaires se rencontrent, le duel qui les oppose doit être loyal. Malgré son jeune âge, et même si cela me déplaît, Kirtash est très doué. Mais j'ai moi aussi été bien entraîné et j'espère qu'un jour je réussirai à le vaincre.

Jack se tut. Songeur, il observa le vide qui entourait Limbhad. Alsan attendait qu'il parle. Il constata que le garçon n'avait plus l'air aussi déconcerté et impuissant que lors de son arrivée à Limbhad. Il fronçait les sourcils et ses yeux brillaient, signe d'une rage intense et d'une détermination de fer.

– Bien, lâcha enfin Jack. En premier lieu, je voudrais que vous me disiez si je peux ou non apprendre la magie. J'aimerais déterminer quel genre de lien me rattache à Idhun, car j'ai besoin de savoir qui je suis, pourquoi je suis ainsi et pourquoi... mes parents sont morts. De toute manière, je voudrais que vous m'appreniez à me battre à l'épée, ajouta-t-il en regardant Alsan du coin de l'œil.

Alsan approuva, satisfait.

– Tu veux donc rallier notre cause ?

Jack réfléchit.

– Vous m'aiderez à chercher des réponses ?

– Nous t'aiderons autant que nous le pourrons, Jack.

Le garçon sourit sans gaieté.

– Alors, vous pouvez compter sur moi.

3
VICTORIA

L'automne était arrivé à grands pas et, cet après-midi-là, une pluie fine tombait sur Madrid. L'humidité transperçait les os et le vent retournait les parapluies. « Tous ces gens, ce bruit, cette fumée, cette vitesse… C'est ma vie », pensa Victoria en regardant la foule qui se pressait dans la Gran Vía. Elle frissonna. Parfois elle haïssait ce monde qui l'effrayait, mais elle savait qu'elle avait tort, qu'elle ne devait pas s'en détourner. Toutefois, elle ne pouvait s'en empêcher.

– Victoria ! l'appela-t-on. Victoria, tu es dans la lune.

L'adolescente revint à la réalité et se tourna vers ses deux camarades, qui portaient comme elle l'uniforme de leur collège. Elles étaient allées ensemble dans le quartier des grands magasins acheter des fournitures scolaires. Les cours n'avaient repris que depuis une semaine, mais elles avaient déjà des devoirs. Les deux autres filles parlaient à présent de faire du lèche-vitrines, d'aller au cinéma ou juste prendre un verre dans un café. Victoria les écoutait distraitement. Ces filles n'étaient pas des amies et se moquaient qu'elle se joigne ou non à elles. Pourtant, par politesse, elles le lui proposèrent quand même.

– On se disait qu'on aimerait bien aller au cinéma. Qu'est-ce que tu en penses ?

– Allez-y, vous. Moi, il faut que je révise.

– On n'a pas classe demain...

– C'est vrai, mais... en fait, je n'ai pas très envie.

Les deux filles échangèrent un regard et un sourire entendus. Victoria était bizarre, tout le monde le savait. Elle n'avait pas d'amies au collège, et cela ne la dérangeait apparemment pas. Elle parlait peu et passait ses journées à rêvasser, perdue dans ses pensées, à croire qu'elle n'aimait pas la compagnie.

Le collège qu'elles fréquentaient était un établissement privé pour filles, très coûteux, situé dans une banlieue chic de Madrid. C'était un énorme bâtiment gris et lugubre, entouré de hauts murs, qui semblait dater d'une autre époque, tant sur le plan de l'architecture que sur celui de la pédagogie. Les élèves se plaignaient ainsi souvent de la sévérité des professeurs et de leurs idées rétrogrades. Elles enviaient les jeunes de leur âge qui étudiaient dans des écoles publiques, des collèges où ils avaient plus de liberté. Mais Victoria n'y trouvait jamais rien à redire. Les règles strictes ne la dérangeaient pas, elle portait volontiers l'uniforme et s'accommodait sans mal de l'étroitesse d'esprit des enseignants. Cela lui donnait en quelque sorte l'impression d'être en sécurité.

Elle savait que Kirtash la cherchait, et ce collège semblable à une forteresse était son refuge.

Son deuxième refuge, en fait, car le premier était Limbhad, la maison de la frontière.

Au collège, elle avait de bonnes notes, parce qu'elle était intelligente et apprenait vite ; cependant, elle ne fournissait pas d'efforts démesurés, se dépêchait de faire ce qu'on attendait d'elle et employait le temps qui lui restait à rêver.

À rêver de la magie. De choses impossibles. D'Idhun.

– Alors, tu rentres chez toi ? demandèrent ses camarades.

– Oui. J'ai dit à ma grand-mère que je serais là de bonne heure.

Nouvel échange de regards. Tout le monde avait entendu parler d'Allegra d'Ascoli, une vieille dame italienne excentrique et fortunée venue s'installer en Espagne, qui, malgré son grand âge, avait décidé d'adopter la jeune orpheline quand celle-ci avait sept ans. Le manoir qu'elle possédait aux abords de Madrid était immense et très élégant, quoique presque vide, car elle y vivait seule avec sa petite-fille adoptive (elle avait demandé dès le début à Victoria de l'appeler « grand-mère » et non « maman »), une cuisinière, une femme de chambre et un majordome qui faisait aussi office de jardinier. Allegra était vieux jeu, ce qui expliquait sans doute qu'elle ait choisi pour Victoria ce collège, où, selon ses propres mots, l'adolescente « apprendrait à être une demoiselle ». Bien sûr, les compagnes de classe de Victoria ignoraient ces détails. Elles lui adressaient à peine la parole et n'étaient jamais allées chez elle. Mais elles voyaient tous les jours le manoir depuis le car scolaire, son jardin parfaitement entretenu, le grand escalier de marbre qui donnait à Victoria l'impression d'être toute petite quand elle le gravissait. Au fond, elles ne l'enviaient pas. Ce devait être très ennuyeux de vivre dans une maison aussi grande, au milieu de nulle part, avec pour seule compagnie une vieille dame stricte et démodée et quelques domestiques.

Cependant, elles n'avaient pas non plus pitié d'elle. Après tout, Victoria ne se plaignait pas et n'avait pas l'air d'apprécier la compagnie de gens de son âge ; elle ne faisait aucun effort pour s'intégrer à la classe, et le fait que sa grand-mère la laisse rarement sortir ne paraissait pas la gêner. Ses camarades de classe avaient décidé depuis longtemps qu'elle était vraiment trop bizarre.

– Bon, alors on y va, dirent-elles. À lundi.

– À lundi, répondit Victoria.

Elle fit demi-tour et se dirigea vers la station de métro la plus proche, sans regarder derrière elle.

Ce que ses camarades ne savaient pas, c'était que sa grand-mère servait d'excuse à Victoria. Certes, Allegra d'Ascoli était une vieille dame sévère qui ne s'inquiétait pas de voir Victoria grandir sans amis, mais elle ne l'aurait jamais empêchée de sortir le week-end pour s'amuser avec des garçons et des filles de son âge, pas plus qu'elle ne lui aurait interdit de les inviter chez elle.

En fait, Victoria n'avait pas besoin de rencontres hors du collège ou de chez elle, parce que l'essentiel de sa vie se passait à Limbhad, avec Alsan, Shail et, dernièrement, Jack. Ces trois-là étaient ses vrais amis, bien qu'elle ne puisse parler à personne de leur existence, pas même à sa grand-mère.

Et cela aussi, au fond, elle s'en moquait.

Elle pressa le pas.

Jack était arrivé à Limbhad depuis quatre mois et n'était pas sorti une seule fois de la maison de la frontière. Shail était très déconcerté et incapable d'expliquer d'où lui venait son pouvoir pyrotechnique, si tant est qu'il en avait un. De son côté, Jack n'avait réussi aucun des exercices de magie qu'on lui avait proposés. En revanche, Alsan avait promis de faire de lui un guerrier et ils passaient tous deux une grande partie de la journée à pratiquer l'escrime.

Le reste du temps, Jack s'ennuyait dans le monde réduit de Limbhad. Et, bien que Shail soit retourné chez lui pour prendre ses vêtements, sa guitare, son bloc à dessin, quelques CD et des livres, il attendait chaque jour avec impatience que Victoria rentre du collège. Il l'aidait à faire ses devoirs, puis ils discutaient ou jouaient sur l'ordinateur. Ils s'amusaient aussi parfois avec la Dame, la chatte que Victoria avait amenée à Limbhad parce que sa grand-mère ne voulait pas d'animaux chez elle. Tous deux s'entendaient à merveille, et Victoria préférait de loin se rendre à Limbhad chaque soir, pour s'initier à la magie avec Shail ou rester avec Jack, plutôt que de sortir avec ses camarades de classe, quels que soient leurs projets.

Ce soir-là, elle n'avait selon elle que trop tardé à rejoindre ses amis.

Perdue dans ses pensées, elle traversa un passage pour piétons sans remarquer que le signal était passé au rouge. Au beau milieu de la Gran Vía, devant les roues du véhicule qui avait failli la renverser, un crissement de freins et un coup de klaxon la ramenèrent à la réalité. Confuse, elle s'apprêtait à regagner le trottoir quand une deuxième voiture arriva en trombe. Le conducteur freina en la voyant, mais c'était trop tard. Victoria cria et enfouit son visage dans ses mains.

Un éclair de lumière fusa alors et l'adolescente eut l'impression de recevoir un coup violent à la poitrine. Elle en eut un instant le souffle coupé. Toutefois, quand elle rouvrit les yeux, elle s'aperçut qu'elle était indemne. La voiture avait stoppé net, à quelques millimètres de son corps : le moteur fumait et la tôle du capot était froissée, comme si elle avait réellement heurté un obstacle, mais Victoria n'avait rien.

Surprise, la jeune fille examina ses mains, convaincue que seule la magie avait pu produire ce miracle. Il fallait qu'elle le raconte à Shail sur-le-champ !

Ignorant le conducteur ahuri et les badauds qui la regardaient bouche bée, elle remit son sac en bandoulière et s'éloigna vers la bouche de métro, le cœur battant. Elle sentait encore dans ses veines ce chatouillis qui lui échauffait le sang chaque fois qu'elle avait recours à la magie. Peu à peu, cette sensation s'estompa et céda la place à une terrible fatigue. Ses genoux se dérobèrent sous son poids et elle dut s'appuyer à un réverbère pour rester debout. Elle maudit sa faiblesse. Shail pouvait faire des prodiges grâce à la magie, et n'était épuisé qu'après avoir dépensé une grande quantité d'énergie. Elle, un sortilège tout simple suffisait à la vider de ses forces.

Elle descendit l'escalier du métro en traînant les pieds. Elle avait encore un long trajet à parcourir jusqu'à la station la plus proche de chez elle et, une fois arrivée, elle devrait téléphoner à Hector, le majordome, pour qu'il vienne la chercher en voiture. Elle aurait pu lui demander de la rejoindre là où elle était, mais cela lui aurait pris trois quarts d'heure pour atteindre la Gran Vía, et autant pour la ramener chez elle. De plus, Victoria aimait bien prendre le métro.

Elle se laissa tomber sur un siège du quai, mais n'eut guère le temps de se reposer car le train arriva peu après. Elle se leva en soupirant et monta dans le wagon.

C'est alors qu'un phénomène étrange se produisit.

Elle eut soudain la chair de poule et le duvet qui recouvrait sa nuque se hérissa, comme si un courant d'air glacé venait de souffler. Elle connaissait ce phénomène. Elle n'avait éprouvé ce trouble qu'une fois, deux ans plus tôt, mais elle ne l'avait pas oublié. Du coin de l'œil, elle aperçut une ombre noire, souple et élégante monter dans le wagon juste avant la fermeture des portes, et elle comprit qu'il l'avait trouvée.

Elle se leva précipitamment et se mit à courir vers l'avant du train, se frayant un passage parmi les voyageurs mécontents. Derrière elle, la silhouette noire se déplaçait avec une agilité incroyable, et Victoria était sûre qu'elle allait la rattraper.

Le train s'arrêta à la station suivante. Victoria, qui courait toujours, heurta volontairement un jeune garçon pour le faire tomber.

– Hé ! protesta-t-il. Tu pourrais faire attention !

Elle ne s'excusa pas. Son poursuivant s'était tout au plus arrêté deux secondes pour enjamber le garçon, mais c'était un temps précieux qu'elle comptait mettre à profit.

Elle atteignit le dernier wagon alors que les portes se refermaient, et sauta hors du train.

Hélas, son poursuivant avait anticipé son geste et était descendu du wagon par la porte la plus proche. Tous deux sur le quai, à quelques mètres seulement l'un de l'autre, ils se fixèrent et Victoria eut le souffle coupé.

C'était la première fois qu'elle voyait Kirtash, l'assassin que ses amis craignaient et haïssaient, et qui avait voulu la tuer deux ans plus tôt. Ce jour-là, elle n'avait pas pu voir son visage, mais, maintenant que leurs regards se croisaient, elle sentit quelque chose se consumer en elle, laissant dans son âme une trace indélébile.

Il n'était pas comme elle l'avait imaginé. De prime abord, on aurait dit un adolescent normal, à ceci près qu'il était d'une élégance presque aristocratique, et qu'il avait l'assurance d'un adulte, la légèreté d'une panthère et la froideur d'un glaçon.

Quelque chose en lui l'attirait et la repoussait en même temps.

Ce sentiment ambigu s'évanouit aussitôt. L'instinct de Victoria prit les commandes et l'incita à se détourner. Elle courut comme une dératée pour fuir l'assassin et sauver sa peau. Ce faisant, elle gardait présents à l'esprit les traits de ce garçon qui n'avait guère plus de quinze ans et possédait une aura fascinante. Pourtant son regard était si froid, si impassible qu'il semblait inhumain... Jamais elle n'oublierait ces yeux de glace.

Elle monta l'escalier quatre à quatre, bousculant les gens qui descendaient pour prendre le métro. Même si elle ne l'entendait pas, elle savait que Kirtash était derrière elle. Il se déplaçait comme une ombre, comme un fantôme, et elle n'avait pas besoin de le voir ni de l'entendre pour sentir sur sa nuque le regard de la mort.

Haletante, désespérée, Victoria arriva en haut de l'escalier et reprit sa course folle. Elle était dans la station « Puerta del Sol », où se croisaient trois lignes de métro. À l'intersection des couloirs, elle fonça droit devant elle, sans se soucier de la direction qu'elle prenait. Elle entendit le fracas d'un train qui arrivait et, instinctivement, choisit le couloir d'où venait ce bruit salvateur. Elle trébucha et faillit tomber en descendant les marches à toute vitesse, mais elle déboucha sur le quai à temps pour s'engouffrer dans un wagon bondé. Elle se courba aussitôt en deux afin qu'on ne la voie pas de l'extérieur, tout en gagnant la portière suivante. Les gens parurent étonnés, mais personne ne fit de commentaire.

Lorsqu'elle fut à la porte, elle se retourna et aperçut Kirtash qui montait dans la rame, à quelques mètres de là. Quand il la découvrit devant la porte et comprit ce qu'elle allait faire, elle avait déjà un pied hors du wagon. Puisant son énergie dans la force du désespoir, elle bouscula les gens qui cherchaient à entrer et redescendit sur le quai, où elle s'affala, emportée par son élan. Kirtash voulut faire demi-tour pour sortir aussi, mais derrière lui les passagers lui barraient le passage. Un regard aurait suffi pour qu'ils s'écartent, mystérieusement terrorisés, mais il s'empêcha de recourir à ses pouvoirs magiques. La porte du wagon se referma sous le nez du jeune assassin, qui tenta de la rouvrir. Il faillit y parvenir, mais le train s'ébranla et quitta la station, laissant Victoria sur le quai.

Leurs regards se croisèrent une dernière fois à travers la vitre. Le cœur battant à tout rompre, Victoria exultait d'avoir échappé à son implacable poursuivant. Toutefois, elle ne lut ni rage ni frustration sur le visage du jeune assassin, et en fut presque déçue. Il l'observait toujours, impassible, et aucune émotion ne vint altérer cette indifférence lorsque le wagon s'enfonça dans le tunnel et qu'ils se perdirent de vue.

Victoria resta un moment sur place, comme paralysée, le souffle court. Elle se doutait que son répit serait de courte durée : Kirtash descendrait à coup sûr à la prochaine station et reviendrait la chercher. Elle frémit et se releva d'un bond. Elle devait disparaître au plus vite.

En sortant de la station, elle s'aperçut qu'elle avait perdu son parapluie. Peu lui importait : se faire mouiller par la pluie était le cadet de ses soucis. Elle prit une rue au hasard, à la recherche d'un taxi.

*

Une fois chez elle, Victoria se jeta dans les bras de sa grand-mère, tremblant de peur.

– Ma petite fille ! s'exclama Allegra, surprise. Que t'arrive-t-il ?

– Dans le métro... J'ai été suivie...

– Comment ? Par qui ?

Victoria était incapable de répondre. Allegra recula et la regarda fixement.

– Par qui, Victoria ? répéta-t-elle, on ne peut plus sérieuse.

Quelque chose dans son attitude rassura l'adolescente. Sa grand-mère était solide comme un roc, elle se sentait en sécurité auprès d'elle.

– Un homme, mentit-elle. Je ne sais pas ce qu'il voulait, peut-être me voler mon sac... Il m'a fait très peur.

Une lueur de compréhension brilla dans les prunelles de la vieille dame.

– Ça s'est passé loin d'ici ?

– Pardon ?

– Je te demande si ça s'est passé loin d'ici, Victoria. A-t-il pu voir où tu habitais, a-t-il pu te suivre jusqu'ici ?

– Non, non, je ne crois pas, grand-mère. C'était à la station « Puerta del Sol », mais...

Elle ne put terminer sa phrase, car Allegra l'étreignit avec force pour la réconforter.

– Il y a beaucoup de gens bizarres dans cette ville, murmura la vieille dame. Ne t'inquiète pas, ma fille. C'est fini. Tu es à la maison. Ici, il ne t'arrivera rien.

Victoria hocha la tête, apaisée. Il n'était pas dans les habitudes de sa grand-mère de l'enlacer. Elle l'aimait, mais n'était guère démonstrative. Aussi cette marque d'affection consola-t-elle profondément l'adolescente.

Dans sa chambre, Victoria ferma les persiennes, quitta ses chaussures et se laissa tomber sur son lit en uniforme.

Elle savait que personne ne viendrait la déranger. Sa grand-mère respectait son intimité et n'entrait pas sans frapper. Elle ne serait jamais apparue après le « couvre-feu », non seulement parce que la vieille dame avait ses principes, mais surtout parce qu'elle lui faisait confiance.

Victoria soupira, changea de position pour tourner le dos à la porte et donna libre cours à ses pensées.

« Âme... », appela-t-elle mentalement.

Le chatouillis familier la parcourut de nouveau de la tête aux pieds. Quelque chose frémissait dans un recoin de son esprit, comme un assentiment muet. L'Âme l'avait entendue.

« Emmène-moi à Limbhad », invoqua-t-elle sans desserrer les lèvres.

Elle sentait déjà l'Âme l'accueillir en son sein et l'envelopper pour la transporter dans son refuge secret, lorsqu'on frappa à la porte.

Victoria hésita. Quand elle ne répondait pas, sa grand-mère en concluait qu'elle dormait et n'insistait pas. Mais cinq minutes ne s'étaient pas écoulées depuis qu'elles s'étaient quittées, et elle avait donné à Allegra des raisons de s'inquiéter. L'adolescente demanda à l'Âme de patienter un instant et laissa son corps reprendre peu à peu sa forme.

– Oui ? répondit-elle, une pointe de mauvaise humeur dans la voix.

Sa grand-mère ouvrit la porte.

– Je te dérange ? Tu dormais ?

– J'allais m'endormir, dit Victoria en s'efforçant d'être agréable.

– Je me suis dit qu'on devrait peut-être aller au commissariat pour porter plainte. Tu te rappelles comment était l'homme qui t'a suivie ?

L'image de Kirtash se dessina avec netteté dans l'esprit de Victoria. C'était un garçon mince, vif et agile comme un félin, tout de noir vêtu. Ses cheveux châtain clair très raides encadraient un visage aux traits fins, mais à l'expression impénétrable. Elle se rappela aussi ses yeux de glace en songeant qu'elle ne pourrait jamais les oublier, qu'ils hanteraient longtemps ses pires cauchemars.

– Non, dit-elle. Je ne m'en souviens pas. Tout s'est passé très vite.

*

L'estocade de Jack manqua sa cible, et le garçon s'empressa de corriger son erreur en pivotant et en baissant le bras pour parer la contre-attaque. Les épées se croisèrent. Jack fit un bond de côté et tenta d'assener un autre coup à son rival, mais il échoua encore, perdit l'équilibre, se rattrapa et sentit peu après la lame d'acier caresser sa gorge.

– Tu es mort, fit une voix à son oreille.

Il resta immobile un moment, la respiration hachée et le front couvert de sueur. Puis, lentement, il posa son arme à terre et leva les mains.

– C'est bon, tu as encore gagné, admit-il à contrecœur.

Son adversaire écarta son épée.

– Ne sois pas impatient, mon garçon, dit Alsan avec bienveillance. Quatre mois d'entraînement ne suffisent pas à vaincre un chevalier de Nurgon.

Jack réprima une grimace. Alsan lui avait parlé avec fierté de l'Ordre des chevaliers de Nurgon, l'assemblée la plus puissante et la plus influente d'Idhun, à laquelle n'appartenaient que des guerriers de la plus haute noblesse. Malgré sa jeunesse, Alsan y occupait un rang élevé. L'honneur, le courage et la droiture étaient les trois piliers de la charte de l'Ordre. Ses membres étaient de surcroît bien entraînés, et personne ne parvenait à les vaincre au combat.

– C'est clair, grommela Jack. Mais j'ai fait des progrès, n'est-ce pas ? Reconnais-le. Au début, j'arrivais à peine à soulever l'épée.

Il observa ses bras, fier de la force nouvelle qui s'y était développée.

– Vantard, se moqua Alsan.

– Et toi, tu ne l'es peut-être pas ? riposta Jack en se tournant vers lui. Tu es très fort, c'est vrai, mais je te préviens que je ne tarderai pas à te battre.

Pour toute réponse, Alsan sourit.

Ces dernières semaines, après avoir constaté que ses leçons de magie avec Shail étaient un fiasco, Jack avait redoublé d'efforts pour apprendre à manier l'épée. Il trouvait cela plus utile, plus concret que les enseignements du magicien, et se rappelait qu'Alsan avait affronté Kirtash, tandis que Shail avait fait appel à la magie pour s'enfuir.

Pendant tout ce temps, il n'avait rien appris de nouveau concernant ses origines ou ses supposés pouvoirs. Il s'était familiarisé avec l'histoire d'Idhun, mais il s'était aperçu, à son grand désespoir, qu'il n'y trouvait aucun élément qui puisse justifier ou expliquer le meurtre de ses parents. Peu à peu, sa douleur et sa culpabilité s'étaient atténuées pour céder la place à d'autres sentiments : la rage et la soif de vengeance. Convaincu d'être victime d'une injustice, il pensait qu'on lui avait volé sa vie d'autrefois sans aucune raison, et canalisait toute sa haine et sa frustration dans les leçons d'escrime dispensées par Alsan. Un jour, se disait-il, il serait prêt à affronter les assassins de ses parents et leur ferait payer leur cruauté.

Mais, avant, il les regarderait en face et leur demanderait pourquoi.

Pourquoi ils avaient détruit son monde, pourquoi ils avaient tué ceux qu'il aimait, et, surtout, pourquoi lui, Jack, était différent. Ses ennemis le savaient sans doute, et la réponse à cette question les avait poussés à tenter de l'éliminer.

Alsan était un guerrier expérimenté, calme et prudent. Il se heurtait souvent au caractère impulsif et insoumis de Jack mais, au fond, il s'était pris d'affection pour lui. De son côté, Jack considérait Alsan comme un modèle : fort, courageux, sûr de lui, et avant tout chef indiscutable de la Résistance. Il avait forcé le respect de Jack, qui était décidé à tirer profit de l'enseignement du jeune homme. La constance et l'opiniâtreté de l'élève satisfaisaient son professeur, même si leurs motivations étaient assurément différentes. Alsan était un justicier, alors que dans le cœur de Jack brûlaient la haine et le désir de vengeance. De ce fait, bien que Jack ait appris à considérer Alsan comme un héros, à l'écouter comme un maître et à l'aimer comme un grand frère, il trépignait d'impatience et avait la sensation que les leçons d'escrime ne lui suffisaient pas.

Il reprit son épée et la considéra, pensif.

– Et si je... ? commença-t-il.

– N'insiste pas, Jack, l'interrompit Alsan. Tu n'es pas prêt à empoigner une épée légendaire.

Jack, qui s'attendait à cette réponse, avait préparé une réplique :

– Si ces épées existent, pourquoi ne les ai-je pas encore vues ?

– Ne me provoque pas, rétorqua Alsan en se tournant vers lui. Tu sais très bien qu'elles existent. Tu m'as vu combattre Kirtash avec l'une d'elles.

– Je n'y ai pas fait attention. Pourquoi ne me laisses-tu pas au moins les voir ?

Alsan resta un moment songeur.

– D'accord, dit-il enfin. Je suppose qu'il n'y a pas de mal à ça.

Jack gagna rapidement le fond de la salle au cas où son ami changerait d'avis, et s'arrêta devant une petite porte en fer ornée de dragons. Alsan tira une clé de sa poche et ouvrit le cabinet où étaient rangées les armes légendaires. Jack lui emboîta le pas, un peu intimidé. C'était la première fois qu'il franchissait cette porte qui le fascinait depuis le premier jour, ou presque.

Ce qu'il découvrit à l'intérieur du cabinet le subjugua.

La pièce, de forme circulaire, comme la plupart des autres parties de la maison, contenait des vitrines et des niches pleines de toutes sortes d'armes blanches : dagues, épées, lances, haches... mais qui n'avaient rien d'ordinaire. Leurs poignées incrustées de pierres précieuses et leur tranchant, qui brillait d'un éclat étrange, leur conféraient une apparence unique.

– La majorité des armes conservées ici ont été maniées par de grands héros, dont les exploits sont relatés dans les chroniques d'Idhun, déclara Alsan. Nous ne savons pas comment elles sont arrivées ici. On les croyait perdues.

Le regard de Jack fut attiré par un magnifique poignard. Son pommeau était orné d'un visage sculpté, aux yeux en amande et aux traits étranges, qui souriait mystérieusement...

– Jack !

Le jeune garçon sortit de sa rêverie. Alsan se tenait près de lui, l'air sombre.

– Ne regarde pas ainsi, mon garçon, lui conseilla-t-il. Il veut être repris en main ; il se nourrit de sang et cela fait plusieurs siècles qu'il est à jeun. Il faut une volonté de fer pour le contrôler.

– C'est une blague ! lança Jack, stupéfait.

– Je ne plaisante jamais, répliqua Alsan, très sérieux. Les armes légendaires ont souvent un esprit, une âme. En principe, je refuse de confier ma vie à une arme qui pense par elle-même, mais nous vivons une situation particulière et n'avons pas vraiment le choix.

– Laquelle prends-tu, d'habitude ?

Alsan s'arrêta devant une superbe épée, dont la poignée avait la forme d'un aigle aux ailes déployées.

– Sumlaris, l'Imbattable, répondit-il d'un ton empreint de respect. Elle a été forgée par et pour les chevaliers de l'Ordre de Nurgon, et c'est sûrement pour cette raison que nous nous entendons si bien. Elle seule peut résister aux estocades d'Haïass, l'épée de Kirtash, ajouta-t-il en nommant l'arme de son ennemi avec une certaine répugnance.

– Elle seule ? répéta Jack avec intérêt.

– Eh bien... pas tout à fait, admit le jeune prince avec hésitation.

Jack sourit. Il commençait à connaître Alsan et ses points faibles. Manifestement, il ne voulait pas lui en révéler davantage, mais son code de l'honneur lui interdisait de mentir.

– Il y en a une autre ? insista le garçon.

Alsan, les sourcils froncés, le guida vers la statue d'un imposant homme barbu armé d'une épée. Jack la regarda, intimidé.

– C'est Aldun, le dieu du feu et, selon la tradition, le père des dragons, murmura Alsan. Son épée s'appelle Domivat. Personne ne l'a maniée depuis des siècles. Il paraît qu'elle a été forgée sous le feu d'un dragon.

Jack contempla l'épée, elle était splendide. Sur son pommeau en or était sculptée la figure d'un dragon aux yeux de rubis. La lame rougeoyait légèrement, comme si des braises se reflétaient sur le métal magique. Jack ne put s'empêcher de tendre la main.

– Ne la touche pas ! s'écria Alsan.

Jack recula.

– Elle te brûlerait. Il faudrait geler le pommeau pour que tu puisses la saisir sans te blesser. Shail pourrait peut-être le faire, mais je ne pense pas que ce soit une bonne idée.

Jack acquiesça et déglutit. Il s'apprêtait à poser une autre question à Alsan, mais celui-ci fit volte-face et sortit du cabinet.

Le garçon le suivit, craignant de rester seul au milieu de ces armes, dont certaines étaient assoiffées de sang.

Quand ils eurent regagné la salle d'entraînement, Jack reprit son épée. Alsan l'observait avec attention.

– Qu'est-ce qu'il y a ? Tu ne crois pas que cela suffit pour aujourd'hui ?

– Je veux continuer.

– Je vais te battre à plate couture, je te préviens.

Jack leva son arme.

– C'est ce qu'on va voir...

Un raclement de gorge les interrompit. Ils se tournèrent et virent Shail qui les surveillait depuis la porte, la mine grave.

– Alsan, dit le magicien, il faut qu'on parle.

Le prince posa son arme d'entraînement. Sans piper, il suivit Shail dans le couloir. Jack resta seul, immobile, l'épée à la main, très intrigué. Alsan, Shail et Victoria dissertaient souvent de choses qu'il ne comprenait pas et ne lui faisaient confiance que jusqu'à un certain point. Cela ne le dérangeait guère car la Résistance lui offrait tout ce qu'il désirait dans cette phase de sa vie : le moyen de vaincre Kirtash et Elrion, les assassins de ses parents, ainsi qu'un refuge sûr en attendant d'être prêt à les affronter. Le reste lui importait peu. Il se sentait étranger à Idhun et ne partageait pas les idéaux de ses nouveaux amis. Mais, ce jour-là, leurs cachotteries l'agacèrent.

Il haussa les épaules et alla prendre une douche froide. En sortant de la salle de bains, les cheveux mouillés, il passa devant une porte close derrière laquelle il entendit Shail prononcer le nom de Victoria. Il s'approcha sur la pointe des pieds et colla l'oreille à la porte.

– Alors il l'a retrouvée..., disait Alsan. Nous savions que cela finirait par arriver, et cela signifie qu'elle doit partir de chez elle et venir vivre ici, à Limbhad. C'est la seule façon de la mettre en sécurité.

– On ne peut pas faire ça, répliqua Shail. C'est une enfant. Elle a douze ans, une maison, une famille, une vie... On ne peut pas lui demander de tout abandonner.

– Kirtash va la tuer, Shail, tu sais très bien qu'il est à ses trousses. Ce n'est pas la première fois qu'il est près de l'attraper.

– La première fois c'était en Suisse, et maintenant il la traque dans Madrid. Je ne comprends pas comment il a pu découvrir qu'elle y habitait.

– Au point où on en est, tu devrais savoir qu'il ne faut pas le sous-estimer.

Il y eut un bref silence.

– Il l'a poursuivie dans le métro, pas jusque chez elle, précisa Shail.

– Mais il l'a vue, fit remarquer Alsan. Maintenant, il sait à quoi elle ressemble.

– Oui, bon sang..., soupira Shail. Et Kirtash n'oublie jamais un visage. Que doit-on faire ?

– Rester vigilants, répondit Alsan après un temps de réflexion. Kirtash ne se donnera peut-être pas la peine de la chercher, elle n'est qu'une toute jeune fille et, tu l'as dit toi-même, son pouvoir magique est faible. Elle n'aurait aucune chance d'en réchapper s'ils se croisaient de nouveau. Mais pour cela il faudrait qu'il se consacre à sa recherche. Or, il n'en a pas le temps car il a une mission plus importante.

– Oui, acquiesça Shail, soulagé. Heureusement, Kirtash ignore que nous savons que Victoria a un jour rencontré Lunnaris. S'il l'apprenait...

Jack sursauta. C'était la première fois qu'il entendait prononcer ce nom. Il redoubla d'attention.

– S'il l'apprenait, Shail, Kirtash n'essaierait pas de la tuer. Il l'enlèverait pour lui soutirer des informations et il y parviendrait à coup sûr, même si Victoria ne se souvient de rien. Elle est aujourd'hui la seule piste qui puisse nous mener à Lunnaris, voilà pourquoi je préférerais la protéger ici, à Limbhad. D'un autre côté...

Il s'interrompit un instant.

– ... d'un autre côté, je vois Jack vivre ici au quotidien, enfermé, sans jamais voir la lumière du soleil... Il n'a pas d'endroit où aller et aucune autre occupation que le maniement de l'épée, toute la journée. J'avoue que je me sentirais coupable si je condamnais Victoria à une vie pareille... même si elle paraît se plaire ici.

– Pour l'heure elle est effrayée. Elle ne voudra peut-être pas rentrer chez elle avant quelque temps.

– Ce serait une erreur. Soit elle rentre avant qu'on s'aperçoive de son absence, soit elle ne rentre plus jamais. Si elle tarde à revenir, sa grand-mère s'inquiétera et la fera rechercher, ce qui pourrait mettre Kirtash sur sa piste et le conduire à la maison de sa grand-mère.

– Alors, que proposes-tu ?

– De la laisser décider, répondit Alsan après un silence. Je crois que c'est la meilleure solution. Je vais la trouver et lui demander...

– Pas maintenant, le coupa Shail. Elle doit être avec Jack. Elle a besoin de réconfort.

Toujours caché derrière la porte, Jack se sentit aussitôt coupable. Il savait depuis un moment déjà que Victoria avait été attaquée par Kirtash et, au lieu de s'assurer qu'elle allait bien, il était là, à espionner la conversation de ses amis. Confus, il abandonna son poste et s'éloigna dans le couloir.

Il trouva Victoria au salon ; elle avait étalé ses devoirs de maths sur la table et essayait de se concentrer tout en caressant distraitement la Dame, sa chatte, installée sur ses genoux. Jack eut une bouffée de nostalgie en songeant à tout ce qu'il avait laissé derrière lui. Quelques heures plus tôt, Victoria vivait encore dans un endroit sûr et pouvait faire des choses banales, comme aller au collège et étudier les mathématiques. Le garçon ferma les yeux. Il aurait donné n'importe quoi pour retourner dans son ancienne chambre, avoir un collège, une maison où rentrer après les cours et une famille qui l'attendrait. Il se demanda si l'attaque de ce soir n'avait pas mis un terme à la vie que Victoria menait hors de Limbhad. En tout cas, il devina sans peine qu'elle s'était plongée dans ses devoirs pour s'occuper l'esprit et oublier sa rencontre avec Kirtash.

Il l'observa avec affection et se dit qu'il avait failli la perdre. Cette pensée le fit frémir.

Victoria leva la tête.

– Je ne suis pas douée en maths, soupira-t-elle.

– Tu veux que je t'aide ? proposa Jack en lui rendant son sourire.

Il s'assit à côté d'elle et jeta un coup d'œil à ses notes. La Dame sauta sur la table pour voir ce qu'ils faisaient. Jack la chassa gentiment et constata que Victoria frissonnait.

– Tu as froid ?

Il ôta sa veste et la lui posa sur les épaules. Ce genre d'attention enchantait Victoria. Elle aimait la façon dont il s'occupait d'elle sans jouer au « grand frère », comme Shail et Alsan. Jack la traitait simplement, avec la tendresse et la confiance d'un ami. Elle le dévisagea et se sentit soudain inexplicablement liée à lui. Alsan et Shail étaient plus âgés qu'elle ; ils étaient nés et avaient grandi à Idhun et ne pouvaient pas comprendre ce que leur irruption dans sa vie avait signifié pour elle. Jack, si. Il avait une douzaine d'années, comme elle, et venait de traverser un épisode similaire. Ils s'entendaient très bien, même si elle avait parfois le sentiment que l'obsession que mettait Jack à s'entraîner empêchait leur amitié de s'épanouir tout à fait.

– Merci, murmura-t-elle.

Elle se pencha de nouveau sur ses exercices, mais Jack repoussa le cahier et l'obligea à le regarder.

– Je sais ce qui s'est passé, dit-il à mi-voix. Comment te sens-tu ? Ce monstre t'a-t-il fait du mal ?

Une étrange chaleur envahit Victoria quand elle comprit que Jack était on ne peut plus sérieux.

– Non, répondit-elle. Il n'a pas réussi à m'attraper.

Elle frémit à ce souvenir. Jack connaissait cette sensation de froid qu'on éprouvait après avoir vu Kirtash de près. Même le feu le plus ardent ne parvenait pas à la chasser. Il enlaça Victoria pour tenter de la réchauffer.

Les yeux clos, elle s'abandonna à cette étreinte et sentit que la chaleur de Jack faisait peu à peu fondre la glace qui lui enserrait le cœur.

– Tu te sens mieux ? chuchota-t-il.

Elle hocha la tête à contrecœur, comme si elle craignait que Jack s'écarte d'elle. Au contraire, il la serra plus fort.

– Comment a-t-il pu te retrouver ?

– J'ai fait... quelque chose. Quelque chose de magique, je pense. Une voiture a failli me renverser et j'ai dû créer une sorte de bouclier invisible pour me protéger. Je ne sais même pas quel sortilège j'ai utilisé, car je ne me souviens pas d'avoir prononcé une formule. J'en ai parlé à Shail, qui m'a dit que c'était de la « magie instinctive ». Je n'ai vraiment pas de chance ! Pour une fois que je réussis un tour de magie, il faut que ce soit sur Terre, sans que je l'aie voulu. Et paf ! Quelques minutes après, Kirtash...

Elle s'arrêta brusquement.

– Tu peux tout me dire, si tu en as envie, l'encouragea Jack.

Victoria gonfla ses poumons d'air et lui raconta ce qui s'était passé ce soir-là. Jack l'écoutait avec gravité.

– Pourquoi n'es-tu pas venue directement à Limbhad ? lui demanda-t-il quand elle eut terminé son récit. C'était plus simple que de se mettre à courir, non ?

– Il faut de la concentration pour contacter l'Âme. Shail y parvient instantanément, pas moi.

Elle rougit et baissa la tête, honteuse de ne pas répondre aux attentes de Shail dans ce domaine. Même si le jeune magicien n'était pas un professeur très exigeant, elle détestait le décevoir, ce qu'elle faisait sans arrêt. Certes, elle avait un don pour la magie, mais ses pouvoirs étaient assez limités. Shail s'efforçait de lui enseigner des sortilèges simples, qu'elle s'appliquait à retenir, sans aucun résultat. Ses talents de guérisseuse étaient indubitables et son esprit fusionnait avec l'Âme d'Idhun chaque fois qu'elle le désirait, mais c'était tout.

– Je n'y arrive pas, disait-elle souvent à Shail, découragée. J'ai l'impression que ça me glisse entre les doigts.

– Ce n'est pas grave, répondait immanquablement Shail. Ici, la magie ne fonctionne pas comme à Idhun.

Mais pour Victoria, au contraire, c'était très important. Elle aurait beaucoup aimé que Shail soit fier d'elle.

Elle tenta de chasser cette pensée, mais le souvenir de Kirtash revint la hanter.

– Cette fois, il était à deux doigts de m'attraper, murmura-t-elle, tremblante.

Jack se rappela que Victoria avait un jour évoqué sa première rencontre avec Kirtash, sans plus de précisions, car elle ne supportait pas d'y repenser. Voyant qu'elle avait besoin de parler, il se risqua à lui demander :

– Que s'est-il passé la première fois ? Comment t'a-t-il trouvée ?

Victoria hésita un moment. Elle avait envie de se confier à Jack, de tout lui raconter... Alors, elle soutint son regard vert obstinément posé sur elle, et entama son récit.

Tout avait commencé cinq ans plus tôt, quand elle vivait encore dans un orphelinat dirigé par des religieuses, près de Madrid. Elle n'avait que sept ans. Un petit garçon était tombé du toboggan pendant la récréation. Il pleurait et criait. Son bras était dans une position étrange et il avait une blessure au visage. Victoria n'avait pu supporter ses plaintes...

Quand les religieuses étaient arrivées, elles avaient trouvé le petit blessé complètement guéri. Déconcerté, il jetait des regards méfiants à Victoria. Autour d'eux, à une distance respectable, s'était formé un cercle d'orphelins qui les observaient en silence.

Les jours suivants avaient été très éprouvants pour Victoria. Ses camarades la traitaient d'une façon étrange et l'exclurent de leurs jeux ; les adultes, quant à eux, se comportaient comme si de rien n'était, refusant de croire à l'histoire farfelue des enfants. Mais la petite fille s'en moquait. Ce qui la préoccupait, c'était l'impression... d'avoir réveillé une bête endormie, d'avoir ouvert la boîte de Pandore et attiré sur elle le regard d'une créature puissante et formidable. Elle devint craintive, presque paranoïaque ; elle se sentait surveillée en permanence, comme si on s'apprêtait à venir la chercher parce qu'elle avait révélé sa vraie nature. La nuit elle restait éveillée, attentive au moindre bruit, tremblant sous ses draps, n'osant pas fermer les yeux de peur qu'on vienne l'enlever.

Mais rien ne s'était passé... hormis son adoption, peu après, par Allegra d'Ascoli, une vieille dame qui finançait généreusement les œuvres de bienfaisance des religieuses et avait décidé, malgré son grand âge, d'offrir un foyer à la petite fille.

Allegra s'était prise d'affection pour elle dès leur première rencontre. Victoria était réservée et silencieuse, mais bien élevée, calme et agréable, très obéissante. Elle ne lui avait jamais causé le moindre tracas. Ses professeurs étaient satisfaits de son travail et elle rapportait de bonnes notes à la maison.

Toutefois, Victoria continuait de craindre quelque chose d'inexplicable. Des psychologues et des éducateurs, à l'orphelinat d'abord, puis au collège, s'étaient évertués à lui répéter qu'elle était comme les autres, sans pouvoirs particuliers, que personne ne cherchait à la tuer, qu'elle n'avait rien d'une sorcière et qu'on n'était plus au Moyen Âge, mais au début du XXIe siècle.

Victoria avait fini par les croire, néanmoins ses mauvais pressentiments continuaient de la tourmenter. Puis l'inévitable s'était produit.

Elle n'oublierait jamais ce clair matin d'été, deux années plus tôt. En vacances avec sa grand-mère dans une station de villégiature suisse, Victoria avait participé à une excursion en montagne organisée par l'hôtel. À un moment, elle avait entendu un cri s'élever non loin du chemin et s'était précipitée dans cette direction. Elle avait découvert une touriste anglaise en mauvaise posture. Victime d'une chute, elle gisait inconsciente au pied d'un rocher escarpé, une vilaine blessure à la tempe. Alors, sans hésiter, Victoria s'était servie de son pouvoir et l'avait guérie.

Ensuite, tout était allé très vite.

Elle avait eu l'intuition qu'elle s'était mise en danger en portant secours à cette femme. Son sixième sens lui disait qu'elle avait attiré l'attention d'un individu dangereux. Se relevant d'un bond, elle s'était mise à courir vers le sous-bois. Dans les buissons, elle avait senti qu'on la suivait. Une haleine glacée semblait se rapprocher d'elle à chaque pas, et elle savait que son poursuivant ne tarderait pas à la rattraper. Alors...

Alors, Shail était apparu et l'avait secourue, puis emmenée à Limbhad.

À compter de ce jour, sa vie avait radicalement changé. Elle n'avait pas vu le visage de la mort, mais elle avait senti sa présence.

Après qu'Alsan et Shail lui eurent expliqué ce qui se passait et pourquoi elle ne devait plus utiliser son pouvoir, Victoria était revenue à son hôtel. Par chance, sa grand-mère était déjà en train de faire les valises; elle s'était disputée avec le gérant de l'hôtel pour une raison quelconque et avait décidé, offensée, d'abréger leur séjour. Victoria avait accueilli la nouvelle avec soulagement et s'était félicitée des sautes d'humeur de sa grand-mère. Elles étaient rentrées en Espagne, et Victoria avait fait tout son possible pour oublier.

Mais rien ne fut plus pareil à partir de ce moment-là. Désormais, elle n'était plus seule au monde. Elle avait Shail et Alsan; Limbhad et Idhun. Dès le début, elle s'était intéressée au monde de ses nouveaux amis, et le jeune magicien était devenu peu à peu le grand frère qu'elle n'avait jamais eu.

– Voilà, c'est tout, conclut Victoria. Cette fois, Kirtash m'a trouvée tout près de chez moi. Je ne sais pas si je dois rentrer ou rester ici...

– Je ne peux pas t'aider à trancher, répondit Jack. J'aurais peur de ne pas être objectif. Moi, par exemple, je ne peux pas rentrer.

Victoria le dévisagea un instant.

– Je comprends, dit-elle.

– Je ne veux pas t'influencer, Victoria, mais tu dois savoir que, si tu restes ici, si tu quittes ta grand-mère, tu ne pourras plus jamais retourner chez toi. C'est une décision que tu ne dois pas prendre à la légère.

Pensive, Victoria baissa la tête et se mordit la lèvre inférieure.

– Hé !

Jack obligea l'adolescente à relever les yeux et planta son regard vert dans le sien avec une solennité surprenante pour un garçon de son âge.

– Quoi qu'il en soit, nous serons toujours là. Si Alsan et Shail me laissent participer aux missions de recherche, s'ils me donnent une épée, je pourrai moi aussi te défendre et lutter à ton côté. Tu ne seras pas seule et nous ne t'abandonnerons pas à ton sort, tu le sais.

Victoria sourit.

– Merci, Jack. Tu as raison. Il ne faut pas que je croie que ma maison n'est plus sûre, que Kirtash sait où j'habite. Je vais retourner chez ma grand-mère. Il faudra seulement qu'à l'avenir je sois plus prudente.

Jack accueillit ces paroles par un silence, puis il se rappela l'étrange conversation qu'il avait écoutée à l'insu de ses amis.

– Euh... Victoria ? Je peux te poser une question ?

– Bien sûr.

– Qui... qui est Lunnaris ?

L'adolescente se raidit et s'écarta de lui.

– Je ne sais pas, répondit-elle sèchement.

– Pardon. Je ne voulais pas être indiscret, murmura le jeune garçon, confus.

Victoria regretta d'avoir été aussi dure. Jack ne pouvait pas savoir... Elle se souvint de ce que Shail lui avait raconté la première fois qu'il lui avait parlé de Lunnaris.

« Je l'ai regardée dans les yeux, lui avait dit le magicien. Je l'ai regardée une fois dans les yeux et je n'ai jamais pu l'oublier. Je sais qu'elle est ici, quelque part. Et je crois que tu l'as déjà rencontrée, même si tu ne t'en souviens pas. »

En effet, ce nom n'évoquait rien à Victoria, mais elle était sûre que, si elle avait vu cette Lunnaris, elle ne l'aurait pas oubliée, car elle était très importante pour la Résistance. Shail voulait obstinément la retrouver ; il en faisait une affaire personnelle. La jeune fille ne pouvait s'empêcher d'être jalouse.

Dans ses moments d'abattement, elle allait même jusqu'à s'imaginer que Shail la protégeait uniquement dans l'espoir qu'elle le conduirait à sa chère Lunnaris, même si, au fond, elle savait que ce n'était pas vrai.

Mais Jack n'avait pas à être informé de tout cela. Du moins, pas encore.

– Je regrette, s'excusa-t-elle. Ce n'est pas ta faute. C'est juste qu'aujourd'hui je suis angoissée. Je ne suis pas moi-même. Je vais bientôt devoir rentrer à la maison parce que c'est l'heure du dîner, et... j'ai peur.

– Il ne faut pas avoir peur, répondit Jack avec assurance. Je ne laisserai pas Kirtash te faire du mal.

Victoria ouvrit la bouche, mais aucun son n'en sortit.

– D'ailleurs, ajouta Jack, je suis sûr que je serai bientôt prêt à lutter contre lui. Ce jour-là, je lui réglerai son compte, je te le jure. Après, ni toi, ni moi, ni personne d'autre n'aura plus peur de lui.

Victoria sentit un nouveau frisson la parcourir, qui n'était pas dû au souvenir de Kirtash, mais à la rage et à la haine qu'elle avait perçues dans les paroles de son ami.

4
« TU N'ES PAS PRÊT »

Jack ne pouvait pas dormir. Il avait réglé son réveil sur l'heure de Madrid, afin d'être réveillé l'après-midi, quand Victoria arriverait, et de suivre un horaire plus ou moins normal dans la nuit perpétuelle de Limbhad. Alsan et Shail étaient moins réguliers : ils dormaient lorsqu'ils avaient sommeil et mangeaient lorsqu'ils avaient faim.

Jack ne sortait pas de Limbhad, alors qu'Alsan et Shail franchissaient souvent la porte interdimensionnelle. Ils lui avaient expliqué que l'entrée vers Idhun était bloquée, mais cela ne les empêchait pas de se rendre sur la Terre, où ils essayaient de devancer Kirtash sur les lieux de ses expéditions meurtrières. Sinon, ils suivaient des pistes diverses que Shail découvrait sur Internet. Jack avait le sentiment que ses amis cherchaient quelque chose de plus que des magiciens idhunites exilés sur Terre, mais il n'avait jamais osé leur poser la question. De toute façon, ils ne lui en auraient sans doute pas dit plus.

Les missions de reconnaissance d'Alsan et de Shail les conduisaient n'importe où sur la planète, de jour comme de nuit, car ils avaient renoncé depuis longtemps à se calquer sur les horaires terriens. Si bien que, lorsque Victoria revint cette nuit-là, à une heure du matin, Jack essayait de dormir, Alsan était dans la bibliothèque et Shail naviguait sur la Toile dans le bureau.

Jack fut soulagé d'entendre Victoria parler avec Shail. Il en était arrivé à se demander s'il lui avait donné de bons conseils ; il s'inquiétait pour elle et craignait qu'elle ne soit rentrée pour découvrir que Kirtash l'attendait... lui réservant le même genre de surprise que celle qu'il avait eue en regagnant la ferme, un soir de printemps, quatre mois plus tôt, après sa journée au collège.

Il se retourna et enfouit son visage dans l'oreiller. Cette pensée le terrifia. Maintenant qu'il n'avait plus rien, il ne lui restait plus que ceux qui habitaient la maison de la frontière ; son entourage s'était dramatiquement réduit à trois personnes et une chatte, et il était paniqué à la seule idée de les perdre. Il savait qu'Alsan et Shail pourraient se débrouiller seuls, mais Victoria...

L'image de l'adolescente courant dans les couloirs du métro lui traversa de nouveau l'esprit. Elle fuyait la mort. Ses doigts se crispèrent au moment où il eut encore cette sensation de rage et d'impuissance. Et sa haine pour Kirtash s'intensifia. Au bout de quatre mois, il avait presque oublié les traits d'Elrion, le sorcier, mais les yeux bleus glacés de Kirtash hantaient parfois ses rêves.

La maison redevint silencieuse ; Jack en déduisit que Victoria était allée se coucher. Comme lui, elle avait une pièce à elle à Limbhad, et bien souvent elle la préférait à celle du manoir de sa grand-mère, où elle était censée passer la nuit. Jack ne pouvait le lui reprocher. À Limbhad, tous se sentaient en sécurité.

Il se leva en soupirant, les cheveux en bataille, et se dirigea vers la chambre de Victoria, mais s'arrêta devant la porte entrouverte, indécis, quand il découvrit qu'elle s'était assoupie. Il la regarda un moment, en se demandant si elle dormait déjà. Allongée sur son lit, elle lui tournait le dos ; alors, dans la lumière diffuse qui filtrait par la fenêtre, Jack vit ses épaules s'agiter dans un sanglot silencieux.

Le cœur serré, il en voulut encore plus à Kirtash de terroriser une jeune fille qui, Idhunite ou non, ne pouvait représenter une menace pour lui. Il se jura qu'il ne s'accorderait aucun repos tant que son ennemi ne serait pas mort.

*

La Résistance resta vigilante les jours suivants, mais Kirtash semblait avoir oublié Victoria et déserté Madrid. En fait, les nouvelles qu'ils eurent de lui provenaient d'un endroit beaucoup plus reculé.

Une nuit, dans la bibliothèque, Shail poussa un cri qui alarma les habitants de la maison de la frontière.

– Alsan ! hurla-t-il.

Jack et Victoria, qui dormaient chacun dans sa chambre, l'entendirent et se réveillèrent aussitôt. Dans le couloir, Jack croisa Shail, qui courait vers le bureau. Alsan lui emboîta le pas, sur le qui-vive.

– Où est-il ? demanda-t-il à son ami.

– À Xingshan, en Chine, répondit Shail.

Alsan hocha la tête.

– Je vais prendre des armes dans la salle d'entraînement. Toi, retourne à la bibliothèque et vois si tu peux analyser un peu le terrain avec l'aide de l'Âme.

Alsan disparut alors dans la salle d'armes.

Jack savait exactement ce qui se passait. Depuis son arrivée à Limbhad, il s'était déjà retrouvé deux fois dans cette situation. L'Âme avait localisé Kirtash quelque part dans le monde, or le jeune assassin ne se déplaçait jamais sans avoir une bonne raison de le faire. En général, ses apparitions allaient de pair avec la persécution implacable qu'il menait à l'encontre des Idhunites exilés sur Terre. Il venait peut-être d'en repérer un dans une ville lointaine de cet immense pays qu'était la Chine. La Résistance devait essayer de le localiser avant qu'il soit trop tard... comme cela avait été, hélas, le cas pour les parents de Jack.

Shail se tourna vers Victoria, qui avait rejoint Jack dans le couloir et observait la scène en se gardant d'intervenir.

– J'ai une bonne nouvelle, Vic. Kirtash est très loin de Madrid. Il n'est plus à tes trousses, annonça le magicien.

Victoria acquiesça et prit une longue inspiration. Shail s'apprêtait à retourner à la bibliothèque, mais elle le retint par le bras.

– Shail, fais attention à toi.

Le jeune homme hocha la tête avec le plus grand sérieux. Ne tenant plus en place, Jack fit demi-tour, entra dans la salle d'armes, où il retrouva Alsan, chargé de Sumlaris, d'une épée courte et de deux dagues.

– J'espère qu'une de ces armes est pour moi, déclara Jack sans plaisanter.

Alsan lui jeta un bref coup d'œil.

– Ne rêve pas, mon garçon. Tu n'es pas encore prêt.

– Et quand le serai-je ? protesta-t-il, sentant la colère monter en lui. Cela fait quatre mois que je suis enfermé ici sans voir la lumière du jour ! Cette fois, je ne supporterai pas de rester à Limbhad pendant que vous irez les affronter ! J'ai besoin de... de faire quelque chose !

– Tu fais quelque chose, Jack. Tu t'entraînes.

– Ce n'est pas suffisant ! Si j'appartiens vraiment à la Résistance, laissez-moi vous accompagner !

– Victoria non plus ne nous suit pas dans nos missions ; pourtant, elle fait partie de la Résistance depuis plus longtemps que toi.

– Mais Victoria n'est qu'une petite fille !

– Elle n'a qu'un an de moins que toi...

– Peu importe, elle ne sait pas manier une épée, contrairement à moi.

– Non, Jack. Tu n'es pas prêt. C'est mon dernier mot, trancha Alsan en se dirigeant vers la porte.

La rage et l'impuissance submergèrent le jeune garçon.

– Pourquoi ne me dis-tu pas le fond de ta pensée ? s'écria-t-il. Pourquoi ne me dis-tu pas la vérité en face ? Allez, avoue : tu penses que je suis un enfant et que je ne sers à rien !

– Tu sais que ce n'est pas vrai, lâcha Alsan en poussant un soupir exaspéré.

– Si, c'est vrai, riposta Jack, un éclat haineux dans le regard. Tu m'as dit que je pourrais me défendre, mais tu m'enfermes. Tu ne me laisses pas te montrer ce dont je suis capable. Tu m'as menti !

– Nous en reparlerons à mon retour. Pour l'instant, je suis pressé : une vie est peut-être en danger et chaque minute compte. Rappelle-toi que tu serais mort si nous étions arrivés un peu plus tard.

– Et à quoi ça a servi ? hurla Jack, hors de lui. Vous m'avez sauvé la vie pour m'enfermer dans cette tombe. J'aurais préféré mourir !

La réponse ne se fit pas attendre. La main d'Alsan s'abattit sur le visage de Jack, qui chancela sous le choc et se pétrifia, stupéfait, les oreilles bourdonnantes. Il cligna des yeux pour contenir ses larmes et toucha sa joue endolorie.

Alsan le regardait fixement, on ne peut plus grave. Quand il prit la parole, il le fit sans colère, sans même une pointe d'irritation, mais avec calme et froideur :

– Tu seras plus utile à la Résistance en restant ici. Mort, tu ne nous servirais à rien.

Après avoir prononcé ces mots, il quitta la pièce. Une fois seul, Jack resta immobile. Il tremblait de rage et se sentait humilié, trahi. Il perçut ensuite l'espèce d'ondulation qui faisait vibrer l'air lorsque quelqu'un quittait Limbhad, et il sut qu'Alsan et Shail étaient partis sans lui.

Il regagna sa chambre, claqua la porte et se coucha, furieux contre Alsan, qui le traitait comme un petit garçon ; furieux aussi contre Shail, qui ne le soutenait pas. Il en voulait même à Victoria, qui acceptait sans broncher ce rôle passif. Et il détestait Kirtash pour le simple fait qu'il existait. Mais, surtout, il ne décolérait pas contre lui-même.

Il resta longtemps allongé sur son lit, éveillé, jusqu'au moment où il sentit de nouveau l'ondulation qui indiquait qu'Alsan et Shail étaient de retour. Il ne bougea pas, même quand il entendit Victoria courir pieds nus dans le couloir, vers la bibliothèque. En d'autres circonstances, il se serait précipité au-devant de ses amis pour s'assurer qu'ils allaient bien et savoir comment s'était déroulée leur mission. Là, il n'en avait pas envie, craignant une nouvelle confrontation avec Alsan.

Quelques minutes plus tard, il les entendit descendre tous les trois et, lorsqu'ils passèrent devant sa porte, il entendit des bribes de leur conversation.

– ... il a été touché au ventre, disait Alsan. C'est une brûlure assez grave.

– Un sortilège de feu ? risqua Victoria.

– Peut-être, je ne sais pas. Je ne comprends rien à ces choses-là. Tu crois pouvoir le guérir ?

Jack ne comprit pas la réponse de Victoria car à cet instant, Shail gémit de douleur. En apprenant que le magicien était blessé, Jack ressentit lui-même un point à l'estomac et faillit se lever pour savoir comment il allait. Mais il réprima son élan en songeant que Victoria le guérirait. Elle au moins était utile à quelque chose et pouvait utiliser sa magie curative, toujours appréciable en l'absence de Shail. En revanche, lui ne savait absolument rien faire.

Son unique atout était son étrange pouvoir pyrotechnique. Mais, comme il ne connaissait ni son origine ni le moyen de le contrôler, ce don restait lettre morte. Sa seule réussite dans ce domaine avait consisté à attirer l'attention de Kirtash... qui avait été fatale à ses parents.

Il se tourna dans son lit, dos à la porte. Il apprenait à se battre, et cependant, malgré tous ses efforts, il ne parviendrait jamais à vaincre Alsan, et encore moins Kirtash. Tous deux étaient plus forts que lui, et le resteraient.

*

Dans la chambre de Shail, la Résistance traversait une crise. Victoria faisait de son mieux pour soigner la terrible blessure que Shail avait au ventre, mais sa magie arrivait tout juste à effacer les contours de la brûlure. Les larmes aux yeux, les mains tremblantes, elle évitait de regarder le visage de Shail, mais elle n'avait pas besoin de le voir pour savoir qu'il souffrait et que sa vie s'éteignait peu à peu.

– Calme-toi. Tu peux y arriver, lui dit Alsan en posant une main sur son épaule.

– Non, Alsan, je ne le crois pas. Je n'ai pas assez de pouvoirs. Il va mourir...

– Certainement pas, Victoria ! répliqua-t-il en lui prenant le menton pour la forcer à se tourner vers lui. Concentre-toi. Il a confiance en toi, et moi aussi.

Victoria inspira longuement pour chasser sa nervosité, puis se pencha sur son ami qu'elle observa fixement. Tout à coup, elle comprit ce qu'elle devait faire.

– Allons dans le bois, déclara-t-elle. Là-bas, ma magie fonctionnera mieux.

Elle fut la première surprise de son assurance, mais elle se fia à son instinct. Alsan ne discuta pas. Tous deux portèrent Shail hors de son lit, puis, non sans mal, à l'extérieur, pour le conduire jusqu'au bois. Victoria l'allongea au pied d'un énorme saule qui s'élevait près du ruisseau et prit une grande bouffée d'air. Elle percevait la magie de la vie qui vibrait dans l'air, sentait que tous ses sens y réagissaient. Rassérénée, elle plaça les mains sur la blessure de Shail et essaya de lui transmettre toute cette énergie.

Alors, lentement, les brûlures de Shail s'estompèrent. L'organisme du jeune sorcier absorbait la force étrange qui émanait des mains de Victoria. Il se l'appropriait, l'utilisait pour régénérer les tissus endommagés. Et la plaie commença à se refermer.

Au bout d'un moment, la poitrine de Shail se souleva et ses yeux s'ouvrirent. Épuisée, Victoria se laissa tomber à son côté. Légèrement étourdi, le jeune homme la regarda et sourit.

– Dis donc, murmura-t-il. C'est toi qui as fait ça ?

Victoria acquiesça, soulagée au plus haut point.

– Tu ne pouvais pas mourir maintenant, répondit-elle, rayonnante. Tu as encore beaucoup de choses à m'apprendre.

– C'est sûr, dit-il à mi-voix, heureux, avant de sombrer dans un profond sommeil.

– Il va bien, confia Victoria avant qu'Alsan ait ouvert la bouche. C'est exactement ce qu'il doit faire : se reposer. Il va dormir un jour ou deux et, quand il se réveillera, il sera comme neuf.

Ils ramenèrent Shail à la maison, et Victoria s'aperçut qu'Alsan boitait. Il ne s'en était pas plaint, mais elle supposa qu'il s'était fait une foulure ou une entorse. Elle promit de le soigner lui aussi dès qu'ils auraient réinstallé Shail dans sa chambre.

– Dis-moi, Alsan... que s'est-il passé au juste ?

Le visage du jeune homme s'assombrit.

– Nous sommes une fois de plus arrivés trop tard, Victoria, répondit-il.

*

Jack était toujours plongé dans ses idées noires quand on frappa à sa porte. N'ayant pas obtenu de réponse, son visiteur l'entrouvrit. Jack pensa un instant qu'il s'agissait d'Alsan, qui venait s'excuser de l'avoir blessé ou voir comment il allait.

– Jack ? Tu dors ?

C'était la voix de Victoria, qui ne pouvait le voir, car il lui tournait le dos.

– Non.

– Tu es encore fâché ?

– Pas contre toi.

À son intonation elle comprit qu'il préférait ne pas aborder ce sujet, elle n'insista donc pas.

– Alsan et Shail sont rentrés de Chine. Ils se sont battus contre Elrion et Kirtash, et Shail a été blessé. Il était très mal en point, ils ont failli ne pas pouvoir revenir...

Elle s'interrompit, hésitante, ne sachant pas si Jack l'écoutait. Il se retourna.

– Et comment va-t-il, maintenant ? fit-il en soupirant.

– J'ai réussi à le guérir, mais il est faible. Il lui faudra un peu de temps pour récupérer.

– Tant mieux pour toi, dit Jack d'un ton enjoué. Tu es bien meilleure magicienne que tu ne l'imagines.

Victoria sourit, embarrassée.

– Alsan est de mauvaise humeur. La mission s'est mal déroulée. Il était trop tard.

Jack eut l'estomac retourné en entendant ces mots. Il se rappela les paroles que le chef de la Résistance lui avait adressées un peu plus tôt : « Une vie est peut-être en danger et chaque minute compte. »

– Qui était-ce ? demanda-t-il.

– Des sorciers célestes. Un groupe de cinq, peut-être une famille, nous n'en sommes pas sûrs.

Jack se sentit encore plus mal. Les sorciers célestes ressemblaient aux humains, mais ils étaient plus grands. Ils avaient le crâne chauve et très développé, de grands yeux noirs et la peau bleu ciel. Comme tous les Idhunites non humains exilés sur Terre, ces cinq personnes avaient sans doute caché leur identité derrière un sortilège d'illusion qui leur donnait une apparence humaine. Lorsqu'ils mouraient, la magie s'annulait et ils reprenaient leurs traits véritables. Jack ne savait pas grand-chose sur ces sorciers. Cependant, il connaissait leur principale caractéristique : c'étaient des créatures pacifiques qui ne se battaient jamais. Les mots « assassinat », « violence », « guerre » ou « trahison » n'existaient même pas dans la forme d'idhunaïque qu'ils parlaient. Tuer un sorcier céleste de sang-froid était presque pire que de tuer un enfant.

Mais ils pratiquaient la magie et s'étaient échappés d'Idhun. Leurs ennemis les considéraient comme des traîtres et voyaient en eux une menace, raison pour laquelle on les avait désignés comme cible à Kirtash.

– Kirtash se débarrassait des corps quand Shail et Alsan sont arrivés, ajouta Victoria. Les sorciers célestes étaient probablement déjà morts quand l'Âme les a détectés.

Jack crispa les poings de rage. Il n'y avait pas au monde d'être plus impitoyable ni plus machiavélique que Kirtash. Savoir qu'à quinze ans à peine, il commettait de telles atrocités lui faisait froid dans le dos. Pour le bien de tous, il était préférable que ce garçon n'atteigne pas l'âge adulte.

Comme Jack gardait le silence, Victoria s'écarta de la porte.

– Je vais voir Shail, annonça-t-elle. Il dormait quand je l'ai quitté. Si tu comptes lui rendre visite, je te conseille d'attendre qu'il ait repris connaissance.

– D'accord. Bonne nuit.

– Bonne nuit.

Victoria partie, Jack ne se sentit pas mieux. Il aurait préféré que Victoria reste avec lui car il avait besoin de parler à quelqu'un. Par ailleurs, il s'attendait à ce qu'Alsan frappe à sa porte. Après leur dispute, c'était la moindre des choses.

Mais Alsan ne vint pas, et Jack s'endormit malgré lui.

Il se réveilla quelques heures plus tard. Son réveil indiquait qu'il était dix heures trente à Madrid, et il se fit la réflexion que Victoria était déjà rentrée chez elle. Elle devait être au collège, à essayer de se concentrer en cours de mathématiques, d'anglais ou d'autre chose, alors que son esprit était à des lieues de là, avec Shail, qui se remettait de son atroce blessure.

Jack se leva et s'étira. Comme toujours, il faisait nuit dans la maison de la frontière mais, pour lui, une nouvelle journée commençait. Néanmoins, il se sentait aussi mal que la veille. Il n'avait pas encore fait la paix avec Alsan et ne lui pardonnait toujours pas sa conduite.

En pyjama, il sortit dans le couloir et s'arrêta un instant devant la chambre de Shail, dont la porte était entrebâillée. Il le vit allongé dans son lit, plongé dans un sommeil tranquille et réparateur. Il sourit. Le magicien allait s'en sortir.

Il alla dans la cuisine pour préparer son petit déjeuner et y trouva Alsan, déjà habillé, qui terminait son repas. Il voulut parler, mais le jeune homme le prit de vitesse.

– Tu es encore en pyjama, mon garçon ? Tu vas être en retard à l'entraînement.

– Pardon ? s'étonna Jack.

– Je t'attends dans la salle, dit Alsan, une main sur la poignée de la porte.

– Mais...

– Ne tarde pas.

Alsan quitta la pièce sans lui laisser le temps de rien ajouter. Jack serra les poings, furieux. Il songea qu'il n'irait pas rejoindre Alsan, puis se ravisa, décidé à montrer à ce prince bouffi d'orgueil ce qu'il était capable de faire. Il se dépêcha d'avaler son petit déjeuner, s'habilla à la hâte. Un quart d'heure plus tard, il était dans la salle d'armes.

Il n'avait pas franchi la porte qu'Alsan lui lançait l'épée d'entraînement, qu'il attrapa au vol.

– En garde ! dit Alsan, très sérieux.

Jack plissa les yeux, serra les dents et acquiesça, rageur.

Jamais au cours des quatre mois qu'il avait passés à Limbhad il n'avait été autant mis à l'épreuve. Il fit tout son possible pour donner le meilleur de lui-même, mais Alsan le désarma à chaque estocade. Alors Jack, découragé, comprit que, si ce duel avait été vrai, il serait déjà mort quinze fois. Alsan se garda de tout commentaire. Sans un mot, il l'obligea à se relever pour reprendre l'épée et poursuivre le combat. Et s'il y mettait toute son âme, Jack se sentait ridicule et de plus en plus maladroit. Il perdait de son assurance, accumulait les fautes.

Épuisé, il fit une énième chute et sentit la pointe émoussée de l'épée d'Alsan sur sa poitrine. Il leva les yeux et constata que le jeune homme le regardait sévèrement, d'un air imperturbable.

– Tu n'es pas prêt, se contenta-t-il de murmurer.

Il retira l'épée et sortit de la salle sans rien ajouter.

Jack resta là, assis par terre, rouge de colère et de honte. Certes, Alsan était plus âgé que lui et plus expérimenté pour croiser l'épée, mais il n'avait pas besoin de l'humilier ainsi. Jack contint ses larmes et alla se doucher. Il se jura que, la prochaine fois, il se surpasserait et lui prouverait qu'il était prêt...

Après le déjeuner, Alsan vaqua à d'autres occupations et Jack se rendit seul dans la salle d'armes, où il s'entraîna tout l'après-midi, retravaillant les mouvements, les feintes et les attaques qu'il connaissait. Puis vint le moment où ses bras et ses épaules furent si douloureux qu'il pouvait à peine soulever son arme. Alors seulement, il s'autorisa un peu de repos.

Le lendemain, il ne se plaignit pas de ses courbatures. À l'entraînement, il multiplia rageusement les offensives, mais Alsan le désarma encore et toujours avec une facilité déconcertante. Leur camaraderie semblait s'être évanouie. Alsan se montrait froid, sévère et distant, et Jack était trop fier pour s'avouer que cette attitude le blessait ou pour admettre que son ami avait raison, qu'il lui restait encore beaucoup de choses à apprendre. Il se relevait donc, reprenait son épée et se remettait en garde, même s'il n'en pouvait plus. Cette situation se prolongea jusqu'à ce qu'Alsan décide de mettre un terme à l'entraînement sans un mot d'encouragement ou de soutien. Hors d'haleine, immobile, silencieux, Jack ne lâchait pas son épée et refusait de s'effondrer. Ce n'est que lorsque son maître sortit de la pièce qu'il se laissa choir à terre et demeura là, à bout de forces, persuadé qu'il n'allait plus pouvoir se relever.

Mais il reprit courage et revint s'entraîner en solitaire après le repas, comme la veille. Il ne rengaina son épée que lorsqu'il fut fourbu.

Il observa la même discipline le lendemain et le surlendemain.

Il s'entraînait jusqu'à tomber de fatigue. Parfois, le découragement le gagnait et il frappait les murs de la salle, se meurtrissant les poings, ou versait des larmes de désespoir, mais jamais en présence d'Alsan. Ensuite il se ressaisissait, empoignait de nouveau son épée et refaisait inlassablement les mêmes mouvements, attaques, défenses et feintes.

Muré dans le silence, il ne parlait plus guère à ses compagnons, pas même à Victoria. Il était si obsédé par son entraînement qu'il ne semblait pas se rappeler qu'elle existait. Parfois, quand la fatigue et la douleur musculaire l'empêchaient de dormir, il pensait à elle. Il avait envie de lui dire ce qui se passait, puis il changeait d'avis, ne voulant pas lui ajouter d'autres problèmes. Par ailleurs, il avait honte de reconnaître qu'il n'était pas à la hauteur des attentes d'Alsan, qu'il ne méritait pas de faire partie de la Résistance malgré tous ses efforts.

Le lendemain, ponctuel, il se présenta devant Alsan dans la salle d'entraînement, le provoqua, tenta de parer ses coups, de lutter dans l'espoir de le vaincre, ne serait-ce qu'une seule fois, même s'il était harassé.

Un jour, il ne se réveilla pas et manqua son rendez-vous quotidien avec Alsan. Quand il lut l'heure, il s'arracha avec peine de son lit et se précipita dans la salle d'armes, mais Alsan n'y était plus. Il le chercha en vain dans toute la maison. Shail avait lui aussi disparu. Quelques jours plus tôt, le jeune magicien était sorti de son sommeil réparateur, et Jack supposa qu'ils étaient partis tous les deux effectuer l'une de ces « missions de reconnaissance » auxquelles il n'était pas convié. Il serra les poings avec fureur, quasiment certain que leurs activités ne concernaient pas Kirtash, comme les fois où la Résistance détectait sa présence quelque part dans le monde. Jack y voyait un autre motif de mécontentement : apparemment, ces expéditions ne présentaient pas de risques. Pourquoi, dans ce cas, le tenir encore à l'écart ?

Victoria n'était pas à Limbhad non plus, de sorte que Jack avait la maison pour lui tout seul. Il s'enferma quelques heures dans sa chambre, contrarié ; il n'avait même pas envie de s'entraîner. Il ressassait l'idée qu'Alsan lui avait prouvé son inutilité dans la Résistance, et fait comprendre qu'il serait vite tué si jamais il sortait de Limbhad. Jack était prêt à accepter son manque de talent, à se résoudre à ce séjour obligé le temps qu'il faudrait... mais il devait faire quelque chose, n'importe quoi. Victoria, elle, avait des dons de guérisseuse, mais lui... vers quoi allait-il s'orienter ?

Il songea tout à coup qu'il pourrait se rendre utile en cherchant des informations. Il se releva d'un bond, heureux de sa trouvaille. Shail et Alsan arrivaient toujours trop tard pour sauver les victimes de Kirtash parce qu'il leur était impossible d'observer constamment le monde à travers l'Âme, pour contrôler les faits et gestes de leur ennemi. Il se serait volontiers acquitté de cette tâche s'il avait su comment s'y prendre.

Il hésitait. C'était la première fois qu'il songeait à utiliser l'Âme, et il se demanda si elle serait disposée à lui montrer ce qu'il voulait voir. Quoi qu'il en soit, cela ne coûtait rien d'essayer.

5
FACE À FACE

Jack monta en silence le grand escalier en colimaçon qui menait à la bibliothèque, dont il n'eut qu'à pousser la porte pour entrer. Il n'y était pas retourné seul depuis le jour de son arrivée, et il frissonna au souvenir des visions fantastiques qu'il y avait contemplées.

Il referma la porte derrière lui et regarda la salle plongée dans la pénombre et le silence. L'immense table ronde trônait toujours au milieu, entourée de ses six chaises et de centaines de vieux volumes écrits en idhunaïque ancien, reliés de cuir, alignés sur les hautes étagères murales.

– Lumière, dit Jack.

Les torches s'embrasèrent dans un crépitement. Jack ne put s'empêcher de sourire. Alsan lui avait expliqué qu'à l'exception du petit temple du jardin, où l'on adorait les dieux d'Idhun, cette pièce était le lieu le plus important de Limbhad, raison pour laquelle il n'avait pas permis à Shail d'y changer quoi que ce soit en y introduisant des machines d'origine terrienne. Ici, il suffisait d'exprimer son désir à voix haute pour que la lumière s'allume. Le même système permettait d'ouvrir les fenêtres de la maison, faites dans cet étrange matériau flexible qui apparaissait ou disparaissait à la demande. Jack sourit encore lorsqu'il se rappela comment, lors de sa première nuit à Limbhad, il avait cherché en vain à les forcer. Il ne croyait guère à la magie quatre mois auparavant.

Il s'était passé tant de choses depuis cette nuit-là...

Il s'approcha de la table, intimidé, et observa les étranges symboles et gravures qui l'ornaient. Grâce à l'amulette de communication que lui avait donnée Victoria, il pouvait parler, comprendre et lire l'idhunaïque moderne, mais pas l'idhunaïque ancien, une langue mystérieuse et ésotérique qui n'était plus utilisée que par les magiciens.

Shail lui avait raconté l'histoire de Limbhad et de cette bibliothèque.

En des temps reculés, l'hostilité entre les magiciens et les prêtres s'était aggravée au point qu'une grande guerre avait éclaté. Les sorciers avaient perdu. Pourchassés et harcelés par une caste de prêtres qui les présentaient au peuple comme des adorateurs du Septième, le dieu obscur, ils avaient dû prendre la fuite.

– Ils ont ouvert un portail interdimensionnel vers la Terre, lui avait expliqué Shail, mais, à l'époque de l'Inquisition et de la chasse aux sorcières, ils étaient mal tombés. Certains se sont réfugiés auprès de peuples primitifs qui respectaient encore la magie ; d'autres sont revenus sur leurs pas et ont créé Limbhad, où ils se sont cachés en attendant de pouvoir regagner Idhun. Au fil des siècles, toute l'information concernant Limbhad qui avait été archivée s'était perdue et, quand j'ai commencé à étudier son passé, c'était tout au plus une légende.

Puis l'histoire s'était répétée et une nouvelle génération de magiciens avait quitté Idhun.

Alsan et Shail révélèrent à Jack qu'ils avaient découvert Limbhad par hasard. En tombant dans le tunnel interdimensionnel, ils avaient légèrement dévié de la trajectoire prévue et s'étaient retrouvés dans la maison de la frontière, ce qui favorisait beaucoup leurs projets. Hélas, il leur était impossible de contacter les magiciens idhunites exilés sur Terre. Humains, êtres féeriques, géants, célestes, varus ou yans, c'est-à-dire les principales espèces intelligentes d'Idhun, se cachaient parmi les Terriens, dont ils avaient pris l'apparence. Toute pratique de la magie leur était interdite sous peine d'attirer sur eux l'attention de Kirtash.

C'était l'Âme qui leur avait expliqué cela, comme elle avait appris à Jack ce qui s'était passé à Idhun le jour où les six astres s'étaient assemblés dans le ciel en une conjonction terrifiante.

– Il s'agissait des trois soleils et des trois lunes, n'est-ce pas ? demanda Jack à Alsan. En s'assemblant dans le ciel, ils ont provoqué la mort des dragons. Je l'ai vu.

– Pas exactement, avait répondu son ami. L'hexagone formé par les six astres dans le ciel est le symbole d'Idhun. Cette conjonction ne se produit qu'une fois tous les deux ou trois siècles et n'entraîne pas forcément une catastrophe. Elle peut aussi donner lieu à de grands miracles. Une énergie folle se dégage des six astres... Alors tout dépend de qui s'en sert et de ce qu'il en fait.

– Jusqu'à ce jour-là, poursuivit Shail en blêmissant, aucun mortel n'avait réussi à provoquer une conjonction. Mais Ashran le Nécromancien l'a fait et a employé l'immense pouvoir de l'hexagone pour communiquer avec les sheks ; il leur a ouvert la porte qui leur permettait de revenir à Idhun et leur a livré notre monde sur un plateau d'argent.

– Les serpents ailés ! s'exclama Jack en esquissant un geste de dégoût. Il y en avait des centaines.

– Les sheks sont les créatures les plus meurtrières d'Idhun, et les seuls êtres à pouvoir vaincre les dragons, dit Alsan en détachant chacune de ses syllabes.

Jack ne posa pas d'autres questions. Ce qu'Alsan et Shail lui racontaient à propos d'Idhun ne l'intéressait que jusqu'à un certain point. Il n'y était jamais allé et, s'il avait déjà vu ce monde, il ne s'en souvenait pas. L'idée que des créatures telles que des serpents ailés ou des dragons existent vraiment lui paraissait encore trop fantasque.

En revanche, Kirtash était bien réel.

Il s'assit sur l'une des hautes chaises autour de la table ronde, inspira longuement et tâcha de se concentrer. Puis il posa les mains sur la table et appela en silence l'esprit de Limbhad.

La présence de l'Âme l'envahit presque aussitôt. Pour ne pas se laisser distraire, il garda les yeux clos, même s'il savait qu'au centre de la table, l'étrange phénomène auquel il avait déjà assisté se reproduisait : une sphère de lumière brillante tournoyait sur elle-même…

« Je veux te demander quelque chose », pensa-t-il sans pouvoir s'empêcher de se sentir ridicule.

L'Âme ne lui répondit pas de manière claire et directe, mais Jack était sûr qu'elle avait reçu son message et attendait qu'il pose sa question.

« Je voudrais que tu me montres quelqu'un, sur la Terre. »

L'Âme ne se manifestait toujours pas, mais Jack comprit qu'elle émettait des réserves et cherchait à lui dire que même l'esprit de Limbhad ne pouvait trouver quelqu'un si celui-ci ne voulait pas être localisé et utilisait la magie pour échapper à son regard… comme tous les sorciers idhunites exilés. Le camouflage magique ne requérait pas une grande quantité d'énergie et même s'il était le produit d'un sortilège, il était presque indétectable.

Cependant, la personne que cherchait Jack n'avait aucune raison de se cacher. Kirtash faisait partie du camp des vainqueurs et était habitué à ce qu'on le fuie, pas à ce qu'on aille à sa rencontre.

« Montre-moi Kirtash, supplia Jack. Je veux voir où il est et ce qu'il fait. »

L'Âme n'ayant pas émis d'objection, Jack ouvrit les yeux.

Devenue bleutée, la sphère brillante tournait à une vitesse vertigineuse. Jack comprit que Kirtash était sur Terre.

Il eut tout à coup l'impression d'être englouti par la représentation en trois dimensions de sa planète et de traverser les nuages. Il fut pris de panique mais se ressaisit et se répéta que tout cela n'était pas réel, qu'il s'agissait d'une vision. Il s'immobilisa et regarda en bas.

Il flottait. À ses pieds, le monde tournait plus vite que la normale. Au loin, il distingua l'ombre d'une grande ville aux immeubles très hauts, touchant presque les nuages du ciel nocturne. Il était déconcerté. Cette ville lui semblait familière, mais il ne parvenait pas à la situer. Fortement attiré par cet endroit, il se laissa guider par son instinct et, quand il survola les gratte-ciel, il eut de nouveau une sensation grisante. Il évitait de trop regarder les lumières aveuglantes de cette métropole, puis constata qu'elle bougeait de plus en plus vite et devina qu'il approchait du but. Les contours des bâtiments se succédaient à folle allure à ses pieds, les bruits n'étaient plus qu'un murmure confus, et il était impossible d'identifier un son...

Soudain, il s'arrêta. Il regarda autour de lui. Il se trouvait à présent dans un quartier d'immeubles anciens et austères, dont l'élégante dignité évoquait la grandeur des temps passés. Non loin de là s'élevait une construction postmoderne très voyante, en brique rouge et aux toits gris. Devant, dans une vaste cour, une statue d'homme assis semblait veiller sur cet immeuble en forme de trapèze. Toutefois, ce ne fut pas elle qui attira l'attention de Jack, mais l'ombre qui se dressait sur l'une des terrasses et contemplait la ville s'étendant à ses pieds. Il était presque impossible de voir la silhouette sombre, qui se confondait avec le ciel nocturne, mais Jack la détecta tout de suite et s'obligea – lui ou sa représentation astrale, peu importait – à s'approcher. Grande et svelte, avec une certaine allure, mais adoptant une position faussement décontractée, cette présence n'inspirait cependant pas confiance. Un observateur attentif pouvait en effet déceler sous ce calme apparent les muscles tendus d'un prédateur guettant sa proie.

Kirtash.

Jack resta un instant immobile, retenant son souffle. Kirtash ne l'avait pas vu puisqu'il ne se trouvait pas là-bas physiquement. Indécis, Jack ne fit pas un geste, puis aperçut une autre silhouette sur la terrasse : un homme aux cheveux noirs et aux traits fins et aristocratiques. Jack ne le reconnut pas tout de suite car il avait troqué sa tunique contre des vêtements ordinaires, mais, quand il se rapprocha, le garçon l'identifia aussitôt.

C'était Elrion, le magicien qui avait tué ses parents.

Il sentit la colère monter en lui et se contrôla en se rappelant qu'il devait recueillir des informations pour être utile à la Résistance. Il se demandait ce qu'ils faisaient là, tous les deux. Le magicien s'avança vers Kirtash et lui tendit quelque chose. Jack plissa les yeux pour mieux voir.

C'était un livre, un volume apparemment très ancien. Sa reliure de cuir ne portait pas de titre, mais Jack reconnut un hexagone. Kirtash sourit, satisfait, quand Elrion l'ouvrit pour lui montrer une page au hasard. Jack s'approcha encore et tenta de lire ce qui y figurait. Elle était couverte de symboles idhunaïques qu'il ne parvenait pas à déchiffrer. Il en conclut qu'il s'agissait de l'ancienne langue. La curiosité le gagna. Où avaient-ils déniché ce livre ? Où étaient-ils exactement ?

Kirtash s'empara de l'ouvrage, qu'il referma d'un geste. Jack voulut s'éloigner, mais se retrouva malgré lui juste derrière le jeune assassin. Tout en sachant qu'il n'était qu'une sorte de mirage, il ne put réprimer son inquiétude.

Alors Kirtash fit volte-face dans un mouvement si rapide qu'il sortit presque du champ de vision de Jack. Quand le garçon reprit son sang-froid, il vit les yeux glacés et assassins de Kirtash dardés sur lui.

Il recula sans pouvoir détacher son regard de Kirtash et eut de nouveau cette horrible sensation.

Il avait froid.

Un grand frisson le parcourut de la tête aux pieds, tandis qu'une force mystérieuse explorait son esprit, comme quatre mois plus tôt, à Silkeborg. Alors, comme le jour du meurtre de ses parents, il eut la conviction que s'il continuait à regarder Kirtash droit dans les yeux, il mourrait.

Il tenta de faire quelques pas en arrière, mais ce regard l'hypnotisait. Il voulut crier, mais aucun son ne sortit de sa bouche.

Puis il sentit qu'on le tirait en arrière, que tout recommençait à tournoyer. Après quoi, il fut plongé dans le noir.

*

Quand il se réveilla, il était par terre, dans la bibliothèque de Limbhad, le souffle court, grelottant, comme en état d'hypothermie. Alsan se tenait devant lui, le secouait, furieux, et lui criait des mots qu'il ne comprit pas tout de suite. Il essaya de se relever. Ce que lui disait Alsan commençait à prendre forme dans son esprit :

– ... complètement fou, on dirait que tu n'as rien retenu de ce que je t'ai appris ! N'essaie jamais, jamais d'affronter Kirtash seul ! Il a failli te tuer !

– Par... pardon ? balbutia Jack, encore étourdi. Je n'étais pas là-bas ! Mon corps...

– Kirtash tue avec son regard, Jack.

C'était Shail qui venait de parler. Jack plissa les yeux et le distingua derrière Alsan.

– S'il atteint ton esprit, tu es perdu. Une chance que nous ayons pu te tirer de là !

– Tu es un inconscient, mon garçon, dit Alsan en le lâchant. Tu n'as pas encore saisi avec qui tu joues ? Notre ennemi a soumis tout un monde et fait disparaître les deux espèces les plus puissantes d'Idhun en un jour ! Et toi, tu crois que tu peux affronter seul l'un des siens, quelqu'un en qui il a assez confiance pour lui assigner une mission comme celle-ci ?

– Je suis désolé, murmura Jack, dépité.

– Bon, ça aurait pu être pire, soupira Alsan, exaspéré.

– Bien pire, reconnut Shail qui examinait les contours lumineux et changeants de la sphère dans laquelle se matérialisait l'Âme. Non seulement tu aurais pu mourir, mais Kirtash aurait pu remonter jusqu'à nous à travers ton esprit. Limbhad aurait donc cessé d'être un endroit sûr pour la Résistance.

Cette révélation ébranla Jack comme un coup de massue.

– Je n'en avais pas idée, marmonna-t-il, accablé, en imaginant les graves conséquences que cela aurait entraînées. Je suis désolé, j'ai été stupide.

– Nous nous en sommes rendu compte, grogna Alsan en se levant. Retourne dans ta chambre.

– Et tâche de te reposer, ajouta Shail pour atténuer la dureté des paroles de son ami. Je suis sûr que maintenant tu as une bonne migraine.

Jack obtempéra, le cœur gros. Une fois dans sa chambre, il se jeta sur son lit et ferma les yeux dans l'espoir comme bien souvent, que, lorsqu'il les rouvrirait, il découvrirait peut-être que tout cela n'avait été qu'un mauvais rêve, qu'il était toujours dans sa ferme, au Danemark, avec ses parents.

Mais cela n'arrivait jamais.

Il en alla de même ce jour-là. Il s'éveilla et vit le plafond arrondi de sa chambre, à Limbhad. C'était une pièce chaleureuse qu'il s'était efforcé de rendre plus intime, mais ce n'était toujours pas chez lui.

Il se sentit alors plus déprimé que d'habitude. Il regrettait infiniment d'avoir été assez sot pour épier Kirtash à travers l'Âme, et se demanda si Alsan lui pardonnerait d'avoir mis son entreprise en péril en agissant de manière précipitée et irréfléchie. Il espérait que son ami ne lui en tiendrait pas trop longtemps rigueur. Malgré la froideur que lui avait témoignée Alsan ces jours derniers, il avait conscience que son amitié lui était très chère, sans doute parce qu'en dehors de sa vie et de son orgueil, il lui restait bien peu de choses.

On frappa quelques coups discrets à sa porte. Jack pensa qu'il s'agissait de Shail ou de Victoria.

– Entrez, murmura-t-il en se redressant.

La porte s'ouvrit devant Alsan. Partagé entre la surprise et la méfiance, Jack le regardait.

– Inutile de venir me gronder, s'empressa-t-il de grogner sans lui laisser le temps d'ouvrir la bouche. Je t'ai déjà demandé pardon.

– Il ne s'agit pas de cela, mon garçon, dit Alsan en secouant la tête. Il faut que je te parle.

Assis sur son lit, Jack s'adossa au mur.

– Je sais ce que tu vas me dire, susurra-t-il. Que je ne suis pas prêt à être membre de la Résistance, c'est cela ? Et que je ne le serai jamais.

À sa grande surprise, Alsan eut un franc sourire.

– Rien n'est plus éloigné de la réalité, Jack. Tu es l'élève le plus prometteur que j'aie jamais eu.

Jack le dévisagea, bouche bée.

– Tu me fais marcher ou quoi ?

– Absolument pas. Et je t'assure que j'ai entraîné beaucoup de garçons dans mon royaume, Jack. Des garçons de ton âge, des fils de nobles qui espéraient devenir capitaines dans l'armée de mon père. J'aimais me mesurer à eux afin de connaître les qualités et les défauts de mes futurs chevaliers. Pas un seul d'entre eux n'avait ton tempérament et ton opiniâtreté. Aucun n'a progressé aussi vite que toi dans le maniement de l'épée.

Les yeux de Jack s'emplirent de larmes qu'il chercha à contenir en clignant des paupières.

– Pourquoi ne me l'as-tu pas dit plus tôt ? lui lança-t-il sur le ton du reproche.

– Il y a quelque chose que je n'aime pas en toi... cette rage, cette haine qui t'animent, cette fierté qui te pousse à commettre des imprudences qui pourraient te coûter la vie. J'ai dû t'humilier, te marquer physiquement et psychologiquement pour qu'enfin tu te mettes à réfléchir et apprennes à être patient. Mais j'avoue que je ne m'attendais pas à ce que tu réagisses comme tu l'as fait... en épiant Kirtash à travers l'Âme...

– Je voulais me rendre utile d'une façon ou d'une autre, murmura Jack.

– Tu es utile, Jack. Je te tiens à l'écart de tout cela pour deux raisons : d'abord parce que tu es obsédé par Kirtash et que tu perds la raison dès qu'il s'agit de lui. Tant que tu seras aussi téméraire, il aura toutes les chances de gagner. Il ne lui en coûtera rien de te tuer quand vous vous reverrez. Même si tu t'entraînes beaucoup, ton ennemi sera toujours plus froid, plus calme que toi. La deuxième raison, c'est que je ne veux pas perdre trop tôt le grand guerrier que tu vas bientôt être… ni l'ami que tu es déjà pour moi. Je pense donc qu'il faut t'éloigner de Kirtash jusqu'à ce que tu aies surmonté la mort de tes parents et que tu sois capable de l'affronter plus sereinement.

Jack était gêné. Alsan gardait le silence.

– Je comprends. J'ai fait une gaffe, pas vrai ? demanda Jack d'une voix étranglée, abattu.

– Nous commettons tous des erreurs, mon garçon, dit Alsan. Ce n'est pas grave. Ce qui compte réellement, c'est que tu y voies un peu plus clair dans tout cela. Tu saisis ?

Jack acquiesça et lui lança un regard plein de gratitude. Toute sa rage et sa rancœur s'étaient évanouies.

– Je comprends. Je ne te décevrai plus, Alsan. Je te le promets.

Alsan sourit.

– Je sais, mon garçon, répondit-il en lui ébouriffant les cheveux avec tendresse. Je compte sur toi et je sais que tu tiendras parole.

Jack lui rendit son sourire. Alsan sortit de la chambre sans rien ajouter. Jack se sentait bien mieux, comme si on lui avait enlevé un énorme poids. Il pensa à Victoria et à tout ce qui s'était passé ces derniers jours. Il se leva d'un bond. Il avait quelque chose à régler avec elle.

Il la chercha dans la maison et la trouva dans sa chambre, en train de lire. Il frappa doucement à sa porte pour annoncer sa présence.

– Salut ! lança-t-il. Je peux te parler une minute ?

– Bien sûr, répondit Victoria en fermant son livre. Entre.

Jack s'assit sur une chaise, tout près d'elle.

– Cela fait plusieurs jours que je ne t'adresse pas la parole, lui annonça-t-il en plongeant son regard dans le sien. Je t'ignorais parce que j'étais obsédé par mon entraînement. Je veux que tu saches... que je n'ai rien contre toi, bien au contraire, mais que parfois j'oublie ce qui compte réellement. Je me suis comporté comme un idiot et je veux te demander pardon.

Victoria ne soufflait mot.

– Tu me pardonnes ? répéta Jack à voix basse.

– Bien sûr, répondit-elle. Je... je te voyais t'entraîner toute la journée et je m'inquiétais pour toi, mais je n'ai pas voulu m'en mêler...

– Tu as le droit de tout me dire, la coupa Jack, très sérieux. Alsan me trouve orgueilleux, impulsif et téméraire. Il estime que, si je ne me corrige pas, tout ce que je réussirai à faire, c'est d'aller à la mort. Je crois qu'il a raison. Comme tu es beaucoup plus raisonnable que moi, cela me ferait du bien que tu me tiennes un peu en bride.

Victoria le dévisagea un instant, croyant peut-être qu'il se moquait d'elle, mais il n'en était rien.

– D'accord, j'interviendrai si c'est ce que tu veux ! s'exclama-t-elle dans un grand éclat de rire. Mais, après, ne viens pas te plaindre !

– Merci de ne pas m'en vouloir, se contenta-t-il de dire.

– Il n'y a pas de quoi, Jack. Nous sommes des amis, pas vrai ?

– Bien sûr, répondit-il en lui prenant la main et en la serrant avec force. J'ignore si c'est parce que nous passons tant de temps ensemble, que nous avons tous ces points communs, ou pour une autre raison, mais tu es la meilleure amie que j'aie jamais eue.

Victoria rougit, flattée, et accepta le compliment d'un hochement de tête. Un bref silence s'installa entre eux. Jack la regarda et comprit qu'elle voulait lui poser une question. Mais elle hésitait à la formuler.

– Quoi ? demanda-t-il.

– Tu l'as vu, n'est-ce pas ? souffla-t-elle. Où était-il ? Que faisait-il ?

Jack savait qu'elle parlait de Kirtash, car il reconnaissait le ton étrange qu'elle adoptait lorsqu'elle faisait allusion à lui, même sans prononcer son nom. Il fronça les sourcils. Après les mises en garde d'Alsan et de Shail, cette histoire lui était sortie de l'esprit.

– Ce n'était peut-être rien d'important, je ne sais pas, mais d'un autre côté... je ne peux pas croire que Kirtash fasse quelque chose par hasard.

Il lui raconta ce qu'il avait vu à travers l'Âme.

– Un livre de magie idhunite ? s'étonna Victoria. Comme c'est bizarre ! Pourquoi auraient-ils emporté une chose pareille sur Terre ?

– J'aurais parié qu'ils préparaient un mauvais coup, lâcha Jack, pensif. Il se peut que... oh, attends un moment !

Il se leva d'un bond et prit son bloc à dessin, sur la table, puis ses crayons de couleur avant de se rasseoir.

– Ils se trouvaient dans un bâtiment particulier, dit-il en se mordant la lèvre inférieure. Je crois que je saurai le reproduire.

Victoria l'observa en silence pendant qu'il dessinait sur le papier, concentré. Elle attendit qu'il lève les yeux et lui tende le bloc.

– Oh, tu es drôlement doué ! s'exclama-t-elle.

– C'est mon passe-temps depuis que je suis tout petit, répondit-il en haussant les épaules. Alors, est-ce que cet endroit t'évoque quelque chose ?

Victoria examina le dessin avec attention. C'était un bâtiment de forme trapézoïdale, fait de brique rouge, avec des toits gris à différents niveaux. Dans la cour couverte de grandes dalles rouges et blanches trônait la statue d'un homme assis.

– Non, déclara-t-elle au bout de quelques minutes. Mais il ne fait pas de doute que c'est une architecture originale et probablement très connue. Tu peux me laisser ton croquis ? Je vais le scanner et le mettre sur plusieurs sites Internet. Quelqu'un me dira peut-être ce que c'est.

– Bonne idée. Quand nous aurons plus de pistes, nous préviendrons Alsan et Shail. Il se peut que notre découverte soit utile...

*

À des kilomètres de là, sur la terrasse de l'immeuble de brique rouge, secoué par une brise glacée, Kirtash contemplait la ville qui s'étendait à ses pieds. Ses yeux ne trahissaient aucune émotion.

Pourtant, en lui-même, il écumait de rage.

Ce garçon avait osé l'épier. Kirtash avait détecté son intrusion à l'instant même où il s'était approché et avait réussi à entrer en contact avec lui, assez longtemps pour découvrir une série de données vitales.

Il s'appelait Jack et était du côté de la Résistance, il le savait. C'était la deuxième fois qu'il lui filait sous le nez, chaque fois grâce à l'intervention d'un tiers.

Il ne lui donnerait pas d'autres occasions de sauver sa vie.

L'opération de Silkeborg avait été un échec. Elle visait essentiellement Jack, qui aurait dû mourir cette nuit-là. Pourtant, il était encore vivant. Elrion ne s'était pas précipité pour le tuer, et Kirtash se demandait encore pourquoi le magicien avait été si bienveillant à l'égard du garçon. Il aurait dû tuer Elrion mais il s'était ravisé, sans doute parce qu'il n'avait pas d'autre sorcier sous la main et ne pouvait s'offrir le luxe de le perdre.

Kirtash s'alarmait surtout de la rage curieuse qui l'habitait. Peu enclin à s'inquiéter d'un rien, il prenait conscience que ce Jack avait le don de le faire sortir de ses gonds. Or, il détestait que ses propres sentiments lui échappent.

– Kirtash ? demanda Elrion, d'une voix hésitante.

– Nous avons eu de la compagnie, murmura le jeune homme.

– Quoi ? s'étrangla le magicien en regardant autour de lui.

– Ça n'a rien d'étonnant, susurra Kirtash. Ce n'était pas un être physique ou spirituel, mais une conscience, reprit-il en haussant le ton. Voilà pourquoi j'ai senti sa présence, contrairement à toi. Il s'agit d'un membre de la Résistance, et il nous espionnait.

– La Résistance ! se moqua le sorcier. Ce groupe de gamins ? Jamais...

– Ne les sous-estime pas, l'interrompit Kirtash. Moi aussi, je suis un gamin.

– Certes, admit Elrion après avoir observé un bref silence. Tu crois qu'il a découvert quelque chose d'important ?

– Je l'espère, sourit-il.

– Qu'est-ce que tu veux dire ?

Kirtash ne répondit pas. Elrion était le meilleur sorcier qu'Ashran avait pu trouver. Kirtash le savait mais n'arrivait pas à s'habituer à lui. Elrion était trop bruyant et manquait de la discrétion nécessaire pour faire équipe avec le jeune assassin. Et puis, il ne serait jamais aussi efficace que lui. Cependant, il avait à tout prix besoin d'un magicien et Elrion était le seul qu'il ait à sa disposition.

Elrion interpréta mal son silence.

– Pourquoi ne te confies-tu pas à moi ? Tu es encore fâché pour l'histoire de Silkeborg ?

Kirtash se tut. Elrion soupira : il fallait bien admettre qu'il avait tué les parents de Jack sans laisser à Kirtash le temps de les interroger et, surtout, il avait donné l'occasion au garçon de leur filer sous le nez.

– Enfin, reconnais que j'apprends, ajouta Elrion. J'ai même troqué ma tunique contre ces ridicules vêtements terrestres, comme tu me l'as conseillé.

Il recula instinctivement d'un pas lorsque Kirtash se tourna vers lui. Pourquoi ce morveux le mettait-il si mal à l'aise ? Il savait qu'il était très proche d'Ashran le Nécromancien, le puissant allié des serpents sur Idhun, mais ce n'était qu'un enfant doté de pouvoirs surprenants. À moins qu'il se trompe sur son compte...

Quoi qu'il en soit, cette situation l'ennuyait profondément. Il avait consacré toute sa vie à la magie, renoncé à beaucoup de choses et sacrifié de nombreuses années de son existence pour devenir un puissant sorcier. Il acceptait mal d'être dominé de façon aussi évidente par un gosse de quinze ans qui n'était même pas magicien, malgré l'étrange aura qui se dégageait de lui.

Hélas, Elrion ne pouvait pas protester. Ashran, son maître, avait placé Kirtash aux commandes, et, même si cela l'irritait beaucoup, il devait obéir à ses ordres.

– J'ai des projets qui ne sont pas de ton ressort, déclara Kirtash en détachant chacune de ses syllabes. Cette fois, je ne veux pas d'interférences.

– Parfait, murmura Elrion au bout d'un moment, mais c'est contraire aux ordres d'Ashran.

Kirtash ne daigna pas lui répondre. Il lui tourna le dos pour s'intéresser à la ville qui s'agitait à ses pieds malgré l'heure tardive, et la contempla comme un conquistador qui arrive dans un monde nouveau et étrange, porteur de multiples promesses.

6
LE LIVRE DE LA TROISIÈME ÈRE

Jack esquiva l'estocade d'Alsan et contre-attaqua à la vitesse de la lumière. Mais le jeune Idhunite l'attendait et trouva une parade. Lorsqu'il s'en aperçut, le garçon déplaça son épée de telle sorte qu'elle croise celle d'Alsan, qui dut se baisser pour éviter le coup. Le prince répliqua par une feinte sur le flanc non protégé de Jack. À sa grande surprise, il trouva l'épée du jeune garçon prête à le recevoir. Les lames se heurtèrent, dans une gerbe d'étincelles. Les deux combattants reculèrent de quelques pas et s'immobilisèrent, haletants, s'observant avec méfiance.

– Tu apprends vite, constata Alsan.

Jack hocha la tête, reconnaissant du compliment, mais il se garda de sourire. Il redoublait d'efforts pour retrouver l'affection d'Alsan, bien que ce dernier l'ait déçu. Et, même s'ils avaient fait la paix, il craignait que rien ne soit plus comme avant.

À Idhun, Alsan avait été un chef, un héritier élevé dans le devoir, la discipline et l'effort. Peu auraient accepté que le destin de la Résistance et d'Idhun repose entre leurs mains. Lui avait endossé de bon gré cette responsabilité qu'il considérait comme une obligation, et il avait conscience de l'importance de sa mission. Voilà pourquoi tout ce qui se rapportait à la

Résistance et à la sécurité de Limbhad était pour lui d'une importance capitale.

Or Jack avait failli tout détruire.

Pour sa part, Alsan n'était pas en faute. Il avait appris à son élève à être rigoureux et calme, à contenir ses émotions. Mais Jack n'avait pas voulu suivre ses conseils et s'était emballé en croyant pouvoir tout contrôler. Il s'était montré orgueilleux et inconscient.

Après quelques jours de repos, il avait repris ses leçons avec humilité. Alsan semblait lui avoir pardonné et tout avait l'air normal. Pourtant, quelque chose avait changé.

Jack leva son épée. Il vit Alsan venir vers lui, mais resta dans cette position, ferme et serein, la tête froide. Il calcula le moment propice puis esquissa un geste du côté droit, et se déplaça sur sa gauche, déconcertant son rival. Alsan fut légèrement déséquilibré et, le temps qu'il se ressaisisse, la pointe de l'épée de Jack l'avait touché au cœur.

– Tu es mort, dit Jack d'une voix posée.

Alsan le considéra gravement. Le garçon soutint son regard, imperturbable. Alors un sourire s'ébaucha sur les lèvres d'Alsan.

– Sapristi, mon garçon ! Je ne t'ai pas encore enseigné cette feinte.

– Si, tu l'as fait, répliqua Jack. Je t'ai observé l'autre jour et j'ai retenu ce mouvement, tout simplement.

– Je vois que tu as appris la leçon.

C'était une appréciation positive, cependant Jack se sentit un peu froissé. Certes, il s'était comporté comme un idiot, un inconscient. À présent, il savait que la rage ne le conduirait nulle part. Alsan était un bon guerrier parce qu'il était aussi un bon stratège capable de garder son sang-froid. Il ne laissait pas la colère brouiller sa vision objective des choses.

– Ça suffit pour aujourd'hui, déclara Alsan, et Jack acquiesça sans discuter.

Quelque temps plus tôt, avant d'avoir vu Kirtash à travers l'Âme, il aurait été extrêmement fier d'avoir battu Alsan à l'entraînement. Maintenant, il était satisfait, mais minimisait l'importance de cette victoire. « J'ai encore beaucoup de choses à apprendre », se dit-il.

Il courut se doucher. Quand il sortit de la salle de bains, plus détendu, Victoria l'attendait. Elle portait encore son uniforme de collégienne et semblait impatiente de lui annoncer une nouvelle. Jack la suivit, intrigué, jusqu'au bureau. Elle s'assit devant l'ordinateur et lui montra l'image à l'écran.

– Regarde ! Est-ce bien l'immeuble que tu as vu ?

Jack y jeta un coup d'œil et les battements de son cœur s'accélérèrent. C'était une photographie du bâtiment sur lequel il avait localisé Kirtash.

– Tu l'as trouvé, murmura-t-il.

– Ça n'a pas été très difficile. Tu sais ce que c'est ? La Bibliothèque britannique !

– La British Library ! s'exclama Jack. J'en ai entendu parler. J'ai vécu à Londres plusieurs années, j'aurais dû reconnaître la ville !

– Tu n'étais jamais allé à la bibliothèque ?

– Non. Londres, c'est très grand et je ne suis jamais passé par là. Cela dit, je ne l'imaginais pas comme ça. Que faisait Kirtash là-bas ?

Tous deux eurent la même idée au même instant et échangèrent un regard.

– Il cherchait peut-être un livre, suggéra Victoria.

Jack secoua la tête.

– Un livre de magie idhunite dans la British Library ? Ça semble absurde.

– Peut-être pas ! Réfléchis, Jack. Un livre écrit dans une langue inconnue est un exemplaire rarissime. Il est logique qu'il se retrouve dans un musée ou une bibliothèque prestigieuse, tu ne crois pas ? Peut-être même qu'on essaie de le déchiffrer !

Ils ne se quittaient pas des yeux, émus par leur découverte. Ils eurent alors une sensation étrange et familière. Jack rougit un peu et poussa un soupir si léger qu'il était à peine perceptible. Il se racla la gorge, mal à l'aise, et détourna le regard.

– Nous devrions aller visiter cette bibliothèque. Qu'en penses-tu ? finit-il par proposer.

– Qu'espères-tu y trouver, au juste ?

– J'ai un pressentiment, j'aimerais m'assurer que je ne me trompe pas.

Une voix résonna derrière eux :

– Quel genre de pressentiment ?

Jack se retourna. Shail venait d'entrer et les observait avec curiosité.

– L'autre jour, répondit Jack, assez embarrassé, quand j'ai vu Kirtash, on venait de lui donner un livre en idhunaïque ancien. Il se trouvait précisément sur la terrasse de la British Library de Londres, nous venons de le découvrir.

– Quoi ? s'exclama Shail. Pourquoi ne l'as-tu pas dit plus tôt ?

– Personne ne m'a rien demandé, maugréa Jack.

– Bon, dit Shail. Ne nous énervons pas. J'appelle Alsan. Il faut que tu nous racontes ça en détail.

*

– D'accord, déclara Alsan un peu plus tard, très sérieux. Il faut que nous creusions cela. Shail, nous y allons.

– À la Bibliothèque britannique ? demanda Jack.

Alsan acquiesça. Jack s'apprêtait à lui demander de le laisser les accompagner, mais, après tout ce qui s'était passé, il préféra se taire. Shail devina ses pensées. Il voulut faire un commentaire, mais Victoria l'en empêcha.

– Regardez ça ! s'exclama-t-elle.

La jeune fille avait passé du temps à chercher sur Internet des articles et autres publications se rapportant à la British Library.

Shail s'approcha.

– Qu'est-ce que tu as trouvé, Vic ?

Tous quatre se groupèrent autour de l'écran sur lequel défilait un article écrit plusieurs semaines plus tôt. Jack traduisit le texte anglais à voix haute afin qu'Alsan puisse le comprendre.

– « Un livre écrit dans une langue inconnue vient d'être acquis par la British Library. Ce volume, imprimé il y a des centaines d'années, a été découvert à l'intérieur d'un pot en terre lors de fouilles archéologiques près de Dingwall, en Écosse. »

– Et pourquoi ne l'ont-ils pas donné à un musée ? demanda Victoria.

– Parce qu'un chercheur du nom de Peter Parrell est sûr de parvenir à déchiffrer le texte, mais il n'en dit pas davantage.

– Et ne nous en dira pas plus à l'avenir, car, s'il était en possession du livre, il est sans doute mort à l'heure qu'il est..., déclara Alsan.

Victoria hocha la tête.

– Regardez cet autre article. Il a été écrit il y a trois jours et parle de la disparition du livre... et de Parrell.

– Parrell a disparu ? s'écria Jack. Et ils ne savent pas s'il est mort ?

– Kirtash ne laissant jamais de traces de son passage, il ne faut pas s'étonner que le corps n'ait pas été retrouvé. Parrell sera porté disparu, mais on ne pourra jamais prouver qu'il est mort, expliqua Shail.

Jack frissonna en pensant à ses parents. Shail lui avait dit que la police n'avait rien trouvé chez lui. Ils s'étaient volatilisés purement et simplement, tout comme son chien. Kirtash tuait sans laisser de cadavres derrière lui. Qu'en faisait-il ? Jack avala sa salive et se demanda une fois encore ce que ses parents étaient devenus. Il avait longtemps éprouvé une étrange sensation quand il songeait qu'ils étaient morts, puis il s'était fait à cette idée. Néanmoins, il regrettait de ne pas avoir d'endroit où se recueillir pour les pleurer.

– Attendez..., murmura Shail en fixant l'écran. Tu peux agrandir la couverture du livre ?

Avant que Victoria ait répondu, il s'empara de la souris et cliqua sur la photographie. Shail s'approcha de l'ordinateur pour tenter de déchiffrer les symboles, devenus plus précis.

– Tu comprends ce qui est écrit ? demanda Victoria.

Après un court silence, le visage de Shail s'assombrit.

– Par Irial la Sacrée ! s'exclama-t-il. Si ce qui est dit ici est vrai, cet ouvrage est le *Livre de la Troisième Ère*, écrit par des magiciens idhunites exilés sur Terre il y a des siècles. C'est une sorte de journal qui relate leurs expériences dans ce monde qu'ils ne connaissaient pas...

– En quoi est-ce si important ? le coupa Jack.

– Les sorciers avaient emporté des objets magiques de grande valeur. Certains sont revenus à Idhun, d'autres pas. Si ce livre est ce qu'on prétend, il pourra sans doute nous mettre sur la piste des objets qui se sont perdus. Je commence à comprendre pourquoi Kirtash voulait à tout prix s'en emparer. Il est bien renseigné. En ce qui me concerne, j'avoue que cette information me serait passée par-dessus la tête.

– Il est clair que nous devons mener l'enquête le plus vite possible, déclara Alsan en fronçant les sourcils.

Jack détourna les yeux, n'osant toujours pas lui demander s'ils lui réservaient un rôle dans cette mission.

– Jack, lança Alsan, va dans ta chambre et prends un vêtement chaud. Victoria et toi, vous nous accompagnez.

Jack leva la tête, tout aussi surpris que Victoria. L'un et l'autre regardaient tour à tour Alsan et Shail sans y croire. Le magicien sourit, mais ce fut Alsan qui prit la parole :

– Nous n'allons pas nous battre, juste enquêter. Vos connaissances nous seront utiles. C'est votre monde, n'est-ce pas, et vous faites tous les deux partie de la Résistance.

– Et puis, Kirtash ne sera probablement pas dans les parages. À l'heure qu'il est, il essaie de déchiffrer le livre.

Les deux amis se poussèrent du coude, ravis. Jack contenait ses cris de joie.

*

Londres était couverte d'une épaisse couche de nuages gris. Heureusement, car, s'il avait fait beau, le soleil aurait aveuglé Jack. Même dans la grisaille, le garçon marchait en clignant des paupières, les yeux rivés au sol. Il n'était plus habitué à la lumière du jour.

Shail s'arrêta pour le regarder.

– Je vais bien, le rassura-t-il avant que le magicien ait pu dire un mot.

– Alsan, Jack est resté trop longtemps enfermé à Limbhad, dit-il en secouant la tête. Un peu plus et il serait devenu un vampire.

– Je ne sais pas ce que c'est qu'un vampire, rétorqua Alsan, qui marchait devant eux, sans se retourner.

Shail soupira avec indulgence. Le jeune sorcier s'était passionné pour l'histoire, les mythes, la technologie et les coutumes des différents peuples de la Terre. Alsan, en revanche, restait ancré dans son monde et son mode de vie. Même s'il avançait dans les rues avec toute la fierté et la dignité qui le caractérisaient, ses compagnons savaient qu'il était mal à l'aise dans les vêtements terriens qu'il portait pour ne pas attirer l'attention en ville.

L'Âme les avait emmenés à Londres en un instant, mais elle les avait fait apparaître dans un lieu retiré, loin des regards indiscrets. Ils arrivèrent pourtant très vite devant la British Library, passèrent sous le portique de l'entrée et, une fois dans la cour intérieure, Jack, qui avait eu le temps de s'accoutumer à la lumière, leva la tête pour admirer l'imposant bâtiment. Quand il aperçut l'endroit où sa conscience avait rencontré Kirtash quelques nuits plus tôt, il fut submergé par un mélange de peur, de rage, de haine et de désespoir...

– Viens, Jack, nous devons entrer, dit Victoria en l'arrachant à ses pensées.

Jack revint à la réalité. Victoria le regardait fixement, à croire qu'elle comprenait sans qu'aucune parole soit nécessaire. Jack lui sourit, reconnaissant. Il découvrait chaque jour en elle des choses inédites et surprenantes.

– Bien sûr, souffla-t-il en s'empressant de suivre Shail et Alsan à l'intérieur.

– Bon, et maintenant qu'est-ce qu'on fait ? demanda Victoria à voix basse quand ils eurent rejoint leurs amis dans l'immense vestibule.

– Il y a une salle de lecture de manuscrits et de livres rares, déclara Jack après avoir étudié un plan des lieux. Nous pourrions peut-être commencer par là.

Shail acquiesça.

– Moi, j'aimerais inspecter les parties qui ne sont pas ouvertes au public : bureaux, dépendances, ce genre d'endroits. Je vais utiliser un sortilège d'invisibilité ou de camouflage.

– Excellente idée, fit Alsan. Victoria et Jack, vous allez dans la salle des manuscrits rares ; Shail et moi, nous partons de notre côté.

Ils convinrent de se retrouver un peu plus tard dans l'entrée pour commenter leurs découvertes. Afin de ne pas éveiller les soupçons, ils avaient décidé de ne pas demander à consulter le *Livre de la Troisième Ère*. Jack avait d'autres moyens de se procurer des informations.

Les deux amis se dirigèrent vers la salle de lecture des manuscrits et des livres rares et s'arrêtèrent un instant sur le seuil, impressionnés par l'immensité des lieux. Dans un silence sépulcral, étudiants, chercheurs et bibliophiles étaient plongés dans l'étude d'ouvrages anciens, incunables et autres manuscrits. Victoria était intimidée : cet endroit était sérieux, très austère pour des enfants comme eux, mais Jack reprit vite contenance. Il alla jusqu'au comptoir, sortit de sa poche un carnet et un stylo et attendit que quelqu'un s'occupe d'eux. Quand une employée vint le trouver, il formula très poliment sa demande. Au début, la bibliothécaire sembla agacée, mais Jack se lança dans des explications et un franc sourire éclaira le visage de la dame. Victoria admira la façon dont son ami s'attirait la confiance de cette femme avec son charme naturel. Quand elle le vit prendre des notes d'un air passionné, elle voulut s'approcher, mais se ravisa en songeant qu'elle ne maîtrisait pas assez l'anglais pour l'aider. Elle s'installa dans un siège et se contenta d'attendre.

Jack ne tarda pas à revenir, les yeux brillants. Victoria comprit aussitôt qu'il avait appris des choses intéressantes. Ils sortirent dans la cour, où ils devaient retrouver leurs amis près de la statue de l'homme assis, qui n'était autre que Newton, comme l'avait lu Jack dans la brochure qu'il avait prise à l'entrée.

– Alors, de quoi avez-vous parlé ? demanda Victoria.

– Je lui ai posé des questions sur les livres anciens qui sont conservés ici. Elle m'a dit qu'ils n'étaient pas à la disposition du public, que seuls les chercheurs et les experts pouvaient les consulter à condition d'avoir une autorisation spéciale. Et tu sais quoi ? L'informatique a peut-être sauvé le *Livre de la Troisième Ère*, Victoria, parce que la bibliothèque garde toujours une copie des livres rares sur microfilms, ou les scanne pour qu'on puisse les étudier sur ordinateur.

– Dans ce cas, nous allons pouvoir le lire et voir ce que Kirtash y cherchait !

– C'est ce que j'ai pensé, mais je n'ai pas osé le demander à l'employée.

– Comment as-tu fait pour obtenir tous ces renseignements ?

– Je lui ai dit que j'avais un travail à faire pour l'école et que, comme elle, je voulais devenir bibliothécaire quand je serai grand. Et puis... je ne sais plus, d'autres choses sans importance.

– Tu es diabolique, Jack, lâcha Victoria avec un sifflement.

– Je sais, murmura-t-il en souriant.

Alsan et Shail ne tardèrent pas à réapparaître. Jack leur raconta ce qu'il avait découvert. Quant à eux, ils avaient également du nouveau.

– Nous nous sommes introduits dans les bureaux et nous avons entendu des choses intéressantes, annonça le magicien. Apparemment, ils sont tous furibonds de s'être fait voler le *Livre de la Troisième Ère*. Non seulement l'ouvrage a disparu, mais aussi tous les microfilms, les copies sur papier et les pages scannées : volatilisés ! Il ne fait aucun doute que Kirtash a bien fait son travail.

– Tu veux dire qu'il a effacé les documents des ordinateurs ? demanda Jack, incrédule. Pourtant, c'est un Idhunite !

– Et alors ? répliqua Shail. Moi aussi, j'en suis un et j'ai appris à me servir d'un ordinateur. Ce garçon est d'une intelligence redoutable. Je ne serais pas étonné qu'il connaisse la Terre mieux que toi.

– Mais il doit quand même avoir des limites, murmura Jack en secouant la tête. Il n'a passé que trois ans sur Terre, n'est-ce pas ? Il ne peut pas tout savoir.

– Quoi qu'il en soit, on a accusé Parrell, mais on n'a toujours aucune nouvelle de lui depuis plusieurs jours.

– C'est impossible. Je suis sûr qu'il reste des copies quelque part, fit Jack, agité. C'est un livre de grande valeur. Et puis, une fois scanné, il a pu être envoyé par courrier électronique. Parrell a dû en conserver une copie, soit sur son ordinateur, soit sur un CD.

– Nous pourrions aller fouiller chez lui pour essayer de la retrouver, proposa Victoria. Nous découvririons peut-être quelque chose qui a échappé à la police.

– Cela me semble une bonne idée, approuva Alsan.

– Mais comment faire ? s'exclama Jack, inquiet. Nous ne savons même pas où il habite !

– Je m'en occupe, sourit Shail. Un magicien sait toujours se débrouiller...

*

Shail consulta donc l'annuaire téléphonique. Comme il y avait plusieurs Peter Parrell à Londres, ils passèrent un moment à téléphoner afin de déterminer à quelle adresse habitait celui qu'ils cherchaient. Lorsque personne ne décrochait, ils devaient se rendre sur place.

La chance leur sourit. Dès la deuxième adresse, un vieil immeuble de la rue Weston, une voisine loquace leur confirma que le chercheur qu'on avait accusé du vol d'un ouvrage précieux vivait bien là. Il avait apparemment pris la fuite.

Les membres de la Résistance décidèrent de revenir de nuit, quand tout serait plus calme. Ils savaient que Parrell était célibataire et qu'ils ne trouveraient donc personne dans son appartement. Ils montèrent l'escalier en silence, comme des voleurs. Une fois devant la porte, Shail consulta ses amis du regard et actionna la poignée. La porte pourtant fermée à double tour s'ouvrit sans la moindre résistance. Les quatre compagnons pénétrèrent à l'intérieur à pas de loup.

Ils n'osèrent pas allumer la lumière, mais Jack avait apporté une torche électrique. Par ailleurs, l'éclairage de la rue entrait à flots par les fenêtres. Ils cherchèrent le bureau et commencèrent à fouiller sur les étagères et dans les meubles de rangement. Shail lança l'ordinateur et examina les documents les plus récents.

– Ce type était très désordonné, soupira Victoria en soulevant une montagne de papiers.

– Ou Kirtash a tout laissé sens dessus dessous, suggéra Jack.

– Sûrement pas, répliqua Shail, les yeux rivés sur l'écran. Je te garantis qu'il n'a rien dérangé. Il est très méticuleux et s'est contenté de faire disparaître ce qu'il ne voulait pas qu'on trouve. Il n'a rien touché d'autre.

– Il y a quelque chose d'intéressant ? demanda Jack en s'approchant de l'ordinateur.

– Non. C'est à croire que ce type n'a jamais vu de livres rares. Kirtash a décidément veillé à ce qu'il en soit ainsi.

Victoria cherchait toujours sur les étagères. Alsan s'était immobilisé au milieu de la pièce, l'air incertain. Jack l'observa. Alsan était un guerrier et un stratège : entrer en cachette chez les autres et fouiller des appartements ne relevait pas de ses compétences.

– S'il n'y a rien dans l'ordinateur, dit Jack, c'est que Kirtash a tout effacé. Mais Parrell a bien dû apporter les informations chez lui, sur un CD ou un autre support, et, avec un peu de chance, ça doit être ici.

– Vous croyez que Kirtash y a pensé ? demanda Victoria.

– Kirtash peut-être pas, mais la police sûrement, répondit Shail. De toute manière, ça ne coûte rien de regarder.

Ils se mirent tous à chercher et Shail inséra un par un dans l'ordinateur tous les CD qui traînaient aux abords du bureau. En vain.

Jack allait capituler quand son regard s'arrêta sur la chaîne hi-fi posée sur l'une des étagères. Il inclina la tête, ça pouvait être une bonne idée. Il s'approcha de la chaîne et commença à ouvrir tous les boîtiers empilés à côté. L'un d'eux retint son attention, car un dragon était dessiné dessus. Il l'ouvrit et découvrit qu'il était vide. Découragé, il fit une dernière tentative en allumant la chaîne. Il pressa le bouton pour éjecter le CD. Le disque apparut sur un petit plateau. Il ne portait pas la moindre indication. Le cœur de Jack battait la chamade.

– Essaie celui-ci, Shail, dit-il en tendant le CD au magicien.

– Mais, Jack, c'est de la musique ! protesta Victoria, qui l'avait observé.

– Peut-être bien que oui, peut-être bien que non.

Shail introduisit le CD dans l'ordinateur. Les quatre amis se penchèrent sur l'écran en retenant leur souffle.

Une liste de documents se déroula sous leurs yeux. Shail en ouvrit un et... la photographie d'une page jaunie, couverte de lignes de symboles étranges, comme des pattes de mouches émaillées de petits triangles, apparut sur l'écran. Shail, surpris, retint sa respiration.

– Alors c'était vrai, murmura-t-il. C'est le *Livre de la Troisième Ère*.

– Pourquoi Kirtash aurait-il laissé quelque chose comme ça derrière lui ? demanda Alsan sans vouloir y croire.

– Peut-être que Jack a raison et qu'il n'en sait pas autant que nous le pensons, rétorqua Shail en haussant les épaules.

– Je suis sûre que, si le disque avait été visible, il aurait tout de suite compris ce que c'était et l'aurait emporté, intervint Victoria.

– Pourquoi Parrell aurait-il eu une copie du livre dans un endroit pareil ? s'interrogea Alsan.

– Pour la cacher, fit Jack. Il l'a glissée dans la chaîne pour que personne ne la trouve.

Tous les regards convergeaient vers lui.

– Mais pourquoi ? demanda Victoria. Pourquoi était-il sûr de déchiffrer ce livre ? Vous croyez que... Parrell était idhunite ?

– Impossible, affirma Shail. Jamais un Idhunite ne serait allé se vanter de pouvoir décrypter un livre mystérieux. C'est une manière stupide d'attirer l'attention...

– À moins qu'il n'ait rien su de Kirtash, suggéra Jack. C'est plausible, n'est-ce pas ? Peut-être qu'en clamant haut et fort ses connaissances, il voulait être sûr de pouvoir consulter le livre. Ensuite... il s'est rendu compte qu'on l'espionnait et il en a caché une copie... dans l'espoir qu'on la trouverait.

– Bon, conclut Alsan. Nous avons ce que nous étions venus chercher, maintenant, rentrons. Nous aurons le temps de réfléchir à tout ça à Limbhad.

*

Shail prit les feuilles qui sortaient de l'imprimante et les examina. Victoria s'approcha de lui et, sur la pointe des pieds, regarda par-dessus son épaule.

– Tu y comprends quelque chose ? demanda-t-elle.

– C'est une variante d'idhunaïque ancien, dit le magicien en lui montrant une page. Tu reconnais ces symboles ?

– Certains me sont familiers, mais les autres ne ressemblent pas à ceux que tu m'as appris.

– Ils ne sont pas si différents. Regarde bien.

Tous deux s'assirent et étalèrent les feuilles sur le bureau. Jack recueillait les pages qui sortaient de l'imprimante. Il les tendait à Shail et Victoria, serrés l'un contre l'autre, concentrés sur leur déchiffrage au point que leurs têtes se touchaient presque. Shail expliquait patiemment le sens de chaque symbole et Victoria lui accordait toute son attention. Jack sourit en ressentant néanmoins une pointe de jalousie. Il aurait aimé qu'Alsan et lui arrivent un jour à s'entendre aussi bien que Shail et Victoria.

– Vous êtes sur une piste ? demanda Alsan lorsqu'il pénétra dans la pièce.

– Déchiffrer ce livre va nous prendre un certain temps... D'ici là..., répondit le magicien.

Il laissa sa phrase en suspens. Jack et Alsan ne lui étaient d'aucun secours, car ils ne connaissaient pas l'idhunaïque ancien.

– Je vais aller à la bibliothèque chercher des informations sur la Troisième Ère, décida Alsan. Cela ne me fera pas de mal de réviser mes connaissances historiques.

– Je t'accompagne, lança Jack, heureux d'avoir trouvé une occupation.

Il posa les feuilles qu'il venait de récupérer sur la table, près de Shail.

– Je crois que c'est tout, dit-il. À tout à l'heure.

Plongés dans leur travail, ni Shail ni Victoria ne semblèrent l'avoir entendu. Alsan était déjà sorti, Jack lui emboîta le pas.

– Qu'est-ce que la Troisième Ère ? lui demanda-t-il, une fois à la bibliothèque.

– L'Ère de la Contemplation, expliqua Alsan en passant les doigts sur le dos des livres alignés sur les rayonnages. Un jour, une des nombreuses guerres entre les magiciens et les prêtres a éclaté. Les deux Églises ont gagné, se sont emparées du pouvoir sur Idhun, et les Oracles sacrés ont dominé les tours de la Magie. Ainsi a commencé la Troisième Ère. Les prêtres ont proclamé que la magie était un défi lancé aux dieux et une aberration née des desseins du Septième, le dieu obscur. Ils ont poursuivi et exécuté beaucoup de magiciens, les autres ont dû s'enfuir vers d'autres mondes, comme la Terre. C'est le premier exode de sorciers idhunites. Ce sont eux qui ont créé Limbhad.

Jack hocha la tête. Il avait déjà entendu cette histoire.

– C'est exactement ce que je pensais, déclara Alsan en posant une pile de lourds volumes sur la table. Regarde : tous ces livres parlent de la Troisième Ère et sont écrits en idhunaïque commun, pas ancien.

– Que veux-tu dire par là ?

– Que ces livres ont été écrits par les magiciens qui ont quitté Idhun à cause des prêtres. Ils ont versé des flots d'encre pour raconter leurs malheurs. Je te parie ce que tu veux que ces pages sont pleines de lamentations, de malédictions contre les prêtres et les Oracles. Le *Livre de la Troisième Ère*, en revanche, est écrit en idhunaïque ancien, ce qui laisse supposer qu'il dépeint des évènements autrement intéressants. Il doit révéler des secrets que les magiciens ne voulaient pas qu'on dévoile en dehors de leur ordre. En tout cas, ils ne sont pas aussi loquaces quand ils parlent de l'Ère Obscure.

– L'Ère Obscure ? répéta Jack, intéressé. Raconte.

– La Deuxième Ère ou l'Empire de Talmannon, le nécromancien le plus puissant qui ait jamais existé, soupira Alsan. Tous les magiciens se sont mis de son côté et, grâce à eux, les sheks se sont emparés une première fois d'Idhun.

– C'était déjà arrivé ? s'exclama Jack, surpris.

– Oh oui. Tu sais, l'histoire tend à se répéter... La guerre dont je viens de te parler, entre les tours et les Oracles, et que les prêtres ont fini par gagner, avait été déclenchée par Talmannon et ses alliés magiciens. Cette fois, les dragons ont vaincu les sheks et les prêtres ont terrassé les magiciens. Les magiciens sont tombés en disgrâce et les Oracles ont pris des mesures très sévères pendant l'Ère de la Contemplation. Les magiciens disaient que Talmannon possédait un objet magique surpuissant, qui gouvernait leur volonté et les avait obligés à se mettre de son côté.

– Un objet magique ?

– Des sottises de sorciers, dit Alsan en haussant les épaules.

– Shiskatchegg, dit Shail, qui se tenait sur le seuil de la porte. L'Œil du Serpent. Ce n'est pas une sottise. Grâce aux dieux, cet objet maudit s'est perdu après la chute de Talmannon. Les membres de l'Ordre magique ne sont pas fiers de l'Ère Obscure, aussi je te saurais gré de ne pas plaisanter avec ça.

– J'ai l'air de plaisanter ? lui lança Alsan sans le quitter des yeux.

– Ça suffit, intervint Jack.

Alsan et Shail étaient amis, mais les chevaliers de Nurgon, l'ordre militaire auquel appartenait Alsan, n'avaient jamais fait confiance aux magiciens. D'après les informations de Jack, ils avaient toujours été le bras armé des deux Églises d'Idhun et s'entendaient à merveille avec les prêtres.

– Je sais que vous avez des points de vue différents sur certaines choses, enchaîna-t-il, mais je crois que ce n'est pas le moment de déterrer la hache de guerre. Vous n'êtes pas de mon avis ? Tout cela s'est passé il y a si longtemps que nous ne devrions pas nous sentir concernés.

– Peut-être que si, dit Shail d'une voix qui avait perdu ses intonations provocantes. Je pense savoir ce que cherche Kirtash : la crosse d'Ayshel.

– Ayshel ! s'exclama Alsan. Tu veux parler de la jeune fille d'Awa ? Je croyais que ce n'était qu'une légende...

– Le *Livre de la Troisième Ère* comporte un dessin de la crosse, et je crains que ce soit davantage qu'une légende. Les magiciens l'ont sans doute emportée avec eux en exil, et elle se trouve maintenant quelque part sur Terre. Je suis persuadé que le livre nous dira où elle est. Il faudrait juste le déchiffrer...

– Alors fais vite, déclara Alsan. Si cet objet existe, nous devons éviter à tout prix que Kirtash s'en empare.

– Pourquoi ? le pressa Jack. Quels sont les pouvoirs de cette crosse ?

Shail se tourna vers Victoria, qui venait d'entrer derrière lui.

– Asseyez-vous. J'ai quelque chose à vous raconter.

Tous trois prirent place autour de la grande table qui trônait dans la bibliothèque. Shail était si nerveux qu'il préféra rester debout.

– On m'a raconté cette histoire quand je n'étais qu'un apprenti. Nous avons tous entendu parler de la tristement célèbre Deuxième Ère d'Idhun, l'Ère Obscure, quand les sheks ont envahi notre monde pour la première fois, à cause de Talmannon, qui s'était proclamé empereur, et de tous les magiciens de l'Ordre magique. Personne ne sait au juste comment Talmannon et les siens ont été vaincus en cette occasion, mais les légendes parlent de l'intervention d'une créature extraordinaire, une hybride de fée et d'humain. Elle s'appelait Ayshel, la jeune fille d'Awa, et c'était une semi-magicienne.

– Qu'est-ce qu'un semi-magicien ? demanda Jack.

– À Idhun, tous les magiciens ont été touchés une fois par une licorne, murmura Victoria.

– Les licornes canalisent l'énergie du monde et la transmettent au futur sorcier par le biais de leur corne, compléta Shail. Les semi-magiciens, eux, ont vu une licorne, mais n'ont pas été touchés par elle. Ils ont une certaine sensibilité pour la magie et quelques pouvoirs de guérison, mais ne sont pas admis dans l'Ordre magique.

Victoria baissa la tête et Jack crut deviner ses pensées : elle avait des difficultés à exercer la magie. Pour la première fois, il comprit qu'elle craignait d'être une semi-magicienne et non une véritable sorcière.

– Donc Ayshel était une semi-magicienne..., répéta-t-il.

– D'après la légende, oui, dit Shail, et cela paraît logique. La tradition parle aussi de cet objet que j'ai mentionné tout à l'heure, Shiskatchegg, l'Œil du Serpent. On dit que c'est grâce à lui que l'empereur Talmannon contrôlait la volonté des magiciens. Un vrai sorcier ne pouvait pas résister à l'appel hypnotique de cet œil, contrairement aux semi-magiciens, qui ne le percevaient guère. Ayshel vivait dans la forêt d'Awa, un lieu magique et mystérieux d'où les fées seraient originaires. C'était une fille comme les autres jusqu'à ce que les dieux la choisissent pour affronter Talmannon et les sheks. Un après-midi, une licorne s'est approchée d'elle. Elle n'a pas laissé Ayshel la toucher car elle avait besoin d'elle comme semi-magicienne, mais elle lui a révélé le secret de sa mission historique. On dit qu'à elles deux, elles ont créé la crosse : une petite merveille en argent, sertie de diamants et de cristal, qui contenait la lumière des trois lunes, des larmes de fée et, surtout, le pouvoir de la licorne. Ce dernier détail est important parce que la crosse devait fonctionner comme une corne de licorne, c'est-à-dire qu'elle ne contenait pas de magie, mais était un objet canalisateur.

– Canalisateur ? s'étonna Jack. Je ne comprends pas.

– Je vais t'expliquer, dit Victoria. Imagine un grille-pain, d'accord ? Pourquoi fonctionne-t-il ?

– Parce qu'il est branché à une prise électrique ?

– Exactement. Imagine maintenant que ce courant est de la magie qui est présente partout. Le grille-pain ne peut pas fonctionner sans prise, n'est-ce pas ? La licorne est la prise et le câble. Elle donne au magicien le pouvoir nécessaire pour accomplir ses sortilèges. Une fois cette énergie reçue, le canalisateur n'est plus nécessaire. Le grille-pain a besoin d'être branché pour pouvoir fonctionner. Eh bien, pour devenir magicien, il suffit d'avoir été touché une fois par une licorne.

– Mais d'où vient la magie puisque la licorne ne la possède pas ?

– Je viens de te le dire : la magie est une énergie omniprésente qui fait tourner tout le monde vivant.

– À Idhun, il y a plus de magie dans l'air que sur la Terre, bien que ce soit un plus petit monde, expliqua Shail. Cela m'a intrigué au début, jusqu'à ce que je découvre pourquoi : dans ton monde, Jack, vous utilisez la plus grande partie de cette énergie pour faire marcher de nombreuses machines.

– La crosse fonctionne donc comme une licorne, résuma Alsan en revenant au sujet qui les occupait.

– Pas tout à fait, nuança Shail, qui faisait les cent pas dans la pièce, très sérieux. Les licornes peuvent transmettre la magie du monde à un être vivant, cependant elles ne peuvent l'utiliser de façon offensive. Les magiciens, en revanche, sont capables de donner forme à leur pouvoir grâce à leur volonté et aux formules magiques. Beaucoup se servent d'une baguette qui concentre leur propre magie, augmentant ainsi la puissance de leurs sortilèges. Si la crosse d'Ayshel est ce que je crois, elle agit comme une corne de licorne, mais elle a un pouvoir illimité, comme une baguette de magicien...

– Parce qu'elle n'épuise pas l'énergie du magicien qui s'en sert, mais canalise la magie du monde, qui est infinie ! compléta Victoria.

– Tout dépend de l'endroit. Un instrument de ce genre ne fonctionne pas de la même façon dans une forêt que dans un désert... C'est la raison pour laquelle les licornes vivaient dans des bois regorgeant de vie, leur nature de « canalisatrices » l'exigeait. Sans quoi elles se seraient peu à peu vidées de leurs forces et auraient fini par mourir. Je crois aussi que la crosse agissait différemment selon qu'elle était à Idhun ou sur Terre, où elle était moins efficace. Quoi qu'il en soit, d'après la légende, c'est un objet de grande valeur. Grâce à cette crosse, Ayshel et la petite armée rebelle qu'elle avait recrutée au fil de ses voyages ont vaincu un à un tous les alliés de Talmannon, jusqu'à terrasser l'empereur lui-même après une longue et terrible bataille. À la mort de Talmannon, la Porte s'est refermée et les sheks ont été bannis une fois de plus.

– Une autre légende dit que les dragons ont condamné les sheks à errer éternellement aux confins du monde, reprit Alsan. Ils ne peuvent revenir que si quelqu'un les laisse entrer. Ils dépendent de cette personne, qui est une sorte de prêtre, pour rester à Idhun. Si cet individu meurt et reste sans successeur, les sheks sont de nouveau absorbés par l'au-delà.

– C'est plus qu'une légende, répliqua Shail d'un ton caverneux. C'est ce qu'a fait Ashran le Nécromancien, qui est le prêtre actuel des sheks.

– Qu'est devenue Ayshel ? demanda Victoria.

– Elle est morte en luttant contre Talmannon, répondit Alsan. Glorieusement, comme une héroïne.

– Et la crosse ? s'enquit Jack. Si c'est un objet aussi puissant, pourquoi personne ne l'a-t-il utilisée jusqu'à présent ?

– Parce que n'importe qui ne peut pas s'en servir, dit Victoria à mi-voix. Ce n'est pas un hasard si les licornes ont choisi une semi-magicienne.

– Oui, c'est vrai, cette crosse doit avoir une affinité spéciale avec les licornes, conclut Shail. Sans quoi les magiciens en exil s'en seraient servis au lieu de la cacher... je ne sais où. Vous avez raison tous les deux, c'est une bonne observation. La crosse ne peut probablement être tenue que par des semi-magiciens. Si un non-initié s'en empare, elle ne réagira pas et, si un sorcier la saisit, elle absorbera toute sa magie au lieu de la puiser dans l'atmosphère. C'est logique, mais, si c'est vrai, je me demande ce que Kirtash veut faire avec...

Il s'interrompit brusquement et blêmit. Il échangea un regard avec Alsan, qui parut comprendre ce à quoi il songeait.

– C'est impossible, murmura Shail.

– Non, enchérit Alsan. Il n'osera pas.

– Maudit soit-il ! s'écria Shail en abattant son poing sur la table. Bien sûr qu'il osera !

Jack s'inquiéta. Il n'avait jamais vu Shail, d'ordinaire jovial, si désespéré et si furieux. Le magicien se replongea dans la lecture du *Livre de la Troisième Ère*, il tremblait de rage.

– Si je l'attrape, je le tuerai, marmonna-t-il. Je le jure.

– Lunnaris ? risqua Victoria. Tu penses à Lunnaris ?

Jack aurait aimé enfin savoir qui était cette Lunnaris qui paraissait si importante aux yeux de ses amis. Le visage défait de Shail le découragea de poser la question et de remuer le couteau dans la plaie. Manifestement, ce sujet était douloureux pour lui.

– Nous ne le laisserons pas faire, trancha Alsan avec gravité. Nous arriverons avant lui.

– Sois-en sûr et certain. Cette fois, il ne nous prendra pas de vitesse, susurra Victoria en posant une main sur les épaules du jeune magicien.

Jack assistait à la scène sans comprendre. Tous trois semblaient savoir quelque chose qu'ils ne lui avaient pas expliqué, quelque chose qui avait trait aux projets de Kirtash. Shail semblait profondément affecté, Alsan et Victoria étaient pâles eux aussi. Quant à Jack, il se sentait frustré et trahi. Frustré parce qu'il était ignorant, trahi parce que Victoria, sa meilleure amie, ne lui avait rien dit.

– Tout ce que nous pouvons faire, c'est finir de déchiffrer le *Livre de la Troisième Ère*, trouver l'endroit où les magiciens ont caché la crosse d'Ayshel... et essayer d'y parvenir avant Kirtash, déclara Shail.

– Pouvons-nous t'aider ? s'enquit Victoria.

– Oui. J'ai besoin d'avoir plus d'informations sur la crosse et sur la Deuxième Ère. Tâchez d'en trouver.

La table de la bibliothèque se couvrit soudain de toutes sortes de vieux ouvrages. Il y avait des livres d'histoire, des traités sur les objets magiques et un manuel pour déchiffrer l'idhunaïque ancien, que Shail était en train de consulter. Il se plongea si fébrilement dans sa traduction que Victoria se sentit inutile. Elle s'occupa donc avec les autres de glaner des renseignements sur la crosse d'Ayshel, et se chargea d'examiner la littérature écrite en idhunaïque commun, que Jack était incapable de lire.

Mais ils ne trouvèrent pas grand-chose sur la jeune fille d'Awa et sa crosse prodigieuse. Comme il s'agissait d'une héroïne mythique, peu de livres d'histoire la mentionnaient. Cependant, sa légende s'était transmise de génération en génération. Ainsi un apprenti sorcier en avait-il parlé à ses amis en buvant une bière dans la cantine de la tour de Kazlunn, comme d'un conte de fées raconté par sa grand-mère quand il était petit.

Par chance pour la Résistance, Shail avait toujours aimé les bonnes histoires et avait redoublé d'attention en savourant sa chope.

Après deux ou trois heures de travail acharné, sans presque jamais lever les yeux des volumes poussiéreux, le jeune magicien se redressa.

– Ça y est ! annonça-t-il.

Penché sur une mappemonde qu'il avait longuement étudiée, il s'était appliqué à coucher sur le papier d'étranges calculs qu'il était le seul à comprendre.

– Je sais où elle se trouve.

Il désigna un point sur la carte, qui correspondait à un endroit situé au nord de l'Afrique.

7
LA JEUNE FILLE À LA CROSSE

Dans le désert, un soleil de plomb fondait sur les dunes qui étincelaient de mille feux et semblaient onduler dans l'air brûlant. Nulle brise ne venait rafraîchir cette immense étuve. Jack s'arrêta un moment, nauséeux. L'Âme venait de les transporter dans cet endroit, et son corps supportait mal la différence entre la douce nuit de Limbhad et la chaleur accablante du désert. Il portait une épée à sa ceinture, et cela lui faisait un drôle d'effet.

– Ça va ? demanda-t-il à Victoria, qui le suivait tant bien que mal.

Son amie acquiesça, elle n'avait pourtant pas l'air en grande forme. Jack lui tendit une main qu'elle prit avec reconnaissance.

Alsan et Shail marchaient en tête. Shail savait où ils allaient, mais il était loin devant. Jack aurait bien aimé lui demander s'ils étaient bientôt arrivés. Cependant, il avait la bouche trop sèche pour crier et se faire entendre de son compagnon têtu et résistant.

Soit l'Âme ne les avait pas transportés à l'endroit exact indiqué par Shail, soit celui-ci s'était trompé de plusieurs kilomètres...

Soudain, Alsan s'immobilisa et tous virent aussitôt ce qui avait attiré son attention : quelques palmiers solitaires au pied d'une montagne qui dispensait un peu d'ombre. Au milieu des rochers, ils distinguèrent une sorte de grotte.

– Enfin ! soupira Victoria.

Shail consulta ses compagnons du regard. Des siècles plus tôt, la crosse d'Ayshel avait été cachée là, et le jeune magicien leur avait affirmé qu'elle s'y trouvait encore, sans quoi Kirtash ne la chercherait pas.

Quelques instants plus tard, ils se reposaient à l'ombre de la montagne, devant la grotte, qui était certainement habitée, à en juger par le rideau de raphia de l'entrée et les deux récipients en terre posés à côté. Ils n'y étaient cependant pas entrés, Alsan ayant préféré attendre là. La personne qui vivait dans la grotte ne tarderait pas à détecter leur présence.

Ce fut le cas, en effet. À peine avaient-ils bu quelques gorgées d'eau de leur gourde qu'une main étrange, enveloppée de chiffons, écarta le rideau pour laisser apparaître un grand œil rond, rouge et brillant. Stupéfaits, Jack et Victoria reculèrent, mais Alsan et Shail se regardèrent en souriant.

– Que les dieux te protègent ! s'exclama Alsan en idhunaïque. Je suis Alsan, fils du roi Brun et héritier du trône de Vanissar.

– J'ai/entendu/parler/de/cet/endroit, répondit la créature dans la même langue.

Elle parlait si vite qu'elle ne séparait pas les mots, et les quatre compagnons avaient peine à la comprendre.

– Entrez/et/discutons.

Sans hésiter, Alsan lui emboîta le pas, suivi des autres.

Une fois dans la grotte, Jack dévisagea leur étrange hôte sans parvenir à bien distinguer ses traits. Son corps menu était couvert de vieux linges de la tête aux pieds. Les loques sur son visage ne laissaient voir que deux yeux ronds, brillants comme des braises.

– C'est un yan, murmura Shail aux deux enfants.

Victoria acquiesça en silence, mais Jack fit un effort pour se rappeler ce qu'il avait lu dans la bibliothèque de Limbhad à propos de ces créatures.

D'après les livres, il existait sur Idhun d'autres races intelligentes que les humains, les dragons, les licornes et les sheks. Les légendes disaient que, dans la nuit des temps, ce monde était habité par les six peuples créés par les dieux : les humains, sur les plateaux et les collines ; les fées, les nymphes, les feux follets, les gnomes, les lutins et autres êtres féeriques, dans les forêts ; les géants, seigneurs des hautes montagnes ; les varus, créatures amphibies, dans les profondeurs marines ; les célestes, aimables sorciers établis dans les grandes plaines et les vallées fertiles, et enfin les yans, habitants du désert.

« Enfin », disaient les livres, car en idhunaïque ancien « yans » signifiait justement « les derniers ». On racontait qu'aux débuts d'Idhun, Aldun, le dieu du feu, avait incendié sans le vouloir les terres du Sud lorsqu'il était descendu dans le monde. Pour le punir, les autres dieux avaient condamné ses enfants à vivre dans le désert qu'il avait créé. D'où leur nom, yans, parce que, des six races, c'était celle qui comptait le moins aux yeux des dieux et des mortels.

– Bienvenue/chez/moi, annonça le yan. Asseyez/vous/je/vous/prie.

Jack regarda autour de lui avec curiosité. L'endroit était peu spacieux et il n'y avait pas grand-chose à l'intérieur : quelques jarres de terre, un grabat dans un coin et une porte branlante qui s'ouvrait à l'évidence sur un placard. Au-dessus de la porte, une lucarne laissait entrer un peu de lumière.

– Ne t'y trompe pas, murmura Shail à l'oreille de Jack. C'est un yan ; sa grotte doit être pleine de cachettes secrètes.

Jack pensa que, si tel était le cas, le yan était un as du camouflage.

Ils s'assirent tous par terre, sur les nattes que leur hôte avait disposées.

– Toi/je/te/connais/prince, dit-il. Qui/sont/les/autres ?

– Shail, le magicien, et voici Jack et Victoria, répondit Alsan en les présentant tour à tour.

– Je/m'appelle/Kopt.

– Nous sommes la Résistance, poursuivit Alsan. Nous venons d'Idhun pour arrêter Kirtash, envoyé d'Ashran et des sheks, et apporter la paix et le salut dans notre monde.

– Les/sheks, répéta le yan. Est/ce/qu'ils/sont/revenus/envahir/Idhun ?

– Quoi ? s'exclama Shail, surpris. Tu n'es pas au courant ?

– Il/y/a/des/siècles/que/ma/lignée/habite/ce/monde, dit Kopt. Mes/ancêtres/ont/fui/Idhun/pendant/la/Troisième/Ère/Certains/y/sont/retournés/mais/d'autres/sont/restés.

– Une colonie yan sur Terre ? s'étonna Shail qui ne put maîtriser son excitation. Vous êtes ici depuis l'époque du premier exil ? Comment avez-vous fait pour vous cacher des humains pendant tant de siècles ?

– Les/humains/qui/habitent/ces/terres/nous/ont/pris/pour/des/démons, expliqua le yan. On/vivait/éloignés/de/tout/Mais/maintenant/il/ne/reste/plus/que/moi/Et/mon/temps/touche/à/sa/fin.

– Pourquoi êtes-vous restés ? demanda Victoria. Pourquoi n'êtes-vous pas retournés à Idhun ?

– Nous/avions/une/mission/à/accomplir.

– Je m'y entends en missions, confia Alsan. Et je crois savoir quelle était la vôtre.

– Garder la crosse d'Ayshel, dit Shail à voix basse. Le *Livre de la Troisième Ère* a été trouvé et Kirtash cherche la crosse. S'il la découvre...

– Je/sens/des/choses/dans/l'air/depuis/quelque/temps, confirma Kopt. Quelque/chose/de/méchant/qui/me/cherche.

– Pourquoi n'as-tu pas eu recours à un camouflage magique ? demanda Shail. Pourquoi ne te caches-tu pas sous une apparence humaine ?

– Parce/que/je/ne/suis/pas/un/magicien/Mes/ancêtres/l'étaient/mais/ils/sont/morts/Et/ici/il/n'y/avait/pas/de/licornes/pour/former/de/nouveaux/magiciens.

Shail hocha la tête sans piper.

– Toutefois, ajouta le yan, je/sens/le/langage/du/vent/du/désert/Et/il/ne/m'apporte/pas/de/bonnes/nouvelles.

– Nous, nous en avons de bonnes, dit Shail. Pour une fois, nous sommes arrivés avant Kirtash. Grâce à la crosse, nous retrouverons Lunnaris.

Jack fronça les sourcils. Lunnaris, encore elle ! Quand en saurait-il davantage ?

– Elle est perdue dans ce monde, comme l'ont été tes ancêtres, poursuivit Shail.

Le garçon remarqua qu'Alsan l'avait laissé prendre la parole, car personne ne pouvait parler de Lunnaris avec autant de passion que le jeune magicien.

– Elle et son compagnon sont le dernier espoir d'Idhun. Si Kirtash les trouve...

Il n'acheva pas sa phrase, mais le yan acquiesça :

– Je/crois/savoir/de/quoi/il/s'agit.

– Donne-nous la crosse, le pressa Alsan.

– S'il te plaît, ajouta Shail.

– Pourquoi/devrais/je/vous/croire ?

Alsan ouvrit la bouche pour répliquer, indigné, mais Shail l'arrêta.

– Comprends-le, dit-il à son ami. Son clan veille sur la crosse depuis plusieurs générations. Il ne la donnera pas au premier venu.

– Je comprends, dit Alsan. Laisse-nous au moins la voir, dans ce cas.

– Certainement/De/toute/manière/pendant/des/siècles/personne/n'a/pu/la/toucher.

– Quoi ? s'exclama Shail. Tu veux dire qu'elle est protégée par un sortilège ?

– Venez/voir/par/vous/mêmes.

D'un bond, le yan se leva. Il se déplaçait très vite. Jack cligna des yeux et vit qu'il les attendait déjà devant la porte.

Sous le soleil brûlant du désert, Jack regretta la grotte fraîche de Kopt. Par chance, ils n'allèrent pas très loin. La créature les guida vers une montagne voisine, au pied de laquelle s'ouvrait une grande caverne.

Jack basculait d'une jambe sur l'autre, mal à l'aise. Bizarrement, il n'avait pas envie de savoir ce qui était caché dans cette grotte.

Kopt était posté devant l'entrée. Alsan s'avança le premier, ses compagnons sur les talons.

Ils pénétrèrent dans la caverne et longèrent un large tunnel ; au fond, la galerie donnait sur une salle vivement éclairée, vers laquelle ils se dirigèrent. Alsan suivait le yan d'un pas résolu, calme et fier. Comme bien souvent, Jack admira sa force intérieure, son assurance, sa foi en ses idéaux. Il se rappela longtemps la silhouette de son ami baignée de lumière, dans cette caverne, car ce fut la dernière image de l'Alsan qu'il connaissait.

– Attends, l'alerta Victoria, en le retenant par le bras.

Lorsqu'il se tourna vers elle, il vit une lueur de frayeur dans ses yeux sombres. Shail la regarda lui aussi d'un air interrogateur.

– Il y a quelque chose de mauvais là-dedans, dit-elle. Le yan nous a trompés.

– Comment est-ce possible ? demanda Jack, qui regarda à la ronde et constata que Kopt avait disparu.

Le garçon fit quelques pas en avant, mais un poing glacé lui enserra le cœur. Il comprit alors que Victoria disait la vérité, et découvrit avec horreur qu'Alsan était déjà entré dans l'énorme caverne.

– Alsan ! ALSAN ! hurla-t-il, persuadé que son ami allait au-devant du danger.

« Alsan... Alsan... Alsan... », répéta l'écho.

Jack voulut voler à son secours, mais la main de Shail l'en empêcha.

– On peut savoir ce qui vous prend, tous les deux ?

– Je ne sais pas si la crosse est dans cette caverne, mais Kirtash est arrivé avant nous, j'en suis sûr, déclara-t-il d'une voix hachée.

Victoria étouffa un cri. Shail les fixait, déconcerté.

– Mais... comment... ?

Jack aurait aimé lui expliquer la sensation de froid qui l'avait envahi, l'étrange sentiment de haine et d'aversion qui l'avait gagné, mais le temps pressait.

– Bon sang, Shail, fais-moi confiance ! s'écria-t-il. Il faut le sortir de là !

Shail le considéra en fronçant les sourcils, puis fit brusquement volte-face et se mit à courir dans le tunnel. Jack et Victoria lui emboîtèrent le pas.

La galerie débouchait sur la caverne dans laquelle avait disparu Alsan. C'était une énorme cavité à l'intérieur de la montagne, éclairée par la lumière naturelle qui tombait d'une large trouée dans la paroi rocheuse. Au fond, dans un amoncellement de pierres, la crosse d'Ayshel renvoyait un doux éclat spectral.

Mais les trois amis n'accordèrent aucune attention à l'objet extraordinaire, car, au pied de la crosse, le corps inerte d'Alsan gisait sur le sable. Une silhouette impossible à confondre se tenait près de lui, féline, toute vêtue de noir. Kirtash secoua la tête pour chasser ses cheveux de son visage et posa sur eux ses yeux bleus et froids.

Sur eux ou, plus exactement, sur Jack...

Le garçon haletait et cherchait à savoir si Alsan était encore en vie. Il crut qu'il bougeait et se raccrocha à cet espoir. Mais il sentit le regard de Kirtash rivé sur lui et ne sut comment l'éviter.

Ils étaient à une vingtaine de mètres du jeune assassin, assez loin pour échapper à ses yeux meurtriers... pour l'instant. Ni Jack ni ses amis ne bougèrent. Kirtash ne semblait pas non plus avoir l'intention de les rejoindre.

Derrière lui apparut une autre silhouette, celle d'Elrion, le magicien qui était souvent avec lui. Il paraissait impatient d'agir, tandis que Kirtash restait calme, imperturbable.

Victoria inspira profondément. Elle n'avait pas revu Kirtash depuis la course-poursuite dans le métro. Elle éprouva de nouveau cet étrange sentiment d'attirance et de dégoût, et fut plongée dans la confusion.

Kirtash, qui s'était manifestement rendu compte de sa présence, regarda dans sa direction. Victoria frissonna de la tête aux pieds et chercha à se détourner sans y parvenir. Elle savait qu'il était trop loin pour atteindre son esprit. Pourtant, elle se sentait démunie, comme si Kirtash la dénudait de l'intérieur pour connaître tous les secrets de son âme. Elle voulait s'enfuir, crier, alors qu'une partie d'elle-même, elle s'en rendait soudain compte avec stupéfaction, souhaitait... se rapprocher de lui.

Le jeune assassin ferma les yeux à demi. Jack aurait juré qu'il venait de lire un semblant d'émotion sur son visage. Était-ce de la curiosité ? De l'intérêt ? Peut-être, mais pour Victoria plus que pour lui.

Jack vit que le torse de Shail se soulevait, signe qu'il inspirait pour se concentrer. Une seconde suffisait au jeune magicien pour qu'il les renvoie à Limbhad. Mais... laisseraient-ils Alsan seul dans cette grotte ?

– Non, Shail ! l'implora-t-il, désespéré. Ne fais pas ça !

Shail hésita. Kirtash les mettait au défi de l'affronter pour sauver leur ami. Le magicien doutait. S'il venait en aide à Alsan, ils risquaient tous de mourir. Mais il était incapable de l'abandonner à son sort. Quant à Victoria...

Elle ne quittait pas Kirtash des yeux. Du fond de la caverne, celui-ci la fixait obstinément.

– Qu'est-ce que tu veux ? le provoqua Jack, incapable de supporter ce silence plus longtemps.

Kirtash finit par délaisser Victoria. Elle poussa un léger soupir et s'appuya sur Shail, comme si elle était soudain à bout de forces. Lorsque Jack sentit que son ennemi essayait d'accrocher son regard, quelque chose explosa en lui comme un volcan.

– Qu'est-ce que tu veux ? répéta-t-il.

Sans le quitter des yeux, Kirtash se pencha sur le corps d'Alsan et posa doucement la main droite sur sa tête.

« Il me défie », enragea le jeune garçon.

– Ôte tes mains ! cria-t-il, hors de lui. Ôte-les, ou...

Il allait se précipiter sur Kirtash quand Shail l'en empêcha en le tirant par la chemise.

– Il te provoque, murmura le magicien. Ne tombe pas dans son piège.

Mais Kirtash s'empara d'Haïass, l'épée qu'il portait dans un fourreau suspendu dans son dos, et fit quelques pas en avant. La lame étincela dans un rayon de soleil qui tombait du sommet de la caverne. Jack inspira profondément.

– Jack, non ! le supplia Shail.

Alors le garçon comprit pourquoi Kirtash n'avait pas encore tué Alsan.

C'était un piège.

Le jeune homme posa avec douceur, comme pour le caresser, le fil de son épée sur le cou d'Alsan, qui était immobile. Jack savait que Shail disait vrai, que Kirtash agissait ainsi pour le faire réagir, mais l'idée de la mort d'Alsan lui était si insupportable qu'il devait passer à l'action. Poussant un cri de rage, les larmes aux yeux, il dégaina son épée et se précipita sur Kirtash. Victoria l'appela et Shail tenta aussi de le retenir, en vain.

Tout se passa ensuite très rapidement. Kirtash parut réjoui de l'attaque de Jack : d'un geste, il désarma le garçon, qui resta sans défense face à lui.

– Non ! hurla Victoria. JACK !

Elle voulut le rejoindre, mais Shail l'arrêta. Elle se débattit entre ses bras, désespérée, criant le nom de son ami, luttant pour aller à ses côtés, mais Shail ne la lâcha pas.

Plein de rage, de haine et de peur, humilié, Jack se tenait devant Kirtash. La pointe d'Haïass était appuyée sur sa poitrine.

Il s'était encore laissé emporter par ses émotions, il avait perdu la tête et, à présent, il allait mourir. Le pire, c'est qu'il n'avait pas réussi à aider Alsan.

« Pardonne-moi, pensa-t-il. Je t'ai déçu une fois de plus, mais je ne baisserai pas les yeux devant la mort. »

Il se redressa, défiant Kirtash du regard pour constater que celui-ci paraissait... déçu ?

S'il l'était, il se garda de le dire. Sans un mot, Kirtash abattit son épée sur lui dans une estocade élégante, assurée et...

mortelle. Jack s'attendait à ce que l'acier froid d'Haïass pénètre dans sa poitrine.

Alors…

… quelque chose immobilisa l'épée de Kirtash. Comme un éclair de lumière vif et resplendissant qui entoura Jack et repoussa l'épée meurtrière. Surpris, Kirtash recula et Jack observa de tous côtés sans comprendre ce qui se passait.

Le garçon découvrit à ce moment-là que cette lumière n'émanait pas de son corps, mais qu'elle l'enveloppait tel un manteau protecteur ; elle provenait de la crosse d'Ayshel…

Celle-ci n'était plus plantée au milieu des rochers, mais se trouvait entre les mains de Victoria. Incrédule, la jeune fille ne savait pas très bien la manier. Même Kirtash ne semblait pas non plus comprendre comment elle était arrivée là.

– Qu'est-ce qui se passe ? demanda Shail, déconcerté, en s'écartant de Victoria.

Kirtash brandit de nouveau son épée, quand il s'aperçut que la lumière de la crosse protégeait toujours le corps de Jack. Persuadée que l'objet magique avait répondu à son désir de sauver son ami, Victoria l'empoigna plus vigoureusement et s'avança. Ses jambes tremblaient, mais elle s'efforça d'afficher une détermination qu'elle était loin de posséder.

Jack sut qu'elle lui avait sauvé la vie. Lentement, il s'approcha de son amie et de la crosse protectrice. Quand il fut à sa hauteur, il trouva le courage de braver Kirtash.

– Nous avons la crosse, dit-il.

– Et j'ai votre prince, déclara l'autre dans un demi-sourire, d'une voix que Victoria trouva douce et suggestive, mais aussi froide et indifférente.

Soudain, Jack s'aperçut avec horreur que l'épée était de nouveau pointée sur la gorge d'Alsan.

– Vous me la donneriez en échange de sa vie ? demanda Kirtash.

– Tu ne peux pas t'en servir. C'est pour ça que tu étais encore ici, lui lança Jack. Tu n'as pas pu la tirer de ces rochers, n'est-ce pas ? Mais la crosse a répondu à l'appel de Victoria. Elle lui appartient, à présent.

– C'est facile à régler. Je te propose un marché : la fille et la crosse en échange de la vie d'Alsan.

Jack serra les dents et se planta devant Victoria. Il la protégeait, même s'il devait le payer de sa vie. L'idée que Kirtash puisse poser ses mains sur elle lui était insupportable.

– Pas question.

L'épée s'enfonça un peu plus dans la chair d'Alsan. Un mince filet de sang coula sur son cou. Jack déglutit.

Sentant que Shail s'approchait d'eux par-derrière, il se sentit réconforté par sa présence. Mais Kirtash l'avait vu lui aussi.

– Ne fais pas un pas de plus, magicien, ou ton ami mourra.

– Et si nous te donnons la crosse, c'est Victoria qui mourra, dit Jack. Quelle différence cela fait-il ?

– La différence, c'est que j'ai besoin d'elle vivante pour utiliser la crosse, expliqua Kirtash d'un ton affable. Décide-toi, Jack. Je n'ai pas beaucoup de temps... Alsan non plus.

Jack ne s'étonna pas que le jeune assassin connaisse leurs prénoms. Il serra les poings à les faire éclater.

– Ça suffit, intervint Victoria. Ne le touche pas. Je vais te suivre.

– Quoi ? fit Jack en sursautant. Non, Victoria. C'est impossible !

En songeant qu'il venait de se prononcer pour la mort d'Alsan, Jack fut pris d'angoisse. Il voulait sauver son ami sans perdre Victoria. Il ne supporterait pas de la voir partir, c'était inenvisageable. Un jour, il avait juré de la protéger coûte que coûte. Il n'allait pas l'abandonner à la première occasion.

Pourtant, elle se sépara doucement de lui et regarda Kirtash. Malgré sa peur, sa voix était calme et résolue quand elle déclara :

– Tu dois jurer sur ce que tu as de plus sacré que tu ne feras pas de mal à mes amis. À aucun d'eux. Si tu tiens ta promesse, j'irai avec toi... sans opposer de résistance.

– Non, Victoria..., protesta Jack.

Il ne put en dire davantage car les évènements se précipitèrent.

Kirtash se concentra un court instant sur Victoria, et l'air parut trembler quand leurs regards se croisèrent. Shail s'était légèrement avancé pour placer ses mains sur les épaules de Jack et de Victoria. Le garçon comprit alors ce qu'il allait faire.

– Non, Shail ! NON ! hurla-t-il, hors de lui.

Trop tard. Shail avait saisi le bras de Victoria et tout à coup la caverne se mit à tourner...

*

– Tu les as laissés s'échapper, lui reprocha Elrion. Avec la crosse.

Kirtash ne bougeait pas. Il fixait l'endroit où, quelques instants plus tôt, se trouvaient les trois amis.

– Tu aurais dû me laisser intervenir, ajouta le sorcier.

Le jeune homme le regarda sans rage ni frustration. Au contraire, il souriait. Elrion le considéra, indécis. Kirtash comprenait toujours les choses longtemps avant lui.

– Pourquoi es-tu si content ? Ils nous ont échappé...

– Oui, mais ils m'ont fait de grandes révélations. Plus importantes qu'ils ne le croient.

– Et... nous avons perdu la crosse.

– Elle nous reviendra, lui assura Kirtash avec calme. Rappelle-toi que nous détenons quelque chose qu'ils veulent.

Elrion baissa les yeux sur le corps inconscient d'Alsan.

– Tu avais vraiment besoin de cette fille ? demanda-t-il, incertain.

– Oui, souffla Kirtash.

« Tu n'imagines pas à quel point », pensa-t-il.

8
LE DRAGON ET LA LICORNE

Shail soupira et regarda Jack qui, assis dans le fauteuil, jouait avec un cordon d'un air renfrogné. Il l'enroulait et le déroulait autour de ses doigts, cherchant ainsi à évacuer sa tension. La Dame s'approcha de lui, mais il la repoussa, de mauvaise humeur. Vexée, la chatte se réfugia sur les genoux de Victoria.

Le jeune garçon n'avait pas adressé la parole à Shail depuis qu'ils étaient rentrés de leur désastreuse expédition dans le désert du Sahara. Prise entre deux feux, Victoria était mal à l'aise. Elle s'inquiétait pour Alsan et aurait fait n'importe quoi pour le sauver. Cependant, à l'opposé de Jack, elle comprenait que Shail avait fait ce qu'il pensait être le mieux.

– Bien... Écoutez..., commença Shail après s'être éclairci la gorge. Nous sommes dans une situation délicate. Il faut que nous sauvions Alsan, mais je ne sais pas si nous devons le faire.

– Que veux-tu dire par là ? s'étonna Jack.

– Kirtash s'attend à ce que nous venions en aide à notre ami...

– Si c'est encore possible, le coupa Jack avec amertume.

– Alsan est un prisonnier de grande valeur, Jack, expliqua Victoria. C'est pourquoi Kirtash ne l'a pas tué quand il l'a capturé dans la grotte. En plus, il sait... que nous viendrons à son secours, ajouta-t-elle après un moment d'hésitation. Il attend, il nous attend pour en finir une fois pour toutes avec la Résistance... et récupérer la crosse.

– C'est pour cela que nous ne devrions pas réagir, reprit Shail. En fait, je ne suis pas très doué pour prendre des décisions. Mon cœur m'ordonne de tout tenter pour retrouver Alsan, mais je sais qu'il préférerait mourir plutôt que de voir notre mouvement anéanti.

– Je me moque de la Résistance, s'énerva Jack. Je veux juste sauver Alsan. C'est mon ami, il ne méritait pas qu'on l'abandonne comme on l'a fait hier.

Shail accusa le coup, et baissa les yeux.

– Jack, tu es injuste, lui reprocha Victoria.

– C'est le yan qui nous a trahis, dit Shail avec douceur. Il nous a tendu un piège. J'aurais dû m'en douter ! Kirtash était encore là-bas avant nous... Je suis sûr qu'il a promis quelque chose au yan en échange de son aide. Enfin, n'y pensons plus. Cela aurait pu être pire, nous aurions pu tous être pris si vous n'aviez pas eu cette étrange intuition...

Il observa les deux enfants avec curiosité, mais ni Jack ni Victoria n'étaient d'humeur à se remémorer les faits. D'autres pensées occupaient leur esprit.

– Ils étaient seuls, Shail, s'acharna Jack. Il n'y avait que Kirtash, Elrion et le yan. Nous aurions pu...

– Quoi donc, Jack ?

– Nous aurions pu nous battre, bon sang ! Maintenant, où que soit Alsan, il sera beaucoup plus difficile d'arriver jusqu'à lui.

– Mais la Résistance...

– La Résistance ! l'interrompit Jack d'un ton amer. Regarde-nous et sois réaliste, Shail ! Nous ne sommes que trois ! Je ne sais pas à quoi pensaient vos magiciens idhunites en n'envoyant que deux personnes pour retrouver les magiciens en exil. Cette mission était condamnée à l'échec depuis le début !

Après avoir prononcé ces mots, Jack se sentit beaucoup mieux. Ces doutes le tourmentaient depuis longtemps, mais il n'avait jamais osé les exprimer à voix haute parce qu'il admirait la foi inébranlable d'Alsan et qu'il en était arrivé à partager sa cause. Maintenant qu'il était en danger, il comprenait soudain combien Alsan leur manquerait s'ils ne le revoyaient pas. Ces derniers mois, l'orgueilleux prince idhunite était non seulement devenu son tuteur et son ami, mais aussi une sorte de grand frère.

À présent qu'Alsan n'était plus là, Jack avait enfin formulé ce qu'il pensait de cette absurde Résistance. Il regarda à la dérobée autour de lui pour voir l'effet produit par ses propos et fut surpris du résultat. Victoria observait Shail, comme pour obtenir de lui la permission de parler. Le magicien semblait perdu dans ses pensées et se mordait la lèvre inférieure.

– Bien..., murmura-t-il, abattu. Je dois vous avouer que notre mission n'était pas tout à fait celle-ci.

– Pardon ? s'écria Jack en sursautant.

Shail s'assit en face de lui et plongea son regard dans le sien.

– Nous ne sommes pas venus ici pour chercher des magiciens exilés, Jack. Ils ne nous auraient été d'aucun secours contre Ashran et les sheks. Mais je crois que tu t'en doutais un peu...

Jack fronça les sourcils. Il avait certes eu des soupçons, mais n'avait jamais clairement posé la question. Quand il réclamait des précisions, cela tombait toujours au mauvais moment, et personne n'avait le temps ni l'envie de lui répondre.

Il soutint le regard de Shail sans ciller.

– Parfait. Puisque nous avons décidé d'être francs, dis-moi la vérité, souffla-t-il en détachant ses mots. Que faites-vous ici ? Pourquoi Kirtash voulait-il la crosse ? Qui est Lunnaris ?

Le magicien soupira et s'adossa à sa chaise.

– C'est une longue histoire. Tu te souviens de ce que t'a montré l'Âme le jour de ton arrivée ?

– Je ne l'oublierai jamais.

– Nous t'avons dit que cette maudite conjonction astrale avait tué en un jour tous les dragons et toutes les licornes. Tu ne t'es jamais demandé pourquoi ?

– Il y avait une raison ?

– En effet. C'était annoncé dans la prophétie.

– Une prophétie ?

Shail hocha la tête et se rembrunit :

– Les Oracles avaient prédit que les sheks reviendraient à Idhun par le biais d'un mortel qui jouerait le rôle de passeur en leur ouvrant la Porte. Or, celui-ci devait être un magicien. Ce qui est sûr, c'est que les Oracles annoncent toujours ce genre de choses et que personne ne leur accorde beaucoup d'attention. Le problème n'est pas la fiabilité des messages, mais les prêtres qui les interprètent, tu comprends ? Les magiciens et les prêtres se sont toujours opposés. Une ou deux fois par an, les Oracles prédisaient l'arrivée d'une nouvelle ère obscure née de l'action des sorciers. Quand nous nous sommes rendu compte que la conjonction des six astres devait avoir lieu quelques dizaines d'années plus tôt que prévu, nous nous sommes doutés que quelque chose ne tournait pas rond. Et, au moment où des émissaires des quatre coins d'Idhun sont venus nous alerter que les dragons et les licornes mouraient par centaines, nous avons dû admettre qu'il y avait du vrai dans cette prophétie. Par ailleurs, les Oracles avaient également annoncé que seul le feu d'un dragon et la magie d'une licorne parviendraient à détruire la Porte et à renvoyer les sheks dans leur dimension.

– Tu veux dire..., commença Jack, stupéfait, sans formuler sa question en entier.

– Que les sheks croyaient en la prophétie. Ils savaient qu'elle disait vrai. C'est pour cette raison qu'ils ont invoqué le pouvoir des astres et tué tous les dragons et les licornes de la planète avant qu'il ne soit trop tard. Nous ignorons comment ils s'y sont pris. En revanche, nous connaissons le nom du magicien qui leur a ouvert la Porte : il s'agit d'Ashran le Nécromancien, qui a été choisi par les seigneurs des sheks pour devenir leur allié, leur prêtre suprême et la clé de la Porte qui leur permettrait de revenir à Idhun. Cet homme a d'immenses pouvoirs et a joué un grand rôle dans la mort des animaux fabuleux de notre monde.

– Alors, maintenant, plus personne ne peut vaincre les sheks et Ashran, murmura Jack.

– Si, deux êtres en sont capables, annonça Victoria. Ils sont ici, quelque part, et nous les cherchons.

Jack leva les yeux vers Shail, qui acquiesça :

– J'ai été mêlé à tout cela par hasard. Je me trouvais dans la forêt d'Alis Lithban, où j'étais venu ressourcer ma magie, quand j'ai entendu du bruit. Alors, j'ai vu les six astres entrer en conjonction... et j'ai compris aussitôt qu'il se passait quelque chose, et c'est devenu une évidence quand j'ai découvert des cadavres de licornes dans ces bois touffus. Peut-être ne le sais-tu pas encore, Jack, mais à Idhun la licorne est la seule créature qui puisse donner des pouvoirs magiques aux mortels. Si toutes les licornes disparaissent, c'est la mort annoncée de la magie. C'est pour cela que j'étais si terrifié... Ensuite, quand j'ai vu les serpents voler, j'ai cru que la fin du monde était là.

Shail se tut un moment, perdu dans ses souvenirs, puis reprit son histoire.

Il s'était caché entre les arbres. Un serpent ailé ne cessait de survoler cette partie de la forêt. Shail crut qu'il l'avait découvert. Il n'avait jusqu'alors vu les sheks que dans les vieux ouvrages de la bibliothèque de la tour de Kazlunn, où il étudiait. Grâce aux dragons, ces monstres avaient été expulsés d'Idhun depuis fort longtemps. Mais où étaient donc les dragons ? Pourquoi ne venaient-ils pas se battre contre les sheks ?

Shail n'avait pas la réponse à cette question, car il ne savait rien de ce qui se jouait dans les autres parties d'Idhun, où les dragons tombaient du ciel l'un après l'autre. La seule chose qu'il voyait dans le ciel était ce terrifiant serpent ailé. Ayant lu quelque part que les sheks étaient extrêmement sensibles à la magie, il n'osait pas avoir recours à un sortilège de mimétisme ou d'invisibilité de crainte que la créature le localise.

Il attendit, retenant son souffle, jusqu'à ce que le shek fasse un dernier passage. Il frôlait la cime des arbres, puis s'éleva dans les airs et s'éloigna.

Shail poursuivit son chemin à travers bois. Il savait qu'il serait une proie facile s'il sortait à découvert et passa toute la journée à errer sous la frondaison. Il aurait pu essayer de se téléporter loin de là, mais quelque chose l'en empêchait.

Les licornes.

Il n'avait pas encore entendu parler de la prophétie, mais il savait que seule une force magique était capable de tuer les licornes. En temps normal, elles ne se montraient pas et il était impossible de les apercevoir, à moins qu'elles-mêmes l'aient décidé. Et il n'y avait qu'elles qui connaissaient les critères requis pour devenir magicien. Elles transmettaient la magie à certains et non à d'autres. Pourquoi ? Nul ne le savait, et les études réalisées à ce sujet n'avaient pas été concluantes. Les licornes ne touchaient pas toujours les plus malins, les plus forts ou les plus méritants. Leur choix semblait aléatoire...

Quoi qu'il en soit, Shail estimait qu'il avait eu de la chance. Il était tout bébé lorsqu'une licorne s'était penchée sur son berceau, pendant qu'il dormait. Personne ne l'avait vue, mais ses parents avaient aussitôt constaté que leur petit garçon avait changé. Son avenir aussi. Il ne reprendrait pas le commerce de son père dans la ville prospère de Nanetten, mais irait étudier dans l'une des quatre tours réservées aux magiciens.

Depuis cet instant, Shail n'avait plus jamais croisé de créatures merveilleuses. Il était allé à Alis Lithban, la forêt des licornes, pour y respirer la magie ambiante. Tous les magiciens s'y rendaient régulièrement afin de ressourcer leur magie, mais il était rare que le miracle d'en voir une se répète.

Or Shail en avait aperçu beaucoup ce jour-là. Sauf qu'elles étaient toutes mortes, à l'exception d'une seule, qu'il trouva chancelante. Il avait accouru vers elle, espérant arriver à temps pour la téléporter dans l'une des tours, mais elle avait trébuché et s'était affaissée. Quand Shail était arrivé auprès d'elle, il avait découvert qu'elle ne bougeait plus.

Il avait cheminé toute la matinée durant dans l'espoir de retrouver des licornes en vie, en pure perte. Il s'apprêtait à renoncer à sa quête lorsque le miracle se produisit.

Le serpent ailé venait de s'éloigner. Shail aperçut alors une fée, qui essayait d'attirer son attention dans des arbustes. Cela non plus n'était pas ordinaire, car, si les fées étaient plus faciles à surprendre que les licornes, elles n'aimaient guère la compagnie des humains et évitaient dans la mesure du possible tout rapport avec eux.

Shail la suivit donc jusqu'à une cachette dans les sous-bois et la vit : c'était une licorne femelle, très jeune, sans doute née depuis peu. Elle s'était réfugiée sous le feuillage et tremblait. Un groupe de fées, de lutins, de gnomes et d'autres créatures des bois s'était formé autour d'elle et l'observait en silence.

– Tu dois la sauver, dit un gnome en tournant sa tête grise vers Shail.

– C'est la dernière, soupira tristement une dryade qui assistait à la scène, perchée dans un chêne.

– La dernière ? répéta Shail.

– La dernière licorne, dit un vieux lutin. Si elle meurt, c'en sera fini de la magie.

Shail s'approcha d'elle, impressionné. La créature ouvrit les yeux et le regarda. Le jeune magicien comprit alors au plus profond de lui qu'il n'oublierait jamais ce regard.

– Emmène-la, l'implorèrent les fées. Emmène-la loin d'ici.

Shail enveloppa la licorne dans sa cape. Elle était si faible qu'elle ne lui opposa aucune résistance.

– Comment allons-nous sortir d'ici ? demanda-t-il. Je ne peux pas nous téléporter à la tour de Kazlunn, c'est trop loin, et, si j'essaie de m'y rendre par un autre moyen, nous n'arriverons pas à temps.

Sans rien dire, les fées formèrent un cercle autour de lui et entonnèrent un chant sans paroles. Shail se sentit traversé par un torrent de magie féerique qui venait renforcer ses pouvoirs. Il comprit qu'il allait réussir.

– Va-t'en, magicien, murmurèrent les fées. Pars très loin d'ici.

Shail acquiesça et se concentra sur la tour de Kazlunn. L'énergie des fées était toujours en lui, vibrante, limpide et resplendissante, et il comptait bien l'utiliser avec succès.

Au dernier moment, quand son corps et celui de la petite licorne commencèrent à s'estomper, il vit une ombre s'avancer dans leur direction, puis un vent glacé agita la clairière. Les fées pâlirent. Les plus petites poussèrent des hurlements de terreur.

– Ne t'occupe pas de nous, lui dit l'une des plus âgées. Va-t'en. Mets-la en sécurité.

Un nœud dans l'estomac, Shail compléta le sortilège, et, lorsque le shek se précipita sur le cercle de fées, il avait déjà fui avec la licorne.

*

– Je l'ai appelée Lunnaris, un nom assez évident pour une licorne puisqu'il signifie « porteuse de magie », poursuivit Shail. En fait, toutes les licornes le sont, mais celle-ci était la dernière, voilà pourquoi elle ne pouvait se nommer autrement.

*

Shail avait été accueilli comme un héros dans la tour de Kazlunn. Les chefs de l'Ordre magique s'étaient réunis avec le Père de l'Église des Trois Soleils et la Mère de l'Église des Trois Lunes pour tâcher de résoudre le problème extrêmement grave qui menaçait Idhun. Ils s'étaient rappelé la prophétie et en étaient arrivés à la conclusion qu'il fallait au moins sauver un dragon et une licorne, puis ils avaient lancé un appel pour que tous participent aux recherches.

Shail avait réussi sans savoir quel était l'enjeu réel de cette quête.

Il apprit alors des nouvelles terrifiantes.

– Tout Awinor flambe, lui dit-on. Les dragons tombent du ciel, l'un après l'autre, comme des torches en flammes. Les incendies qu'ils déclenchent en s'abattant sur le sol sont incontrôlables, à tel point que la terre des dragons risque de disparaître très vite avec eux.

– Des centaines de sheks occupent le ciel d'Idhun. Il paraît aussi qu'une terrible armée d'hommes-serpents a envahi Raheld par le nord.

– Il ne reste pas un seul dragon en vie. Pas un seul.

Shail écoutait ces informations avec beaucoup d'inquiétude. Il savait que les archimagiciens préparaient un rite spécial, très complexe, mais il ignorait en quoi il consistait.

C'est alors qu'Alsan était arrivé.

Les chevaliers de Nurgon étaient accompagnés de nobles, d'aventuriers, de héros et de mercenaires de tout poil venus des différents royaumes, mobilisés dans le but de retrouver des dragons et des licornes. Les magiciens les avaient transportés jusqu'à Awinor grâce à leurs pouvoirs, mais ils étaient revenus les mains vides.

Ils étaient si désespérés que, lorsque Alsan, prince héritier de Vanissar, avait poussé la porte de la tour avec un petit dragon doré dans les bras, il avait causé une vive agitation.

*

– Il ne m'a jamais révélé comment ni où il l'avait trouvé, raconta Shail. Il ne l'a dit à personne. Mais l'important, c'était qu'ils soient là tous les deux, ma petite Lunnaris et le bébé dragon. Pourquoi avaient-ils mieux résisté que les autres ? C'est un mystère. Peut-être parce qu'ils étaient très jeunes. En tout cas, le jour où ils ont été accueillis dans la tour de Kazlunn, ils étaient presque morts et nous n'avions pas beaucoup de temps devant nous.

– Et ensuite, que s'est-il passé ? demanda Jack en frissonnant.

Il ne savait pas pourquoi, mais cette histoire l'émouvait profondément.

– Il fallait les mettre en lieu sûr, là où la lumière des six astres ne pouvait les atteindre, du moins tant que la conjonction durerait. Mais nous ignorions combien de temps cela prendrait et, d'autre part, il n'existait pas d'endroit comme celui-ci sur Idhun. Alors, les magiciens ont pensé...

– … qu'ils pouvaient les envoyer ici ! devina Jack, stupéfait.

Shail hocha la tête.

– Nous savions qu'il existait d'autres mondes. Mais nous savions aussi que, pendant la Troisième Ère, les magiciens avaient ouvert une voie de communication avec la Terre qui existait toujours. En temps normal, presque aucun magicien ne se risquait à faire ce voyage. Ceux qui étaient partis n'étaient pas revenus pour raconter leurs expériences, et ceux qui avaient trouvé le chemin du retour rapportaient des choses terrifiantes. Cependant, nous n'avions pas le choix : quand il a été clair que tous ces évènements extraordinaires annonçaient une nouvelle ère obscure sur Idhun, de nouveaux magiciens ont ouvert la Porte et se sont échappés. Ceux-ci n'avaient aucune importance, contrairement à notre dragon et à notre licorne. Les magiciens les plus puissants de l'Ordre ont donc fait franchir à ces deux êtres sans défense la Porte interdimensionnelle. Quand la conjonction s'est achevée et que les astres ont repris leur position, il a été décidé que les deux créatures pouvaient regagner leur monde d'origine. Alsan et moi nous sommes portés volontaires. Après tout, nous leur avions sauvé la vie en les amenant jusqu'à la tour ! Et je m'étais attaché à Lunnaris ; je me sentais responsable d'elle.

Shail marqua une pause. Jack attendait, pendu à ses lèvres.

– Le voyage ne s'est pas tout à fait passé comme nous l'espérions, enchaîna Shail. Une fois le seuil franchi, la Porte interdimensionnelle s'est soudain refermée derrière nous.

– Qu'est-ce que cela signifie ?

– Ashran, les sheks et des dizaines de magiciens assez compétents pour voyager dans l'autre monde avaient appris qu'un dragon et une licorne leur avaient échappé. Nous pensons qu'ils ont pris le contrôle de la Porte, et peut-être détruit la tour de Kazlunn ainsi que tous ses habitants. Nous n'en sommes pas sûrs parce que nous ne pouvons pas rentrer.

Jack inspira longuement, il tentait d'assimiler ce flot d'informations nouvelles.

– Mais les problèmes ne faisaient que commencer, reprit Shail. La Terre était un monde immense et Ashran a envoyé Kirtash à nos trousses, avec pour mission de détruire les seuls êtres capables de l'affronter. Cela fait maintenant trois ans que nous cherchons ce dragon et cette licorne. Ils sont vivants quelque part. Nous le savons parce que Kirtash est également à leur poursuite… pour les tuer. Notre vraie mission consiste à les trouver et à leur sauver la vie pour que la prophétie puisse enfin s'accomplir. Nous l'avons déjà fait une fois, il nous faut à présent tout recommencer.

Un silence s'installa entre eux. Jack méditait sur ce qu'il venait d'apprendre.

– Tu étais au courant, n'est-ce pas ? demanda Jack à Victoria.

Elle hocha la tête.

– Je lui ai parlé de Lunnaris, dit Shail. Tu sais, Jack, ceux qui ont vu un jour une licorne ne l'oublient jamais. Lunnaris n'est jamais sortie de ma mémoire et je ferai tout pour la retrouver avant Kirtash. Elle est, certes, le dernier espoir d'Idhun, mais ce n'est pas ce qui me motive le plus. C'est une histoire personnelle.

– Et puis, il paraîtrait que je l'ai déjà vue, murmura Victoria.

– Pourquoi ? demanda Jack.

– Parce que je suis une humaine née sur la Terre, et une semi-magicienne. Cela signifie que j'ai vu une licorne. Malheureusement, je ne m'en souviens pas.

– Si Lunnaris est parmi nous, reprit Shail, des centaines de personnes l'ont peut-être aperçue et sont donc sensibles à la magie. Il est même possible que Lunnaris ait consacré d'autres magiciens ici. Comme nous te l'avons dit le jour de ton arrivée, Jack, il n'y a pas de magiciens sur cette planète, excepté ceux qui se sont échappés d'Idhun… et ceux qui ont eu un contact avec la licorne que nous avons perdue.

Victoria détourna les yeux.

– Et la crosse ? demanda Jack pour changer de sujet et éviter que son amie se tourmente davantage en songeant à cette éventuelle rencontre.

– Elle a été créée par les licornes et pourrait donc nous conduire jusqu'à Lunnaris, expliqua Shail. C'est pourquoi il fallait que nous la trouvions avant Kirtash. La placer hors de sa portée est plus important que de sauver la vie d'Alsan. Si Lunnaris ou le dragon meurent, tout espoir sera perdu pour notre monde.

– Je comprends, acquiesça Jack d'une voix triste.

– Elrion prend peut-être plaisir à assassiner des magiciens, mais pour Kirtash ces meurtres sont secondaires. Sa principale mission sur Terre est de trouver le dragon et la licorne et de les tuer afin d'éviter l'accomplissement de la prophétie.

– C'est pour cela qu'il veut Alsan vivant, intervint Victoria. Il aimerait sans doute aussi pouvoir te capturer, Shail. C'est vous qui avez ramené le dragon et la licorne. Vous pourriez lui fournir une piste.

– Seulement nous n'en avons aucune. J'ai étudié les mythes des habitants de la Terre. Le dragon est commun à toutes les cultures. La licorne n'est présente que dans certaines d'entre elles, mais, quoi qu'il en soit, ce ne sont que des mythes.

Shail observa intensément Jack.

– Franchement, nous ne nous attendions pas à découvrir un monde tel que celui-ci. Il dépasse notre imagination. Nous commencions à croire que nous ne reverrions jamais le dragon et la licorne, puis, grâce à toi, nous sommes tombés sur le *Livre de la Troisième Ère* et sur la crosse d'Ayshel.

– Ce n'est pas *grâce à moi*, murmura Jack. Kirtash nous attendait, n'est-ce pas ? Il savait que nous viendrions et ce CD... ne lui a pas échappé. Parrell n'était pas un Idhunite. C'est Kirtash qui a laissé le disque là, volontairement, pour qu'on le trouve. Il savait que les policiers ne feraient pas attention à l'image d'un dragon, contrairement à nous, qui la recherchions. Et nous sommes tombés dans le piège... Enfin, il serait plus juste de dire que tout est ma faute.

– Non, c'est grâce à toi, répéta Shail fermement. Kirtash n'a pas la crosse et Lunnaris est toujours en lieu sûr pour le moment.

Jack garda le silence. Shail remarqua qu'il était pâle. L'histoire de la prophétie l'avait impressionné au plus haut point.

– Je crois que tu as besoin de te reposer, Jack, suggéra Shail en posant une main sur son épaule. En fait, nous en avons tous besoin, rectifia-t-il.

– Et que va-t-on faire pour Alsan ? lui demanda le garçon en relevant la tête.

– Il faut que vous soyez opérationnels à cent pour cent. Vous devez avoir l'esprit éveillé et clair, sans quoi tout ce que nous allons tenter restera sans effet.

– Tu as raison, soupira Jack.

Il était à l'évidence épuisé, à croire qu'il avait vieilli de plusieurs années d'un seul coup.

Il se leva pour se rendre dans sa chambre. Quand il passa près de Shail, celui-ci lui confia à voix basse :

– Je crois que Kirtash ne s'est pas trompé sur ton compte. Du sang idhunite coule sans doute dans tes veines, Jack, parce que tu comprends la tragédie que vit Idhun beaucoup mieux qu'un simple Terrien.

Jack ne répondit pas. Quand il arriva dans sa chambre, il se jeta sur son lit tout habillé et ses yeux se fermèrent presque malgré lui. Sans qu'il sache pourquoi, il était exténué.

Son esprit abandonna rapidement sa conscience et il s'immergea dans un rêve étrange peuplé de dragons enflammés qui tombaient du ciel, sous l'éclat de trois soleils et de trois lunes disposés de manière insolite. Il progressait à cheval dans un désert, au milieu d'ossements de dragons carbonisés...

9
PLANS DE SAUVETAGE

Alsan se réveilla dans une grande chambre éclairée par des torches à la flamme bleue. Il voulut bouger, mais c'était impossible : il avait les pieds et les mains enchaînés à une sorte de plate-forme verticale. Il se débattit, furieux, mais ne réussit qu'à faire mordre les maillons de fer plus profondément dans sa chair.

Il entendit un grognement, regarda autour de lui et vit une grande cage contenant un loup, un loup gris qui lui montrait ses crocs.

– À ce que je vois, vous n'avez pas tardé à devenir amis, dit la voix d'Elrion dans la pénombre.

Alsan tourna la tête. Le magicien venait de se matérialiser dans la pièce, à côté de lui.

– Qu'est-ce que tu veux ? demanda-t-il.

Elrion s'approcha de lui en souriant.

– Un jour, prince, tu me remercieras de t'avoir choisi pour cette petite expérience. Car je vais faire de toi l'un des hommes les plus puissants des deux mondes.

– Ah oui ? Et pourquoi ?

– Pour plusieurs raisons.

Elrion faisait les cent pas près d'Alsan, songeur.

– Tout d'abord parce que, si le sortilège échoue, je n'aurai pas perdu grand-chose étant donné que tu devais mourir. Mais, si ça marche... tous les autres traîtres seront démoralisés de voir que leur prince Alsan, le champion de cette pathétique Résistance constituée d'un magicien et de deux enfants, a épousé notre cause.

– Jamais, pesta Alsan en serrant les poings.

– Elrion ?

La voix qui venait de résonner dans la pièce était douce et calme, mais elle prit des accents menaçants en répétant le nom du magicien. Celui-ci frissonna.

– Que se passe-t-il ? demanda-t-il, tâchant vainement de montrer de l'assurance.

Kirtash émergea de l'ombre. Il ne répondit pas à la question d'Elrion, mais le regarda en inclinant la tête. Le magicien comprit qu'il attendait une explication.

– C'est juste une petite expérience de nécromancie, rien de bien important.

– Tu veux utiliser mon prisonnier le plus précieux comme cobaye, et tu trouves que ce n'est pas important ? s'enquit-il en haussant un sourcil.

Il n'avait pas perdu son calme, mais Elrion voyait qu'il était irrité et savait ce que cela signifiait.

– Tout va bien se passer, Kirtash, dit-il pour sa défense. Même si j'ai échoué la dernière fois... il faut juste que je...

Il laissa sa phrase en suspens. Vif comme l'éclair, Kirtash s'avança vers lui, les yeux étincelants. Intimidé, Elrion recula jusqu'à se retrouver dos au mur. Kirtash s'arrêta à quelques centimètres de lui et le fixa. Le magicien voulut détourner les yeux, mais il n'y parvint pas.

– Je sais très bien ce que tu comptes faire, l'avertit Kirtash. J'ai vu les autres. Tu n'as pas conscience des conséquences de tes expériences.

– Mais cette fois... tout va bien se passer, se risqua à répéter Elrion.

Il s'était exprimé d'une voix beaucoup plus faible et chevrotante qu'il ne l'aurait voulu. Sans qu'il sache pourquoi, Kirtash changea d'attitude et s'écarta de lui.

– Non, rétorqua-t-il en lui tournant le dos.

Elrion haleta, étonné d'être encore en vie.

– Cela ne se passe jamais bien, ajouta Kirtash dans un murmure.

Alsan avait suivi la scène avec intérêt et s'étonnait de déceler dans le ton du jeune assassin une pointe de… tristesse ?

– Fais de lui ce que tu voudras, conclut Kirtash avec lassitude. S'il meurt ou s'il s'échappe par ta faute, tu le paieras de ta vie.

Elrion fut incapable de répliquer. Kirtash s'approcha d'Alsan et le scruta longuement. Le prince sentit les tentacules de la conscience de son ennemi explorer son esprit et tenta de résister, de garder l'esprit vide… Mais, n'étant pas télépathe, il ne put empêcher Kirtash de lire ses pensées les plus secrètes comme dans un livre ouvert. Quand le jeune meurtrier s'écarta de lui, rompant ce contact visuel, Alsan laissa retomber sa tête sur le côté, étourdi. Kirtash s'éloigna alors sans un mot, et avant de quitter la pièce, il se tourna vers son prisonnier, menotté à côté de la cage du loup. Il lui décocha un regard songeur.

– Je ne voudrais pas être à ta place, dit-il simplement.

Son expression était sérieuse et détachée, ce qui inquiéta Alsan beaucoup plus que s'il l'avait menacé.

*

– Bon, écoutez, dit Shail. Alsan est prisonnier dans une vieille forteresse médiévale, au cœur de l'Allemagne…

– Comment le sais-tu ?

– L'Âme me l'a dit. Je n'ai eu aucun mal à obtenir cette information et je ne m'en étonne guère, dans la mesure où ils veulent justement qu'on le retrouve. Mais, d'après ce que j'ai pu constater, le château est très bien gardé. En admettant que nous réussissions à y entrer, je ne pense pas qu'il soit facile d'en sortir.

– Comment est-il protégé ? demanda Jack. Par qui ? Kirtash et Elrion sont seuls…

– Pas vraiment, soupira Shail. Je vais vous montrer. Et il pria le cœur invisible de Limbhad de lui venir en aide.

L'énorme sphère multicolore et tournoyante apparut au-dessus de la table de la bibliothèque. Jack et Victoria s'approchèrent pour voir ce que l'Âme allait leur montrer. Tout à coup, ils distinguèrent de façon très nette un être horrible à l'intérieur de la sphère. Jack et Victoria crièrent et reculèrent sans parvenir à détourner les yeux.

C'était un humanoïde à la peau couverte d'écailles. Une longue queue s'agitait derrière lui. Triangulaire comme celle d'un serpent, sa tête était pourvue d'yeux malveillants, aussi ronds que des boutons. Entre ses quatre crocs parfaitement aiguisés affleurait une langue fourchue.

La créature disparut subitement.

Jack cligna des paupières, perplexe. Son cœur battait à tout rompre. Il sentait les ongles de Victoria plantés dans son bras. Terrifiée, elle s'était agrippée à lui.

– Qu'est-ce que... Ce sont des démons ? balbutia-t-il.

– C'est un szish, murmura Victoria.

Elle avait lâché le bras de Jack et fixait Shail de ses grands yeux. Jack n'avait jamais entendu ce mot, qui évoquait cependant quelque chose d'effrayant qu'il n'avait pas du tout envie de connaître.

– Oui, c'est un szish, confirma le magicien. Il y en a des dizaines. J'ignore comment Kirtash s'y est pris pour leur faire franchir la Porte, mais ils montent la garde autour de la forteresse et ne se laisseront pas berner si facilement.

Jack le regardait sans bouger.

– Les szishs forment l'armée de terre d'Ashran. D'après les légendes, les serpents ailés qu'on appelle les sheks sont nés de l'union du dieu obscur avec Shaksiss, le serpent du cœur du monde. Mais personne ne sait rien de l'origine des szishs. Même si ça fait froid dans le dos, on pense que le dieu a métissé des humains avec des serpents ou qu'il a eu assez de pouvoir pour créer sa propre race.

– Je déteste les serpents, murmura Jack en frémissant.

– Comment Kirtash a-t-il réussi à transporter ces créatures dans notre monde ? demanda Victoria. Un château tel que celui-ci est un monument important de la région, et les szishs ne passent pas inaperçus... Quelqu'un les a forcément vus.

– Certains ne voient que ce qu'ils veulent, murmura Shail. Voilà pourquoi le camouflage magique fonctionne si bien. Et puis, Kirtash est très discret. Il n'aurait pas monté cette petite base dans cet endroit sans s'être assuré que personne ne le dérangerait.

– Mais comment allons-nous faire pour y pénétrer ?

– Les szishs ne sont pas aussi redoutables que les sheks, mais ils sont très intelligents et ce sont d'habiles guerriers, ce qui me donne une idée... Nous allons utiliser un camouflage magique, et l'un de nous se fera passer pour un szish et entrera dans la forteresse, dit-il en se rapprochant des deux enfants, qu'il ne quittait pas des yeux. Les deux autres feront semblant de vouloir s'introduire par un autre côté et distrairont les serpents. Je crois que je...

– Non ! s'écria Jack. Je ne pense pas que ce soit une bonne idée.

– Je sais, mais...

– Rien ne vaut un bon numéro de magie pour distraire les serpents. Victoria et toi, vous vous en chargerez. Quant à moi, déguisé d'une manière ou d'une autre, je pénétrerai dans le château et irai sauver Alsan.

Il y eut un silence, au terme duquel Shail reprit la parole :

– Non, Jack. Je ne te laisserai pas faire, c'est extrêmement dangereux.

– Mais, Shail, Kirtash sera là, lui fit remarquer Victoria. Si toi ou moi pénétrons dans ce château, il nous découvrira tout de suite. N'oublie pas qu'il détecte la magie. Jack est le seul de nous trois à ne pas être magicien ou semi-magicien, susurra-t-elle.

Shail allait répondre, quand il se ravisa. Il regardait les enfants, troublé.

– Bon sang, tu as raison ! reconnut-il enfin. Le problème, c'est que je ne peux pas te déguiser en serpent et te laisser entrer comme ça, sans précaution...

– Eh bien, lança Jack en devinant ses pensées, je crois que l'heure est venue de me permettre d'utiliser une arme légendaire.

*

– Qu'espères-tu obtenir en te livrant à toutes ces expériences ? demanda Alsan à Elrion.

Le magicien se détourna de l'énorme volume en idhunaïque ancien qu'il était en train de consulter.

– Tu veux que je t'explique ? lâcha-t-il avant de se lever et de se rapprocher de la cage du loup. Tu vois cette créature ? Eh bien, comme toutes les autres, elle possède un esprit, un esprit qui la maintient en vie et lui donne son apparence. Le grand art de la nécromancie a, par exemple, permis de faire changer un esprit de corps.

Alsan se taisait, se contentant de lancer au magicien des regards empreints de fierté et pleins de défi.

– Bien entendu, ton âme humaine ne disparaîtrait pas complètement, poursuivit Elrion, mais elle serait soumise à l'esprit de l'animal, ce qui comporte certains avantages. Tu aurais la force du loup, son extraordinaire perception, sa férocité, son courage et son instinct sauvage... et toutes ces qualités seraient à notre service.

– Il n'en est pas question, se récria Alsan... Je ne te laisserai pas faire.

– Et comment vas-tu m'en empêcher ? lui demanda Elrion avec un sourire mauvais.

*

Jack entra avec détermination dans l'armurerie. Il observa attentivement les épées, les dagues, les masses, les écus et les armures qui y étaient rangés. Il était revenu deux ou trois fois dans la petite salle avec Alsan, qui lui avait raconté l'histoire et décrit les particularités de certaines de ces armes.

En se tournant vers Shail pour lui dire quelque chose, il lui trouva l'air triste.

– Qu'est-ce qu'il y a ?

– Je me disais juste qu'Alsan aurait aimé être ici, répondit le magicien en secouant la tête.

Jack voulut le rassurer, mais resta silencieux.

– Il aurait vraiment été fier de te donner ton épée, poursuivit Shail. Il m'avait même dit qu'il savait laquelle il comptait t'offrir.

Jack gonfla ses poumons d'air. Il s'était maintes fois demandé quelle épée il choisirait quand Alsan le jugerait prêt à combattre. En secret, il en avait sélectionné certaines et rejeté d'autres, mais, là, il n'avait plus d'hésitation. Ce n'était sans doute pas celle qu'Alsan lui avait réservée ; pourtant il ne pouvait en choisir une autre.

Il s'avança d'un pas résolu jusqu'à l'endroit où il l'avait vue pour la première fois. Elle s'y trouvait. Il s'immobilisa devant la statue du dieu du feu et contempla, subjugué, la magnifique épée qu'Alsan avait appelée Domivat.

– Non ! Pas celle-ci ! s'empressa de protester Shail.

Jack savait pourquoi Shail réagissait ainsi. Alsan lui avait dit que cette épée avait été forgée sous le feu d'un dragon et que nul ne pouvait la toucher sans se brûler. Il avait aussi ajouté que, hormis Sumlaris, c'était la seule épée de Limbhad capable d'affronter Haïass, l'arme de Kirtash.

Il serra les poings en se rappelant avec quelle facilité Kirtash l'avait désarmé pendant leur dernier combat. Quand Haïass avait croisé l'épée ordinaire que Jack avait en main, une sorte de décharge électrique avait remonté l'acier jusque dans son bras, produisant un effet bizarre, un peu comme s'il avait tenu un glaçon. Jack avait alors compris que même le meilleur spadassin du monde n'aurait aucune chance de vaincre Kirtash tant que celui-ci brandirait Haïass.

Sumlaris l'Imbattable ayant disparu en même temps qu'Alsan, Jack devait apprendre coûte que coûte à manier cette épée de feu.

– Tu m'as entendu ? insista Shail. Tu te brûleras si tu la touches.

– Je sais, répondit Jack avec douceur. Alsan me l'a déjà dit. Mais il m'a dit aussi que tu pourrais congeler le pommeau pour que je puisse la prendre.

– Il t'a dit ça ? s'étonna Shail, mal à l'aise.

Il jeta un coup d'œil méfiant à Domivat, qui luisait d'un éclat mystérieux, comme illuminée par un feu intérieur.

– Je pourrais toujours essayer, mais je ne suis pas sûr que... Jack ?

Le garçon ne l'entendait plus. Il lui arrivait quelque chose d'étrange : il avait l'impression que Domivat l'appelait et l'empêchait de se détourner d'elle. Une vague de nostalgie le submergeait, comme s'il venait de retrouver un objet perdu et longuement regretté. Alors, il eut la certitude que Domivat l'avait attendu pendant tout ce temps et qu'il pouvait la saisir sans danger.

Un autre que lui y aurait réfléchi à deux fois, mais Jack était impulsif et suivait son instinct. Avant que Shail ne prévoie ce qu'il allait faire, il avait tendu la main vers la poignée de l'épée.

– Jack, NON ! hurla Shail, alarmé.

Trop tard. Les doigts de Jack se refermèrent sur le pommeau de Domivat, l'Épée Ardente forgée sous le feu des dragons. Il s'en empara avec fermeté, convaincu qu'elle lui appartenait, qu'elle avait patienté pendant des siècles, dans l'espoir qu'il viendrait la chercher.

Une onde de chaleur monta de sa main jusqu'à son bras, puis inonda tout son être, éveillant en lui quelque chose qui dormait depuis très longtemps. Comme plein d'une vie nouvelle, plus serein que jamais, il prit l'épée à deux mains et ferma les yeux pour savourer cet instant.

Quand il les rouvrit, Shail était devant lui et le fixait, bouche bée.

– J'aime beaucoup cette épée, déclara-t-il en souriant.

– C'est... c'est impossible ! balbutia Shail.

– Impossible ou non, je suis sûr qu'à l'avenir, je ne me couvrirai plus de ridicule devant Kirtash, affirma Jack. Mais il faut d'abord que je l'essaie, que je m'entraîne...

Il se tut en songeant qu'Alsan n'était plus là pour le guider, et son cœur se serra.

– Dis-moi, Shail. Quand je n'étais pas là... contre qui se battait Alsan pour s'exercer ?

Shail paraissait abasourdi, mais cette question le ramena à la réalité. Il secoua la tête, confus.

– Ah, eh bien... en effet... Par tous les diables ! Je devrais être content qu'il y ait enfin une question à laquelle je sache répondre, néanmoins nous résoudrons ce petit mystère plus tard. Suis-moi, je veux te montrer quelque chose.

Il fit volte-face et traversa la salle. Intrigué, Jack lui emboîta le pas sans lâcher Domivat. Quand le tranchant de l'épée frôla accidentellement une étagère en bois, celle-ci s'enflamma.

– Fais attention ! s'écria Shail.

Il n'eut qu'à prononcer un banal sortilège d'eau pour éteindre le feu et regarda Jack d'un air inquiet.

– Franchement, je persiste à croire que ce n'est pas une bonne idée.

– Nous n'avons pas d'autre solution, lui rappela Jack en haussant les épaules.

– D'accord, soupira Shail. Tiens, voilà ce que je voulais te montrer.

Il s'était arrêté devant une vieille armure noire qui tenait une longue et puissante épée. Jack ne lui trouva rien d'extraordinaire.

– Ce n'est qu'une armure.

– Erreur, sourit Shail en traçant un signe magique sur le fer sombre.

Immédiatement, l'armure leva son épée et tourna la tête vers Shail, comme si elle attendait des instructions. Jack fit un bond en arrière.

– Oh ! Comment fais-tu pour activer cette chose ?

– C'est un automate qui n'a rien d'une armure vide, expliqua Shail. Il contient toute une série de mécanismes qui le font bouger et lui permettent de se battre comme un authentique chevalier de Nurgon. C'est une œuvre merveilleuse d'ingéniosité et d'alchimie. Je suis le seul à pouvoir lui insuffler l'énergie nécessaire à son fonctionnement.

Jack n'en revenait pas.

– Tu veux dire qu'Alsan s'entraînait contre ce machin-là ?

– Essaie toi aussi, proposa Shail.

– Qu'est-ce que je dois faire ? demanda Jack en regardant l'automate avec méfiance.

– Tu ne devines pas ?

– Euh, si... je crois que si.

Il retint sa respiration et, brandissant Domivat, lança :

– En garde !

– Non, Jack, pas ici ! s'écria Shail, alarmé. Tu as une salle pour t'entraîner... Ici, c'est trop encombré...

Hélas, l'automate avait déjà levé son épée et se ruait sur Jack. Le garçon connaissait ce mouvement et savait comment le parer. Il stoppa le coup de l'automate et, quand les deux armes se heurtèrent, il sentit un incroyable flux d'énergie émaner de la sienne.

Tout se déroula très vite : en quelques secondes, l'automate et son épée avaient explosé en mille morceaux.

Jack, surpris, enfouit le visage dans ses bras pour éviter de recevoir des éclats de métal. Quand il se risqua enfin à regarder, il vit Shail, livide, baisser la tête sur les débris éparpillés à ses pieds.

– Je suis désolé, dit Jack d'un air contrit. Je n'imaginais pas qu'une chose pareille puisse arriver.

– Apparemment, tu n'as pas besoin d'apprendre à la manier, mais à contrôler son pouvoir, murmura-t-il, soucieux.

– Comment faire ?

– Alsan te l'aurait expliqué mieux que moi. C'est une question de maîtrise de soi. L'épée répond à ta volonté, mais, si tu te laisses emporter par la fureur ou si tu ne contrôles pas sans cesse ton corps et ton esprit, elle libérera toute sa force.

– Je ne me suis pourtant pas trop mal débrouillé, pas vrai ? répliqua Jack, imaginant un instant Kirtash réduit en miettes, comme l'automate.

– Détrompe-toi. Je ne comprends pas grand-chose à l'escrime, mais je connais parfaitement la magie, et je sais que tu dois toujours l'utiliser à sa juste mesure, sans jamais lâcher tout ton pouvoir, sous peine d'en perdre le contrôle et de donner l'occasion à ton adversaire de retourner ta force en sa faveur.

Tout à coup, Jack se sentit très abattu. Il avait toujours admiré le calme d'Alsan et devait admettre que Kirtash avait un avantage sur lui : il avait des nerfs d'acier.

Cependant, Domivat était encore entre ses mains et il la percevait presque comme une prolongation de son corps. Il sut alors qu'il parviendrait à la maîtriser parce qu'elle faisait en quelque sorte partie de lui.

– D'accord, se contenta-t-il de lâcher avant de pivoter et de gagner la porte de la pièce.

– Attends ! Où vas-tu ?

– Apprendre à me servir de cette épée.

Shail le suivit dans la salle d'entraînement. Jack se posta au centre, levant l'épée à deux mains, et inspira profondément en fronçant les sourcils tant il était attentif. Par prudence, Shail s'éloigna de quelques pas. Alors Jack abattit son arme sur un ennemi invisible, exécutant un mouvement qu'Alsan lui avait appris. Domivat flamboya dans l'air et éclaira la salle d'une lueur rougeoyante. Jack serra les dents et réalisa une feinte en attaquant sur le côté. L'acier parut alors dégager moins de chaleur.

– Je comprends. Je crois qu'il me faudra un peu de temps, confia-t-il à Shail en levant les yeux vers lui.

– Ne te presse pas, lui dit le magicien, malgré sa perplexité. Je vais voir Victoria, j'ai quelque chose à lui dire.

Jack hocha la tête, concentré sur son épée. Il exécuta plusieurs mouvements, des feintes, des attaques et des défenses, en tâchant de calmer le feu de Domivat. Il avait saisi que le pouvoir de l'épée était proportionnel à la force qu'il voulait donner à son coup. Et il se rappela l'agilité de Kirtash, la facilité avec laquelle il avait esquivé les estocades d'Alsan la fois où celui-ci lui avait sauvé la vie. Il pouvait décharger sa haine en un coup mortel mais, si Kirtash l'évitait, il serait probablement trop tard pour rectifier le tir et récupérer l'énergie ainsi dépensée.

« Du contrôle », pensa-t-il. Alors il se souvint de tout ce qu'Alsan lui avait enseigné. Il exécuta un dernier mouvement, plus complexe, soumettant l'épée aux feintes les plus diverses pour ne laisser échapper qu'une partie de sa force dans le coup final, qu'il assena contre l'armoire où l'on entreposait les épées d'entraînement. Le meuble s'enflamma, mais les dégâts s'arrêtèrent là. Jack hocha la tête, satisfait.

– J'arrive, Alsan. Attends-moi, murmura-t-il.

*

Alsan cria encore, à l'agonie. Depuis un moment, son corps connaissait d'horribles mutations. Il avait tout d'abord senti des poils pousser, son visage s'allonger au point de devenir un museau, ses dents se changer en crocs aiguisés, ses mains en pattes et sa voix en grognement. Les changements allaient et venaient, le poil poussait et disparaissait, et son visage grimaçant de douleur avait à la fois des traits d'humain et de loup.

*

Shail retrouva Victoria sur la terrasse qui s'étendait entre la maison et le bosquet. Elle lui tournait le dos et il se demanda ce qu'elle faisait. Il s'avança de quelques pas et put voir avec horreur ce qu'elle tenait entre ses mains.

– Vic ! Ne fais pas ça ! s'écria-t-il en se précipitant sur elle.

Mais elle ne l'entendait pas. Elle fit tourner la crosse d'Ayshel, et Shail constata que l'objet magique s'allumait comme une étoile au milieu de la nuit. Un rai de lumière resplendissant s'échappa de la boule de cristal qui couronnait la crosse et se posa non loin de là, sur des arbres, qui s'enflammèrent.

Shail s'arrêta un moment, perplexe. Victoria le regardait d'un air coupable.

– J'ignorais que j'étais capable de faire ça, s'excusa-t-elle.

Shail se rappela la manière dont Jack avait détruit l'automate, quelques instants plus tôt, et pensa que les deux enfants avaient beaucoup plus de choses en commun qu'il n'y paraissait.

– La dernière fois, elle n'a pas dégagé tant d'énergie !

– La dernière fois, tu étais au milieu du désert, Vic, fit remarquer Shail en la rejoignant. Ici, en revanche, tout est débordant de vie. La force que peut canaliser la crosse n'est pas la même. Mais que voulais-tu faire au juste ?

– Apprendre à l'utiliser.

– Maintenant ?

– Bien sûr. Je vais l'emporter en Allemagne.

– Quoi ? Il n'en est pas question ! C'est exactement ce que souhaite Kirtash !

– Je sais, répondit-elle avec détermination. Mais, si je ne le fais pas, je ne serai qu'une charge. Et je ne veux pas rester derrière vous, Shail. Pas cette fois.

Le magicien détourna les yeux. En effet, même s'il avait compté sur elle au début, quand il élaborait son plan de sauvetage, il avait changé d'avis et lui avait demandé de rester à Limbhad.

– Vic, c'est très dangereux. Il vaudrait mieux que tu nous attendes ici. Tu en profiteras pour voir si la crosse peut te mettre sur la piste de Lunnaris.

Victoria eut l'impression de recevoir une gifle.

– Je vois, murmura-t-elle, vexée, avant de tourner les talons pour regagner la maison.

Était-ce son intonation, son expression ou la situation en général qui poussèrent Shail à changer d'avis ? Nul ne le sut jamais, mais, en cet instant précis, le magicien comprit beaucoup de choses sur Victoria et prit enfin conscience de son extrême solitude. Il la rattrapa et la saisit par le bras.

– Attends ! murmura-t-il. Il y a plus grave que cela...

– Oh, je sais, souffla-t-elle, écœurée. Kirtash veut la crosse et nous devons à tout prix éviter que...

– Non ! l'interrompit Shail le plus sérieusement du monde. Kirtash ne veut pas que la crosse. Il te veut toi aussi. Et pour rien au monde je ne le laisserai t'emmener.

Victoria le regarda sans y croire. Shail l'attira à lui et la serra dans ses bras.

– Tu te souviens de ce que je t'ai dit quand tu es venue à Limbhad pour la première fois ?

– Oui. Que tu prendrais soin de moi.

– Toujours. C'est la raison pour laquelle je ne veux pas te mettre en danger. J'ai eu la chair de poule quand Kirtash a voulu t'échanger contre Alsan et que tu étais d'accord. Je ne veux pas revivre un moment pareil. Je ne me le pardonnerais pas.

Victoria prit son temps avant de lui répondre, mais, quand elle ouvrit la bouche, ce ne fut pas pour dire ce que Shail avait envie d'entendre. Elle s'écarta de lui et le défia du regard. Il songea qu'elle faisait plus que son âge.

– OK, mais cette fois je ne resterai pas à la maison. Quand vous partiez, Alsan et toi, j'avais peur que vous ne reveniez plus. Il ne nous est peut-être plus possible de sauver Alsan et je ne veux pas vous perdre, Jack et toi. Je peux enfin agir, lutter pour une cause en laquelle je crois et pour ceux qui comptent pour moi. Je sais que prendre la crosse est risqué ; néanmoins c'est une arme puissante et je pense qu'il faut s'en servir. Nous devons multiplier nos forces et nos moyens si nous voulons récupérer Alsan en vie.

Shail hocha la tête.

– D'accord. Je vais voir comment Jack se débrouille avec sa nouvelle épée. Nous allons bientôt partir, dit-il en tournant les talons.

– Shail !

– Quoi donc ?

– J'ai essayé, susurra Victoria.

Le magicien ne répondit pas, attendant qu'elle lui donne des précisions.

– J'ai cherché Lunnaris avec la crosse, mais sa magie n'a servi à rien. C'est comme... comme si elle n'était pas là.

Shail acquiesça d'un air grave.

– Je suis désolée, ajouta Victoria en baissant le menton. Je ne suis pas très douée pour ce genre de choses.

– Écoute-moi, Vic, dit-il en la prenant par les épaules. Tu fais ce que tu peux, un point c'est tout. Ne sois pas si dure avec toi-même. Je suis très fier de toi. Et nous les trouverons, tu verras. Nous sauverons Alsan, sois-en sûre et certaine.

– Tu sais quoi ? lui demanda Victoria à mi-voix. D'après mon réveil, il est plus de minuit chez moi. Et quel jour sommes-nous aujourd'hui ?

Shail eut l'air désemparé.

– Je n'en ai aucune idée. Ici, à Limbhad, il est difficile de suivre le fil des jours.

– Aujourd'hui, c'est mon anniversaire ! lui annonça-t-elle. J'ai treize ans.

Shail la regarda, plein de tendresse.

– Ma petite Vic, dit-il en lui caressant les cheveux. Tu es déjà une jeune fille ! Je suis désolé d'avoir oublié ton anniversaire et je te promets que quand tout cela sera passé, nous ferons une grande fête. Tu le mérites. D'accord ?

– Ne t'inquiète pas, je ne suis plus une gamine ! Je sais bien qu'en comparaison de la mission qui nous attend, tout cela est insignifiant, mais... je voulais juste le dire à quelqu'un.

Elle sourit, mal à l'aise, un peu honteuse. Shail retira alors l'une des nombreuses amulettes qu'il portait autour du cou.

– Regarde ça.

Victoria examina l'objet : c'était une fine chaîne d'un métal qui ressemblait à de l'argent, qui brillait d'un pâle éclat blanc. Une larme de cristal y était accrochée et luisait mystérieusement.

– C'est magnifique, murmura-t-elle, fascinée.

– On appelle ces amulettes des larmes de licorne. Elles sont faites à partir d'un cristal spécial, très pur, dans un petit village isolé par la neige, au nord de Raheld, la cité des artisans. Elles ont beaucoup de succès auprès des magiciens, parce qu'on dit qu'elles accroissent la magie, développent l'imagination et l'intuition. Celle-ci m'a été offerte par un de mes frères aînés quand je suis entré dans l'Ordre magique. Je voudrais te l'offrir.

Victoria était pétrifiée par la surprise.

– Mais… Shail, protesta-t-elle. Je ne peux pas accepter…

– Je t'en prie, accepte-la. C'est le cadeau d'anniversaire que je fais à la jeune fille à la crosse, qui a de beaux yeux que je ne veux plus jamais voir pleurer.

Victoria tendit la main pour prendre l'amulette, mais ses doigts tremblaient. Alors, incapable de se retenir, elle se jeta au cou de Shail et l'étreignit de toutes ses forces. Le jeune magicien la serra dans ses bras.

– Joyeux anniversaire, Vic. Je suis sûr que tu feras de grandes choses. Mais, pour l'instant, tu es une fleur à peine éclose. Quand tu seras prête à montrer tout ce que tu vaux, tu étonneras tout le monde, j'en suis convaincu. Et j'espère être là pour le voir !

– Merci, merci, merci ! bredouilla Victoria, émue. C'est le plus beau cadeau d'anniversaire de ma vie. Je te promets de ne jamais te décevoir.

Puis ils s'écartèrent l'un de l'autre et Shail passa la chaîne autour du cou de Victoria. La jeune fille admira la larme de cristal en souriant. Elle se sentait infiniment plus légère et sûre d'elle.

– Je vais voir si Jack s'en sort avec sa nouvelle épée, répéta Shail. Nous allons bientôt partir.

Victoria acquiesça, radieuse, et le magicien s'efforça de ne pas lui montrer combien il était préoccupé. « J'aimerais savoir si je fais bien d'embarquer ces deux enfants dans une guerre qui n'est peut-être pas la leur », pensa-t-il, tout en se remémorant comment la crosse était arrivée entre les mains de Victoria, et comment Jack avait empoigné Domivat. Le garçon semblait être fait pour cette épée. Pourtant, une idée troublante lui traversa l'esprit. Devait-il la communiquer aux enfants ? « Si seulement Alsan était là, souhaita-t-il en silence. Il me dirait quoi faire. »

*

Alsan hurla. Son corps fut de nouveau pris d'une violente secousse. Il agitait la tête de tous côtés pour essayer de reprendre son apparence humaine.

Et il y parvint presque.

– Je ne comprends pas. Je ne comprends pas..., marmonnait Elrion, debout près de lui.

*

Tous trois s'étaient rassemblés dans la bibliothèque. Jack portait Domivat à sa ceinture ; Victoria serrait la crosse d'Ayshel dans ses mains. Tenaillés par la peur, ils tâchaient néanmoins de paraître déterminés. Shail les observa avec tendresse et se demanda pour la centième fois s'il avait fait le bon choix. Il soupira. Il devait leur dire la vérité avant de les embarquer dans cette mission suicidaire. Ils avaient le droit de savoir.

– Écoutez, commença-t-il d'un ton grave. Il faut que je vous parle de cette épée... et de cette crosse.

– De quoi s'agit-il ? demanda Jack.

– La raison pour laquelle on les appelle des « armes légendaires » est qu'elles ont été forgées pour de véritables héros. Seuls ceux qui sont destinés à accomplir de grandes choses ont le droit de les manier.

Jack et Victoria échangèrent un regard indécis.

– Vous êtes encore très jeunes, poursuivit Shail, et ce qui vous relie à Idhun n'est pas clair. En principe, je ne devrais pas vous laisser venir avec moi, mais je connais l'histoire et les légendes. Elles m'ont enseigné que, dans les moments importants, une personne appelée à avoir un grand destin apparaît toujours. Je ne m'y attendais pas, et je n'ai jamais songé qu'une telle responsabilité reposerait sur vos épaules. Je me suis peut-être trouvé au mauvais endroit au mauvais moment, mais ces choses-là existent... C'est arrivé à Ayshel, ainsi qu'à moi en quelque sorte, lorsque mon chemin a croisé celui de Lunnaris. Alsan, lui, a peut-être été élevé dans le but d'être un héros, pas moi. Voilà pourquoi je ne suis pas certain d'avoir pris la bonne décision. Cela dit, je veux que vous sachiez pourquoi je l'ai prise.

– Pourquoi ? demanda Victoria.

Le regard intense du magicien se posa tour à tour sur les deux jeunes gens.

– Il y a quelque temps, je vous ai dit qu'Alsan et moi avions pour mission de sauver le dragon et la licorne pour la deuxième fois. Ce n'est peut-être pas vrai. Il est possible que notre heure soit passée et que nous ayons accompli notre devoir en les conduisant tous les deux à la tour de Kazlunn. Et nous avons peut-être échoué dans cette entreprise parce que l'avenir de la Résistance, c'est vous : les armes légendaires savent reconnaître les vrais héros. Voilà, je crois que vous êtes tous deux appelés à retrouver le dragon et la licorne, à lutter pour sauver Idhun dans la dernière bataille. C'est une lourde responsabilité et j'aimerais pouvoir être à vos côtés si cela arrivait. Dans le cas contraire...

Shail ne put en dire davantage. Jack et Victoria semblaient effrayés. « Cela ne m'étonne pas, pensa le magicien. Pourtant il fallait qu'ils le sachent. Je peux toujours me tromper, mais ces choses-là ne sont jamais le fruit du hasard. »

– Tu as sans doute raison, affirma Jack au bout d'un moment avec assurance et résolution, mais je ne compte pas lutter seul. Si je dois le faire, Alsan et toi serez auprès de moi.

Shail célébra mentalement son courage. « Bravo, Jack, songea-t-il. Et bravo, Alsan. Tu as fait d'un garçon timoré un futur héros d'Idhun. »

En son for intérieur, il se demandait si tout cela était vraiment positif et s'il n'aurait pas mieux valu que Kirtash tue

Jack, cette fameuse nuit, dans la ferme de ses parents. S'il avait raison, si tel était le destin de Jack, une charge gigantesque venait de s'abattre sur ses épaules ; elle changerait à jamais son existence.

La sienne... tout comme celle de Victoria.

Il chassa ces pensées.

– Maintenant, partons. Âme, demanda-t-il à l'esprit de Limbhad, conduis-nous près du château où se trouve Kirtash.

Juste avant que l'Âme ne les accueille en son sein, Victoria chercha la main de Shail, mais ce fut celle de Jack qu'elle trouva. Il pressa la sienne avec force pour lui donner du courage.

Puis tous trois partirent pour une mission qui, ils ne l'ignoraient pas, serait peut-être la dernière...

10
SERPENTS

– Ça suffit, dit une voix claire, froide et ferme. Tu t'es assez amusé.

Alsan sentit soudain l'esprit du loup cesser de lutter contre son âme humaine.

Il entendit Elrion protester :

– Pourquoi ? Je l'avais presque...

– Loin s'en faut, Elrion ! rétorqua Kirtash. Tu as beau essayer d'imiter Ashran le Nécromancien, tu n'as pas le dixième de son talent. Et ce sortilège n'est pas à la portée de n'importe qui.

Le jeune homme s'approcha d'Alsan et le dévisagea d'un air songeur. Le prince baissa les oreilles et grogna en lui montrant ses crocs. Kirtash ne cilla pas.

– Ça aurait pu être pire, crois-moi. Bien pire, murmura-t-il.

Dans son malaise, Alsan crut voir une étincelle de compassion au fond des yeux bleus et glacés de son ennemi.

– Enferme-le avec les autres, ordonna Kirtash. Et veille à ce qu'il soit bien gardé. La Résistance vient d'arriver, ajouta-t-il après un silence.

*

Jack regarda autour de lui, nauséeux. Ces voyages instantanés le perturbaient.

Ils se trouvaient dans un bosquet éclairé par la lune. Au-delà des arbres s'élevaient les tours d'une forteresse très ancienne, où les habitants du village avaient dû jadis organiser leur défense. Kirtash l'avait choisie pour y cacher sa petite armée.

– Écoutez-moi, annonça Shail. Nous avons utilisé le pouvoir de l'Âme pour arriver jusqu'ici, mais, comme j'ai aussi usé de ma magie, Kirtash a dû détecter notre présence. Nous sommes trop proches de lui pour qu'il ne s'en soit pas rendu compte. Il faut nous dépêcher car il ne va pas tarder à apparaître pour récupérer la crosse.

Jack essaya de se concentrer. Shail avait chuchoté, mais le garçon avait l'impression d'avoir entendu un autre bruit en plus de la voix du magicien.

– Vous n'avez rien remarqué ?

Tous trois dressèrent l'oreille et entendirent effectivement quelque chose.

Des sifflements.

Jack regarda de tous côtés. Il aperçut des ombres dans le brouillard, des ombres humanoïdes à la tête aplatie. Tout à coup, une horrible figure surgit devant lui : une tête de serpent, avec des crocs et une langue fourchue...

*

Alsan fut jeté dans un cachot humide. Il se campa sur ses pattes, obéissant à des réflexes qu'il avait crus perdus, et se précipita sur la porte en grognant. Mais le battant se referma avant qu'il l'ait atteint.

Il sauta sur le panneau et hurla. En vain.

Alors il entendit du bruit au fond de la cellule. Il releva la tête et renifla. L'odeur était étrange, confuse. Elle ne lui rappelait rien de familier.

– Qui es-tu ? gronda-t-il.

Un bougonnement s'éleva dans la pénombre et une silhouette apparut. Elle semblait l'examiner avec attention. Alsan la dévisagea, méfiant.

C'était une femme, ou plutôt cela avait été une femme... Elle avait maintenant des yeux de félin et des oreilles rondes et velues. Certaines parties de son corps étaient couvertes d'un doux pelage orangé, strié de noir. Elle se projetait en avant pour marcher, et ses mains frôlaient le sol. Alsan constata que des griffes prolongeaient ses doigts et qu'une longue queue s'agitait au bas de son dos.

La femme-tigre lui adressa un sourire torve.

– Bienvenue dans notre clan, lui lança-t-elle.

*

Jack abattit son épée sur la créature et sentit l'acier fendre sa chair écailleuse. Quand la lame brûlante de Domivat calcina le corps de son adversaire, un sifflement de fureur le surprit. Il devait réagir rapidement, car d'autres êtres abominables fondaient sur lui. Il se rappela que Shail les appelait les szishs ou hommes-serpents, les serviteurs des sheks et d'Ashran le Nécromancien, le prêtre des nouveaux seigneurs d'Idhun. Il soupira. Ils auraient été des hommes-hyènes, des hommes-ours ou même des hommes-cafards qu'il l'aurait mieux supporté. Mais il détestait les serpents depuis toujours.

Du coin de l'œil, il vit Victoria brandir la crosse. L'espace d'une seconde, la boule de cristal qui la prolongeait parut se charger d'énergie et clignota comme un phare dans la nuit, puis, obéissant à un geste de sa maîtresse, elle déchargea toute cette puissance sous la forme d'un rayon qui foudroya l'un des hommes-serpents.

Jack tâcha de se remémorer ce qu'il avait appris avec Alsan. Penser au prince lui redonnait courage. Il souleva Domivat pour parer l'attaque d'un autre szish, mais neutraliser la bête était bien plus difficile qu'il ne l'avait imaginé. La créature était habile et rapide, et Jack dut redoubler d'efforts sans se laisser emporter par la colère ou gagner par la peur, afin de garder le contrôle de son épée. Il parvint enfin à planter l'acier dans le corps de son rival, qui tomba à ses pieds en lui laissant une étrange impression.

Au même instant, Shail accomplissait un sortilège, et Jack put voir trois szishs se changer en statues de glace. Son épée les brisa, les détruisant à jamais. Il eut tout juste le temps de se retourner pour esquiver l'arme d'un autre homme-serpent.

Armée de sa crosse, Victoria se concentrait. La boule de cristal aspira de nouveau l'énergie ambiante et l'accumula en elle. D'un mouvement brusque, Victoria agita la crosse, déchargeant cette fois un anneau de lumière magique. Jack et Shail eurent l'instinct de s'écarter, mais plusieurs hommes-serpents moururent carbonisés.

Jack regarda Victoria, impressionné. Shail le poussa un tout petit peu pour qu'il reprenne sa place. Heureusement, les szishs avaient disparu.

– C'était seulement un groupe de sentinelles, murmura le magicien. En tout cas, dans la forteresse, tout le monde sait que nous sommes arrivés.

Jack ne soufflait mot. Tout s'était passé en un éclair et il n'arrivait pas encore à se faire à l'idée qu'il se battait pour sa vie et celle de ses amis.

– Entrons, proposa Victoria en le prenant par le bras. Il faut sauver Alsan.

*

Le prince s'était assis à un bout de la cellule, loin de la femme-tigre. Il avait longuement réfléchi à ce qui s'était produit et aurait bien aimé mettre la patte sur Elrion pour n'en faire que deux bouchées et se venger ainsi de l'atroce douleur qu'il éprouvait encore. Pelotonné dans un recoin sombre, il grognait et gémissait. Parfois son corps subissait de nouvelles transformations et il se convulsait en hurlant, son apparence oscillant entre celle d'un humain et celle d'un loup.

– Un jour, tout cela cessera, lui garantit la femme-tigre. Alors tu ne seras ni un animal ni un homme, mais une créature hybride, comme moi.

Cette perspective révulsait Alsan. Il pensa à ses amis, mais cela réveilla sa fibre humaine, puis la lutte terrible et douloureuse qui l'opposait à l'esprit du loup reprit de plus belle. Il comprit soudain pourquoi la femme-tigre avait cet aspect.

Lasse de souffrir, elle avait conclu une trêve.

*

– Tu es prêt, Jack ?

Le garçon acquiesça. Shail s'approcha de lui et posa les mains sur sa tête.

– Pense à un szish et garde son image à l'esprit.

Dans de telles circonstances, Jack y parvint sans peine. Shail décrivit des cercles sur son crâne et prononça une formule. Jack sentit la magie passer des mains de Shail à son cuir chevelu, puis descendre et gagner tout son corps...

Quand il regarda ses mains, il découvrit des écailles et trois doigts. Effrayé, il cria, mais seule une sorte de sifflement sortit de sa bouche.

– Il vaudrait mieux que tu ne te regardes pas dans un miroir, Jack, commenta Victoria. Cette apparence ne t'avantage pas.

Jack lui fit un clin d'œil. Ça, c'était dans ses cordes.

Il prit son épée et se rendit compte qu'elle avait l'air à présent d'une arme ordinaire. Il adressa un signe d'adieu à ses amis et leur tourna le dos, prêt à partir.

– Attends, Jack, lança Victoria en lui saisissant le bras.

Il pivota vers elle, et elle frissonna.

– Ça fait bizarre de penser que c'est toi, dit-elle.

Elle déposa un baiser sur ce qui était encore la joue de son ami quelques instants plus tôt.

– Fais très attention à toi. Je veux que tu reviennes vivant.

– Je reviendrai vivant, avec Alsan, siffla Jack. Toi aussi, fais attention à toi.

Puis il se sépara d'elle pour s'enfoncer dans la forêt.

– Alors, dit Shail, tu es prête pour la suite ?

– Je crois que oui, répondit Victoria.

– Tu ne dois jamais oublier que tu as la crosse et que tu sais t'en servir. Kirtash viendra forcément te chercher. Il nous faudra résister le plus possible, tu comprends, car c'est seulement quand Kirtash sera ici que Jack pourra entrer dans le château et sauver Alsan.

*

– Ils sont là, répéta Elrion.

– Je sais, dit Kirtash. Nous avons perdu une des patrouilles. J'espère que tu surveilles bien Alsan, parce qu'ils sont venus le chercher.

– Oh, ça oui ! s'esclaffa le magicien. Même s'ils se trouvaient nez à nez avec lui, ils auraient du mal à le reconnaître.

– Tu continues à les sous-estimer, le sermonna Kirtash en lui jetant un regard assassin.

– Que comptes-tu faire ?

– Ce qu'ils attendent de moi, répondit Kirtash d'une voix douce. Aller chercher Victoria et la crosse.

– Ils ne sont pas assez bêtes pour l'avoir prise avec eux...

– Bien sûr que si. C'est leur seule chance de s'en tirer vivants.

Elrion garda le silence. Il se pencha sur la surface d'un petit bassin dont les eaux reflétaient l'extérieur du château.

– Enfin je les vois ! s'exclama-t-il, satisfait. Le magicien et la fille essaient d'entrer par la porte de derrière.

– Vraiment ? sourit Kirtash. Cela signifie qu'ils ont l'intention de se faufiler par-devant. Où est le troisième ?

– Eh bien..., hésita Elrion.

Kirtash leva les yeux au ciel, comme s'il s'attendait à cette réponse.

– Je vais intercepter Jack quand il essaiera de pénétrer dans le château, dit-il. Je n'irai chercher la crosse qu'après l'avoir tué. Toi, reste ici et veille à ce que personne ne trouve Alsan.

Sans piper, le magicien serra les poings. Il détestait devoir obéir à Kirtash, même s'il savait qu'il n'oserait jamais l'affronter directement, car il n'était pas assez fort pour le battre.

*

Jack s'approcha de la porte de devant en tâchant de se déplacer comme les hommes-serpents. Il profita de ce que deux d'entre eux rentraient au château pour les suivre.

L'un des szishs se tourna et s'adressa à lui en sifflant d'un air agacé. Sur le coup, Jack fut terrifié, puis il s'aperçut qu'il avait très bien compris le szish. « Où comptes-tu aller ? » lui avait dit ce dernier.

Jack ne sut d'abord que répondre, quand il lui vint une idée.

– Je vais chercher des renforts, déclara-t-il en szish. Nous avons vu deux intrus dans la forêt.

– C'est vrai ?

Les szishs échangèrent un regard.

– On ne nous a rien dit.

C'est alors qu'arriva un quatrième homme-serpent.

– Des traîtres ! s'écria-t-il. Ils essaient de fracturer la porte qui se trouve à l'arrière du château.

Le szish qui semblait être le chef de la patrouille regarda Jack.

– Entre, lui dit-il. Cours prévenir Sosset.

Jack acquiesça et pénétra dans la forteresse. Il ignorait qui était ce Sosset et n'avait pas l'intention de s'en enquérir.

Tout à coup, il sentit un souffle glacé dans sa tête et se posta près du mur, à l'ombre d'un pilier, en tremblant.

– Qu'est-ce qui se passe ? lança Kirtash en szish.

– Des traîtres. Nous allions...

– Non ! Vous n'irez nulle part. Je veux que vous restiez ici et que vous montiez la garde devant cette porte. C'est compris ?

Jack se déplaça lentement en longeant le mur. Kirtash lui tournait le dos et était assez loin, mais le garçon était persuadé que, si son regard se posait sur lui, même le plus parfait déguisement de szish ne le tromperait pas.

Le garçon s'éloigna avec une extrême précaution.

*

Kirtash se retourna. Il y avait là quelque chose qui...

Il pencha la tête sur le côté, cherchant à identifier cette sensation désagréable. Il avait décidé de surveiller lui-même la porte principale, mais son instinct lui disait que Jack était déjà à l'intérieur du château. Il connaissait ses limites et savait qu'il n'avait pas le pouvoir de détecter la présence de Jack. À moins que...

Son intuition ne l'avait jamais trompé.

– Assazer ! appela-t-il.

Un szish accourut.

– Restez ici et appelez d'autres sentinelles. S'ils entrent, c'est par cette porte qu'ils arriveront.

L'homme-serpent acquiesça. Ses yeux vifs étincelaient d'intelligence.

– Le magicien et la fille... Ils sont ici pour faire diversion, n'est-ce pas, maître ?

– Il semblerait. Ne vous fiez à personne, et surtout refusez de laisser entrer qui que ce soit de ce côté. C'est clair ?

– Maître..., commença Assazer, hésitant.

Kirtash se tourna vers lui.

– Juste avant que vous ne veniez, quelqu'un est entré. Un szish qui voulait prévenir Sosset parce qu'il avait vu des traîtres dans la forêt...

Les yeux de Kirtash se plissèrent, mais il se tut, attendant que l'homme-serpent poursuive. Assazer et son compagnon échangèrent un regard.

– C'était un szish étrange, maître, expliqua Assazer. Il nous a semblé que son corps dégageait de la chaleur.

Kirtash ne fit aucun commentaire. Silencieux comme une ombre, il disparut à l'intérieur du château, sur les traces de l'intrus.

*

Victoria éleva la crosse au-dessus de sa tête. Shail prononça une nouvelle formule et quelques szishs reculèrent, apeurés. La jeune fille consulta son ami du coin de l'œil. Constatant que le magicien était épuisé, elle souhaita que Jack trouve vite Alsan et sorte enfin du château.

Dans la forêt, ils résistaient bien aux szishs. La végétation empêchait en effet les hommes-serpents de se ruer massivement sur eux, car ils ne pouvaient progresser que par petits groupes. Nerveux, les deux amis scrutaient la pénombre, attendant l'ennemi qui les avait obligés à se déplacer dans cette partie de l'Allemagne.

Cependant, Kirtash n'apparaissait pas.

– Que fait-il ? demanda Shail entre ses dents. Pourquoi ne vient-il pas chercher la crosse ?

– Tu crois qu'il se doute de quelque chose ? murmura Victoria.

– Pour le bien de Jack, j'espère que non.

Les yeux bleus de Kirtash revinrent à la mémoire de Victoria. Rien ne semblait pouvoir leur échapper. Alors elle comprit que leur ennemi ne se montrait pas, parce qu'il savait que Jack était dans le château. « S'il n'est pas pressé de venir me chercher, c'est qu'il a la certitude que nous attendrons Jack le temps qu'il faudra. »

Aussi se remit-elle en garde aux côtés de Shail pour stopper le groupe de szishs qui fondait sur eux.

*

En déambulant dans les couloirs du château, Jack croisa quelques guerriers qui le saluèrent sans lui poser de questions. Il y avait des humains et des szishs, mais ces derniers le considéraient avec méfiance. Jack se demanda quelle était la faille dans son déguisement.

Un instant plus tard, il arriva dans une grande salle éclairée par des torches aux flammes bleues. Au milieu s'élevait une plate-forme pourvue de courroies qui ressemblait à un instrument de torture. Cela l'angoissa. À côté, il vit une cage contenant un loup inerte.

– Qu'est-ce que tu fais ici ?

Jack sursauta. Elrion était tout près de lui. Il recula d'un pas pour disparaître dans la pénombre. Mais Elrion n'avait pas l'air de se soucier de sa présence. Il était plongé dans un énorme grimoire posé sur un lutrin en forme de cobra.

– Je..., balbutia Jack. Je cherchais Sosset, ajouta-t-il, se souvenant à propos du nom du chef des hommes-serpents.

– Et qu'est-ce qui te fait croire qu'il est ici ? marmonna le magicien, de mauvaise humeur. Va surveiller les prisonniers dans la cave !

Ravi de ce renseignement, Jack fit demi-tour, mais une fois sur le seuil il se retourna pour regarder Elrion.

C'était l'assassin de ses parents.

Il sentit la colère monter en lui, mais il se contrôla. Ce n'était pas la première fois qu'il revoyait Elrion depuis le jour funeste de leur mort. À chaque fois, Kirtash l'accompagnait, et, sans qu'il sache pourquoi, il était plus facile au jeune garçon de diriger sa haine contre le jeune assassin. Il s'efforça alors de se concentrer sur sa mission, qui consistait à libérer Alsan.

Il prit une bouffée d'air pour dominer sa rage. « Bientôt, Elrion, se promit-il en silence. Bientôt, je te le ferai payer. »

Et il quitta la salle sans plus se soucier du magicien.

Ce dernier soupira, encore irrité par cette interruption. En général, les szishs étaient plus intelligents que les humains, mais celui-ci était apparemment une exception.

Alors il releva la tête et comprit. Poussant un cri de fureur, il ferma le grimoire et se rua hors de la salle pour partir à la poursuite de Jack.

*

Victoria inclina la crosse pour éviter une estocade. L'objet magique émit une lumière clignotante et libéra une partie de son énergie, qui fit voler en morceaux l'épée du szish. Lorsqu'elle le menaça de la crosse, le szish poussa un sifflement aigu et s'enflamma.

Haletante, Victoria recula. Elle se trouvait au cœur d'une scène cauchemardesque. Elle tuait des êtres intelligents qui, même s'ils n'avaient pas la même apparence qu'elle, possédaient une conscience. Bien que sa vie ne soit pas en danger car Kirtash avait besoin d'elle pour manier la crosse, elle justifiait ses actes en se disant que, en revanche, les szishs n'hésiteraient pas à tuer Shail et Jack.

Jack... Pourquoi n'arrivait-il donc pas ?

– Kirtash n'est toujours pas là, Shail..., murmura-t-elle. Tu crois qu'il a trouvé Jack ?

Le magicien lui fit signe que non en se gardant de lui dire le fond de sa pensée, à savoir qu'ils devaient se réjouir de l'absence de Kirtash, car, lorsqu'il viendrait, ce serait peut-être pour leur annoncer que Jack était mort. Manifestement, le garçon le retenait au château et l'empêchait d'aller prendre la crosse.

Une nouvelle patrouille de szishs avançait dans leur direction. Shail s'essoufflait, il était harassé, et Victoria comprit qu'il ne tiendrait pas longtemps.

– Laisse-moi faire, lui dit-elle. L'énergie de la crosse est inépuisable.

Elle la fit tourner et orienta son rayon magique vers les hommes-serpents, mais, à sa grande surprise, quelque chose stoppa le flux d'énergie à quelques mètres de ses ennemis. Le rayon se heurta à un mur invisible et se désagrégea.

– Que se..., bredouilla Victoria.

– C'est de la magie, répondit Shail en reculant.

Victoria crut comprendre.

– Elrion ?

– Non. Elrion est un magicien trop précieux. Ils ont envoyé un autre sorcier, sans doute plus médiocre. Pour eux, c'est de la chair à canon. Nous avons la crosse, contre laquelle Elrion est impuissant. Ils le savent. Le problème, c'est que je suis à court d'énergie magique, Vic. Tu vas devoir te battre seule.

Victoria sonda l'obscurité, mais ne vit trace d'aucun magicien… puis elle sentit un souffle intense à proximité. Elle voulut crier, avertir Shail, mais il avait tout vu : un gigantesque rayon magique, imparable, se précipitait sur eux.

*

Jack découvrit un escalier en colimaçon qui descendait et décida de tenter sa chance. Il en dévala les marches, jusqu'à se retrouver dans un corridor humide où résonnaient des gémissements, des grognements et des bruits de chaînes. Encadrées de torches bleues, il y avait des portes de cellules. Satisfait, le garçon avança, puis s'arrêta net, en frémissant.

Quand il se retourna, l'épée de Kirtash était pointée sur lui.

11
FEU ET GLACE

Alsan leva la tête et fronça les sourcils. Il renifla. Cette odeur…

– Il n'y arrivera pas, mon ami, susurra la femme-tigre. L'autre l'a déjà attrapé.

Alsan grogna et se leva pour s'approcher de la petite lucarne fermée par une grille.

– Allons, mon garçon, murmura-t-il. Il faut que tu t'en sortes.

*

Jack roula sur le côté. L'épée faillit le toucher au bras et lui laissa une sensation glacée sur la peau. Kirtash allait abattre une nouvelle fois Haïass sur lui, mais le garçon para le coup. Le camouflage magique qui avait transformé Jack en szish avait donné une apparence ordinaire à Domivat ; sous cet artifice elle n'en restait pas moins une arme légendaire. Lorsque leurs lames se croisèrent, les deux combattants parurent ébranlés par un souffle ancien à la puissance extraordinaire.

Kirtash détourna les yeux un court instant. Néanmoins, cela suffit à Jack pour le repousser et se remettre debout. Ils se toisèrent d'un œil méfiant. Le garçon tenait Kirtash à distance à l'aide de Domivat. Dans la pénombre du corridor, Haïass brillait d'un éclat glacé.

– Nous voilà de nouveau face à face, lança Jack.

Kirtash ne répondit pas. Il n'avait rien à dire. Il se déplaça rapidement et agilement sur la droite, mais attaqua par la gauche. Jack stoppa l'arme de son ennemi à quelques centimètres de lui et recula, inquiet. Kirtash était trop rapide et trop souple pour qu'il puisse prévoir ses mouvements. « Cette fois, au moins, il ne m'a pas désarmé du premier coup », songea-t-il. Il bondit en avant et laissa retomber son épée de tout son poids sur son rival, mais Kirtash esquiva son attaque d'un geste vif. De nouveau, les épées se heurtèrent et l'air parut vibrer. Haïass, la glace, et Domivat, le feu, symbolisaient à merveille l'esprit de ceux qui les maniaient. Outre la rencontre de deux épées légendaires, Jack eut le sentiment qu'une lutte immémoriale renaissait en quelque sorte à travers eux.

Kirtash semblait en avoir conscience lui aussi et repartit à la charge, agile et dangereux. Il enchaîna une série de mouvements si rapides que le tranchant d'Haïass n'était plus qu'un éclair blanc étincelant dans la pénombre. Sans trop comprendre ce qui se passait, Jack se défendait de son mieux. Il avait l'impression que Domivat l'aidait et que, sans elle, il n'aurait pas pu réagir aussi vite. Il arrêta tous les coups de Kirtash avec une précision et une efficacité qu'il devait à Alsan, mais il savait par ailleurs qu'il n'aurait jamais été aussi efficace s'il avait manié une autre épée. Il tenta un dernier assaut un peu désespéré qui lui fit perdre sa concentration et affaiblit Domivat, le plaçant dans une situation qu'il redoutait depuis le début.

Une grande flamme fit reculer Kirtash. Jack haleta, soulagé d'avoir enfin un moment de répit, mais sa joie fut de courte durée. Il se sentit soudain étrangement faible et vide ; la force de Domivat lui avait échappé. C'était sans conséquences pour Kirtash, mais lui risquait sa vie.

Son ennemi s'en aperçut. Une lueur triomphale dans les yeux, il brandit Haïass et se précipita sur Jack.

Le jeune garçon savait qu'il n'y avait plus qu'une chose à faire.

Il pivota et se rua dans le corridor. Il entendait les pas de Kirtash derrière lui. Nul doute que le jeune assassin réussirait à le rattraper.

*

Victoria agita la crosse comme une raquette de tennis... et, à sa grande surprise, cela fonctionna. La boule de feu rebondit sur le cristal de la crosse et se retourna contre les hommes-serpents qui, pris de court, virent le projectile lancé par leur sorcier revenir aussitôt vers eux...

Les szishs reculèrent, sifflant avec effroi, mais le magicien demeurait toujours invisible.

– Shail, murmura Victoria, inquiète. Regarde ! Il y en a encore qui arrivent !

Des dizaines de créatures avançaient vers eux à travers bois, les encerclant de toutes parts. Victoria regarda alentour, espérant trouver un moyen de s'échapper.

– Mais d'où viennent-ils tous ?

Adossé contre le tronc d'un arbre, Shail reprenait des forces. Après s'être concentré sur les ombres des ennemis qui marchaient sur eux, il comprit.

– Ils ne sont pas aussi nombreux que tu le crois, dit-il. C'est une illusion produite par le magicien.

– Tu veux dire qu'ils ne sont pas réels ?

– Certains, mais pas tous. Le problème, maintenant, c'est de parvenir à distinguer les vrais des faux.

– Que devons-nous faire ?

– Partir d'ici, décida Shail en se redressant.

Victoria serra les dents. Elle souleva la crosse, lança une dernière onde circulaire qui atteignit la première rangée de szishs. Réels ou illusoires, ils disparurent.

– Je ne vais pas abandonner Jack, déclara-t-elle.

Les hommes-serpents continuaient d'affluer massivement.

– Nous n'y arriverons pas, rétorqua Shail.

Alors, Victoria eut une idée. Elle s'approcha de Shail et tenta d'accomplir le sortilège de téléportation qu'il lui avait enseigné. Elle avait toujours échoué, mais la magie canalisée par la crosse d'Ayshel pouvait peut-être compléter sa propre magie. Seule la présence de Shail, qui la soutenait avec fermeté, l'aida à garder la tête assez froide pour se représenter l'endroit où elle voulait se rendre avec lui.

*

Jack prit un virage et se cogna contre un szish. Le choc fut si violent qu'ils roulèrent tous deux par terre. D'un bond, le garçon se redressa et reprit sa course.

– Eh ! protesta la créature.

Mais elle ne put en dire davantage. L'épée de Kirtash l'avait transpercée.

Lorsque le jeune meurtrier s'aperçut de son erreur, il était déjà trop tard : l'homme-serpent était mort et Jack fuyait dans le corridor.

Il retira sa lame du corps du szish, se demandant pourquoi Jack le faisait ainsi sortir de ses gonds. Comment était-ce possible ? Comment ce garçon parvenait-il à le troubler au point de le pousser à commettre des fautes idiotes ? Était-ce parce qu'il lui avait échappé à plusieurs reprises ou parce que son sixième sens l'avertissait de sa présence ? Était-ce dû à l'épée, forgée sous le feu d'un dragon, qu'il avait eu l'audace de brandir face à lui ?

Kirtash plissa les paupières et grimaça de haine. Oui, le garçon puisait sûrement sa force dans cette épée.

Il rengaina Haïass et resta immobile et songeur, les yeux perdus dans ce couloir obscur. Maintenant qu'il avait trouvé la source du pouvoir de son adversaire, il ne commettrait plus la même erreur.

Pour de multiples raisons, il ne tuait jamais gratuitement.

Tout d'abord, il agissait avec beaucoup de discrétion, car, il se déplaçait plus facilement s'il n'attirait pas l'attention.

Ensuite, il n'aurait jamais accepté de tuer quelqu'un sans en retirer quelque bénéfice. Et enfin... il estimait que les morts ne sont jamais utiles. À un moment donné, seuls les vivants servent à quelque chose. Voilà pourquoi Kirtash n'assassinait que ceux qui devaient disparaître, les individus qu'Ashran lui désignait ou les êtres qui gênaient l'accomplissement de sa mission. Il ne s'était jamais débarrassé d'un szish qui ne méritait pas de mourir, car les hommes-serpents étaient des guerriers habiles, intelligents, très dangereux pour leurs ennemis. Un szish valait dix hommes.

– Kirtash, entendit-il.

La voix d'Elrion, qui se trouvait derrière lui, ne le fit pas sursauter. Personne ne pouvait le surprendre.

– Le jeune traître est dans le château. Il s'est déguisé en szish.

– Sans blague..., lui lança Kirtash en esquissant un petit sourire.

*

Shail et Victoria se matérialisèrent à l'endroit où ils avaient quitté Jack. Ils n'étaient pas très loin de leurs attaquants, mais au moins n'étaient-ils plus encerclés. Shail insista pour que Victoria monte dans un arbre, et grimpa derrière elle.

– Ils vont nous trouver, Shail. Ce n'est pas une bonne cachette, souffla-t-elle quand ils furent perchés sur les branches.

– Elle va le devenir, lui garantit le magicien.

Il prononça la formule d'un sortilège et, aussitôt, il se forma à leurs pieds un brouillard épais et sombre qui s'étendit jusqu'au bois autour du château.

*

Jack pénétra dans la salle des gardes. Il y avait là trois szishs, deux guerriers humains et un yan. Comme Jack n'avait vu qu'un yan jusqu'à présent, il n'en était pas certain, mais il aurait parié qu'il s'agissait de Kopt, le traître.

Tous les regards se tournèrent vers lui.

– Euh..., commença Jack, se rappelant que son camouflage magique fonctionnait toujours. Je cherche le prisonnier, ce prince, leur expliqua-t-il en szish.

– Pourquoi ? demanda l'un des hommes-serpents.

– Parce qu'Elrion a... quelque chose à lui proposer, inventa Jack.

À sa surprise, les gardes sourirent.

– Ce magicien ne s'avoue jamais vaincu, fit observer l'un d'eux.

Mais celui qui semblait être le chef ne se laissa pas convaincre si facilement.

– Pourquoi n'est-il pas descendu lui-même ? lança-t-il.

Jack n'avait pas prévu cette question. Il savait que Kirtash allait bientôt le rattraper.

Il devrait trouver Alsan sans l'aide de personne. Résolu à garder le silence, il traversa la salle à toute allure. D'un bond, les six sentinelles se levèrent.

– Hé ! Où vas-tu ?

Mais Jack sortit par l'autre porte et disparut dans le corridor.

– Cours avertir Zzzosssan, le magissscien, déclara le chef szish à l'un des gardes humains dans un idhunaïque chuintant et plein de sifflements. Dis-lui que je veux qu'il tue sssce traître.

– Ce traître ? répéta le garde, déconcerté.

Les szishs le toisèrent d'un air méprisant.

– Contrairement aux mammifères, les ssszishs ne dégagent pas de chaleur, dit l'un d'eux. Il n'est pas des nôtres.

Le chef se tourna vers un de ses semblables.

– Va chercher Kirtash. Dis-lui que...

– Ce n'est pas nécessaire, décréta une voix froide et sereine. Je suis déjà ici.

*

Victoria ne cessait de jeter des coups d'œil nerveux en direction du château. Jack était sans doute en difficulté, sans quoi il les aurait déjà rejoints.

Au pied de l'arbre, dans le brouillard épais, les szishs continuaient de les chercher. Le magicien qui les accompagnait tentait vainement de dissiper la brume magique, tandis que Shail se concentrait pour en produire encore davantage. Victoria le regarda fixement, soucieuse de savoir combien de temps il tiendrait.

*

Jack s'arrêta dans un couloir en haletant et inspecta les lieux, mais il ne vit que des cellules, des cellules et encore des cellules.

– Alsan ? appela-t-il d'une voix hésitante.

Personne ne répondit. Jack savait qu'il lui restait encore beaucoup de souterrains à parcourir, mais il ne put s'empêcher de penser que son ami était peut-être mort. « Non, se dit-il ensuite. Les sentinelles ont parlé de lui comme s'il était toujours en vie. »

Se raccrochant à cet espoir, il continua de cheminer dans les couloirs, en appelant Alsan discrètement.

La plupart des cellules étaient vides. Jack devinait pourquoi. Kirtash n'avait pas l'habitude de garder des prisonniers. Il tuait quand il devait le faire. Lorsqu'il voulait obtenir des renseignements, il lui suffisait de sonder les esprits.

Le garçon atteignit un petit couloir obscur où flottait une forte odeur animale. Il ne comptait pas y entrer mais, ayant entendu du bruit, il courut s'y cacher. Ce n'était pas une bonne idée, car, sitôt qu'il y eut pénétré, il fut accueilli par un chœur de grognements et se demanda quelles sortes de bêtes on avait enfermées là.

Un garde humain marchait dans le couloir. Il avait entendu les grondements et s'approcha pour voir ce qui se passait. Jack se plaqua au mur, tremblant, oubliant qu'il avait l'apparence d'un szish. Il avait perdu confiance depuis qu'il avait affronté Kirtash, persuadé que l'assassin avait vu en lui non pas un redoutable homme-serpent, mais un garçon de treize ans apeuré.

Soudain, une sorte de patte griffue surgit d'entre les barreaux d'une lucarne et l'enserra pour lui fermer la bouche. Jack haleta, gesticula, terrorisé. Une voix qui lui semblait vaguement familière lui parla à l'oreille, en émettant une sorte de râle animal :

– Tais-toi, Jack. C'est moi.

Jack ne savait plus du tout où il en était, mais parvint à rester calme. Le garde ne remarqua pas sa présence et poursuivit sa ronde en haussant les épaules. Alors le garçon pivota lentement. Dans la flamme bleue et vacillante des torches, il observa ce qui le retenait prisonnier : un étrange mélange entre une patte animale et un bras humain... À travers la grille, il distingua des yeux sauvages et brillants.

– Alsan ? demanda-t-il d'une voix chevrotante.

– Oui, mon garçon, c'est bien moi. Ouvre la porte.

Jack vit aussi des crocs acérés qui lui donnèrent à réfléchir.

– Alsan, que t'est-il arrivé ?

– Ouvre donc la porte, bon sang ! maugréa le prince. Tu es censé venir me délivrer, n'est-ce pas ? Sans quoi j'ignore ce que tu fais dans ce souterrain, ce nid de serpents, déguisé en vipère.

Jack sourit, mal à l'aise. Il examina la serrure et, sans perdre de temps, tira Domivat de son fourreau et l'abattit contre la porte. Le feu magique de l'épée fit sauter les gonds.

Alors un courant d'air froid se fit sentir et il comprit que Kirtash arrivait. D'instinct, il s'écarta.

Tout se passa très vite. Jack se poussa sur le côté, Kirtash dégaina son épée, Alsan rugit et poussa la porte, qui céda facilement... Lui et la femme-tigre se ruèrent sur Kirtash. Surpris, le jeune meurtrier tarda un peu à réagir, mais, quand il le fit, ce fut pour assener un coup mortel à la femme-tigre. Jetant son corps un peu plus loin, il se releva aussitôt.

Mais Jack et Alsan étaient déjà à l'autre bout du couloir. Kirtash regarda la créature hybride qu'il venait de tuer.

Elrion venait de se matérialiser tout près de lui. Kirtash n'avait même pas besoin de lui demander ce qu'il avait fait jusque-là. Il savait pertinemment que, la plupart du temps, le magicien fuyait devant le danger.

Il repoussa du pied le corps de la femme-tigre.

– Oh, souffla Elrion en voyant que l'être qu'il avait créé était mort.

Kirtash se tourna vers l'endroit où Jack et Alsan avaient disparu.

– Vous aussi, le danger vous fait fuir, murmura-t-il.

– Pardon ? bredouilla le magicien.

Le jeune homme revint à la réalité.

– Va chercher Assazer et Sosset et dis-leur de rassembler tous les guerriers aux portes du château, lui ordonna-t-il. Il ne faut pas qu'ils s'échappent.

Elrion obtempéra.

Kirtash resta un moment dans le corridor après le départ du magicien. Il n'arrivait pas à savoir pourquoi il avait renoncé à la quête de la crosse. Même s'il avait très envie de se débarrasser de Jack, il ne devait pas en oublier sa mission pour autant. Et puis...

Il se surprit à songer à Victoria. Oui, quelque chose en elle l'intriguait...

12

« VIENS AVEC MOI... »

– Hé ! s'écria Victoria. Ils s'en vont !

En effet, les szishs se retiraient et regagnaient le château comme s'ils avaient reçu un ordre inaudible. Victoria prit appui sur une branche et se hissa vers le haut pour regarder au-delà du feuillage.

– Qu'est-ce que tu vois ? demanda Shail, resté en dessous.

– Ils forment une sorte de cordon autour du château. Il y a un groupe de guerriers à chaque porte.

– Jack doit être à l'intérieur et ils veulent l'empêcher de sortir.

– Oh, non !

– C'est une bonne nouvelle : cela signifie qu'il est toujours vivant, et libre. Attends un peu...

Constatant que Shail avait l'air soucieux, elle se tourna vers lui.

– Quoi ?

– Je crois qu'ils ne sont pas tous partis. Je vais descendre.

– Shail, non...

– Toi, reste ici. Rappelle-toi que, si Kirtash s'empare de la crosse, ce sera fini pour nous tous.

Victoria acquiesça, interloquée. D'un bond, le magicien sauta par terre et inspecta les lieux. Une ombre se dressa devant lui.

– Enfin, tu oses lutter ouvertement, sourit-il.

L'autre magicien fit quelques pas dans sa direction et, dans la lueur lunaire, Shail découvrit qu'il s'agissait d'un szish.

Il ne put dissimuler son étonnement, car il ignorait jusque-là qu'il y avait des magiciens parmi les szishs. Les licornes transmettaient-elles aussi leur magie aux hommes-serpents ?

– Tu parais sssurpris, magissscien, siffla le szish. Voyons sssce que tu sssais faire.

Shail hocha la tête et se mit en garde. Ce n'était pas la première fois qu'il affrontait un confrère dans un duel magique. Pendant ses années d'études, il avait participé à des escarmouches contre d'autres apprentis, mais rien de très inquiétant. Depuis qu'il était dans la Résistance, il s'était plus d'une fois opposé à Elrion et s'en était presque toujours sorti de justesse, car Elrion était puissant et expérimenté, même s'il n'avait pas tout à fait son niveau. Mais Shail avait l'impression que ce szish n'était pas très doué. Dans le cas contraire, il ne serait pas resté derrière les guerriers. Quelle raison l'avait poussé à se montrer ?

Le szish prépara son attaque. Shail se concentrait pour dresser un bouclier invisible quand il comprit soudain pourquoi l'autre avait choisi de l'attaquer à cet instant : il était encore très faible, et sa magie ne tarderait pas à s'épuiser.

– Je veux ssseulement la crossse et la fille, siffla le szish.

– Il faudra me tuer d'abord, répliqua Shail.

– Qu'il en sssoit donc ainsssi, répondit l'homme-serpent avec un sourire mauvais.

*

Jack évita de regarder en face celui qui, un jour, avait été Alsan, prince de Vanissar, avant de devenir cet être étrange, mi-homme mi-bête. Il se contenta de lui emboîter le pas et s'efforça de ne pas perdre le rythme, en espérant qu'il savait où il allait.

Alsan courait à perdre haleine dans les couloirs de la forteresse, comme une furie déchaînée. Les gardes qu'il croisait sur son passage ne réagissaient jamais à temps pour éviter ses griffes et ses crocs. Quand il tombait sur un guerrier, humain ou szish, il prenait un malin plaisir à planter ses crocs dans sa chair. Néanmoins, il lui restait assez de bon sens humain pour savoir qu'il devait quitter ce château au plus vite.

Alsan s'interdisait à son tour de poser trop longuement les yeux sur Jack. Le jeune garçon avait toujours son apparence de szish, mais les instincts de loup d'Alsan lui disaient qu'en dessous se cachait un jeune être humain, tendre et plus savoureux que n'importe quel reptile froid et écailleux.

Il fronça les sourcils et grogna sourdement, comme pour se rappeler qui il était :

– Je suis Alsan, prince de Vanissar, fils du roi Brun.

Alors il songea à ce qui se passerait quand il rentrerait à Idhun. L'accepterait-on toujours pour occuper le trône et régner après la mort de son père ?

Il comprit que non ; il ne serait jamais roi.

*

Shail ne ferma pas la barrière magique à temps. L'attaque du magicien szish le frappa de plein fouet et le projeta en arrière.

– SHAIL ! hurla Victoria.

Elle le vit heurter le tronc d'un arbre, se cogner la tête et tomber par terre, inconscient. Sans se soucier de se protéger, elle sauta au pied de l'arbre pour rejoindre son ami. Soulagée, elle constata qu'il était vivant. Même si le champ magnétique n'avait pu annuler le sort de son rival, elle avait au moins évité à Shail de se faire tuer. Le jeune magicien n'avait que de légères blessures dont il se remettrait vite.

Mais, d'ici là, Victoria devait poursuivre le combat et tenir bon jusqu'à ce que Jack revienne... avec ou sans Alsan.

Elle prit une longue inspiration, se redressa et fixa le sorcier szish, la crosse à la main.

– Je t'attendais, dit l'homme-serpent.

Victoria, silencieuse, se préparait à se défendre en ignorant que, dans l'ombre, des yeux bleus et glacés suivaient la scène avec intérêt.

*

Alsan et Jack s'arrêtèrent net.

Ils étaient arrivés là où Elrion se livrait à ses expériences. Ils virent la cage contenant le loup mort, la plate-forme équipée de courroies et d'instruments étranges, qui évoquèrent à Jack une salle de torture.

– Pourquoi venir jusqu'ici ? demanda-t-il. Qu'espères-tu trouver ?

« Elrion », grogna le loup en lui-même.

– Je viens chercher Sumlaris l'Imbattable, répondit Alsan.

Il découvrit l'épée dans un coin, près du lutrin sur lequel Elrion avait posé son grimoire, et s'en empara. Puis, avant de se diriger vers la porte, il s'arrêta un instant près de la cage et observa le corps inerte du loup, son visage semi-animal empreint d'une expression singulière. Une part de lui déplorait la mort de la bête et le corps qu'elle avait perdu.

Jack s'était approché de la fenêtre.

– Ils montent la garde autour du château, Alsan, annonça-t-il.

Il espérait que Victoria et Shail allaient bien. Surtout Victoria.

– Il vaudrait mieux que tu aies un bon plan pour sortir d'ici, grogna Alsan.

– Non, je...

– Formidable, rétorqua Alsan en partant d'un rire sourd et guttural. Nous devrons donc trancher quelques gorges couvertes d'écailles.

Jack ne dit rien, mais il n'aimait guère cette perspective.

*

Le sorcier invoqua le rayon, qui partit du ciel, devenu subitement noir, puis se déchargea sur Victoria. Mais, au lieu de toucher le corps de la fille, l'éclair tomba pile sur la crosse d'Ayshel. Victoria attendit un instant, tandis que l'énergie du rayon crépitait et éclairait son visage apeuré, mais décidé.

Alors elle projeta le rayon contre le szish.

Celui-ci éleva ses défenses magiques, mais resta impuissant face au torrent d'énergie du sortilège qu'il venait de créer et qui s'était manifestement retourné contre lui. Harassée, Victoria considéra le corps de son ennemi, qui se consumait dans les flammes. « Parfait, se dit-elle. Shail est en sécurité. »

Pourtant, une ombre sortie tout droit des ténèbres se dirigeait vers elle. Elle se déplaçait en silence, agile comme un félin, et brandissait une épée qui renvoyait de doux éclats bleutés.

Victoria sentit ses jambes se dérober. En fin de compte, Kirtash était venu la chercher. Cela signifiait-il qu'il en avait fini avec Jack ? « Non, c'est impossible, songea-t-elle. Il n'a pas pu mourir. » Son cœur se serra à cette pensée, mais une lueur d'espoir brûlait encore en elle, si bien qu'elle s'efforça de porter toute son attention sur le nouveau danger qui la menaçait.

Kirtash s'arrêta à quelques mètres d'elle.

– Tu apprends vite, commenta-t-il d'une voix douce. Tu n'as la crosse d'Ayshel que depuis hier et tu sais déjà la contrôler.

« Il m'a observée », pensa Victoria, inquiète. Elle n'avait pas l'intention de se rendre sans lutter, d'autant que, si Kirtash avait besoin d'elle vivante, il en allait autrement pour Shail... Elle devait à tout prix éviter qu'il s'approche de lui.

– Si tu veux la crosse, il faudra me la prendre de force, le prévint-elle.

Kirtash sourit, mais releva le défi et se mit en garde.

Obéissant au vœu silencieux de Victoria, la crosse commença à absorber l'énergie ambiante et à la concentrer au maximum. Resté prudemment à distance, Kirtash observait la scène avec intérêt, tout en restant sur le qui-vive. Victoria orienta la crosse vers son adversaire pour lui lancer un rayon, qu'il esquiva d'un léger mouvement. Ce rayon foudroya un arbre en le coupant en deux.

Quand Victoria voulut apprécier son œuvre, elle constata que son ennemi avait disparu. Effrayée, elle regarda tout autour d'elle et leva instinctivement la crosse pendant que l'ombre, émergeant du brouillard, fondait sur elle.

L'épée et la crosse se heurtèrent en faisant des étincelles.

Kirtash frappa de nouveau. Alors Victoria interposa la crosse entre eux deux. Elle savait qu'en étant si proche de lui, elle ne devait pas le regarder en face, mais c'était difficile. Elle sentait qu'il la dévorait des yeux, de ses yeux froids comme la glace.

Kirtash fit quelques pas en arrière sans lâcher Haïass. Il n'avait pas l'air soucieux. Au contraire, il agissait calmement, à croire qu'il s'était lancé dans un jeu dont lui seul connaissait et dictait les règles, des règles qui pouvaient changer à tout moment, selon son bon vouloir.

Victoria avait compris qu'il ne faisait que s'amuser. Il aurait pu la vaincre dès le début, au lieu de quoi il se contentait de la mettre à l'épreuve, évaluant son habileté, sa force et... le pouvoir de la crosse d'Ayshel.

Kirtash sembla percevoir les hésitations de la jeune fille et décida de mettre fin au jeu. Vivement, il l'obligea à reculer. Elle trébucha et son dos heurta le tronc d'un arbre. Haïass étincela un instant dans la pénombre et, avant que Victoria se soit rendu compte de ce qui se passait, la crosse d'Ayshel lui avait échappé des mains. Elle la vit tomber un peu plus loin, dans l'herbe.

Presque aussitôt, le tranchant de la lame de Kirtash se posa sur son cou.

*

Alsan parcourait le château en hurlant. Rien ne pouvait l'arrêter. Il allait de plus en plus vite, sautait de plus en plus haut, frappait plus fort que n'importe qui. Sumlaris lui paraissait aussi légère qu'une plume ; elle absorbait sa nouvelle force animale, mais elle le reconnaissait, obéissait à chacun de ses gestes, et coupait les szishs en deux comme des mottes de beurre.

Jack restait derrière lui, à distance. Il ne risquait pas de perdre Alsan de vue : il lui suffisait, pour retrouver sa trace, de suivre les cadavres qui jonchaient le corridor...

*

Kirtash plongea son regard froid dans les prunelles sombres de Victoria. Elle voulut se détourner mais en fut incapable, comme hypnotisée.

Le jeune assassin fronça les sourcils, apparemment étonné. Victoria sentit l'esprit de son ennemi la sonder et explorer le sien ; elle voulut se rebeller et résister. En vain.

L'épée de Kirtash l'effleurait toujours. Elle était terrorisée, prisonnière, le dos plaqué contre le tronc de l'arbre. Elle ne pouvait qu'attendre la mort.

Kirtash pencha la tête sur le côté. Il ne détachait pas son regard de l'adolescente. « Qu'est-ce qu'il fait ? se demanda-t-elle. S'il me veut vivante, pourquoi ne m'emmène-t-il pas au château ? Et, s'il n'a plus besoin de moi, pourquoi ne m'a-t-il pas déjà supprimée ? »

– Je dois te tuer. Tu le savais, n'est-ce pas ? lui lança Kirtash, devinant ses pensées.

Victoria avait la gorge trop sèche pour parler. Ses yeux s'embuèrent de larmes de terreur.

Alors, à sa grande surprise, le jeune homme leva la main gauche et lui caressa la joue, très délicatement. Victoria frissonna de la tête aux pieds. Comment des mains d'assassin pouvaient-elles être aussi douces ?

Sans la quitter des yeux, il écarta une mèche de cheveux de son visage.

Victoria vit quelque chose briller à son doigt. C'était un anneau, un serpent enroulé serti d'une petite pierre ronde d'une teinte incertaine. Elle voulut éviter de le regarder et, ce faisant, croisa de nouveau le regard froid de Kirtash. Des larmes lui roulèrent sur les joues, que le jeune homme recueillit du bout des doigts.

– S'il te plaît, murmura Victoria alors que l'épée était toujours là, posée sur sa peau. Tue-moi ou laisse-moi partir, mais arrête ça.

En silence, il prit son menton dans sa main, l'obligeant à relever la tête et à soutenir son regard.

À fixer ses yeux bleus et froids comme la glace.

Victoria était envahie d'émotions aussi contradictoires que des aimants tournant à toute allure. Elle éprouvait à la fois de l'attirance et de la répulsion... tantôt de l'attirance, tantôt de la répulsion...

– Mais il ne faut pas que tu meures, finit par murmurer Kirtash.

*

« Je vais faire de toi l'un des hommes les plus puissants des deux mondes. » En se rappelant les paroles d'Elrion, Alsan s'arrêta net. Jack s'immobilisa lui aussi, au bord de la nausée.

– Que se passe-t-il ? demanda-t-il en faisant des efforts pour parler.

Alsan ne répondit pas et Jack, qui se sentait très faible, s'appuya contre le mur. Il était incapable de savoir s'il supporterait encore longtemps ce massacre. Depuis qu'il avait libéré Alsan de sa cellule, les couloirs du château ressemblaient à un décor de film d'horreur.

« ... L'un des hommes les plus puissants des deux mondes... »

Alsan s'adossa lui aussi au mur de pierre et s'assit par terre. Il observa ses mains-pattes couvertes de sang.

« Par Irial la Sacrée, pensa-t-il. Que suis-je en train de devenir ? »

Jack trouva assez de courage pour s'approcher de lui.

– Tu vas bien ?

Pour la première fois, Alsan le regarda en face et vit que son apparence de szish avait disparu. Jack était redevenu un garçon blond et mince de treize ans. Mais il vit surtout de la peur et de l'horreur dans ses yeux verts.

– Que t'ont-ils fait ? murmura Jack.

– Ils m'ont changé en monstre, répondit Alsan d'une voix qui avait tout d'un grognement.

*

– Je ne devrais pas être étonné, murmura Kirtash.

Il se parlait à lui-même, sans lâcher Victoria du regard, la lame de son épée sur la gorge de l'adolescente.

– Je pourrais te laisser partir, dit-il.

– Alors fais-le, l'exhorta-t-elle dans un souffle.

– Si tu restes dans la Résistance, tu mourras tôt ou tard. Tout quitter est ce que tu as de mieux à faire, Victoria.

Qu'il se souvienne de son prénom ne la surprenait guère. Kirtash n'oubliait jamais un nom ou un visage.

Elle déglutit et murmura, presque malgré elle :

– Il n'en est pas question.

Une infime lueur de déception brilla dans les yeux de Kirtash.

– Alors ne t'avise pas de croiser à nouveau mon chemin, créature, parce que, la prochaine fois, je serai obligé de te tuer.

Victoria reprit son souffle.

– Encore que... tout bien réfléchi, il y a peut-être une autre solution, ajouta-t-il.

Victoria ferma un instant les paupières. Elle se sentait mal, elle ne pourrait pas supporter plus longtemps toute cette tension.

Quand elle rouvrit les yeux, elle vit que Kirtash lui tendait la main et la fixait avec sérieux.

– Viens avec moi, lui dit-il.

– Pardon ?

– Viens avec moi, répéta-t-il. Tu seras mon impératrice. Tous les deux, nous gouvernerons Idhun.

*

Jack posa une main sur le bras velu d'Alsan, en signe d'amitié et de confiance. Ce geste consola profondément le prince.

– Shail va t'aider, dit Jack.

– Non, répliqua Alsan, se rappelant la conversation qu'il avait entendue entre Elrion et Kirtash. Je suis le résultat d'un sortilège qui a échoué, un sortilège très complexe que, d'après ce que j'ai compris, seul Ashran le Nécromancien sait accomplir.

Il marqua une pause. Jack le regarda, attendant la suite.

– Il n'y a qu'Ashran qui puisse m'aider, conclut Alsan.

– Est-ce que tu vas rallier leur cause et celle des sheks ? demanda Jack au bout d'un moment.

Alsan le regarda fixement avant que Jack n'ajoute :

– Je ne te le reprocherais pas, Alsan. Si tu les rejoins...

– Jamais, le coupa Alsan dans un grognement.

*

Victoria toisa Kirtash d'un air méfiant, elle crut qu'il se moquait d'elle. Il semblait pourtant on ne peut plus sérieux.

– Je... je ne comprends pas.

Elle se trouvait devant un assassin dénué de scrupules qui n'hésitait jamais à tuer quelqu'un. Il était son ennemi et, cependant, il était en train de lui dire que...

Kirtash garda le silence. Il lui tendait toujours la main, attendant qu'elle se décide à la prendre.

– C'est... absurde, murmura Victoria.

Kirtash continuait de la fixer sans un mot. Il avait dit ce qu'il avait à dire, il n'avait plus rien à ajouter. Victoria venait de découvrir que Kirtash exerçait sur elle une étrange fascination, au-delà de la haine, de la peur et du rejet. Elle avait l'impression de faire un mauvais rêve, mais elle le défia du regard.

– Tu te joues de moi...

Il sourit.

– À quoi cela me servirait-il ?

– Tu cherches à me troubler, murmura-t-elle.

– Tu es déjà troublée, Victoria. Mais je peux t'apprendre beaucoup de choses...

Incapable de regarder ailleurs, elle s'imagina auprès de lui, suivant son enseignement...

Horrifiée, elle s'empressa de chasser cette idée de son esprit. Non, ce n'était pas ce qu'elle voulait. Alors pourquoi, au fond d'elle-même, avait-elle envie de lui prendre la main et de partir avec lui ?

Elle essaya de détourner son visage et s'aperçut que l'épée ne la touchait plus depuis un bon moment. Kirtash avait cessé de la menacer.

Elle ne put s'empêcher de lever de nouveau les yeux sur lui.

Attirance, répulsion, attirance, répulsion... Les deux aimants tournaient à toute allure, et les yeux de Kirtash continuaient de la fasciner.

– Victoria..., susurra-t-il.

Sa voix était caressante, charmeuse. Victoria prit conscience qu'elle désirait de toutes ses forces partir avec lui.

– Pourquoi ? murmura-t-elle.

Elle ne voulait pas savoir pourquoi il lui avait laissé la vie, lui posait toutes ces questions et se jouait d'elle. Elle voulait juste savoir pourquoi elle perdait ses moyens et souhaitait qu'il la serre dans ses bras et l'emmène avec lui... dans l'endroit d'où il venait, quel qu'il soit.

Mais Kirtash avait deviné.

– Parce que toi et moi, nous ne sommes pas si différents, dit-il. Tu ne vas pas tarder à t'en rendre compte.

Victoria parut retrouver un peu de bon sens. Elle se rappela que ce garçon était un assassin impitoyable ; elle ne voulait pas être comme lui.

– Ce n'est pas vrai, dit-elle. Non, ce n'est pas vrai. Nous ne sommes pas pareils.

Kirtash sourit.

– Nous sommes les deux faces d'une même pièce de monnaie, Victoria. Nous sommes complémentaires. J'existe parce que tu existes, et vice-versa.

– Non...

Victoria leva la tête et se perdit dans ces deux océans de glace au fond desquels il semblait exister un refuge chaud qui lui était réservé, un lieu conçu pour une fille de treize ans dans le cœur d'un assassin. « C'est impossible, pensa-t-elle. Il ment. »

Mais le regard de Kirtash était si intense, si suggestif, que Victoria comprit qu'elle ne pourrait pas lui résister.

« Viens avec moi », lui avait-il dit.

Elle tendit une main, hésitante.

Ses doigts effleurèrent ceux de Kirtash. Elle sentit soudain comme une décharge électrique ébranler tout son être. Cette sensation lui plaisait. Elle ferma un moment les yeux pour s'y abandonner. Le souffle lui manquait ; une étrange faiblesse, comme un délicieux frisson, parcourait son corps. Quand ses paupières se soulevèrent, elle rencontra de nouveau le regard magnétique de Kirtash. Le jeune homme lui pressa la main en souriant.

13

UNE PERTE

Soudain, Kirtash se tendit et se détourna si vite que Victoria se rendit à peine compte de son geste. Puis elle vit ce qui avait attiré son attention.

Elrion les regardait d'un air sombre en murmurant des mots que Victoria reconnut : c'était un sortilège d'attaque.

– Elrion, non ! hurla Kirtash.

Il leva les bras et les croisa pour annuler le sort. Trop tard. Des doigts d'Elrion fusa un rayon d'énergie magique qui traversa la clairière en direction de Victoria, toujours adossée au tronc d'arbre.

Elle cria, tenta de se protéger avec les bras, mais quelque chose lui disait qu'il était trop tard. Le magicien les avait pris par surprise, elle allait mourir...

Un cri déchira l'air.

Victoria n'oublierait jamais cette scène. Quelqu'un s'était dressé entre elle et Elrion, recevant de plein fouet l'attaque du sorcier et la magie produite par Kirtash pour la contrecarrer. Quand les deux courants d'énergie frappèrent la silhouette qui venait de sortir de l'ombre, il y eut une explosion de lumière multicolore à la fois terrible et incroyablement belle. La jeune fille eut l'impression d'assister à la mort d'une étoile.

Sous ses yeux horrifiés, Shail, le magicien de la Résistance, son ami, son frère et son maître, se désintégra comme s'il n'avait jamais existé.

*

Alsan leva la tête et fronça les sourcils.

– Quelque chose me dit que Shail et Victoria sont en danger, déclara-t-il. Nous devons sortir d'ici au plus vite.

– C'est ce que nous essayons de faire et c'est la raison pour laquelle tu as tué ces gardes, lui fit remarquer Jack. Nous tournons en rond. En plus, toutes les portes sont surveillées.

– J'ai une idée. Suis-moi.

Alsan courut dans le couloir, jusqu'à un étroit escalier en colimaçon. Jack pensait qu'il allait descendre et fut surpris de le voir monter les marches. Il le suivit, inquiet.

Un instant plus tard, ils arrivèrent au sommet d'une tour. Jack respira avec bonheur l'air frais de la nuit. Il scruta le bois plongé dans la pénombre pour tenter d'apercevoir Victoria ou Shail. Tout semblait calme, ce qui voulait peut-être dire qu'ils allaient bien. C'est du moins ce qu'il souhaitait. En montant l'escalier, il s'était rendu compte que son camouflage magique avait disparu. Il espérait que cela ne signifiait pas que Shail avait été fait prisonnier... ou qu'il lui était arrivé un plus grand malheur.

Alsan s'approcha des créneaux. La tour était très haute.

– Qu'est-ce que tu comptes faire ? demanda Jack, guère rassuré.

Alsan ne répondit pas. Il s'écarta et se tourna vers Jack. Avant que celui-ci ait deviné ses intentions, il l'attrapa, le souleva de terre comme une plume et l'installa sur son dos.

– Eh ! s'exclama Jack, étonné par la force d'Alsan. Qu'est-ce que...

– Accroche-toi bien.

Jack ouvrit la bouche pour protester, mais il n'en eut pas le temps et dut se cramponner à Alsan, qui s'élança entre deux créneaux. Tous deux sentirent leur corps fendre l'air, puis ils atterrirent brutalement. Alsan était retombé sur ses pattes, mais Jack se fit mal. N'osant pas croire ce qu'ils venaient de faire, il descendit de sa monture improvisée.

– C'est hallucinant ! murmura-t-il. C'était presque comme si on volait.

Son cœur s'emballa. Voler...

– Ce n'est pas le moment de rêver, l'avertit Alsan. Ils sont à nos trousses et ne vont pas tarder à nous rejoindre.

*

Victoria poussa un cri de rage, de douleur et d'impuissance. Elle se sentit défaillir et tomba à genoux dans l'herbe, les yeux baignés de larmes. Une seule pensée lui martelait la tête : « Shail est mort... Shail est mort... Shail est mort pour me sauver la vie... »

La voix d'Elrion lui parvenait, lointaine :

– Je ne sais pas à quoi tu joues, Kirtash, mais Ashran ne va pas être content. Si je ne te connaissais pas, je penserais que tu es en train de nous trahir...

Mais le magicien ne termina pas sa phrase. Silencieux et inquiétant, Kirtash s'était approché de lui, son épée hors de son fourreau. Quand Elrion vit briller dans ses yeux l'éclat de la mort, il était déjà trop tard.

Le magicien s'effondra. Il était mort, mais cela ne rassura pas Victoria. Elle observait Kirtash, qui lui tournait le dos, son épée à la main.

Le sortilège était rompu. Ne restaient que la haine et la soif de vengeance. Sans desserrer les lèvres, Victoria donna un ordre silencieux à la crosse, qui vint se placer entre ses mains.

Lorsque Kirtash se retourna, Victoria était plantée devant lui, armée, les yeux étincelants de colère et de souffrance.

– Je vais te tuer, déclara-t-elle.

Elle hurla sauvagement, les yeux encore humides, avant de fondre sur lui.

*

Jack trouva que les szishs avaient l'air inquiets même s'ils arrivaient par dizaines pour livrer bataille. Alsan et lui avaient réussi à atteindre le bosquet, mais les hommes-serpents étaient sur leurs talons.

Soudain, Alsan s'arrêta.

– Va chercher Shail et Victoria, grogna-t-il. Pendant ce temps, je les distrairai.

– Je ne te laisserai pas seul une deuxième fois.

– Bon sang, mon garçon, obéis-moi. Il faut affronter les szishs, c'est toujours mieux que de leur tourner le dos.

Jack était réticent, mais n'osa pas contredire Alsan dans ces circonstances. Un point à l'estomac, il fit demi-tour et pénétra dans le bois.

*

Victoria poussa un autre cri et abattit de toutes ses forces la crosse sur Kirtash. Il bondit sur le côté avec légèreté et para le coup à l'aide de son épée. Un éclair de lumière s'éleva lorsque les armes se croisèrent. La crosse d'Ayshel clignotait comme un cœur pompant de la magie. L'épée de Kirtash brillait aussi d'un éclat pâle et bleuté, telle de la glace.

Victoria frappa plusieurs fois de suite. Kirtash se déplaçait autour d'elle, silencieux et agile, maniant Haïass avec adresse et précision. Si Victoria avait été moins aveuglée par la haine et la douleur, elle aurait pris conscience du fait que, s'il l'avait voulu, il l'aurait tuée. Mais Kirtash se contentait d'esquiver ses estocades d'un air impassible ; il devait pourtant savoir que Victoria n'était pas en état de contrôler la crosse, ce qui signifiait que l'objet magique pouvait être mortel pour quiconque le touchait, hormis son utilisateur. Mais apparemment il s'en moquait, persuadé qu'en dépit de la violence des attaques de la jeune fille et malgré toute la haine qui l'habitait, Victoria ne pourrait l'atteindre tant qu'il ne l'aurait pas décidé.

Épuisée physiquement et psychologiquement, Victoria s'obstinait à viser Kirtash avec la crosse. Elle n'avait qu'un seul but : frapper, frapper, frapper et... tuer. Tuer Kirtash qui lui échappait toujours, et se défendait sans riposter.

Elle finit par trébucher et tomber à genoux par terre. La crosse lui échappa, et elle fondit en larmes.

« Je regrette, dit une voix dans sa tête. J'ai essayé de l'éviter, tu le sais... »

Victoria se redressa, surprise, et regarda autour d'elle. Kirtash avait disparu, mais elle entendait sa voix dans un recoin de sa conscience : « Nous nous reverrons, Victoria... »

– Victoria !

Jack était déjà à côté d'elle. Les yeux verts du garçon étaient posés sur elle, et une profonde inquiétude se lisait sur son visage.

– Au moins tu vas bien, dit-il en la regardant avec une tendresse infinie. J'ai eu peur que...

Il laissa sa phrase en suspens. Victoria se blottit dans ses bras pour pleurer, submergée par de violents sanglots. Jack, confus et déconcerté, l'étreignit avec maladresse et lui murmura à l'oreille quelques paroles de consolation.

Il inspecta les lieux du regard, cherchant des réponses à ses questions, et vit alors le corps d'Elrion allongé dans l'herbe.

– Vous avez tué le magicien ! s'exclama-t-il, surpris.

Victoria s'écarta de lui et essuya ses larmes.

– Ce n'est pas nous..., murmura-t-elle. C'est Kirtash.

– Kirtash a tué son magicien ? s'étonna Jack en fronçant les sourcils.

– Jack, Shail..., commença-t-elle, la gorge nouée, et ses yeux s'emplirent à nouveau de larmes.

Une main glacée serra le cœur de Jack, qui cessa de battre un instant.

– Qu'est-il arrivé à Shail ? demanda-t-il dans un souffle.

Mais Victoria ne lui répondit pas. Elle gardait les yeux rivés sur ses mains, désolée, incapable de trouver les mots pour expliquer ce qui s'était passé. Shail s'était désintégré. De lui, il ne restait même plus un corps à pleurer. C'était trop horrible pour être vrai, et pourtant...

– Shail est mort en me sauvant la vie, finit-elle par articuler.

Elle hoqueta, pressant dans sa main la larme de licorne que Shail lui avait donnée, la tête sur l'épaule de Jack. Le garçon inspira et ferma les paupières, recru de fatigue. Sa relation avec Shail n'était pas aussi profonde que celle qu'il avait avec Alsan, mais il avait toujours apprécié le jeune magicien, jovial et agréable, qui était devenu un excellent ami à qui il pouvait se confier.

Mais, pour Victoria, Shail représentait beaucoup plus que cela. Shail et elle avaient été très proches l'un de l'autre, presque comme un frère et une sœur. Qu'allait-elle devenir sans lui ?

Jack comprit qu'il devrait d'une manière ou d'une autre s'efforcer de combler ce vide dans son cœur, surtout après ce qui était arrivé à Alsan. Il enlaça son amie avec tendresse ; il n'aurait pas supporté de la perdre elle aussi. Victoria enfouit son visage au creux de son épaule, rassérénée. Jack lui caressa les cheveux et s'étonna de leur douceur.

– Je suis vraiment désolé, Victoria, dit-il à voix basse. C'est Kirtash, n'est-ce pas ?

– Non, répondit-elle. C'est Elrion. En fait, Kirtash...

« Kirtash a essayé de me protéger », se rappela-t-elle subitement. La voix de la logique lui disait qu'il avait agi ainsi parce que, sans elle, il ne pouvait pas se servir de la crosse. Mais... n'avait-il pas dit qu'il devait la tuer ? Pourquoi dans ce cas l'avait-il laissée libre ?

Elle secoua la tête. Elle n'avait pas la force d'essayer de comprendre les raisons de l'étrange comportement de son ennemi.

Soudain, un hurlement s'éleva et tous deux levèrent la tête, sur le qui-vive.

Une énorme masse velue traversait la clairière dans leur direction, suivie d'un groupe de szishs armés qui lui lançaient des dagues.

– Alsan ! s'exclama Jack.

– Alsan ? répéta Victoria.

– Partons d'ici, rugit Alsan.

Victoria se figea. Mi-homme mi-bête, Alsan avait une allure tellement terrifiante que, lorsqu'il s'apprêta à les rejoindre, l'adolescente empoigna instinctivement sa crosse.

« Âme ! appela Victoria en elle-même. Âme, sors-nous d'ici ! »

Alors, pour la première fois, elle réussit l'invocation sur-le-champ. Avant de disparaître, sa dernière pensée fut pour Shail. Il aurait été fier de son exploit.

Les szishs se précipitèrent sur les trois jeunes gens, mais ce qui restait de la Résistance n'était déjà plus là.

*

– Ils se sont échappés, maître, déclara Assazer.

Kirtash hocha la tête sans un mot. Il s'était approché de la fenêtre et contemplait le paysage nocturne, tournant le dos au szish.

– Que faisons-nous... du corps du magicien ? demanda ce dernier, hésitant.

– Ramenez-le au château, répondit Kirtash avec douceur.

Le szish n'ajouta rien et ne fit aucun commentaire. Il se retira sans un bruit, et Kirtash ne put réprimer un léger sourire. Ces créatures lui obéissaient sans broncher, même s'il les envoyait à une mort certaine. Lorsqu'elles regardaient Kirtash, elles voyaient bien autre chose que ce que voyait un humain.

– Kirtash.

La voix était froide et profonde, et n'admettait pas la réplique. Le jeune homme pivota lentement.

Au centre de la pièce était apparue une silhouette incorporelle, grande et noire, enveloppée d'ombres. Kirtash inclina la tête devant son seigneur, Ashran le Nécromancien.

– Que s'est-il passé ? Où est Elrion ?

– Il a commis une erreur de trop et j'ai dû me débarrasser de lui, murmura Kirtash.

Ashran croisa les bras sur sa poitrine.

– Sais-tu à quel point il m'est difficile de trouver des magiciens qui remplissent tes exigences ? lança-t-il d'un ton autoritaire, voire menaçant.

– Je te demande pardon, seigneur. Mais les humains ne sont pas à la hauteur de ce qu'exige la mission. Nous évoluons dans un monde étranger. Il faut non seulement être habile, mais capable de s'adapter. Tout cela requiert de la discrétion… et une obéissance inconditionnelle, ajouta Kirtash sans élever la voix.

– Je comprends. Que suggères-tu, dans ce cas ?

– Je suis conscient que les capacités des szishs en tant que magiciens sont limitées, car ils n'ont pas eu la possibilité d'entrer dans l'Ordre magique pour développer leur art. De leur côté, les yans sont imprévisibles et impulsifs, et les varus ne sont guère efficaces pour être envoyés en mission sur la terre ferme. Peut-être que quelqu'un du peuple féerique…

– Les fériques se sont opposés en bloc au pouvoir des sheks. Nous n'avons pas un seul de leurs magiciens dans nos rangs… mais je vais voir ce que je peux faire.

Kirtash hocha la tête en silence.

– Avez-vous détruit la Résistance ? demanda Ashran.

– En quelque sorte, oui, monseigneur. Ils n'ont plus de magicien, et le prince Alsan de Vanissar a été transformé en hybride incomplet. Je ne crois pas qu'il soit en état de mener un groupe de traîtres.

– Tu parles sérieusement ?

– Elrion a décidé de faire une expérience sur lui quand nous l'avons fait prisonnier. Le prince est un jeune homme orgueilleux. Quand il se rendra compte de tout ce qu'implique sa nouvelle situation, son moral sera anéanti.

– Et les autres ?

– Ce sont deux enfants, monseigneur.

– Qui t'ont échappé.

– La fille avait la crosse d'Ayshel. J'ai essayé de la capturer vivante, mais Elrion est intervenu pour la tuer. Son intrusion malvenue a provoqué la fuite de la fille… et sa propre mort.

Ashran scruta Kirtash. Le jeune garçon soutint son regard. Rien dans son attitude sereine ne trahissait la vérité qu'il avait cachée à son maître : Elrion avait essayé de tuer Victoria parce qu'il avait espionné les deux jeunes gens et avait découvert l'ambivalence des sentiments de Kirtash à l'égard de l'adolescente. Les derniers mots d'Elrion résonnèrent dans son esprit : « Je ne sais pas à quoi tu joues, Kirtash, mais Ashran ne va pas être content. Si je ne te connaissais pas, je penserais que tu es en train de nous trahir... »

Elrion n'avait pu terminer sa phrase, mais Kirtash n'oublierait jamais ses dernières paroles.

– Je comprends, dit Ashran au bout d'un moment. Et la crosse ? Où est-elle ?

– Je crains que seule la fille, Victoria, puisse l'utiliser. Je la chercherai. Je pourrais la capturer, mais avec ta permission, monseigneur, je trouve plus pratique de la suivre pour qu'elle me conduise elle-même jusqu'à la licorne. Quant au garçon, Jack, je le chercherai aussi et le tuerai si telle est ta volonté.

Le Nécromancien réfléchit.

– Non, murmura-t-il. Il est plus urgent de trouver le dragon et la licorne.

Kirtash acquiesça.

– Mais, ajouta le sombre seigneur, s'il croise à nouveau ta route...

– Je serai sans pitié, murmura Kirtash en fixant l'image d'Ashran de ses yeux aussi froids que des cristaux de glace.

14
LA FIN DE LA RÉSISTANCE

Limbhad les avait accueillis en son sein comme une mère, et sa claire nuit étoilée avait en partie calmé leur peur, leur sentiment d'échec et leur douleur. Ils étaient enfin en sûreté. Mais en partie seulement.

Même dans ce microcosme silencieux d'apparence immuable, où leur ennemi ne pouvait les atteindre, où les derniers évènements survenus leur faisaient l'effet d'un mauvais rêve, ils n'arrivaient pas à chasser de leur esprit le souvenir des êtres chers qu'ils avaient perdus.

Victoria avait l'impression que tout était irréel. Assise près de la fenêtre, en chemise de nuit, elle caressait la Dame et regardait le jardin, en espérant inconsciemment que Shail allait bientôt rentrer d'une de ses promenades dans le bois.

Par moments, un hurlement déchirant, un cri de rage ou des coups furieux ébranlaient la maison de la frontière, rappelant à la jeune fille que tout cela avait bel et bien eu lieu, et que Shail ne reviendrait pas parce qu'il était mort.

Lorsque Jack entra dans sa chambre, elle l'interrogea du regard.

Ils avaient tous deux très mauvaise mine. L'adolescente avait les yeux rouges d'avoir tant pleuré. Le lendemain de leur désastreux voyage en Allemagne, elle avait dû rentrer chez elle. Après l'avoir examinée, sa grand-mère avait refusé qu'elle aille au collège et l'avait obligée à se mettre au lit en attendant la visite du médecin.

Vidée de ses forces, Victoria n'avait pas protesté. Elle était faible et se sentait épuisée. Le médecin n'avait pas diagnostiqué de problème de santé, mais lui avait conseillé de prendre du repos. Elle était allée se coucher sans un mot. Cependant, la nuit venue, elle avait regagné Limbhad pour aider Jack.

Le garçon était anéanti. Après avoir passé plus de quarante heures sans dormir, il était pâle et avait les yeux cernés. Ils avaient dû enfermer Alsan dans la cave, car il avait souvent des accès de rage et s'en prenait alors à tout ce qui l'entourait. Ils l'entendaient hurler, gronder, râler ou gémir, et Jack se retenait d'aller le trouver. Alsan souffrait le martyre : son âme humaine et l'esprit de la bête luttaient pour prendre possession de son corps, mais il ne faisait aucun doute que, si les enfants lui ouvraient la porte, ils se feraient tuer. Ils avaient donc décidé qu'Alsan devrait supporter seul le combat des deux êtres qui le dévoraient.

– Il va de plus en plus mal, murmura Jack. Je croyais qu'il allait s'écrouler de fatigue et que je pourrais lui donner à manger, mais cette chose qui le détruit de l'intérieur ne lui laisse pas de répit.

Il venait à peine de prononcer ces mots qu'ils entendirent un horrible hurlement et un choc sourd, qui fit trembler toute la maison.

– Il essaie d'enfoncer la porte, dit Victoria.

– Ne t'inquiète pas, elle est bien verrouillée. Ce n'est pas la première fois qu'il tente sa chance, soupira-t-il.

Il s'assit à côté de Victoria et enfouit son visage entre ses mains. Victoria le regarda et eut envie de l'enlacer, de le consoler pour se sentir à son tour réconfortée par sa présence. Quand Jack releva la tête d'un air abattu, elle tendit la main pour écarter une mèche de cheveux blonds qui lui cachait un œil. Elle posa la main sur son front et constata qu'il était chaud.

– Je crois que tu as de la fièvre. Tu devrais te reposer.

– Je n'ai pas de fièvre, je suis comme ça. Ma température a toujours été supérieure à la normale. C'est comme ça depuis que je suis tout petit, et c'est peut-être aussi la raison pour laquelle je ne tombe jamais malade.

– C'est bizarre, observa Victoria.

– Oui. Il y a chez moi beaucoup de choses bizarres que je ne m'explique pas, murmura Jack d'un air sombre. Avant, j'aurais donné n'importe quoi pour savoir qui je suis réellement. Maintenant, je me rends compte que cela a un prix que je n'ai pas envie de payer. Nous avons perdu Shail, et Alsan est devenu... une créature indescriptible. Toi aussi, j'ai failli te perdre. Si c'était arrivé, je serais devenu fou, lui confia-t-il en la regardant avec le plus grand sérieux.

Victoria baissa la tête, effrayée. Les battements de son cœur s'accéléraient.

– J'aurais donné ma vie pour me trouver, pas celle de mes amis. Malheureusement, je l'ai compris beaucoup trop tard, conclut-il en hochant la tête avec amertume.

– Tu crois que tu aurais agi différemment si tu l'avais su ?

– Je ne sais pas, répondit-il après un silence, perdu dans ses pensées. En fait, je n'avais peut-être pas le choix. Quelque chose me pousse à lutter avec acharnement... comme si... comme si je me découvrais moi-même au travers de cette guerre, de mon épée, voire de Kirtash. J'ai l'impression que, même si j'étais à l'écart de tout ça, je finirais immanquablement par me retrouver devant Kirtash. Comme si j'étais... prédestiné.

Il se tut, troublé, les sourcils froncés. Il ne parvenait pas vraiment à comprendre ces étranges pensées.

– Je vois ce que tu veux dire, soupira Victoria en frissonnant. Pour moi, c'est pareil.

– Comment te sens-tu ? Tu n'as pas bonne mine.

Victoria détourna le regard.

– Je survivrai, souffla-t-elle en s'efforçant de paraître optimiste.

Mais elle était loin de se sentir sûre d'elle ; la perte de Shail avait été un tel choc qu'elle ne s'en remettrait sans doute jamais tout à fait.

Un hurlement atroce résonna à nouveau dans toute la maison. Jack se redressa, soucieux.

– Qu'allons-nous faire si Alsan ne redevient jamais lui-même ?

Le garçon posa sur elle des yeux qui brillaient d'un éclat sauvage.

– Il redeviendra lui-même, affirma-t-il. Tu n'as pas le droit d'en douter.

– D'accord, concéda Victoria avec douceur. Et comment pouvons-nous l'aider ? ajouta-t-elle après un temps d'hésitation.

– En fait, je ne sais pas, soupira Jack. Il a été, semble-t-il, victime d'un sortilège d'une extrême complexité. Alsan m'a dit que, d'après Kirtash, seul Ashran est capable de l'accomplir correctement.

Victoria se demanda comment Alsan pourrait expulser la bête de son corps, mais elle n'exprima pas ses doutes à voix haute.

Comme s'il avait lu dans ses pensées, le garçon poursuivit :

– Contrairement aux apparences, il est toujours Alsan et je sais qu'il luttera jusqu'au bout. Tant qu'il sera avec nous, la Résistance ne mourra pas.

– Jack, protesta Victoria, nous avons perdu Shail, et tu auras beau t'obstiner, je ne crois pas qu'Alsan soit en état de...

– Quand nous étions dans le château, la coupa Jack, je lui ai dit que, s'il voulait rallier la cause d'Ashran pour chercher un antidote à ce sortilège, je le comprendrais et ne lui en voudrais pas. Et tu sais ce qu'il m'a répondu ? Que jamais il ne ferait une chose pareille. C'est l'esprit de la Résistance, l'esprit d'Alsan, même s'il ressemble à un monstre. Je suis donc convaincu qu'il est toujours de notre côté. Au fond de lui, il est resté Alsan.

Victoria baissa la tête et cacha son visage derrière ses cheveux : elle ne voulait pas que Jack voie qu'elle avait honte. Elle avait cédé à la tentation. Elle avait pris la main que

Kirtash lui offrait. « Oh, Shail, pensa-t-elle. Si seulement tu étais là… Je ne sais plus à qui me confier, maintenant. »

Jack ne l'avait pas crue quand elle lui avait raconté que Kirtash avait tout fait pour empêcher Elrion de les tuer, elle et Shail. Mais elle ne lui avait pas rapporté son étrange conversation avec le jeune assassin. Jack continuait à haïr Kirtash. S'il apprenait qu'elle avait failli le suivre, il se sentirait blessé et trahi à jamais.

Néanmoins, Victoria, elle, avait la certitude qu'elle était toujours vivante et libre grâce à Kirtash, qui avait tenté de la protéger d'Elrion. Mais Shail l'avait devancé.

Elle gémit intérieurement. Pourquoi tout était-il si confus ?…

Resté inconscient après avoir lutté contre le sorcier szish, Shail avait ensuite repris connaissance et s'était interposé entre elle et le rayon magique d'Elrion. Depuis quand était-il revenu à lui ? L'avait-il entendue discuter avec Kirtash ? L'avait-il vue prendre la main de l'assassin ?

Elle frissonna. « Kirtash s'est moqué de moi, pensa-t-elle. Il peut contrôler les gens avec ses pouvoirs télépathiques. Il m'a hypnotisée… Pourquoi ? »

« Il jouait avec moi, songea-t-elle encore, abattue. Et j'ai été assez bête pour me laisser entraîner, parce que j'ai cru voir dans ses yeux… »

Qu'avait-elle donc vu dans son regard ? De la sincérité ? De l'intérêt ? De l'affection ? De la tendresse ?

Kirtash n'éprouvait pas de sentiments. Un meurtrier aussi impitoyable que lui ne pouvait en avoir.

Jack passa un bras sur ses épaules.

– Ne pleure pas, s'il te plaît, chuchota-t-il.

Alors Victoria se rendit compte que ses yeux débordaient de larmes.

– Tout va bien se passer, ajouta Jack.

– Non ! s'écria-t-elle en se relevant brusquement.

Elle se sentait malhonnête et mesquine d'avoir trahi la Résistance. Elle souffrait que Shail soit mort par sa faute, elle qui n'avait même pas le courage de tout avouer à Jack et avait manqué de force, de volonté pour repousser Kirtash aussi fermement qu'Alsan, car lui au moins avait su dire : « Jamais. »

– Non, Jack, ce n'est pas vrai. Tu ne t'en rends donc pas compte ? Quoi que tu dises, nous avons perdu. La Résistance est morte.

Elle se tut, effrayée par ses propres mots. Sans un regard pour Jack, elle se précipita hors de la chambre.

*

Jack la retrouva au milieu des arbres, dans son refuge secret qui n'avait en fait rien de bien mystérieux. Mais tous savaient que, lorsqu'elle y allait, il fallait la laisser tranquille.

Près du ruisseau poussait un énorme saule pleureur sous lequel Victoria avait soigné Shail quelques semaines plus tôt. Elle avait tendu un tas de couvertures entre ses grandes racines et se pelotonnait souvent dans ce nid improvisé où elle s'endormait sous les étoiles, bercée par le murmure du ruisseau. Jack lui avait demandé pourquoi elle faisait cela, et elle n'avait jamais su quoi lui répondre. N'importe quel lit aurait été plus confortable que son étrange « campement », mais elle avait découvert qu'elle se réveillait en pleine forme lorsqu'elle dormait là.

Jack écarta les branches du saule qui formaient un rideau végétal entre Victoria et lui, et avança la tête.

– Toc, toc, toc, dit-il. Je peux entrer ?

Victoria leva les yeux et il vit son visage à la lueur des étoiles et des lucioles qui survolaient le ruisseau. Malgré sa pâleur et sa fatigue, il y avait quelque chose de magique et de surnaturel en elle. Était-ce dû à cet environnement ?

– Tu es ici chez toi, souffla-t-elle.

Jack choisit une grosse branche pour s'installer au-dessus d'elle. Il s'adossa au tronc de l'arbre.

– Il n'y a pas très longtemps, j'ai amené Shail dans cet endroit pour le soigner, se rappela Victoria. Cela me fait drôle de penser qu'il n'est plus là, que je ne le reverrai plus jamais.

Jack se tut. Lui aussi était profondément affecté par la perte de Shail, mais il ne trouvait pas les mots pour l'exprimer.

– Je regrette ce que j'ai dit, murmura-t-elle.

– Cela n'a pas d'importance, fit Jack. Tu as peut-être raison. Tout bien réfléchi, nous n'avions aucune chance de nous en sortir.

Victoria nota une pointe d'amertume dans sa voix.

– Tu t'es battu contre Kirtash, n'est-ce pas ?

Jack acquiesça.

– Nous avons lutté. J'ai fini par prendre les jambes à mon cou, mais au moins ai-je résisté un moment.

– Moi aussi, je l'ai affronté. Sans aucun mérite, parce qu'il ne voulait pas me tuer.

« Je dois te tuer, tu le savais ? avait-il dit. Mais il ne faut pas que tu meures. » Victoria secoua la tête pour oublier ces paroles déconcertantes.

– S'il n'a pas réussi à t'emmener, conclut Jack, c'est que tu as dû te débattre comme une lionne.

Victoria se crispa, submergée par la culpabilité. Elle s'apprêtait à tout avouer à Jack, lorsque celui-ci poursuivit :

– Tu sais... Avant je croyais que Kirtash me haïssait comme je le hais, mais maintenant je me dis... qu'il ne peut détester personne, tout simplement parce qu'il n'a pas de sentiments.

Victoria frissonna. Elle s'était fait la même réflexion quelques instants plus tôt, et pourtant... cette lueur dans les yeux glacés de Kirtash... Elle eut un mouvement de recul. Jack avait raison. Tout cela n'avait été que le fruit de son imagination. Et elle se sentit encore plus sotte.

– Je n'ai pas lutté, Jack, lâcha-t-elle au bout d'un moment. J'étais à bout de forces. Kirtash aurait pu m'enlever s'il l'avait voulu.

– C'est impossible ! s'exclama Jack, surpris. Il avait besoin de toi pour utiliser la crosse d'Ayshel. Il n'a pas pu perdre tout intérêt pour cet objet. Qu'est-ce qui l'aurait fait changer d'avis ?

Victoria ne répondit pas. Elle se rappela que Kirtash l'avait regardée dans les yeux et revécut l'étrange sensation d'impuissance et de nudité qu'elle avait eue quand l'esprit de l'assassin avait exploré le sien. Elle ignorait ce que Kirtash avait vu en elle et ne voulait pas le savoir. Elle se souvint alors de ce que Shail avait dit lorsque Jack avait utilisé l'Âme pour espionner Kirtash : à travers son esprit, il aurait pu atteindre Limbhad. Était-ce cela ? Elle sentit son sang se glacer dans ses veines. Combien de secrets avait-elle révélés malgré elle à son ennemi ?

– Je suis fatiguée, Jack. Fatiguée de lutter et d'avoir peur. J'ai perdu Shail et je ne veux plus perdre personne. Ça va te paraître égoïste, mais est-ce que ça vaut vraiment la peine de continuer ? Nous ne retrouverons jamais le dragon et la licorne. C'est inutile.

– Peut-être, admit Jack après un court silence. Sauf que moi, je dois le faire. Je dois continuer pour...

– Pour tes parents ? Jack, Elrion a tué tes parents et Shail. Ils sont morts et ne reviendront pas. Non, vraiment, je ne crois pas que ça en vaille la peine.

– Je comprends que tu veuilles abandonner et je ne te le reproche pas. Mais moi, je dois poursuivre parce qu'il ne me reste rien d'autre. Tu comprends ? Kirtash m'a tout pris. Je n'ai plus de maison, plus de famille, plus d'endroit où aller. Limbhad est mon seul refuge, et Alsan et toi êtes les seuls amis qui me restent.

Victoria le regarda, peinée :

– Non, Jack, ce n'est pas tout. Ma maison est toujours un endroit sûr. Et elle est grande. Il suffit que j'en parle à ma grand-mère, que je lui explique que tu n'as plus personne, et elle acceptera sûrement de t'accueillir. Tu pourras de nouveau vivre à la lumière du jour.

Elle se tut brusquement, inquiète, en songeant que, si Kirtash avait exploré son esprit, il connaissait peut-être maintenant l'emplacement du manoir d'Allegra d'Ascoli...

– Non, Victoria, c'est impossible, dit Jack, qui ne s'était pas aperçu de son trouble. Kirtash me connaît trop bien, il me cherche. Je ne veux pas vous mettre en danger. Et je te remercie de m'avoir sauvé la vie l'autre jour, dans le désert.

– C'est la crosse qui t'est venue en aide, pas moi.

– Elle t'a obéi, Victoria. Tu voulais me venir en aide et elle t'a écoutée. Je n'avais pas eu l'occasion de te le dire.

Victoria leva la tête pour répondre et constata que Jack était tout près, les yeux dardés sur elle. À le voir si proche, son cœur battit plus fort.

Jack ne pouvait plus la lâcher du regard. Soudain, il eut envie de l'enlacer, de la protéger, de lui dire qu'il ne laisserait jamais personne lui faire de mal, mais, inexplicablement, il était pétrifié.

Victoria ressentit que ce moment était important, mais elle ne savait que dire ni que faire.

– Victoria, je..., commença Jack.

Il fut interrompu par un bruit assourdissant, un hurlement de rage provenant de la maison.

– C'est Alsan, dit Jack en bondissant au pied de l'arbre. Il a une nouvelle crise.

Tous deux se précipitèrent vers la maison et dévalèrent l'escalier qui menait à la cave. Ils s'immobilisèrent devant la porte de la pièce où Alsan était enfermé. Il frappait violemment contre la porte. Chaque coup menaçait de la faire céder.

– Il essaie de défoncer la porte ! s'écria Jack. Aide-moi !

Victoria rejoignit Jack et ils firent peser tout leur poids contre la porte, mais Alsan continuait de cogner à en faire trembler les murs.

– Jack, nous n'allons pas tenir longtemps, souffla Victoria.

Soudain, les coups cessèrent.

– Victoria ? appela une voix rauque qui rappelait de loin celle d'Alsan. C'est toi ?

– Alsan ! Est-ce que ça va ? lança Jack sans relâcher sa pression sur la porte et signifiant à Victoria de l'imiter.

– Victoria, chuchota la voix suppliante d'Alsan. Victoria, il faut que tu me sortes d'ici. Tu sais que je dois partir.

– Non, Alsan, il faut que tu restes ici, intervint Jack. Où veux-tu aller ? Que vas-tu faire hors de Limbhad ?

– Victoria, insista Alsan. Tu dois me laisser partir. Sinon, je finirai par vous tuer. Toi… et Jack, ajouta-t-il après avoir marqué une pause.

Victoria ferma les yeux et frémit.

– Non, Alsan, il n'en est pas question ! trancha Jack avec fermeté.

– Tu sais que c'est vrai, Victoria, poursuivit la voix d'Alsan dans un grognement. Je ne peux pas contenir la bête qui est en moi, et vous non plus, vous n'y arriverez pas. Vous devez me relâcher.

Jack était à bout de patience.

– Je ne veux pas t'abandonner ! s'exclama-t-il. Tu m'entends ?

Alsan se tut et renonça à frapper. Un silence tendu s'abattit.

– Va te coucher, souffla Jack à Victoria. Je vais rester avec lui.

Victoria lui lança un regard si intense que cela le mit mal à l'aise.

– Je ne veux pas qu'il te fasse du mal.

– Il ne me fera rien. C'est mon ami, tu le sais.

Victoria se tut et remonta l'escalier.

Jack s'assit par terre, devant la porte, et s'adossa au mur. Il ferma les yeux et se laissa malgré lui gagner par le sommeil.

Dans ses rêves, il crut voir la silhouette de Victoria qui s'approchait en silence et se penchait sur lui. Quand il s'éveilla en sursaut un peu plus tard, il regarda autour de lui avec méfiance. La porte était toujours fermée. Il s'appuya de nouveau contre le mur en se disant que tout cela n'avait été qu'un rêve, mais constata alors qu'on avait jeté une couverture sur lui pour qu'il ne prenne pas froid. La tendresse l'envahit, il sourit, se reprochant d'avoir douté de son amie. Puis il se releva. Tout étant silencieux, il en conclut qu'Alsan avait dû s'endormir aussi et décida de regagner sa chambre.

En passant, il vit que la porte de celle de Victoria était entrouverte et ne put s'empêcher de jeter un coup d'œil à l'intérieur. Il aperçut l'adolescente allongée sur le lit, endormie, ses cheveux sombres étalés sur l'oreiller, son visage pâle éclairé par la lumière des étoiles qui entrait par la fenêtre, les doigts crispés sur l'amulette que Shail lui avait donnée avant de mourir, le soir de son anniversaire. Jack hocha tristement la tête et partit dans sa chambre.

Quand il se fut éloigné, Victoria ouvrit les yeux. Le cœur battant, elle attendit que Jack referme sa porte. Alors elle se leva silencieusement, prit sa crosse et se faufila dans les couloirs de Limbhad jusqu'à la cave.

*

Peu après, Jack fut tiré de son sommeil par un hurlement de triomphe qui résonna dans toute la maison. Il bondit hors de son lit et courut à la cave, où il trouva la porte en morceaux et la pièce vide. Son sang se glaça dans ses veines. L'image de Victoria endormie lui traversa l'esprit, et il imagina un court instant Alsan se précipitant sauvagement sur son amie pour la dévorer.

– Victoria ! cria-t-il.

Il remonta les marches quatre à quatre pour voler au secours de son amie.

Mais elle n'était pas dans sa chambre. Déconcerté, il se demanda si elle était allée dormir sous le saule pleureur, selon son habitude, quand il sentit un tremblement, une sorte d'ondulation dans l'air. Alors il comprit que quelqu'un venait de quitter Limbhad.

Il savait ce qui était arrivé. Il courut jusqu'à la bibliothèque, mais bien avant d'y parvenir, il avait deviné ce qu'il allait y trouver.

Victoria était seule, debout près de la sphère qui contenait l'Âme.

Alsan était parti surmonter sa douleur et sa disgrâce en solitaire. Jack ne le reverrait sans doute jamais plus.

*

Victoria se tenait sur le seuil de la chambre, silencieuse. Elle regardait Jack ouvrir et fermer tiroirs et placards, prendre des vêtements et les mettre dans un sac posé sur son lit.

– Je ne crois pas que ce soit une bonne idée, finit-elle par dire.

Jack se tourna vers elle, irrité.

– Je ne vais pas rester les bras croisés, déclara-t-il avec dureté. Puisque cette boule magique n'est pas capable de retrouver Alsan...

– Tu ne comprends donc pas qu'il est parti de son plein gré ? Il nous a demandé de le relâcher. Et, si l'Âme ne le localise pas, c'est parce qu'il a beaucoup changé et qu'il n'est plus le même...

– Ça m'est égal, la coupa Jack. J'irai le chercher moi-même.

– Mais, Jack, il peut être n'importe où et le monde est vaste...

– Je ne peux pas rester ici et ne rien faire d'autre qu'attendre.

– Pourquoi pas ?

Jack lui fit face et se sentit mal à l'aise. Quelque chose dans le regard de son amie l'implorait de ne pas s'en aller, de rester avec elle. Il éprouvait une affreuse panique à l'idée d'être retenu dans cet endroit triste et vide, peuplé du souvenir des absents.

Il devait fuir, quitter Limbhad et retrouver Alsan. Même Victoria ne parviendrait pas à le retenir.

– Alsan est mon ami, rétorqua-t-il d'une voix glaciale. Il m'a beaucoup appris, il m'a sauvé la vie et je lui en suis redevable. Maintenant, où qu'il soit, il a besoin de moi.

– Jack, il est parti *de son plein gré*. Il veut être seul, s'éloigner de nous pour ne pas nous mettre en danger...

– Mais pense à ce qu'il deviendra dans notre monde ! Il n'est plus humain, Victoria. On le tuera. Tu n'aurais pas dû le libérer. Tu n'as pas idée de ton erreur.

Victoria garda le silence.

Jack glissa Domivat dans son sac de voyage. Le fourreau de l'arme était fait d'un matériau spécial résistant à la chaleur que la lame dégageait. Ainsi, le garçon était sûr que ses vêtements ne brûleraient pas au contact de l'Épée Ardente. Il ferma le sac et le chargea sur son épaule. Puis il fixa de nouveau Victoria, attendri. Non, il ne pouvait pas la quitter de cette manière. Trop de choses les unissaient. Ensemble, ils avaient vécu des moments si importants. Pourtant...

– Comprends-moi, insista-t-il. Alsan est comme un frère pour moi. Je ne peux pas le laisser partir comme ça. Je ne peux pas lui tourner le dos.

– Mais à moi, oui ?

Jack prit une longue inspiration.

– Victoria, ne m'oblige pas à faire des choix. Il est en mauvaise posture et il a besoin de moi. Pas toi. Ou si ? Tu as besoin de moi ? demanda-t-il en soutenant son regard.

Victoria hésita. Qu'allait-elle lui dire ? Qu'elle avait désespérément besoin de sa présence ? En dépit de la force des sentiments qu'elle éprouvait pour lui, elle ne lui avouerait rien, en tout cas pas à cet instant. À la fois fière et gênée, elle évitait de le regarder dans les yeux, refusant de lui dire combien il comptait pour elle. Par ailleurs, elle savait que, si elle le persuadait de rester, il regretterait mille fois d'avoir abandonné Alsan à son sort.

Non, Victoria ne pouvait pas exiger cela de lui, le condamner à la solitude de Limbhad, d'autant moins que c'était elle qui avait laissé partir Alsan.

– Non, c'est vrai, je n'ai pas besoin de toi.

Elle crut voir passer dans les yeux de Jack un éclair de douleur et de déception, mais, quand il reprit la parole, ce fut avec froideur et indifférence :

– Bien. Dans ce cas, il n'y a plus rien à ajouter.

Elle se sentit soudain très triste. Droit comme un « i », son sac sur le dos, la mine résolue, Jack faisait plus que son âge ; il était prêt à s'en aller. Victoria comprit qu'elle avait perdu l'occasion de le retenir auprès d'elle.

Quand il s'avança vers la porte, elle s'écarta pour le laisser passer. Leurs corps se frôlèrent et leurs regards se croisèrent un court instant. Tous deux hésitèrent. Le temps parut s'arrêter.

« Je ne devrais pas partir », pensa-t-il.

« Reste, je t'en supplie », se dit-elle.

Mais Jack s'éloigna dans le couloir sans qu'elle le rappelle.

Une fois dans la bibliothèque, il s'aperçut qu'il avait besoin de l'aide de Victoria pour quitter Limbhad. Il se tourna et la découvrit dans l'encadrement de la porte, silencieuse, la crosse entre les mains.

– En avant ! lui dit-elle. Choisis ta destination et approche-toi de la sphère. L'Âme et moi, nous ferons le reste.

La sphère aux couleurs changeantes qui abritait l'Âme de Limbhad était mystérieusement apparue au-dessus de la table. Jack hésita. Il n'avait jamais fait ce voyage seul et ne savait pas par où commencer ses recherches. Comme l'avait dit Victoria, le monde est vaste...

Il fit un pas en avant, hésita.

– Je reviendrai avec Alsan, promit-il. Et la Résistance...

– La Résistance n'existe plus, Jack, le coupa Victoria. Autant t'en convaincre.

– Jamais de la vie, répliqua Jack, renfrogné. Je te jure que je tuerai Kirtash, même si c'est la dernière chose que je fais.

– C'est drôle de voir que tu te soucies plus de tes ennemis que de tes amis, lui fit observer Victoria d'une voix blanche.

– Que veux-tu dire par là ? s'emporta Jack. Je ne suis pas du genre à me cacher ici pendant qu'Alsan erre je ne sais où, seul et perdu ! Ce n'est pas moi qui l'ai laissé partir dans cet état pitoyable ! Au moins, je ne passe pas mes journées à me lamenter !

Victoria plissa les paupières et Jack s'aperçut qu'il l'avait blessée. Il était furieux qu'elle n'ait pas voulu l'accompagner, qu'elle ne le soutienne pas, qu'Alsan ait quitté Limbhad par sa faute et, surtout, qu'elle n'ait pas besoin de lui comme il avait besoin d'elle. Pour toutes ces raisons, il ne regrettait pas ce qu'il avait dit.

– Va-t'en ! s'écria Victoria en contenant sa colère. Va-t'en et ne reviens plus jamais ici !

– Je ne risque pas, répliqua Jack, fâché.

Ils s'en voulurent aussitôt, mais aucun ne consentit à faire le premier pas pour se réconcilier. Jack s'approcha de la table et, sans une seconde d'hésitation, il tendit la main vers la sphère. La lumière devint plus intense et enveloppa la silhouette du garçon qui, nauséeux, eut encore le temps de penser : « Londres » avant de laisser derrière lui Limbhad… et Victoria.

Elle le vit disparaître et resta un moment immobile, puis tourna les talons pour s'enfoncer dans la maison de la frontière.

*

La sonnerie retentit dans les couloirs et les salles de classe du collège. Avant que les élèves commencent à ranger leurs affaires, le professeur leur donna des devoirs à faire pour le lendemain. Victoria les nota et glissa son cahier de textes dans son sac.

Elle s'apprêtait à sortir quand son professeur l'appela. L'adolescente se tourna vers elle d'un air interrogateur et s'approcha de son bureau.

– Est-ce que tu vas bien ? demanda l'enseignante. Je te trouve très pâle.

– J'ai été malade, répondit Victoria.

– Je sais. Tu n'es pas encore rétablie ?

Victoria baissa les yeux, sans rien dire.

– Y a-t-il autre chose ? Je te trouve triste depuis ton retour. Comme si tu étais… absente.

– Ça va. C'est juste que…

Victoria hésita avant d'ajouter :

– J'ai perdu récemment un ami que j'aimais beaucoup. C'était un accident, vous comprenez ? Il se trouvait au mauvais endroit au mauvais moment, comme on dit.

« Comme certains héros », pensa-t-elle, en se rappelant ce que Shail lui avait dit à ce propos. Quelques jours à peine s'étaient écoulés depuis cette conversation qui lui semblait remonter à une éternité.

– Je suis désolée, Victoria. Ta grand-mère ne m'a rien dit.

– Elle ne le connaissait pas. Quoi qu'il en soit, il est normal que je sois triste, n'est-ce pas ? Mais ça va passer, ne vous inquiétez pas.

Le professeur l'observa en acquiesçant. Il y avait certes de la douleur dans les yeux de Victoria, mais aussi plus de sagesse et de maturité.

– Si tu as besoin d'aide, tu sais où me trouver.

La jeune fille hocha la tête, quitta la salle de classe, puis l'immense bâtisse froide. La nuit était déjà tombée ; une brise fraîche agitait les branches des arbres qui projetaient des ombres fantomatiques sur les dalles de la cour. Dehors, personne ne l'attendait. Victoria était une fille étrange et réservée qui n'avait pas de camarades. Elle ne s'en était jamais vraiment inquiétée, mais en cet instant elle aurait bien aimé avoir la même vie que les autres élèves, être quelqu'un de normal qui n'aurait jamais entendu parler d'Idhun ou de la Résistance...

Elle se demanda s'il n'était pas trop tard pour reprendre le cours de sa vie... et oublier. Elle secoua la tête. Qui cherchait-elle à tromper ? Elle n'était pas une fille normale et ne le serait jamais ! Elle avait connu la peur, la douleur, la haine et le pouvoir. Elle avait des dons de guérisseuse et était la clé qui permettait de retrouver Lunnaris, car elle seule pouvait manier la crosse d'Ayshel. Quelle que soit sa relation avec Idhun, il était impossible qu'elle la renie uniquement parce qu'elle le souhaitait.

Lunnaris...

Victoria se rappela avec quelle passion Shail lui avait parlé de cette petite licorne. Il ne la reverrait plus jamais.

« J'ai manqué à mes devoirs envers toi, Shail, pensa-t-elle. Je ne sais pas comment débusquer Lunnaris, j'ignore comment utiliser la crosse pour qu'elle me conduise jusqu'à elle, mais je jure que je m'y efforcerai. Pour toi. »

Cette idée lui trottait dans la tête depuis des jours. Réaliser le rêve de Shail. Retrouver Lunnaris à sa place et lui parler du jeune magicien qui l'avait sauvée avant de consacrer sa vie et sa magie à la chercher dans un monde qui n'était pas le sien.

« Je retrouverai Lunnaris, se promit-elle. Même si je dois le faire toute seule. »

Le souvenir de sa dispute avec Jack lui revint à l'esprit et son cœur se serra. Il lui manquait, parfois même plus que Shail. Dans des moments comme celui-là, elle avait besoin de se remémorer ses paroles blessantes, pour raviver sa colère et tenter de calmer ainsi la souffrance de la séparation. Elle ferma les yeux, mais le souvenir de Jack demeurait. Elle se demandait si elle pourrait l'oublier et poursuivre son chemin sans lui. Aurait-elle dû lui dire qu'il lui était indispensable, que sa vie était sans saveur quand il n'était pas là pour l'égayer de son sourire ? Qu'en quelques mois à peine, elle s'était tellement habituée à sa présence que, désormais, elle se sentait vide et terriblement seule ? Si elle avait pris les devants, si elle lui avait tout avoué, les choses auraient-elles été différentes ?

Sans doute pas. « De toute manière, Jack voulait partir », songea-t-elle avec rancœur. Il était si pressé qu'il n'avait même pas réfléchi au fait que, sans Shail ni elle, il ne pourrait plus revenir à Limbhad. Il était peut-être maintenant à l'autre bout de la planète, et ils ne se recroiseraient jamais.

« Nous nous reverrons, Victoria... » Cette phrase résonna dans sa tête et elle frémit. Sans trop savoir pourquoi, elle repensa à Kirtash. Si elle devait être seule pour chercher Lunnaris, elle tomberait sur lui tôt ou tard. Et Shail, Alsan et Jack n'étaient plus là pour la protéger.

À l'idée de devoir toujours dépendre des autres, quelque chose se rebella en elle. Se laisser choyer par Alsan et Shail avait été agréable, mais Jack lui avait dit trop de méchancetés et elle voulait… elle avait besoin de prouver qu'il s'était trompé.

« … Ne t'avise pas de croiser à nouveau mon chemin, créature, parce que, la prochaine fois, je serai obligé de te tuer », l'avait avertie Kirtash.

« Non, le corrigea Victoria. Si Jack ne t'a pas tué avant, c'est moi qui le ferai. Tu ne te joueras pas de moi comme la dernière fois où j'étais sans défense, entièrement à ta merci. Nous nous reverrons et, quand cela arrivera, c'est moi qui jouerai avec toi avant de te tuer. »

Perdue dans ses sombres pensées, Victoria franchit la porte du collège.

Elle ne vit pas la silhouette derrière les branches des arbres, en haut du mur.

Cette ombre l'observait, une lueur d'intérêt dans ses yeux d'un bleu glacé.

Deuxième partie

La révélation

Deux ans plus tard

1
LES RETROUVAILLES

C'était la fin du mois d'août et il faisait si chaud que la plupart des habitants étaient déjà partis à la plage. Sur le court de tennis qui se trouvait à côté du bar, un jeune homme d'une vingtaine d'années venait de battre son frère aîné.

– Bah, j'abandonne, dit ce dernier. Il fait trop chaud pour jouer. Je vais à la piscine.

– Allez, jouons encore ! protesta le vainqueur. Nous avons un peu de temps devant nous avant que la chaleur ne devienne insupportable.

– Pas question, répondit l'aîné. Je suis trop vieux pour ça.

Le plus jeune soupira et s'apprêta à quitter le terrain derrière son frère.

– Je peux jouer un peu avec toi, si tu veux, résonna une voix dans son dos.

Il se tourna et découvrit le garçon qui servait au bar. Celui-ci s'exprimait dans un italien hésitant, avec un accent. Le jeune homme ne le connaissait que de vue, parce qu'il n'était pas très bavard. Mais il savait qu'il était étranger, peut-être originaire d'un pays nordique. Il faisait ce travail pour se payer ses vacances en Italie. Il devait avoir quinze ou seize ans, mais son regard était trop sérieux pour un garçon de son âge.

– Tu ne dois pas aller travailler ?

– Non. Aujourd'hui, j'ai la matinée de libre.

– Tu sais jouer au tennis ?

– Il y a longtemps que je n'ai pas pratiqué, répondit le serveur, mais je peux essayer.

Il marqua une pause avant d'ajouter :

– Ça me manque.

Le jeune homme le regarda avec plus d'attention, comme pour l'évaluer, puis sourit.

– D'accord, dit-il. Comment tu t'appelles ?

Le garçon sourit à son tour et ses yeux verts s'emplirent d'un éclat chaleureux.

– Jack, répondit-il. Je m'appelle Jack.

La partie fut courte, mais intense. Le jeune Italien était mieux entraîné et avait plus de style, mais les coups de Jack étaient imparables. Comment un garçon de son âge pouvait-il être aussi fort ?

Certes, l'Italien ignorait que, depuis deux ans, cet adolescent blond faisait quotidiennement de l'escrime avec une épée légendaire.

– C'est bon, c'est bon, tu as gagné ! s'exclama l'Italien, qui s'écroula par terre en riant. Je n'ai jamais vu personne manier la raquette comme toi, ni se jeter sur la balle avec autant de rage, Jack. En tout cas, c'est efficace.

Mais le garçon ne l'écoutait pas. Immobile, il regardait quelqu'un qui l'observait depuis le chemin, à travers le grillage du court. L'individu était trop loin pour qu'il puisse distinguer ses traits, mais, bien qu'il soit légèrement différent de l'image qu'il gardait de lui, sa silhouette était impossible à confondre avec une autre.

Le cœur de Jack battait à tout rompre. Il lâcha la raquette et se rua hors du terrain en courant, sans regarder derrière lui.

– Au revoir ! lança l'Italien, étonné.

Jack remonta le talus herbeux jusqu'au chemin. Quand il l'atteignit, il resta là, sans faire un geste, à quelques mètres de l'étrange apparition, sans oser s'approcher davantage.

Ils se fixèrent en silence.

– Alsan…, murmura Jack au bout d'un moment.

– Tu crois vraiment que je suis Alsan ? lui demanda l'autre, dont la bouche se tordit de manière sinistre.

Jack hésita. Il n'avait pas vu son ami depuis que ce dernier, transformé en créature hybride mi-homme et mi-bête, s'était enfui de Limbhad, mais il se rappelait parfaitement le prince courageux et fier de Vanissar. Le jeune homme qui se tenait devant lui était Alsan sans l'être tout à fait.

Il portait des vêtements de Terrien et, pour la première fois depuis que Jack le connaissait, son jean ne paraissait pas le gêner. Il ne semblait pas davantage souffrir de la chaleur dans son T-shirt noir. Aussi loin que Jack s'en souvienne, Alsan n'aimait pas le noir, et, depuis qu'il avait rencontré Kirtash, lui non plus.

Alsan avait toujours aussi fière allure. Pourtant, Jack percevait en lui quelque chose d'angoissant, une tension contenue que son ami n'avait jamais laissée transparaître auparavant.

Et son visage…

Son visage était impassible, mais ciselé par la souffrance et marqué par de nombreuses rides d'expression. Il avait l'air sombre avec, au fond des yeux, une lueur menaçante.

Ce qui choqua le plus Jack, c'était ses cheveux.

Autrefois châtains, ils étaient devenus complètement gris, gris comme la pierre, la cendre ou les nuages gorgés de pluie. Cette couleur ne cadrait pas avec la jeunesse de son visage. Peut-être était-ce ce contraste qui lui donnait un aspect aussi inquiétant.

Jack prit une grande inspiration. Une multitude d'émotions contradictoires l'envahirent : il avait passé deux ans à chercher Alsan, puis, alors qu'il avait perdu tout espoir de le retrouver, le prince surgissait comme du néant dans ce petit village italien. La gorge nouée, il se demandait s'il serait capable de parler, même si une foule de questions à poser et d'histoires à raconter se bousculaient en lui. Il déglutit et parvint à bredouiller une réponse d'une voix légèrement chevrotante.

– Tu as changé ! Mais tu ressembles plus à l'Alsan que je connais qu'à la créature que j'ai libérée en Allemagne.

– Je suis content que tu voies les choses du bon côté.

Jack essaya de chasser le nœud dans sa gorge.

– J'ai parcouru la moitié de l'Europe pour te chercher, lui reprocha-t-il. Où étais-tu, pendant tout ce temps ?

– C'est une longue histoire. Si tu veux...

– Pourquoi es-tu parti ? le coupa Jack.

Soudain, l'étau qui lui serrait la gorge disparut et les larmes lui montèrent aux yeux. Il battit des cils pour les contenir, mais ne put réprimer plus longtemps les paroles amères que lui dictait son cœur :

– Je t'ai cherché partout pendant deux ans... Deux ans ! Pourquoi n'as-tu pas donné signe de vie jusqu'à aujourd'hui ? Pourquoi es-tu parti ? Tu nous as laissés seuls, Victoria et moi... Tu as abandonné la Résistance, après tout ce que tu m'avais appris. Pourquoi ne nous as-tu pas fait confiance ? Bon sang... tu étais... tu étais tout ce qu'il me restait !

Sa voix se brisa et il baissa la tête pour cacher à Alsan ses yeux humides. Quand son ami s'approcha, une voix intérieure lui cria de partir en courant, de ne pas rester là, car l'Alsan qui se trouvait devant lui n'était plus le même... Son instinct lui soufflait que la bête était toujours tapie dans le corps de son ami, car il avait été seul trop longtemps. Pourtant, les poings serrés, il ne bougea pas.

Alsan posa une main sur son épaule.

– Jack, je regrette, dit-il. Je ne voulais pas vous mettre en danger. J'étais... impossible à contrôler, et...

Jack l'étreignit soudain avec force, tremblant comme s'il craignait de le voir repartir d'un moment à l'autre. Alsan cligna des yeux, perplexe, puis comprit à quel point ces deux années avaient été difficiles pour Jack. Il parvint presque à ressentir sa solitude, son désespoir, sa peur. Lui aussi se demandait où son ami avait été pendant tout ce temps, ce qu'il avait fait, pourquoi il n'était pas à Limbhad avec Victoria...

– Ça va aller, mon garçon, murmura-t-il en lui tapotant le dos pour tenter de le calmer. Je suis là, d'accord ? Je ne vais pas repartir. Tu n'es plus seul. Tu ne le seras plus jamais, je te le promets.

Jack parut se ressaisir. Il s'écarta d'Alsan et tourna la tête.

– Il m'est arrivé tellement de choses depuis ton départ. Et puis… je suis resté si longtemps sans nouvelles de toi et de Victoria.

Alsan le regarda et eut un sourire qui rappela à Jack le beau visage du jeune homme qui l'avait entraîné autrefois.

– Tu as trop chaud, mon garçon. Mettons-nous à l'ombre, c'est préférable. Viens, je t'invite à boire un Coca et nous bavarderons tranquillement, tu veux bien ?

Jack accepta de bon gré. Il n'avait jamais supporté la chaleur. L'été, pour pouvoir s'endormir, il prenait une douche froide avant d'aller se coucher. Il ne comprenait pas comment il avait pu se laisser surprendre par la saison estivale en Italie. Il aurait dû quitter ce pays à la fin du printemps pour aller dans un pays nordique.

Ils se dirigèrent vers la cafétéria la plus proche. Couché sur le pas de la porte, un berger allemand se mit à grogner d'un air hostile quand Alsan s'approcha. D'un simple regard, celui-ci le fit taire. Le chien se leva et alla se cacher sous une table, gémissant craintivement, la queue entre les pattes. Jack était mal à l'aise.

Ils entrèrent dans la salle. Quand ils passèrent près de leur table, des clients dévisagèrent Alsan avec méfiance. Certains, qui étaient assis près de lui, éloignèrent même leur chaise. Le jeune homme sourit de manière sinistre, les obligeant ainsi à détourner la tête.

– Pourquoi réagissent-ils comme ça ? lui demanda Jack lorsque tous deux s'installèrent près de la baie vitrée. Ils ne t'ont jamais vu.

– C'est l'instinct, répondit Alsan avec un rictus inquiétant. Inconsciemment, les gens savent reconnaître un prédateur quand il y en a un à côté d'eux.

Jack frissonna. Il s'apprêtait à poser une question lorsque le serveur arriva. Il commanda un soda au citron avec beaucoup de glace. Alsan ne voulait rien boire.

– Au début, j'ai erré çà et là, commença-t-il à raconter, et je dois avouer que j'ai causé beaucoup de dégâts. Je n'en suis pas fier.

– Je sais, murmura Jack. Comme l'Âme n'arrivait pas à te localiser, j'ai décidé d'aller te chercher tout seul. J'ai mené mon enquête en lisant dans les journaux et sur Internet tous les articles traitant d'une sorte de bê... de mons...

Il se tut, effrayé.

– De bête ou de monstre, acheva Alsan à sa place. Tu peux le dire ainsi. C'est ce que j'étais... Et ce que je suis encore de temps en temps.

– Je suis d'abord allé à Londres, dit Jack, où je connais des gens, des amis de mes parents. Cela faisait longtemps que nous ne les avions pas vus. Je pensais donc qu'ils ne sauraient rien de ce qui s'était passé. Je ne m'étais pas trompé. Je suis resté chez eux quelques jours, juste le temps de savoir par où commencer mes recherches. Sur Internet, des gens disaient avoir aperçu dans les bois une bête étrange, un loup-garou. Pourquoi as-tu choisi la France ?

Il ne détachait pas son regard d'Alsan.

– Je ne sais pas, ce n'était pas prémédité. Quand l'Âme m'a questionné pour savoir où je souhaitais aller, j'avais une idée fixe : m'isoler le plus possible de la civilisation et de l'endroit où vivait Victoria. Mais, en fait, je ne voulais pas vous perdre de vue. Je suppose que c'est pour ça que je n'ai pas atterri très loin de vous. J'ai avancé vers l'est, en direction des Alpes. Je suis arrivé en Suisse, puis dans le nord de l'Italie et en Autriche... toujours dans des régions boisées ou montagneuses, pour éviter d'être en contact avec les humains. Mais les gens m'apercevaient parfois, c'était inévitable... Ils essayaient de me poursuivre pour me tuer ou me capturer. Dans la plupart des cas, ils n'ont pas connu une fin très heureuse...

– Pour suivre ta trace, j'ai traversé la moitié de l'Europe. Je faisais de l'auto-stop et, quand c'était possible, je prenais le car ou le train. Je n'avais pas beaucoup d'argent, j'ai vécu presque comme un vagabond durant toute cette période. Parfois, je gagnais quelques euros en faisant des courses ou d'autres petits boulots, mais très peu, juste de quoi manger, continuer mon voyage et coucher de temps à autre dans une auberge au lieu de dormir à la belle étoile. Moi aussi, on a essayé de me capturer pour me mettre dans un orphelinat ou un centre de rééducation, mais je ne me suis pas laissé faire.

Sa voix trembla de nouveau. Alsan s'imagina Jack, seul, parcourant l'Europe à pied, sans argent ni endroit où aller, transi de froid par les nuits d'hiver. Alors il comprit combien la quête du garçon avait été éprouvante. Face au regard attristé de son ami, Jack essaya de minimiser la dureté de son récit.

– Au fond, c'était amusant. J'allais où je voulais, sans contraintes, sans limites. Je ne m'étais jamais senti aussi libre.

Il sourit.

– Tu aurais dû rester à Limbhad, dit Alsan. Si Kirtash t'avait trouvé...

– Ça n'a pas été le cas. De toute façon, j'étais prêt. J'ai pris Domivat avec moi quand j'ai quitté Limbhad, avoua-t-il après un moment d'hésitation. Je me suis entraîné tous les jours et j'ai répété sans cesse les mouvements, Alsan, pour ne rien oublier de ce que tu m'avais appris.

Le jeune homme le regarda, ému, sans pouvoir dire un mot.

– Puis j'ai perdu ta trace, enchaîna Jack. Dans le sud de l'Autriche, je n'ai plus eu de renseignements sur la créature mi-homme, mi-bête que les gens apercevaient parfois. Je ne savais plus quoi faire et j'ai été obligé de m'installer là-bas, de trouver un boulot... Mais je n'ai pas pu rester longtemps. Après, je suis allé d'un endroit à l'autre, avant d'arriver ici, à Chiavari. Ne me demande pas comment ni pourquoi j'ai atterri ici. Pour tout te dire, j'ai perdu beaucoup de temps. Il y a un an que je suis sans nouvelles de toi, et je n'ai pas pu reprendre contact avec Victoria. Tu sais qu'il m'est impossible de rentrer seul à

Limbhad, et je n'ai ni son adresse, ni son numéro de téléphone à Madrid. Je n'ai rien... Je suis parti si précipitamment que je n'ai même pas pensé à prendre ses coordonnées.

Jack hésita quelques secondes. Il était sur le point de révéler à Alsan sa dispute avec Victoria, et de parler du mal que lui avaient fait ses paroles (« Je n'ai pas besoin de toi... Va-t'en et ne reviens plus ici »). Mais le temps avait guéri ses blessures, si bien qu'à présent il se sentait stupide de s'être laissé emporter par une colère qui lui paraissait puérile et absurde. Si son départ n'avait pas été aussi rapide, il aurait pu mieux organiser la recherche d'Alsan et n'aurait pas eu tant de problèmes. Et, quand il ne trouvait pas de toit sous lequel passer les nuits glacées, au cœur de l'hiver, la chaleur de Limbhad lui avait manqué. Mille fois il avait maudit sa bêtise.

– J'en suis arrivé à penser que je ne vous reverrais jamais plus, conclut-il à voix basse.

Il se tut et détourna les yeux, serrant fort la chaîne sur laquelle était passé le petit hexagone que Victoria lui avait donné le jour de son arrivée à Limbhad, et qu'il portait toujours.

Victoria lui avait souvent manqué. Son doux sourire, l'éclat de son regard, les moments qu'ils avaient passés ensemble... tout cela lui était revenu en mémoire en maintes occasions. Il laissait parfois son esprit vagabonder dans le passé et remontait jusqu'à l'instant où il s'était dit qu'il ne fallait pas qu'il parte. Il se voyait exprimant à voix haute les mots qu'il n'avait pas pu prononcer. Il lui avait demandé pardon de toutes sortes de façons. Il s'était vu la serrer dans ses bras et lui promettre qu'ils resteraient ensemble, quoi qu'il advienne...

Mais cela ne s'était pas produit. Et aucun retour en arrière n'était désormais possible. Rien ne lui rendrait jamais les deux années passées loin de sa meilleure amie. Il s'était même persuadé qu'il n'aurait plus l'occasion de lui dire en personne tout ce qu'il ressentait.

Alsan lui jeta soudain un bref coup d'œil.

– Quel âge as-tu, Jack ? demanda-t-il.

– Quinze ans, répondit l'adolescent, un peu surpris par sa question. J'en aurai seize en avril. Mais je fais plus âgé, et comme, à seize ans, on peut travailler légalement, ces temps derniers, les choses ont été un peu plus faciles pour moi.

– Quinze ans..., répéta Alsan. J'ai pourtant l'impression que le jour où je t'ai sauvé de Kirtash et conduit à Limbhad était hier. À l'époque, tu n'étais qu'un petit garçon effrayé. Maintenant, tu es un homme.

Jack sourit, embarrassé.

– Pas encore. Peut-être que, dans ton monde, on est déjà un homme à quinze ans, mais ici on n'est qu'un ado.

– Pas toi. Regarde-toi, Jack : tu as grandi, et je ne parle pas seulement de ta taille. Tu es beaucoup plus mûr, et je suis sûr que tu saurais te débrouiller dans n'importe quelle situation. Je suis fier de toi.

Jack eut l'air embarrassé.

– Tu ne m'as toujours pas dit pourquoi tu es parti, susurra-t-il.

Alsan fixa sur lui son regard inquiétant.

– Parce que la lutte que j'avais à mener m'obligeait à rester seul. Dès le début j'ai su qu'il y avait de fortes chances pour que je n'en sorte pas vainqueur, raison pour laquelle je devais m'éloigner de vous le plus tôt possible. Et j'avais raison. L'esprit de la bête était bien plus fort, bien plus sauvage que mon âme humaine. Dans l'un de mes rares moments de lucidité, j'ai voulu attenter à ma vie. Un homme m'a sauvé *in extremis*. Je ne me souviens ni de son nom ni de son visage, mais il m'a longuement parlé tandis que je me remettais de mes blessures, dans un village dont j'ai oublié le nom. C'est étrange car, sans connaître sa langue, je le comprenais parfaitement. Lorsque cet homme a disparu de ma vie et que je me suis retrouvé seul, j'ai soudain compris ce que je devais faire et quelle direction prendre.

Il fixa Jack en souriant.

– J'ai passé ces derniers mois au Tibet, dans un monastère bouddhiste.

– Pas possible ! s'exclama Jack en riant. Tu t'es rasé les cheveux ?

– Je ne répondrai pas à cette question, lui rétorqua Alsan en s'esclaffant à son tour. Pendant tout ce temps, poursuivit-il en reprenant son sérieux, j'ai appris une foule de choses : la discipline, l'autocontrôle... Mais surtout, j'ai trouvé la paix dont j'avais besoin pour tenir la bête à distance.

– Alors tu as réussi...

– Pas complètement. Je ne suis plus le même qu'avant et ne le serai jamais plus. Il m'arrive de me transformer, quand une force supérieure à la mienne contrôle mes instincts de loup. Mais je suis capable de reprendre assez vite mon apparence humaine.

Jack ouvrit la bouche pour poser une question, mais n'osa pas.

– De toute manière, continua son ami, je ne suis plus Alsan, prince de Vanissar. Pour moi, c'est fini. Comme ma nouvelle condition me rend indigne de ce nom et de cette lignée, il m'a fallu adopter un nouveau nom, un nom d'ici, de la Terre. Désormais, je m'appelle Alexander.

– Alexander, répéta Jack. Ça sonne bien. Je ne sais pas pourquoi, mais ça te va comme un gant. Je t'appellerai comme ça, si tu préfères, même si je ne comprends pas pourquoi tu crois être indigne d'être ce que tu es.

– Parce que je ne suis plus ce que j'étais, Jack, répondit Alexander.

Cependant, il y avait de l'amertume dans ses paroles, et Jack préféra changer de sujet.

– Comment m'as-tu trouvé ? lança-t-il.

– J'ai rêvé de toi, tu étais ici, en Italie. Je me suis dit que ça devait être le signe que j'étais prêt à vous rejoindre. Alors je suis venu te chercher. Une fois ici, j'ai suivi mon instinct.

– J'aurais bien voulu qu'il m'arrive la même chose ! marmonna Jack, impressionné malgré lui. Et... que comptes-tu faire, maintenant que nous voilà réunis ?

– Dans l'immédiat, reconstituer la Résistance à Limbhad.

– Et continuer à chercher le dragon et la licorne ? Mais il n'est pas trop tard ?

– Kirtash vient encore sur Terre, ce qui signifie qu'il ne les a pas trouvés.

Jack serra les poings en entendant le nom de son ennemi.

– Comment le sais-tu ?

– Je le sais. Je suis prêt à repartir à l'action, Jack. Et toi ?

– Je le croyais, mais je n'en suis plus aussi sûr. Je veux dire... avant nous avions plus de moyens, il y avait Shail. Regarde-nous : qu'allons-nous obtenir ? Pourquoi penses-tu que ce sera différent de par le passé ?

– Pour de nombreuses raisons. D'abord, nous allons changer de stratégie. Ensuite, nous avons peut-être perdu Shail mais nous t'avons gagné, toi, dit Alsan en plongeant ses yeux dans ceux de Jack. Tu es un nouveau guerrier pour la cause, capable de manier une arme légendaire, de brandir Domivat sans se brûler, un guerrier qui a triomphé là où d'autres, plus forts, plus vieux et plus habiles que lui ont échoué !

Jack rougit. Il n'avait pas eu l'occasion d'en discuter avec son ami, mais c'était vrai : Domivat, l'épée forgée sous le feu d'un dragon, que personne n'avait pu tenir jusqu'alors, était désormais à son service. Tout bien réfléchi, il ne comprenait pas comment ni pourquoi.

– Il y a une autre raison, poursuivit Alexander. Certes, nous avons perdu Shail. Tu m'as tout raconté lorsque j'étais enfermé à Limbhad. Mais le temps est venu de te demander si tu penses que nous devons laisser les choses telles qu'elles sont. Shail est mort pour me délivrer et sauver la vie de Victoria. Ce serait insulter sa mémoire que d'abandonner aujourd'hui.

Une multitude d'images défilèrent dans la tête de Jack. Des images de Shail, le jeune magicien de la Résistance, toujours agréable et jovial, toujours disposé à apprendre et à prêter main-forte quand c'était nécessaire. Shail avait organisé le sauvetage d'Alsan en Allemagne et avait trouvé la mort en protégeant Victoria dans cette désastreuse expédition. Le feu de la vengeance, qui s'était apaisé au cours des derniers mois, attisa de nouveau la colère de Jack.

– Oui, murmura-t-il. Ce serait insulter sa mémoire.

Alexander hocha la tête.

– Si tu es d'accord avec moi, va préparer tes affaires. Nous partirons pour Madrid dès que tu seras prêt.

Le cœur de Jack s'emballa.

– Tu crois que nous retrouverons Victoria ?

– Bien sûr.

– Mais j'ignore où elle habite, objecta Jack, et comment prendre contact avec elle.

Alexander lui lança un bref regard.

– J'espère pour toi qu'elle sera saine et sauve, parce que je te rappelle que Kirtash a une petite idée de l'endroit où elle vit, que sa maison n'est pas un lieu sûr et que tu as eu la mauvaise idée de la laisser seule pour venir me chercher.

À ces mots, le sentiment de culpabilité de Jack s'intensifia. Il s'imagina Kirtash trouvant Victoria, l'enlevant, la blessant, et son sang ne fit qu'un tour.

Alexander interpréta mal son air grave.

– Nous reparlerons de ça plus tard. Heureusement pour toi, je connais l'endroit où vit Victoria. Jusque-là, je n'étais pas en état d'aller la chercher, mais, maintenant que je suis humain le plus clair du temps, je n'ai pas l'intention de perdre une minute de plus. S'il le faut, je te tirerai par l'oreille pour que tu lui fasses des excuses.

– Tu n'auras pas besoin d'avoir recours à la force, répliqua Jack, irrité. Je saurai m'excuser tout seul.

Au fond de lui, c'est ce qu'il souhaitait depuis longtemps.

*

Comme tous les soirs, la cloche sonna pour indiquer la fin des cours. Il y eut de l'agitation dans les salles de classe pendant que les élèves rassemblaient leurs affaires et sortaient, leur sac sur l'épaule.

Comme à son habitude, Victoria était seule. Quand elle franchit la porte du collège et traversa la cour, elle s'arrêta un moment pour laisser le soleil caresser son visage. C'était un soleil doux de mi-septembre et sa chaleur était très agréable. Victoria n'aimait pas voir l'été prendre fin et laisser place à l'automne, car cela annonçait l'anniversaire de la mort de Shail.

Elle secoua la tête pour chasser ces pensées et mit un genou à terre, près de la sortie, afin de renouer le lacet d'une de ses chaussures. Non loin d'elle, un groupe de filles de sa classe murmuraient et riaient sous cape.

– Tu l'as vu ?

– Oui, ma vieille. Tu as raison, il est super mignon !

– Tu crois qu'il attend qui ?

– Je n'en sais rien, mais je trouve que cette fille a une sacrée chance...

Victoria ne leur prêta pas attention. Les garçons ne l'empêchaient pas de dormir. Elle avait des préoccupations plus importantes, beaucoup de travail à faire et, surtout, une mission à accomplir.

Voilà pourquoi, après s'être relevée et avoir franchi le portail, elle faillit ne pas voir le garçon blond qui l'attendait devant le collège. Il portait une chemise à carreaux et un jean. Il avait l'air plutôt décontracté, les mains dans les poches, adossé à un arbre, ignorant les chuchotements, les coups d'œil en coin et les rires étouffés des filles qui passaient.

Victoria ne l'aurait donc même pas remarqué si son cœur ne s'était pas emballé étrangement, la forçant à se retourner pour le regarder. Le garçon se redressa et la fixa avec intensité. Victoria retint son souffle, ses lèvres formèrent son nom, qu'elle ne put prononcer. Il sourit, un peu embarrassé.

– Salut, Victoria ! s'exclama-t-il.

C'est à peine si elle l'entendit. Son cœur battait à tout rompre. Elle avait si souvent rêvé de cet instant qu'il lui semblait irréel. Elle se dit même qu'elle allait se réveiller et qu'en face d'elle il n'y aurait alors plus personne.

Mais le garçon était toujours là, à la regarder avec insistance. Il ne s'était pas évanoui dans les airs comme une illusion, un mirage ou un rêve agréable. Il était bel et bien là.

– Jack..., finit-elle par murmurer.

Jack pencha la tête sur le côté et détourna les yeux, embarrassé. Victoria non plus ne trouvait pas ses mots. L'un et l'autre avaient répété mille fois ce qu'ils se diraient s'ils se retrouvaient, mais, une fois le moment tant attendu arrivé, ils étaient comme suffoqués.

Jack savait depuis des semaines qu'ils allaient se revoir. Il avait donc une longueur d'avance sur elle pour se faire à cette idée. Il leva la tête, résolu, et la regarda droit dans les yeux :

– Je suis content de te revoir.

– Moi aussi... je suis contente de te revoir, souffla Victoria en s'apercevant que c'était vrai.

– Tu as changé, dit Jack.

Ce n'était pas très malin de dire cela, mais il le pensait. Victoria avait maintenant quatorze ans, presque quinze, et elle n'était plus la petite fille qu'il avait connue. Elle avait grandi... dans tous les sens du terme. Mais il ne voulait pas le lui dire.

– Tu as les cheveux moins longs, se contenta-t-il de souffler.

Troublée, Victoria jouait avec une mèche de ses cheveux châtain foncé.

– Je les ai fait couper il y a quelques mois, mais ils ont repoussé. Et tu vois, ils sont bouclés maintenant. Ils ne sont plus raides comme des baguettes de tambour.

– Ça te va bien, fit Jack en ayant l'impression d'avoir prononcé une stupidité.

Après être resté si longtemps sans voir Victoria, il n'avait rien trouvé de mieux que de lui parler de ses cheveux... Il y avait pourtant une foule d'autres sujets à aborder. Il aurait pu lui répéter tous les discours qu'il lui avait tenus les nuits de grande solitude, lui montrer les multiples portraits qu'il avait brossés d'elle sur son bloc à dessin : son visage, ses grands yeux sombres qui semblaient le regarder depuis le ciel étoilé. Il aurait pu lui confier qu'il avait entendu sa voix dans le vent des centaines de fois, qu'il avait pensé à elle dans les plus beaux endroits qu'il avait visités. Il aurait pu lui dire qu'elle lui avait manqué intensément, douloureusement, désespérément...

Mais la fille qui lui faisait face n'était plus la fillette de ses souvenirs, même si elle avait les mêmes yeux, dont Jack avait toujours trouvé l'éclat si singulier. Le temps avait à l'évidence mis entre eux une distance insurmontable. L'image qu'il avait d'elle ne correspondait plus à ce que Victoria était devenue et il redouta que les deux années qui venaient de s'écouler aient tiédi les sentiments de son amie à son égard. Elle lui en voulait peut-être ou l'avait même tout simplement oublié. Avait-elle un petit ami ?

– Toi aussi, tu as changé, murmura Victoria en rougissant légèrement.

– Ah oui ?

Jack sourit : au bout du compte, son commentaire n'avait pas été si stupide.

– En quel sens ? demanda-t-il.

– Eh bien, tu es plus grand, plus bronzé et... et...

« ... et plus beau », pensa-t-elle, mais elle se garda de le dire.

Elle réprima un soupir. Elle avait été amoureuse de ce garçon, et avait vite compris que, manifestement, ce sentiment n'était pas réciproque, sans quoi il ne serait pas parti avec tant de hâte. Elle venait juste de découvrir ce qu'elle éprouvait pour Jack quand il avait décidé de se lancer à la recherche d'Alsan. Et prendre conscience de son amour juste avant qu'il ne quitte Limbhad avait été très douloureux. Pendant de longs mois, son cœur s'emballait chaque fois qu'elle apercevait une tête blonde dans la foule. Mais ce n'était jamais Jack. Et maintenant, alors qu'elle croyait être guérie, il revenait dans sa vie...

Elle se jura qu'il ne troublerait plus ses sentiments. Elle n'avait pas l'intention de souffrir encore. Pendant tout ce temps, elle avait édifié une grande muraille autour de son cœur, pour que plus personne n'y entre et que, ainsi protégée, elle n'ait plus jamais mal. Elle n'était pas retombée amoureuse. Elle avait trop souffert.

Elle se demanda cependant si ce mur la protégerait de Jack, puis tenta de chasser cette pensée. S'il avait ressenti quelque chose pour elle, après tout ce temps, il l'avait sûrement oublié. Et Victoria ne voulait pas trébucher deux fois sur la même pierre.

Elle s'aperçut qu'un peu plus loin, des filles les épiaient sans cacher leur jalousie et sourit intérieurement. Alors elle regarda Jack et se rendit compte qu'il n'avait pas conscience de l'agitation qu'il avait provoquée chez ses camarades de classe. Mais, s'il ignorait qu'il était beau, elle ne risquait pas de le lui dire.

– ... et tu t'es laissé pousser les cheveux, ajouta-t-elle en riant.

Elle leva la main pour écarter une mèche blonde de son visage. Elle savait que ses camarades mouraient d'envie d'être à sa place et savoura cet instant avec un malin plaisir.

– Tu as besoin d'une bonne coupe !

– Tes cheveux sont plus courts ; les miens, plus longs. Quelle brillante conclusion !

Ils éclatèrent de rire. L'espace d'un instant, la distance qui les séparait sembla se réduire.

– Bon, annonça Jack en reprenant son sérieux. Je sais que je suis un idiot et que je ne mérite pas que tu m'écoutes après tout ce qui s'est passé, mais... je suis venu te demander de m'accorder pour ainsi dire l'« asile politique ».

Victoria baissa les yeux et découvrit alors le sac de voyage posé par terre, aux pieds du garçon.

– Tu n'as pas où aller ?

Jack regarda ailleurs.

– Je n'ai jamais eu où aller, en fait. Je ne suis pas retourné au Danemark, bien qu'il me reste de la famille là-bas. Mais Kirtash... Kirtash doit sûrement le savoir. Je n'ai donc pas voulu revenir à Silkeborg pour ne pas mettre mes proches en danger.

L'adolescente trouvait cela bizarre de reparler de Kirtash et de bavarder à nouveau avec Jack après tout ce temps.

– Qu'est-ce que tu as fait alors ? Tu as retrouvé Alsan ?

– En réalité, c'est lui qui m'a retrouvé. C'est une longue histoire.

– Il est avec toi ?

– Oui, mais il est resté en ville parce qu'il avait deux ou trois courses à faire. Il a dit qu'il te téléphonerait ce soir pour savoir s'il peut passer chez toi. Il voudrait que tu le conduises à Limbhad. Il m'a en quelque sorte envoyé comme messager.

Jack se garda de révéler à Victoria qu'il avait demandé à Alexander de le laisser seul avec elle avant de les rejoindre. Il avait tant de choses à lui dire.

– Toi aussi, tu veux... retourner à Limbhad ? demanda-t-elle.

– J'aimerais bien, lui confia Jack.

Victoria l'observa. Elle lut dans ses yeux de la souffrance et davantage de maturité. Elle avait envie de lui lancer : « Je te l'avais bien dit », mais cela aurait été trop cruel.

– Si tu m'emmenais, je t'en serais vraiment reconnaissant.

Ils se turent un moment, et échangèrent un regard intense qui en disait plus que ce qu'ils ne parvenaient pas à formuler. Ce fut un instant magique, que ni Jack ni Victoria n'aurait voulu troubler pour tout l'or du monde.

Pourtant, ni l'un ni l'autre ne se risqua à faire le premier pas, à parler, à prendre l'autre dans ses bras, même si chacun le désirait si fort qu'il en avait le cœur près d'exploser.

Il s'était passé trop de temps. Ils n'étaient plus des enfants et les choses n'étaient plus aussi simples.

– Tu veux qu'on parte tout de suite ? proposa Victoria.

Un large sourire éclaira le visage de son ami.

– Oui, j'ai envie de revoir la maison de la frontière, avoua-t-il.

– Alors pourquoi attendre ? lança Victoria en souriant à son tour.

Ils s'éloignèrent de l'entrée du collège et du bus scolaire, tournèrent le coin de la rue pour échapper aux yeux des autres filles. Quand ils furent seuls, ils se prirent par la main. Maintenant, ils avaient une excuse pour le faire. Jack aurait aimé presser plus fortement la main de Victoria, mais il n'osa pas. Quant à la jeune fille, elle découvrit, paniquée, que sa muraille protectrice ne résistait apparemment pas à Jack. Elle ferma aussitôt les yeux et appela l'Âme. L'esprit de Limbhad lui répondit, heureux de retrouver une vieille amie. Alors, main dans la main, ils disparurent, pour prendre la route de la maison de la frontière.

*

– Ce n'est pas très accueillant parce que je ne viens pas souvent, s'excusa Victoria. C'était tellement désert...

Jack ne répondit pas aussitôt. Il promena ses doigts sur l'une des étagères de sa chambre, sans se soucier qu'elle soit couverte de poussière. Il avait posé son sac sur le lit et récupéré sa guitare dans le placard. Il pinça quelques cordes et se rendit compte qu'elle était désaccordée.

– Ce n'est pas grave, sourit-il. Je suis de retour, c'est tout ce qui compte.

– Oui, murmura-t-elle en lui rendant son sourire. C'est ça l'important.

Elle allait sortir et laisser Jack seul, quand il releva la tête. Il se détourna de sa guitare et sortit derrière elle. Il ne voulait pas manquer cette occasion. Pas cette fois.

– Attends ! s'écria-t-il en la retenant par le bras.

Victoria s'arrêta et le fixa, déconcertée. Jack prit une longue inspiration avant de révéler ce qu'il avait prévu de lui avouer depuis si longtemps :

– Je suis désolé. Désolé de t'avoir laissée seule après t'avoir parlé comme je l'ai fait. Je n'aurais pas dû.

Victoria hésita. La barrière continuait de se fendiller.

– Moi aussi, je regrette, souffla-t-elle après un long silence. Tu sais... quand je t'ai dit de ne plus jamais revenir, je ne le pensais pas.

Jack sourit. Son cœur s'allégea.

– Je m'en doutais. Alors, nous sommes de nouveau amis ? demanda-t-il en lui tendant la main.

Les mots qu'il avait choisis ne correspondaient pas tout à fait à ses sentiments, mais, avant de poursuivre leur relation sur de nouvelles bases, il leur fallait reconstruire leur amitié brisée.

Pourtant Victoria n'y était pas encore prête et voulait réfléchir. Elle pencha la tête sur le côté et lui lança un regard empreint de dureté.

– Tu vas repartir, n'est-ce pas ? À la première occasion. Quand tu te lasseras d'être ici.

Elle-même n'y croyait pas vraiment. Elle essayait juste de colmater les fissures dans sa muraille. Jack ne pouvait pas le savoir.

– Quoi ? Bien sûr que non ! Je te répète qu'Alsan... je veux dire Alexander...

– Oui, je sais, tu m'as dit qu'il était revenu, et que... tu comptes le suivre.

– Qu'est-ce que tu as ? protesta Jack, fâché. Je t'ai demandé pardon !

Victoria le fixa et fit mine de s'éloigner.

– Attends !

Jack la saisit par le bras, mais elle se dégagea avec une force et une agilité qui le surprirent.

– Ne t'imagine pas que tu vas pouvoir faire ce que tu veux avec moi, Jack, l'avertit-elle. Je ne suis plus la même. J'ai fait mon apprentissage, figure-toi. Je me suis entraînée. Je sais me battre. Je ne suis plus démunie et je n'ai pas besoin de toi. Plus maintenant.

Jack allait répondre, offensé, mais il se ravisa et ravala ses paroles blessantes. Il ne capitulerait pas. Non, il avait si souvent rêvé de ces retrouvailles qu'il ne voulait pas tout gâcher.

– Moi, j'ai besoin de toi, Victoria, murmura-t-il en lui disant ce qu'il avait tu deux ans plus tôt.

Surprise, l'adolescente se tourna vers lui. Jack gonfla ses poumons. Il se sentait ridicule, mais au moins était-ce dit, et il ne pouvait plus rien y changer.

– Tu veux que je reparte ? lui demanda-t-il avec le plus grand sérieux.

Victoria ouvrit la bouche, mais aucun son n'en sortit. Sur la défensive, elle avait prévu de lui lancer une réplique cinglante, mais elle ne s'attendait pas à cette question. Les yeux verts de Jack étaient pleins d'émotion contenue. Alors elle comprit qu'en lui lançant ce regard, son ami venait de faire s'écrouler le mur qu'elle avait tenté de dresser entre eux.

« Pour lui, je ne suis qu'une amie », se répéta-t-elle pour la énième fois.

Elle ne voulait pas faire deux fois la même erreur.

Cependant, ne pouvant nier l'évidence, elle susurra :

– Non. Je ne veux pas que tu repartes.

Ils se regardèrent longuement et, cette fois, leurs sentiments eurent raison de leur timidité, de leurs doutes et de la distance qui les séparait. Ils s'étreignirent avec force. Victoria lui avait tellement manqué que Jack ferma les yeux pour mieux savourer ce moment. Victoria, elle, souhaitait que cette étreinte ne prenne jamais fin. Comme par le passé, la chaleur de Jack faisait fondre la glace de son cœur, et elle ne put que constater que sa haute muraille était tombée en ruines. Dans ses bras, elle frémit et rêva d'un instant glorieux où il lui disait qu'il l'aimait, qu'il l'avait toujours aimée.

– Je ne veux pas que tu repartes, répéta-t-elle.

– Je vais rester, promit-il. J'ai passé deux années à penser que j'aurais dû te dire la vérité : je n'avais pas du tout envie de partir. Pardonne-moi de t'avoir laissée seule.

Après avoir prononcé ces mots, il fut soulagé.

– Non, c'est toi qui dois me pardonner, murmura Victoria. Je ne parlais pas sérieusement, à l'époque, tu sais ? J'avais besoin de toi. Plus rien n'a été pareil après ton départ.

Jack essaya de remettre de l'ordre dans ses sentiments. D'après ses souvenirs, ils avaient été unis par une solide amitié, rien de plus. Il devait garder la tête froide. Alexander ne lui avait-il pas toujours dit qu'il ne fallait pas se précipiter ?

Pourquoi leur amitié se serait-elle changée en amour depuis qu'ils étaient séparés ? L'amour naît de la présence, non de l'absence... En outre, Victoria s'était exprimée au passé.

Rien n'indiquait qu'elle avait toujours besoin de lui comme autrefois.

Et elle avait parlé d'amitié. Seulement d'amitié.

Jack comprit qu'il aurait besoin de temps pour faire le point sur ses sentiments... et ceux de Victoria. Il ne voulait pas l'effrayer. Il lui sembla que ce n'était pas le meilleur moment pour faire part de ce qu'il éprouvait à son égard, d'autant que lui-même n'était pas sûr d'y voir très clair. Et, s'il se déclarait à présent, il craignait que la jeune fille le rejette.

– J'aimerais redevenir ton meilleur ami, dans ce cas, lui dit-il. Si c'est toujours ce que tu veux, bien sûr.

Comme ils étaient enlacés, il ne vit pas l'ombre douloureuse qui passa dans les yeux de Victoria. Il ne s'aperçut pas davantage qu'elle s'efforçait de reconstruire la muraille autour de son cœur.

À toute vitesse.

– Bien sûr, répéta-t-elle en se dégageant de ses bras d'un geste résolu. Mais je ne veux pas t'embêter plus longtemps. Tu as sans doute besoin de te reposer, n'est-ce pas ? Mets-toi à l'aise, prends une douche si tu en as envie. Grâce à la crosse, je vais réinstaller la magie perdue de Limbhad. Les lumières et l'eau chaude vont bientôt fonctionner.

– Je n'utilise pas d'eau chaude, lui rappela Jack. Et il se dit aussitôt que cette remarque était idiote. Tout cela n'avait aucune importance, rien ne comptait, excepté eux deux.

Mais Victoria continuait de bavarder et il comprit que le moment était passé.

– Ah, oui, j'avais oublié ! Tu te douches toujours à l'eau froide ! Détends-toi, repose-toi jusqu'à l'heure du dîner. Je dois rentrer chez ma grand-mère, elle va s'inquiéter si je suis en retard. Et puis Alsan a probablement déjà appelé. Quand tout le monde dormira chez moi, je pourrai revenir ici. Nous discuterons de ce qu'il faut faire.

– À quel sujet ?

– De la Résistance, répondit Victoria en lui lançant un rapide coup d'œil. De notre mission. Je suppose qu'Alsan et toi, vous n'êtes pas revenus uniquement pour me faire une visite de courtoisie, pas vrai ?

Jack resta bouche bée. Avec ou sans Résistance, il serait venu la trouver bien plus tôt, si seulement il avait su comment arriver jusqu'à elle. Mais ce n'était pas une excuse. Après tout, il était parti sans même lui demander son numéro de téléphone. Il était donc logique qu'elle croie que rien de ce qui la concernait ne comptait à ses yeux. Il soupira, sentant que tout ce qu'il pourrait dire pour sa défense tomberait à plat. Il allait devoir montrer à Victoria qu'il se souciait vraiment d'elle. Mais il faudrait qu'il le lui prouve par des actes, et non par des paroles. Si bien qu'il préféra garder le silence.

– C'est ce que je pensais ! s'exclama-t-elle avec une certaine brusquerie. Je te dis donc à plus tard.

Jack hocha la tête et fit demi-tour pour retourner dans sa chambre. Cependant, Victoria le rappela. Il se tourna vers elle d'un air interrogateur. Elle sourit.

– Bienvenue à la maison, lui lança-t-elle.

Il découvrit de l'affection dans ses yeux, mais pas d'amour. Tout ce qui était plus fort que l'amitié était dissimulé derrière la muraille que Victoria avait de nouveau érigée pour protéger son cœur.

Mais Jack ne pouvait pas le savoir.

2
UNE NOUVELLE STRATÉGIE

Deeva était assise sur le quai, les pieds dans l'eau, quand son sixième sens l'avertit que quelque chose ne tournait pas rond.

Elle regarda vivement de tous côtés. Il n'y avait personne. On entendait juste le murmure du vent et des vagues, ainsi que les sifflements de Tom, le vieux pêcheur, depuis la jetée. Deeva distinguait sa silhouette au loin.

Elle essaya de se détendre. C'était peut-être une fausse alerte. Il était peu probable qu'on l'ait suivie jusqu'ici, dans ce village de la côte australienne... dans ce monde. Ici, personne n'avait pu découvrir sa véritable identité.

Ce n'était pas possible...

– Bonjour, Deeva, murmura une voix près d'elle.

Un terrible frisson parcourut son épine dorsale. Elle se retourna et vit un adolescent vêtu de noir. Ne l'ayant pas entendu approcher, elle sursauta et le considéra d'un air méfiant et songea avec inquiétude qu'elle n'entendait même plus siffler Tom sur la jetée.

Le jeune homme n'avait pas plus de dix-sept ans. Il se dressait devant elle, calme et posé, apparemment très sûr de lui. La brise agitait ses fins cheveux châtain clair. De ses yeux bleus froids comme la glace, il fixait un point à l'horizon.

– Tu te trompes de personne, murmura-t-elle. Je m'appelle Dianne.

Il s'accroupit près de Deeva et la scruta. Elle ressentit aussitôt une sorte de décharge électrique. L'adolescent dardait ses yeux sur les siens comme un poignard gelé. Elle n'y vit ni haine, ni mépris. Juste... une indifférence totale, absolue... inhumaine.

– Non, murmura Deeva, horrifiée.

L'adolescent se tut. Son regard avait complètement paralysé Deeva.

Ce fut très bref. Deeva ferma les yeux et glissa sur le sol, inerte. Le jeune homme en noir s'écarta un peu pour la contempler avec froideur. Elle était morte.

Il ne parut pas davantage surpris quand le corps de la femme fut secoué de spasmes et se métamorphosa : sa peau prit une teinte bleutée et une texture écailleuse, ses cheveux disparurent complètement, ses lèvres et ses yeux s'agrandirent, son nez s'aplatit et ses oreilles devinrent deux branchies, de chaque côté de sa tête. Ses mains et ses pieds s'élargirent et des membranes natatoires poussèrent entre ses doigts.

La femme s'était transformée en une étrange créature amphibie.

Kirtash hocha la tête.

Une magicienne varu. Les traîtres varus étaient les plus difficiles à localiser sur Terre, car ils avaient un océan gigantesque dans lequel se perdre. Un océan trop vaste pour permettre à Kirtash de l'embrasser tout entier.

Heureusement pour lui, bien que les varus soient des créatures aquatiques, ils avaient besoin de remonter à la surface de temps en temps, et ne s'éloignaient que rarement des côtes. C'était ce qui avait coûté la vie à Deeva.

Kirtash plaça une main au-dessus de son front, sans la toucher, et plissa les paupières.

Il y eut un bref éclair lumineux et le corps amphibie se volatilisa comme s'il n'avait jamais existé.

Kirtash se releva, impassible, et se concentra à nouveau sur la ligne d'horizon. Pas une seconde il ne s'était départi de son calme.

Il resta là un moment, en silence, puis tourna les talons et s'éloigna en direction de la plage, sans faire de bruit, glissant comme une ombre sur le quai.

Il avait encore beaucoup à faire.

*

Victoria se déhancha et mit toute sa force dans un coup de pied de côté, puis bondit vers l'avant et enchaîna un coup de pied frontal et un crochet. Le garçon qui portait le gant sur lequel elle frappait reculait à mesure qu'elle avançait, et leurs mouvements étaient parfaitement synchronisés.

– Waouh ! Tu es en forme, aujourd'hui ! commenta-t-il à la fin de l'exercice, en retirant son gant pour se frotter la main. Qu'est-ce que tu as mangé au petit déjeuner ?

Victoria sourit sans rien dire. Elle s'empara du gant et vint occuper la place de son compagnon. Elle ne parlait à personne pendant les cours de taekwondo, à croire qu'elle dressait un mur invisible entre elle et le reste du monde. Ce qui, pour d'autres, était un hobby frisait l'obsession chez la jeune fille. Elle arrivait la première aux entraînements, et repartait en dernier. Elle avait passé les différents niveaux avec une rapidité surprenante, et se préparait déjà pour l'examen de ceinture noire. Cela ne faisait pourtant que deux ans qu'elle avait commencé à pratiquer les arts martiaux.

Elle s'entraînait tous les jours et s'était inscrite dans deux groupes, le mardi et le jeudi ; le lundi et le mercredi aussi. Lors de son dernier cours, elle avait obtenu l'autorisation d'assister aux séances pour adultes, qui avaient lieu le vendredi. Elle ne les manquait jamais et s'exerçait aussi sérieusement que si sa vie en avait dépendu. Ses compagnons l'avaient toujours vue seule et ne purent donc s'empêcher d'observer avec curiosité, mais du coin de l'œil, le jeune homme qui était entré avec elle ce soir-là. Il s'était posté au bord du tatami pour assister au cours. Au début, en voyant ses cheveux gris, certains avaient cru qu'il s'agissait du père de Victoria, mais, en le regardant de plus près, ils ne lui avaient pas donné plus de vingt-deux ou vingt-trois ans. Il était sérieux, voire sinistre, mais il ne faisait pas de doute que Victoria et lui se connaissaient bien.

Elle prouva au fil de la séance qu'elle était au mieux de sa forme, peut-être parce qu'il l'observait, ou sans doute parce qu'elle avait vraiment besoin de se dépenser ce jour-là. Elle s'efforça en tout cas de donner le meilleur d'elle-même, comme si elle voulait lui montrer jusqu'où elle pouvait aller dans la maîtrise de cet art. Par instants, elle se tournait vers le jeune homme, l'air d'attendre son appréciation.

À la fin de la séance, le professeur demanda aux élèves de se mettre par deux pour faire un combat. Ce n'était qu'un entraînement, mais Victoria se surpassa et lutta avec beaucoup de vigueur. Lorsque, d'un coup de pied, elle frappa son partenaire au ventre, le garçon poussa un gémissement de douleur et lui fit signe d'arrêter. Victoria tarda à réagir et stoppa son attaque à quelques centimètres du corps de son compagnon.

– Je t'ai fait mal ? Je suis désolée ! s'écria-t-elle.

– Tu aurais pu prévenir que tu ne faisais pas semblant ; j'aurais mis une coquille.

– Quand je me bats, je ne fais jamais semblant, lui rétorqua durement la jeune fille.

– Parfait ! Eh bien, moi, ce n'est pas mon cas. Je m'entraîne avec toi depuis pas mal de temps, et je ne t'ai jamais vue aussi enragée, Victoria.

Elle se détendit.

– Tu as raison, je suis désolée...

Elle allait ajouter quelque chose, mais le professeur leur annonça que le cours était terminé.

Dix minutes plus tard, Victoria quitta le vestiaire, douchée et en habits de tous les jours. Alexander l'attendait devant le gymnase. Elle le rejoignit, et ils cheminèrent ensemble quelques minutes sans parler.

– Alors ? Qu'est-ce que tu en penses ? demanda-t-elle au bout d'un moment.

– C'est une curieuse forme de lutte. Avec les pieds. Je n'avais jamais vu ça. Comment dis-tu que ça s'appelle ?

– Le taekwondo. On nous entraîne aussi à donner des coups avec les mains, mais nous nous en servons beaucoup moins. Tu sais pourquoi j'ai choisi cette discipline ? À cause de la crosse. Je ne peux pas me battre avec les mains si je dois la manier.

– Ça me paraît une bonne idée, dit Alexander en hochant la tête.

– J'ai aussi suivi un cours intensif de kendo, l'été dernier. On se bat avec une épée en bois. J'ai pensé qu'il me serait aussi utile de me servir de la crosse comme d'une arme pour contrer les coups et les estocades. Avant je me guidais un peu à l'instinct, mais maintenant j'ai une technique.

– Ce qui me plaît le plus dans tout ce que je viens de voir, c'est que tu es entraînée, que tu es plus forte, plus rapide, plus résistante, déclara Alexander. Même si tu utilises la magie de la crosse pour te battre, il est bon que tu sois capable de courir vite et de frapper fort, s'il le faut.

– Je sais, dit Victoria.

Elle marqua une pause avant d'ajouter à voix basse :

– Comme Shail n'est plus là pour m'apprendre à perfectionner ma magie, je dois trouver un autre moyen de me défendre.

– Tu fais bien.

Il y eut un autre silence, puis Alexander déclara :

– Je voulais te demander, Victoria… tu as revu Kirtash entretemps ?

Ce nom traversa l'esprit de Victoria comme un souffle d'air froid. Elle se rappelait encore très nettement le regard du jeune assassin, ses mots, le contact de sa peau quand il lui avait pris la main. Il avait exploré son esprit et n'ignorait pas qui elle était ni où elle habitait. Mais elle ne l'avait pas revu.

Et cependant elle *savait* qu'il n'était pas loin. Elle avait parfois senti ce frisson, comme si un courant d'air glacé lui parcourait la nuque, elle avait perçu le regard glacial de Kirtash dans l'ombre, mais, lorsqu'elle se retournait, il n'était pas là. Un jour, elle avait eu l'impression qu'il la surveillait, tapi dans le noir, alors qu'elle traversait un parc désert et sombre, et elle avait fait volte-face en criant dans la nuit :

– Ça suffit ! Montre-toi et bats-toi !

Elle n'avait reçu aucune réponse...

Elle ne comprenait pas pourquoi il se comportait ainsi et, bien souvent, elle en était venue à douter d'elle-même, pensant que tout cela était le fruit de son imagination. Parfois, elle craignait que Kirtash se lasse de ce jeu et décide qu'il était temps de la tuer, et elle frémissait de peur. Il lui arrivait aussi de rêver que cette rencontre se produisait, qu'elle lui faisait face et luttait, le tuait ou mourait en combattant. Mais en d'autres occasions, plus nombreuses qu'elle n'aurait voulu l'admettre, elle désirait qu'il revienne lui tendre la main et qu'il murmure : « Viens avec moi. »

C'étaient des sentiments confus et contradictoires, voilà pourquoi elle n'aimait pas penser à Kirtash.

– Je ne l'ai pas revu, dit-elle en secouant la tête. Il doit pourtant savoir où je vis, Alexander. S'il n'est pas venu me chercher, c'est qu'il n'a pas voulu. Et, quand bien même il aurait décidé de me laisser tranquille, vous êtes toujours dans sa ligne de mire. Il vaudrait peut-être mieux que Jack et toi ne reveniez pas par ici.

– Qu'il nous surprenne ne serait pas une bonne chose, c'est certain. Il serait préférable de rester cachés plutôt que de devoir frapper les premiers. Oui, nous serons plus efficaces s'il ne nous voit pas venir...

Victoria le regarda sans comprendre.

– Ramène-moi à Limbhad, lui dit Alexander. Et, cette nuit, nous aurons une réunion.

*

Jack sortit de la douche en sifflant, de bonne humeur. Ce soir-là, Alexander était allé voir Victoria à son entraînement de taekwondo, puis, quand il était rentré, ils avaient pratiqué l'escrime, comme au bon vieux temps. Habitué à brandir Domivat, il avait trouvé l'épée d'entraînement facile à manier, et ses mouvements étaient plus vifs et plus légers. Mais, à force de s'entraîner seul, il avait perdu l'habitude de réagir aux mouvements de son adversaire et, surtout, à les anticiper.

Il avait apprécié ce moment, car il lui semblait être vraiment de retour à Limbhad. Certes, Alexander n'était plus l'Alsan qu'il avait connu, néanmoins il l'avait en quelque sorte retrouvé.

Il passa devant la chambre de Victoria et se rappela soudain que son amie ne reverrait plus Shail. Il s'arrêta, indécis, se sentant un peu coupable d'être si heureux alors que le magicien manquait tant à Victoria.

La porte était fermée. De l'autre côté s'élevait une musique qui, sans qu'il sache pourquoi, lui fut désagréable. Ce n'était peut-être pas la musique, mais la voix du chanteur... En tout cas, il ne l'appréciait pas.

Il soupira et frappa doucement à la porte.

– Entre, dit Victoria.

Lorsque Jack s'avança, elle était assise à son bureau, plongée dans un livre sans intérêt. Son regard était empreint d'une profonde nostalgie et d'une pointe de mélancolie. Elle s'efforça de masquer ses sentiments quand elle releva la tête.

– Salut. Comment s'est passé ton entraînement ? fit-elle en lui adressant un sourire.

– J'ai perdu un peu de pratique, mais je vais vite récupérer. Et toi ? Alexander m'a dit que tu étais très douée.

– Je fais ce que je peux, dit-elle en haussant les épaules.

Jack observa la chambre de Victoria. Elle avait un peu changé pendant ces deux années. Les licornes sautaient aux yeux. Il y en avait partout : les murs étaient couverts de posters punaisés, les étagères, chargées de figurines et de livres aux titres éloquents : *Légendes de licornes*, *La dernière licorne*, *De historiae et veritate unicornis*...

Jack ne fit aucun commentaire. La quête de Lunnaris, la dernière licorne, avait été la mission à laquelle Shail avait consacré sa vie et, manifestement, Victoria était prête à reprendre le flambeau.

Sur l'une des étagères était posée une grande corne en forme de spirale. Jack la contempla avec respect.

– Ce n'est pas une corne de licorne, n'est-ce pas ?

– Non ! Que vas-tu penser ? répliqua Victoria, horrifiée. C'est une corne de narval, une sorte de baleine. Au Moyen Âge, les gens en faisaient commerce. Ils les vendaient pour d'authentiques cornes de licorne.

– Et où l'as-tu trouvée ?

Victoria tarda à répondre.

– Elle appartenait à Shail, murmura-t-elle enfin.

Jack n'insista pas. Il continua à inspecter les lieux et son attention fut attirée par une mappemonde qui s'étalait sur le mur, piquée de punaises de toutes les couleurs.

– Et ça ? demanda-t-il en faisant un signe de tête.

Là encore, Victoria mit un moment à réagir. Jack crut voir une lueur de nostalgie dans ses yeux, se demanda pourquoi son visage avait pris une expression distante et étrange.

– C'était à Shail aussi, répondit-elle en sortant de sa rêverie. Quand il était à Limbhad, il marquait sur la carte tous les endroits qui avaient un rapport avec des légendes ou des histoires de licornes. J'ai continué à le faire, je me suis même déplacée dans certains de ces endroits. Mais ces informations sont déjà anciennes. Aucun récit sur les licornes ne circule plus aujourd'hui, comme si personne n'en avait plus vu depuis des siècles...

– Tu as mené ton enquête toute seule ? Et si tu étais tombée sur Kirtash ? s'écria Jack.

Victoria ne répondit pas. Elle frissonna en entendant le nom de l'assassin, mais, comme tant d'autres fois, elle ignorait si ce frisson était dû à la peur ou au souvenir de sa voix, de son regard et de son contact. Elle tourna la tête brusquement. Ces pensées la troublaient.

Jack la prit par les épaules. La larme de licorne, qui pendait sur le collier que Shail avait offert à Victoria deux ans auparavant, pour son anniversaire, étincelait sur sa poitrine, sous la lumière de la lampe.

– Je comprends, dit-il gravement. Tu essaies de provoquer une rencontre, n'est-ce pas ?

Effrayée, Victoria le dévisagea. Pourvu qu'il n'ait pas pu deviner ce qui se passait dans son esprit... ou dans son cœur !

– Écoute, Victoria. Ça n'en vaut pas la peine, tu m'entends ? Je sais que tu es encore furieuse de ce qui est arrivé à Shail... Si nous luttons tous ensemble, nous pourrons peut-être en finir avec lui, mais tu ne dois pas affronter Kirtash toute seule.

Victoria parut soulagée. Elle n'osait pas penser à ce que diraient ses amis s'ils apprenaient que Kirtash faisait naître en elle des sentiments bien différents de la haine qu'elle aurait dû éprouver pour lui en tant que membre de la Résistance.

– Et c'est toi qui me dis ça ! s'exclama-t-elle. À ton avis, pourquoi ai-je poursuivi la lutte toute seule ?

Jack ne se fâcha pas. Au contraire, il sourit, acceptant le reproche.

– D'accord, je n'ai rien dit... Au fait, je viens juste de me rendre compte que je n'ai pas vu la Dame. Qu'est-elle devenue ?

– Comme j'ai cessé de venir à Limbhad, je l'ai emmenée chez moi pour ne pas la laisser seule, expliqua Victoria. Tu n'imagines pas le mal que j'ai eu à convaincre ma grand-mère de la garder à la maison. Et, dès qu'elle en a eu l'occasion, cette fichue bestiole n'a rien trouvé de mieux à faire que de s'échapper. Je ne sais pas où elle est.

Jack fut surpris par l'indifférence de son amie. Aussi loin qu'il s'en souvienne, Victoria avait toujours eu beaucoup d'affection pour sa chatte. Il se demanda si le côté rude et combatif qu'elle affichait à présent était le vrai reflet de son cœur... ou seulement une façade.

– Qu'est-ce que tu écoutes ? demanda-t-il, intrigué par cette musique.

Victoria lui adressa un grand sourire et une lueur rêveuse éclaira son regard. Il comprit que c'était cette musique qui la transportait loin… très loin de lui. Mais elle lui était étrangement désagréable, et il se fit la réflexion qu'elle ne faisait pas partie de ce qu'ils avaient en commun.

– C'est *Beyond*, le disque de Chris Tara, expliqua Victoria. Ne me dis pas que tu n'as pas entendu parler de lui ! ajouta-t-elle devant son air étonné.

– Non, ça ne me dit rien. C'est bizarre comme musique. Ça me donne la chair de poule.

Victoria fut froissée, mais s'efforça de n'en rien laisser paraître.

– Moi, j'aime beaucoup, dit-elle avec douceur. Cette chanson parle de ce que l'on ressent quand on croit vivre dans un monde qui n'est pas le sien. Quand on se sent… enfermé dans une prison, dont on ne pourra jamais s'échapper. On aimerait s'en aller, voler très haut ou très loin, mais on ne sait pas ce qui nous attend de l'autre côté.

Elle soupira.

– Elle a beau être étrange, il y a de plus en plus de fans.

– Parce que le chanteur est mignon, probablement, laissa échapper Jack. Fais voir à quoi il ressemble ?

Il prit l'étui du CD et fut déçu en découvrant qu'il n'y avait pas de photo, mais une sorte de symbole en forme de serpent.

– Quelle horreur ! murmura Jack.

Heureusement, Victoria ne l'entendit pas.

Elle connaissait très bien son aversion pour les serpents.

– Je ne sais pas comment il est. Et je m'en moque. C'est sa musique qui me plaît, pas lui.

– Ça, c'est ce que disent toutes les filles ! plaisanta Jack.

Victoria se tourna vers lui, soudain sérieuse.

– C'est mon chanteur préféré. Si tu es venu ici pour critiquer la musique que j'aime, tu sais où est la porte.

Jack pensa alors que, pour quelqu'un qui voulait retrouver l'ancienne amitié et la confiance qui l'avaient lié à Victoria, il s'y prenait très mal. Cela ne l'empêcha pas de trouver que Victoria était plus susceptible qu'avant.

– Je suis désolé, je ne voulais pas te vexer, s'empressa-t-il d'ajouter. Je ne sais pas ce qui m'arrive récemment, mais je n'arrête pas de faire des gaffes avec toi.

Il paraissait réellement contrit. Victoria lui sourit.

– Ce n'est pas grave. Allons dans la bibliothèque. Alexander doit déjà y être.

*

En regardant les deux adolescents, Alexander les jugea plus mûrs, plus adultes que lorsqu'il les avait quittés. En dépit des difficultés, ou peut-être grâce à elles, ils avaient tous deux grandi. Il ne vit pas en eux deux enfants sans défense, mais deux jeunes guerriers de la Résistance, et se sentit très fier d'eux. Il ne put s'empêcher de penser à Shail. « J'aimerais que tu sois ici pour les voir, mon ami », songea-t-il.

– Bien, écoutez, commença-t-il. Deux ans ont passé, mais nous avons réussi à rassembler de nouveau la Résistance à Limbhad. Nous ne sommes pas tous là – Victoria détourna les yeux –, mais nous devons continuer à lutter, parce que, tant qu'il y aura un dragon et une licorne sur cette planète, il y aura de l'espoir pour Idhun, et le sacrifice de Shail n'aura pas été vain. Je me suis longtemps demandé ce que nous avions fait de travers. Les licornes sont farouches par nature, et il n'y a rien de surprenant à ce que la nôtre ait réussi à se cacher des regards humains. En revanche, un dragon attire davantage l'attention, et le mien n'est plus un bébé, maintenant.

Jack sourit en entendant Alexander dire « le mien ». Shail lui avait raconté qu'Alsan avait sauvé de la mort le dragon qu'ils cherchaient. Il était tout petit à l'époque. Mais le jeune homme n'évoquait jamais cet épisode de sa vie. Jack se promit de lui demander un jour de lui parler plus en détail de cette rencontre.

– Ils doivent avoir le moyen de se cacher aux yeux de tous, une ruse à laquelle nous n'avons pas pensé..., enchaîna Alexander. En revanche, nous connaissons la raison pour laquelle ils se cachent.

Victoria le savait elle aussi.

– À cause de Kirtash ? demanda-t-elle à voix basse.

Alexander hocha la tête.

– Exactement. Aussi, j'en suis arrivé à la conclusion que, si nous en finissons avec Kirtash, si nous nous libérons de sa menace, le dragon et la licorne finiront tôt ou tard par se manifester.

– Et s'ils ne le font pas, intervint Jack d'un air renfrogné, le monde sera quand même libéré d'une plaie et nous pourrons travailler plus tranquillement.

– Je ne voulais pas le formuler comme ça, lui fit remarquer Alexander, mais au fond c'est l'idée.

– Si j'ai bien compris, avança Victoria, tu proposes que nous cessions de chercher le dragon et la licorne pour essayer de surprendre Kirtash et l'affronter directement ? En somme, tu veux le tuer avant qu'il ne nous tue ?

– Passer de la défense à l'attaque, renchérit Jack. Ça me paraît bien.

– Vous parlez de lui tendre un piège... Mais comment le trouver ?

– Il n'est pas difficile à localiser, déclara Alexander. Jack l'a fait une fois et je viens de recommencer, à travers l'Âme.

– Quoi ? sursauta Jack. Après le savon que tu m'as passé à l'époque, tu fais la même chose ?

– Avec précaution, précisa Alexander. Sans trop m'approcher. Sans qu'il parvienne à sentir ma présence. C'est comme ça qu'il faut procéder, mon garçon.

– C'est bon ! répliqua Jack, sentant la moutarde lui monter au nez. Alors, si tu l'as vu à travers l'Âme, on peut savoir ce qu'il fait ?

Alexander ne releva pas son ton impertinent.

– Il cherche toujours les Idhunites exilés, répondit-il à mi-voix. Et il les chasse un par un, comme il a toujours procédé. Seulement, désormais, il travaille en solitaire.

Victoria se rappela, comme si elle venait de le vivre, le moment où Kirtash avait assassiné son allié, le magicien Elrion, juste après la mort de Shail. Avait-il agi ainsi pour le punir d'avoir tué Shail ? Ou juste parce qu'il en avait envie et qu'Elrion lui avait fourni l'excuse parfaite ?

– Mais on dirait qu'il s'est bien adapté à la vie sur Terre, poursuivit Alexander. Il s'est installé dans une grande ville américaine et se fait passer pour un Terrien. Il a un travail et, apparemment, il gagne beaucoup d'argent.

– Ça ne me surprend pas, lâcha Jack, dégoûté. Je ne sais pas comment il se débrouille, mais, quoi qu'il fasse, tout lui réussit.

Victoria s'abstint de tout commentaire, mais se mordit la lèvre, pensive. Elle se demanda comment était Kirtash maintenant, s'il avait beaucoup changé. Jack semblait penser la même chose qu'elle.

– Il a dû grandir, comme nous, dit-il à mi-voix.

– Les années passent pour lui aussi, convint Alexander. Il doit avoir seize ou dix-sept ans, si je ne me trompe pas.

« Il sera toujours plus âgé que moi », pensa Jack, découragé. Il aurait beau redoubler d'efforts en pratiquant l'escrime, Kirtash aurait toujours plus d'expérience que lui.

Un silence tendu s'abattit sur la bibliothèque.

– Bon, alors, quels sont tes projets ? lança Victoria.

– J'ai pensé que, si nous pouvions le prendre par surprise pendant son travail, d'autant plus que s'il y a du monde autour de lui, il nous détectera moins facilement. J'ai vu ce dont vous êtes capables et je crois que nous sommes prêts à passer à l'action.

– Quoi ? s'exclama Victoria. Là, tout de suite ?

– Non, pas tout de suite. Je sais où se trouvera Kirtash dans huit heures. Ce sera le moment idéal pour attaquer.

Victoria consulta sa montre. Chez elle, il n'était que huit heures et demie du soir. Elle fit un rapide calcul mental.

– C'est-à-dire quatre heures et demie du matin à Madrid.

– Et sept heures et demie du soir à Seattle, précisa Alexander en souriant.

– Nous allons à Seattle ? demanda Jack, très animé.

– En tout cas, soupira Victoria, j'espère que cela ne nous prendra pas plus de deux heures, parce que mes cours commencent à huit heures et qu'à sept au plus tard, je dois être de retour dans mon lit…

Elle s'interrompit en sentant les regards de reproche de ses amis.

– D'accord, je sécherai les cours si la mission se prolonge. Mais qu'est-ce que je vais raconter à ma grand-mère ? Il faut que je trouve une excuse…

3
AU-DELÀ

– Réexplique-moi ce que nous faisons ici, bon sang de bonsoir ! grogna Jack.

– Nous cherchons Kirtash, répondit Alexander.

– Et comment allons-nous le trouver dans cette foule ? protesta le garçon.

Le pavillon Key Arena de Seattle était plein à craquer de jeunes qui criaient, chantaient et faisaient du tapage. Victoria et Jack se sentaient mal à l'aise, mais le seul à ne pas dissimuler sa gêne était Jack.

Ils n'avaient eu aucun mal à entrer. Certes, ils n'avaient pas de billets, mais Victoria avait appris à utiliser le camouflage magique en toutes circonstances. Grâce au pouvoir de la crosse, elle accomplissait désormais parfaitement les sortilèges qu'elle ratait deux ans plus tôt. Jack avait craint le pire lorsque, à l'entrée du pavillon, elle avait remis trois papiers blancs au vigile en souriant avec aplomb. L'homme avait regardé les faux billets et la magie avait opéré.

– Comment as-tu fait ? avait demandé Jack, perplexe, après qu'ils eurent gagné la salle.

– Ce n'était qu'une illusion. Comme celle qui cache en ce moment notre identité aux yeux de tous.

Il hocha la tête d'un air entendu. Victoria portait des habits de sport et la crosse était suspendue dans son dos. Jack et Alexander avaient glissé leurs épées légendaires à leur ceinture, mais quiconque les regardait ne pouvait voir que trois jeunes gens heureux d'assister à un concert.

Malgré la facilité avec laquelle ils étaient entrés, Jack n'était pas sûr que ce soit une bonne idée. Alexander paraissait également sceptique. C'était lui qui avait voulu tendre une embuscade à Kirtash dans cette salle très fréquentée, mais il commençait seulement à comprendre ce que signifiait le concept terrien de « concert de rock ».

Jack était agacé et se demandait pourquoi ce Chris Tara avait choisi le serpent comme symbole, alors qu'une foule d'autres animaux auraient pu faire l'affaire. Il en voyait partout : sur les T-shirts et les sweat-shirts que portaient ses fans, sur leurs bracelets et leurs colliers. En l'honneur de leur idole, certains arboraient même des tatouages représentant des serpents. Le garçon avait la nausée. Pour quelqu'un qui avait la phobie des reptiles, l'ambiance était on ne peut plus hostile.

Seule Victoria rayonnait et paraissait flotter sur un nuage.

– Vous êtes sûrs que nous sommes venus en mission ? leur demanda-t-elle pour la énième fois. Vous ne m'avez pas amenée ici pour me faire une surprise ?

Mais Alexander n'avait pas la tête de quelqu'un qui cherchait à se distraire. Quant à Jack, il savait que cette histoire, même si elle semblait absurde, était extrêmement sérieuse.

– Sûrs à cent pour cent, Victoria. Kirtash aime la même musique que toi. À moins qu'il soit venu ici à la recherche d'une future victime. Alors un conseil : arrête de sourire et ouvre les yeux pour voir si tu l'aperçois, d'accord ?

– Oh, inutile d'être grossier, se défendit l'adolescente. Vous m'emmenez à un concert de mon chanteur préféré, qu'est-ce que vous voulez que je fasse ?

Jack prit une longue inspiration et tenta d'oublier les serpents en pensant à Victoria. Il espérait tellement retrouver les sentiments qui les unissaient deux ans plus tôt qu'il s'efforça d'arrondir les angles.

– Il n'y a pas de mal à ce que tu profites de la musique, la rassura-t-il en lui pressant le bras avec affection. Ne t'occupe pas de moi. Je n'aime pas beaucoup ce genre de chansons, et la perspective de voir ce type en concert ne m'emballe pas. Mais ça ne regarde que moi...

– Si tu le dis, murmura Victoria, guère convaincue.

– Et puis, ici, le serpent est l'emblème officiel, tenta-t-il de lui expliquer. Où que je pose les yeux, j'en vois. Il y en a partout. Tu pourrais comprendre que je ne me sente pas très à l'aise.

– Je comprends, répondit Victoria après un bref silence. Tu deviens agressif quand tu vois des serpents, c'est vrai.

– Agressif ? Non, en fait, je...

– Ouvrez l'œil, les coupa Alexander. Ça va commencer.

Ils étaient assis à l'orchestre, à droite de la scène. Ils étaient montés là en pensant avoir une vue générale du pavillon, mais il y avait trop de monde, et Jack se demanda une fois de plus comment Alexander espérait retrouver Kirtash au milieu de cette marée humaine. Il se tourna vers Victoria pour lui faire part de ses doutes, mais, appuyée à la rampe, elle avait les yeux rivés sur la scène. Ses yeux brillaient de plaisir et ses joues avaient rosi. Jack l'observa avec tendresse et se dit qu'après tout, il n'y avait rien de mal à ce que son amie s'amuse un peu. Elle était jeune et les responsabilités que Shail lui avait léguées, même involontairement, étaient très lourdes.

– Alexander ! hurla-t-elle pour se faire entendre par-dessus les voix des fans, qui scandaient le nom de Chris Tara. Comment sais-tu que Kirtash assiste au concert ?

– Il était au programme, répondit Alexander en forçant lui aussi sur sa voix. Sous son autre nom, bien entendu.

– Sous son autre nom ? répéta Jack.

Mais il commençait à entrevoir la réponse à sa question et, comme mû par un ressort invisible, il tourna la tête vers la scène, qui s'était illuminée d'une froide lumière bleu-vert tandis que, dans la salle, les spots s'éteignaient progressivement.

Lorsque Chris Tara apparut sur scène, vêtu de noir, il fut acclamé par les milliers de fans. Il avait environ dix-sept ans. Léger et svelte, il se déplaçait avec l'agilité d'un félin. Une sorte de souffle glacé oppressa alors le cœur de Jack quand il le reconnut.

Le jeune homme se planta au milieu de la scène, devant ses admirateurs, et leva un bras. La salle entière applaudit à tout rompre, des milliers de spectateurs hurlèrent son nom avec ferveur, et les serpents qui ornaient leurs habits et leurs corps semblèrent onduler sous la lumière froide des projecteurs. Jack eut un instant l'impression d'assister à l'obscur rituel d'adoration d'une sorte de dieu des serpents. Il s'agrippa à la rambarde car ses jambes tremblaient. Même dans ses pires cauchemars, il n'avait jamais rien imaginé de tel.

– Dites-moi que je rêve, murmura-t-il, mais les voix échauffées des fans qui acclamaient leur idole étouffèrent ses paroles, et personne ne l'entendit.

Victoria avait pâli et chuchotait quelque chose, mais il ne put entendre ce qu'elle disait.

Peu à peu, les ovations s'arrêtèrent. Chris Tara commença à chanter. Sa musique était magnétique, hypnotique, fascinante, comme venue d'un autre monde. Et sa voix était douce et caressante. Jack en avait la chair de poule. Étourdi, il se pencha vers Victoria et lui souffla à l'oreille :

– Tu vois ce que je vois ? C'est bien Chris Tara ?

Victoria le regarda et acquiesça, les yeux écarquillés.

– Tu ne l'entends pas chanter ? Bien sûr que c'est lui !

Jack secoua la tête, dépassé par les évènements. Cette situation était de plus en plus étrange, il avait l'impression qu'il allait étouffer.

– Tu es en train de me dire que ton chanteur favori est Kirtash ? lui demanda-t-il beaucoup plus durement qu'il ne l'aurait voulu. Tu es devenue folle ?

– Je ne savais pas que c'était lui ! se défendit Victoria. Je ne l'avais jamais vu. Dans les magazines musicaux, on ne voit jamais de photos de lui. D'ailleurs, il ne donne pas d'interviews. Personne ne peut savoir à quoi il ressemble sans aller à ses concerts.

– C'est incroyable ! s'exclama Jack. J'avais raison de ne pas aimer sa musique !

Alexander se pencha vers eux sans quitter la scène des yeux.

– Vous pouvez me dire ce qu'il fait, au juste ? lança-t-il.

– Ça n'a ni queue ni tête, répliqua Jack, exaspéré. C'est un chanteur pop-rock, tu comprends ? Il chante, tout simplement, et ses fans viennent l'écouter. Comme tu peux le constater, il a beaucoup de succès. Il est devenu célèbre. C'est incroyable !

– Je te dis que je n'étais pas au courant ! insista Victoria, partagée entre la confusion, la honte et la colère.

– Non, non, il y a sûrement une explication, marmonna Jack, de plus en plus mal à l'aise. Je crois qu'il hypnotise son public ou quelque chose comme ça. Il a des pouvoirs télépathiques, non ?

– Je ne suis pas hypnotisée ! se rebella Victoria. Je sais très bien ce que je fais !

– Tu sais ce que tu fais quand tu écoutes la musique de Kirtash ?

– Et si elle me plaît, à moi ? répondit-elle en rougissant, mais sans baisser les yeux.

– Bon, quelles que soient ses raisons pour agir de cette manière, en ce moment, il ne fait pas attention, intervint Alexander. C'est donc là qu'il faut en finir avec lui...

– Quoi ? s'écria Victoria en sursautant. Devant son public ? On ne peut pas attendre qu'il ait terminé son concert ?

– Et qu'est-ce que tu comptes faire, quand il aura fini ? lui lança Jack. Tu sais bien qu'il est presque impossible d'approcher une star après un concert.

– Il ne faut pas rester ici, l'angle n'est pas bon, fit observer Alexander. Rapprochons-nous de lui.

– Vous voulez que je lui lance un rayon magique depuis la salle ? Que je le tue traîtreusement ? protesta Victoria.

– Pourquoi pas ? répliqua Jack, fâché. Tu crois qu'il mérite mieux ?

– Combien de temps dure le concert ? demanda Alexander.

– Deux heures, je suppose...

– Parfait. Victoria, attends-nous ici et concentre ton énergie, ou fais ce que tu as l'habitude de faire quand tu utilises la crosse. Pendant ce temps, nous essaierons de nous rapprocher et de trouver un meilleur endroit d'où tu pourras l'atteindre plus facilement, mais assez en retrait pour qu'il ne nous voie pas. Dès qu'on y sera arrivés, j'enverrai Jack te chercher. Dans moins d'un quart d'heure, nous serons de retour à Limbhad.

– Je ne..., souffla Victoria.

Mais ses deux amis s'étaient déjà levés.

– Profite bien du concert, lui dit Jack d'un ton sarcastique, en lui lançant un regard mauvais.

Alexander et lui se perdirent dans la foule. Victoria resta seule, en proie à une grande confusion. Jack avait raison d'être en colère. Quant à Alexander, il ne comprenait pas ce qui se passait. Elle non plus. Les joues en feu, étourdie, elle posa son visage contre l'un des barreaux de la rampe. Elle ne parvenait pas à détacher ses yeux de Kirtash, ou plutôt de Chris Tara, qui venait d'entonner une chanson qu'elle connaissait par cœur pour l'avoir écoutée des dizaines de fois. D'ailleurs, elle aurait pu toutes les fredonner n'importe où et n'importe quand. C'était lui, sans le moindre doute. Il avait les mêmes gestes, les mêmes mouvements... Victoria songea que, si elle avait été plus près, elle aurait pu sentir ses yeux bleus la brûler comme de la glace.

Kirtash commença alors à chanter *Beyond*, la chanson titre de son album, et les vivats redoublèrent. Victoria ferma les yeux et se laissa porter par la musique envoûtante. Cette chanson l'avait captivée dès la première écoute. Caressante, insinuante, la voix de Kirtash la transportait...

This is not your home, not your world,
not the place where you should be.
And you understand, deep in your heart,
though you didn't want to believe.
Now you feel so lost in the crowd
wondering if this is all,
if there's something beyond.

Beyond these people, beyond this noise,
beyond night and day, beyond Heaven and Hell.
Beyond you and me.
Just let it be,
just take my hand and come with me,
come with me…

And run, fly away, don't look back,
they don't understand you at all,
they left you alone in the dark
where nobody could see your light.
Do you dare to cross the door?
Do you dare to come with me
to the place where we belong?

Beyond this smoke, beyond this planet,
beyond lies and truths, beyond life and death.
Beyond you and me.
Just let it be,
just take my hand and come with me,
come with me[1]*…*

---

1. *Au-delà*: Ici, ce n'est pas chez toi, pas ton monde,/ ce n'est pas l'endroit où tu devrais être./ Et tu le sais au fond de ton cœur,/ même si tu n'as jamais voulu y croire./ Maintenant, tu te sens si perdue dans la foule/ et tu te demandes si c'est tout,/ s'il y a quelque chose au-delà.// Au-delà de ces gens, au-delà de ce bruit,/ au-delà du jour et de la nuit, au-delà du ciel et de l'enfer./ Au-delà de toi et de moi./ Laisse-toi aller,/ prends juste ma main et viens avec moi,/ viens avec moi…// Et cours, échappe-toi sans regarder

Les yeux de Victoria s'emplirent de larmes. « Viens avec moi », avait dit Kirtash. Cette voix douce et pénétrante... pourquoi ne l'avait-elle pas reconnue plus tôt ? Peut-être parce qu'il semblait absurde d'entendre Kirtash à la radio ? Comment était-ce possible ? La musique de Chris Tara l'avait profondément touchée, elle s'était identifiée à ces chansons, à ces paroles, comme si elles avaient été écrites pour elle. Comprendre à présent qu'elles étaient de Kirtash était dérangeant... Cela voulait dire que, d'une manière ou d'une autre, il connaissait ses sentiments, ses désirs les plus intimes, et les avait traduits en chanson. Cela signifiait aussi que seul Kirtash avait été capable d'atteindre son cœur...

Elle ouvrit les yeux et observa le jeune homme sur la scène. Apparemment, il ne s'était pas aperçu de sa présence. Alexander avait raison : il ne lui serait pas facile de les détecter parmi tous ces spectateurs. Victoria le fixait, consciente que les rôles s'étaient inversés et que, pour la première fois, c'était elle qui l'étudiait dans l'ombre et non le contraire. Elle se demanda ce que faisait sur une scène un meurtrier idhunite, offrant sa musique mystérieuse à des milliers de jeunes Terriens. En fin de compte, Jack avait peut-être raison, il devait vouloir les hypnotiser. Mais pourquoi ?

Tout en examinant Kirtash, elle fut surprise de découvrir qu'à l'évidence il aimait le rôle qu'il jouait. Comme étranger à ses admirateurs, il se contentait de chanter, de s'exprimer. Mais quelle était la teneur de son message ? se demanda Victoria. Exposait-il ses sentiments ? En avait-il seulement ?

« ... Toi et moi ne sommes pas si différents, lui avait-il dit, tu ne vas pas tarder à t'en rendre compte. »

---

en arrière,/ ils ne te comprennent pas,/ ils t'ont laissée seule dans le noir/là où personne ne peut voir ton éclat./ Oseras-tu franchir la porte ?/ Oseras-tu venir avec moi/jusqu'à l'endroit qui est le nôtre ?// Au-delà de cette fumée, au-delà de cette planète,/ au-delà des mensonges et des vérités, de la vie et de la mort./ Au-delà de toi et de moi./ Laisse-toi aller,/ prends juste ma main et viens avec moi,/ viens avec moi...

Était-ce vrai ? Étaient-ils semblables au point de ressentir les mêmes choses ? Était-ce la raison pour laquelle elle aimait tant sa musique ?

Elle regarda autour d'elle et vit des milliers de personnes en extase. Quelque chose en elle se rebella à l'idée que tous ces gens éprouvaient la même chose qu'elle en l'écoutant. Non, Kirtash n'avait pas réussi à atteindre ses pensées les plus intimes et Jack avait dit vrai : ces chansons avaient un pouvoir magnétique, suggestif, qui les hypnotisait tous. Et cela ne pouvait pas être positif.

Elle s'efforça de se rappeler qu'au-delà de Chris Tara, au-delà de cette musique qui la subjuguait, il n'y avait que Kirtash... le visage d'un assassin.

Tout à coup, Victoria se sentit humiliée et la colère monta en elle. Une fois encore, Kirtash l'avait trompée et elle s'était laissé séduire comme une idiote ou une petite fille. Pourtant elle n'en était plus une. Quelque temps plus tôt, elle avait juré qu'il ne la mettrait plus dans cet état, qu'elle ne serait plus jamais démunie. Le moment était venu de le lui prouver !

Le pavillon Key Arena était empli de l'énergie vibrante et électrique des milliers de fans. Victoria tira la crosse du fourreau suspendu dans son dos, la prit à deux mains et lui ordonna en silence de recueillir cette énergie.

Au bout de la crosse d'Ayshel, la petite boule de cristal s'éclaira comme une étoile, mais personne ne la vit, parce que Victoria était encore protégée par le sortilège de camouflage. Cependant, elle savait que Kirtash ne tarderait pas à percevoir son pouvoir. Elle avait donc peu de temps devant elle.

Kirtash entonnait une autre chanson plus cadencée, plus dure, déchirante et presque désagréable. Victoria la connaissait. C'était le morceau qu'elle aimait le moins car il remuait quelque chose en elle qui la perturbait. Si elle n'avait pas connu Kirtash, elle aurait affirmé que cette chanson était emplie de rage, d'amertume et de désespoir.

Mais c'était impossible parce que Kirtash ne ressentait pas ces choses-là.

– Ce que tu fais et pourquoi tu le fais m'est bien égal, murmura-t-elle, les yeux noyés de larmes amères, tandis que la crosse crépitait au-dessus de sa tête, gorgée d'une énergie qui exigeait d'être libérée. Je te tuerai. Je cesserai d'avoir peur et de douter par ta faute.

Elle leva la crosse.

Jack revint à cet instant précis. Elle ne le vit pas, mais sentit sa présence. Il se précipita sur elle pour l'arrêter.

Trop tard.

Beyond lies and truths, beyond life and death, se rappela Victoria. *Beyond you and me. Just take my hand and come with me...*

Come with me...

« Viens avec moi... »

– Plus jamais, se jura Victoria en orientant avec violence la crosse vers la scène.

Toute son énergie se déchargea sur le chanteur. Kirtash eut à peine le temps de bondir au dernier moment. À un mètre de lui, le sol s'enflamma.

Il y eut des bruits confus. C'était la panique, les spectateurs criaient. Kirtash tourna la tête en direction de Victoria, et la jeune fille constata avec satisfaction que, pour la première fois depuis qu'elle l'avait rencontré, il avait l'air étonné et déconcerté.

– Victoria, tu l'as manqué ! s'exclama Jack, horrifié.

Mais il ne tarda pas à se rendre compte qu'elle l'avait fait exprès. Elle était debout, tenant fermement la crosse qui brillait dans l'obscurité et éclairait son visage sérieux, résolu, plein de défi. Les spectateurs qui se tenaient près d'elle s'écartèrent, terrorisés. Bientôt, Victoria se retrouva seule en haut des gradins, les yeux rivés sur Kirtash.

Remis de sa surprise, il leva la tête vers elle, les muscles tendus, mais avec tout son sang-froid.

– Qu'est-ce que tu fais ? lui demanda Alexander, qui venait d'arriver.

Elle ne lui prêta aucune attention. Elle savait que Kirtash l'avait vue, qu'il la regardait. Elle savait que, si elle l'avait voulu, elle aurait pu le tuer. Et il l'avait compris.

Kirtash hocha la tête. Puis, silencieux comme une ombre, le jeune assassin disparut dans les coulisses.

Victoria se sentit soudain très faible et dut s'appuyer sur la crosse pour ne pas tomber. Jack la prit par le bras.

– Partons d'ici, dit-il. Le service de sécurité arrive.

*

– Mais qui étaient ces fous ? explosa l'impresario de Chris Tara. Pourquoi la police n'a pas réussi à leur mettre le grappin dessus ?

Kirtash aurait pu répondre à ces deux questions, mais il se tut. Assis sur une chaise, dans un coin, il arborait l'air faussement calme qui le caractérisait.

– Bon, l'important, c'est que Chris n'ait rien, déclara le producteur. Il faut voir les choses du bon côté et se dire que cet incident est une publicité géniale pour la promotion du disque.

– Comment peux-tu dire ça ? C'était une tentative d'assassinat, Justin, et il n'y a rien de bon là-dedans. C'est peut-être même le début d'une série noire. Nous devons découvrir qui étaient ces trois individus et ce qu'ils voulaient, comment ils ont réussi à faire entrer ce... cette chose... j'ignore ce que c'est exactement... dans le pavillon.

Le producteur argumenta, mais Kirtash ne prêta pas attention à ses paroles. Il se leva et sortit sans un mot.

– On peut savoir où tu vas, Chris ? demanda l'impresario. L'escorte spéciale que nous avons demandée n'est pas encore arrivée.

Kirtash se tourna vers lui.

– Nous avons conclu un arrangement, Philip, dit-il avec douceur. Je remplis mes engagements. Et toi, en échange...

L'homme pâlit.

– Pas d'interviews. Pas de photographies. Pas d'apparitions publiques, sauf pour les concerts, marmonna-t-il comme s'il avait appris cette liste par cœur. Pas de questions. Pas de contrôles. Liberté totale.

– C'est ce qui me convient, déclara Kirtash en souriant.

La porte se referma derrière lui.

– Mais pour qui te prends-tu ? cria le producteur, au bord de la crise de nerfs. Phil ! Dis-lui que...

Mais l'autre l'arrêta d'un geste.

– Laisse-le partir, murmura-t-il. Je t'assure qu'il sait ce qu'il fait.

– Mais... c'est plein de gens, là dehors, et...

– Ils ne le verront pas s'il ne veut pas qu'on l'aperçoive, crois-moi. Laisse-le faire, Justin. Si tu tiens à Chris Tara, il faut respecter ses conditions.

Le producteur ne dit rien, mais secoua la tête avec perplexité.

*

Il était déjà minuit quand tout rentra dans l'ordre. La police se retira après avoir fouillé Key Arena et tout le Seattle Center sans trouver trace des trois cinglés qui avaient interrompu le concert de Chris Tara.

Victoria, Alexander et Jack n'avaient pourtant pas bougé de l'entrée du pavillon, mais personne ne les avait vus. Le sortilège de camouflage reposait sur la création d'illusions et comportait de nombreuses variantes. La perception d'un Idhunite, plus habitué à la magie que les Terriens, ne pouvant être trompée aisément, il fallait donc créer un « déguisement », l'image d'une autre personne, pour passer inaperçu. Les Terriens étant crédules, le sortilège fonctionnait à merveille et les abusait sans difficulté. Quand c'était nécessaire, on pouvait même leur faire croire qu'il n'y avait personne.

Près de l'entrée de Key Arena, les trois amis attendaient que tout le monde soit parti et qu'on referme les portes. Il était neuf heures du matin à Madrid, mais Victoria semblait ne pas en avoir conscience. Pâle et muette, elle s'accrochait à la crosse, scrutant l'obscurité. Jack était assis à côté d'elle. Tous deux avaient deviné qu'un moment important allait bientôt survenir et, d'instinct, ils se rapprochaient l'un de l'autre autant qu'ils le pouvaient, comme pour se donner du courage. Jack passa un bras sur les épaules de Victoria et elle se serra contre lui, oubliant soudain ses efforts pour demeurer distante.

Quand le silence s'abattit dans cette partie du Seattle Center, Alexander fit face à Victoria.

– Tu l'as raté volontairement, dit-il. Pourquoi ?

– Parce que cela ne me semblait pas correct, répondit-elle à mi-voix.

– « Correct » ! répéta Alexander. Tu ne trouves pas « correct » d'en finir avec un assassin qui a tué traîtreusement tant des nôtres ?

– Je veux en finir avec lui, mais pas de cette façon-là, répondit Victoria, impassible, en soutenant son regard. Que t'arrive-t-il, Alexander ? Ce n'était pas toi qui détestais les armes à feu parce que tu estimais que tuer de loin, ce n'est pas courageux ?

– Un individu comme Kirtash ne mérite pas autant d'égards.

– Je crois qu'en pensant ainsi, tu t'abaisses à son niveau, répliqua Victoria. Je comprends que tu aies changé et que tu ne sois plus le même, Alexander. Mais je sais qu'au fond de toi, tu restes ce chevalier qui nous parlait d'honneur et de justice. Et cette part de toi sait parfaitement pourquoi je n'ai pas fait ce que tu me demandais.

Jack écoutait sans intervenir. Même s'il haïssait Kirtash, au fond, il était d'accord avec Victoria.

Alexander médita les paroles de l'adolescente, puis finit par hocher la tête avec énergie.

– Je comprends et je respecte ta position, Victoria. Mais... pourquoi l'as-tu attaqué, dans ce cas ?

Victoria allait répondre, lorsque Jack annonça :

– Pour lui lancer un défi, pousser Kirtash à venir nous affronter. Voilà pourquoi nous l'attendons ici.

– Ce n'était pas notre idée de départ..., commença Alexander, laissant sa phrase en suspens car Victoria venait de se relever d'un bond, comme si elle avait reçu une sorte de signal.

– Attention, dit-elle à ses compagnons. C'est le moment.

Elle se mit à marcher, s'éloigna de l'entrée de Key Arena et se dirigea vers le cœur du Seattle Center. Ses amis la suivirent. Au-dessus d'eux, la Space Needle, tour emblématique de Seattle, étincelait étrangement dans la nuit.

Ils retrouvèrent Kirtash, qui les attendait sur une esplanade couverte d'herbe. Derrière lui, une énorme fontaine lançait des gerbes d'eau vers les étoiles et la lune montante. La silhouette du jeune assassin se découpait dans la lumière des projecteurs et semblait plus menaçante que jamais. Plus troublante aussi, songea Victoria.

Jack fronça les sourcils. Maintenant qu'il voyait Kirtash de près, la haine qu'il éprouvait pour lui et qui était restée longtemps en sommeil se raviva. Il constata aussi que Kirtash était plus imposant que dans son souvenir.

– Vous êtes venus pour me tuer, dit Kirtash avec calme.

C'était une affirmation, pas une question.

– Nous aurions pu le faire avant, pendant le concert, lança Victoria en tâchant de contrôler les tremblements de sa voix.

– J'ai été imprudent, se contenta de répondre Kirtash. Cela ne se reproduira pas.

Jack se rendit compte qu'il observait Victoria avec un intérêt évident. Sa main se crispa si fort sur le pommeau de Domivat qu'il en eut mal. Il agissait ainsi pour maîtriser sa rage. Il ne laisserait pas Kirtash emmener Victoria. Jamais.

– Tu vas nous affronter ? lui lança-t-il sur le ton du défi.

Kirtash se tourna vers lui.

– Jack, l'interpella-t-il froidement, même si sa voix laissait transparaître sa haine. Comment préfères-tu lutter ? Seul à seul ou avec tes compagnons ?

Kirtash ne laissa pas le temps au garçon de répondre : il dégaina Haïass, dont l'éclat d'un blanc bleuté étincela dans la nuit.

4

« SI CELA A COMPTÉ POUR TOI... »

Jack se mit en garde. Trop tard. D'un mouvement agile et élégant, Kirtash abattit son épée sur lui. Le jeune garçon leva Domivat pour se protéger. Les deux lames, feu et glace, se heurtèrent dans la semi-obscurité. Alors, de nouveau, quelque chose parut trembler dans l'univers.

Victoria et Alexander réagirent aussitôt. Victoria courut vers les deux combattants en criant, puis s'arrêta, indécise. Kirtash était trop rapide, trop léger pour qu'elle puisse l'atteindre. De nuit, dans ses vêtements noirs, elle le distinguait mal. Elle ne pouvait risquer de partir à l'assaut et de rater sa cible ou, pire, de toucher Jack.

Le tranchant d'Haïass scintillait dans l'obscurité, mais Jack n'était plus un débutant et savait manier l'épée. Il sentait le pouvoir de Domivat, son feu, résister aisément aux estocades de son ennemi, et il tenta de riposter. Le visage de Victoria lui apparut et il se rappela que, quelques années plus tôt, il lui avait promis de la délivrer de la menace de Kirtash afin que le monde devienne plus sûr pour elle. Cette pensée lui donna des forces. Lorsque Kirtash se rapprocha de lui, il se retourna brusquement. Domivat laissa échapper de courtes flammes que son ennemi évita en bondissant sur le côté. Jack lui laissa à peine le temps de respirer avant de frapper de toutes ses forces.

L'autre plaça son épée entre eux, et le même choc brutal se reproduisit. Les deux épées légendaires tremblèrent un instant, pleines de colère. Ni Jack ni Kirtash ne triomphèrent dans cet affrontement. Ils reculèrent de quelques pas en se mettant en garde. Puis Jack attaqua le premier.

Mais il manquait d'entraînement et il était dépassé par la rapidité de Kirtash. Pendant quelques minutes tendues, ils échangèrent une série de rapides estocades, jusqu'à ce que Kirtash frappe encore, avec légèreté et détermination. Au dernier moment, Jack leva Domivat mais ne put imprimer assez de fermeté à son mouvement. Quand les deux lames se heurtèrent, quelque chose explosa sous l'impact et Jack fut violemment projeté en arrière, alors que Kirtash restait bien campé sur ses pieds, en garde, l'épée levée.

Le garçon passa au travers du jet d'eau de la fontaine et tomba sur le dos. Il s'efforça de se relever, à moitié étourdi, et souleva son arme, mais Kirtash avait changé d'adversaire.

Alexander avait dégainé Sumlaris, l'Imbattable, une épée assez puissante pour résister à la morsure glacée d'Haïass.

Cependant, l'obscurité jouait en faveur de Kirtash. Il se déplaçait comme une ombre, si vite qu'il était difficile de le suivre. Son épée frappait incessamment, comme un éclair dans la nuit. Jack fut surpris de constater qu'Alexander ripostait avec une férocité qu'il n'avait jamais décelée auparavant chez lui, toujours si calme et si retenu. La gorge nouée, Jack regarda la lune montante et se demanda quelle était l'emprise de la bête sur l'esprit de son ami.

Kirtash paraissait intrigué par le changement survenu chez son adversaire, car il le provoqua en risquant plusieurs coups audacieux. Alexander riposta avec la même sauvagerie, mais sans se laisser emporter par la colère, si bien qu'un moment, il donna l'impression d'avoir pris le dessus.

Pourtant cela ne dura guère. Kirtash parut s'effacer un instant et revint aussitôt pour enfoncer la pointe de son épée dans le corps d'Alexander.

Le jeune homme émit un son étranglé, où la douleur se mêlait à l'étonnement.

– Alsan ! hurla Jack en oubliant son nouveau prénom.

Il se leva d'un bond, tremblant, et courut jusqu'à eux.

Alexander avait réussi à stopper Haïass avant qu'elle ne pénètre plus profondément dans sa chair. Au prix d'un effort surhumain, il repoussa Kirtash et le fit reculer, puis il tomba à terre, Sumlaris brandie en avant afin de tenir son rival à distance.

Sans une seconde d'hésitation, Kirtash plaça Haïass au-dessus de lui pour le tuer.

Jack se précipita, mais Victoria le devança, dressée entre Alexander et Kirtash, qu'elle défia sereinement. La lumière de la crosse palpitait dans la nuit comme le cœur d'une étoile. Kirtash fondit sur elle, mais l'adolescente était prête et leva la crosse pour parer le coup. Des étincelles jaillirent.

Entre-temps, Jack s'était agenouillé auprès d'Alexander, qui avait laissé tomber Sumlaris. Il déboutonna sa chemise pour évaluer la gravité de la blessure. À la lumière de Domivat, il découvrit, soulagé, qu'Alexander avait réussi à limiter l'impact de l'estocade. Apparemment, Haïass n'avait traversé aucun organe vital. Toutefois, à l'endroit où l'épée était entrée, la peau du jeune homme avait une étrange apparence, comme si elle était couverte de givre.

Kirtash avait fait quelques pas en arrière. La lueur d'un blanc bleuté de son arme éclairait son visage, et Victoria remarqua qu'il la regardait dans les yeux... en souriant.

Puis il disparut de nouveau. Victoria resta en garde, s'attendant à tout moment à le voir surgir de l'ombre. D'un bond, Jack se releva et vint se placer près de son amie. Mais Kirtash demeurait invisible, et Victoria comprit qu'il était parti.

Jack sondait les ténèbres, déconcerté.

– Par là ! s'exclama alors Victoria en désignant une silhouette qui se faufilait entre les arbres.

Elle se précipita derrière Kirtash ; l'extrémité de la crosse brillait comme un phare, prête à combattre.

– Victoria ! l'appela Jack. Victoria, attends !

Il se tourna vers Alexander, indécis, sans savoir quoi faire. Son ami, toujours allongé par terre, grelottait. Jack songea qu'il fallait le réchauffer et le soigner de toute urgence, sans quoi son corps serait bientôt gelé. Mais le garçon ne pouvait laisser Victoria seule, pas avec Kirtash qui guettait dans le noir.

Alexander parut lire dans ses pensées.

– Va chercher Victoria, Jack, dit-il. Il faut l'arrêter. Elle va tomber dans un piège.

Jack n'eut pas besoin d'en entendre davantage. Il se lança à la poursuite de son amie.

*

Près du Memorial Stadium, Victoria se tourna de tous côtés, indécise, et constata qu'elle avait perdu ses amis de vue. Comment cela avait-il été possible ?

Elle sentit un souffle glacé derrière elle et bientôt la voix de Kirtash s'éleva dans le noir :

– Tu as étudié ma proposition, Victoria ?

– Ta proposition ? répéta-t-elle en scrutant la pénombre, prête à se battre.

– Je t'ai tendu la main.

Les murmures de Kirtash lui effleurèrent l'oreille et la firent sursauter, mais ses intonations étaient si douces, si suggestives qu'elle en frémit.

– L'offre est toujours valable.

Victoria tâcha de maîtriser son trouble et fit volte-face en brandissant la crosse d'Ayshel.

– Venant de toi, rien ne m'intéresse, répliqua-t-elle d'un ton sec. Je vais te tuer, alors fais face et bats-toi.

– Comme tu voudras, dit-il.

La lame d'Haïass s'abattit sur elle. Victoria réagit en levant la crosse. Une fois de plus, les deux armes se croisèrent et un crépitement vint éclairer le visage des deux jeunes gens. Victoria attendit un instant, roula des hanches et tenta un coup de pied latéral, que Kirtash esquiva. Mais, pour ce faire, il dut retirer son épée. Victoria retrouva son équilibre, baissa la crosse et se remit en garde. Ils se regardèrent quelques secondes, mais cette fois, Victoria ne laissa pas les sentiments contradictoires qu'il lui inspirait prendre le dessus. Elle orienta son arme vers le jeune homme, qui contra l'attaque à l'aide de son épée, puis elle la fit bouger rapidement et parvint à toucher le bras de son rival. Un éclair s'éleva, suivi d'une odeur de brûlé ; Kirtash grimaça de douleur, mais ne gémit pas. Il s'élança de côté avec une grande vivacité et, avant que Victoria se soit rendu compte de quoi que ce soit, il était derrière elle, le tranchant d'Haïass posé sur son cou.

– Je crois que nous avons assez joué, Victoria, dit-il, contenant son irritation.

Elle ne voulait pas se rendre aussi vite. Bien que sa vie soit en jeu, elle se baissa et se retourna pour lui assener un coup de pied à l'estomac.

Il aurait suffi à Kirtash d'un mouvement du poignet pour la tuer, mais il ne le fit pas et se contenta d'éviter le coup. Victoria pivota de nouveau et le frappa violemment du tranchant de la main. Elle l'avait atteint au visage. Cependant, avant qu'elle comprenne comment cela s'était produit, il lui avait saisi les avant-bras et l'avait plaquée contre un mur. Ils s'accordèrent un bref coup d'œil. Victoria retint un moment sa respiration. Il y avait en lui quelque chose de si mystérieux...

Et ses yeux...

– Dommage que tu m'obliges à employer la force, lâcha-t-il.

Et lorsqu'il la regarda, Victoria sentit que sa conscience s'introduisait dans la sienne, manipulait les fils qui la retenaient à la vie. Croyant qu'elle allait mourir, elle voulut crier, se débattre, mais, paralysée de terreur, elle s'aperçut qu'elle n'avait pas bougé ni émis le moindre son.

Sa dernière pensée fut pour Jack. Elle n'avait même pas eu l'occasion de lui dire adieu.

*

Or la première chose qu'elle vit quand elle revint à elle fut le visage de son ami.

– Jack..., murmura-t-elle.

Elle se leva et essaya de bouger la tête, mais elle avait très mal.

– Qu'est-ce que...

Elle ne put rien ajouter, car soudain son ami l'enlaça avec force, sans dire un mot, lui coupant le souffle.

– Jack ?

– J'ai cru que je t'avais perdue, bredouilla-t-il d'une voix rauque. Quand je suis arrivé et que je t'ai vue allongée par terre, j'ai cru que c'était trop tard, que Kirtash t'avait... Oh, Victoria, je ne me le serais jamais pardonné !

Victoria ferma les yeux, embrouillée par les souvenirs diffus de ce qui venait de se passer. Puis, la tête sur l'épaule de Jack, elle s'abandonna avec bonheur à cette étreinte.

– Je suis vivante, dit-elle. Je... je vais bien. Que s'est-il passé ?

Jack s'écarta d'elle et lui annonça :

– Tu es à l'hôpital. Kirtash t'a attaquée et tu t'es évanouie. Tu vas reprendre des forces, mais, avant, il faut que tu te reposes.

Victoria tâcha de mettre de l'ordre dans ses pensées.

– J'ai cru... j'ai cru qu'il allait me tuer, murmura-t-elle.

– Mais il ne l'a pas fait, dit Jack, apparemment aussi déconcerté qu'elle. Pourtant il en a eu l'occasion. Au lieu de quoi il t'a laissée là, inconsciente.

– Il ne voulait pas se battre contre moi, expliqua-t-elle.

« Pourquoi ? se demanda-t-elle. Pourquoi ne veut-il pas me supprimer ? »

Jack lui caressa les cheveux avec tendresse.

– Ce qui compte, c'est que tu ailles bien, lui confia-t-il, hésitant à poursuivre. Je regrette beaucoup d'avoir été désagréable avec toi pendant le concert.

Ces souvenirs étaient encore très flous dans l'esprit de Victoria.

– Oh, ça... Ce n'est pas grave.

– Justement si, insista Jack en prenant doucement son visage dans les mains sans détacher son regard. Je me dispute sans cesse avec toi et, cette fois, j'ai failli te perdre. S'il t'arrivait quelque chose, je...

Il avait rougi et cherchait ses mots.

– Tu occupes une grande place dans ma vie et je ne veux pas tout gâcher par de stupides querelles. Maintenant que nous avons repris la lutte, je ne peux pas m'empêcher de penser que, chaque fois que nous nous voyons, c'est peut-être la dernière. Tu comprends ?

Il la scruta d'une manière qui en disait long sur ses sentiments. Un peu perdue, Victoria lui rendit son regard. Sans un mot, Jack se confiait à elle et elle devinait le sens caché de ses paroles muettes. Malgré elle, elle ne pouvait s'empêcher de songer aux yeux de glace de Kirtash. Et, même si Jack se tenait devant elle avec ferveur, c'est à peine si elle le voyait. Son esprit et son cœur étaient ailleurs, très loin de là.

– Tu veux dire... que tu as eu peur pour moi, balbutia-t-elle.

– Oui, c'est exactement ça, répondit Jack posément.

Il ouvrit la bouche pour ajouter quelque chose, mais constatant que Victoria l'écoutait distraitement, il préféra se taire.

– Inutile de te faire du souci pour moi, murmura-t-elle, mal à l'aise. Kirtash ne me tuera pas et ne me fera aucun mal.

Elle ignorait pourquoi elle était aussi sûre de son fait, mais elle était persuadée d'avoir raison. Pourtant tout était à la fois si confus... Elle gémit, porta une main à sa tête.

– Tu ne sais plus où tu en es, dit Jack. C'est normal. Tu es restée inconsciente pendant plusieurs heures. Tu as besoin de reprendre des forces. Mais je crois que, dès demain, tu pourras rentrer à la maison.

– Pour le moment, nous restons à Seattle, n'est-ce pas ?

Jack acquiesça.

– Sans toi, nous ne pouvons pas retourner à Limbhad.

– Je devrais être à l'école, murmura Victoria avec inquiétude. Ils vont avertir ma grand-mère que j'ai manqué les cours. Qu'est-ce que je vais lui raconter ?

– Tu y réfléchiras demain.

Tout à coup, Victoria demanda, soucieuse :

– Comment va Alexander ?

– Lui aussi est à l'hôpital, mais il va mieux. Les médecins ont été très étonnés. Ils n'avaient jamais vu une blessure comme celle-là. Une partie de son ventre est gelée.

– À cause d'Haïass, lâcha Victoria. Il faut que j'essaie de le guérir avec ma magie. Il se remettra plus vite.

– Pas maintenant, Victoria. Il faut dormir, OK ?

– Non ! protesta-t-elle d'un ton vif. Je veux aller au chevet d'Alexander.

Elle bondit hors du lit mais, prise de vertiges, elle dut s'appuyer sur Jack, qui l'aida à sortir de la chambre. Ils regardèrent de chaque côté du couloir pour s'assurer qu'il n'y avait personne. L'hôpital était silencieux. On n'entendait guère que le murmure d'une conversation entre deux infirmières, un peu plus loin.

Jack la guida. La jeune fille marchait d'un pas plus assuré, mais prenait toujours appui sur lui. Après tout ce qui lui était arrivé, elle trouvait son contact rassurant ; il l'aidait littéralement à garder les pieds sur terre. Car, dès que son attention se relâchait, l'image de Kirtash revenait et sa voix douce et charmeuse résonnait de nouveau dans son esprit, la troublant et la transportant dans des lieux lointains, où tout était possible.

Lorsqu'ils pénétrèrent dans la chambre d'Alexander, ils constatèrent qu'il dormait, mais il ouvrit presque aussitôt les paupières. Il se tourna vers eux. Dans la pénombre, ses yeux avaient un éclat menaçant.

– Alexander, c'est nous, murmura Jack, inquiet.

– Ah. Entre, Jack ! N'allumez pas la lumière.

Ils s'approchèrent de lui lentement. Victoria s'assit sur le lit et Alexander repoussa les draps, car il avait deviné ce qu'elle avait l'intention de faire. Il la laissa l'examiner.

– Ils m'ont bandé, dit-il. Est-ce que tu veux...

– Ce n'est pas grave, le coupa Victoria. Ma magie peut passer à travers les bandages.

Elle plaça les mains au-dessus de la blessure sans toucher Alexander, et libéra son énergie.

Dans son état, cela lui demandait de gros efforts. Elle se sentait faible et distraite, le poison de Kirtash résistait. Elle se concentra davantage pour transmettre son fluide et, peu à peu, la chaleur de sa magie fit disparaître la glace qui durcissait la peau d'Alexander.

Effrayée, elle s'aperçut qu'elle avait dépensé beaucoup d'énergie. Elle fut vite à bout de forces. Elle serra les dents. Si elle arrêtait là, la glace risquait de revenir et elle serait trop faible pour guérir Alexander. Il n'en était pas question. Elle devait terminer ce qu'elle avait commencé.

Encore un effort... Soudain, elle sentit la main de Jack se resserrer sur son bras.

– Laisse tomber, Victoria, dit-il avec le plus grand sérieux. Tu n'en peux plus.

Mystérieusement, le contact de Jack lui insuffla la force dont elle avait besoin. Elle libéra un dernier torrent d'énergie et la glace fondit.

Alexander s'en aperçut.

– Je crois que c'est bon, dit-il. Je n'ai plus froid.

– Parfait, murmura Victoria en souriant.

Elle essaya de se lever, mais tout tournoyait autour d'elle. Jack la rattrapa *in extremis* ; elle s'était évanouie.

– Victoria ! Qu'est-ce...

– Elle est fatiguée, déclara Alexander. Elle a besoin de reprendre des forces. Quand elle utilise ses pouvoirs de guérisseuse, c'est toujours sans la crosse, c'est épuisant. Remmène-la dans sa chambre et laisse-la dormir. Elle va bientôt se remettre, ajouta-t-il devant l'air alarmé de Jack. Elle a juste besoin de repos.

Le garçon souleva alors Victoria et la porta dans ses bras jusque dans sa chambre. Il la mit au lit et la recouvrit du drap avec mille attentions. Il l'observa, se rappelant l'instant où il l'avait découverte près du stade, par terre, comme morte. Son monde avait alors volé en éclats et il avait eu l'impression que son cœur s'était arrêté. Puis, après avoir constaté qu'elle était encore vivante, il avait presque été reconnaissant à Kirtash de ne pas l'avoir tuée. Il l'avait serrée follement contre lui et lui avait murmuré à l'oreille combien elle comptait pour lui. Mais elle ne l'avait pas entendu.

Il sourit et lui caressa les cheveux avec tendresse.

– Repose-toi, mon amie, chuchota-t-il. Quand tu iras mieux, nous parlerons. J'ai tant de choses à te dire... Mais, pour l'instant, dors et reprends des forces. Je serai près de toi si tu as besoin de quoi que ce soit... Maintenant, et toujours.

*

Victoria se réveilla au petit matin. Elle ne se rappela pas immédiatement ce qui s'était passé, mais, quand elle eut recouvré la mémoire, elle découvrit Jack endormi dans le fauteuil, à côté d'elle. Elle sourit, émue à l'idée qu'il avait préféré veiller sur elle plutôt que sur Alexander.

Elle tenta de se redresser, mais elle eut un étourdissement. Elle attendit de se sentir mieux pour se lever et prendre son sac, près du fauteuil. Elle voulait sa montre, pour savoir l'heure qu'il était à Madrid. Puis elle observa Jack et sourit de nouveau en songeant à tous les soucis qu'elle lui avait donnés. Elle ne put s'empêcher de tendre la main pour lui caresser les cheveux. Par crainte de le réveiller, elle se garda de le faire, se contentant d'effleurer son visage du bout des doigts. Jack ne bougea pas. Il avait toujours eu le sommeil très profond.

Après avoir récupéré son sac, elle regagna le lit. Elle fouilla sans trop savoir ce qu'elle cherchait exactement, vit son baladeur et se rappela le disque qui était à l'intérieur. Elle souleva le couvercle, sortit le CD et regarda aux lueurs de l'aube l'image du serpent entourant le mot *Beyond* de ses anneaux. Soudain pleine de colère, elle alla jeter le disque dans la poubelle, mais se ravisa. Elle récupéra alors le CD qu'elle plaça dans le baladeur, mit ses écouteurs et appuya sur le bouton *play*.

La musique de Chris Tara ou plutôt de Kirtash envahit son esprit, pleine de significations occultes. Elle écouta *Beyond* pour la énième fois en tâchant d'imaginer les raisons qui poussaient Kirtash à écrire et chanter ce genre de paroles, et de comprendre pourquoi les mots de réconfort qui affolaient son cœur étaient justement ceux de son ennemi.

« Victoria... »

Elle se redressa, sur le qui-vive.

« Victoria... »

Elle arrêta la musique. Pour la troisième fois, l'appel résonna dans sa tête, suivi d'une invitation :

« Victoria... Il faut qu'on parle. »

La jeune fille frissonna. Elle était trop faible pour lutter, et elle avait envie de revoir Kirtash. Elle avait été à sa merci, il l'avait battue à plate couture, et cependant il l'avait laissée libre. Elle voulait comprendre pourquoi.

Par ailleurs, elle était persuadée qu'il ne lui ferait aucun mal. S'il avait voulu la tuer ou l'enlever, il l'aurait déjà fait. Il en avait eu plusieurs fois l'occasion.

Comme dans un rêve, Victoria se leva et s'habilla en silence. Jack bougea un peu, mais ne se réveilla pas. Elle mit ses chaussures et se dirigea vers la porte.

Elle hésita un instant et se tourna pour regarder la crosse d'Ayshel posée dans un coin, glissée dans son fourreau, puis décida de ne pas la prendre. Si Kirtash avait changé d'avis et voulait l'emmener avec lui, il n'aurait pas la crosse grâce à elle.

Elle se glissa hors de sa chambre, le cœur battant, parcourut les couloirs silencieux de l'hôpital et passa devant la réception sans que l'infirmière lève la tête, ce qui n'avait rien d'étonnant puisque Victoria avait le don de passer inaperçue.

Dans la rue, elle fut accueillie par une rafale glacée qu'elle remarqua à peine. Elle regarda autour d'elle, désorientée, incapable de savoir où elle était.

« Victoria... », entendit-elle encore.

Elle n'eut qu'à suivre la voix.

Ses pas mal assurés la menèrent jusqu'à un parc, non loin de l'hôpital. Elle s'engagea alors dans une allée bordée d'herbe que de petits réverbères éclairaient faiblement, et s'enfonça plus loin dans ce poumon vert au cœur de la ville.

Elle s'immobilisa en voyant une ombre adossée à un arbre. Elle était arrivée à destination. Elle fit un ou deux pas et s'arrêta à quelques mètres de Kirtash. Tous deux se fixèrent.

Les mains dans les poches de son blouson noir, Kirtash l'attendait, décontracté. Il n'avait pas pris son épée. Sans ce halo mystérieux qui le nimbait, il aurait pu passer pour un garçon comme les autres.

Victoria prit subitement conscience qu'elle s'était échappée de l'hôpital, sans rien dire à ses amis, pour retrouver Kirtash l'assassin, son ennemi, et fut assaillie par la culpabilité.

– De quoi veux-tu parler ? demanda-t-elle avec brusquerie.

– De toi.

Cette réponse la troubla, et, quand le regard de Kirtash se riva au sien, elle frissonna.

– Je ne comprends toujours pas, murmura-t-elle. Qu'attends-tu de moi ?

– Je ne suis sûr de rien... J'aimerais soit te comprendre, soit te connaître. Ou alors... ne plus jamais te revoir.

– Mais... pourquoi ?

Victoria n'avait pas les idées claires. Cela faisait plusieurs années qu'elle craignait ce garçon, tremblait rien qu'en entendant son nom, et voilà qu'ils se trouvaient dans ce parc, tous les deux, à discuter de manière surréaliste comme si rien n'était arrivé.

– Pourquoi te donnes-tu tant de mal ? Pourquoi suis-je donc si importante pour toi ?

Il pencha la tête de côté sans détacher les yeux des siens, mais garda le silence.

– Réponds-moi, je t'en prie. Je suis perdue. Parfois, je pense que... que je devrais te tuer. À cause de tout ce que tu as fait. Mais en d'autres occasions...

Elle se tut, effrayée.

– Approche-toi, susurra Kirtash.

Elle s'exécuta, attirée comme par un aimant.

Kirtash tendit la main et lui effleura la joue. Victoria ferma les yeux et se laissa emporter par cette caresse qui éveillait en elle des sensations insoupçonnées. Quel était cet étrange rêve ?

– Tu sais que nous sommes en guerre, dit-il alors.

Victoria ouvrit brusquement les yeux.

– Mais ce n'est pas la mienne, précisa-t-elle. C'est celle d'Alexander, de Jack, parce que ses parents en sont morts. Et c'était aussi celle de Shail, ajouta-t-elle à voix basse. Moi... je n'ai rien à voir avec tout cela.

– C'est ce que tu crois. Tu t'es pourtant entraînée pendant ces deux dernières années pour me tuer, lui fit observer Kirtash.

Elle prit le temps de réfléchir à la réponse qu'elle allait lui donner.

– Pour me défendre, corrigea-t-elle. Parce que tu cherchais à me tuer toi aussi. Je n'ai jamais compris pourquoi, et aujourd'hui tu dis que tu ne veux pas me faire de mal... D'autre part...

Elle se tut, confuse, puis elle se rappela une question qu'elle voulait lui poser depuis longtemps.

– Tu te souviens de Shail ?

Kirtash hocha imperceptiblement la tête.

– Tu as essayé de lui sauver la vie, n'est-ce pas ?

Le jeune homme ne répondit pas.

– Je l'ai vu, insista Victoria. Tu as essayé d'arrêter Elrion. Pourquoi ?

– Parce que je pensais que la mort de Shail à ce moment-là ne serait pas bonne pour notre future alliance. Et, comme tu le vois, je ne me suis pas trompé.

– Je ne comprends vraiment pas... Pourquoi faudrait-il que je te suive ?

– Parce que c'est la seule manière de sauver ta peau, Victoria. Si tu ne viens pas avec moi, si tu ne te joins pas à nous, il faudra que je te tue.

– Il n'y a pas d'autre solution ?

Kirtash hocha la tête de droite à gauche.

Victoria se rappela ses chansons, ses promesses d'un monde nouveau, magique et libre, et elle comprit que c'était ce qu'elle avait toujours désiré depuis son enfance. Cependant, que ce soit justement Kirtash qui lui propose de réaliser ses rêves était troublant.

– Je ne peux pas te suivre, soupira-t-elle. Je ne veux pas laisser Alexander ni...

Elle hésita.

– Ni Jack, compléta Kirtash, dont la voix se fit de nouveau menaçante.

Victoria détourna les yeux.

– Tôt ou tard, ils finiront tous deux par mourir, ajouta froidement Kirtash. Car eux aussi je dois les tuer. Mais toi, j'essaie de te sauver.

Dans un éclair de lucidité, Victoria le fixa avec férocité.

– Non, il n'en est pas question ! Je ne te laisserai pas les approcher !

– Oh, mais je sais déjà tout sur Limbhad, votre refuge secret, sourit-il. Tu m'en as révélé l'existence toi-même, sans le vouloir, il y a deux ans, en Allemagne. Ne t'inquiète pas, je ne peux pas l'atteindre, la rassura-t-il en voyant sa mine horrifiée. À moins que tu ne m'y emmènes... ou que tu ne m'appelles de là-bas, à travers cette Âme qui garde votre petite forteresse.

« Il sait tout », pensa Victoria, atterrée.

Elle voulut partir en courant, mais Kirtash la retint par le bras.

– Je vais tuer tes amis, affirma-t-il. Un jour ou l'autre, je le ferai. Pourquoi as-tu répondu à mon appel ?

– Parce que tu m'as hypnotisée, répliqua farouchement Victoria.

– Ce n'est pas vrai et tu le sais. Ton esprit n'appartient qu'à toi. Tes sentiments aussi. Je ne t'ai pas manipulée, et pourtant j'aurais pu, mais je ne veux pas que les choses se passent ainsi. Non, Victoria, tu es venue de ton plein gré.

– Lâche-moi. Lâche-moi, ou...

– Ou quoi ?

Kirtash tira un poignard d'une des poches intérieures de son blouson et Victoria recula, apeurée, se maudissant d'être venue sans rien pour se défendre.

Pourtant, ce que fit Kirtash la surprit. Il l'attira à lui, plaça le poignard dans sa main et pointa la lame sur son propre cou.

– Je vais éliminer tes amis, répéta-t-il. Je dois le faire, ce sont des traîtres et telle est ma mission. Mais, maintenant, tu as toi aussi l'occasion d'en finir avec moi. Ce ne sera pas difficile, je ne me défendrai pas.

Victoria cligna des yeux, déstabilisée.

– Je ne... je ne comprends pas, bredouilla-t-elle.

Cependant elle ne lâcha pas le poignard, toujours pointé sur la gorge de Kirtash. D'un seul mouvement de la main, elle aurait pu l'égorger ou baisser l'arme et la lui planter dans le cœur... Si elle le faisait, elle sauverait de nombreuses vies, car le jeune meurtrier lui avait dit qu'il continuerait de tuer.

– Réfléchis, insista-t-il. Tu peux m'achever, comme tu as tenté de le faire hier soir, pendant le concert. Je t'ai dit que, tôt ou tard, j'assassinerai tes amis. Jack en particulier...

Victoria serra les dents.

– Je ne tue ni par plaisir ni pour le sport, poursuivit Kirtash, mais je dois t'avouer que j'ai très envie de supprimer Jack.

Victoria pensa à son ami endormi dans le fauteuil de sa chambre d'hôpital et sentit ses yeux s'emplir de larmes de rage et de haine.

– Tu n'oseras pas, chuchota-t-elle. Tu n'oseras pas toucher à Jack, parce que si tu le fais...

– Quoi ? Tu me tueras ? Vas-y, tu peux le faire tout de suite, si tu veux.

Les doigts de l'adolescente se crispèrent sur la poignée du poignard. Un filet de sang coula le long du cou de Kirtash, qui ne cilla pas.

– Je vais tuer Jack, répéta-t-il.

Victoria cria et pressa le poignard contre la peau du jeune homme. Bizarrement, l'arme lui échappa des mains et tomba par terre. Elle voulut frapper Kirtash, mais il la retint par les poignets. Se haïssant d'être aussi faible, elle baissa la tête et ses cheveux cachèrent son visage et ses yeux baignés de larmes.

– Pourquoi est-ce que je n'arrive pas à te tuer ? demanda-t-elle, angoissée.

Il prit son menton pour l'obliger à relever la tête.

– J'allais te poser la même question, dit-il à voix basse.

Il se pencha et l'embrassa avec douceur. Victoria en perdit le souffle. Troublée, elle ferma les yeux et s'abandonna. Elle sentit quelque chose grandir dans sa poitrine et un étrange fourmillement parcourir son corps. Les lèvres de Kirtash frôlaient les siennes avec tendresse et, quand le jeune homme s'écarta d'elle, elle était si faible qu'elle dut s'appuyer contre lui pour ne pas défaillir.

– Pourquoi me fais-tu ça ? se plaignit-elle en laissant retomber sa tête sur l'épaule de Kirtash. Ce n'est pas juste.

– La vie n'est pas juste.

Victoria ne put s'empêcher de penser à Jack, ce qui était étrange compte tenu de ce qu'elle venait de vivre. Elle s'arma de courage pour se séparer de Kirtash, et le regarda longuement.

– Tu sais où se trouve Jack en ce moment, n'est-ce pas ? Tu as découvert où nous étions, c'est pour ça que tu as pu entrer en contact avec moi.

Kirtash acquiesça et Victoria sentit son sang se glacer dans ses veines. Jack était resté à l'hôpital pour prendre soin d'elle et d'Alexander, il était vulnérable. Il fallait à tout prix qu'il retourne à Limbhad avant que Kirtash n'aille le trouver...

Kirtash, qui voulait le tuer et le criait haut et fort.

Kirtash, qui venait de l'embrasser. Et dont le baiser lui avait procuré du plaisir.

Elle se maudissait d'avoir trahi la Résistance et, pire encore, ses amis.

– Pas là. S'il te plaît, ne lui fais pas de mal aujourd'hui. S'il te plaît..., le supplia-t-elle.

Les yeux de Kirtash étincelèrent un instant.

– As-tu conscience de ce que tu me demandes ?

– S'il te plaît. En souvenir de ce baiser, dit-elle précipitamment. Si cela a compté pour toi… ne va pas chercher Jack.

Kirtash la considéra un moment, puis lui tourna le dos.

– Va-t'en, dit-il à voix basse. Ils vont bientôt s'apercevoir de ton absence.

La jeune fille ne bougea pas, Kirtash non plus. Ne trouvant rien de plus à lui dire, elle fit demi-tour et se mit à courir dans l'allée pour regagner l'hôpital.

Quand elle entra dans sa chambre, elle constata que Jack dormait toujours. Elle l'observa un instant. Dans sa confusion, elle comprit qu'elle serait prête à donner sa vie pour sauver celle de son ami. En revanche, elle avait été incapable de tuer Kirtash quand elle en avait eu l'occasion…

Et elle l'avait laissé l'embrasser.

Elle battit des cils pour retenir ses larmes.

– Il y a quelque temps, murmura-t-elle à Jack, je souhaitais que tu sois le premier à m'embrasser. Je rêvais que tu le fasses un jour. Mais tu es parti, je t'ai attendu et tu n'es pas revenu. Maintenant… c'est trop tard.

Elle savait qu'il ne l'avait pas entendue et elle se demanda si elle aurait eu le cran de lui faire cet aveu en d'autres circonstances. Probablement pas.

Elle caressa les cheveux blonds de Jack, puis se glissa sous les draps. Les joues en feu, elle posa la tête sur l'oreiller, tournée vers le fauteuil où dormait le garçon pour ne pas le perdre de vue un seul instant. Mais elle sentait encore sur ses lèvres le baiser de Kirtash et, à nouveau, elle se sentit coupable d'avoir trahi son meilleur ami.

Bien qu'épuisée, elle ne voulait pas dormir. Très vite pourtant, elle sombra dans le sommeil et rêva de Kirtash. Plusieurs heures après, quand elle s'éveilla en sursaut, décontenancée, elle vit que Jack dormait toujours dans le fauteuil, sain et sauf.

5
SECRETS

La tour de Drackwen était à l'abandon depuis des siècles. Construite au sein même d'Alis Lithban, la forêt sacrée des licornes, à l'âge d'or de l'Ordre magique, elle avait été le lieu où se formaient les archimagiciens, de puissants sorciers, car la magie vibrait dans l'air avec plus d'intensité que nulle part ailleurs sur Idhun. Par le simple fait d'exister, cette tour menaçait le fragile équilibre entre l'Ordre magique et les Oracles, le pouvoir magique et le pouvoir sacré, raison pour laquelle il avait été finalement décidé d'un commun accord que les magiciens devaient y renoncer. Néanmoins, ses ruines s'élevaient toujours au cœur d'Alis Lithban.

Seulement, elles n'étaient pas désertes.

La forêt ne comptait plus aucune licorne et s'était dépeuplée. Après la mort des créatures magiques, le peuple féerique avait lui aussi préféré quitter Alis Lithban, fuyant vers la forêt d'Awa, d'où il résistait encore à l'empire d'Ashran le Nécromancien et des sheks, ses alliés.

La tour de Drackwen n'était plus ce qu'elle avait été, pourtant Ashran s'y était installé et, de là, il administrait le destin du monde qu'il avait conquis.

Kirtash marchait dans ses couloirs, d'un pas léger et calme. Il s'arrêta un moment près d'une fenêtre et jeta un coup d'œil à l'extérieur. Dans le ciel, une silhouette large et svelte survolait avec élégance les arbres moribonds, attirant l'attention de Kirtash. Le shek dut sentir sa présence car il resta en suspens dans les airs, projetant l'ombre de ses énormes ailes sur ce qui restait d'Alis Lithban, puis ses yeux irisés se tournèrent vers le jeune assassin, qui le salua d'un signe de tête. Le gigantesque serpent lui répondit et poursuivit son chemin vers le nord.

Kirtash se rendit dans la salle qui se trouvait tout au bout du couloir. Il n'eut pas besoin de frapper à la porte, qui s'ouvrit devant lui. Il s'arrêta sur le seuil et leva les yeux. Près de la fenêtre, Ashran le Nécromancien lui tournait le dos. Le jeune homme mit un genou à terre pour saluer son maître.

– Kirtash, lança Ashran en faisant claquer son nom comme un coup de fouet.

– Monseigneur, murmura le jeune homme.

– Je t'ai appelé pour te parler de ton dernier rapport.

Le jeune homme garda le silence, les yeux rivés sur la haute silhouette d'Ashran, qui se découpait dans le couchant du dernier des trois soleils.

– La Résistance s'est reconstituée, déclara Ashran.

– Oui, monseigneur.

– Et ses membres ont failli te tuer.

– Je l'avoue, admit Kirtash avec douceur. Mais cela ne se reproduira plus.

– Ils t'ont pris par surprise, Kirtash, or je croyais que nul ne pouvait te surprendre...

Kirtash ne trouva rien à dire pour se justifier.

– Quand tu as voulu te consacrer à la musique, j'ai cédé à ton caprice, mon garçon, parce que tu me sers correctement. Tu as fait disparaître presque tous les traîtres qui ont fui vers la Terre, et je suis sûr que, tôt ou tard, tu trouveras le dragon et la licorne qui, d'après la prophétie, menacent ma stabilité future. Cependant... comment est-il possible qu'un groupe d'adolescents te fasse toujours trébucher ?

– Ils portent des armes légendaires, monseigneur. Et ils se cachent dans un refuge qu'il m'est impossible d'atteindre.

Quoi qu'il en soit, je finirai par les faire disparaître un jour ou l'autre.

– Je sais, Kirtash. J'ai confiance en toi et je suis convaincu que ce n'est qu'une question de temps. Cependant, j'ai l'impression que c'est trop de travail pour un seul homme.

Kirtash ne répondit rien et fronça légèrement les sourcils.

– J'ai déniché le sorcier que tu m'as demandé il y a quelque temps, lui annonça Ashran. Tu souhaitais quelqu'un du peuple des féeriques, n'est-ce pas ?

– J'ai changé d'avis, répliqua Kirtash avec douceur, mais fermeté. Je travaille mieux seul.

– En effet, avant, c'était le cas, dit le Nécromancien en se tournant vers lui, mais, comme il était à contre-jour, son visage resta dans l'ombre. Ces adolescents sont repartis à l'attaque, et maintenant tu es en minorité. La personne que je t'ai trouvée équilibrera la balance et t'aidera à trouver ces créatures, en particulier la licorne.

Il fit une pause.

– Les féeriques ont une sensibilité particulière pour détecter les licornes.

– De qui s'agit-il ? demanda Kirtash d'une voix presque inaudible.

– D'une fée qui a trahi son peuple pour rallier notre cause, lui expliqua Ashran. C'est insolite, n'est-ce pas ? Et pourtant c'est une habile magicienne et je suis certain qu'elle te sera très utile. Je l'enverrai bientôt sur Terre pour lutter à tes côtés.

– Mais je vis au dernier étage d'un gratte-ciel, en plein cœur de New York, objecta Kirtash. Ce n'est pas l'endroit idéal pour une fée.

– Dans ce cas, tu n'as qu'à récupérer le château que tu occupais auparavant. Je ne comprends toujours pas pourquoi tu en es parti. Il ne devrait pas être difficile de le réaménager, n'est-ce pas ?

– Non, monseigneur, répondit Kirtash après avoir marqué une pause.

– Excellent, murmura Ashran en se tournant à nouveau vers la fenêtre pour profiter des derniers rayons du soleil déclinant. Fais-moi savoir quand tout sera prêt et je l'aiderai à franchir la porte pour qu'elle puisse te retrouver.

En entendant ces dernières paroles, Kirtash comprit que l'entretien était terminé. Il inclina la tête et se retira.

– Kirtash ! le rappela Ashran alors qu'il s'apprêtait à pousser la porte.

Il fit volte-face.

– Je te soupçonne de t'être entiché de cette fille. Ai-je raison ? Celle qui détient la crosse d'Ayshel...

Kirtash ne répondit pas, mais son silence parlait pour lui.

– Crois-tu qu'elle en vaille la peine ? lui demanda le Nécromancien d'une voix aux accents menaçants.

– Je crois que oui. Mais si tu désires que...

Ashran leva la main pour le faire taire.

– Partage-t-elle tes sentiments ? Trahirait-elle ses amis pour toi, mon garçon ?

– C'est ce dont j'essaie de m'assurer, monseigneur.

– Bien. Ne tarde pas trop, Kirtash, parce que, si elle hésite de la sorte, c'est qu'elle n'en vaut pas la peine. Tu m'entends ? Dans ce cas, tu devras la tuer, alors autant te faire à cette idée.

– Je m'y emploie, monseigneur.

– Bien, répéta le Nécromancien.

Sans piper, Kirtash esquissa un rapide salut et, discret comme une ombre, il déserta les lieux.

*

Jack leva les yeux vers le beau ciel étoilé de Limbhad.

– Il n'y a pas de lune, ici, fit-il remarquer à Alexander. Es-tu sûr que tu vas quand même te transformer ?

Son ami acquiesça.

– Le flux de la lune bat en moi, mon garçon. Je le sens, je le flaire. Il y a deux ans, la lune brillait au-dessus de ce château, en Allemagne, la nuit où je me suis changé en loup pour la première fois. Mon corps suit son cycle depuis ce moment-là. Où qu'elle soit, je subis les mêmes modifications qu'elle.

– Je comprends, dit Jack.

– Tu vas devoir m'attacher et m'enfermer le temps que ça passe, expliqua Alexander. Je ne me suis pas encore entièrement remis de la blessure que m'a faite Kirtash, mais je serai malgré tout dangereux.

Jack hocha la tête d'un air songeur. Ils se trouvaient dans la chambre d'Alexander. Le jeune homme était toujours alité, en pleine convalescence. Assis dans l'embrasure de la fenêtre, Jack contemplait la douce nuit de Limbhad. Il leva les yeux vers la terrasse de la maison de la frontière, qui se profilait comme un énorme coquillage sur l'un des côtés de la construction, et vit une forme blanche appuyée à la balustrade, adossée contre l'un des grands piliers de marbre. Une mélopée sans paroles montait vers le ciel nocturne.

– Il faut que tu lui parles, déclara Alexander.

– Oui, approuva Jack. Depuis quelques jours, elle se comporte bizarrement.

– Ce n'est pas ce que je voulais dire. Tu dois lui expliquer ce qui va m'arriver, et lui demander de ne pas venir à Limbhad pendant plusieurs jours.

– Ah, ça... oui, je le ferai.

Alexander l'observa. Lui aussi s'était rendu compte que Victoria n'était plus la même depuis leur voyage à Seattle. Elle paraissait absente, perdue dans ses rêveries, et passait beaucoup plus de temps que d'habitude dans le bois. Elle s'asseyait souvent sur la balustrade et jouait de la flûte ou s'abîmait dans la contemplation des étoiles en poussant par instants un soupir. Quand elle étudiait, elle pouvait rester des demi-heures entières sur la même page, incapable de se concentrer sur ce qui était écrit. Alexander aurait juré qu'elle manquait parfois son entraînement de taekwondo. Le jeune homme ignorait ce qui la tracassait, et il se disait que Shail, s'il avait encore été de ce monde, aurait su comprendre son amie.

Il se rappela à quel point son ami était habile à déchiffrer les sentiments des autres, et se demanda quelle aurait été son analyse s'il avait encore été là.

La mélodie de Victoria continuait d'envelopper la maison de la frontière. C'était une chanson douce et mélancolique. En l'écoutant, Alexander comprit le mal qui frappait Victoria, à croire que Shail était venu le lui souffler à l'oreille.

– Elle est amoureuse, souffla-t-il à mi-voix.

– Amoureuse, Victoria ? protesta Jack comme si on l'avait pincé. Mais de qui ? Dans son collège, il n'y a pas de garçons et elle n'a pratiquement pas d'amis, pour autant que je sache.

Alexander haussa les épaules.

– Il s'agit peut-être d'un camarade du cours de taekwondo. Ou... peut-être de toi, mon garçon, suggéra-t-il en souriant.

Jack sentit son cœur s'emballer.

– De moi ? Non, c'est impossible ! Elle m'a toujours clairement laissé entendre que, pour elle, je...

Il s'interrompit et conclut, mal à l'aise :

– C'est égal.

Ça lui faisait mal d'y penser. Rêver que Victoria puisse éprouver quelque chose pour lui était agréable, mais il savait que ce n'était pas vrai. Plusieurs jours s'étaient écoulés depuis leur retour à Limbhad, et Jack n'arrêtait pas de penser à elle... qui était, au contraire, de plus en plus froide et distante avec lui.

– Va quand même lui parler, reprit Alexander. Tu dois lui dire, pour la pleine lune.

Jack hocha la tête, heureux d'avoir une excuse pour mettre un terme à cette conversation. S'ils continuaient à discuter de Victoria, il finirait par raconter à Alexander tout ce qui se passait en lui, or il préférait que l'adolescente soit la première à l'apprendre. Même si des semaines, des mois ou des années devaient s'écouler, il le lui dirait un jour, cela ne faisait aucun doute.

Il se leva d'un bond et s'empressa de quitter la pièce. Quand il sortit sur la terrasse, la jeune fille jouait toujours de la flûte.

Elle portait une robe de chambre blanche sur son pyjama, et Jack pensa que, chez elle, c'était probablement la nuit. Elle n'allait pas tarder à aller dormir dans sa chambre ou sous le saule. Dernièrement, elle y passait beaucoup de temps.

– Victoria, l'appela-t-il en s'approchant.

Elle s'arrêta et Jack eut l'impression d'avoir rompu un charme merveilleux. La jeune fille lui adressa un regard étrange, mais empli d'affection. Il en eut le souffle coupé.

– Est-ce que ça va ? demanda-t-il. Alexander et moi, nous nous disions que tu étais insaisissable, ces jours-ci.

– Oui, répondit-elle. Je me sens un peu fatiguée. En plus... ma grand-mère est encore fâchée contre moi, à cause de Seattle. Elle m'a punie parce que je n'étais pas allée en classe.

– Tu peux toujours te réfugier ici quand elle dort, dit Jack en souriant.

Un silence s'installa entre eux. Victoria avait les yeux perdus dans le vague et Jack eut la désagréable impression qu'elle ne lui prêtait guère attention, comme si ses pensées étaient ailleurs, très loin de là. « Alexander se trompe, se dit-il, déçu. Elle n'est pas amoureuse de moi. C'est à un autre qu'elle pense. » Cette idée lui fit si mal qu'il se dépêcha de changer de sujet.

– Je dois te dire quelque chose, reprit-il. À propos d'Alexander.

Victoria se força à l'écouter.

– Il va mieux, n'est-ce pas ? La blessure guérit et...

– Il ne s'agit pas de ça. C'est au sujet de ce qui lui est arrivé en Allemagne, il y a deux ans. De ce que lui a fait Elrion. Il a introduit dans son corps l'esprit d'un loup et l'a changé en une sorte de bête.

– Je sais, répondit Victoria en frissonnant. Je l'ai vu, tu te souviens ?

– Eh bien... le loup n'a pas disparu, tu comprends ? Du moins, pas entièrement. Il est toujours là, bien qu'Alexander arrive à le maîtriser, et parfois... il se libère.

– Et alors ?

– Le loup reprend le contrôle de son corps... toutes les nuits de pleine lune.

Victoria étouffa une exclamation horrifiée.

Jack lui expliqua comment s'était passé le voyage depuis l'Italie jusqu'à Madrid, à la fin de l'été. La pleine lune les avait surpris à Gênes, et ils avaient dû chercher un abri pour enfermer Alexander pendant la durée de sa transformation.

– Trois nuits durant, il devient un loup, expliqua-t-il. La nuit de la pleine lune, celle d'avant et celle d'après. Nous avons trouvé une maison abandonnée dans la campagne et je l'ai enfermé là, à la cave. Alexander avait des chaînes dans ses affaires. Il les garde par précaution, pour ne pas faire de mal à quelqu'un tant qu'il est animal. J'ai dû l'enchaîner moi-même et monter la garde devant la porte pendant trois nuits.

– Quelle horreur, commenta Victoria avec un frisson.

– Moi, je ne vois que l'aspect positif de cette situation. Ça aurait pu être pire. Tu te rappelles comment il était quand nous l'avons sorti de ce château ? Il aurait pu toujours rester comme ça.

Victoria approuva et lui adressa un sourire chaleureux.

– C'est ce que j'aime chez toi. Tu vois toujours le bon côté des choses.

– Eh bien, lui confia Jack en détournant les yeux, embarrassé, le problème, c'est que la pleine lune approche et que cela va recommencer. Dans cinq jours exactement. Et Alexander voudrait... nous souhaiterions tous les deux, que tu ne viennes pas à Limbhad pendant ce temps-là.

– Pourquoi ? se rebella Victoria. Je ne suis pas sans défense ! Je pourrai me battre contre lui s'il a un accès de rage ou t'aider à le contrôler...

– Je sais que tu peux te défendre, la tranquillisa Jack. Tu l'as prouvé l'autre jour face à Kirtash. Tu as sauvé la vie d'Alexander.

– J'étais attentive, c'est tout, fit Victoria en haussant les épaules.

Et, aussitôt, elle songea qu'elle avait également sauvé la vie de Jack, mais pas avec la crosse... « En souvenir de ce baiser, avait-elle dit. Si cela a compté pour toi... ne va pas chercher Jack cette nuit. »

Et Kirtash s'en était abstenu. Cela voulait-il dire qu'il éprouvait vraiment quelque chose pour elle ? À cette pensée, son cœur s'emballa.

Mais... et Jack ? Elle avait acheté sa vie en embrassant son ennemi. Elle frissonna en imaginant la réaction du garçon s'il l'apprenait, et songea qu'il aurait préféré affronter Kirtash, quelles qu'en soient les conséquences, plutôt que de la laisser supplier Kirtash de lui laisser la vie sauve.

Honteuse, elle baissa la tête, incapable de le regarder en face. Chaque fois qu'elle levait les yeux vers lui, elle se rappelait qu'elle l'avait trahi. Même s'il n'y avait rien entre eux, même s'ils étaient seulement amis, il haïssait Kirtash de tout son être. Pour Victoria, embrasser Kirtash avait été comme de donner un coup de poignard dans le dos de Jack.

– Il ne s'agit pas que de toi, poursuivit-il, étranger au tourbillon d'émotions qui ébranlait le cœur de son amie. Alexander m'a confié qu'il a peur de te faire mal, mais je crois qu'au fond... il ne veut pas que tu le voies ainsi.

Victoria fit un effort pour se concentrer sur la conversation.

– Mais... toi, tu vas rester, parvint-elle à dire.

– Parce qu'il faut bien que quelqu'un soit avec lui. Ce n'est pas si grave, Victoria. Tu rendrais service à Alexander. Le pauvre, il se sent déjà assez mal comme ça.

– Bien sûr, susurra-t-elle en se forçant à sourire.

– Bon, ajouta Jack, mal à l'aise. Je voulais juste te dire ça. Ne t'inquiète pas.

Il se leva d'un bond, mais Victoria le retint par le bras.

– Jack...

Ils échangèrent un regard. Les yeux de Victoria étaient humides. Le cœur de Jack se serra.

– Que... qu'est-ce qui t'arrive ?

Tout à coup, Victoria lui passa les bras autour du cou et cacha son visage dans le creux de son épaule en tremblant. Jack, confus, l'enlaça. Elle était si près de lui qu'il sentit son cœur exploser comme un volcan. Il aurait tout fait pour que cet instant ne s'arrête jamais.

– S'il te plaît, lui murmura Victoria à l'oreille. S'il te plaît, Jack, ne me déteste pas...

– Quoi ? sursauta Jack, perplexe. Te détester, moi ? Mais...

Il allait lui dire qu'il l'aimait plus que tout au monde, mais elle s'écarta brusquement de lui et se mit à courir vers la maison. Jack resta planté là, sur la terrasse, déconcerté, se demandant si toutes les filles étaient aussi compliquées que Victoria.

*

Victoria ne revint pas à Limbhad de toute la semaine, et Jack commença à se demander s'il avait fait ou dit quelque chose de blessant. Les doutes et l'angoisse le tourmentaient chaque jour davantage, et le fait qu'il ne puisse pas sortir de la maison de la frontière ni communiquer avec Victoria ne l'aidait pas. Sans elle, dans l'incertitude de son retour, ignorant ce qui se passait dans son esprit et dans son cœur, la nuit éternelle de Limbhad lui était difficilement supportable. Pour éviter d'y penser, il décida de s'occuper différemment.

La pleine lune approchant, Alexander était de plus en plus tendu. Ses yeux commençaient à se teinter de l'éclat jaune qui trahissait la présence de la bête. La porte de la cave avait été défoncée deux ans plus tôt, et Jack et lui redoublèrent d'efforts pour la réparer solidement avant la nuit fatidique où le jeune homme se transformerait. Pendant ces journées, les deux amis pratiquèrent l'escrime, se préparèrent pour la pleine lune et, surtout, discutèrent de tout ce qui était survenu pendant les deux années qui s'étaient écoulées. Ils avaient une foule d'aventures et d'anecdotes à partager.

Mais Jack avait beau tenter de se concentrer, ses pensées le ramenaient toujours vers Victoria.

De son côté, l'adolescente se retrancha dans son monde et se laissa aller à une profonde mélancolie. En cours, elle était distraite et fut rappelée plusieurs fois à l'ordre. Elle manquait d'appétit, et c'est à peine si elle fermait l'œil. Elle passait son temps à écouter les chansons de Kirtash sur son baladeur, fermant les yeux pour s'abandonner à la musique, à rêver de le revoir. Quand elle se rappelait le baiser qu'il lui avait donné, elle désirait plus que tout que l'expérience se renouvelle. Et, chaque fois qu'elle y songeait, elle se sentait de plus en plus misérable.

Son changement de comportement, ses rêveries étranges et sa morosité n'échappèrent pas à sa grand-mère adoptive, qui essaya d'aborder la question avec elle. Malgré les réponses évasives que lui fit sa petite-fille, Allegra comprit qu'elle était tout simplement amoureuse. Mais Victoria avait tellement honte de ses sentiments qu'elle refusa de lui donner plus de précisions. Sa grand-mère la regarda d'un œil compréhensif, comme si elle pouvait lire au plus profond de son cœur, et lui dit en souriant :

– Tu as quatorze ans, je sais que c'est un âge difficile à vivre. Mais ça passera, tu seras bientôt plus grande et plus sage. Il te suffit de t'armer de patience...

Victoria hocha la tête en silence, et, une fois seule, elle chercha à savoir si elle s'était réellement amourachée de Kirtash. À la simple évocation de ce prénom, les battements de son cœur s'accélérèrent, comme chaque fois qu'elle pensait à lui, et elle enfouit le visage dans son oreiller. Comment avait-elle pu faire une chose pareille ? Pourquoi s'était-elle laissé séduire ? Pourquoi l'avait-il trompée de la sorte ? Pourquoi ? Elle se sentait faible, indigne d'être un membre de la Résistance. Shail était mort pour lui sauver la vie, et elle, en échange, qu'avait-elle fait ? Elle était allée voir Kirtash de sa propre initiative, elle l'avait autorisé à l'embrasser... pour finir par tomber amoureuse de lui.

Elle aurait voulu parler à Jack et tout lui avouer, mais elle pensait qu'il ne comprendrait pas, non à cause de la complexité de la situation, mais simplement parce que tout ce qui avait trait à Kirtash, de ses chansons jusqu'à ses tenues vestimentaires, le mettait hors de lui. Et elle ne pouvait pas lui en vouloir.

Cette nuit-là, après s'être tournée et retournée dans son lit sans parvenir à trouver le sommeil, elle avait pris la décision d'oublier Kirtash pour toujours, quand il l'appela de nouveau.

Elle entendit sa voix dans un recoin de son esprit et sut qu'il était tout près. Le cœur battant, elle se leva, s'habilla et sortit en silence de sa chambre, sur la pointe des pieds, en prenant bien garde de ne faire aucun bruit.

Une fois dehors, elle leva les yeux vers le ciel. Une lune splendide brillait. Elle se rappela Alexander et Jack, restés à Limbhad, et se demanda s'ils allaient bien.

Puis elle dévala le grand escalier et suivit son instinct, qui la mena directement à l'endroit où se tenait Kirtash.

Le jeune homme l'attendait derrière la maison, au sommet d'une tour qui s'élevait au milieu d'un bosquet de pins. Il s'était assis sur le parapet de pierre. Victoria vint s'asseoir près de lui. Ils restèrent un moment silencieux, à admirer la pleine lune.

– Elle est belle, n'est-ce pas ? murmura Victoria.

Kirtash acquiesça sans rien dire. Victoria le regardait, étonnée par la fascination que la lune exerçait manifestement sur lui. Se sentant observé, il se tourna vers elle.

– Victoria, se contenta-t-il dire.

– Kirtash...

C'était la première fois qu'elle prononçait son nom en sa présence, et, sans qu'elle sache pourquoi, elle en fut attristée.

– Pourquoi es-tu venue ?

– Parce que tu m'as appelée, répondit Victoria d'une voix douce, comme si c'était une évidence. Pourquoi n'as-tu pas tué Jack, l'autre nuit ?

– Parce que tu me l'avais demandé.

Victoria avait l'impression que son cœur battait si fort qu'il allait sortir de sa poitrine. Pourquoi les réponses à ces questions étaient-elles si simples, si directes, si évidentes ? Il lui semblait incroyable que tous deux éprouvent la même chose l'un pour l'autre.

Et pourtant...

Captivée par son regard glacé, Victoria prononça de nouveau son nom, dans un murmure qui s'acheva en soupir.

– Kirtash... Que signifie ton prénom ? lui demanda-t-elle comme pour sortir de cet envoûtement.

Le jeune homme mit un moment à lui répondre.

– C'est une variante d'un mot d'idhunaïque ancien qui signifie « serpent ».

– Ça ne me plaît pas, souffla Victoria en frissonnant. Je peux t'appeler autrement ?

– Appelle-moi comme tu voudras, lâcha-t-il en haussant les épaules. Après tout, ce n'est qu'un prénom, comme Victoria, dit-il en la fixant avec une intensité telle qu'il la fit rougir. L'important, c'est ce que nous sommes à l'intérieur.

Victoria détourna les yeux sans bien comprendre ce qu'il voulait dire.

– Sur terre, tu es Chris Tara, murmura-t-elle. Pourquoi as-tu choisi ce nom ?

– Ce n'est pas moi qui l'ai choisi. Mon impresario avait du mal à prononcer mon nom et il m'a trouvé celui-ci. Ça m'était égal.

– Chris ? Christopher ? Christian ?

– Comme tu veux.

– Christian ? Je peux t'appeler Christian ?

– Mais ce prénom ne correspond pas vraiment à ma personnalité, tu ne trouves pas ? Kirtash me définit mieux, lança le jeune homme d'un ton légèrement sarcastique.

– Comme tu viens de le dire, ce n'est qu'un prénom, objecta Victoria.

Il la regarda en esquissant un demi-sourire.

– Dans ce cas, appelle-moi Christian si cela te plaît davantage, si cela te fait oublier qui je suis, c'est-à-dire un assassin idhunite qui a pour mission de vous tuer, tes amis et toi...

Victoria détourna les yeux, mal à l'aise.

– Moi, en revanche, je continuerai de t'appeler Victoria, ajouta-t-il. Cela m'aide à oublier que je dois te supprimer.

– Mais tu ne veux pas me tuer ! protesta-t-elle, troublée.

Il y eut un long silence.

– Non, dit finalement Christian. Je ne veux pas te tuer.

– Pourquoi ?

Il se tourna vers elle, tendit la main pour lui prendre le menton et plongea son regard dans le sien pendant une seconde qui leur parut éternelle. Il fit mine de l'embrasser et Victoria sentit son cœur près d'exploser. Mais il se ravisa.

– Tu poses beaucoup de questions, observa-t-il.

– C'est normal, rétorqua-t-elle en détournant son visage pour cacher sa déception. Je ne sais rien sur toi, alors que tu connais tout de moi.

– C'est vrai. Je sais même des choses dont tu n'es pas encore informée. Mais il y a toujours quelque chose de nouveau à apprendre. Comme cette maison, par exemple, ajouta-t-il en désignant le manoir.

– Qu'est-ce qu'elle a, cette maison ?

– Elle possède une sorte d'aura bénéfique qui te protège. Ça m'est désagréable.

– C'est la maison de ma grand-mère, rien de plus, murmura Victoria, perplexe.

– Bien sûr, et cette femme n'est que ta grand-mère, commenta Christian en souriant avec un brin de malice. Quoi qu'il en soit, vivre ici est bon pour toi et te protège de nombreux dangers.

– Y compris de toi ?

Il posa de nouveau sur elle ses yeux si intensément brillants qu'ils la firent frissonner.

– Contre moi, tu n'as pas de protections, Victoria, et cette maison ne fait pas exception à la règle. D'ailleurs, comme tu peux le constater, je suis ici.

Victoria détourna le regard.

– Pourquoi me dis-tu tout ça ? Tu sèmes la confusion dans mon esprit. Ce que nous ressentons toi et moi m'échappe.

– Est-ce si important ? l'interrogea Christian en haussant les épaules.

– Bien sûr ! Tu ne peux pas continuer à jouer avec moi ! J'ai des sentiments ! Toi, tu n'en as peut-être pas, mais il faut que tu saches que je... que j'ai... besoin de savoir à quoi m'attendre. Je veux savoir ce que tu éprouves pour moi, et si je compte vraiment pour toi...

Elle s'interrompit parce qu'il lui avait pris le bras et s'était approché d'elle. Il était si près qu'elle pouvait sentir son souffle.

– Tu sais que je dois te tuer, chuchota Christian, or je ne l'ai pas encore fait. Je n'ai pas l'intention de le faire, et tu n'as pas idée des complications que cela m'amène. Tu me demandes si tu comptes pour moi ? À ton avis ?

Il la lâcha et Victoria reprit son souffle, étourdie, le cœur battant à tout rompre. Il lui fallut quelques secondes pour se ressaisir. Rassérénée, elle fixa de nouveau Christian, mais il s'était détourné d'elle pour contempler la lune, sérieux, immobile comme une statue de marbre.

– Mais cela ne va rien changer, lui confia-t-elle à voix basse. Ce que nous ressentons tous les deux, je veux dire. Parce que tu continueras de t'acharner contre nous. N'est-ce pas ?

– Et tu iras toujours te cacher à Limbhad, riposta-t-il sans cesser d'admirer la lune. Je trouve ça bien jusqu'à un certain point. Pour le moment, ça fonctionne... mais tu ne pourras pas te cacher indéfiniment, Victoria, tu verras. Si ce n'est pas moi, quelqu'un d'autre viendra te tuer car quelqu'un a décidé que tu devais mourir et, tant que je ne t'aurai pas tuée, rien n'y changera. La seule façon pour toi d'échapper à la mort est de rallier notre cause, ajouta-t-il en plongeant ses yeux dans les siens. Je te l'ai déjà dit une fois et je te le répète : viens avec moi !

Son regard était intense, électrisant, mais aussi suggestif et plein de promesses mystérieuses. Victoria comprit alors qu'elle en était prisonnière et que, quoi qu'il advienne, elle ne l'oublierait jamais.

– Sur Idhun ? demanda-t-elle dans un filet de voix.

– Sur Idhun, confirma Christian.

Quand il s'écarta d'elle, Victoria se sentit soudain seule et vide. Elle aurait voulu savoir comment était Idhun, ce monde dont elle avait tant entendu parler, mais qu'elle ne connaissait pas encore. Elle se souvint alors qu'il avait été envahi par les sheks, ces monstrueux serpents ailés.

– Tu as déjà vu un shek, Christian ?

– Oui, très souvent, lui répondit-il d'un air moqueur.

– Et… comment sont-ils ?

– Pas aussi horribles que tu l'imagines. Ils sont… beaux, à leur manière.

Victoria faillit laisser échapper : « Jack hait les serpents », mais elle se mordit la langue juste à temps ; ce n'était pas une très bonne idée de l'évoquer.

Mais cette pensée lui rappela que, si elle partait avec Christian, elle ne reverrait plus ses amis. Pire encore, elle les trahirait. Et cette perspective lui paraissait encore plus effroyable que l'idée de mourir de la main de Christian. Confuse et honteuse, elle se surprit à regretter qu'il ne l'ait pas tuée quand il en avait eu l'occasion. Les choses auraient été plus simples.

Elle essaya de chasser ces images de son esprit.

– Et… tu connais Ashran le Nécromancien ? En personne ?

– Oui, répondit Christian après un court silence. Je le connais même très bien puisque c'est mon père.

Il souriait.

Victoria le dévisagea, stupéfaite.

– Pardon ?

Elle se releva d'un bond et recula de quelques pas, apeurée. Christian… Kirtash… le fils d'Ashran le Nécromancien… Cette révélation l'avait prise au dépourvu, et, pourtant, cela se tenait et expliquait beaucoup de choses.

Sans se départir de son sourire, Christian se leva et la rejoignit. Victoria voulut reculer encore, mais elle heurta le parapet du mirador et, au moment où elle allait riposter, elle constata que Christian était tout près d'elle.

– Tu crois que je ne tiens pas mes promesses ? susurra-t-il. Je t'ai dit que, si tu venais avec moi, tu serais l'impératrice d'Idhun. Tu pensais que je mentais ? Notre monde, Victoria, est immense et beau, et il nous appartient à toi et à moi, si tu le veux.

– Mais..., murmura Victoria, désolée. Je ne peux pas...

Sans qu'elle comprenne pourquoi, le visage de Jack la poursuivait. Il la regardait en souriant, et ses yeux verts étaient pleins de tendresse...

– Je ne peux pas..., répéta-t-elle.

Elle se tourna vers Christian, qui continuait de l'observer, et, pour la première fois, elle s'aperçut que ses yeux bleus, habituellement froids comme des cristaux de glace, semblaient affectueux.

– Non..., dit-elle.

Mais, lorsque Christian se pencha pour l'embrasser, elle passa les bras autour de son cou et se serra contre lui, fermant les yeux pour mieux s'abandonner. Et, lorsque les lèvres du jeune homme frôlèrent les siennes, ce fut comme une sorte de décharge qui l'ébranla de la tête aux pieds. Elle savoura ce baiser, se sentit fondre et, quand ce fut terminé, ils s'enlacèrent en tremblant sous la pleine lune. Victoria oublia Jack, Alexander, Shail, Idhun et Ashran le Nécromancien. Elle cala sa tête dans le creux de l'épaule de Christian et murmura :

– Je t'aime.

Il se tut, mais resserra son étreinte.

Ni l'un ni l'autre ne vit l'ombre qui les observait derrière une des fenêtres du manoir.

6
SA VRAIE NATURE

La respiration hachée, Jack brandit la massue. La bête l'observait avec méfiance sans cesser de gronder sourdement.

– Alexander, non ! s'écria le garçon, qui savait pourtant que le peu d'humanité tapi dans la créature ne la ferait pas obéir.

La première nuit, les chaînes avaient miraculeusement tenu, mais, la suivante, le loup avait pris des forces et était parvenu à s'en débarrasser après avoir passé plusieurs heures à tirer et à mordre avec acharnement.

Jack aurait pu le tuer. Il lui aurait suffi de brandir Domivat. S'il l'avait voulu, le plus léger frôlement de sa lame aurait mis feu au loup.

Mais il ne pouvait pas l'affronter de cette manière, car sous le pelage de la bête se cachait son ami et son maître d'escrime.

Le loup poussa un nouveau grognement et bondit sur lui. Jack tenta de l'esquiver et le frappa violemment. L'animal fut projeté en l'air, mais retomba sur ses pattes. Il secoua la tête et revint à la charge.

Jack ne voulait pas lui faire de mal. Cependant, s'il ne l'arrêtait pas, le loup finirait par le tuer.

C'était une bête magnifique, un énorme loup gris aux pattes épaisses, aux crocs puissants et aux griffes acérées, qui réclamait du sang. Or Jack était trop près de lui... Le garçon s'était armé d'un gourdin dont il se servait comme d'une épée. Il assena un coup dans l'estomac du loup. Non sans satisfaction, il le vit tomber en arrière en gémissant. Ce n'était pas suffisant. Poussant un cri sauvage, Jack s'élança sur la bête et s'abattit sur son échine pour essayer de la soumettre. L'animal s'affaissa sous son poids, mais il tourna la tête et tenta de le mordre. Ses mâchoires se refermèrent sur l'avant-bras du garçon, qui hurla de douleur et s'efforça de se dégager. Il se releva d'un bond et recula en soutenant son bras blessé, observant le loup du coin de l'œil. Son arme était par terre, loin de lui.

Jack inspira à pleins poumons, le regard rivé sur l'animal qui réprimait ses grondements, prêt à lui sauter dessus.

– Alexander..., dit-il. Réagis, s'il te plaît ! C'est moi, Jack.

Il se sentit ridicule d'avoir prononcé ces mots. À l'évidence, le loup ne pouvait le comprendre. Il fit quelques pas en arrière, tandis que l'animal progressait dans sa direction. Il savait que, d'un instant à l'autre, il bondirait. Il n'y avait qu'une seule solution pour l'éviter. Il banda ses muscles et attendit le moment opportun.

Le loup fondit en effet sur lui. Jack attendit, calcula la distance et, quand il fut à la portée de la bête, il s'écarta de sa trajectoire d'un brusque mouvement des hanches, puis il s'élança sur elle, saisissant à deux bras son corps velu, et la fit tomber à terre. Tous deux roulèrent dans l'herbe. D'un mauvais coup de griffes, le loup déchira le pull du garçon, qui, atteint au bras, gémit de douleur. Mais il ne se déconcentra pas pour autant. Au prix d'un énorme effort, il passa ses bras autour du cou du loup et serra aussi fort que possible. La bête cria d'un ton plaintif et se débattit, puis cessa de bouger, car plus elle s'agitait, plus elle s'étouffait. Quelques minutes s'écoulèrent ainsi avant que les deux combattants soient parfaitement immobiles.

– Ça y est ? demanda Jack, haletant. Tu t'es assez amusé ?

Le loup émit un faible grognement. Jack sentit qu'il se relâchait et accueillit avec soulagement l'arrivée du matin. Il faisait toujours nuit à Limbhad, mais le garçon pouvait détecter le moment où s'arrêtait le cycle du loup-garou, car la bête faiblissait alors avant de reprendre son apparence humaine et de redevenir... Alexander.

Jack lâcha la créature, qui grogna encore. Incapable de se lever, elle s'affaissa dans l'herbe en lui lançant un regard de reproche.

Le garçon consulta sa montre, qu'il avait réglée sur l'heure allemande. Presque sept heures. Le jour allait bientôt se lever. Il secoua la tête et, épuisé, regagna la maison en boitant pour aller chercher la trousse à pharmacie et les vêtements d'Alexander.

Quand il revint, le loup était toujours étendu dans l'herbe. Cette fois il ne leva même pas les yeux quand Jack jeta une couverture sur lui et se laissa tomber par terre, sur le dos. Les crocs du loup lui avaient déchiqueté une partie du bras et sa poitrine le brûlait là où l'animal l'avait griffé. N'ayant pas la force de se relever, il ferma les yeux et soupira.

– Quelle nuit, n'est-ce pas ?

– Tu peux le dire, grogna le loup, qui avait repris la voix d'Alexander. Par tous les diables, comment ai-je réussi à briser ces chaînes ?

– Je voudrais bien le savoir ! murmura Jack.

Il avait mal partout. En plus des morsures, son corps était couvert d'égratignures et de contusions.

Alexander se redressa légèrement. L'homme reprenait peu à peu possession de lui, mais il avait les cheveux en bataille et ses yeux brillaient d'un éclat sinistre.

– Il va falloir trouver autre chose pour me contenir, déclara-t-il.

Jack bâilla.

– Que pouvons-nous faire ? Renforcer tes chaînes, par exemple ? Ou te donner un somnifère ? Oh, dis-moi, mais c'est une bonne idée ! Pourquoi n'y avons-nous pas pensé plus tôt ?

Alexander le regarda un moment, songeur. Il admirait la bonne humeur de Jack et l'optimisme avec lequel il prenait les choses.

– Tu es à ramasser à la petite cuiller, mon garçon. Il vaudrait mieux rentrer pour soigner tes blessures.

Jack se releva avec difficulté et s'empara de la trousse de secours.

– Regarde ce que j'ai apporté, déclara-t-il. Je suis prévoyant !

Alexander sourit. Pendant qu'il désinfectait sa blessure au bras avec de l'eau oxygénée, Jack eut une pensée pour Victoria.

– Tu crois que Victoria va revenir ? demanda-t-il. Cela fait une semaine qu'elle est partie.

– Tu ne lui as pas dit de rester chez elle ?

– Si, mais... Je parlais d'hier et d'aujourd'hui, et voilà plus de sept jours qu'elle n'a pas reparu. Je me demande si je ne l'ai pas blessée, parce que... bon, elle était très bizarre, et je sais que je suis parfois un peu maladroit...

– Elle reviendra, Jack, le rassura Alexander. Nous ne pouvons pas sortir d'ici sans son aide et elle le sait. Tu crois qu'elle nous abandonnerait comme ça ?

– Tu as raison, murmura Jack. C'est juste que parfois... enfin dernièrement... j'ai eu l'impression de la perdre... et je ne sais pas quoi faire.

Alexander prit une longue inspiration et ferma les yeux. Il réfléchit à ce qu'il pourrait dire. Il était clair que Jack lui demandait conseil, mais il n'avait jamais été très fort dans ce domaine.

– Peut-être que tu devrais lui avouer ce que tu éprouves pour elle, suggéra-t-il enfin.

Jack sourit. Rien d'étonnant à ce qu'Alexander ait deviné ses sentiments pour Victoria, c'était évident. Il trouvait en revanche étrange que Victoria ne s'en soit toujours pas rendu compte...

– Ce que j'éprouve pour elle ? répéta Jack. Je pense qu'elle n'a pas envie de le savoir, je te le garantis. Elle est froide avec moi. Ces deux années ont été trop longues. Elle me considère manifestement comme un simple ami et, si je lui avoue tout ce qui me passe par la tête quand je pense à elle... elle partira en courant.

– Pourquoi en es-tu si sûr ?

– Parce qu'elle est amoureuse de quelqu'un d'autre, Alexander.

– Mais, il y a deux ans, elle était amoureuse de toi.

Jack se tourna vers lui, stupéfait.

– La nuit où j'ai quitté Limbhad, Victoria m'a laissé partir, lui expliqua Alexander. Tu sais pourquoi ? Je lui ai dit que la bête qui était en moi te tuerait. D'ailleurs, tu étais là quand j'ai prononcé ces mots.

– Oui, je m'en souviens.

– Ce jour-là, j'ai senti sa peur, sa panique, son désespoir. Elle n'avait jamais eu aussi peur de moi auparavant. Si elle m'a libéré, tu m'entends, c'était pour te protéger, Jack. Uniquement pour te protéger.

En proie au malaise, Jack ferma les yeux. Il se rappelait parfaitement ce moment. Moins d'une heure plus tard, il avait quitté Limbhad à son tour pour partir à la recherche de son ami, abandonnant Victoria.

– Et tu l'as laissée seule, conclut Alexander comme s'il lisait dans ses pensées.

– Justement, quand j'y songe, je me sens encore plus coupable, murmura Jack.

Il soupira et ajouta d'un air sombre :

– C'est à ce moment-là que je l'ai perdue pour toujours, tu ne crois pas ?

– À ta place, je n'en serais pas aussi sûr. Tu es toujours quelqu'un de très important pour elle.

Jack inspira longuement, mais garda le silence. Il valait mieux ne pas se faire trop d'illusions.

Il regarda la balustrade de la terrasse, où il avait vu Victoria pour la dernière fois, et l'imagina, vêtue de blanc et jouant de la flûte. Il pouvait presque entendre sa mélodie. Comment avait-il pu se priver de sa présence pendant deux ans ?

– Tu sais à quoi servait cette terrasse autrefois ? lui demanda Alexander.

Jack n'avait pas l'air de savoir.

– À une époque, les dragons allaient d'Idhun jusqu'à la Terre. Il leur arrivait parfois de passer par Limbhad. La terrasse a été construite pour eux.

– Comme une piste d'atterrissage, murmura Jack, mais Alexander ne l'entendit pas. Comment as-tu trouvé le dragon, Alexander ? Je veux dire… celui que nous cherchons.

– Je ne m'en souviens plus trop dans les détails, répondit le jeune homme, pensif. J'ai essayé de tout oublier au cas où je serais capturé… Je ne voulais pas que Kirtash puisse découvrir quoi que ce soit dans mon esprit au sujet du dragon. Ni qu'il trouve aucun indice.

– C'est pour ça que tu ne parles jamais de lui ?

Alexander acquiesça.

– Et puis… je ne sais pas très bien pourquoi, mais maintenant tout ça ne me paraît plus aussi important.

Jack attendit cependant qu'Alexander entame son récit. Son ami s'allongea dans l'herbe et se mit à raconter :

– Je me souviens que j'allais vers le sud, dans la direction d'Awinor, le royaume des dragons. Nous étions nombreux à nous lancer dans cette quête, parce qu'il fallait à tout prix sauver au moins un dragon afin que la prophétie puisse se réaliser. Mais il n'en restait plus un seul. Pour une raison qui m'échappe, la lumière des six astres entrelacés leur a été fatale. Les pauvres créatures prenaient feu et tombaient du ciel comme des météores. Ravagée par les flammes, Awinor, la terre des dragons, est morte avec eux.

L'estomac noué, mais impatient de connaître la fin de l'histoire, Jack se garda d'interrompre Alexander.

– Quand je suis arrivé à Awinor, poursuivit ce dernier, le pays n'était plus qu'un désert couvert de cendres. Il y avait des corps de dragons partout. C'était effroyable. J'ai néanmoins continué à chercher, et j'ignore comment je me suis débrouillé, mais j'ai trouvé un nid. En temps normal, je n'aurais jamais eu l'idée de regarder à l'intérieur, car il est connu que les dragonnes gardent jalousement leurs œufs. Cependant, je me suis dit qu'il ne restait plus de dragons pour me punir de mon audace. En effet, les œufs étaient tous ouverts et les petits gisaient, mort-nés. Certains n'avaient même pas réussi à sortir complètement de leur coquille. C'est alors que j'ai vu un œuf intact. J'ai entendu gratter à l'intérieur. J'ai attendu, et, quand la coquille s'est brisée, un petit dragon est apparu. Il était faible et tremblant, mais il vivait ! Et c'était un dragon doré.

– Qu'est-ce qu'un dragon doré a de particulier ?

– Il en existe très peu, Jack. Normalement, les dragons n'ont pas de couleurs métalliques. Il arrive que certains naissent avec des écailles dorées ou argentées, un sur dix mille, peut-être... Et ceux-là sont uniques. Les dragons croient que les petits qui naissent avec cette singularité sont appelés à de grands destins. J'ai tout de suite compris que ce petit dragon survivrait, et qu'il s'agissait de celui de la prophétie. La suite, tu la connais. Je l'ai emmené à la tour de Kazlunn. Il a survécu au voyage et j'espère qu'il a également survécu sur Terre, ajouta Alexander après un court instant de silence.

Jack hocha la tête sans rien dire, en réfléchissant à cette histoire.

– Tu lui as donné un nom ? finit-il par demander.

Alexander eut un sourire nostalgique.

– Eh bien... je ne l'ai jamais dit à personne, avoua-t-il, parce que c'était un secret entre lui et moi. Je l'ai appelé – ne ris pas – Yandrak.

Jack s'esclaffa. En idhunaïque, Yandrak signifiait « dernier dragon ».

– Je n'ai jamais eu beaucoup d'imagination, s'excusa Alexander.

– C'est un nom qui convient parfaitement, déclara Jack. C'est ce qu'il est. Où crois-tu qu'il se trouve, à présent ?

– Je n'en sais rien, dit Alexander d'un ton enjoué. Peut-être est-il en train d'admirer les étoiles, comme nous.

– Les étoiles d'Idhun ou celles de la Terre ?

– Les étoiles tout court.

*

Victoria revint à Limbhad deux jours plus tard. Jack la trouva plus radieuse que lors de leur dernière rencontre, sur la terrasse. Pourtant, sans qu'il comprenne pourquoi, elle l'évitait et son regard n'était pas franc. Il ne savait qu'en penser. Il était persuadé qu'elle aimait un autre garçon, mais pour quelle étrange raison se comportait-elle ainsi avec lui ? « Il faut que je lui parle », se dit-il.

Il en eut très vite l'occasion. Une des premières choses que fit Victoria fut de soigner ses blessures. Aussi l'emmena-t-elle dans son refuge, sous le saule, où sa magie fonctionnait beaucoup mieux qu'ailleurs. Tandis que son fluide parcourait son corps, Jack l'observa en silence. C'était une sensation douce, chaude et très agréable. Il aurait voulu que ce moment ne cesse jamais, mais déjà ses plaies se refermaient. Dès qu'il serait guéri, ils regagneraient la maison et il n'aurait peut-être plus le loisir de s'entretenir avec elle. Lorsqu'elle eut terminé, il s'empressa donc de prendre les devants.

– Victoria, tu es fâchée contre moi ? lui demanda-t-il tout à trac.

– Qu'est-ce que tu dis ? Pas du tout, Jack.

– Alors pourquoi te comportes-tu ainsi ? Pourquoi ne me regardes-tu pas en face ? Pourquoi t'en vas-tu dès que je suis dans la même pièce que toi ?

Victoria lui tourna brusquement le dos, mais il avait eu le temps de voir ses yeux noyés de larmes. Il s'assit à côté d'elle et passa un bras sur ses épaules.

– Je regrette, je ne voulais pas être aussi brutal. S'il te plaît, explique-moi ce qui t'arrive. Je n'aime pas te voir dans cet état. Si c'est à cause de moi...

– Oh non..., soupira-t-elle.

Elle se blottit contre lui et ferma les yeux, se laissant réconforter par son étreinte.

– J'ai fait quelque chose d'horrible, Jack, murmura-t-elle. Tu ne me le pardonneras jamais.

– Ne dis pas de bêtises ! répliqua Jack, troublé. Tout le monde se trompe de temps à autre et je suis sûr que ce n'est pas si grave.

– Si, c'est grave. Et le pire, c'est que je n'ai pas pu... ou pas su l'empêcher.

– Tu veux... tu veux bien me raconter ce qui s'est passé ?

– Oui, mais je sais qu'après, je ne pourrai plus jamais te regarder en face. Je ne suis pas prête, Jack. Je ne veux pas te perdre.

Jack la serra avec force. « Je ne veux pas te perdre non plus, pensa-t-il. Et pourtant je sens que tu t'en vas... J'aimerais savoir où tes pensées t'emmènent et si je peux t'accompagner. »

– Tu ne vas pas me perdre, Victoria, assura-t-il. Je suis là, tu vois ? Et je serai là chaque fois que tu auras besoin de moi. En attendant que tu reviennes... de là où tu te trouves en ce moment.

– Mais... je suis ici, murmura-t-elle, perplexe.

– Non, protesta Jack en secouant la tête. Tu es loin... à mille lieues de moi et je ne peux pas t'atteindre.

Les yeux de Victoria s'embuèrent de nouveau.

– Tu as raison, Jack. Je suis très loin... dans le dernier endroit où tu aimerais me voir. Je ne mérite pas que tu te soucies de moi. Je ne mérite ni ton affection, ni ton amitié.

Elle se sépara vivement de lui, se releva d'un bond et se précipita vers la maison.

– Victoria ! s'écria Jack en lui courant après.

Mais elle ne s'arrêta pas.

Il ne pouvait pas la laisser dans cet état. Il ne supportait pas de la voir souffrir ainsi, il voulait la serrer contre lui, la rassurer. Il était prêt à faire n'importe quoi pour qu'elle aille mieux.

Il essaya de la rattraper, mais elle était déjà rentrée. Il savait où la trouver. Il monta rapidement dans la bibliothèque et la vit effleurer de ses doigts la sphère à travers laquelle se manifestait l'Âme de Limbhad. Elle retournait chez elle. Mais Jack craignait qu'elle ne revienne pas avant plusieurs jours, comme la dernière fois. Or, il ne pouvait pas l'attendre aussi longtemps. Il tenta de la retenir, mais n'y parvint pas. Sans le vouloir, il passa la main dans la sphère et fut ébloui par sa lumière. Tout se mit à tournoyer, l'Âme cherchait à savoir où il voulait aller.

Jack se rendit compte qu'elle était déconcertée, mais il ne s'expliquait pas comment il avait réussi à entrer en contact avec elle. Il se dit que la magie de Victoria était encore active quand il avait touché la sphère. « Avec Victoria », pensa-t-il, puis il se corrigea : « Chez Victoria ».

Quand tout cessa de tourner, il se retrouva dans une pièce sombre et silencieuse. Il regarda autour de lui, mal à l'aise, et reconnut certaines affaires de son amie. Il songea qu'il se trouvait probablement dans la chambre de Victoria, chez sa grand-mère. Il chercha l'adolescente, mais elle n'était pas là. Le réveil de la table de chevet indiquait deux heures du matin. Il se demanda où était allée Victoria, et s'il s'était trompé en demandant à l'Âme de le conduire ici.

Il réfléchit. Il avait le choix entre deux solutions : soit attendre que Victoria revienne, ce qu'elle ferait tôt ou tard, soit sortir et explorer les environs pour tenter de la retrouver. Dans les deux cas, il risquait d'être surpris par sa grand-mère.

Il opta pour la deuxième. Tout semblait calme, la maisonnée dormait. S'il était découvert, il préférait que ce soit ailleurs que dans la chambre de Victoria. Ce serait moins embarrassant.

Il fila donc dans le couloir sans faire de bruit, et chercha la sortie.

*

Victoria dévala l'escalier de pierre et se rendit dans le bosquet de pins qui s'étendait derrière le manoir. Elle sentait que la pinède l'appelait. Elle aurait préféré s'attarder davantage sous le saule de Limbhad, mais il lui était impossible de rester près de Jack sans que les remords viennent la tourmenter. Gagnée par l'émotion, elle se souvint de la sincérité et de la douceur avec lesquelles il lui avait dit : « Je serai là chaque fois que tu auras besoin de moi. En attendant que tu reviennes... de là où tu te trouves en ce moment. » Il ne savait pas... S'il avait su...

Tremblante, elle se laissa tomber dans l'herbe, sous un arbre. Submergée par les émotions, elle n'arrivait pas à raisonner correctement.

– Il est dur de reconnaître qu'on trahit ses amis.

La voix de Christian la fit sursauter. Elle leva les yeux et découvrit, debout à côté d'elle, une ombre qui se découpait dans la lumière des étoiles.

– Oui, souffla Victoria. Tu sais ce que je ressens ?

Il s'assit et acquiesça en silence.

– Mais comment peux-tu le savoir ?

– Je t'ai déjà dit que toi et moi, nous ne sommes pas si différents l'un de l'autre.

Se rappelant alors comment sa musique lui était allée droit au cœur, Victoria lui posa une question qui lui brûlait les lèvres depuis longtemps :

– Pourquoi chantes-tu ?

– Sans doute parce que j'ai besoin de m'exprimer. Tu aimes ma musique ?

– Oui, avoua-t-elle non sans timidité. Avant même que je sache que c'était toi qui chantais. J'aime surtout *Beyond*. Je l'écoute en boucle.

Il sourit.

– *Beyond*… Je l'ai composée en pensant à toi.

Le pouls de Victoria s'accéléra.

– Tu pensais déjà à moi à ce moment-là ?

– J'ai beaucoup pensé à toi, répondit-il. Depuis la fameuse nuit où je *devais* te tuer. Tu m'intrigues, Victoria, tu me fascines, et, chaque fois que je te regarde, j'ai envie de te protéger.

Victoria soupira et posa la tête sur son épaule. Il hésita, comme si ce contact le dérangeait, mais il ne bougea pas.

– Tu crois que c'est de l'amour ? se risqua-t-elle à demander.

– Je ne trouve pas nécessaire de donner un nom à ce sentiment, répliqua-t-il. C'est ce que c'est.

– Oui, murmura Victoria, sans doute. Mais il y a tant de choses en toi que je ne comprends pas… qui me font peur… et que je ne peux pas te pardonner.

– Je sais.

– Et j'ignore comment je peux éprouver de tels sentiments en sachant cela.

– C'est plutôt ce que tu ignores sur moi et que tu crois savoir, susurra-t-il. Mais la vraie question est : qu'est-ce qui compte le plus à tes yeux ? Ma vie et mes actes, ou tes sentiments ?

– Tout est important, souffla-t-elle d'une voix hésitante.

– Tout est important, répéta Christian à voix basse. Jusqu'à quel point ? Je me le suis demandé moi-même. Sachant ce que je sais de toi, j'aurais dû te tuer. Je devrais le faire là, maintenant, mais je n'y parviens pas et je commence à penser que jamais je ne le pourrai. Et tout ça pour quoi ?

Il la regarda de nouveau intensément.

– Pour un sentiment. Est-ce que... est-ce que ça en vaut la peine ?

– Je... n'en sais rien. Ma raison me commande de te haïr. Mais mon cœur...

Elle laissa sa phrase en suspens, car Christian se releva brusquement. Elle l'imita.

– Qu'est-ce que je peux attendre de toi ? demanda-t-elle.

– Tu veux savoir ce que je peux t'offrir ? lâcha-t-il dans un demi-sourire. Je ne serai pas toujours près de toi et tu ne pourras pas toujours compter sur moi. Je suis un solitaire, je ne suis pas fait pour partager ma vie avec une autre personne. Malgré tout, où que je sois, je veillerai sur toi et, s'il le faut, je donnerai ma vie pour te protéger.

Victoria se tut, déroutée.

– Et moi, qu'est-ce que je peux espérer de toi ? demanda Christian.

– Tu veux que j'abandonne la Résistance, hésita-t-elle. Que je tourne le dos à mes amis.

– Tu leur as parlé de moi ?

– Non, avoua Victoria. Ils ne comprendraient pas.

Christian hocha la tête sans un mot. Il darda ses yeux sur elle, lui caressa la joue avec douceur et tendresse. Elle frissonna de la tête aux pieds.

– J'aime tes caresses, chuchota-t-elle. Même si je vais bientôt rentrer chez moi, même si je m'oblige à garder les pieds sur terre et si je me dis que je ne devrais pas être ici, même si je décide de retourner à Limbhad et de reprendre la lutte contre toi... Maintenant, ce sont mes sentiments qui commandent.

– Je sais, souffla Christian d'une voix chaude. Pour l'instant, oublie qui je suis et ce que j'ai fait et laisse ton cœur parler à ta place.

Il se pencha pour l'embrasser et Victoria se raccrocha à lui, le cœur battant. Elle ferma les yeux en priant pour que ce moment ne se termine jamais.

Soudain, Victoria sentit la tension et la colère rentrée de Christian monter juste avant qu'il se sépare d'elle d'un geste vif. Quand elle rouvrit les yeux et regarda un peu plus loin, du côté du sentier qui menait à la maison, l'univers entier parut se figer.

Jack était là, les yeux rivés sur eux.

*

Pas un instant Jack ne songea que c'était la faute de Victoria. Il les avait surpris tendrement enlacés, comme un couple d'amoureux, mais la seule chose qu'il voyait, c'est que Kirtash était avec Victoria, qu'il l'avait séduite, qu'il l'avait abusée pour mieux lui faire mal. Il craignait qu'il blesse la personne qu'il aimait le plus au monde. Et son instinct lui disait que Victoria était en danger.

Alors, il devint comme fou.

Il n'était pas armé, ce qui ne l'empêcha pas de fondre sur son ennemi en poussant un hurlement d'une sauvagerie sans pareille, pour le tuer. Il voulait en finir avec lui.

Tout fut très rapide. Jack se précipita sur Christian, puis tous deux roulèrent à terre.

– Je vais te tuer ! gronda Jack.

Victoria était pétrifiée. Elle les avait déjà vus se battre à l'épée et exécuter des passes agiles et élégantes. Mais à présent ils en venaient aux coups de poings et de pieds.

Christian se débattit comme une anguille et put se dégager. Il avait sorti un poignard sans doute caché sous ses vêtements. Dans ses yeux acérés brillait l'éclat de la mort. Victoria savait qu'il n'hésiterait pas à faire usage de son arme.

Mais Jack était déchaîné. Quelque chose en lui explosait comme un volcan. Il avait déjà éprouvé cette sensation deux ou trois fois dans sa vie. Quand il comprit que la rage montait en lui, c'était déjà trop tard. Elle exigeait d'être libérée et il ne put s'empêcher de crier.

Un anneau de feu se créa autour de son corps et se répandit telle une déferlante mortelle.

Il vit alors une chose qui allait longtemps le poursuivre dans ses pires cauchemars : le visage terrifié de Victoria qui, paralysée par la peur, fixait du regard les flammes incendiaires qu'il avait envoyées directement sur elle.

– VICTORIA ! hurla-t-il, impuissant.

La scène se déroula ensuite de manière confuse. Victoria sentit que Christian s'élançait sur elle pour faire obstacle au feu, et tous deux s'effondrèrent. Le feu passa au-dessus d'eux, frappa les arbres les plus proches et les enflamma.

Étourdie, Victoria essaya de se relever. Avec l'agilité qui le caractérisait, Christian était déjà bien campé sur ses deux jambes, même s'il lui tournait le dos. Elle sentit qu'il bouillonnait de rage. Elle ne l'avait jamais vu dans cet état.

Jack semblait perdu, lui aussi, et s'était relevé, non loin d'eux. Sa colère paraissait évanouie ; il se sentait très faible et ses jambes tremblaient tellement qu'il tomba à genoux dans l'herbe. Il ne comprenait pas ce qui lui était arrivé, mais au fond il s'en moquait, parce que, heureusement, Victoria était saine et sauve. C'était la seule chose qui comptait. Et aussi étrange que cela puisse paraître, c'était Kirtash qui avait sauvé la vie de son amie... une vie que lui, qui l'aimait tant, avait mise en danger en voulant la protéger. C'était assez ironique... et déconcertant. Abasourdi, il regardait Kirtash, mais fut incapable de mesurer la colère qui brûlait dans les yeux de son ennemi. Il était trop sonné pour percevoir le danger qui le menaçait.

Victoria, en revanche, avait deviné ce qui allait se passer. Elle attrapa Christian par le bras pour tenter de l'arrêter, mais il se dégagea avec impatience, comme s'il avait oublié qu'elle était là. Il se rua vers Jack, qui se redressa en chancelant. Cependant, il s'immobilisa à deux mètres de lui et l'observa comme s'il le voyait pour la première fois. Il grimaçait et son visage était empreint d'une haine infinie.

– Toi ! cria-t-il. J'aurais dû m'en douter !

Victoria courut jusqu'à eux, espérant pouvoir éviter l'inévitable. Elle se planta à côté de Jack. Toutefois, elle n'était pas préparée à ce qui allait suivre.

Sous l'effet de la colère, le corps de Christian fut parcouru de spasmes et commença à se transformer. Le changement fut instantané et, l'espace de quelques secondes, deux images se superposèrent et se fondirent jusqu'à ce qu'il n'en reste plus qu'une seule. Le jeune homme de dix-sept ans avait cédé la place à une créature fantastique, un gigantesque serpent qui se dressait devant Jack, son corps annelé vibrant de rage, ses immenses ailes membraneuses déployées au-dessus d'eux, cachant le ciel nocturne.

Jack ne put réprimer un frisson d'horreur. Victoria et lui reculèrent de quelques pas, mais elle trébucha et l'entraîna dans sa chute. Ils restèrent assis dans l'herbe, pétrifiés, sans pouvoir détacher les yeux de l'énorme serpent. C'était une vision à la fois terrifiante et saisissante, car cette créature était, malgré tout, magnifique. Elle possédait une beauté mystérieuse, vénéneuse. Les sheks n'étaient-ils pas nés des entrailles de la terre quand Idhun était encore un monde balbutiant ? Presque élevés au rang de divinités, ils étaient les fils préférés du dieu obscur, peut-être au-dessus des dragons.

– Christian ? balbutia Victoria, qui n'en croyait pas ses yeux.

– Kirtash, murmura Jack d'un air sombre.

Le serpent releva la tête, déploya largement ses ailes et poussa une sorte de glapissement, comme s'il était heureux d'être libre après avoir été trop longtemps enfermé dans un lieu exigu, comme s'il profitait à nouveau de son espace vital.

Puis il darda ses yeux irisés sur Jack, et Victoria y découvrit l'éclat du regard de Christian. Elle comprit soudain avec horreur qui était… ou ce qu'était exactement l'être dont elle croyait être tombée amoureuse.

Le shek ne lui prêtait pas attention. Il transpirait la haine et la colère, et c'était la présence de Jack, peut-être même sa simple existence, qui l'avait transformé de cette façon. Jack s'était immobilisé, incapable de bouger ni de détacher les yeux du regard magnétique de la créature. Soit il s'était vidé de ses forces, soit le shek l'avait hypnotisé.

Victoria crut que son ami allait mourir et se jeta en avant pour s'interposer entre lui et le shek.

Jack était à peine conscient de sa présence. Il avait l'étrange impression d'être englué dans un cauchemar. Ce serpent était l'incarnation de toutes ses peurs, la cible de toute sa haine. Ce qu'il provoquait en lui était tellement intense qu'il était tétanisé.

Le shek parut réagir. Il regarda Victoria et, bien qu'elle ait les yeux fermés, un frisson bien connu s'empara d'elle : c'était celui qui la parcourait quand Christian, ou Kirtash, n'était pas loin. Trop terrifiée pour analyser la situation avec rationalité, elle sentit néanmoins que son cœur saignait parce qu'elle avait la sensation d'avoir perdu Christian, ou ce qu'elle croyait être Christian, pour toujours.

« Victoria », murmura une voix dans son esprit.

Elle trembla. C'était la voix de Christian, elle l'aurait reconnue entre mille. Mais le timbre était inhumain, le ton glacé et indifférent.

« Victoria, répéta-t-il. Écarte-toi. »

Elle parvint à rouvrir les yeux. Le shek était là, dressé devant elle, terrible et menaçant. Mais il avait légèrement replié ses ailes et les vibrations de son corps s'étaient atténuées.

« Écarte-toi, Victoria », répéta la créature.

« Il ne veut pas me tuer », comprit-elle soudain en se tournant vers le shek, méfiante.

– Chris... Christian ?

« Je suis Kirtash », répondit-il.

– Alors, c'est là... ta vraie nature.

« Tu es surprise ? Maintenant, pousse-toi, Victoria. »

La jeune fille inspira et secoua vivement la tête.

– Non. C'est impossible. Si tu veux tuer Jack, il faudra d'abord me supprimer.

Ces paroles firent réagir Jack, le tirant de son étrange transe. Il ne pouvait toujours pas bouger, mais il reprit tout de même conscience. Au prix d'un effort surhumain, il tenta de s'écarter de Victoria pour ne pas l'exposer, mais il en fut incapable. Son corps était paralysé. Cependant, il s'écria :

– Non, Victoria. Fais ce qu'il t'ordonne. Je... l'affronterai.

– Jack, tu ne peux plus bouger, et tu es épuisé...

– Victoria, je t'en prie, supplia-t-il.

L'idée de la perdre lui était beaucoup plus insupportable que la certitude qu'il allait mourir entre les crocs de cette créature.

– Pars, enfuis-toi loin.

Victoria le regarda intensément et écarta une mèche rebelle de son front, comme elle avait l'habitude de le faire.

– Sans toi ? Jamais, Jack.

Le garçon frémit. Rêvait-il ?

« Émouvant, dit Kirtash, qui n'avait pas l'air ému pour deux sous. Je vais tâcher de t'expliquer, Victoria : il doit mourir pour que tu vives. »

– Quoi ? fit Victoria en se tournant vers lui.

« Si Jack meurt, Victoria, tu seras sauve. Je t'ai promis de te protéger et c'est ce que je vais faire, avec ta permission. »

– En tuant Jack ? C'est ta façon de me protéger ?

Elle avait élevé la voix et ses yeux étaient inondés de larmes.

– Tu n'es qu'un menteur ! C'est ce que tu voulais depuis le début, n'est-ce pas ? Arriver jusqu'à lui pour le tuer ! Tu t'es servi de moi ! Tu es ignoble !

« Tu peux le penser si cela t'aide à te sentir mieux », dit le shek, et Victoria ferma les yeux, déchirée par la douleur, en se rappelant que, quelques jours plus tôt, Christian avait prononcé des paroles similaires. Mais comment était-ce possible ? Victoria comprit alors de quelle façon Kirtash s'y prenait pour tuer : il usait de ses mystérieux pouvoirs télépathiques et de la force meurtrière de son regard. Personne n'y survivait. Elle n'avait qu'à regarder la créature qui se dressait devant elle pour s'en persuader.

Mais que devait-elle penser de la tendresse qu'il avait mise dans ses baisers, de la douceur de ses paroles, de l'intensité de ses regards ? Quelqu'un comme Kirtash, le serpent ailé, pouvait-il éprouver des sentiments ? Y avait-il quelque chose d'humain en lui, ou n'était-ce qu'une illusion ?

Elle avait commis une terrible erreur et elle ne laisserait pas Jack mourir par sa faute.

– Je ne veux pas de la vie que tu m'offres si tu la troques contre celle de Jack, répliqua-t-elle en tremblant. Libre à toi de nous laisser partir tous les deux... ou de nous tuer.

Elle connaissait déjà la réponse, et Jack aussi. Son ami puisa dans ses dernières forces et parvint à se lever, tentant de repousser Victoria. Mais elle lui résista.

– Victoria, va-t'en, bon sang ! Je ne veux pas que...

– Je ne partirai pas sans toi.

Jack tenta de répliquer, quand elle l'enlaça de toutes ses forces.

– S'il te plaît, pardonne-moi, l'implora-t-elle en fermant les yeux.

Il y eut un long silence tendu.

– Tu ne peux pas le comprendre, lui dit gentiment Kirtash.

Victoria rouvrit les yeux, étonnée. Cette phrase n'avait pas résonné dans son esprit, mais lui avait été glissée à l'oreille. Elle se tourna... et le jeune homme aux cheveux châtain clair et aux yeux bleus se tenait à côté d'elle. Le shek, le serpent ailé, avait disparu.

– Chris... Kirtash ? murmura-t-elle, troublée.

Sans rien dire, il considérait Jack, qui le fixait d'un air plein de défi. Puis il se tourna de nouveau vers Victoria.

– Tu ne pourras pas toujours le protéger, et tu le sais très bien.

Victoria avait envie de pleurer, de crier, de l'insulter, de le frapper, de l'enlacer... mais elle resta à le regarder sans savoir quoi faire, tremblant encore dans les bras de Jack.

Kirtash lui décocha un de ses demi-sourires ironiques et amers, pivota et s'enfonça dans l'obscurité de la nuit. Sans pouvoir l'empêcher, Victoria sentit qu'une part d'elle-même disparaissait avec lui, pour ne plus jamais revenir.

« Tu ne pourras pas toujours le protéger, et tu le sais très bien. »

Jack et Victoria restèrent ainsi un moment immobiles, tendus. Mais Kirtash ne revint pas.

Puis le garçon se sentit soudain libéré de la mystérieuse paralysie qui l'avait changé en statue. Il poussa un long soupir, et Victoria et lui, encore vacillants et les yeux baignés de larmes, s'étreignirent avec force.

7

« ... LE TEMPS QU'IL FAUDRA »

– De Kirtash ? s'écria Alexander. Elle est devenue folle ? Où est-elle ? demanda-t-il, furieux, en regardant partout autour de lui. Je veux lui parler !

Il se heurta à Jack, qui s'était planté devant la porte et l'empêchait de sortir.

– Sous le saule. Mais fiche-lui la paix. Elle a déjà assez souffert.

– Laisse-moi passer, Jack, ordonna Alexander, rouge de colère.

Ses yeux brillaient dangereusement, son expression était sombre et menaçante et sa voix, beaucoup plus rauque que d'habitude. Jack savait ce que cela signifiait : la plupart du temps, son ami contrôlait la bête, mais il lui fallait tout d'abord contenir ses états d'âme. Or la rage, la colère ou la haine étaient des émotions propres à libérer la créature qui sommeillait en lui.

Tout autre que Jack aurait été terrorisé par sa simple présence, mais le garçon resta debout face à lui, calme et décidé, sans ciller devant l'éclat sauvage de ses yeux. Alexander parut se détendre un peu.

– Tu te rends compte de ce qu'elle a fait ? souffla-t-il, hors de lui.

– Oui. Elle m'a sauvé la vie, répondit Jack d'une voix douce, mais sans détacher son regard d'Alexander.

Celui-ci le brava encore un instant, puis son regard se ternit.

– Par tous les diables, mon garçon, je n'y comprends rien ! Tu vas devoir m'expliquer ça à tête reposée.

Accablé, il se laissa tomber dans le fauteuil et passa une main dans ses cheveux gris. Jack comprenait très bien ce qui lui arrivait, car lui aussi se sentait totalement dépassé.

Il s'assit près de son ami.

– Kirtash est un shek, dit-il.

– Oui, tu me l'as déjà dit. C'est justement ce qui me rend aussi perplexe.

– Pourquoi ?

– Parce qu'il a une apparence humaine, Jack. Tu es aveugle ou quoi ? Les sheks sont des serpents géants qui...

– Je sais, je l'ai vu sous sa vraie forme...

– Le problème, c'est qu'ils ne peuvent pas se métamorphoser. Comme d'autres êtres, ils peuvent créer des illusions et faire en sorte que tu les voies sous une autre apparence. Mais ce ne sont que des illusions, tu comprends ? De simples images. Tu ne peux pas les toucher ni lutter contre elles. Elles ne peuvent pas te blesser non plus. Il arrive que les sheks les plus puissants apparaissent sous une forme humaine, mais cela ne dure que très peu de temps. Et on remarque tout de suite que ce sont des sheks.

– Eh bien, nous nous sommes toujours doutés que Kirtash n'était pas vraiment un homme, n'est-ce pas ?

– Pas *vraiment*, Jack, c'est là tout le problème. Si Kirtash était un shek, comme tu l'affirmes, il n'y aurait pas eu de place pour le doute et nous l'aurions su dès le début. Par ailleurs, aucun shek ne peut rester aussi longtemps sous une forme humaine. Ils s'estiment supérieurs à nous, tu comprends ? Ils trouvent cela humiliant. Or, d'après ce que tu m'as raconté, Kirtash était très à l'aise sous son camouflage.

Ils observèrent un moment de silence. Alexander essayait de comprendre ces nouvelles informations et Jack réfléchissait.

– Pourquoi es-tu aussi bien informé sur les sheks ? demanda-t-il enfin.

– J'ai étudié les dragons, répondit Alexander en haussant les épaules. En toute logique, j'ai aussi lu des livres sur les sheks, car c'est la seule race d'Idhun capable de les affronter et de les vaincre.

– Je n'avais jamais vu un shek auparavant, avoua Jack. Je ne sais pas s'ils sont tous comme Kirtash, mais il était...

– Terrifiant ? suggéra Alexander. C'est sûr, ce sont des créatures impressionnantes. Je ne m'explique d'ailleurs toujours pas comment vous vous en êtes sortis sans une égratignure.

– Grâce à Victoria. Il ne voulait pas la tuer. Il aurait pu nous supprimer en une seconde, nous étions sans défense, et... il s'est contenté de faire demi-tour et de quitter les lieux. Il avait pourtant le choix : nous tuer ou nous épargner tous les deux... Il a choisi. Je ne comprends pas, ajouta-t-il en secouant la tête. Pourquoi protège-t-il Victoria ?

– Les sheks ont une intelligence retorse et maléfique, très supérieure à l'intelligence humaine, mais sournoise. Inutile d'essayer de déchiffrer leur conduite et leurs réactions, tu n'y arriveras pas.

– Je suppose que non. C'est juste que... Tu crois qu'il peut éprouver quelque chose pour elle ?

– Réveille-toi, Jack. C'est un shek. Que pourrait-il ressentir pour une humaine ?

– Et s'il avait quelque chose d'humain ? insista Jack.

– Est-ce si important que ça ?

– Oui, c'est important, dit-il après une courte pause. Parce que Victoria est tombée amoureuse de lui.

– Et cela te fait mal, je me trompe ?

Jack se leva brusquement et se retourna pour qu'Alexander ne découvre pas la vérité sur son visage. Il regarda en silence le ciel nocturne par la fenêtre.

– Il a sûrement quelque chose d'humain, souffla-t-il en ignorant la question d'Alexander. Sinon, Victoria ne serait jamais tombée amoureuse d'une créature telle que lui.

Alexander rejoignit Jack. Pour le réconforter, il posa une main sur son épaule.

– Je doute fort que ce soit de l'amour, lui confia-t-il. Comme je viens de te le dire, les sheks sont sournois et ils ont des pouvoirs insoupçonnés. Il l'a hypnotisée, séduite, subjuguée, comme tu voudras. Ce n'était qu'un sortilège, une illusion.

Mais Jack secoua la tête. Cette nuit-là, il avait senti la douleur de Victoria. Elle était bien réelle, elle n'avait rien d'une illusion.

– Ce que je ne m'explique pas, reprit Alexander en fronçant les sourcils, c'est comment elle a pu se laisser berner. Je la croyais plus forte.

– Ne sois pas aussi dur avec elle, protesta Jack. Moi aussi, je suis en colère, mais tu n'as pas vu cette... cette créature. Si elle a le pouvoir d'hypnotiser les gens, comme tu le laisses entendre, je ne pense pas que Victoria aurait pu lui résister.

« Mais je dois m'en assurer, songea-t-il aussitôt. J'ai *besoin* de savoir si ce qui s'est passé entre eux était réel ou si, au contraire... »

– Quelque chose m'inquiète, dit alors Alexander.

– Quoi donc ?

– Si Kirtash est un shek, cela signifie que nous ne pouvons pas l'affronter.

– Pourquoi pas ?

– Parce que c'est une créature puissante, Jack. Aucun humain ne peut survivre à un combat contre un shek. La lutte est trop inégale.

– Et pourtant nous y avons survécu.

– Mais, tôt ou tard, nous perdrons. Ashran a envoyé un shek pour retrouver le dragon et la licorne. Un seul. Il n'a pas besoin de compagnie, tu comprends ? Il sait que, même si nous sommes nombreux, nous n'avons aucune chance de le terrasser. La Résistance est condamnée à l'échec.

*

« Tu ne pourras pas toujours le protéger et tu le sais. »

Victoria secoua la tête pour chasser ces paroles de son esprit. Elle se blottit sous les couvertures, essayant de se cacher du monde et d'oublier ces derniers évènements qui lui donnaient encore la chair de poule. Les images de cette terrible nuit ne cessaient de la hanter.

– Bonjour, dit Jack.

Elle ne répondit pas aussitôt.

– Bonjour, souffla-t-elle d'une voix presque inaudible.

Jack s'assit à côté d'elle, sur la grande racine, comme il avait l'habitude de le faire. Il avait encore du mal à croire à tout ce qui s'était produit. Victoria était tombée amoureuse de Kirtash, son ennemi, un assassin qui, par-dessus le marché, n'était même pas un homme, mais... un énorme serpent. Il n'y avait rien au monde que Jack puisse détester davantage.

Pourtant, malgré la jalousie, la rage et la frustration, il souffrait parce que Kirtash avait fait du mal à Victoria et qu'elle était malheureuse par sa faute. Plus que des reproches, il savait qu'elle avait en ce moment besoin d'un ami, d'une épaule sur laquelle pleurer, si bien qu'il décida de ravaler son orgueil et de l'aider le mieux possible, même si, une fois encore, il devait taire ses propres sentiments.

– Ça va ? demanda-t-il d'une voix douce.

– Je ne sais pas très bien. Il s'est passé tellement de choses, et...

Sa voix se brisa.

– Est-ce qu'Alexander est très fâché ? reprit-elle, hésitante.

– Ça lui passera, répondit Jack en haussant les épaules.

– Je me suis comportée comme une idiote, glapit-elle en détournant les yeux.

– Tu as été abusée, Victoria. Cela peut arriver à n'importe qui.

– Mais non, bon sang ! Je savais qui il était, je savais...

– Tu savais que c'est un shek ?

Victoria se tut.

– Non, ça, je l'ignorais, finit-elle par susurrer. Je savais que c'est un assassin, je savais même... que c'est le fils d'Ashran, le Nécromancien. Et pourtant...

– Attends, attends un peu... Kirtash est le fils de *qui* ?

– D'Ashran, le Nécromancien. C'est lui qui me l'a dit.

– Eh bien... il t'a sûrement menti, Victoria, car Ashran est un humain.

– Oui, dit-elle à voix basse. Et Kirtash ne l'est pas.

Jack hésita.

– Pourquoi te protège-t-il ?

– Je n'en sais rien. Avant, je pensais que je ne le laissais pas indifférent. Maintenant, je ne suis plus sûre de rien.

Jack la regarda. Il avait envie de la prendre dans ses bras, mais, s'ils s'étaient toujours enlacés pour se réconforter mutuellement, dans ce contexte, cette étreinte aurait paru étrange. Et puis elle en aimait un autre. Le sang de Jack bouillait de rage à l'idée que cette personne... soit Kirtash. Il se sentait perdu, comme s'il n'y avait plus de place pour lui dans le cœur de son amie. Aussi se garda-t-il de se rapprocher d'elle.

– Tu l'aimais toi aussi, n'est-ce pas ? se risqua-t-il à demander.

– Je croyais l'aimer, répondit Victoria en posant de grands yeux humides sur lui. Je regrette, Jack. Je l'ai rencontré en cachette, j'ai trahi la Résistance et...

– Et tu m'as sauvé la vie. Je n'arrête pas d'y penser, Victoria. Il voulait te laisser la vie sauve et tu as préféré mourir avec moi.

Les joues rouges, elle détourna la tête, troublée.

– Tu comptes beaucoup pour moi, lui confia-t-elle enfin à voix basse. Beaucoup. Tu crois que j'aurais pu laisser ce monstre te tuer, en sachant que tout était de ma faute ? Je ne me le serais jamais pardonné.

Jack avait de plus en plus envie de la serrer contre lui. C'était insupportable. Il tendit la main pour lui toucher le bras, mais elle s'écarta et lui lança un regard de biche effarouchée.

– Je suis désolé, murmura-t-il. Je voulais juste...

« Ne sois pas stupide, se reprocha-t-il. Ne te fais pas d'illusions. Elle s'est attachée à Kirtash avant de s'intéresser à toi. »

Il tourna brusquement la tête pour que Victoria ne lise pas sa douleur sur son visage. Mais elle la vit. Et elle resta immobile, interloquée.

– Qu'est-ce... Jack, je ne te comprends pas, je ne sais pas ce que tu veux. Tu devrais me détester à cause de ce que j'ai fait, alors pourquoi es-tu si gentil avec moi ? Pourquoi fais-tu comme si tout ce qui est arrivé n'avait aucune importance ? Pourquoi n'es-tu pas fâché, comme Alexander ?

– Tu poses beaucoup de questions, protesta Jack, en pleine confusion.

S'il lui répondait à la seconde, il ne pourrait s'empêcher de lui avouer qu'il était amoureux.

– Et puis, je ne crois pas que ce soit le bon moment.

– Le bon moment ? répéta-t-elle, une pointe d'anxiété dans la voix. Oh, s'il te plaît ! J'ai besoin que tu me répondes. Maintenant que tu sais ce que je te cachais, il faut que, moi aussi, je sache ce que tu penses...

Jack posa un doigt sur ses lèvres pour la faire taire.

– Tout va bien, ne t'inquiète pas. J'ai souvent du mal à expliquer certaines choses, mais, puisque tu insistes, je vais essayer.

Victoria hocha la tête, reconnaissante. Jack inspira longuement. Il avait répété cette conversation un nombre incalculable de fois, cependant il n'aurait jamais imaginé devoir dévoiler son cœur à Victoria après avoir appris qu'elle et Kirtash se voyaient en cachette. Il chassa cette pensée et s'efforça de mettre de l'ordre dans ses idées.

– Bien sûr, ce qui s'est passé ne m'est pas indifférent, Victoria. Et cela m'irrite que tu te sois... que tu sois tombée amoureuse de Kirtash, quel qu'il soit. Précisément de lui. Mais ni la Résistance, ni mon orgueil, ni la haine que j'ai pour lui ne sont en cause. Ce qui m'arrive, Victoria, c'est simplement que... que je suis jaloux. Jaloux à mourir, déclara-t-il d'une traite après avoir repris sa respiration.

– Quoi ? sursauta Victoria, stupéfaite.

– Mais je n'ai pas le droit de me fâcher contre toi. Primo, parce que tu as risqué ta vie pour moi. Ce qui signifie que je compte vraiment pour toi. J'en suis encore bouleversé, avoua-t-il en rougissant. Deuxièment, poursuivit-il avant qu'elle ait pu ouvrir la bouche, il n'y a que de l'amitié entre toi et moi. Ce que tu fais de ta vie privée et ceux que tu choisis d'aimer, tout cela ne regarde que toi. Je ne suis pas ton fiancé, alors je ne vois pas pourquoi je serais en colère parce que tu en préfères un autre. Je ne suis pas maître de tes sentiments et ni moi ni la Résistance, contrairement à ce qu'Alexander essaie de te faire croire, ne pouvons contrôler ce que tu éprouves. Voilà. Troisièmement : Kirtash est notre ennemi et un assassin ? C'est vrai, et je le déteste au plus haut point, mais en ce moment, Victoria, tu comptes beaucoup plus à mes yeux que lui, ou même que la Résistance. Tu m'as dit un jour que mes ennemis m'importaient plus que mes amis. Sache que ce n'est plus vrai depuis longtemps. Enfin : je dois t'avouer que je suis responsable de tout ça. J'aurais dû te faire part de mes sentiments bien avant. Sauf que je suis un idiot, et il a fallu que Kirtash vienne te tourner autour pour que je me décide à te le dire. J'ai laissé passer ma chance. Je suis parti, je t'ai tourné le dos parce que j'étais un gamin et que j'avais peur de... de je ne sais trop quoi. Je pensais que je n'étais pas prêt et j'ai raté l'occasion. Même Alexander, qui pourtant n'est pas un grand spécialiste en la matière, s'est rendu compte que j'étais fou de toi. J'aurais pu te le dire des centaines de fois, te dire que... que je t'aime de toute mon âme, que je ne veux pas te perdre, que je ferais n'importe quoi pour que tu sois heureuse. Maintenant que je me déclare, tu as le cœur brisé et tu n'es manifestement pas prête à recevoir tout ça, et... je m'embrouille, conclut-il, embarrassé.

Tremblant, il cacha son visage dans ses mains.

Victoria était comme frappée de stupeur et ses yeux s'étaient emplis de larmes. Mais Jack n'avait pas fini. Il releva la tête, reprit tant bien que mal contenance et enchaîna :

– Je suis gêné et je n'ai que ce que je mérite. Pourtant, en ce moment, la seule chose qui me préoccupe, c'est que tu es anéantie, Victoria. Dans toute cette affaire, c'est ce qui me met hors de moi. Je me moque en fin de compte que tu aies pu aimer ce... cette créature. Ce qui me dérange, c'est que Kirtash t'ait trompée et qu'il t'ait utilisée. Ça me révolte. Je suis en colère contre lui, pas contre toi. Bon, c'est fait. Je t'ai dit ce que j'avais sur le cœur, ajouta-t-il après une longue inspiration.

Il s'affaissa, soudain très faible, et s'adossa contre le saule sans oser regarder Victoria.

– Oui, tu l'as dit, murmura-t-elle, abasourdie. Et tu t'es exprimé... on ne peut plus clairement, lâcha-t-elle avec tristesse. J'aimerais pouvoir savoir ce que je ressens, mais je suis complètement perdue...

– Je suis désolé, s'excusa Jack à voix basse. Je ne fais que te compliquer les choses. Pourtant ce n'est pas mon intention. Je suis venu te voir en ami, mais tu vas croire que je veux profiter de la situation...

Il s'interrompit car Victoria s'était jetée à son cou et le serrait de toutes ses forces. Jack l'enlaça et, ému, ferma les yeux. Il avait l'impression d'être emporté par un torrent en crue. Il resserra son étreinte et enfouit son visage dans ses cheveux châtains.

– Merci, Jack, chuchota-t-elle. Tout ce que tu m'as dit est tellement beau... Si seulement... si seulement les choses étaient aussi claires pour moi... Tu comptes beaucoup et je donnerais ma vie pour toi, sans hésiter, comme j'étais prête à le faire cette nuit. Est-ce de l'amour ? Je n'en sais rien. Ça y ressemble, n'est-ce pas ? Mais, il y a quelques heures, j'ai embrassé Kirtash, Jack. Et Kirtash m'a répété des dizaines de fois qu'il allait te tuer. Tu comprends ? J'ai l'impression de t'avoir trahi, même en tant que simple amie. J'ai eu en secret des relations avec quelqu'un qui veut ta mort, Jack. Quelle sorte d'amie suis-je ? Ce que je ressens pour toi a beau être intense, cela ne peut pas être de l'amour, sans quoi... j'aurais tué Kirtash quand j'en ai eu l'occasion. Je ne l'aurais pas laissé...

Elle s'étrangla. Jack l'enlaçait toujours.

– Tu étais amoureuse de lui, dit-il. Pour de bon. Ce n'était pas une illusion.

– Non, Jack, sanglota-t-elle. Tu vois ? Je suis... je suis horrible.

Le cœur de Jack saignait pour elle.

– Non, Victoria, absolument pas. Tu es merveilleuse. Oh ! Et dire que j'aurais pu éviter tout cela...

Victoria allait lui répondre lorsqu'une sonnerie impertinente les interrompit. C'était celle de son réveil à affichage numérique.

– Il est sept heures moins le quart, dit-elle en s'excusant. Je dois m'en aller. J'ai cours à huit heures, mon réveil de Madrid va sonner dans un quart d'heure, et...

– Mais, Victoria, tu n'as pas fermé l'œil de la nuit ! Tu vas quand même au collège ?

– Il le faut, sinon ma grand-mère va se douter de quelque chose. Je te rappelle que, cette nuit, nous avons mis le feu à la pinède. Quelqu'un a dû appeler les pompiers. Si je ne suis pas à table pour le petit déjeuner, à sept heures, ma grand-mère va se faire un sang d'encre.

– Je comprends, compatit Jack en se levant et en la soutenant. Vas-y, mais dis-lui que tu ne te sens pas bien, trouve un prétexte pour ne pas aller en classe. Tu es trop fatiguée.

Victoria le regarda d'un air tendre et sourit. Elle se rappela le temps où elle aurait donné n'importe quoi pour qu'il rentre de son voyage et lui dise tout ce qu'il venait de lui avouer... trop tardivement.

Mais était-il trop tard ? Son cœur ne battait-il pas à toute vitesse à cet instant ? La flamme se consumait toujours derrière la muraille qu'elle avait essayé d'élever entre eux.

– Je n'ai pas envie de partir, lui confia-t-elle. Je voudrais rester encore un peu avec toi.

« Pour toujours », pensa-t-elle, mais elle n'avait pas le droit de le dire. Pas après avoir cédé au charme fascinant de Kirtash. Pas en tenant compte du fait que, malgré tout ce qui s'était passé, Christian lui manquait. Désespérément.

Elle secoua la tête. Pourquoi tout était-il si confus ?...

– Mais je serai là quand tu reviendras, lui assura Jack, très sérieux.

– C'est vrai ?

– Oui, promit-il. Je t'attendrai le temps qu'il faudra.

Il regarda Victoria avec tendresse. Elle eut l'impression de fondre, et sentit qu'il voulait l'embrasser. Elle aussi en avait envie, mais, à la dernière seconde, elle s'écarta avec brusquerie.

– Non, Jack. Je ne mérite pas que tu m'embrasses. Parce que...

Elle allait dire « parce que j'ai embrassé Kirtash », mais elle fut incapable de terminer sa phrase. Jack la coupa :

– Ne t'inquiète pas. Prends ton temps, je t'attendrai. Et, si tu changes d'avis, je serai toujours là.

– Jack..., soupira-t-elle. Je t'aime énormément, mais je ne comprends pas... je ne comprends pas ce que je ressens. Tu mérites quelqu'un qui puisse t'aimer sans douter, de manière inconditionnelle.

– Il faut que tu te reposes, d'accord ? Nous reparlerons de tout ça plus tard.

Victoria hocha la tête. Elle hésita un peu avant de se hisser sur la pointe des pieds pour l'embrasser sur la joue, puis, esquissant un sourire chaleureux, les yeux brillants, elle courut vers la maison.

Jack resta là, debout près du refuge de Victoria, et la suivit des yeux. Si elle s'était retournée à cet instant précis, elle aurait sans doute vu son expression lugubre et deviné qu'il avait pris une terrible décision. Mais elle ne le fit pas. Malgré sa douleur et ses hésitations, elle se sentait réconfortée par les chaudes paroles de son ami, par son étreinte et son affection. Elle avait désormais la certitude que, si elle devait tomber dans l'abîme, Jack serait là pour la rattraper.

*

Le réveil sonna à sept heures. Victoria venait juste de se matérialiser sur son lit, et elle eut un instant la tentation de fermer les yeux et de s'endormir. Mais elle y résista. Elle ne l'avait pas dit à Jack, mais elle craignait de rêver de cette terrifiante créature qu'était devenu Christian. Elle redoutait de la voir hanter son sommeil.

Avec un soupir, elle se leva, mit son uniforme et alla dans la salle de bains. Dans le miroir, elle se trouva une mine affreuse. Même après s'être lavé la figure, elle était toujours très pâle, elle avait des yeux gonflés et cernés qui lui donnaient l'air d'un hibou. Elle se demanda comment elle pouvait plaire à Jack. Ou à Christian. C'étaient deux garçons extraordinaires, chacun à sa manière, et elle ne comprenait pas pourquoi elle avait éveillé leur intérêt.

Kirtash était énigmatique et fascinant, mais Jack était si tendre, si doux... En pensant à lui, son cœur se gonfla.

« Et il est humain », lui rappela une petite voix ironique.

Victoria secoua la tête. Elle essaya alors de camoufler ses cernes et sa pâleur. Elle qui ne se maquillait jamais, elle fit ce jour-là une exception. Mais elle ne parvint pas à gommer les traces de sa profonde tristesse. Lorsqu'elle descendit prendre son petit déjeuner, sa grand-mère était déjà là. Elle lisait le journal en prenant son café. Victoria comprit que, si elle la regardait en face, elle devrait donner des explications sur sa mauvaise mine, aussi essaya-t-elle de passer derrière elle sans se faire remarquer. Elle s'achèterait un en-cas à la cafétéria du collège.

Elle eut beau marcher sur la pointe des pieds et longer les murs, ce type de technique ne fonctionnait pas avec sa grand-mère, qui semblait dotée d'une sorte de radar spécialement conçu pour détecter ce genre d'attitude.

– Bonjour, Victoria, lança-t-elle sans se retourner.

Victoria réprima un soupir résigné.

– Bonjour, grand-mère.

Elle entra dans la cuisine pour préparer son petit déjeuner. Il ne servait à rien de se dissimuler.

– Tu as entendu, cette nuit ? demanda la vieille dame sans lever le nez de son journal.

– Non, grand-mère, mentit Victoria en prenant du café instantané dans le placard.

En temps normal, elle prenait du cacao, mais ce jour-là elle avait besoin de quelque chose de fort.

– Que s'est-il passé ?

– Il y a eu un incendie derrière la maison, dans la pinède. Tout près. Encore heureux que les voisins aient appelé les pompiers.

– Dans la pinède ? répéta Victoria. Oh, non ! J'aime tellement cet endroit ! Est-ce que beaucoup d'arbres ont brûlé ?

– Je suis surprise que tu ne te sois rendu compte de rien... Mais bon, tu n'es pas sortie de ta chambre, et je n'ai pas voulu te déranger. Pour un peu, il nous aurait fallu quitter la maison.

La main de Victoria trembla et laissa tomber la brique de lait.

– Mon Dieu, ma fille ! Regarde ce que tu as fait ! Je vais appeler Nati pour qu'elle nettoie...

– Non, laisse, je m'en occupe. Je suis désolée, qu'est-ce que je suis maladroite !

– Je vois ça, dit sa grand-mère en l'observant davantage. Tu as une drôle de mine. Tu n'as pas bien dormi ?

– J'ai fait des cauchemars. J'ai rêvé... de monstres, de créatures terrifiantes...

– Tu as passé l'âge, tu ne crois pas ?

– C'est comme ça, maugréa Victoria en haussant les épaules.

Elle épongea le lait et se concentra pour la deuxième fois sur la préparation de son petit déjeuner.

– Comment ça va, avec ce garçon ? lui lança sa grand-mère d'un ton détaché.

Les doigts de Victoria se crispèrent sur le sucrier, qui faillit lui échapper des mains.

– Quel garçon ?

– Celui qui te plaisait, tu sais bien...

– Aucun garçon ne m'a jamais plu.

Sa grand-mère la regarda fixement par-dessus ses lunettes, arquant un sourcil.

– Bon, d'accord, il me plaisait, avoua Victoria à contrecœur. Mais, depuis que j'ai découvert qui il était réellement... il ne me plaît plus.

– Il t'a fait du mal ? questionna sa grand-mère, soudain sérieuse.

Ses yeux brillaient d'une manière étrange derrière les verres de ses lunettes, mais Victoria, qui évitait de la regarder, ne s'en rendit pas compte.

– Du mal ? répéta-t-elle en s'immobilisant. Physiquement, tu veux dire ? Non, bien sûr que non. En fait, il était obsédé par l'idée de me protéger de tout. Mais...

– Il t'a brisé le cœur, alors ? Pourquoi t'a-t-il quittée ?

– Il ne m'a pas quittée, c'est moi qui ai mis fin à cette histoire.

– Alors, c'est toi qui lui as brisé le cœur.

– Pardon ? sursauta Victoria, qui n'en croyait pas ses oreilles.

Elle n'avait pas vu les choses ainsi.

– Mais il n'a pas de cœur ! Ce n'est pas un garçon normal, c'est...

– ... un monstre ?

Victoria frémit et regarda sa grand-mère, déconcertée.

Il était déjà assez insolite qu'elles osent discuter de garçons, mais qu'Allegra s'approche à ce point de la vérité, c'était... troublant. Or, sa grand-mère ne pouvait pas être au courant...

Elle se rappela ce que Christian lui avait dit à propos de cette maison et de son « aura bénéfique » et fixa sa grand-mère avec inquiétude. Pourtant, celle-ci continua à parler en toute tranquillité :

– Tu verras, Victoria. Quand on tombe amoureux, les premières fois, on idéalise l'autre personne, on pense qu'elle est parfaite. Et plus on s'en persuade, plus dure est la chute. Ce garçon n'est certainement pas si mal.

Victoria souffla, soulagée.

– Comment le sais-tu ?

– Parce qu'il te plaît encore. Sinon, tu ne regretterais pas autant de l'avoir laissé tomber.

– Qu'est-ce que tu en sais ? répliqua Victoria, soudain de mauvaise humeur. Je ne regrette rien. Je t'ai dit que j'ai découvert comment il était en réalité et...

« Et nous ne parlons pas d'un garçon normal ! » eut-elle envie de crier.

– Tu l'as revu depuis ?

– Bien sûr que non ! se défendit Victoria.

– Ah, je comprends. Alors il y en a un autre, c'est cela ?

– Voyons..., murmura Victoria en fermant les yeux, mal à l'aise. Pourquoi ma vie sentimentale t'intéresse-t-elle tellement, tout à coup ?

– Parce que jusqu'à présent tu n'avais pas de vie sentimentale, ma fille. Je suis curieuse. Et contente. Il était temps que tu t'intéresses aux garçons. Je commençais à me faire du souci.

Victoria en resta bouche bée.

– Dis-moi, grand-mère... tu es une vraie commère !

– Allez, raconte-moi, raconte-moi, insista Allegra. Comment est ce garçon qui te plaît maintenant ?

– Jack ? répondit Victoria sans réfléchir.

Elle s'en mordit la langue, mais c'était trop tard.

– Eh bien, il est... Je pourrais dire que c'est mon meilleur ami. Nous avons une grande confiance l'un dans l'autre, il est très tendre, très doux, et... apparemment, je lui plais.

– Et lui, est-ce qu'il te plaît ?

– Oui, avoua Victoria à voix basse. Beaucoup. Ce qui se passe, c'est que...

– Tu n'as pas oublié l'autre, n'est-ce pas ? Le « mauvais garçon », pour l'appeler ainsi.

– Non, dit Victoria, et elle fondit en larmes.

Sa grand-mère l'enlaça.

– Ah, ma petite-fille, douce jeunesse...

– Je suis bizarre, pas vrai, grand-mère ?

– Non, ma petite, tu vas bientôt avoir quinze ans. C'est une maladie que nous avons tous eue une fois. Et cela me rappelle justement que, la semaine prochaine, c'est ton anniversaire. De quoi aurais-tu envie ?

Inconsciemment, Victoria serra la chaîne en argent et la larme de cristal qu'elle portait toujours, et elle pensa à Shail, qui lui avait offert ce pendentif deux ans plus tôt, pour ses treize ans. Il était mort cette nuit-là. Depuis, le jour de son anniversaire, Victoria éprouvait une profonde tristesse.

– Je ne veux rien, grand-mère, souffla-t-elle.

« Je veux seulement retrouver l'ami que j'ai perdu il y a deux ans, mais il ne reviendra plus. »

– Merci pour cette conversation, mais il faut que je me dépêche ou je vais manquer mon bus.

Elle se sépara de sa grand-mère et se leva de sa chaise. Allegra la regarda par-dessus ses lunettes.

– Tu ne veux pas rester à la maison et te reposer ? Je te ferai un mot pour dire que tu es malade.

Victoria la dévisagea avec surprise.

– C'est toi qui es bizarre aujourd'hui, observa-t-elle. Merci beaucoup, mais, sérieusement, je préfère aller au collège.

Elle n'avait pas la force de continuer à parler de Jack et de Christian... ou Kirtash, quel qu'il soit.

« Alors, c'est toi qui lui as brisé le cœur », avait dit sa grand-mère. Cependant, elle n'avait pas idée de qui elle parlait. Un serpent pouvait-il avoir un cœur ? La vieille dame la suivit jusqu'à la porte et resta en haut de l'escalier jusqu'à ce qu'elle monte dans le bus scolaire. « Je ne veux rien, grand-mère », avait dit Victoria. Mais Allegra d'Ascoli avait bien vu qu'au fond de ses yeux, brûlait un désir impossible. Une légère brise souleva ses cheveux gris, et elle sourit.

*

Jack avait attendu qu'Alexander aille se coucher, puis il avait gagné la salle d'armes pour y prendre Domivat, son épée légendaire. Après un temps d'hésitation, il avait décidé de se munir également d'une dague qu'il avait glissée dans sa ceinture, au cas où. Il était ensuite monté dans la bibliothèque et avait appelé l'Âme. La conscience de Limbhad n'avait pas tardé à apparaître en tournoyant au-dessus de l'immense table sculptée.

– Âme, demanda Jack. Conduis-moi jusqu'à Kirtash.

L'Âme parut déconcertée. Elle ne pouvait faire ce qu'il lui demandait, parce qu'elle avait besoin de la magie, or Jack était incapable de lui en fournir.

– S'il te plaît ! supplia Jack. Prends-la où tu veux, dans l'épée, puise mon énergie, mais il faut que tu me conduises jusqu'à lui. J'ai quelque chose à faire... et je sais que Victoria ne serait pas d'accord.

L'Âme refit une tentative. Jack sentit les tentacules de sa conscience l'envelopper, tenter de l'emporter, mais ses pieds restaient solidement ancrés au sol.

– Que te faut-il de plus ? demanda-t-il, désespéré. La crosse de Victoria ?

L'Âme en doutait et Jack savait pourquoi. La crosse ne fonctionnait qu'avec les semi-magiciens, or il n'en était pas un, contrairement à son amie.

– Victoria m'a dit un jour que la magie était de l'énergie canalisée, se rappela Jack. Nous possédons tous de l'énergie, Âme, alors prends la mienne.

« Ce n'est pas suffisant », fut le message que l'Âme lui adressa.

Jack serra les dents.

– Fais ce que tu peux, d'accord ?

L'Âme y voyait quelques objections, mais s'exécuta cependant. Jack sentit sa conscience entrer en lui et le vider peu à peu de ses forces. Il faiblissait mais devenait aussi plus léger, moins consistant. Et, tout à coup, il eut l'impression que l'Âme venait de forer un puits profond resté caché jusque-là. Une énergie lumineuse, bouillonnante, inépuisable, sortit de son corps, puis il partit comme une flèche.

« Je le fais pour toi, Victoria », songea-t-il avant que son corps disparaisse de la bibliothèque de Limbhad.

*

Lorsqu'il se matérialisa, il se trouvait sur une plage. Il regarda autour de lui, étonné. C'était une petite crique déserte entourée de falaises, et la lune décroissante se reflétait sur les eaux calmes.

Jack découvrit la silhouette svelte et élégante qui l'observait du haut de la falaise. L'épée qu'elle tenait à la main brillait d'un doux éclat blanc et bleuté. Jack dégaina Domivat, qui flamboya un instant dans la nuit, comme une torche, avant de reprendre l'aspect d'une lame normale. Seul le scintillement rougeoyant que lui donnait la lueur de la lune trahissait sa singularité.

La silhouette bondit sur la plage avec une légèreté étonnante. La lune éclaira les traits de Kirtash.

Les deux adversaires se toisèrent. Jack trouva que l'expression du shek, habituellement impénétrable, était plus sombre ce soir-là. Il ne montrait pas ouvertement la haine que lui inspirait le jeune garçon ; pourtant, Jack la ressentait.

– Je t'attendais, dit Kirtash.

8
LE POINT FAIBLE DE KIRTASH

Victoria monta dans l'autobus et ferma les yeux, épuisée. Comme d'habitude, elle s'était assise au fond, près de la fenêtre. À côté d'elle, une élève d'une autre classe s'adressait en criant aux deux filles qui occupaient les sièges voisins. Agacée, Victoria retira son baladeur de son sac et mit ses écouteurs pour ne pas les entendre. Elle ne tarda pas à s'apercevoir que le seul disque qu'elle avait était celui de Chris Tara, qui réveillait en elle des émotions si intenses et si contradictoires. Elle déglutit. Elle n'était pas prête à réentendre sa voix, c'était trop tôt, aussi alluma-t-elle la radio. Elle chercha son émission favorite et essaya de se détendre.

Ils arrivaient au collège quand la présentatrice annonça :

– *Eh oui, ce que nous attendons tous va bientôt être une réalité. Chris Tara, le chanteur mystérieux qui a révolutionné le panorama musical cette année, prépare un nouveau disque.*

Le pouls de Victoria s'accéléra. Elle voulut éteindre la radio, mais ne put s'y résoudre.

– *Pour l'instant, tout ce dont nous disposons est un single,* Why you ?, *une magnifique ballade dans laquelle il nous dévoile son côté le plus romantique...*

La présentatrice parlait encore lorsque résonnèrent les premières mesures de la chanson, mais Victoria ne comprit pas un traître mot de ce qu'elle disait. La voix de Christian s'infiltrait dans ses écouteurs. Elle l'enveloppait, la caressait, la berçait et lui chuchotait des paroles si douces qu'elle put difficilement contenir ses larmes. C'était à n'en pas douter une chanson d'amour, fait étrange, Chris Tara ne composant pas de ballades amoureuses. Il chantait des mondes éloignés, la solitude, la différence, l'envie de voler, l'incompréhension, mais jamais l'amour.

Pourtant *Why you ?* était indubitablement une chanson d'amour, même si ce mot n'était pas prononcé une seule fois.

« Je ne trouve pas nécessaire de lui donner un nom », lui avait dit Christian. Mais il avait évoqué un sentiment, un sentiment pour lequel on commettait de grandes folies, comme trahir les siens.

Victoria frissonna.

« C'est un serpent, se dit-elle pour revenir à la raison. Il n'est pas humain. Il ne peut rien ressentir pour moi. »

C'était pourtant sa voix qui lui susurrait ces mots, sa voix qui ne cessait de s'interroger sur son amour pour une créature aussi lointaine que l'étoile la plus froide. Ce n'était pas une illusion. Et cette chanson l'émouvait jusqu'au plus profond de son être. Alors elle comprit que ces couplets s'adressaient à elle.

Elle enfouit le visage entre ses mains. Quand *Why you ?* s'acheva, une autre chanson s'éleva. Comparée à celle de Christian, elle était grinçante, grossière et désagréable. Irritée, Victoria éteignit la radio.

L'autobus s'était arrêté devant le collège et les filles en sortaient. Victoria prit son sac et descendit les marches. Et, au moment où elle s'apprêtait à franchir la porte du collège, un vent froid la fit frissonner. Elle se retourna, incertaine.

Il n'y avait rien. Tout était tranquille, normal. Mais Victoria eut un horrible pressentiment. Quelqu'un qu'elle aimait était en grand danger. Quelqu'un de très important, qui n'aurait pas hésité à donner sa vie pour elle.

Deux noms surgirent aussitôt dans son esprit, sans qu'elle parvienne à savoir lequel était venu en premier. Jack ? Christian ?

Elle hésita. Était-elle en train de devenir paranoïaque ? Jack était en sûreté à Limbhad. Quant à Christian... Y avait-il quelque chose qui puisse le menacer, lui, un shek, l'une des créatures les plus puissantes d'Idhun ?

La cloche annonçant le début des cours retentit et Victoria hésita. Elle devait faire vite, courir les sauver... Sauver qui ? Jack, Christian, ou tous les deux ?

*

– Je t'aurai ! déclara Jack d'un air sombre.

Et il attaqua le premier. Il donna l'estocade, cherchant son ennemi, mais celui-ci bondit sur le côté et interposa la lame d'Haïass entre son corps et l'arme de Jack. Les deux épées se croisèrent et un phénomène invisible se produisit. Jack s'immobilisa, perplexe. Une lueur d'intérêt brillait dans les yeux de Kirtash.

– Tu commences à bien savoir manier cette épée, fit-il.

– Ne sois pas si arrogant, grogna Jack. Tu vas mourir.

Il abattit Domivat de toutes ses forces sur son rival, mais Kirtash para le coup et des étincelles jaillirent. Jack reproduisit son attaque plusieurs fois de suite.

Domivat rutilait comme un cœur lumineux pompant du sang. Jack savait que c'était sa propre énergie qu'il transmettait à l'épée. Pour un peu, il aurait pu voir la haine que distillait l'acier de sa lame, reflet de ses sentiments les plus profonds. Le feu de Domivat tentait de faire fondre la glace d'Haïass, mais l'épée de Kirtash restait inébranlable. L'animosité du shek se manifestait à travers cette froideur totalement inhumaine, et le tranchant d'Haïass était maintenant de la couleur des yeux glacés de Kirtash.

Chaque fois que leurs fers se croisaient, les deux épées s'exprimaient à leur manière, tâchant de se trouver et de se heurter, mais nulle ne triomphait dans cette lutte. Jack finit par assener à deux mains un coup d'une puissance folle, et le choc fut si violent que les combattants durent reculer.

Ils se toisèrent en restant prudemment à distance.

– Tu ne le sais toujours pas, lui dit Kirtash.

– Qu'est-ce que je devrais savoir ?

– Pourquoi il faut protéger Victoria.

– Je la protège parce que je l'aime, tu m'entends ? cria Jack. Et toi... maudite créature... Tu lui as fait du mal, tu t'es moqué d'elle. Tu mérites de mourir rien que pour ça.

– Rien que pour ça ? répéta Kirtash. Tu crois vraiment que c'est uniquement pour ça que tu es venu me chercher ?

– Qu'est-ce que tu attends d'elle ? voulut savoir Jack. Pourquoi ne la laisses-tu pas tranquille ?

– Je veux qu'elle vive, Jack, répondit Kirtash avec froideur. Et il n'est pas inutile que je sois par là, parce que, d'après ce que j'ai pu voir, tu es incapable de prendre soin d'elle.

– Quoi ? s'exclama Jack. Comment oses-tu dire ça ? Toi qui es l'être le plus pervers, le plus sournois que j'aie jamais vu ?

Kirtash sourit, mais il ne paraissait pas offensé le moins du monde.

– Je comprends. Tu es jaloux.

C'en était trop pour Jack. Il s'élança de nouveau sur Kirtash, qui arrêta le coup et lui décocha un regard glacé. Mais, derrière la glace, ses yeux étincelaient de colère et de mépris.

– Tu as de drôles de façons de prouver ton amour, lui fit-il remarquer. Tu as de nouveau laissé Victoria toute seule. Tu ne crois pas qu'il aurait mieux valu rester avec elle pour la consoler ?

– C'est toi qui es jaloux. C'est pour cela que tu es si furieux et que tu t'es montré hier sous ton aspect véritable.

Kirtash laissa échapper un rire sec. Jack s'en trouva un instant décontenancé. Il ne l'avait jamais entendu rire. Il réagit juste à temps et arrêta Haïass à quelques centimètres de son corps. Puis il la repoussa d'un grand coup pour éloigner Kirtash de lui.

– Rien n'est plus loin de la réalité, déclara Kirtash. Tu es amoureux de Victoria et elle t'aime aussi. C'est la seule raison pour laquelle j'aurais pu t'épargner. Dommage que, malgré tout, la balance ne penche pas en ta faveur.

– Laisse-moi rire, grogna Jack. Tu n'éprouves rien pour elle, tu n'es pas humain.

Kirtash le jaugea de manière assassine et Jack frissonna, écumant de rage.

– Ah bon ? Je ne suis pas humain ? Mais toi, tu l'es, n'est-ce pas ?

Une sorte de souffle glacé ébranla l'âme de Jack.

– Qu'est-ce que... qu'est-ce que tu entends par là ?

Il s'immobilisa un moment, comme frappé par la foudre. Brusquement, des souvenirs se bousculèrent dans son esprit, et il se rappela le mystère de sa vie et ses étranges capacités. Alors il découvrit que Kirtash savait sur son compte bien des choses qu'il ignorait. Et le désir de savoir qui il était revint hanter son cœur avec plus de force que jamais.

Il tenta de se ressaisir, de se dire que son interlocuteur était son ennemi et qu'il s'agissait d'un monstre, d'un traître.

– Tu n'arriveras pas à me déconcentrer, l'avertit-il.

Kirtash plissa un instant les paupières. Son expression était toujours impénétrable, ses mouvements parfaitement calculés ; mais Jack percevait la haine et le mépris intenses qu'il lui portait. S'il n'avait pas été aussi furieux, son sang se serait glacé dans ses veines.

Kirtash se déplaça sur le côté, comme un félin ; Jack ne le vit pas tout de suite, mais, quand il reprit ses esprits, Kirtash avait disparu.

– Ne me parle pas d'humanité, dit sa voix depuis un recoin obscur. Ne me parle pas de sentiments. Tu ne sais rien à rien.

Furibond, Jack regarda autour de lui.

– Montre-toi et bats-toi, espèce de lâche ! cria-t-il.

– Tu dois mourir. C'est la seule façon de sauver Victoria, poursuivit Kirtash. Je vais donc te tuer. Pour elle. Et toi, que vas-tu faire ?

– Je suis venu me battre ! s'exclama Jack. Je te tuerai ou je mourrai en te combattant, mais je ne compte pas laisser les choses telles quelles.

– Alors, meurs en luttant contre moi. Ce sera préférable pour tout le monde.

Kirtash émergea de l'ombre, l'éclat de la mort au fond des yeux, et abattit son épée sur Jack en y déversant toute sa hargne.

Jack leva Domivat au dernier moment. Les deux lames se heurtèrent de nouveau, et Jack sentit que sa rage alimentait le cœur de Domivat ; sa haine lui donnait des forces. Sans qu'il sache pourquoi, tout ce feu desservait Kirtash, dont le pouvoir se fondait sur l'autocontrôle.

Cela n'empêcha pas le tranchant d'Haïass de toucher Jack au flanc. Il gémit de douleur quand la glace congela sa peau. Mais il prit son courage à deux mains et parvint à faire reculer Kirtash. Fait étrange, il pensa à Victoria et songea que la créature qui se faisait appeler Kirtash voulait manipuler les fils de sa vie et de son destin. Mais, surtout, il se rappela le serpent, ce serpent ailé qui s'était dressé devant eux la nuit dernière. Il était terrible, extrêmement dangereux, et cependant magnifique. Jack avait été terrifié en le voyant, mais à présent il n'éprouvait plus que de l'aversion et une haine aussi irrationnelle que violente. Alors quelque chose explosa de nouveau en lui.

Cette fois, il n'y eut pas d'anneau de feu. Tout le pouvoir de Jack se canalisa grâce à Domivat, et en une fraction de seconde, l'épée parut se gorger de la puissance d'une supernova. Jack frappa en criant sauvagement et Kirtash brandit Haïass pour parer le coup.

Un bruit étrange s'éleva, comme si un mur de glace se brisait, et Jack recula de quelques pas en tremblant.

Kirtash se tenait toujours en garde, debout devant lui. Il n'avait pas lâché Haïass, mais l'épée de glace s'était brisée en deux et l'un des morceaux reposait dans le sable, éteint.

Stupéfaits, tous deux fixèrent l'épée cassée, puis Kirtash leva la tête et regarda Jack ; jamais encore celui-ci n'avait vu un tel masque de haine. Cependant, pour la première fois, il crut déceler dans les yeux de son adversaire... du respect ?

– Tu commences à te réveiller, dit le shek.

– De quoi parles-tu ?

– Maintenant, rien ne peut plus te sauver. Pas même Victoria.

Jack se mit en garde, mais Kirtash secoua la tête. Troublé, il recula et... disparut dans l'obscurité.

– Attends ! l'appela Jack, en pleine confusion. Tu ne peux pas t'en aller comme ça ! Tu dois me dire...

Il se rendit alors compte qu'il était seul.

– ... qui je suis, acheva-t-il à voix basse.

Mais il n'eut guère le temps de réfléchir : il s'aperçut soudain que la blessure que lui avait infligée Kirtash était grave. Il fut traversé par une vague de froid, un froid terrible qui le fit tomber à genoux dans le sable en grelottant. Se tenant le flanc, il essaya de se relever, mais en fut incapable. Il était trop faible.

Avait-il vaincu Kirtash ? Avait-il brisé Haïass, symbole de son pouvoir ? Il tendit le cou vers le bout de lame abandonné sur le sable, éteint, mort. Pris de vertiges, il se sentit défaillir...

Lorsque quelqu'un vint le secourir.

– Jack, murmura la voix soucieuse de Victoria à son oreille. Ça va ?

Jack tenta d'ouvrir les yeux. Il était dans les bras de Victoria, qui le regardait avec anxiété. Il essaya de sourire. C'était un beau rêve.

– J'ai... gagné, murmura-t-il. Mais je n'ai pas pu le tuer. Je regrette, Victoria. Une fois de plus, j'ai manqué à ma parole.

Les yeux de la jeune fille s'emplirent de larmes et elle resserra son étreinte. Jack posa la tête sur son épaule et ferma les paupières, transi de froid, s'enfonçant chaque seconde davantage au plus profond d'un glacier, sans échappatoire possible.

Pourtant, au bout du tunnel de glace, il distingua une lumière chaude. Quand il se tendit vers elle, un courant d'énergie vivifiante parcourut son corps et chassa le froid peu à peu.

La première chose qu'il découvrit en ouvrant les yeux fut le beau visage de Victoria.

– Tu te sens mieux ?

– Tu m'as... guéri ? demanda Jack.

Elle acquiesça. Jack inspecta tout autour de lui. Ils étaient toujours sur cette plage, quelque part dans le monde, mais l'horizon commençait à s'éclaircir. Victoria était à genoux dans le sable et portait son uniforme du collège. La tête de Jack reposait sur ses genoux. Du bout des doigts, elle caressait ses cheveux blonds.

– C'est Haïass qui t'a fait ça, n'est-ce pas ? lui demanda-t-elle en le ramenant à la réalité.

– Oui. Mais cette épée ne fera plus de mal, Victoria, déclara-t-il en se redressant. Je l'ai brisée. Regarde !

Il pointa un doigt sur le morceau cassé.

– Il a emporté l'autre bout, mais je ne pense pas qu'elle soit réparable.

Victoria le regardait fixement, stupéfaite.

– Jack, tu as brisé l'épée de Kirtash ? Tu as vaincu un shek ?

Jack changea de position, mal à l'aise.

– En réalité, c'est Domivat qui a tout fait, dit-il en prononçant fièrement et tendrement le nom de son épée. Moi, je...

– Jack, Domivat fait partie de toi, coupa Victoria. Tu as... tu as brisé l'épée d'un shek, une arme légendaire ! Comment as-tu fait ? C'est... surhumain.

Jack frissonna en se rappelant les paroles sarcastiques de Kirtash : « Je ne suis pas humain ? Mais toi, tu l'es, n'est-ce pas ? » Tout à coup, il eut peur, effroyablement peur, et il comprit qu'il allait bientôt trouver les réponses à ses questions. Et, pour la première fois, il songea qu'il n'avait peut-être pas envie d'apprendre la vérité.

Il secoua la tête et décida de se raccrocher à la seule chose dont il était sûr : ses sentiments pour Victoria.

– Tout ça n'a plus d'importance, Victoria. Ce qui compte, c'est que je sois de nouveau avec toi.

Elle lui rendit son regard, émue, et l'étreignit avec passion. Jack la serra lui aussi dans ses bras, ferma les yeux et se rappela les paroles de Kirtash : « Tu dois mourir. C'est la seule façon de sauver Victoria. » Il ne comprenait rien à tout cela et ignorait si c'était vrai, mais, s'il devait se sacrifier et mourir pour elle, il le ferait sans hésiter une seconde.

– Pourquoi es-tu venu ici ? lui demanda-t-elle d'une voix douce. Il aurait pu te tuer... Qu'est-ce que je serais devenue sans toi, hein ?

– Je devais le faire, se défendit Jack. Je ne supportais pas l'idée qu'il joue à te faire du mal. Comment m'as-tu trouvé ?

Victoria se tourna vers l'horizon. Le jour se levait et la brise marine soulevait ses cheveux sombres.

– J'ai eu un pressentiment au collège, avoua-t-elle. J'ai eu peur pour toi et je suis aussitôt retournée à Limbhad. Voyant que tu n'étais pas là, je me suis terriblement inquiétée. J'ai couru à la bibliothèque, j'ai demandé à l'Âme de me conduire jusqu'à toi et elle m'a amenée ici. Je n'ai même pas réveillé Alexander, il ne sait pas que je suis ici. Si seulement j'étais arrivée plus tôt...

– Non, Victoria, répliqua vivement Jack en secouant la tête. Kirtash et moi devions régler cette affaire seul à seul.

Victoria garda le silence. Elle avait la sensation désagréable que, même s'ils donnaient l'impression de se battre pour elle, ce n'était qu'un prétexte. Avec ou sans elle, ils étaient destinés à lutter à mort l'un contre l'autre.

– Oui, tu as raison. L'important, c'est que nous soyons ensemble, conclut-elle en souriant.

Il acquiesça en lui rendant son sourire.

Victoria l'aida ensuite à se relever. Quand il s'appuya sur son épaule, elle ferma les paupières et appela l'Âme de Limbhad pour rentrer.

*

– Haïass, murmura le Nécromancien en regardant ce qui restait de la magnifique épée.

Kirtash était immobile. Il avait mis un genou à terre et attendait en silence, tête baissée, devant son père et seigneur.

Ashran se tourna vers lui.

– Ils t'ont battu, Kirtash. Comment est-ce possible ?

– Domivat, l'épée de feu, répondit Kirtash à voix basse.

– Domivat ? répéta le Nécromancien d'un air incrédule. Non, mon garçon. Il ne s'agit pas de l'épée, mais de toi.

Kirtash frémit imperceptiblement, mais ne desserra pas plus les lèvres qu'il ne leva les yeux.

– Tu perds de ton pouvoir, Kirtash, poursuivit Ashran. Tu te laisses emporter par tes émotions. C'est ta plus grande faiblesse, ce qui te rend vulnérable. Tu le sais.

– Je le sais, acquiesça le jeune homme avec douceur.

– La haine, la rage, l'impatience... l'amour, reprit Ashran en le regardant fixement.

Kirtash ne cillait pas.

– Tu devrais être au-dessus de tout cela. La Terre t'affecte trop. Et ceci, ajouta-t-il en désignant l'épée brisée, n'est qu'un avertissement. Il faut tuer ce mal à la racine.

– Oui, monseigneur.

– Tes ennemis sont plus puissants que je ne l'aurais cru. Un des membres de la Résistance sait parfaitement se servir de Domivat, précisa Ashran en considérant la malheureuse épée brisée. Qui est ce garçon ? Un sorcier ? Un héros ?

– Un homme mort, siffla Kirtash.

Ashran partit d'un petit rire.

– Je n'en doute pas. Mais je persiste à ne pas aimer la rage que je vois en toi. Tu es tombé amoureux, puis découvrir que tu avais un rival t'a fait sortir de tes gonds. Non, mon fils. Ce n'est pas ainsi que les choses doivent se passer. Personne ne devrait pouvoir te perturber. Ce... ce futur cadavre a une épée légendaire, certes, mais cela n'en fait pas ton égal pour autant. Après tout, ce n'est qu'un humain, n'est-ce pas ?

Kirtash détourna le regard. Il sembla hésiter un instant, puis décréta d'un ton froid :

– Oui, monseigneur. Ce n'est qu'un humain.

– Très bien. Je me chargerai donc de faire reforger ton épée, Kirtash. Mais, en contrepartie, j'attends plusieurs choses. Pour commencer, je veux la tête du guerrier à l'épée de feu.

– Je me ferai un plaisir de te l'apporter, murmura Kirtash en grimaçant haineusement.

Le Nécromancien le regarda avec sévérité.

– Contrôle ton animosité, Kirtash. Elle te fait perdre ta clairvoyance. Dis-toi que ce traître n'est pas plus important qu'un insecte. Détestes-tu les insectes que tu écrases en marchant ?

– Non, monseigneur.

– Parce qu'ils ne comptent pas, ils n'ont aucune importance. Voilà pourquoi tu les supprimes si facilement. Si tu te laisses emporter par la haine, la peur ou la rage, tu donneras à ton rival un avantage sur toi, tu lui montreras ton point faible.

Après avoir prononcé ces mots, Ashran lui tourna le dos, irrité.

– D'ailleurs, je ne comprends pas que tu l'ignores encore, conclut-il.

– Je te demande pardon, monseigneur. Cela ne se reproduira pas, dit Kirtash au prix d'un gros effort. J'éliminerai ce traître puisque tu le désires, ajouta-t-il en reprenant son ton froid et impersonnel.

– Voilà qui me plaît. Mais, si je répare ton épée, il me faudra autre chose en échange. J'exige que tu renonces à ce passe-temps absurde qu'est... la musique. Cela ne sert qu'à te distraire et à te rendre plus humain. Je n'aime pas ça.

Serrant les dents, Kirtash répondit d'une voix impassible :

– Je ferai comme bon te semblera, monseigneur.

– Et enfin, ajouta Ashran, il y a aussi cette fille qui nous pose un problème.

Kirtash plissa les paupières, mais garda le silence.

– Tu ne la reverras pas, décréta Ashran. Tu t'es assez amusé comme ça. Tu as joué avec elle et tout ce que tu as obtenu, c'est de briser Haïass. Tu t'es affaibli, Kirtash. Elle a éveillé en toi des *sentiments*. Je te l'aurais pardonné si tu l'avais fait plier. Après tout, une fille qui sait se servir de la crosse d'Ayshel, même si elle n'est qu'une semi-magicienne, peut toujours être précieuse. Mais tu ne l'as pas séduite ; au contraire, tu t'es laissé captiver par elle. Je t'ai déjà prévenu que, si tu ne réussissais pas à la ranger de ton côté, il te faudrait la tuer. Mais j'ai changé d'avis. Cette fille représentant un danger pour toi, ce serait une erreur de t'imposer de la supprimer. Rassure-toi, mon garçon, elle mourra quand même. Mais pas de ta main...

Kirtash s'efforça de garder les yeux rivés au sol.

– J'enverrai Gerde la tuer, acheva le Nécromancien. Elle n'aura pas autant de scrupules que toi. Et, quand cette fille sera gommée de la surface de la Terre, tu redeviendras comme avant.

– Gerde ? répéta Kirtash à mi-voix. Elle est prête à venir sur Terre ?

– J'ai toujours été prête, répondit derrière lui une douce voix féminine. C'est toi qui n'as pas l'air disposé à m'accueillir.

Kirtash se retourna. Une créature à la beauté sauvage, gracile et svelte comme un jonc, était debout près de la porte. Ses yeux d'un noir de jais éclairaient un visage aux traits exotiques, troublant et séduisant. Une cascade de cheveux dont la teinte tirait sur le vert, mais doux et soyeux comme de la mousseline de soie, tombait dans son dos. Elle portait des vêtements vaporeux, qui scintillaient au gré de ses mouvements. Elle était déchaussée et ses pieds menus glissaient sur les dalles de marbre froid.

Une aura invisible l'enveloppait, attirant le regard. Comme un chant de sirènes ou un puissant sortilège, elle obligeait quiconque la voyait à rester captivé.

Mais les charmes des fées n'avaient aucun effet sur Kirtash.

– J'ai été occupé, déclara-t-il d'un ton impassible.

– Hmmm..., répondit-elle. Je veux bien le croire.

Elle lui décocha son sourire le plus enchanteur tout en avançant vers Ashran. Quand elle passa près de Kirtash, elle l'effleura de son bras nu et il sentit le pouvoir de séduction qui se dégageait d'elle.

– Monseigneur, déclara la fée en s'inclinant devant le Nécromancien après avoir décoché une dernière œillade charmeuse à Kirtash sous ses cils soyeux. Tu m'as appelée.

– Gerde, dit Ashran. Il y a quelque temps, tu nous as juré fidélité, à moi et aux sheks. Le moment est venu de me prouver jusqu'où va cette loyauté. Es-tu prête à partir pour la Terre ?

– Oui, monseigneur.

– Tu sais déjà ce que tu devras y faire, poursuivit le Nécromancien. Kirtash cherche un dragon et une licorne. Il a aussi pour mission de supprimer tous les magiciens qui nous ont trahis et se sont enfuis sur cette planète, en particulier un groupe de jeunes gens très impertinents qui se font appeler la Résistance et le gênent dans ses recherches. Tu iras avec lui pour nous débarrasser d'eux. Est-ce clair ?

– Oui, monseigneur.

– Concrètement, conclut Ashran, il te faudra éliminer une humaine prénommée Victoria, qui est en possession de la crosse d'Ayshel. Je veux voir cette fille morte, Gerde. Je veux voir son cadavre à mes pieds.

Tout en prononçant ces mots, il ne quitta pas Kirtash des yeux, mais celui-ci ne fit pas le moindre geste. Son visage était toujours aussi impénétrable, et son regard glacé ne trahissait aucun sentiment.

Gerde adressa un sourire séducteur au Nécromancien.

– Tu peux compter sur moi, monseigneur, lui dit-elle d'une voix veloutée.

Sur un geste d'Ashran, Gerde se redressa et tourna les talons. En passant près de Kirtash, elle lui sourit.

– Toi aussi, tu peux compter sur moi, lui murmura-t-elle à l'oreille.

Kirtash ne réagit pas. Gerde pencha la tête de côté avec la grâce d'une gazelle, et ses cheveux soyeux caressèrent un instant le cou du jeune homme. Sans se départir de son sourire, elle quitta la pièce. Sa présence enivrante s'attarda encore quelques secondes dans la grande salle.

– Elle est intelligente, commenta Ashran. Elle sait que tu es un bon parti.

– Elle me laisse indifférent, répliqua Kirtash.

– Pas pour longtemps, Kirtash. Tu oublieras bientôt cette fille. Elle n'est pas à ta hauteur ; tu mérites bien mieux qu'une simple semi-magicienne humaine, tu ne crois pas ? Elle ne te manquera pas. Enfin, pas autant que tu le penses.

Kirtash releva la tête pour regarder son seigneur, en silence.

9
CHRISTIAN

– Mais tu es complètement stupide, mon garçon ! le sermonna Alexander. À quoi pensais-tu ? Je croyais que tu avais compris qu'il était hors de question de t'attaquer à Kirtash seul.

– Mais je l'ai vaincu, Alexander ! protesta Jack. J'ai brisé son épée. J'aurais même pu le tuer.

– Tu ne peux pas tuer un shek, dit Alexander en secouant la tête. Dans tous les domaines, ils sont très supérieurs aux humains.

– Oui, mais... et si je n'étais pas un humain ? demanda Jack à voix basse.

– Ne dis pas de bêtises. Qu'est-ce qui te fait penser ça ?

– Mes pouvoirs pyrotechniques, ce que je provoque avec le feu, précisa Jack en constatant que le sens de ses paroles avait manifestement échappé à Alexander.

– De nombreux magiciens savent le faire, ça n'a rien d'extraordinaire.

– Mais même Shail ne se l'expliquait pas. Et ce qui s'est passé avec Kirtash compte aussi.

– Tu te sers d'une épée légendaire, Jack. Je te rappelle que seules Domivat et Sumlaris sont en mesure de vaincre Haïass.

– Mais... est-il vrai qu'une épée légendaire est comme le prolongement du bras du guerrier qui la manie ? Domivat fait-elle partie de moi ?

– Oui, en quelque sorte, mais cela ne signifie pas que tu es une créature surnaturelle, Jack.

Jack posa la tête sur l'oreiller. Il se sentait mal, il était épuisé. Victoria avait guéri sa blessure, mais il n'avait pas eu le temps de reprendre des forces après son combat contre Kirtash.

– Qu'est-ce que tu voulais vérifier ? demanda Alexander.

– De quoi parles-tu ? lâcha Jack.

– Tu es allé trouver Kirtash pour une raison particulière. Qu'espérais-tu tirer au clair ?

Jack tarda à lui répondre. Il voulait combattre Kirtash parce qu'il le détestait, qu'il aimait Victoria et qu'il était jaloux du jeune homme... Par ailleurs, il avait la certitude que le shek pouvait l'éclairer sur de nombreux aspects de sa personnalité.

Mais il y avait aussi autre chose.

– Je voulais savoir s'il avait vraiment des sentiments pour Victoria, murmura-t-il enfin. S'il avait joué avec elle, je comptais le lui faire payer très cher.

Alexander le regarda, perplexe.

– Eh bien, on peut dire que tu as visé haut, n'est-ce pas ?

Jack rougit légèrement et évita le regard de son ami.

– Et alors ? demanda ce dernier au bout d'un moment.

– Il semblerait... il semblerait que Victoria occupe une place importante dans son cœur. Vraiment. Il a même risqué sa vie pour la sauver. C'est étrange, tu ne trouves pas ? ajouta Jack en rivant ses yeux verts sur Alexander. Cette créature qui n'a rien d'humain a cependant des réactions qui nous sont propres. Et moi qui suis un humain, je fais des choses... surhumaines, conclut-il en réemployant le mot utilisé par Victoria. Je voudrais savoir qui je suis. Qui nous sommes ou... ce que nous sommes.

Alexander se mordit la lèvre inférieure, songeur, sans rien dire. Il n'avait pas les réponses à ces questions.

*

Il l'appelait de nouveau.

Victoria mit la tête sous son oreiller, mais l'appel résonnait dans son esprit et non à ses oreilles. Cette fois, elle résisterait. Elle resterait là, dans son lit, dans sa chambre. Elle ne lui donnerait pas l'occasion de se moquer d'elle.

« Victoria », entendit-elle pour la deuxième fois.

« Je n'irai pas, pensa-t-elle. Tu peux toujours m'attendre. »

Elle savait qui il était, elle l'avait vu sous sa véritable apparence. Elle savait aussi que Jack avait brisé son épée. Kirtash étant imprévisible, elle était incapable de deviner de quelle humeur il serait après ce combat. Elle préférait donc ne pas s'approcher de lui. Pourtant, elle brûlait de le revoir, de lui poser toutes sortes de questions et, malgré tout, de sentir son contact troublant, électrisant...

« Non, répéta-t-elle avec fermeté. Tu nous as déjà causé assez d'ennuis. »

« Victoria », l'appela-t-il pour la troisième fois.

Décidée, elle ferma les yeux. Elle avait pensé se rendre à Limbhad un peu plus tard, pour prendre des nouvelles de Jack, et s'accrocha à cette idée. Jack, Jack, Jack... Elle était impatiente de le revoir, elle avait rêvé toute la journée de son beau sourire, et ne permettrait pas à un serpent de retarder ce moment.

Tout en songeant à son ami, elle se remémora les derniers évènements, la force mystérieuse de son ami, et se demanda avec inquiétude si Kirtash savait d'où il la puisait. Si c'était le cas, il pourrait peut-être le lui expliquer...

Elle attendit, le souffle court, mais l'appel de Kirtash ne se renouvela pas. Victoria hésita. Était-il parti ? Et s'il ne revenait pas ?

Elle ferma les yeux, essayant d'oublier Chris... Kirtash, pour pouvoir entamer une nouvelle relation avec Jack lorsqu'elle y serait prête. Elle ne voulait pas tout gâcher, pas maintenant. Après ce que Jack avait fait pour elle, elle aurait été folle de répondre à l'appel de leur ennemi.

Ils... ils pourraient peut-être seulement se parler... Il lui expliquerait tout...

Mais Kirtash se taisait et Victoria pensa avec angoisse qu'il avait jugé ses trois appels suffisants. Elle devait en avoir le cœur net.

Elle bondit hors du lit, passa son peignoir blanc sur son pyjama, chaussa ses pantoufles et sortit de sa chambre en silence, le cœur battant à tout rompre. Une partie d'elle-même souhaitait ardemment que Kirtash soit parti, ce qui lui éviterait bien des problèmes. Mais une autre partie de son être souhaitait le revoir. Elle avait beau tenter de se convaincre que c'était uniquement pour avoir des informations, elle savait que ce n'était pas le seul motif qui la poussait à courir à sa rencontre.

Elle sortit dans le jardin et crut perdre la raison lorsqu'elle distingua, à la lueur de la lune et des étoiles, la silhouette de Kirtash sur la tour. Elle reprit son souffle. Il était encore temps de reculer...

Au lieu de quoi, elle marcha et ne s'arrêta qu'à quelques pas de lui. Il se tourna vers elle, plus sérieux que d'habitude.

– Bonsoir, dit-il avec douceur.

– Bonsoir, répondit-elle d'une voix étranglée. Je... suis désolée pour ton épée, ajouta-t-elle après un temps d'hésitation.

– Comment pourrais-tu l'être ? répliqua-t-il. J'allais tuer Jack avec elle.

Victoria ne savait pas quoi dire.

– Approche-toi et assieds-toi, s'il te plaît. Il faut que je te parle.

– Non, je préfère rester là où je suis, si ça ne te dérange pas.

Kirtash esquissa un demi-sourire.

– Comme tu veux. Je serai bref. Je suis venu te prévenir que tu cours un grand danger.

– Lequel ?

– Ashran a envoyé quelqu'un pour te tuer. Quelqu'un qui n'est pas moi et qui n'aura aucun scrupule à le faire.

Victoria frémit. Non à cause de la teneur de cette information, mais parce que Kirtash avait pris la peine de la prévenir.

– En principe, tu ne devrais pas me le dire. Que se passera-t-il si Ashran l'apprend ?

– C’est mon problème, rétorqua le jeune homme en haussant les épaules. La seule chose qui doit t’inquiéter, Victoria, c’est que tu es en danger. Reste à Limbhad ou dans le manoir de ta grand-mère. Comme je te l’ai déjà dit, cette maison possède une aura protectrice. Son pouvoir est sans effet sur moi, mais pas sur elle.

– Elle ? murmura Victoria.

Kirtash hocha la tête.

– Elle s’appelle Gerde, et il est dans son intérêt de te tuer. Ashran lui en a tout spécialement confié la mission. C’est arrivé par ma faute, ajouta-t-il, voilà pourquoi je suis aussi venu te dire adieu. Nous ne nous reverrons plus.

Victoria fut suffoquée, comme si on venait de lui planter un poignard dans le cœur.

– Plus jamais ?

– Jusqu’à ce que j’aie tué Jack, précisa Kirtash. Après, et seulement après, je pourrai demander à Ashran qu’il te laisse la vie sauve.

– Je ne supporte pas de t’entendre parler comme ça ! s’écria Victoria, révoltée. Sais-tu ce que Jack représente pour moi ? Comment peux-tu t’exprimer si calmement, dire que tu vas le tuer et espérer que je vais l’accepter sans protester ?

– Je ne m’attends pas à ce que tu l’acceptes. Je sais que tu es contre, mais c’est une question de priorités, et, pour moi, l’important, c’est que tu restes en vie. Il m’est impossible de prendre tes sentiments en considération alors que ta vie est en jeu, Victoria.

Une fois de plus, Kirtash la laissait sans voix.

– Et, pour cela, il faut que tu te caches, reprit-il. Gerde ne doit te trouver sous aucun prétexte.

– Je peux toujours me battre contre elle.

Kirtash la regarda fixement.

– Oui. Et tu peux même la vaincre. Seulement je ne veux pas courir ce risque ; sans oublier que, si Gerde échoue, Ashran enverra quelqu’un d’autre.

– Je me battrai contre tous, affirma Victoria d'un air féroce. Et je continuerai de protéger Jack, ajouta-t-elle en lui lançant un regard de défi. Je ne veux pas que tu le touches.

Kirtash ne fit aucun commentaire.

Le silence qui suivit mit Victoria mal à l'aise. Elle se dit que Kirtash n'avait rien d'autre à ajouter, il allait sans doute partir et elle ne le reverrait plus... Mais, si Jack devait mourir pour qu'elle continue de fréquenter Kirtash, elle préférait renoncer à sa présence.

Néanmoins, elle désirait retarder le plus possible le moment des adieux.

– Comment... comment Jack a-t-il réussi à briser ton épée ? demanda-t-elle.

Kirtash la regarda avec gravité et elle songea qu'elle était allée trop loin.

– J'étais troublé et j'ai perdu ma concentration, souffla-t-il enfin. À cause de ça, Haïass s'est affaiblie et Jack a réussi à la briser.

Victoria eut l'impression que, derrière cette simple explication, se cachait une réalité que Kirtash refusait de lui dévoiler.

– Mais tu es... un shek, n'est-ce pas ? insista-t-elle. Tu es puissant. Tu es quasiment invincible.

Gênée par le regard intense du jeune homme, elle détourna les yeux.

– Oui, je suis un shek, ce n'est plus un secret, alors pourquoi ne me demandes-tu pas ce que tu veux savoir exactement ?

Victoria ouvrit la bouche pour l'interroger au sujet de Jack. Elle était à nouveau troublée par les sentiments contradictoires que le jeune homme lui inspirait.

– Je veux savoir si tu es vraiment capable d'éprouver quelque chose... quelque chose pour moi.

Les yeux froids de Kirtash parurent s'éclairer d'un éclat chaleureux.

– Tu en doutes toujours ? demanda-t-il d'une voix douce qui fit fondre le cœur de Victoria.

Elle secoua la tête. Elle savait qu'il n'était pas humain et que... mais que savait-elle au juste ? Penchant la tête de côté, elle le scruta pour tenter de déchiffrer son mystère.

– Qui... qui es-tu ? demanda-t-elle.

– Je suis Kirtash, se contenta-t-il de répondre. Mais tu peux m'appeler Christian, si tu préfères.

Victoria se tut, confuse. Il lui adressa un demi-sourire.

– Tu veux savoir qui je suis ? C'est une longue histoire... Tu es prête à l'écouter ?

Victoria hésita, puis fit quelques pas en avant et vint s'asseoir près de lui en posant sur le jeune homme des yeux timides. Kirtash observa la lune un instant et commença son histoire.

– Je suis né humain. Complètement humain. Il y a dix-sept ans, quelque part sur Idhun. J'ai peu de souvenirs de mon enfance. Je vivais avec ma mère, dans une cabane, près de la forêt d'Alis Lithban, le foyer des licornes. Pensant peut-être qu'elles nous protégeraient tous les deux, ma mère avait préféré s'installer là, mais je n'en suis pas certain. À l'époque, je ne m'appelais pas Kirtash. Je ne me souviens pas du nom que ma mère m'a donné quand je suis né. J'ai également oublié son prénom et son visage. Toutes ces choses ont été gommées de ma mémoire il y a très longtemps. Les sheks sont revenus sur Idhun quand j'avais deux ans, et je me rappelle parfaitement ce jour. Le ciel rougeoyait, les six astres se sont entrelacés au-dessus de nous. Il y avait une atmosphère étrange, surnaturelle, qui donnait la chair de poule. Je me trouvais près de la forêt. Ne me demande pas ce que j'y faisais, je ne m'en souviens pas. Je sais juste que j'avais quitté la maison, profitant peut-être d'un moment d'inattention de ma mère, et que je m'étais éloigné. C'est alors que j'ai vu la licorne. Elle a titubé jusqu'à moi, tremblant sous la lumière des six astres, puis, trop faible pour continuer de marcher, elle s'est effondrée, agonisante. Je me suis approché d'elle. Je me rappelle l'avoir touchée, peut-être pour l'aider, mais je ne sais plus trop, j'étais tout petit et je n'avais aucune idée de ce qui se passait. Elle est morte sous mes yeux. Ma mère m'a appelé depuis la cabane et je suis revenu en courant. Quand je suis arrivé, j'ai vu de la frayeur sur son visage. Elle m'a demandé de me glisser sous le lit et a fermé toutes les portes et fenêtres en les bloquant avec ce qu'elle avait sous la main, comme si elle craignait qu'on nous attaque. J'ai pensé qu'elle agissait ainsi à cause de ce ciel rouge, des lunes et des soleils qui occupaient une position étrange ou parce que la licorne était morte. Mais ni les tables poussées contre les fenêtres, ni les meubles accumulés devant la porte ne pouvaient arrêter la terrible mécanique qui était en route. Au fond, ma mère le savait quand elle s'est réfugiée dans un coin en tremblant. Elle m'a serrée contre elle de toutes ses forces en espérant que tout cela n'était qu'un cauchemar. Ashran le Nécromancien nous a découverts blottis l'un contre l'autre quand il a fait voler la porte comme une plume et qu'il est entré dans la maison pour venir nous chercher... ou plutôt me chercher. Ma mère a voulu l'empêcher de me prendre, mais que pouvait faire une pauvre femme contre la puissante magie d'Ashran ? J'étais son fils et je lui appartenais. Je ne sais pas comment mes parents s'étaient rencontrés ni quelle histoire ils avaient vécue. D'après ce que j'ai pu glaner, il me semble que ma mère a décidé de fuir mon père quand je n'étais encore qu'un bébé, mais qu'elle savait qu'il finirait par nous retrouver, où que nous soyons. Et ç'a été le cas. Ashran m'a enlevé, et je n'ai plus jamais revu ma mère. Ensuite...

Il marqua une pause. Victoria l'écoutait avec attention.

– Ensuite, Ashran s'est servi de moi pour sceller son pacte avec les sheks. Ils ont amené l'un des leurs, un jeune shek à peine sorti de l'œuf, et Ashran leur a offert son propre fils et... et il nous a fondus en un seul être.

– Quoi ? laissa échapper Victoria.

– Tu sais ce que je veux dire, ajouta Kirtash en la regardant. C'est le même sortilège que celui qui a transformé ton ami Alexander en demi-bête. Ce sort permet à deux âmes, deux esprits, de fusionner. Elrion a introduit l'esprit d'un loup dans le corps d'Alexander ; Ashran a implanté dans le mien l'esprit d'un shek. Mais dans mon cas le sortilège a bien fonctionné, les deux esprits se sont parfaitement amalgamés. Alexander, en revanche, est un hybride incomplet; son corps abrite deux esprits, celui de l'homme et celui du loup, et les deux luttent en permanence pour prendre le contrôle de son être. Je n'ai pour ma part jamais connu un tel combat. Il faut avouer qu'Ashran est puissant, il sait ce qu'il fait.

– Un... hybride, répéta Victoria, abasourdie.

Kirtash acquiesça.

– Cela ne marche qu'avec les très jeunes individus, pas avec les adultes. En ce qui concerne Alexander, il a une grande force de caractère et son âme s'est rebellée violemment contre l'invasion de l'esprit du loup. La plupart du temps, il parvient à le contrôler. Bien souvent, et même avec des enfants, la fusion des esprits se passe mal. J'étais tout petit, mais je me souviens que les premiers jours ont été très difficiles à vivre.

– C'est douloureux ? demanda Victoria à voix basse.

Kirtash hocha la tête, mais s'abstint de lui fournir plus de détails.

– Après, je me suis habitué. Dire que je suis devenu un humain avec les pouvoirs d'un shek serait simplifier les choses, et pourtant on peut me définir ainsi. Mais il n'est pas question que de « pouvoirs ». Je suis un shek. Et je suis également un homme. Ashran a baptisé Kirtash la créature née de son expérience. Les sheks m'ont appris à développer mes capacités. Les meilleurs mercenaires et assassins humains m'ont enseigné à lutter et à tuer. Quant à Ashran, il m'a fourni quelques rudiments pour que je sache tirer profit de la magie que m'avait transmise la licorne avant de mourir. J'étais un bon élève. Quelque chose en moi me rendait supérieur à eux tous, si bien que j'ai vite dépassé mes maîtres dans tous les domaines, sauf pour ce qui est de la magie, où j'ai du mal à exceller car le pouvoir mental du shek soumet celui de la licorne. Excepté ce petit détail, je suis devenu le meilleur agent d'Ashran, celui en qui il a le plus confiance. Après tout, je suis son fils.

– Et tu ne l'as jamais haï... pour tout ce qu'il t'a fait ?

– Non, pourquoi ? C'est grâce à lui que je suis tel que je suis. Je ne me déteste pas moi-même et je ne me repens pas de ce que je fais. Le shek n'est pas un parasite à l'intérieur de moi, Victoria. Il fait partie de moi. La créature que je suis est l'œuvre d'Ashran le Nécromancien. Je lui dois mon existence... en tant qu'hybride, certes, mais je lui suis quand même redevable parce qu'il m'a donné la vie. Et c'est justement cet hybride qui éveille ces sentiments chez toi. Si j'étais un shek, je te ferais horreur. Si j'étais un humain, tu ne m'aurais même pas remarqué. C'est ce mélange qui t'attire. Tu aimes Kirtash, pas l'humain que j'aurais pu être si Ashran ne m'avait pas créé tel que je suis.

Victoria voulut protester, mais elle se tut, confuse, parce qu'elle savait qu'il avait raison.

– Tu me questionnais sur mes sentiments, enchaîna Kirtash. Comme tu le supposais, les sheks ne peuvent aimer les humains. Pourtant, je me suis attaché à toi parce que je suis un shek. Si j'avais été un simple meurtrier humain, je t'aurais tuée sans hésiter. Mais quelque chose en toi a attiré mon attention. J'ai commencé par être intrigué, puis littéralement fasciné. Et si cette fascination a pris plus d'ampleur, Victoria, c'est parce que je suis aussi un être humain et qu'en tant que tel, je peux ressentir des émotions qui pour Jack sont une force, et pour moi une faiblesse. Mon père le sait ; il sait ce que j'éprouve pour toi, il sait que tu es mon point faible, voilà pourquoi il souhaite ta mort.

Victoria avait le souffle coupé. L'histoire de Kirtash l'avait profondément émue. À présent, elle savait avec certitude ce dont son cœur n'avait jamais douté : il y avait entre eux deux une émotion intense et bien réelle, parce que Kirtash était en partie humain. Comme elle.

– Christian, murmura-t-elle en se rapprochant de lui. Je peux t'appeler Christian ?

– C'est ma partie humaine que tu appelles Christian ? sourit-il.

Victoria fronça les sourcils, songeuse.

– Peut-être... je ne sais pas. Je t'appelle Kirtash quand je te hais et Christian quand je t'aime. Lorsque je suis devant toi, j'ai du mal à départager les deux sentiments.

Le sourire de Christian s'élargit.

– Ce n'est pas clair du tout pour moi, poursuivit Victoria. Tu as raison de dire que, si tu étais seulement un homme, je ne te considérerais pas de la même manière. Je ne t'aimerais peut-être pas... mais je ne te haïrais pas non plus. Tes crimes me terrifient et me donnent l'impression qu'à tes yeux, la vie humaine n'a aucune importance.

– Elle n'en a pas, du moins pas pour le shek que je suis.

– C'est ce que je veux dire. Je ne sais pas à quoi m'en tenir avec toi. Et le fait que tu veuilles à tout prix tuer mon meilleur ami ne plaide pas en ta faveur.

– Il est beaucoup plus que ton meilleur ami, Victoria.

– Cela te dérange ?

– Pas du tout. Je ne suis pas jaloux, si c'est ce que tu crois. Il n'y a aucune raison pour que tu n'aimes qu'une seule personne s'il y a de la place pour deux dans ton cœur. Tu ne m'appartiens pas. La seule chose qui m'appartienne, ce sont les sentiments que tu éprouves pour moi. Mais tu peux aimer d'autres gens. Chacun est libre de ses sentiments, il n'y a pas de règles dans ce domaine. Je veux tuer Jack pour deux raisons. Primo, pour ce qu'il est. Deuzio, pour te sauver la vie. Tu constateras que cela n'a rien à voir avec le fait que tu sois amoureuse de lui, et lui de toi. Cela me facilitera la tâche, car, si Jack et moi sommes d'accord sur un point, c'est que nous ne voulons pas qu'il t'arrive malheur.

– Mais pourquoi... pourquoi dis-tu qu'il faut que tu abattes Jack pour me sauver la vie ?

– Vous êtes sur la liste noire d'Ashran, Victoria. Vous devez donc mourir. J'ai pour mission de supprimer les traîtres, comme tu le sais. Cela t'inclut en quelque sorte... pour une série de raisons très particulières. Si j'offre la vie de Jack à mon père, il pourra t'épargner. Ne me demande pas pourquoi, mais c'est ainsi.

– Et si je te suis sur Idhun, comme tu me l'as proposé ? Est-ce que cela mettrait Jack hors de danger ? demanda Victoria après avoir observé un instant de silence.

Christian fit un signe négatif de la tête.

– Pourquoi ? demanda-t-elle, désespérée.

– Il est trop tard, Victoria. Avant, je pensais que c'était la meilleure solution, mais j'ignorais ce que je sais maintenant. Les choses ont changé.

– Je n'y comprends plus rien, murmura Victoria. Je suis... fatiguée de cette guerre, de cette lutte, de tous ces morts. Et je ne veux pas vivre dans un monde d'où Jack sera absent.

– Et moi, je veux la mort de Jack, mais j'aimerais plus encore que tu restes en vie. Or, c'est désormais impossible.

Victoria hocha la tête d'un air compréhensif.

– Dans ce cas, reste avec nous et abandonne Ashran. Viens avec moi, ajouta-t-elle après avoir pris une longue inspiration.

– Tu voudrais que je trahisse les miens ? s'écria Christian en s'esclaffant à cette idée. Tu me demandes de trahir ma race, mon seigneur, mon père ?

– Tu le fais déjà, lui rappela doucement Victoria. Ashran ne sait pas que tu es ici.

Christian parut hésiter.

– Oui, parce que, après tout, je ne peux pas me trahir moi-même, répondit-il en se tournant vers elle. Je préférerais qu'on me tue plutôt que de te voir morte.

Victoria réprima un soupir. Elle savait qu'il était sincère. Mais cela lui fit perdre le contrôle de ses sentiments, qui s'affolaient. Elle n'était pas sûre de vouloir aimer quelqu'un qui n'était pas entièrement humain.

En même temps, quelque chose la poussait à se rapprocher de lui, à vouloir le toucher encore une fois...

– Je peux me serrer contre toi ? demanda-t-elle d'une voix hésitante.

Christian la regarda, indécis. Victoria s'était déjà rendu compte qu'il n'aimait pas qu'on le touche, mais elle insista :

– S'il te plaît.

Il hocha imperceptiblement la tête et Victoria l'étreignit de toutes ses forces. Après un court instant de doute, Christian la serra à son tour.

Elle ferma les yeux, tout se bousculait en elle. Qu'il soit humain ou non, elle avait besoin d'être près de lui. Mais Christian n'était-il pas venu lui dire adieu ?

– Je ne te reverrai plus, n'est-ce pas ? susurra-t-elle.

– Tu te cacheras à Limbhad, Victoria ? Tu me le promets ?

– Et Jack ?

– Nous sommes condamnés à nous affronter... Tôt ou tard, nous recommencerons. Tu sais que je lutterai jusqu'au bout pour en finir avec lui. Sauf que, désormais, je sais qu'il est possible que ce soit lui qui me tue.

Il regarda d'un air pensif les arbres brûlés et noircis qu'on distinguait non loin de là, dans la pinède.

– Mais je ne veux perdre aucun de vous deux ! protesta Victoria.

– Si je sors vainqueur de ce combat, poursuivit Christian, tu me reverras parce que tu seras en sécurité. Je pourrai alors t'emmener avec moi sur Idhun si tu en as encore envie. Mais il est fort probable que tu me haïsses, car je serai responsable de la mort de Jack. Je peux prendre ce risque à condition qu'Ashran accepte de t'épargner. Et, si Jack remporte la victoire, tu ne me verras plus car je serai mort.

Elle déglutit et le serra encore plus fort contre son cœur.

– C'est horrible.

– Je sais. Mais les choses sont ainsi.

Victoria se mit alors à pleurer.

– Alors profitons de ce moment. Nous avons encore quelques heures devant nous avant que le jour se lève, déclara-t-elle.

Elle ferma les yeux et posa la tête sur la poitrine de Christian, qui resserra son étreinte et passa une main dans ses cheveux sombres. Puis il l'embrassa tendrement.

*

Loin de là, des doigts longs et fins glissaient sur un récipient rempli d'eau, et une voix mélodieuse murmurait des incantations magiques. L'eau changea de couleur, s'assombrit, trembla un instant pour s'éclaircir peu à peu et faire apparaître une image très nette.

Il faisait nuit. Sous la lune et les étoiles, on voyait un manoir. À l'arrière s'étendait un jardin au fond duquel une tour dominait un bosquet de pins. Sur le banc de pierre, devant la tour, deux silhouettes s'enlaçaient : l'une vêtue de blanc, l'autre de noir. Elles se serraient désespérément l'une contre l'autre, comme si cette nuit était la dernière de leur vie.

Les doigts se crispèrent sur l'image et la voix mélodieuse poussa un sifflement rageur.

10
L'ŒIL DU SERPENT

Il faut que je parte, murmura Christian en s'écartant doucement de Victoria.

– Non ! le supplia-t-elle. Non, s'il te plaît...

Elle ajouta aussitôt :

– Ne pars pas !

– Je ne m'en irai pas complètement, dit-il en la regardant. Je vais t'offrir deux cadeaux. Tiens.

Il tendit la main pour lui montrer la bague qu'il portait. Victoria frissonna. Elle se souvenait parfaitement de ce bijou qu'elle avait remarqué deux ans plus tôt, en Allemagne. C'était une petite sphère de cristal d'une couleur incertaine, sertie dans un serpent d'argent qui enroulait ses anneaux tout autour. Victoria savait que Christian ne s'en séparait jamais, mais elle n'aimait pas la regarder car elle avait l'impression qu'un œil l'observait.

– Tu sais ce que c'est ? lui demanda Christian à voix basse.

Victoria fit un signe négatif.

– Shiskatchegg. L'Œil du Serpent.

Victoria poussa une exclamation étouffée.

– Shiskatchegg ! J'en ai entendu parler, mais j'ignorais que c'était une bague. Je sais que pendant l'Ère Obscure, l'empereur

Talmannon l'a utilisé pour contrôler la volonté de tous les sorciers, dit-elle, en se rappelant ce que Shail lui avait raconté à ce propos.

– Il y a des siècles, à la fin de la guerre, les prêtres lui ont retiré ce pouvoir, mais les sheks ont réussi à récupérer la bague. Il paraît que c'est l'un des yeux de Shaksiss, le serpent qui se trouve au cœur du monde, la mère de notre race.

– Ce serpent ne doit pas être très grand..., fit observer Victoria.

– Shiskatchegg est beaucoup plus grand à l'intérieur qu'à l'extérieur. Sa petite taille n'est qu'apparente. Quoi qu'il en soit, c'est l'un des symboles de mon pouvoir. L'autre était Haïass, ajouta Christian après un court silence.

– Quelles... quelles sont les propriétés de cette bague ?

– C'est difficile à expliquer. Disons qu'elle concentre une partie de ma perception shek, qu'elle est comme une extension de moi-même. C'est aussi l'un des emblèmes de mon peuple. Ma mission était vitale pour nous, voilà pourquoi on m'a donné cette bague. Maintenant, je veux que tu la portes, ajouta-il en plongeant ses yeux dans ceux de Victoria.

La jeune fille sentit l'air lui manquer.

– Quoi ? s'écria-t-elle, persuadée d'avoir mal entendu.

– Je t'ai dit que, même si tu étais loin de moi, je garderais un œil sur toi. Je voulais parler de cet œil-là.

Victoria le considéra étrangement en se demandant s'il plaisantait. Mais Christian n'en avait pas l'air.

– Tant que tu la porteras, je serai en quelque sorte avec toi. Je saurai si tu vas bien ou si tu es en danger. Et, si jamais tu te sens menacée, tu n'auras qu'à m'appeler à travers cette bague et je viendrai te rejoindre, où que tu sois, pour te défendre au prix de ma vie, s'il le faut.

Tout en parlant, Christian avait retiré la bague et la passa délicatement au doigt de Victoria. Elle eut l'impression que l'anneau était trop grand pour elle, mais l'instant d'après elle constata qu'il s'était ajusté à la perfection.

– Tu vois ? murmura Christian. La bague te va. Elle s'est adaptée à ton doigt parce qu'elle sait que tu es quelqu'un d'unique pour moi.

Victoria cligna des yeux pour refouler ses larmes. Elle était incapable de parler tant elle était émue. Elle jeta ses bras autour du cou de Christian. Il l'enlaça à son tour, posant sa joue contre la sienne.

– Ne pars pas, le supplia Victoria. Je t'en prie, reste avec moi. Peu m'importe qui tu es ou ce que tu es, peu m'importe ce que tu as fait, tu m'entends ? Tout ce que je sais, c'est que j'ai besoin de toi.

– C'est ce que te dit ton cœur ? murmura Christian.

– Oui, souffla Victoria.

Il sourit.

– Si je ne reviens pas, lui dit-il à l'oreille, je veux que tu restes auprès de Jack, quoi qu'il advienne. Il te protégera quand je ne serai pas là.

Victoria hocha la tête.

– Pourquoi... Suis-je si importante pour toi ?

– Oui, répondit Christian. Tu n'imagines pas à quel point.

Il se sépara d'elle.

– Quoi qu'il arrive, je serai toujours avec toi, ma tendre amie, tu le sais. Mais, avant de te quitter, je veux t'offrir autre chose. Regarde-moi.

Victoria lui obéit, le visage baigné de larmes. Les yeux bleus de Christian étaient toujours aussi mystérieux, mais débordaient de tendresse. Victoria sentit sa conscience s'introduire dans la sienne, sondant son esprit comme il l'avait déjà fait un jour, en Allemagne. Mais, cette fois, elle n'eut pas peur. Elle ne voulait pas avoir de secrets pour lui, plus maintenant. Elle voulait qu'il sache que, même si elle allait rejoindre Jack, même si elle était prête à donner sa vie pour protéger celle de son ami, elle ne l'oublierait jamais.

Elle sentit le sommeil l'envahir et ses paupières s'alourdir. Elle lutta désespérément contre cette soudaine torpeur, parce qu'elle ne voulait pas se séparer de Christian. Elle savait que, si elle s'endormait, il aurait disparu à son réveil. Mais l'esprit du shek était trop puissant et il eut raison de sa volonté. Victoria se relâcha peu à peu dans ses bras.

Christian la contempla un instant avec une expression indéchiffrable, après quoi, il la souleva avec mille précautions et la porta jusqu'à la maison.

Toutes les portes s'ouvrirent devant lui. Il ne fit aucun bruit en se faufilant dans les couloirs avec son précieux fardeau. Son instinct le guida directement jusqu'à la chambre de Victoria et, une fois là, il la déposa sur le lit. Il resta un moment à la regarder, endormie, dans les éclats lunaires qui pénétraient par la fenêtre. Il lui caressa les cheveux, hésita, puis finit par faire demi-tour et sortit de la pièce.

Il descendit l'escalier, silencieux comme une ombre.

Mais, dans le salon, il tomba sur une silhouette qui l'attendait, debout, calme et pleine d'assurance, près d'une des fenêtres. Le jeune homme s'arrêta, tendu, et se tourna vers elle.

Christian et Allegra d'Ascoli se toisèrent en silence. La vieille femme ne fit pas un geste, pas un mouvement. Elle ne prononça pas le moindre mot, se contentant de poser sur Christian des yeux compréhensifs.

Christian parut également la comprendre. Il leva les yeux vers l'escalier, vers la chambre où il avait laissé Victoria endormie. Allegra hocha la tête. Il esquissa un demi-sourire et sortit de la maison.

La vieille dame demeura silencieuse, immobile. Quand le jeune homme eut quitté le manoir, elle marcha jusqu'à la porte principale et la ferma à clé. Elle frissonna, comme si elle avait senti que des yeux invisibles l'observaient. Elle leva la tête et dit, avec autant de dégoût que de fermeté dans la voix :

– Hors de ma maison !

*

Loin de là, l'eau du récipient se troubla et la personne penchée au-dessus poussa une exclamation de colère et de frustration. Elle s'efforça de retrouver l'image du manoir, mais l'eau resta muette et obscure, comme le fond d'un marécage.

Furieuse, elle renversa le contenu de la cuvette par terre.

Puis elle se calma et pensa qu'après tout, elle n'avait plus besoin de consulter l'eau enchantée. Elle en avait assez vu et possédait toutes les informations qu'elle recherchait.

*

Victoria se retrouva soudain dans une forêt froide et sombre. Elle avait peur. Elle regarda autour d'elle, cherchant ses amis : Jack, Christian, Alexander et même Shail, bien qu'elle sache qu'il ne reviendrait pas. Elle était seule.

Elle s'enfonça dans l'épaisseur des sous-bois. Ses habits s'accrochaient aux ronces, les branches basses égratignaient sa peau et ses pieds nus ne cessaient de trébucher contre les racines. Enfin, elle tomba à genoux sur le sol et sentit sous elle la terre froide et humide. Tremblante, elle s'adossa à un tronc d'arbre, sans comprendre ce qu'elle faisait là.

Alors une douce lumière filtra dans le feuillage et se dirigea vers elle. Elle se releva, sur le qui-vive, prête à fuir ou à se battre s'il le fallait. Mais le rayon lumineux ne semblait pas vouloir l'agresser. Au contraire, il la caressait et inondait son cœur d'une joie simple, inexplicable.

La créature lumineuse sortit d'entre les arbres et s'avança jusqu'à elle. Victoria en eut le souffle coupé.

C'était une licorne d'une blancheur immaculée, à la crinière argentée comme un rayon de lune. Elle se déplaçait avec une grâce surnaturelle et penchait délicatement le cou en avant, tout en fixant Victoria. L'adolescente ne pouvait pas bouger. Les yeux de la licorne étaient animés d'un éclat étrange qui lui transmettait toutes sortes de choses...

La créature s'immobilisa devant elle. Sa longue corne en spirale était à la fois magnifique et redoutable. Cependant,

Victoria n'avait pas peur. Elle avait l'impression de retrouver une vieille amie. Elle aurait voulu caresser son pelage soyeux et resplendissant, passer les doigts dans sa crinière argentée, mais elle se contenta de rester focalisée sur ces yeux sombres qui reflétaient sa propre image.

Alors elle comprit.

– Lunnaris, murmura-t-elle.

La licorne pencha la tête et ferma à demi ses paupières en signe d'acquiescement. Victoria se rapprocha, puis passa les bras autour de son long cou svelte. L'animal fabuleux ne bougea pas.

– Pourquoi ai-je mis si longtemps à te trouver ? demanda Victoria. Je t'ai cherchée sur les cinq continents, Lunnaris ; je t'ai appelée en rêve ; j'ai crié ton nom aux étoiles, mais tu ne m'as jamais répondu.

La licorne garda le silence, baissant la tête et frottant sa joue contre elle, comme si elle cherchait à la consoler.

– Shail t'aimait, tu sais ? déclara Victoria, les yeux emplis de larmes. Il t'a sauvé la vie, puis il a consacré la sienne à te chercher pour te sauver une nouvelle fois. Pourquoi l'as-tu abandonné ? Pourquoi l'as-tu laissé mourir ?

Lunnaris s'écarta d'elle doucement et plongea encore ses yeux dans les siens. Victoria vit son reflet dans ses prunelles semblables à deux puits lumineux infiniment beaux et sages, sans saisir ce que la licorne voulait lui dire.

Il y eut alors un bruit lointain, quelque chose qui ressemblait à une porte qui s'ouvrait, et Lunnaris dressa les oreilles, en alerte.

– Non ! Ne t'en va pas. S'il te plaît, reste ici !

Mais la forêt s'éclaira brusquement. Lunnaris pivota vers Victoria pour la regarder une dernière fois pendant que son image s'évanouissait et disparaissait dans la lumière du matin.

– Lunnaris ! l'appela Victoria.

*

– Lunn…, murmura-t-elle, tournant le dos à la fenêtre et essayant d'enfouir sa tête sous les couvertures.

– Debout, jeune dormeuse ! dit la voix de sa grand-mère. Sais-tu l'heure qu'il est ? Presque midi !

Victoria cligna des paupières dans la lumière du jour.

– Midi ? répéta-t-elle, désorientée. Pourquoi… pourquoi mon réveil n'a pas sonné ?

– Parce qu'on est samedi et que tu ne l'as pas mis. Tu pensais aller quelque part ? Si c'est le cas, je crois qu'il va falloir modifier tes projets.

– Ah, bon… fit Victoria, bien réveillée.

Sa grand-mère était debout devant la fenêtre et regardait au-dehors avec une expression pensive.

– Oui, parce qu'il pleut des seaux d'eau, ma fille. Quel sale temps ! Juge par toi-même.

Victoria tourna la tête. En effet, une chape de lourds nuages gris couvrait le ciel et une pluie dense tombait sur le manoir.

– Peu importe, dit-elle. Je ne pensais aller nulle part.

Sa grand-mère lui sourit, mais prit l'instant d'après une expression figée. Elle observa Victoria, l'air grave, et l'adolescente eut l'impression qu'elle pâlissait.

– Grand-mère ? demanda-t-elle sans comprendre. Que se passe-t-il ?

Allegra revint à la réalité.

– Rien, petite, sourit-elle, mais Victoria trouva son sourire forcé. J'ai juste le sentiment qu'aujourd'hui tu es… différente.

– Différente ? En quel sens ?

– Ne fais pas attention, ce sont des bêtises, conclut Allegra, qui n'avait manifestement pas l'intention de s'attarder sur le sujet. Je te donne deux minutes pour te préparer. Mais ne te rendors pas, hein ? Il est déjà très tard.

– Ne t'inquiète pas, je me lève, répondit Victoria, encore perplexe.

Sa grand-mère sortit de la chambre et referma la porte derrière elle. Victoria se tourna et soupira, tâchant de mettre de l'ordre dans ses pensées. Sa main droite reposait sur l'oreiller et elle vit Shiskatchegg, l'Œil du Serpent, briller à son annulaire d'un éclat mystérieux et inquiétant.

– Je n'ai donc pas rêvé, murmura-t-elle, se rappelant sa rencontre avec Christian et leur longue conversation.

Puis elle se souvint de Lunnaris. Elle l'avait vue en songe. Était-ce le deuxième cadeau que lui avait promis Christian ? Victoria se dit que oui. Le shek avait exploré son esprit jusqu'à atteindre le souvenir de sa rencontre avec Lunnaris, et l'avait fait ressurgir. Victoria se demanda si elle avait vraiment vu la licorne dans ces circonstances, et si cette rencontre s'était réellement produite, pourquoi elle l'avait oubliée. Quoi qu'il en soit, elle saisit pourquoi Christian n'avait pas essayé d'arriver jusqu'à Lunnaris à travers elle. Si c'était là les seuls souvenirs qu'elle avait de la licorne, ils n'étaient pas d'une grande utilité.

Mais tout cela avait été très beau. Lunnaris était une créature magnifique, issue d'une magie pure, et Victoria comprenait désormais que Shail ait été à ce point obsédé par elle. En revanche, elle s'étonnait de l'avoir oubliée jusque-là.

Elle se redressa légèrement ; son lit était poussé contre le mur, sous la fenêtre, et elle s'appuya sur le rebord, assise sur les couvertures, pour regarder la pluie tomber dans le jardin. Sous cette lumière grise, la tour paraissait triste et solitaire. Victoria pensa à Christian, et il lui manqua.

Sans qu'elle sache pourquoi, son souvenir fit ressurgir l'image de Jack, qui se remettait de sa blessure à Limbhad. La nuit précédente, elle n'était pas allée lui rendre visite, et il tardait sans doute au garçon de la voir. Victoria sourit et constata qu'une chaleur agréable lui inondait le cœur dès qu'elle songeait à lui. Pour la première fois, elle n'était pas troublée, peut-être grâce à ce que Christian lui avait dit. « Chacun est libre de ses sentiments, il n'y a pas de règles dans ce domaine. » Elle commençait tout juste à admettre qu'elle était amoureuse de deux garçons à la fois. Elle soupira. Mais c'était ainsi et elle l'acceptait.

Le problème majeur, c'était que ces deux garçons voulaient s'entretuer. Victoria ne pourrait éviter cet affrontement et, quelle qu'en soit l'issue, elle souffrirait.

Elle consulta son réveil pour chasser ces tristes pensées ; il était déjà midi dix. Elle décida de descendre déjeuner. Ensuite, elle irait à Limbhad rendre visite à Jack.

Avant de se lever, elle s'abîma dans la contemplation de la petite boule de cristal de Shiskatchegg ; elle paraissait maintenant d'un vert profond et luisait étrangement. La bague produisait sur elle un effet singulier, auquel elle s'habituait peu à peu. Du bout du doigt, elle caressa la pierre, qui se teinta de grenat. Elle sourit et embrassa le bijou avec une tendresse infinie.

– Pour toi, Christian, murmura-t-elle. Je t'aime.

« Mais, ajouta-t-elle en silence, si tu fais du mal à Jack, je te tuerai. »

Elle se leva sans se départir de son sourire, passa une robe de chambre et descendit dans la salle à manger.

*

À l'autre bout du monde, Christian frémit et sourit à son tour.

Il était sur sa terrasse, qui dominait une partie de la ville de New York. Son petit appartement contenait peu de meubles, mais c'était suffisant. Il n'y passait pas beaucoup de temps et n'appréciait guère les visites.

Soudain, il sentit derrière lui une présence enivrante qui embaumait le lilas, il ne prit même pas la peine de se retourner. Gerde n'eut aucun mal à constater qu'elle n'était pas la bienvenue.

– Kirtash, murmura-t-elle néanmoins de sa voix veloutée.

– Qu'est-ce que tu veux ? demanda-t-il sans s'énerver, mais d'un ton si glacial que la fée hésita.

– C'est Ashran, notre seigneur, qui m'envoie. Il veut te voir.

Aux inflexions de sa voix Christian comprit que l'affaire était grave.

– Dis-lui que j'arrive tout de suite, susurra-t-il.

Il sentit l'aura séductrice de Gerde se rapprocher de lui, aussi ne fut-il pas surpris quand elle lui dit presque à l'oreille, d'une voix suave et chantante :

– Tu t'es mis dans de beaux draps.

Christian se retourna à la vitesse de l'éclair, la saisit par les poignets et la poussa contre le mur.

– Tu ne sais pas à qui tu parles, siffla-t-il, les yeux dardés sur elle.

Gerde détourna le regard en frissonnant, craignant le pouvoir du shek. Elle esquissa cependant un sourire enjôleur.

– Cela dit, tout peut encore s'arranger, Kirtash, dit-elle à voix basse.

Elle se pressa contre lui, caressante, et Christian sentit sa chaleur troublante à travers les vêtements légers qu'elle portait.

– Ashran est au courant, mais il n'est pas trop tard. Tue-la et reste avec moi ; tu sais qu'elle seule fait obstacle à ton pouvoir sur Idhun. Tue-la et offre sa tête à Ashran. Il te pardonnera.

Christian plissa les yeux. Le regard noir de Gerde était plein de promesses.

– Ne me provoque pas, Gerde, répliqua-t-il froidement. Je sens qu'à chaque seconde passée ici, tu t'affaiblis davantage, que tu as envie de regagner ta forêt en courant parce que la fumée, l'acier et le béton de la grande ville flétrissent ton aura féerique. Je pourrais te laisser te pétrifier ici et te regarder te consumer peu à peu. Sans remords. Je crois même que j'apprécierais ce spectacle.

Un éclair de colère traversa le regard de Gerde. Elle s'écarta de Christian, qui constata que ses yeux se tournaient instinctivement à quelques rues de là, vers Central Park, le poumon vert de la cité, la seule oasis où Gerde puisse trouver refuge à des kilomètres à la ronde.

– Tu ne la tuerais pas… même pour sauver ta propre vie ? lui demanda-t-elle en prenant garde de ne rien laisser transparaître de son dépit.

– Ce que je fais ou ne fais pas me regarde, Gerde, répliqua-t-il d'un ton ferme.

La fée secoua la tête.

– Non, Kirtash. Ce n'est pas que ton affaire. Je te l'ai déjà dit : Ashran le sait. Il sait tout de ce que tu lui as si longtemps caché.

Christian ne la regarda pas, mais répondit d'un ton lourd de menaces :

– Qu'est-ce que tu veux ? Que je te tue parce que tu m'espionnes, c'est ce que tu cherches ?

– Je sais que tu n'hésiterais pas à le faire, mais Ashran l'apprendrait très vite et cela ne ferait qu'aggraver les choses.

Il y eut un long silence.

– Va-t'en, finit par lâcher Christian.

Gerde sourit sans piper. Son halo séducteur avait terni en quelques minutes, affaibli par l'atmosphère asphyxiante de la ville, qui minait son pouvoir. Elle ne tarda donc pas à obéir à l'ordre du shek et disparut de l'appartement, laissant flotter sur la terrasse son parfum de lilas.

Christian tourna les talons et rentra chez lui. Le feu brûlait dans la cheminée. Il le contempla, immobile.

Cette cheminée, il l'avait fait construire par caprice. Il aimait s'asseoir devant l'âtre, qui exerçait sur lui une étrange fascination. Tous les sheks détestaient et craignaient le feu. C'était peut-être pour cette raison qu'il appréciait de l'observer, prisonnier, esclave de sa volonté.

Quand il s'assit sur le canapé, les flammes illuminèrent son visage. Il pencha la tête de côté, songeur. Il était tenté d'aller retrouver Victoria pour tout lui raconter, mais cela impliquait qu'il tourne le dos à tout ce qu'il connaissait. De plus, il avait sa fierté. Il était conscient de ses actes et savait exactement quelles seraient les conséquences de sa trahison. Il devait faire face à ses responsabilités.

Il se leva, approcha lentement la paume de sa main vers les flammes. Le feu s'éteignit après avoir émis un bref éclair de lumière. D'un air sombre, Christian regagna la terrasse. Il laissa la brise soulever ses cheveux châtains avant de disparaître pour aller retrouver Ashran le Nécromancien.

*

Une musique douce s'élevait dans les couloirs de la maison de la frontière. Une voix chantait une ballade, accompagnée à la guitare. Victoria se laissa guider par la mélodie, qui la conduisit droit à la chambre de Jack.

Elle s'avança et découvrit que c'était lui qui chantait. Assis sur son lit, adossé au mur, il pinçait délicatement les cordes de sa guitare. Il ne s'aperçut pas tout de suite de la présence de Victoria. Ne voulant pas l'interrompre, son amie était restée sur le seuil, à l'écouter en silence.

La chanson était une ancienne ballade peut-être composée dans les années 1980. Victoria n'en connaissait ni le titre ni l'auteur, mais elle était sûre de l'avoir déjà entendue. Interprétée par Jack, elle prenait un autre sens et gagnait en profondeur. Elle ferma les yeux et se laissa emporter par la voix de l'adolescent jusqu'à ce qu'il ait terminé, que le dernier accord se soit dissipé dans l'air et que le silence règne de nouveau.

Alors Jack leva les yeux et la vit. Ils se sourirent avec un brin de timidité.

– C'était beau, dit-elle.

Jack détourna le regard, gêné.

– Elle n'est pas de moi, avoua-t-il. Je n'ai jamais rien composé, mais de temps en temps... j'aime jouer de la guitare et chanter, ajouta-t-il d'un air hésitant. Enfin, en principe, je le fais quand personne ne m'écoute.

– Je suis désolée, s'excusa Victoria. J'aurais dû me manifester. C'était bien !

Jack sourit.

– Je peux entrer ? demanda-t-elle.

– Je t'en prie.

Victoria s'avança et s'installa à côté de lui. Ils n'osaient ni se regarder, ni parler. Cette situation parut bizarre à la jeune fille.

– Comment va ta blessure ? s'enquit-elle enfin.

– Elle est presque guérie.

– Pas possible ! Déjà ?

– Je guéris très vite. Tu sais que...

Il laissa sa phrase en suspens, et Victoria en déduisit que quelque chose le préoccupait.

– Quoi ?

– Tu sais que je ne suis pas normal, acheva-t-il à voix basse.

Victoria inspira profondément, posa la tête sur l'épaule de son ami et lui prit la main. Elle savait que cette idée hantait Jack depuis la mort de ses parents. Son long voyage en Europe avait calmé ses doutes, qui étaient revenus le tourmenter avec plus de force qu'auparavant quand il avait réintégré la Résistance. Deux ans plus tard, il déclenchait de nouveau des flammes de manière spontanée. En outre, il s'était battu contre Kirtash... et l'avait vaincu.

– Ce n'est pas si grave, le rassura-t-elle. Regarde un peu les habitants de cette maison. Est-ce que l'un d'entre nous est *normal* ?

– Non ! s'exclama-t-il, le visage soudain illuminé par un franc sourire.

– Tu me plais comme tu es, déclara Victoria avec simplicité.

Jack la dévisagea avec une tendresse infinie. Il lui pressa la main et l'observa un moment... mais, soudain, une grimace de douleur déforma ses traits et il repoussa brusquement Victoria.

– Qu'est-ce que tu as ? lui demanda-t-elle, étonnée.

Jack ne répondit pas, mais regarda sa main, dépité. La marque d'une brûlure s'étalait sur sa paume. Il baissa les yeux et fixa les doigts de Victoria, essayant de comprendre ce qui venait de se passer.

Tous deux devinèrent en même temps.

C'était Shiskatchegg.

– Qu'est-ce que c'est que ça ? murmura Jack en contenant sa colère.

– La bague de Christ..., balbutia la jeune fille en baissant les yeux. Je suis désolée. Elle ne me fait aucun mal, je ne comprends pas pourquoi tu...

– Sûrement parce que je hais son propriétaire, gronda Jack. Tu peux m'expliquer pourquoi tu la portes à ton doigt ?

Avant de lui répondre, Victoria prit plusieurs longues inspirations, puis releva la tête.

– Parce qu'il me l'a donnée. C'est une marque de tendresse, lança-t-elle avec morgue.

– De tendresse ! répéta Jack. Mais, Victoria, tu l'as vu comme moi, tu sais qui il est ! Tu crois honnêtement qu'il est capable d'éprouver des sentiments... pour toi ?

Jack prit conscience qu'il l'avait froissée. Se maudissant intérieurement de ne pouvoir tenir sa langue, il l'attira et la serra contre lui.

– Je regrette ce que je viens de dire... mais... c'est aussi simple que ça... je n'y comprends plus rien, bredouilla-t-il.

Victoria enfouit le visage au creux de son épaule et soupira longuement. Elle ne pouvait pas lui jeter la pierre. Elle savait combien il l'aimait. Dans ces circonstances, il lui était difficile d'exiger qu'il accepte sa relation avec Christian... un shek... un assassin qui voulait le tuer. À bien y réfléchir, elle-même se disait que tout cela était pure folie.

Néanmoins, Jack avait besoin qu'elle lui fournisse une explication.

– J'ai beaucoup de choses à te raconter, commença-t-elle. Tu veux bien m'écouter ?

Jack acquiesça avec le plus grand sérieux.

– Soit, je t'écoute.

Après un moment de silence, Victoria se lança dans son récit.

Elle ne pouvait plus s'arrêter.

Elle lui révéla ce qui s'était passé avec Christian, lui décrivant avec un grand luxe de détails toutes les fois où ils s'étaient retrouvés et ce qu'ils s'étaient dit. Mais elle lui avoua aussi en toute franchise ce qu'elle éprouvait pour lui, Jack, qui l'écoutait en silence en la berçant dans ses bras. Elle admit que son cœur était divisé et qu'elle doutait mais, surtout, elle reconnut qu'il était à ses yeux bien plus qu'un simple ami. Elle lui avoua qu'elle l'aimait, qu'elle l'aimait follement et qu'il en serait toujours ainsi, même si elle portait la bague de Christian, même si elle allait retrouver le shek dès qu'il l'appelait.

Quand elle eut enfin terminé, un silence gênant s'installa entre eux.

– Eh bien... je... je ne sais pas quoi dire..., annonça Jack, étourdi.

Victoria s'écarta de lui en le prenant par la main, examina sa paume et vit la trace de la brûlure provoquée par Shiskatchegg. Elle l'effleura de ses doigts et laissa son énergie curative se propager. Tous deux regardèrent la marque s'estomper, puis disparaître complètement.

– Quoi qu'il arrive, dit Victoria, je ne le laisserai pas te faire du mal. Tu m'entends ? Et si jamais il ose...

Elle laissa sa phrase en suspens car cette idée l'anéantissait et elle était incapable de la formuler.

– Si jamais il le fait, enchaîna-t-elle, je te jure que je le tuerai.

– Et qu'adviendra-t-il si c'est moi qui le tue ?

Victoria hésita et baissa la tête en frissonnant. C'était la première fois que Jack devinait les sentiments turbulents qu'abritait son cœur, la première fois aussi qu'il comprenait sa douleur. Il l'enlaça.

– Tout cela n'est peut-être qu'un piège, Victoria, annonça-t-il à mi-voix. Tu y as pensé ? Comment savoir si Kirtash ne nous espionne pas à travers la bague qu'il t'a donnée ? Comment savoir si ce n'est pas une ruse pour arriver jusqu'à Limbhad ?

– Parce qu'il a déjà eu l'occasion de nous tuer tous les deux, Jack. Toi et moi. Et qu'il ne l'a pas fait.

– C'est vrai, admit Jack après un silence. Et puis il t'a sauvé la vie.

– Il m'a sauvé la vie ? répéta Victoria sans comprendre.

Jack hocha la tête.

– Il t'a sauvée de moi. Je m'en suis rendu compte, Victoria. L'autre nuit, quand je vous ai vus ensemble et que je suis devenu... fou. Quand j'ai mis le feu aux arbres, derrière chez toi. Les flammes étaient sur le point de t'atteindre et tu aurais pu brûler vive toi aussi. Il t'a éloignée, il t'a protégée... en s'interposant. Jusqu'à présent, je ne voulais pas l'admettre. Je n'aurais jamais cru que je te le dirais, mais... je lui en suis redevable.

Victoria se pressa davantage contre son ami, qui resserra son étreinte.

– Pourquoi faut-il que vous vous battiez, Jack ? N'y a-t-il pas une solution ?

Jack secoua la tête.

– Ce qui m'arrive avec Kirtash est étrange. Je l'ai détesté dès la première seconde où je l'ai vu, parce que je l'associais à la mort de mes parents. Pourtant, c'est Elrion qui les a tués. C'est lui aussi qui a assassiné Shail et a fait d'Alexander ce qu'il est à présent... un... un hybride incomplet, s'il faut en croire ce que t'a raconté Kirtash. Elrion est responsable de tout cela et Kirtash l'a tué, en quelque sorte pour nous venger. Et, cependant, je n'ai jamais haï ce maudit magicien comme je peux haïr Kirtash. C'est presque irrationnel, comme si j'obéissais à...

– À ton instinct ? suggéra Victoria.

Jack acquiesça.

– Peut-être que cela tient au fait que j'ai toujours tellement détesté les serpents. Peut-être ai-je deviné que Kirtash était une sorte de serpent géant. Je crois que cette intuition est à l'origine de mon rejet.

– Sûrement pas.

– Et, malgré tout, je serais prêt à tout oublier, à... renoncer à le tuer si tu me le demandais, dit-il en pesant ses mots. Parce que, même si cela me dépasse, je sais qu'il compte beaucoup pour toi et que tu ne pourrais pas t'en remettre...

Victoria avala sa salive.

– Le seul problème, poursuivit Jack, c'est qu'il est déterminé à me tuer. Je vais devoir me défendre. Tu ne peux pas me refuser ça.

– Bien sûr que non, murmura tristement Victoria. Oh, si seulement les choses étaient différentes...

Il y eut un bref silence.

– Pourquoi Kirtash dit-il que tu auras la vie sauve si je meurs ?

– Je n'en sais rien. Il n'a rien voulu me révéler.

– Si c'était vrai...

Jack se tut et détourna les yeux.

– Quoi donc ?

– Si c'était vrai, reprit Jack à voix basse, si ma mort te permettait de vivre, je me laisserais mourir, Victoria. Sérieusement.

– Ne... ne dis pas de bêtises, balbutia-t-elle, la gorge nouée. Tu crois que j'accepterais que tu te sacrifies pour moi ?

– Tu t'es déjà sacrifiée pour moi quand tu t'es plantée devant lui en disant : « Si tu veux tuer Jack, il faudra me tuer d'abord. » Je suis désolé de t'avoir mise en danger de cette manière.

– Au fond, je savais qu'il ne me ferait rien. Et en plus...

« Je ne veux pas vivre dans un monde d'où Jack sera absent », avait-elle prévenu Christian. Elle était sincère et le pensait toujours, mais elle n'osait pas l'avouer à Jack.

– Il doit y avoir un autre moyen de régler le problème, conclut-elle.

– Tu crois que Kirtash pourrait rallier notre cause ? Par amour pour toi ? s'enquit Jack à contrecœur.

Victoria lui sourit, reconnaissante, sachant combien il lui coûtait d'accepter ou même simplement d'envisager cette possibilité.

– Je ne sais pas s'il m'aime à ce point-là, Jack. Beaucoup de choses le rattachent à Ashran. C'est son père. Et les sheks sont… son peuple. Mais peut-être décidera-t-il de les abandonner. J'ai peur d'imaginer ce qui pourrait lui arriver s'ils découvraient qu'il me protège.

– Oui, acquiesça Jack. Cet Ashran n'est pas quelqu'un avec qui on peut plaisanter.

Victoria se replia sur elle-même.

– Je ne comprends toujours pas… ce que vous me trouvez, dit-elle à voix basse. Shail est mort pour me protéger, Christian trahit les siens pour moi, et tu me dis toutes ces choses… Mais je ne suis rien… Je ne suis qu'une fille qui va bientôt avoir quinze ans et qui n'est même pas capable de jeter des sorts correctement. Je ne vois pas…

Elle se tut car Jack lui avait relevé le menton et la regardait fixement.

– Moi, si, dit-il avec douceur. Et je comprends aussi que Kirtash puisse trahir les sheks et son père… pour des yeux comme les tiens.

Victoria rougit, à la fois embarrassée et flattée.

– Tu sais ce que je vois dans tes yeux, Victoria ? poursuivit Jack. Je vois… quelque chose de très beau. Comme une étoile éclairant la nuit. Il y a quelque chose en toi qui brille d'une lumière propre, quelque chose qui te rend différente des autres filles. Et je le vois si distinctement que je ne m'explique pas pourquoi les gens de ton collège, par exemple, ne s'en rendent pas compte.

Victoria avait du mal à respirer.

– Jack, c'est… magnifique, souffla-t-elle.

Jack parut revenir à la réalité et rougit à son tour, honteux.

– Ça peut paraître un peu idiot mais c'est ce que je pense, en tout cas.

Il lui prit la main et la souleva pour examiner de plus près l'Œil du Serpent, en prenant garde de ne pas le toucher.

– Cette bague… est laide, observa-t-il.

– Moi, je la trouve belle… à sa manière, répondit Victoria en se demandant où elle avait déjà entendu ces paroles.

Jack n'insista pas. Il constata que l'autre main de Victoria jouait nerveusement avec la larme de licorne, le collier que Shail lui avait offert juste avant de mourir.

– Tous les garçons qui t'aiment te font des cadeaux, dit-il en souriant. Moi, je ne t'ai encore rien donné pour te prouver mon affection.

Victoria soutint son regard.

– Il y a quelque chose que tu peux me donner et qui me rendra très heureuse, dit-elle à voix basse.

– Qu'est-ce que c'est ?

Elle rougit légèrement, mais ne baissa pas les yeux.

– Donne-moi... un baiser.

Jack crut que son cœur allait jaillir hors de sa poitrine. L'espace d'une seconde, il fut paniqué car il n'avait encore jamais embrassé une fille et craignait de ne pas savoir s'y prendre. Mais Victoria le fixait toujours, et il avait rêvé trop souvent de ce moment pour le laisser filer.

Il prit alors délicatement le visage de Victoria dans ses mains et se perdit dans son regard. Il fut surpris d'y découvrir un amour aussi intense que celui qu'il éprouvait. Il remarqua aussi que sa respiration était saccadée. Le rouge lui était monté aux joues et son cœur battait à tout rompre, comme le sien.

Il voulut dire quelque chose, puis, tremblant de tous ses membres, il se pencha pour lui offrir le baiser qu'elle lui avait demandé.

Ce fut un baiser un peu maladroit, mais très doux, et Victoria constata alors qu'aussi étrange que cela puisse paraître, elle était amoureuse de lui comme elle l'était de Christian, ou peut-être différemment, mais avec autant de force. Elle se laissa emporter par le feu de cet amour, moins énigmatique et électrisant que celui de Christian, mais enveloppant comme un chaud manteau protecteur. Même si Christian avait été le premier à l'embrasser, quelques semaines plus tôt, à Seattle, c'était le premier baiser qu'elle recevait de Jack.

Alexander arriva à ce moment-là, il cherchait Jack. Mais il s'arrêta net devant la porte en les voyant ensemble.

Il fit vivement demi-tour et partit avant qu'ils aient remarqué sa présence. Une fois dans le couloir, loin du champ de vision des deux adolescents, il jeta un coup d'œil pardessus son épaule, secoua la tête, sourit et s'éloigna sur la pointe des pieds.

11
« DIS-MOI QUI TU ES... »

– Kirtash, dit Ashran.

Le jeune homme resta immobile, tête baissée, un genou à terre, devant son seigneur.

– J'ai entendu beaucoup de choses sur toi, poursuivit le Nécromancien. Des choses qui m'ont fortement déplu, or je sais qu'elles sont vraies.

Il se tourna vers lui et le regarda. Un frisson parcourut Christian.

– Tu savais qui elle était, reprit Ashran. Tu le savais depuis le début.

– Je l'ai su la première fois que je l'ai regardée dans les yeux, murmura Christian sans se relever. Il y a deux ans.

– Tu ne me l'as pas dit. Es-tu conscient de ce que cela signifie ?

– Oui, monseigneur.

Le Nécromancien croisa les bras sur sa poitrine :

– Pour beaucoup moins que cela, un autre que toi serait déjà mort, Kirtash. Mais je te laisse l'occasion de t'expliquer. J'espère pour ton bien que ce sera une bonne explication.

– Je ne veux pas la tuer.

– Malgré ce que tu sais d'elle ?

– Ou justement à cause de cela...

Christian soutint le regard d'Ashran, calme et sûr de lui.

– Je ne veux pas qu'elle meure et je la protégerai au péril de ma vie, s'il le faut.

Ashran fronça les sourcils.

– Sais-tu ce que tu dis, mon garçon ? Tu m'as trahi...

– Je n'ai pas rallié la Résistance, expliqua Christian avec douceur. Je continue à te servir, monseigneur. J'espérais pouvoir te supplier de pardonner à Victoria, de me permettre de la garder près de moi, et je voudrais t'offrir en échange quelque chose d'aussi précieux que sa vie, ou peut-être plus encore.

Ashran comprit.

– Peux-tu m'offrir cela... sur-le-champ, Kirtash ?

– Je sais où il est et, tôt ou tard, je serai en mesure de déposer son corps sans vie à tes pieds, monseigneur.

– Tu veux parler du guerrier à l'épée de feu, n'est-ce pas ? Est-il celui que nous recherchons ?

– Oui, monseigneur. Je vais le tuer et, quand ce sera fait, la mort de Victoria ne sera plus nécessaire.

– Victoria, répéta Ashran.

Il tourna le dos à Christian et s'approcha de la fenêtre.

– Maintenant je comprends mieux. Beaucoup mieux. Je comprends tes raisons et je sais que tu ne me mens pas. Voilà pourquoi je te laisse la vie sauve. Mais tu es devenu faible, tu te laisses emporter par tes émotions humaines. Tu es devenu la marionnette de cette créature, qui te manipule à son gré. Tu serais capable de donner ta vie pour elle ? Je n'en doute pas, cependant, en agissant ainsi, tu ne me serais d'aucune utilité.

Christian essaya de deviner quel châtiment lui réservait le Nécromancien. Quel qu'il soit, il était prêt à le subir. Dût-il payer le prix fort. Mais quelque chose dans le ton d'Ashran lui disait que ce serait peut-être pire que ce qu'il imaginait.

Il sentit soudain sa présence derrière lui, mais il ne bougea pas.

– Kirtash, susurra Ashran en faisant glisser ses longs doigts sur la nuque du jeune homme. Mon fils... je t'ai fait tel que tu es. J'ai fait de toi l'homme le plus puissant d'Idhun, après moi.

Tu es l'héritier du monde que nous avons conquis. J'ai fait tout cela pour toi et je découvre que tu me caches une information cruciale, un secret qui peut faire échouer le travail de la moitié d'une vie. Et pour quoi ? Pour un *sentiment* ?

Les doigts d'Ashran tirèrent sur la chevelure de Kirtash pour l'obliger à tourner la tête et à le regarder dans les yeux.

– Tu es pathétiquement humain, mon fils. Je le lis dans ton regard. Voilà ce que cette créature a fait de toi, et tu oses me supplier de lui laisser la vie ?

La voix d'Ashran prit des accents menaçants et ses yeux étincelaient d'une fureur aussi terrible que la colère d'un dieu. Mais Christian tint bon.

– Je l'aime, père, dit-il avec assurance.

Ashran grimaça et repoussa son fils sur les dalles de pierre froide. Christian ne dit rien et resta immobile.

– Tu ne mérites pas de m'appeler « père », cracha le Nécromancien.

Il se pencha sur lui, l'attrapa par le col de son pull et le souleva pour le remettre à genoux.

– Mais tout n'est pas encore perdu, lui siffla-t-il à l'oreille. Tu peux redevenir mon guerrier le plus puissant, le plus loyal... Ce que tu as toujours été, Kirtash.

Le jeune homme sentit le pouvoir d'Ashran l'asphyxier peu à peu, mais il trouva la force de protester.

– Je ne ferai rien qui puisse porter préjudice à Victoria.

Ashran eut un sourire sinistre.

– Bien sûr que si, tu vas le faire. Tu verras.

Ses doigts serrèrent le cou de Christian. Le jeune homme sentit alors une force s'introduire dans son corps, une force invisible, mais terrible, maléfique et puissante, qui éveillait la partie la plus sombre et la plus meurtrière de son être.

– N... non, haleta-t-il.

– Si, grimaça le Nécromancien.

Il planta plus profondément les ongles dans la chair de son fils. Le flux qui lui obéissait s'insinuait dans les recoins les plus secrets de Kirtash, réveillant des instincts et des comportements depuis longtemps endormis par le regard lumineux de Victoria. L'inhumanité ressurgit en lui, étranglant les émotions qui l'avaient guidé ces derniers temps.

C'était douloureux, infiniment douloureux. Il serra les dents pour ne pas crier.

Puis Ashran le relâcha. Kirtash tomba en tremblant sur le sol, à ses pieds.

– Dis-moi qui tu es, ordonna son seigneur.

Christian déglutit. Il savait ce qui se passait. Ashran essayait d'étouffer ses sentiments humains sous la chape de gel et d'indifférence de son ascendance shek, qui lui permettait de tuer sans remords et le plaçait au-dessus des simples humains, au-dessus des sentiments, de la vie et de la mort. Il tenta de se rebeller. Si le Nécromancien parvenait à ses fins, il irait directement tuer Victoria... et sans la moindre hésitation. Peut-être regretterait-il un instant de voir disparaître sa beauté, à laquelle les sheks étaient particulièrement sensibles.

Mais rien de plus.

Il devait résister. Il le fallait ! Il se rappela Victoria, le nom qu'elle lui avait donné et qui symbolisait tout ce qu'elle avait vu en lui de bon et de beau.

– Christian, bredouilla-t-il, le souffle court. Je m'appelle Christian.

Ashran fronça les sourcils, et ce qui torturait Christian de l'intérieur redoubla de vigueur. Il poussa un cri de douleur et se tordit aux pieds de son seigneur.

*

– *... le beau temps s'installera sur toute l'Espagne pendant le week-end et le soleil brillera jusqu'à...*

Victoria abandonna son livre et jeta un œil à l'écran du téléviseur. La carte montrait un énorme soleil au-dessus de la capitale espagnole. Perplexe, mais sans quitter son fauteuil, la jeune fille regarda par la fenêtre et vit de gros nuages noirs et une pluie battante, qui n'avait pas cessé de toute la matinée.

– Qu'est-ce qu'ils ont, à la météo ? Ils sont aveugles ou quoi ?

Allegra ne répondit pas. Elle était debout derrière la vitre et semblait très préoccupée. Victoria remarqua soudain qu'elles étaient seules et qu'elles l'avaient été toute la matinée.

– Grand-mère, où sont Nati et Hector ?

– En congé, ma fille.

Victoria s'apprêtait à poser une autre question, lorsqu'une dague de glace traversa son âme et son esprit. Le souffle coupé, elle chercha à respirer et laissa choir son livre par terre.

Comme mue par un étrange ressort, Allegra se retourna.

– Victoria ?

Victoria haletait, les yeux écarquillés. Ses mains tremblaient comme des feuilles quand elle les porta à son visage, et elle s'affaissa sur sa chaise en poussant un gémissement de douleur.

Sa grand-mère se précipita vers elle et l'enlaça avec force.

– Qu'est-ce qu'il y a, Victoria ? Qu'est-ce qui se passe ? demanda-t-elle, angoissée, en la prenant par les épaules.

Victoria secoua la tête, désespérée. Ce n'était pas une douleur physique, c'était beaucoup plus insidieux et terrifiant. Elle sentait dans un recoin de son esprit une sorte d'appel agonisant. Quelqu'un qui comptait beaucoup pour elle souffrait infiniment, et cela lui était insupportable, comme si une griffe glacée se crispait au fond de son être, enserrant son âme à tout jamais.

– Christian..., murmura-t-elle, au comble du désarroi.

Shiskatchegg lui serrait le doigt, cherchant à lui transmettre un message. Mais, même sans la bague, Victoria aurait senti que Christian était en danger.

– Victoria !

L'adolescente tourna vers sa grand-mère un visage dénué d'expression. Elle était trop bouleversée pour s'apercevoir que la vieille dame ne semblait pas surprise par la situation.

Au contraire, elle l'observait très sérieusement, une grande inquiétude au fond de ses yeux noirs.

– Il souffre, et... oh, non !

Elle enfouit la tête dans ses mains et gémit quand elle sentit que, dans un monde lointain, Christian subissait de nouvelles tortures. Incapable de le supporter davantage, elle se leva, les larmes aux yeux, mais sa grand-mère la retint par le bras.

– Je dois le sauver !

– Tu n'iras nulle part, Victoria.

– Tu ne comprends pas ! répliqua-t-elle en se débattant sauvagement. Il a besoin de moi !

– Il est très loin, tu ne pourras pas le rejoindre. Tu ne t'en rends donc pas compte ?

– Non ! s'écria Victoria, désespérée.

– Tu ne sortiras pas d'ici, Victoria. C'est dangereux. S'ils torturent Christian, c'est qu'ils savent qui tu es. Bientôt, ils viendront te chercher.

Victoria se tourna vers sa grand-mère. En d'autres circonstances, elle aurait compris ce qu'impliquaient ces paroles, mais elle était hors d'elle, trop paniquée pour y prêter attention.

– Ça m'est égal ! cria-t-elle. LÂCHE-MOI !

Il y eut un éclair de lumière et une sorte d'étoile brilla sur le front de Victoria, aveuglant un instant Allegra, qui lâcha le bras de l'adolescente.

Victoria ne vit rien de tout cela. Dégagée de l'étreinte de la vieille dame, elle fit demi-tour et monta l'escalier en courant. Allegra courut derrière elle mais, quand elle arriva devant la chambre de Victoria, elle trouva la porte close. Elle s'escrima à l'ouvrir, et, quand elle y parvint enfin, la pièce était vide : Victoria était partie.

Allegra inspira profondément. Elle savait où était allée Victoria. Elle était informée depuis longtemps de ses escapades nocturnes, et savait qu'elle serait en sécurité là où elle était allée. Mais sa mission consistait à lui créer un autre espace sûr, et jusqu'à ce jour elle y était parvenue.

Jusqu'à ce jour... Parce qu'elle savait qu'un danger invisible guettait le manoir depuis un certain temps, et il allait bientôt se manifester. Elle devait se tenir prête pour le moment où cela arriverait.

Ses yeux noir de jais étincelèrent de colère. On aurait dit des puits sans fond. Mais ils reprirent vite leur apparence habituelle, sévère et sage. Contenant sa fureur, Allegra d'Ascoli sortit de la chambre et s'apprêta à organiser les défenses magiques du manoir.

*

– Gerde, dit Ashran d'un ton sans réplique.

Malgré sa douleur, Christian réussit à ouvrir les yeux. Il vit la fée sur le seuil, qui observait la scène, à la fois curieuse, craintive et fascinée. Le Nécromancien s'approcha d'elle, la prit par le bras et l'obligea à regarder le shek qui gisait à ses pieds.

– Tu vois ce que je suis obligé de faire à mon fils, Gerde, parce qu'il n'a pas été loyal envers moi ? lui susurra-t-il à l'oreille. Que crois-tu que je te ferais si tu me trahissais ?

Gerde se raidit, incapable de dire un mot.

– Pourquoi ne m'as-tu pas apporté le cadavre de la fille ? demanda Ashran.

– Elle est... protégée par une magie ancienne et puissante, monseigneur. Une magie que je connais pourtant très bien car elle ressemble à la mienne.

Les yeux d'Ashran scintillèrent un court instant.

– Gerde, lui dit-il en désignant Christian. Voici mon fils, Kirtash, ton seigneur, le prince de notre royaume. Regarde ce qu'a fait de lui la créature qu'on appelle Victoria. Regarde-le de plus près. Il est faible, sans défense, humilié à mes pieds. Il t'intéresse toujours ? Tu le trouves séduisant ?

– Il est toujours mon prince, monseigneur, murmura la fée en détournant le regard.

– Et il redeviendra le prince orgueilleux et invincible dont tous se souviennent. Alors il sera à toi. En échange, je veux seulement que tu me ramènes cette fille... morte.

Ashran prit Gerde par les épaules et plongea ses yeux dans les siens. Elle ne put soutenir son regard et baissa la tête, intimidée.

– Peu m'importent les sortilèges qui la protègent. Tu es ici parce que tu es une bonne magicienne. Prouve-moi que tu ne m'as pas fait perdre mon temps, Gerde. Prouve-moi que tu peux m'être utile. Et, quand Victoria sera morte, Kirtash sera à toi.

Gerde s'inclina.

– J'agirai selon tes désirs, monseigneur, répondit-elle avec un sourire ambigu.

Ashran lui ayant fait signe de se retirer, elle se dirigea vers la porte, mais elle s'attarda un moment sur le seuil pour voir ce qui se passait.

Ashran s'était de nouveau tourné vers Christian, qui essayait de se remettre debout.

– Dis-moi qui tu es.

Le jeune homme leva la tête avec difficulté et regarda son père à travers les mèches de ses cheveux châtains humides de sueur.

– Je m'appelle... Christian, répéta-t-il au prix d'un terrible effort.

Ashran crispa davantage le poing. La douleur revint, si intense, si déchirante qu'elle en fut insupportable. Christian rejeta la tête en arrière et cria, torturé par cette magie obscure et retorse qui le détruisait de l'intérieur. Cette fois, ses tourments durèrent beaucoup plus longtemps.

Gerde sourit, satisfaite, et quitta la salle en silence pour accomplir sa mission.

*

Victoria traversa le couloir de Limbhad en courant et se heurta à Alexander.

– Qu'est-ce que... ? lâcha le jeune homme, étonné. Victoria !

– Christian... la crosse..., balbutia-t-elle.

Elle se remit à courir sans plus d'explications. Alexander ne comprenait rien à ce qui se passait, mais se douta que c'était grave et s'élança derrière elle.

– Victoria !

– Que se passe-t-il, Alexander ? lui demanda Jack, qui se trouvait là lui aussi.

– Je ne sais pas. Victoria est devenue folle. Je crois qu'elle est allée chercher la crosse d'Ayshel.

Jack le regarda, alarmé.

– Il faut l'en empêcher, déclara-t-il. Je ne sais pas ce qui lui arrive, mais elle doit absolument rester ici. Tu m'entends ? Quelqu'un cherche à la tuer.

– Quoi ? Qui ?

– Je te le dirai plus tard. Viens !

Ils trouvèrent Victoria dans la salle d'armes. L'adolescente s'était emparée de la crosse et quittait déjà la pièce. Jack tenta vainement de la retenir. Elle le fixa, un profond désespoir dans les yeux. Ils se comprirent sans se parler.

Victoria pivota et se précipita à nouveau dans le couloir.

– Victoria ! l'appela Alexander, prêt à la suivre.

– Attends, le retint Jack. Tu ne pourras pas l'arrêter.

– Tu la laisses partir sans réagir ? demanda Alexander, stupéfait.

Jack le prit par le bras :

– Non, mon ami. Prends Sumlaris. Où qu'elle aille, nous irons avec elle.

*

Victoria tomba à genoux devant la sphère de l'Âme. Elle sanglotait. Christian souffrait toujours, elle en avait la terrible certitude et elle se trouvait dans l'incapacité de lui venir en aide, car il était dans un monde inaccessible à l'Âme.

– S'il te plaît..., balbutia-t-elle. S'il te plaît... S'il te plaît...

Mais la Porte interdimensionnelle était close. Le Nécromancien l'avait fermée des années plus tôt, peu après qu'Alsan et Shail l'avaient franchie pour se rendre sur Terre. Elle était désormais contrôlée par les sheks et lui. Rares étaient ceux qui pouvaient la traverser.

Mais l'un d'eux était précisément Christian. Victoria porta l'Œil du Serpent à ses lèvres. La boule de cristal palpitait et s'était mise à rougeoyer. La jeune fille avait l'impression que chaque pulsation était un appel au secours, auquel elle ne pouvait répondre.

– Attends, Christian, je t'en supplie, attends-moi, murmura-t-elle à la bague. Je vais venir, je te sortirai de là dès que je saurai comment te rejoindre.

Une voix s'éleva derrière elle :

– Il est sur Idhun, n'est-ce pas ?

Elle se retourna et découvrit Jack et Alexander sur le seuil. Ce dernier avait Sumlaris à la ceinture. Quant à Jack, il avait glissé sa précieuse Domivat dans un fourreau qu'il portait en bandoulière. Victoria comprit leurs intentions et leur lança un regard reconnaissant.

– Oui, répondit-elle. L'Âme ne peut pas me montrer son image, mais...

– Ils savent tout, c'est cela ?

Victoria hocha la tête, les yeux emplis de larmes.

– Jack, ils lui font du mal, je ne sais pas quoi au juste. Ils... ils le torturent.

– De qui parlez-vous ? demanda Alexander d'un ton bourru.

– De Kirtash, souffla Jack. Il a risqué sa vie pour protéger Victoria, il est venu l'avertir que le Nécromancien avait envoyé un assassin à ses trousses... Et maintenant il paye les conséquences de sa trahison.

– Quoi ? s'exclama Alexander.

En deux enjambées, Jack avait traversé la pièce pour prendre Victoria dans ses bras.

– Il le savait, Jack, sanglota-t-elle. Il savait qu'ils finiraient par le démasquer, et pourtant... il s'est mis en danger pour moi.

– Oui, reconnut Jack, bien malgré lui. Il ne fait pas de doute que notre ennemi est courageux.

– Ma grand-mère avait raison. C'est inutile, je ne pourrai pas arriver jusqu'à lui...

Victoria se tut brusquement et regarda Jack, les yeux écarquillés.

– Ta grand-mère ? répéta-t-il, déconcerté.

– C'est vrai ! s'exclama Victoria, et, se rappelant soudain sa conversation avec Allegra, elle eut une intuition. Nous devons aller au manoir !

*

– Dis-moi qui tu es, ordonna une troisième fois le Nécromancien.

Christian s'écroula, épuisé. Il respirait avec difficulté et tremblait comme un enfant. Il aurait été si facile... de céder... et de ne plus souffrir...

Il caressa un moment l'idée de s'abandonner, de redevenir une créature puissante, étrangère aux émotions et aux doutes, libérée des faiblesses humaines, un être presque invincible.

Mais il pensa à Victoria. Et il serra les dents.

– Mon nom est... Christian ! s'exclama-t-il, et ce nom sonna comme un cri de liberté et le soulagea.

Son répit fut de courte durée. Ashran resserra le poing, rendant la douleur plus intense. Abominable. Intolérable. Et Christian savait qu'elle allait gagner en puissance.

Bientôt, les cris du jeune shek résonnèrent dans toute la tour de Drackwen.

*

Ils découvrirent Allegra debout près de la fenêtre, qui regardait la pluie. Victoria était inquiète. Et si elle n'avait pas bien entendu ? Et si tout cela n'avait été que le fruit de son imagination, si sa grand-mère était telle qu'elle l'avait toujours considérée : une vieille dame riche originaire d'Italie ? Elle pourrait lui présenter Jack – elle serait d'ailleurs enchantée de faire sa connaissance –, mais il lui serait plus difficile d'expliquer la présence d'Alexander. Personne ne se sentait à l'aise près de lui.

– Grand-mère..., commença Victoria.

Allegra se tourna vers eux et leur jeta un long regard songeur. Elle n'eut pas l'air surprise de voir que deux garçons accompagnaient sa petite-fille adoptive.

– Soyez les bienvenus chez moi, déclara-t-elle dans un idhunaïque parfait. Je vous attendais. Prince Alsan, ajouta-t-elle en regardant Alexander, tu as changé. Il faut que tu me racontes ce qui t'est arrivé depuis la dernière fois que je t'ai vu.

Alexander se figea. À l'expression de son visage, il ne paraissait pas l'avoir reconnue.

– Et toi, tu dois être Jack, ajouta-t-elle en saluant le garçon. Victoria m'a parlé de toi.

Jack rougit légèrement, interdit. Victoria était tout aussi muette que lui. Depuis quelque temps, elle soupçonnait sa grand-mère d'en savoir beaucoup plus sur son compte qu'elle ne le supposait, mais... d'où connaissait-elle Alexander ?

– Quoi ? bredouilla-t-elle. Comment sais-tu... ?

À cet instant, la douleur de Christian revint lui lacérer les entrailles et elle gémit, submergée par l'angoisse. Jack la retint pour lui éviter de tomber. Allegra posa sur eux un regard bienveillant et, tandis que Jack aidait Victoria à s'asseoir dans le canapé, elle sentit qu'Alexander la fixait d'une façon étrange, mais ne parut ni surprise, ni décontenancée.

– Je le sais parce que je ne suis pas une Terrienne, ma petite fille, déclara-t-elle avec gravité. Je suis idhunite et j'ai fui sur Terre il y a quelques années pour échapper à la domination d'Ashran et des sheks.

– Quoi ? répéta Victoria. Tu es... une magicienne idhunite exilée ? Alors, tu savais...

Allegra lui sourit avec tendresse et s'assit à côté d'elle sur le canapé. Victoria était sur ses gardes. Elle était extrêmement troublée, comme si elle faisait un mauvais rêve. Elle avait passé trois ans à s'efforcer de cacher sa double vie à sa grand-mère, et découvrir soudain qu'Allegra appartenait elle aussi à ce monde lui retournait l'esprit.

– Je savais qui tu étais depuis le début, Victoria, dit la vieille dame. Depuis que tes pouvoirs ont commencé à se manifester, à l'orphelinat. C'est la raison pour laquelle je t'ai adoptée. Pour veiller sur toi et te protéger jusqu'à ce que nous puissions rentrer ensemble à Idhun.

Victoria sentit l'air lui manquer.

– Non, ce n'est pas vrai. Non... tu ne peux pas être idhunite. C'est... trop bizarre.

– Regarde-moi, dit Allegra avec douceur.

L'adolescente obéit. Alors les traits de sa grand-mère se transformèrent et elle vit son vrai visage, un visage éthéré, très beau, auréolé d'une chevelure argentée, vieux, très vieux, et pourtant sans aucune ride. Mais elle fut surtout surprise par les grands yeux noirs d'Allegra, aux pupilles dilatées, comme celles de Gerde. Des yeux qui avaient contemplé pendant des siècles le monde d'Idhun à la lumière des trois soleils, des yeux chargés de secrets et de profonds mystères, qui semblaient connaître la réponse à toutes les questions, parce qu'ils avaient vu beaucoup plus de choses qu'un quelconque mortel.

– Tu es...

– Sur Idhun, ceux de ma race s'appellent les féeriques. Je suis une fée, Victoria.

Alors Alexander se souvint d'elle.

– Aïle ! s'exclama-t-il, stupéfait.

Jack et Victoria les dévisagèrent, abasourdis.

– Vous vous connaissez ? demanda Jack.

– Nous nous sommes rencontrés dans la tour de Kazlunn, expliqua Allegra en reprenant son apparence humaine. J'appartenais au groupe de sorciers qui ont envoyé le dragon et la licorne sur Terre. Ensuite, ils ont décidé de dépêcher Alsan et Shail pour aller les chercher, mais nous, les féeriques, nous pensions que c'était une tâche trop lourde pour deux personnes, alors nous avons décidé que j'irais les rejoindre pour leur prêter main-forte.

– Mais alors, pourquoi n'es-tu pas entrée en contact avec nous ? demanda Alexander en fronçant les sourcils.

– Parce que vous êtes arrivés dix ans après moi, mon garçon. J'en étais venue à croire que vous vous étiez perdus en cours de route.

– Dix ans ? s'exclama Alexander. C'est impossible ! Cela voudrait dire...

– Il y a quinze ans que les sheks ont pris le pouvoir sur Idhun, prince Alsan. Mais cela fait seulement cinq ans que vous êtes arrivés et avez organisé la Résistance. À vrai dire, vous avez foulé la Terre en même temps que Kirtash...

– ... Il avait seulement deux ans le jour où la conjonction astrale a tué les dragons et les licornes, déclara Jack. Il y a donc... quinze ans. C'est de la folie !

– Pour une raison qui m'échappe, expliqua Allegra, il y a eu un dérèglement temporel au cours de votre voyage. Le temps n'a pas passé pour vous. Alsan, tu avais dix-huit ans quand je t'ai rencontré pour la première fois, dans la tour. Quel âge as-tu maintenant ? Vingt-deux, vingt-trois ans ? Tu devrais en avoir plus de trente.

– C'est incroyable..., murmura Alexander.

– Mais pourquoi ne m'as-tu jamais rien dit ? s'écria Victoria. Si tu savais tout, pourquoi me l'as-tu caché ?

– Parce que je voulais que tu mènes une vie normale, comme une fille normale, soupira Allegra. Ensuite, Kirtash est arrivé, et, avant que je m'en sois rendu compte, tu as commencé à t'échapper toutes les nuits quelque part où je ne pouvais pas te retrouver. J'avais entendu parler de la Résistance et je connaissais aussi les légendes sur Limbhad. Il ne m'en a pas fallu davantage pour comprendre que tu étais déjà informée de la plupart des choses que je voulais te cacher. Mais j'ai aussi remarqué que tu revenais chaque matin pour aller au collège et me retrouver ici. Et c'est ce que je me suis efforcée de te donner, Victoria, parce que c'était ce que tu attendais de ma part. Jusqu'à ce qu'arrive le moment...

– Le moment ? répéta Victoria, mal à l'aise.

– Le moment des révélations, répondit Allegra en se levant avec détermination. Et il approche. Comme nous sommes pressés par le temps, je propose que nous remettions ces explications à plus tard.

– Pourquoi ? s'enquit Alexander. Qu'est-ce qui va se passer ?

– Nos ennemis préparent une attaque du manoir, expliqua Allegra. J'ai créé une protection magique tout autour, une bulle qui nous sépare du reste du monde et qui, jusqu'à aujourd'hui, nous a gardés en sécurité. Mais ils ne tarderont pas à la traverser, et nous devons être prêts, déclara-t-elle en regardant Jack et Alexander. Nous devons défendre cette maison. S'ils nous obligent à retourner à Limbhad, il ne restera plus aucun endroit sur Terre où Victoria sera en sûreté.

L'adolescente allait poser une question, une foule de questions même ; mais les tourments de Christian lui martelaient le crâne, l'empêchant de s'exprimer.

– Peu m'importe le manoir, lança-t-elle cependant en se levant. Nous devons regagner Idhun. Christian est sous la torture, et, si nous n'intervenons pas très vite, ils le tueront...

– Christian est Kirtash, expliqua Jack, embarrassé.

– Je l'avais deviné, déclara Allegra. Je l'ai vu rôder ici plus d'une fois.

– Comment ? rugit Alexander, un feu sauvage dans les yeux. Tu le savais ? Et tu l'as laissé approcher Victoria ? Quelle sorte de protectrice es-tu donc ?

Allegra soutint son regard sans ciller.

– Kirtash est un allié puissant, Alsan. Et il a décidé de protéger Victoria. Je ne suis pas assez bête pour passer outre une aide aussi providentielle. Je te rappelle que nous n'avons guère de ressources...

– Mais c'est un shek, bon sang ! Je ne pense pas...

– Cessez de discuter ! s'écria Victoria, désespérée. Christian agonise, et peu importe ce que vous en pensez, je vais...

Elle ne put terminer sa phrase, car, soudain, un violent coup de tonnerre ébranla le ciel. Allegra leva la tête, inquiète.

– Et voilà, dit-elle. Ils ont traversé la barrière.

Elle courut jusqu'à la fenêtre et regarda au-dehors, soucieuse. Alexander ne comprenait pas ce qui se passait, mais il avait toujours eu de bonnes réactions dans les moments de crise. Il s'approcha d'elle.

– Comment se présentent les choses ? demanda-t-il froidement.

– Juges-en par toi-même, répondit Allegra en pointant le menton vers l'extérieur.

Alexander regarda à son tour... et ce qu'il vit ne lui plut pas du tout.

La maison était cernée par des dizaines d'étranges créatures qui progressaient vers eux sous la pluie torrentielle. C'étaient des êtres déguenillés, à la peau brunâtre, aux dents et aux serres aiguisées. Leurs yeux luisaient comme des braises.

– Des gnomes, murmura Alexander en frissonnant.

Allegra acquiesça.

– Et dire qu'ils font partie de la famille des féeriques..., déclara-t-elle à mi-voix. Leur magie est limitée, mais, quand ils attaquent en groupe, ils sont redoutables. En temps normal, les fées et les sylphes peuvent les contrôler. Cependant, les gnomes que tu vois ici servent une puissante magicienne, et je n'ai aucun pouvoir sur eux.

– Une puissante magicienne ? répéta Alexander.

Allegra lui montra une silhouette qui se dressait non loin de là, dans le jardin, derrière le cercle des gnomes. La pluie trempait les vêtements légers qui lui collaient au corps, révélant sa sveltesse. Ses cheveux olivâtres tombaient dans son dos comme un épais manteau ruisselant d'eau. Elle avait levé les mains vers la maison et son visage exprimait une sombre détermination. Alexander put presque sentir l'intense irritation qui brillait dans ses grandes pupilles noires.

– Gerde, expliqua Allegra. Elle a trahi notre race. C'est l'une des plus puissantes magiciennes féeriques, qui a abandonné la résistance contre Ashran et a rallié sa cause.

Le gnome qui ouvrait la marche arriva alors à moins de trois mètres de la porte de derrière du manoir ; une détonation se fit entendre et la créature poussa un hurlement de douleur puis recula.

– Les défenses de la maison fonctionnent encore, murmura Allegra, mais je ne sais pas pour combien de temps.

À peine avait-elle prononcé ces mots que Gerde lança de sa voix aiguë l'ordre d'attaquer, et tous les gnomes se précipitèrent sur le manoir. Des dizaines de spirales d'énergie s'échappèrent de leurs doigts crochus et vinrent former une boucle resplendissante.

Alexander saisit aussitôt Allegra par le bras et l'éloigna de la fenêtre. Un choc ébranla le manoir avec une violence telle que les murs tremblèrent des fondations au grenier, mais la maison résista.

Jack, qui était assis sur le canapé à côté de Victoria, se leva d'un bond.

– Que se passe-t-il ? demanda-t-il.

– Ils nous attaquent, mon garçon, lui répondit Alexander en dégainant Sumlaris. Prends ton épée !

Jack acquiesça et aida Victoria à se redresser.

– Victoria, ça va ? Gerde est ici. Il faut que nous assurions la défense de la maison.

Victoria se redressa et se raccrocha désespérément aux yeux verts de Jack. Surmontant son malaise, elle tâcha d'oublier les souffrances de Christian et hocha la tête.

– Nous allons sortir, décida Alexander. Nous lutterons mieux à l'extérieur, et nous défendrons les accès.

– D'accord, fit Jack d'un ton déterminé en se précipitant sur la porte du jardin.

– Je vais couvrir l'entrée principale, annonça Alexander à Allegra. Et toi ?

– Préserver de l'intérieur la barrière magique, répondit-elle. Mais, s'ils la traversent, j'irai me battre avec vous.

Alexander l'approuva et, sans un mot, courut vers la porte d'entrée. Victoria s'apprêtait à lui emboîter le pas, quand elle s'approcha d'Allegra. Elles se regardèrent un instant. L'adolescente scrutait la fée comme si elle la voyait pour la première fois.

– Quoi qu'il advienne, dit-elle, tu seras toujours ma grand-mère.

Et, sans laisser à Allegra le temps d'ouvrir la bouche, elle l'étreignit fortement.

– Je regrette de t'avoir caché tout ça..., chuchota Allegra. Mais c'était nécessaire.

– Je sais, grand-mère, la rassura Victoria.

Elle grimaça de douleur quand, au plus profond de son être, elle sentit que Christian supportait de moins en moins la torture.

– Christian..., gémit-elle, désespérée.

– Je sais, Victoria, dit doucement Allegra.

La jeune fille entendit soudain Jack l'appeler depuis le jardin. Elle hésita quelques secondes.

– Va le rejoindre, l'encouragea Allegra. Il a lui aussi besoin de toi. Tu ne peux pas venir en aide à Christian... alors va donner un coup de main à Jack.

Victoria acquiesça et courut rejoindre son ami, quand une nouvelle attaque ébranla la maison.

Allegra fronça les sourcils, irritée.

– Tu n'entreras pas chez moi, Gerde. N'y compte pas.

*

– Ton nom, insista Ashran, furieux.

– Chris... tian, souffla le jeune homme.

Christian était au supplice et il avait tout juste assez de forces pour crier. Son corps brisé par la souffrance, détruit de l'intérieur, se tordit sur les dalles de pierre.

– Tu es têtu, mon garçon, dit le Nécromancien. Mais j'aurai raison de ta volonté, j'en suis certain.

Il y eut une nouvelle décharge de douleur, plus violente et insupportable que les précédentes, et Christian laissa échapper un hurlement.

Mais il ne céda pas. Une partie de son être était avec Victoria et, bien qu'elle soit loin de lui, dans un autre monde, il sentait sa chaleur et sa lumière le guider comme une étoile dans la nuit la plus noire, et il savait qu'il n'était pas seul. Partager ainsi cette épreuve avec elle lui permettait de résister. Respirant avec difficulté, il parvint à se redresser un moment pour regarder Ashran dans les yeux. Le Nécromancien attendit qu'il s'exprime.

Christian savait qu'il serait puni pour son audace, mais il leva la tête et rassembla ses dernières forces pour lui lancer, gonflé d'orgueil et de courage :

– Je m'appelle... Christian.

Ashran se détourna.

– Comme tu voudras, fils. Je vais donc devoir passer aux choses sérieuses.

Un nouveau hurlement s'éleva en vibrant dans la tour de Drackwen.

*

Dans le jardin, Jack et Victoria se battaient sous une pluie torrentielle. Et, malgré tout, l'épée de Jack brillait comme le cœur du soleil. Il avait vu Gerde un peu plus loin et voulait fondre sur elle, mais la horde de gnomes se tenaient prêts à défendre leur maîtresse au péril de leur vie. Le jeune garçon devait s'arrêter constamment pour écarter ces créatures qui l'attaquaient avec des frondes, des poignards, des pics, des dagues et, bien entendu, en recourant à leur magie qui, même grossière, était agressive et efficace.

De son côté, Victoria peinait. Son cœur saignait tant qu'elle était incapable de se concentrer sur le combat. Les souffrances de Christian étaient de plus en plus intenses, et elle avait l'impression d'entendre ses cris de douleur résonner dans sa tête. Elle distinguait les gnomes à travers un voile de larmes, et la situation lui semblait aussi fantastique, aussi irréelle que dans un cauchemar. La seule chose qui lui paraissait digne d'attention était les tourments de Christian qui, sur une lointaine étoile, payait très cher son amour pour elle.

Soudain, quelque chose la frappa dans le dos et la fit tomber sur le sol boueux. Elle haleta et tenta de récupérer la crosse, tombée à quelques mètres de là. Puis on la releva si brusquement qu'elle en perdit le souffle.

En se redressant, elle vit les yeux noirs de Gerde fixés sur elle.

– C'est toi, la créature pour laquelle Kirtash a subi tant d'épreuves ? demanda la fée d'une voix mélodieuse, mais avec une pointe d'irritation. Quand je pense qu'il nous a trahis pour toi... qui ne sais même pas qui tu es.

Elle repoussa Victoria, qui tomba de nouveau à plat ventre.

– Christian ! s'exclama Gerde en partant d'un rire cruel. Tu vas bientôt mourir, Victoria, et ton « Christian » va disparaître avec toi. Tu ne mérites pas quelqu'un comme lui.

– Non, souffla Victoria.

Elle parvint à se redresser assez pour observer la fée et découvrit l'éclat de la mort dans ses yeux qui étincelaient de rage, de rancœur et... de jalousie.

Gerde leva la main. Une flamme bleue jaillit entre ses doigts et scintilla sous la pluie en grandissant.

– C'est trop facile, lâcha-t-elle d'un ton dédaigneux.

Et elle lança la boule d'énergie contre Victoria ; celle-ci se dit qu'elle aurait au moins aimé pouvoir porter secours à Christian et dire à Jack que... lorsqu'elle entendit un craquement semblable à celui d'un immense brasier. Jack, debout entre Gerde et elle, brandissait Domivat, fier, sûr de lui, hors de lui.

– Ne t'avise pas de la toucher, lança le garçon à la fée.

Gerde avait dû sauter sur le côté pour éviter le faisceau qu'elle avait envoyé contre Victoria. L'épée de Jack venait de le retourner contre elle. Elle considéra le garçon un moment, déconcertée, mais celui-ci visa sans attendre le cœur de la fée.

Gerde leva aussitôt les mains, paumes ouvertes, et créa une sorte d'éclair lumineux. L'épée de Jack rebondit contre un bouclier invisible, provoquant une pluie d'étincelles.

Les deux adversaires se dévisagèrent. Jack capta soudain le halo sensuel qui entourait Gerde et la contempla, fasciné. La fée était aussi légère, aussi délicate qu'une fleur, mais son visage aux traits étranges et troublants l'attirait avec la force d'un puissant aimant ; ses lèvres ébauchèrent un sourire charmeur, et Jack, malgré lui, eut envie de les embrasser.

Le sourire de Gerde s'agrandit.

– Approche..., susurra-t-elle d'une voix aussi captivante que le chant d'une sirène.

Jack, ensorcelé, baissa son arme et fit quelques pas dans sa direction. Mais, lorsqu'il la regarda et aperçut son propre reflet dans les yeux de la fée, deux puits noirs pleins de secrets et de mystères, il se rendit compte qu'ils étaient sans lumière et le regard de Victoria lui manqua.

Il s'éveilla juste à temps du sortilège pour voir Gerde croiser les mains d'une façon étrange. Il hurla, recula et fendit l'air de son épée. Quelque chose s'était rompu et il sut qu'il venait de dissiper le sort que Gerde avait essayé de lui jeter. La fée poussa un cri de rage et, frustrée, le regarda haineusement. Son visage n'était pas aussi beau que le garçon l'avait cru. Il brandit Domivat et s'élança contre elle.

Agenouillée par terre, sous la pluie battante, Victoria gémissait. La douleur de Christian allait crescendo ; il n'allait pas pouvoir la supporter très longtemps. Qu'il meure par sa faute lui était intolérable.

À son doigt, Shiskatchegg lui transmettait les émotions et le supplice de Christian. Comme pour atténuer cette torture, elle rejeta la tête en arrière et se remit à crier, impuissante.

Jack se tourna vers elle et cet instant d'inattention faillit lui coûter la vie. Gerde l'attaquait. Son énergie le frappa à l'épaule le projeta violemment en arrière.

– Jack ! lança Victoria, qui tentait péniblement de se mettre debout.

Jack se relevait aussi en chancelant et fixait Gerde avec détermination. La jeune fille voulut lui venir en aide mais l'anneau lui signala une fois de plus combien Christian souffrait et elle trébucha avant de s'effondrer à nouveau. Désespérée, elle leva la tête et eut juste le temps de voir Jack fondre sur la magicienne. Il fallait qu'elle agisse !

Mais, lorsqu'elle se redressa, elle reçut comme une décharge électrique, encore plus intense qu'auparavant. Elle cria et, incapable de supporter ce calvaire plus longtemps, elle arracha la bague de son doigt. Le silence s'abattit. Shiskatchegg palpita un moment, puis son éclat s'affaiblit totalement.

*

Très loin de là, dans la tour de Drackwen, Christian se tordait toujours de douleur. Il chercha la lumière, mais ne put la trouver. Il se sentit soudain très seul, vide, et un souffle glacé lui contracta le cœur.

– Victoria ? appela-t-il d'une voix hésitante.

Elle ne répondit pas. Elle était peut-être morte ou s'était résolue à l'abandonner à son sort. Ces deux éventualités étaient aussi atterrantes l'une que l'autre.

– Victoria..., répéta-t-il.

Mais, de nouveau, seul le silence lui répondit. Il plongea dans les ténèbres, trop faible pour résister au manteau de glace qui prenait peu à peu possession de son âme.

*

Victoria, quant à elle, eut l'impression de s'être libérée d'une lourde charge. Elle savait que Christian souffrait, mais elle sentirait moins les conséquences.

Elle regarda autour d'elle, le jardin était parsemé de cadavres de gnomes. Il n'en restait que quelques-uns debout.

La jeune fille se tourna vers Jack, pleine de respect. Mais il s'épuisait, et Gerde ne lui laissait aucun répit.

Victoria se saisit de la crosse et vola au secours de son ami.

Trois gnomes se précipitèrent sur elle. Furieuse, elle fit tournoyer son arme et les enflamma.

Jack n'avait besoin de personne. Certain que Victoria saurait se défendre seule, il frappa Gerde, déployant une grande partie de son énergie occulte à travers son épée. La fée essaya de se défendre, mais Domivat brisa sa défense magique comme elle avait brisé celle d'Haïass quelques jours plus tôt.

Un appel et un cri retentirent, et, lorsque Victoria se retourna, elle découvrit Gerde par terre, qui regardait attentivement Jack. Il tremblait de colère et un feu étrange éclairait ses yeux verts. Une énergie folle se dégageait de son épée.

Victoria vint à ses côtés ; une sorte d'étoile scintillait devant elle, et son aura semblait projeter un flux pur et ancien, une magie qui dépassait de loin la compréhension humaine. Gerde les observa et jugea qu'ils étaient bien plus puissants qu'elle ne l'avait cru. Ils étaient devenus des êtres extraordinaires contre lesquels elle ne pouvait lutter. La rage et l'amertume lui arrachèrent un cri perçant.

Puis son corps produisit une lumière si intense que Jack et Victoria durent fermer les yeux. Quand ils les rouvrirent, la fée n'était plus là...

Ils se regardèrent, fascinés l'un par l'autre ; le temps parut suspendu. Enfin, épuisés mais heureux, ils tombèrent dans les bras l'un de l'autre.

Ils avaient gagné.

*

Ashran riait doucement. À ses pieds, Christian frissonnant, recroquevillé. En apparence, rien n'avait changé et, pourtant, le Nécromancien devinait que ses efforts commençaient à porter leurs fruits.

– Dis-moi qui tu es, ordonna-t-il pour la énième fois.

Son fils eut du mal à se relever. Il secoua la tête pour écarter les mèches de cheveux qui balayaient son visage et posa sur Ashran un regard aussi froid que le givre.

– Je suis Kirtash, monseigneur, déclara-t-il d'une voix trop indifférente pour être humaine.

Ashran hocha la tête, satisfait. Il se tourna vers la porte, qui était protégée par un szish, l'un des hommes-serpents de sa garde personnelle. Sur un signe de son maître, la créature s'avança et lui tendit l'objet long et étroit qu'elle tenait dans ses mains. Ashran le prit et le donna à Kirtash, qui le prit avec mille précautions. Lorsqu'il tira Haïass de son fourreau, son éclat glacial illumina son visage et lui arracha un sourire. L'épée était réparée.

– Bienvenue à la maison, mon fils, dit Ashran en lui rendant son sourire.

*

Victoria tomba à genoux. Il avait cessé de pleuvoir et quelques timides rayons de soleil commençaient à illuminer le jardin.

– S'il te plaît..., implora l'adolescente, les yeux pleins de larmes. S'il te plaît, dis-moi que tu es toujours là. Dis-moi que tu es encore en vie. Je t'en prie.

Mais Shiskatchegg, qu'elle avait de nouveau passé à son doigt, resta froid et muet. Victoria se replia sur elle-même et porta la pierre à ses lèvres.

– Christian, murmura-t-elle. Christian, je t'en supplie, dis-moi que tu n'es pas parti. Je te supplie de me pardonner...

Sa voix se brisa et elle sanglota. La lumière de Christian s'était éteinte, elle ne sentait plus personne de l'autre côté, ce qui signifiait sans aucun doute que le jeune shek était mort. Victoria cria son nom, le visage tendu vers le ciel. Allegra et Alexander, qui la regardaient, ne savaient que faire pour la consoler.

Alors Jack s'approcha par-derrière, s'agenouilla auprès d'elle et l'enlaça. Victoria pleurait Christian. Elle répétait son nom en embrassant la bague devenue morte et froide, tandis que son ami la serrait de toutes ses forces dans ses bras, en silence. Il la berçait doucement, dans l'espoir de calmer par sa présence ne serait-ce qu'une petite part de sa douleur.

– Christian..., murmura encore Victoria à bout de souffle.

Elle savait pourtant qu'il ne l'entendait plus.

12
TRAHISON

– Tu as échoué, siffla le Nécromancien.

Et Gerde, tremblant de peur, se tassa devant lui.

– Ces deux êtres… sont très puissants, monseigneur. Contre eux, ma magie est inopérante.

La voix glaciale de Kirtash résonna au fond de la salle :

– Et elle le sera toujours. Ils se sont réveillés ; Gerde n'est pas une rivale à leur hauteur.

– Tu veux dire que je dois à nouveau t'envoyer là-bas ? lui demanda Ashran.

– Tu peux toujours faire appel à quelqu'un d'autre, monseigneur, mais sache qu'il échouera, répondit Kirtash en s'écartant légèrement de la fenêtre.

– C'est vrai, admit Ashran. Et je ne veux pas courir de risques, Kirtash. Ils doivent mourir, au moins l'un des deux… La fille est la plus vulnérable, me semble-t-il.

– Et la seule à nous être utile, siffla Kirtash.

– Que veux-tu dire par là ? l'interrogea Ashran d'un ton menaçant.

Mais le jeune homme était entièrement absorbé par ce qu'il observait de la fenêtre.

– Monseigneur, dit-il en désignant la forêt qui s'étendait devant lui, Alis Lithban est en train de mourir, et c'est l'endroit le plus magique de notre terre.

Ashran regarda le paysage désolé. L'exubérante forêt des licornes était devenue morne et grise sous la lumière des trois soleils.

– C'est à cause de la disparition des licornes, déclara le Nécromancien sans savoir où Kirtash voulait en venir. Ces créatures canalisaient autrefois l'énergie de la terre d'Alis Lithban et la diffusaient dans toute la forêt. Sans elles, l'énergie est figée, elle ne circule plus.

– Mais elle est toujours là, dit Kirtash à voix basse en posant ses yeux bleus sur son père. Et, si elle est toujours là, nous pouvons l'extraire. Et la concentrer sur un point, par exemple, cette tour.

Ashran étudia la suggestion du jeune homme et annonça :

– Si nous rénovons la magie de la tour de Drackwen, nous en ferons une forteresse imprenable. Comme autrefois.

– Et tu deviendras le maître absolu d'Idhun, monseigneur, renchérit Kirtash. Les traîtres féeriques de la forêt d'Awa et les quelques magiciens qui résistent encore dans la tour de Kazlunn plieront devant toi. Après... après tu pourras conquérir d'autres mondes !

– D'autres mondes... comme la Terre ? J'ai remarqué que la Terre te plaisait beaucoup.

– C'est un endroit agréable, se contenta de répondre Kirtash en haussant les épaules.

– Je comprends ce que tu insinues, souffla le Nécromancien en s'éloignant de la fenêtre. La fille pourrait le faire, n'est-ce pas ?

Kirtash hocha la tête.

– Elle seule en est capable, monseigneur. Je la tuerai si tel est ton désir. Cependant, si je la tue, nous ne pourrons jamais ressusciter la tour de Drackwen. C'est à toi de décider si tu veux qu'elle meure ou qu'elle vive pour nous servir. J'agirai en conséquence.

– Tu peux l'amener jusqu'ici ? Jusqu'à cette tour ? demanda Ashran sans détacher les yeux de son fils. Si elle s'est vraiment réveillée, comme tu l'avances, son pouvoir sera beaucoup plus grand qu'avant.

– Peut-être. Mais elle a un point faible.

– Tiens donc ! fit le Nécromancien en levant un sourcil, intéressé. Lequel ?

Kirtash esquissa un sourire froid.

– Moi.

*

En proie à l'abattement, Allegra parcourait en silence les couloirs du manoir. Il faisait nuit et tout paraissait calme, mais elle était inquiète. Contrairement à ses invités, elle savait qu'elle ne fermerait pas l'œil de la nuit.

Elle se faufila à l'étage et s'arrêta devant la chambre de Victoria. Elle s'approcha sans faire de bruit pour ne pas réveiller Jack et sa petite-fille. Ils dormaient dans le même lit, serrés l'un contre l'autre. Le garçon avait posé un bras protecteur sur la taille de Victoria. Allegra sourit.

La soirée avait été pénible. Recrue de fatigue, atterrée, Victoria avait versé toutes les larmes de son corps et passé des heures repliée sur elle-même, dans un coin, le regard perdu et la tête basse, à ressasser : « C'est ma faute, c'est ma faute... »

Jack avait fini par l'emmener dans sa chambre pour qu'elle se repose un peu. Du salon, Allegra l'avait entendue gémir, puis elle avait compris que les paroles de consolation que lui murmurait Jack avaient fait leur effet. Peu à peu, les sanglots de Victoria s'étaient calmés et sa petite-fille s'était assoupie dans les bras du garçon, qui était resté à son chevet.

Allegra ne doutait pas que Victoria rêverait de Christian, mais elle était contente que Jack soit auprès d'elle.

Elle s'appuya au chambranle de la porte et les observa un instant. Elle sentait qu'un lien très fort les unissait. Une affection si intense, si palpable, qu'elle ne put s'empêcher de se demander d'où elle venait.

Quelle était la véritable identité de Jack ? C'était forcément un être singulier, sans quoi Victoria ne se serait jamais attachée à lui. La vieille dame secoua la tête, soucieuse. Victoria était aussi différente du reste des mortels que la Lune de la Terre, mais elle ne lui en avait jamais soufflé mot. Elle avait répété des centaines de fois les phrases qu'elle prononcerait pour le lui annoncer, mais, maintenant qu'il fallait lui révéler le mystère de son existence, le courage lui manquait. Victoria avait besoin de repos. Aussi Allegra avait-elle préféré reporter cette importante conversation au lendemain, au grand regret d'Alexander, qui avait exigé plusieurs fois de plus amples précisions. Estimant injuste qu'il soit informé avant la jeune fille, Allegra s'était montrée d'une fermeté exemplaire et n'avait pas cédé.

Elle regarda l'adolescente endormie avec beaucoup de tendresse. Elle avait passé sept années à la chercher dans le monde chaotique où elle s'était perdue avant de parvenir à la trouver. Comme Gerde, Allegra avait un don pour reconnaître les créatures telles que Victoria.

Elle l'avait alors sortie de cet orphelinat et lui avait procuré un foyer sûr. Elle avait choisi un manoir à proximité d'une grande ville, où il serait plus difficile à leurs ennemis de les détecter que dans un lieu isolé. Mais Allegra ne pouvait vivre au cœur de Madrid car sa nature féerique s'en serait trouvée affaiblie. Elle avait donc choisi précisément ce manoir, à cause de son grand parc et du bosquet de pins. Elle s'était dit que Victoria aurait besoin de cet espace pour s'y réfugier et renouveler son énergie.

La maison, une forteresse, était un lieu sûr qui avait permis à Victoria de grandir en se préparant peu à peu à endosser le rôle que le destin lui avait réservé. Mais ce manoir ne pouvait cependant la protéger de la puissante créature qu'Ashran avait envoyée à leurs trousses. Allegra s'en était rendu compte lorsque, quatre ans plus tôt, en Suisse, Kirtash avait failli tuer la petite fille. Elle s'était reproché cent fois cette imprudence, puis Victoria avait rallié la Résistance et, elle n'était désormais plus seule pour assurer sa protection. À la lumière qui brillait dans ses yeux – que seules quelques rares personnes comme Allegra ou Kirtash pouvaient détecter – la vieille dame avait compris que la fillette avait trouvé un meilleur refuge que sa maison, un espace où rénover son énergie et se sentir à l'abri de tout, y compris de Kirtash. Elle avait alors préféré garder le secret, estimant que Victoria avait besoin de mener une vie routinière sans remous, comme n'importe quelle autre fille de son âge, pour la préservation de son équilibre intérieur. Limbhad était certes plus sûr que le manoir, mais l'existence qu'Allegra offrait à Victoria était moins chaotique que celle qu'elle menait dans la Résistance. Ces deux vies et ces deux espaces se complétaient néanmoins.

Non sans inquiétude, la vieille dame se demandait comment sa protégée envisageait de tenir le rôle qu'elle avait à jouer dans l'histoire d'Idhun, car ce n'était plus une fillette innocente. Elle avait souffert, beaucoup appris et mûri. Grâce à Shail, Jack et Alexander, qui l'accompagnaient, elle était mieux préparée que si elle s'était contentée de la seule protection d'Allegra.

Puis Kirtash était entré en scène...

Allegra savait qui il était et avait remarqué son intérêt pour Victoria. Elle n'ignorait rien des rendez-vous secrets des deux adolescents. Elle les avait observés avec autant d'inquiétude que de curiosité. Car elle était persuadée que Kirtash connaissait l'identité de Victoria. Cependant, il n'avait pas cherché à la tuer. La vieille dame avait compris que le shek était captivé par sa lumière et que, même s'il estimait toujours être fidèle à son seigneur, en protégeant la jeune fille il était devenu un important allié de la Résistance.

Allegra ferma les yeux. Elle était fatiguée. Quel dommage de l'avoir perdu ! Non seulement pour la Résistance, mais aussi pour Victoria. Les deux jeunes gens avaient à l'évidence eu l'un pour l'autre un sentiment très intense et réel, sinon Victoria n'aurait pas souffert de cette manière en assistant de loin à la torture du jeune homme, avec ou sans l'Œil du Serpent. Ce qui était logique, puisqu'elle et Kirtash étaient deux êtres à la fois semblables et radicalement opposés. Il paraissait inévitable qu'ils soient attirés l'un par l'autre. Ashran aurait dû s'y attendre...

Mais, dans ce cas... quelle était la place de Jack ? Lui aussi, Victoria l'aimait éperdument, et il n'était pas qu'un simple humain. Allegra l'avait vu manier Domivat et en avait conclu que c'était un puissant sorcier, ou peut-être un héros. Mais à présent elle n'en était plus très sûre car cela ne justifiait pas tout à fait l'immense affection que Victoria lui portait. La vieille dame contemplait les deux adolescents enlacés dans leur sommeil.

Un humain n'aurait vu que deux jeunes gens endormis, serrés l'un contre l'autre, alors qu'elle voyait leurs auras s'entremêler, tentant de fusionner, de communiquer entre elles, de se caresser. Elle était convaincue qu'ils avaient éperdument besoin d'être côte à côte et que les séparer serait la chose la plus cruelle qu'on puisse leur faire.

Elle plissa les yeux. L'aura de Jack était intense, resplendissante comme un soleil. Non, en tout état de cause, ce n'était pas un adolescent ordinaire. Pas plus que Victoria, une fille banale. Était-il alors possible que...

Elle sursauta. Non, rien de tout cela n'était garanti. Par ailleurs, si son intuition était juste... Si ce qu'elle pensait était vrai, Kirtash avait sans doute tout deviné depuis longtemps. Une telle réalité ne pouvait avoir échappé à la perception aiguë du shek. Et, si Kirtash le savait, Ashran était sans doute également au courant.

Allegra frissonna. Si ses soupçons étaient fondés, la seule chose capable de faire échec à la victoire complète du Nécromancien se trouvait dans cette maison... dans cette pièce.

Ce n'était guère rassurant. La vieille dame fut tentée d'aller réveiller Alexander, qui dormait dans l'une des chambres d'amis. Mais, après avoir réfléchi calmement, elle décida qu'il valait mieux les laisser tous passer une nuit paisible. Les uns et les autres auraient besoin de leurs forces pour le prochain combat, qui était imminent.

Les défenses magiques de la maison avaient été très affaiblies par l'attaque de Gerde et des gnomes. Il ne fallait pas attendre le lendemain pour les renforcer, si bien qu'Allegra décida de s'atteler aussitôt à la tâche. Elle comptait mettre tout son pouvoir en œuvre pour faire du manoir une forteresse imprenable, dans laquelle nul ne pourrait entrer. Mais elle ne tint pas compte d'un fait crucial, à savoir que sa barrière magique n'empêcherait pas les occupants de la maison de sortir... Or Kirtash comptait justement là-dessus.

*

La pierre de cristal de Shiskatchegg brilla un court instant, puis s'éteignit avant de reprendre un léger éclat verdâtre.

Victoria ouvrit doucement les yeux et aperçut la bague, car sa main gauche reposait sur l'oreiller, à côté de son visage. Elle la vit briller dans la pénombre et retint son souffle, surprise. Quand elle comprit ce que cela signifiait, elle voulut bondir hors du lit, mais se ravisa en sentant une présence auprès d'elle. Elle se retourna et découvrit que Jack dormait avec elle. Elle lui sourit avec tendresse, soupira et repoussa doucement le bras qui encerclait sa taille. Le garçon s'agita dans son sommeil, mais ne se réveilla pas. Victoria se pencha pour déposer un baiser sur sa joue.

– Je reviens tout de suite, murmura-t-elle, le cœur tambourinant dans sa poitrine.

Elle quitta la chambre, se faufila dans les couloirs sans faire de bruit, et traversa le salon, où sa grand-mère, épuisée, s'était assoupie dans un fauteuil. Mais c'est tout juste si elle se rendit compte de sa présence. L'Œil du Serpent étincelait de mille reflets magiques dans la pénombre. Christian était peut-être vivant et rien, absolument rien n'aurait pu empêcher Victoria d'aller à sa rencontre cette nuit-là.

Elle sortit dans le jardin et s'arrêta, le cœur battant. Elle frissonna en voyant le jardin ravagé par le combat de la veille, se dirigea vers la tour éclairée par la lune.

Christian n'était pas là... La jeune fille porta la main à ses lèvres, angoissée. Shiskatchegg continuait pourtant de briller, aussi se raccrocha-t-elle à l'espoir que Christian était sain et sauf et trouverait bientôt le moyen d'arriver jusqu'à elle.

Elle dévala les marches de pierre et se dirigea vers la pinède, cherchant entre les arbres celui qu'elle avait cru perdre à jamais. Elle s'arrêta, indécise, et regarda autour d'elle.

– Christian ? souffla Victoria.

Elle distingua sa silhouette un peu plus loin, une ombre se fondant dans la nuit qu'elle aurait reconnue n'importe où.

– Christian !

Au comble de l'émotion, elle se précipita vers lui et se jeta dans ses bras avec tant de fougue qu'elle faillit lui faire perdre l'équilibre. Les yeux noyés de larmes, elle l'étreignit de toutes ses forces et enfouit le visage au creux de son épaule.

– Christian, tu vas bien... Je pensais que tu étais mort, tu n'imagines pas... Mais tu es revenu et...

Silencieux, immobile, il ne lui rendit pas son étreinte. Tout à coup, Victoria eut froid. Elle leva la tête et essaya de déchiffrer son regard dans la pénombre.

– Christian ? Ça va ?

– Je vais bien, Victoria, répondit-il d'une voix parfaitement indifférente.

Son ton était si inhumain que Victoria trembla.

– Que... que t'ont-ils fait ? demanda-t-elle.

En l'observant plus attentivement, elle se heurta à un mur de glace. Elle comprit alors qu'elle venait de perdre Christian pour la deuxième fois et son cœur se brisa en mille morceaux. Son corps fut secoué de spasmes. Il n'y avait pas de mots pour exprimer sa douleur. Elle voulut crier son nom pour le lui rappeler mais le regard glacial de Kirtash l'en dissuada.

Obéissant à son instinct, elle fit demi-tour et courut aussi vite qu'elle put jusqu'à la maison, loin de cette créature qui avait l'apparence de Christian, mais n'était pas lui.

Une fraction de seconde plus tard, Kirtash s'élançait derrière elle. Victoria savait que, quoi qu'elle fasse, il la rattraperait.

Sa douleur et sa tristesse se changèrent en peur et en rage. Aussi, lorsqu'elle sentit la main froide de Kirtash lui agripper le bras, elle se retourna vers lui, furieuse, pour lui donner un coup de pied dans l'entrejambe.

Kirtash écarquilla les yeux et se plia en deux, mais ne la lâcha pas. Victoria tendit la jambe en arrière pour prendre de l'élan et lui donna un nouveau coup de pied, cette fois dans le ventre, en y mettant toute la force de son désespoir. Elle se libéra et poursuivit sa course, mais Kirtash l'attrapa par le pull et la fit tomber à plat ventre dans l'herbe. La jeune fille paniqua en sentant le shek lui tomber dessus. Alors quelque chose explosa en elle, et elle libéra un cri monstrueux. Il y eut une sorte d'éclair lumineux, une lueur vive partit de son front et aveugla Kirtash un instant. Victoria essaya de s'échapper, mais elle sentit sa main se refermer sur sa cheville. Elle se débattit tant qu'elle put quand il se jeta sur elle et la cloua au sol. Victoria était en proie à une terreur irrationnelle, bien loin des sentiments ambigus que lui avait inspirés Christian, même lors de leurs premières rencontres. La jeune fille ferma les yeux et appela l'Âme de Limbhad. C'était sa seule chance d'en réchapper. L'esprit venait à sa rencontre, mais elle était trop affolée pour établir le calme nécessaire à la fusion de son aura avec celle de l'Âme. Kirtash devina ses intentions. Il la prit par le menton, l'obligea à tourner la tête et à le regarder dans les yeux. Il était presque allongé sur elle et une idée absurde traversa l'esprit de Victoria. En d'autres circonstances, à peine un jour plus tôt, son cœur se serait emballé si elle avait été aussi proche de celui qu'elle aimait. Mais à présent la terreur, le désespoir et la haine l'habitaient.

– Regarde-moi, dit-il d'une voix douce, mais indifférente.

– Non..., murmura-t-elle.

C'était trop tard. Captive du regard hypnotique de Kirtash, Victoria venait de tomber dans ses filets.

*

Jack se réveilla en sursaut, le pouls rapide. Il venait de faire un rêve très désagréable. Il ne se le rappelait pas dans les détails, mais il avait le sentiment angoissant d'avoir perdu quelque chose de vital.

Il mit quelque temps avant de prendre conscience qu'il se trouvait toujours dans le manoir d'Allegra d'Ascoli et, plus précisément, dans la chambre de Victoria.

Mais celle-ci n'était pas là. Soudain, il eut l'impression qu'un poignard lui transperçait le cœur. Il avait la certitude que son amie était en danger. Il se précipita hors de la pièce, pieds nus mais avec Domivat. Il passa en trombe dans le salon, courut jusqu'à la porte d'entrée et l'ouvrit violemment. Allegra s'éveilla, vit Jack sortir du manoir et dégainer son épée qui brilla dans la pénombre, et comprit aussitôt ce qui se passait. D'un bond, elle se leva et courut alerter Alexander.

Jack atteignit le bosquet à la vitesse de l'éclair. Dans sa précipitation, il faillit rouler sur les marches de pierre. Mais il atteignit la pinède juste à temps pour voir Kirtash se relever, Victoria dans les bras. Il était convaincu que le shek n'était pas animé de bonnes intentions à l'égard de la jeune fille.

– Lâche-la ! hurla-t-il.

Le regard de Kirtash scintilla dans la pénombre. Le jeune homme déposa Victoria dans l'herbe et fit face à Jack en brandissant Haïass. Le garçon fut surpris. Il ne s'attendait pas à ce que l'épée de Kirtash soit réparée... À présent, il devait se battre, lutter coûte que coûte pour Victoria. Haïass et Domivat s'entrechoquèrent et l'air vibra. Inquiet, Jack s'aperçut que la lame de son épée tremblait sous la glace implacable d'Haïass. Il recula de quelques pas et se mit en garde pour tenter d'analyser la situation. Son adversaire était le jeune homme pour lequel Victoria avait pleuré si amèrement la veille, celui qui avait trahi les siens pour la protéger, et subi un terrible châtiment à cause de cela.

– Attends ! s'exclama-t-il. Que t'est-il arrivé ? Que… que vas-tu faire de Victoria ?

Mais Kirtash ne répondit pas. Il bougea comme une ombre et Jack s'empressa de lever son arme pour parer l'attaque d'Haïass, qui s'abattait sur lui. Déconcerté, le garçon se défendait tout en essayant de mettre de l'ordre dans ses pensées. Il ignorait ce que Kirtash avait subi, mais il savait que cela ne jouerait pas en leur faveur.

Kirtash porta un coup puissant au garçon qui, ébranlé, lâcha Domivat. L'arme tomba dans l'herbe, un peu plus loin. Les deux adversaires se défièrent du regard. Kirtash lui sourit, et Jack pensa qu'ainsi, debout face à lui, tenant dans une main Haïass qui renvoyait ses éclats blancs bleutés, il paraissait plus grand, plus fort, plus sûr de lui-même, plus froid et plus… inhumain.

C'est alors qu'Allegra et Alexander arrivèrent en courant. Brandissant Sumlaris, ce dernier s'élança contre Kirtash en poussant un cri guerrier. Le jeune shek para l'attaque et Jack en profita pour aller récupérer Domivat.

Pendant ce temps, Alexander parvint à faire reculer Kirtash de quelques mètres. Quand celui-ci reprit l'initiative, Jack était de nouveau face à lui, aux côtés d'Alexander, menaçant.

Kirtash leur jeta un coup d'œil, esquissa une grimace et se transforma.

L'énorme serpent ailé se dressa alors devant eux, puissant et magnifique, dardant ses yeux troublants sur Jack. Le garçon frissonna : Kirtash avait enfin pris la décision de le tuer, et il ne pourrait pas lui échapper si facilement. D'autant moins qu'Alexander, pétrifié devant l'immense créature, ne lui était plus d'aucun secours.

En toute logique, Jack aurait dû être terrifié lui aussi, mais, en voyant Kirtash sous son aspect véritable, il fut submergé par la colère et la rage. Il brandit Domivat avec un cri sauvage et se précipita sur le shek, qui battit des ailes et s'éleva de quelques mètres. Le courant d'air qu'il souleva faillit déséquilibrer Jack, qui se déporta juste à temps pour éviter les crocs mortels de Kirtash. Il vacilla, prenant toute la mesure de l'extraordinaire puissance de son adversaire, inquiet de savoir s'ils allaient sortir vivants de cet affrontement.

Soudain, le shek fit volte-face et Jack découvrit aussitôt ce qui avait attiré son attention.

Allegra venait de rejoindre Victoria, toujours allongée dans l'herbe. La jeune fille les fixait, hagarde, les yeux baignés de larmes, manifestement incapable de faire le moindre geste.

Kirtash agita sa queue comme un fouet et souleva Allegra du sol avant de l'envoyer plus loin. Jack espéra qu'elle survivrait au choc de la chute. Profitant de ce que le shek s'était détourné de lui pour malmener la vieille dame, il abattit son épée sur le corps annelé du serpent.

Celui-ci poussa un glapissement aigu, et Jack crut un instant que ses tympans avaient éclaté. Alors, à sa grande surprise, il constata que Kirtash avait repris son apparence humaine et se tenait une jambe en grimaçant de douleur. Le garçon ne put retenir un sourire triomphal, qui s'effaça vite lorsqu'il vit que le shek s'apprêtait à abattre Haïass sur lui avec une violence telle qu'elle l'aurait probablement achevé s'il n'avait interposé Domivat. Trop tard... Le coup l'atteignit à l'épaule. Il hurla et laissa tomber son épée. Kirtash s'avançait pour lui donner le coup de grâce, lorsque Alexander vint à la rescousse de Jack en hurlant comme un loup. Il avait les cheveux en bataille et un étrange éclat jaune au fond des yeux. Sa lame toucha Kirtash et le déstabilisa légèrement. Il recula en boitillant et dut réagir vite pour stopper un sort d'attaque jeté par Allegra qui, malgré ses blessures, tentait de participer au combat.

Kirtash dut se replier davantage. Sans cesser de fixer ses adversaires de ses yeux froids, il se pencha sur Victoria.

– NON ! cria Jack.

Kirtash esquissa un sourire. Ses doigts effleurèrent les cheveux de la jeune fille comme s'il parodiait une caresse. Jack se rua aussitôt vers lui, mais, sans se départir de son sourire, Kirtash se détourna et... disparut avec sa prisonnière. Un instant plus tard, tous deux s'étaient volatilisés.

Jack sentit son âme se déchirer. Il se précipita à l'endroit où ils avaient disparu, regardant de tous côtés, furieux et désespéré. Il cria le prénom de la jeune fille qu'il aimait, en vain. Anéanti, il s'effondra dans l'herbe. Tout cela ne pouvait pas être vrai...

– Victoria..., murmura-t-il, la voix brisée.

Il avait l'impression que le Soleil, la Lune et toutes les étoiles avaient subitement été arrachés du ciel, plongeant le monde dans l'obscurité totale.

*

Victoria avait assisté au combat mais, pétrifiée par le regard de Kirtash, elle avait été incapable de porter secours à ses amis. Elle avait perdu connaissance juste après, pendant le voyage.

Elle se sentait engourdie, dans un état étrange qui n'était pas uniquement dû à la fatigue.

Elle s'efforça de secouer la tête, en pure perte. Son corps engourdi était lourd, comme si l'atmosphère et le monde autour d'elle avaient brusquement changé. C'était à la fois déconcertant et vaguement familier.

Le ventre noué par la peur, la jeune fille constata qu'elle avait les pieds et les mains attachés à une sorte de plate-forme ronde qui s'élevait au milieu d'une pièce circulaire aux murs de pierre. Quatre fenêtres s'ouvraient à chaque point cardinal. À travers l'une d'elles, elle aperçut deux soleils. Elle cligna des yeux, mais ce n'était pas une hallucination. L'un des deux astres, une sphère rouge, était plus petit que l'autre, de couleur orangée. Alors elle distingua l'éclat d'un troisième soleil qui se couchait à l'horizon et comprit qu'elle était sur Idhun. Elle eut un malaise. Non, ce n'était pas possible. Elle n'était pas encore prête, elle n'aurait pas dû franchir la porte avant de savoir avec exactitude ce qui la reliait à ce monde. Elle n'aurait pas dû s'y rendre seule.

Seule... ?

En rouvrant les yeux, elle découvrit Kirtash, qui la regardait. Elle faillit prononcer le prénom de celui qu'elle aimait. Christian... mais elle se retint à temps. Cet être n'était plus Christian.

– Que comptes-tu faire de moi ? balbutia-t-elle.

Kirtash se tut. Il se contenta de lui caresser la joue du bout des doigts, comme il avait l'habitude de le faire.

Mais Victoria ne décelait nulle trace de tendresse ou d'affection dans ce contact. Kirtash l'avait touchée comme on effleure les pétales d'une fleur, admirant sa beauté, mais sans éprouver d'émotion pour autant.

Au souvenir de tout ce qu'elle avait perdu, la jeune fille s'efforça de refouler ses larmes. Il n'était pas question qu'elle en verse une seule devant lui.

– Dis-moi pourquoi..., murmura-t-elle.

– C'est ma nature, répondit-il d'une voix douce.

– Avant, tu n'étais pas ainsi.

– J'ai toujours été comme ça, Victoria. Et tu le savais.

La jeune fille essaya vainement de se libérer.

– C'est étrange comme accueil, dit-elle à mi-voix. Que vas-tu faire de moi ?

Il regarda par la fenêtre pour admirer le couchant des trois soleils.

– Moi, rien, répondit-il après un court silence. Mais Ashran le Nécromancien a de nombreux projets en ce qui te concerne.

Victoria inspira longuement, sans détacher ses yeux de lui.

– Tu vas le laisser me faire du mal ? demanda-t-elle dans un souffle. Après tous les supplices que tu as subis pour me défendre ?

– C'est du passé, répondit Kirtash. Et d'ailleurs, à ce propos...

Il prit sa main gauche. Victoria frémit, dévastée au plus profond de son être. Elle avait perdu tant de choses en si peu de temps...

– Qu'est-ce que tu fais ?

En silence, Kirtash essaya de lui retirer l'Œil du Serpent, mais Victoria sentit quelque chose la picoter. Le jeune homme écarta brusquement la main, les yeux étincelants de colère.

Victoria sourit en elle-même, perplexe mais satisfaite. Shiskatchegg avait réagi contre Kirtash, il ne voulait pas la quitter. Elle se demanda ce que cela pouvait signifier. Et la jeune fille se réjouit de garder la bague, qui lui rappelait Christian, le Christian qui la lui avait offerte en gage de son attachement.

Le regard de Kirtash se glaça.

– Peu importe, dit-il. Je la récupérerai sur ton cadavre.

Victoria avala sa salive.

– Je n'arrive pas à y croire, chuchota-t-elle. Tu vas vraiment me tuer ?

– Pas encore. Seulement quand tu cesseras de nous être utile.

Victoria reconnaissait bien là la façon de penser de l'assassin qu'elle avait affronté pendant les premiers jours de la Résistance. Elle s'en voulait de s'être laissé enjôler si facilement. À l'évidence, cette part de Kirtash qu'elle haïssait n'avait jamais disparu, même si elle avait essayé de se convaincre du contraire.

Soudain, elle eut le souffle coupé : devant elle se dressait Ashran le Nécromancien. C'était forcément lui, car Kirtash avait incliné la tête en signe de soumission. Or, il n'existait personne d'autre à qui il aurait pu rendre des comptes.

Ashran était un homme très grand, aux cheveux argentés et au visage froid, aussi parfait et intemporel qu'une statue de marbre. Il aurait pu être séduisant si ses pupilles n'avaient été d'un gris étrange et déconcertant, à croire qu'elles étaient coulées dans du métal. Leur intensité donnait le frisson. Et cependant il était humain, Victoria le percevait, même si son âme avait quelque chose de maléfique et de violent.

Incapable de le regarder davantage, Victoria tourna la tête de l'autre côté, l'estomac noué.

– La fille est prête ? demanda le Nécromancien.

– Tout est prêt, monseigneur, répondit Kirtash d'une voix dénuée d'émotion.

– Parfait, sourit Ashran. Va donc prévenir Gerde. Je vais avoir besoin du soutien d'un autre magicien.

Kirtash acquiesça et se dirigea vers la porte en boitillant. Victoria se dit que cette légère infirmité était due à la blessure que lui avait infligée Jack quelques heures plus tôt. Quand il passa près de la plate-forme sur laquelle elle se trouvait, elle lui lança :

– Christian, je regrette.

Il s'arrêta un instant, sans lui accorder un regard.

– Je regrette ! répéta-t-elle d'une voix étranglée. Je regrette de t'avoir laissé seul et d'avoir ôté ta bague, tu m'entends ? Je t'en supplie, pardonne-moi...

Kirtash poursuivit son chemin sans un mot, comme si elle n'avait pas été là. Une partie d'elle-même s'en allait avec lui.

Quand elle fut seule avec le Nécromancien, Victoria ressentit encore plus fortement sa présence diabolique et se mit à trembler, prise de terreur. Ashran s'approcha, mais, solidement ligotée à la plate-forme, elle ne pouvait rien faire.

La main froide du Nécromancien lui saisit le menton, l'obligeant à lever la tête. Elle fut aussitôt absorbée par son regard argenté, mais, paralysée par la peur, elle fut incapable de crier.

– Cette lumière, déclara Ashran. Tu as choisi une bonne cachette, je n'en doute pas, mais la lumière de tes yeux te trahit.

Il la lâcha. Victoria s'affaissa sur la pierre froide, le souffle coupé.

– Tu ne pouvais pas m'échapper, ajouta le Nécromancien. Maintenant, je vais enfin pouvoir te faire payer ce que tu as fait à Kirtash. Mais avant cela... tu vas me rendre un petit service.

– Je ne ferai rien pour toi, répliqua farouchement Victoria.

Entendre le nom de Kirtash la mit en rage, lui rappelant combien Christian avait souffert, quelques heures plus tôt, entre les mains de cet homme.

– Comment oses-tu ? reprit-elle. Tu l'as maltraité, tu as failli l'assassiner. Quel genre de père es-tu donc ?

Elle s'attendait à ce qu'Ashran s'emporte, alors qu'à sa grande surprise, il partit d'un rire franc.

– Je suis le genre de père qui veut tout ce qu'il y a de mieux pour son fils, rétorqua-t-il. Et qui ne supporte pas qu'il devienne une marionnette dont tu tires les ficelles, Victoria. Kirtash est un être puissant, un jour il gouvernera Idhun. Tu as manqué de lui faire perdre tout cela, tu as fait de lui une créature faible et dépendante de ses émotions humaines. Et permets-moi de douter de tes sentiments à son égard...

Victoria écumait. Elle n'était pas disposée à parler de son amour pour Christian, en tout cas, pas avec cet homme.

Ashran, quant à lui, examinait les quatre grandes aiguilles de pierre noire qui s'élevaient autour de la plate-forme à laquelle elle était attachée. La jeune fille redoutait d'apprendre à quoi elles servaient.

Comme s'il lisait dans ses pensées, Ashran lui annonça :

– En attendant que Gerde arrive, j'imagine que tu n'as rien contre le fait que je te soumette à une petite expérience...

– Une expérience ? répéta Victoria, méfiante. Je ne sais pas de quoi tu parles. Je ne pense rien faire qui...

Mais une sorte de crampe parcourut son épine dorsale et la força à s'arquer sur la plate-forme. Elle retint un cri.

– On dirait que ça marche, observa Ashran. Eh bien, voyons un peu comment tu vas réagir.

Il contourna la plate-forme et sortit du champ de vision de Victoria. Dévorée par l'inquiétude, Victoria se demandait ce qu'il préparait lorsque les pointes de deux des aiguilles semblèrent se gorger d'obscurité. Victoria contempla, fascinée, les deux pics à l'œuvre : ils semblaient faire naître des ténèbres au-dessus d'elle, et finirent par dessiner une spirale tournoyant sur elle-même. Elle eut alors l'impression qu'on lui pompait de l'énergie...

Elle haleta. Les ténèbres l'aspiraient, lui volaient quelque chose d'intime et de foncièrement vital pour elle. Alors, elle reconnut cette sensation : c'était celle qu'elle éprouvait quand elle recourait à son pouvoir de guérison. L'énergie la traversait et sortait d'elle sous forme d'ondes. Mais cette force ne se libérant pas volontairement, puisque le flux lui était arraché sous la contrainte, que Victoria subissait en gémissant. C'était troublant et douloureux, pour ne pas dire humiliant. Car, lorsqu'elle procédait à des guérisons, la jeune fille livrait une partie de son être à la personne qui profitait de son don. Mais cette séance était une vraie torture. On lui volait une part d'elle-même. Elle se tordit sur la plate-forme et poussa un autre gémissement. Elle se vidait et, si cela continuait ainsi, elle perdrait toutes ses forces et mourrait d'épuisement.

– Ne t'inquiète pas, dit Ashran. Ça vient.

« Qu'est-ce qui vient ? » s'interrogea anxieusement Victoria, ravagée par la puissance de l'extraction.

Elle ne tarda pas à découvrir ce qu'Ashran entendait par là.

L'énergie jaillissait comme une source sortant de la terre, et la traversait avec la fulgurance d'une décharge électrique. Elle s'écoulait avec la violence d'un torrent impétueux. Victoria hurla. Elle souffrait, certes, mais le pire était cette sensation à la fois d'impuissance et d'asservissement. Il fallait que cela cesse, qu'elle retrouve le contrôle de son énergie...

– Arrête ! cria-t-elle avec désespoir. Je n'en peux plus !

Elle se tut en découvrant Kirtash debout à côté d'elle. Elle chercha à déceler un peu de compassion dans ses yeux, mais elle n'y lut qu'une légère curiosité, comme s'il assistait à une nouvelle expérience scientifique.

– Christian..., soupira-t-elle.

Soudain, le flux d'énergie s'interrompit et elle s'affaissa sur la plate-forme, extrêmement affaiblie.

– Tu n'exploites pas toutes ses capacités, commenta Kirtash.

– Parce que je n'utilise que deux des extracteurs, répondit Ashran. Tu veux voir toute l'énergie que cet appareil peut pomper ?

Une lueur d'intérêt brilla dans les yeux de Kirtash.

– Pourquoi pas ?

– Gerde ! appela le Nécromancien.

Victoria vit la fée passer près de Kirtash en souriant, se mettre sur la pointe des pieds pour murmurer quelques mots à son oreille, lui caresser le bras de ses longs doigts. Kirtash sourit et répondit à ses cajoleries, l'embrassa même brièvement, et fougueusement. Le coup d'œil qu'elle jeta à Victoria tandis qu'elle embrassait le jeune homme n'échappa pas à la jeune fille. Elle battit des cils pour contenir ses larmes. Elle savait pourtant que Kirtash ne ressentait rien pour Gerde, que ce n'était pour lui qu'une diversion, mais…

Victoria soupira, toisant la magicienne d'un air qu'elle espérait plein de mépris. Et, lorsque Kirtash pivota vers elle pour la regarder, Gerde toujours serrée contre lui, elle détourna vivement la tête pour ne pas être de nouveau confrontée à cette indifférence qui lui faisait tellement mal. Elle aurait préféré mille fois qu'il la haïsse, car l'idée d'avoir déserté son cœur lui était insupportable.

Gerde vint alors se placer entre les deux aiguilles restées inactives. Elle apposa ses mains au-dessus et, quelques secondes plus tard, la spirale d'obscurité se reforma. Mais, cette fois, Victoria resta immobile. Il était désormais inutile de lutter. Quand le torrent d'énergie la traversa, elle ne put réprimer ni ses cris ni ses larmes. Elle fit néanmoins tout son possible pour regarder ailleurs, afin que Kirtash, qui l'observait en silence, ne la voie pas pleurer et souffrir. Elle pouvait endurer la douleur et l'humiliation, mais pas l'impassibilité inhumaine de celui qu'elle avait aimé.

13
LA LUMIÈRE DE VICTORIA

– Il y a certainement moyen de faire quelque chose, répéta Jack pour la centième fois.

– Je t'ai déjà dit, mon garçon, qu'il nous est impossible d'aller sur Idhun. Le Nécromancien contrôle la Porte interdimensionnelle. Et assieds-toi, tu me donnes le tournis.

– Mais on doit pouvoir l'aider ! s'obstina Jack, désespéré.

– Oui, en l'attendant, trancha Allegra d'une voix lasse. En attendant que quelqu'un la ramène.

– Personne ne la raccompagnera, Allegra. Je ne comprends pas ce que tu veux dire.

– Assieds-toi. Je vais essayer de t'expliquer, tu veux bien ?

Jack s'affala sur le canapé et observa la maîtresse de maison. Allegra se soignait avec sa propre magie, mais le processus était lent et elle ne reprendrait pas des forces de sitôt. Elle refusait cependant de s'enfermer dans sa chambre pour se reposer. La Résistance faisait face à une situation de crise, et Alexander comme Jack avaient besoin de comprendre.

– Nous avons encore de l'espoir car Victoria est vivante, déclara-t-elle.

– Comment le sais-tu ? lui lança Jack, rongé par l'angoisse.

– Parce qu'ils l'ont emmenée vivante, Jack. Cela signifie qu'ils veulent l'utiliser. Je ne sais pas pourquoi au juste, mais je suis quasiment certaine que c'est une idée de Kirtash.

– Je ne vois toujours pas où tu veux en venir, intervint Alexander en fronçant les sourcils.

Allegra secoua la tête avec impatience.

– La seule chose qui intéresse Ashran est de tuer Victoria, Alexander. Elle est la seule qui lui fasse obstacle pour régner sur Idhun. Jusqu'à présent, il n'avait jamais songé qu'elle pourrait lui être utile en étant vivante. L'idée de l'enlever vient donc de quelqu'un d'autre, et je pense qu'elle est de Kirtash. Si cela se vérifie... il est fort possible qu'une partie de lui veuille encore la protéger.

– Mais... pourquoi Victoria compte-t-elle tant à ses yeux ? demanda Jack, intrigué.

Allegra regarda fixement ses deux hôtes et leur sourit avec une affection et une tristesse infinies. Quand elle s'exprima, ses paroles déstabilisèrent complètement Jack et Alexander.

– Parce qu'elle est la licorne de la prophétie ! La licorne qui, d'après les Oracles, mettra fin au pouvoir du Nécromancien.

Il y eut un silence incrédule.

– Quoi ? lâcha Jack. Victoria, la licorne ? C'est impossible !

Il en avait le souffle coupé. Mais passé le choc de la révélation d'Allegra, il se rendit compte que toutes les pièces s'imbriquaient parfaitement.

– Elle est... Lunnaris, murmura-t-il, bouleversé. Bien sûr... cela... cela explique tout.

– Quoi ? demanda Alexander, dérouté. Je ne comprends toujours pas...

Jack secoua la tête.

– La lumière... la lumière de ses yeux. Elle est... magique. Elle est unique. Je n'avais jamais rien vu de pareil. Je pensais que c'était parce que je... parce que je..., bredouilla-t-il, gêné. Mais non, elle est bien ainsi. Ce n'était pas le fruit de mon imagination. Elle est vraiment comme ça.

– La lumière de Victoria, acquiesça Allegra. Une licorne peut se cacher dans un corps étranger, mais son regard la trahira toujours. En général, les humains sont incapables de déceler la lumière d'une licorne alors que nous autres, les féeriques, le pouvons… de même que les créatures comme Kirtash. Il a su qui elle était dès le premier instant.

– Mais c'est absurde ! bredouilla Alexander. Il est venu ici dans le seul et unique but de tuer Yandrak et Lunnaris. Qu'il laisse la vie sauve à la licorne n'a pas de sens…

– Au fond, Kirtash sait que tuer Victoria serait le plus grand crime qu'il puisse commettre, Alexander, parce qu'elle est la dernière, expliqua Allegra. Or, lorsqu'elle mourra, la magie mourra à son tour sur Idhun. Les sheks s'en moquent car leur pouvoir ne vient pas des licornes, mais de leur esprit, supérieur à celui d'autres espèces, qu'ils considèrent comme inférieures. Quant à moi, je soupçonne Ashran d'avoir une autre source de pouvoir. Mais notre monde ne se remettra jamais de l'extinction des licornes, et il semble que personne, pas même un shek comme Kirtash, ne veuille prendre la responsabilité d'en finir avec le dernier spécimen de l'espèce.

Jack se prit le visage entre les mains, épuisé.

– Évidemment, la crosse ne pouvait pas trouver Lunnaris puisqu'elle était déjà à côté d'elle.

– Exactement, acquiesça Allegra. La crosse d'Ayshel ne peut être utilisée que par des semi-magiciens… ou par des licornes qui, en fait, l'ont créée. La magie de Victoria n'existe que pour être transmise. Elle coule à travers elle et sa première manifestation est son pouvoir de guérison. Par la suite, quand Victoria sera plus forte, elle pourra octroyer la magie à d'autres personnes…

– Et leur permettre de devenir magiciens ? murmura Alexander.

– Oui. C'est la raison pour laquelle elle n'était pas très douée pour la magie. C'est une canalisatrice, un pont et non un récipient. Elle n'a pas pu se servir de son pouvoir avant d'entrer en possession de la crosse. Cet objet recueille l'énergie qui passe à travers elle afin qu'elle ne s'égare pas.

– Mais comment est-ce possible ? demanda Alexander, toujours aussi décontenancé. Victoria est née sur Terre...

– Tout cela s'est passé il y a quinze ans, Alexander, quand Lunnaris a traversé la Porte interdimensionnelle. Shail et toi êtes arrivés sur Terre dix ans après. Voilà pourquoi vous ne vous êtes jamais doutés que Victoria pouvait être la licorne que vous cherchiez. Elle vivait déjà ici depuis dix ans quand vous l'avez rencontrée, alors que vous pensiez qu'elle venait juste de traverser la porte. Victoria est bel et bien Lunnaris. Les licornes n'utilisant pas la magie, vous ne pouviez pas imaginer que Lunnaris se cachait sous un sortilège. Sur cette planète, il n'y a pas de licorne. Pour survivre, Lunnaris a dû s'incarner dans un corps humain, celui de Victoria. Toutes deux sont donc la même et unique créature, bien que deux natures cohabitent en elle.

– Alors Victoria est... une hybride, comme Kirtash ?

– En quelque sorte. Mais, il y a encore deux jours, elle était plus humaine que licorne. Maintenant... elle s'est réveillée.

– La lumière de ses yeux est devenue plus intense, ajouta Jack. Je m'en suis rendu compte tout de suite.

– Moi aussi, mon garçon, sourit Allegra. Après son dernier rendez-vous avec Christian, quand il lui a offert la bague... je crois qu'il lui a donné quelque chose d'autre. Il a réveillé la licorne qui dormait en elle et ça doit être à ce moment-là que Gerde les a surpris ensemble et dénoncés au Nécromancien, ajouta-t-elle, pensive.

– Gerde ?

– Oui, Jack. Une fée, qui a immédiatement reconnu Lunnaris... comme moi, il y a plus de sept ans. Mais elle n'a pas eu le temps de révéler à Ashran ce que son fils lui cachait depuis si longtemps.

– Je savais que Victoria était spéciale, je le savais..., susurra-t-il en cachant son visage dans ses mains. J'aurais dû deviner...

Allegra allait dire quelque chose, mais se ravisa. Elle venait de lever le voile sur un grand mystère, et Jack aurait encore besoin de temps avant d'apprendre d'autres choses telles que... sa véritable identité à lui.

– Vous comprenez maintenant ? demanda Allegra en regardant Jack et Alexander. Ashran détient Victoria, Lunnaris, la dernière licorne. Si elle meurt, la prophétie ne se réalisera pas et le Nécromancien ne sera jamais détrôné. Pour lui et ses alliés, sa mort est d'une importance cruciale. Et cependant... Kirtash aurait pu éliminer Victoria cette nuit-là pour faire cesser la menace qui plane sur son père, mais il ne l'a pas fait. Il s'est débrouillé pour convaincre Ashran de la laisser en vie... un peu plus longtemps.

– Il se pourrait donc que... au fond...

– ... oui, que la lumière de Victoria brille toujours dans le cœur de ce garçon, Jack. Je me raccroche à cet espoir, le seul qui nous reste à présent, expliqua Allegra en soutenant son regard.

*

Il faisait nuit quand Victoria ouvrit lentement les yeux. Elle était seule depuis un bon moment, attachée à la plate-forme de torture. Quand elle s'était évanouie, épuisée, Ashran avait décidé d'interrompre l'expérience pour la reprendre un peu plus tard. La lueur d'une des trois lunes pénétrait dans la salle glaciale où ils l'avaient laissée. La lune était grande et d'une blancheur éclatante ; il devait s'agir d'Éréa, la lune principale. Shail avait dit à Victoria que, d'après les légendes, Éréa était la demeure des dieux. La jeune fille pencha la tête de côté pour profiter de son doux éclat, se demandant si tous les dieux se trouvaient vraiment là : la lumineuse Irial, le puissant Aldun, l'énigmatique Néliam, le mystique Yohavir, la capricieuse Wina, le sage Karévan... Elle répéta les noms que Shail lui avait appris des années plus tôt : Irial, Aldun, Néliam, Yohavir, Wina, Karévan... À l'époque, ce n'étaient pour elle que des noms, comme Idhun. Mais, à présent qu'Idhun était bien réel, elle aurait aimé savoir si ces dieux des légendes l'étaient aussi...

Elle sentit une présence derrière elle, subtile et quasi silencieuse.

– Qu'est-ce que tu veux ? murmura-t-elle, sans un regard pour Kirtash.

– Parler, répondit-il d'une voix feutrée.

– Et si je ne veux pas ?

– Tu n'es pas en situation de choisir, Victoria.

– Je suppose que non, soupira-t-elle.

Elle avait les bras engourdis et se tortilla sur la plate-forme, essayant en vain de trouver une position plus commode.

Kirtash s'assit à côté d'elle et la lumière d'Éréa éclaira son visage. Victoria attendit qu'il prenne la parole, mais il restait silencieux.

– Qu'est-ce que tu regardes ? demanda-t-elle.

– Toi. Tu es belle.

Victoria fut blessée. Il avait prononcé ces mots comme pour qualifier un vase de porcelaine chinoise et non une femme. Trop lasse, elle préféra se taire.

– Kirtash... qu'est-ce que vous avez l'intention de faire de moi ? souffla-t-elle enfin.

– Nous revitalisons l'énergie de la tour, répondit-il. C'est un dispositif grâce auquel nous extrayons l'énergie d'Alis Lithban pour la canaliser à travers toi. Elle s'accumule dans ces aiguilles, expliqua-t-il en désignant les pics aux quatre coins de la plate-forme, dont les pointes vibraient encore, et se transmet ensuite à la tour, qu'elle enveloppe d'un manteau magique. Tu n'as pas remarqué qu'elle n'est plus aussi morte et froide qu'avant ?

Victoria plissa les paupières. C'était vrai, elle avait la très nette impression que les pierres centenaires dégageaient de l'énergie et que la tour tout entière palpitait.

– Je ne comprends pas... C'est moi qui ai fait ça ? C'est impossible !

– Ne te sous-estime pas, Victoria. Il y a en toi beaucoup plus que ce que tu sais.

– Mais... pourquoi moi ?

– Parce que tu es la seule créature au monde capable d'extraire l'énergie d'Alis Lithban. Il n'y a plus personne comme toi. Tu es la dernière de ton espèce.

– De quoi parles-tu ?

Victoria attendit qu'il s'explique, mais il n'en fit rien. Il la fixait toujours et elle se sentit obligée de rompre le silence.

– Ce n'est pas pour ça que tu me retiens prisonnière, n'est-ce pas ? murmura-t-elle, les yeux pleins de larmes. Tu me punis parce que je t'ai laissé seul, pas vrai ?

Kirtash sourit avec indifférence.

– Qu'est-ce qui te fait penser que tu comptes assez pour que j'aie envie de me venger de toi ?

Victoria ferma les yeux.

– Tu as raison. Je n'aurais jamais dû retirer la bague. Je t'ai perdu pour toujours, et le pire, c'est que… je t'ai abandonné. Tout ce que vous m'infligez est donc bien fait pour moi. Et Gerde a raison : je ne te mérite pas.

– Victoria, tu es bien supérieure à Gerde, à tous les niveaux, souffla Kirtash.

Mais il avait prononcé ces mots sans chaleur, sans affection, du même ton détaché que lorsqu'on donne le résultat d'une équation mathématique.

– Tu es ce que tu es, et je te respecte comme une égale. C'est pour ça que je suis ici. Si tu étais une humaine ordinaire ou une simple fée, comme Gerde, je ne perdrais pas mon temps avec toi.

– Mais tu vas quand même me tuer.

Il haussa les épaules.

– C'est la vie.

– Je ne comprends toujours pas ce que tu fais ici.

– Je profite de tes dernières heures pour apprendre quelque chose de toi. Je n'aurai pas d'autres occasions, car, comme je te l'ai dit, tu es unique dans les deux mondes.

– Qu'espères-tu que je t'enseigne ? C'est plutôt toi qui m'as appris quantité de choses…

Kirtash ne répondit pas. Il approcha sa main du visage de Victoria et une sorte d'étoile brilla devant elle, illuminant le visage du shek de sa douce lumière. Le jeune homme écarta sa main et l'éclat faiblit sans s'éteindre pour autant.

– Tu t'es réveillée, fit-il observer avec douceur.

Il lui caressa la joue.

– La lumière de tes yeux… J'aimerais tant savoir d'où elle vient.

Victoria tenta de lui transmettre toutes les émotions que son regard faisait naître en elle. Mais les pupilles de Kirtash n'étaient animées que par la curiosité.

– Si seulement je pouvais revenir en arrière, gémit Victoria. Si seulement j'avais gardé cette bague à mon doigt. Je donnerais n'importe quoi… pour te retrouver… pour avoir de nouveau l'occasion…

– Victoria, cesse de te torturer ainsi, lui dit-il en secouant la tête. Cela ne te conduira nulle part. Je suis un shek et je ne peux rien éprouver pour toi.

– Dis-moi au moins que tu me pardonnes. S'il te plaît, dis-le-moi. Après tu pourras me tuer si tu veux, mais…

– Je ne t'en veux absolument pas. Je t'ai déjà dit que je n'éprouvais rien pour toi.

– Alors pourquoi ne puis-je cesser de t'aimer ?

Kirtash parut pensif, mais garda le silence. Il se tourna du côté de la porte, quelques centièmes de secondes avant qu'Ashran apparaisse.

La silhouette du Nécromancien se découpa, sombre et menaçante, dans le faisceau de lumière provenant du couloir. Il s'était arrêté sur le seuil et observait Kirtash avec une expression indéchiffrable.

– Kirtash, gronda-t-il d'une voix pleine de colère rentrée qui fit frissonner Victoria. Que fais-tu ?

Le jeune homme se leva et lui adressa un regard serein.

– Je voulais juste…, commença-t-il, mais il s'arrêta et fronça les sourcils, déconcerté.

– Je vois, déclara Ashran. Éloigne-toi d'elle. Je ne veux pas te voir près de cette créature. Encore moins quand elle est seule.

– Tu ne me fais pas confiance, monseigneur ? fit doucement Kirtash.

– C'est d'elle que je me méfie.

Victoria sourit intérieurement, mais son cœur se serra quand Kirtash acquiesça avant de s'écarter. Gerde était entrée dans la salle et allumait les torches avec sa magie. Kirtash adressa un regard interrogateur à son père.

– Ils nous attaquent, lâcha seulement Ashran.

– Quoi ? demanda Victoria dans un souffle. Qui ?

Mais personne ne lui prêta attention.

– Je me doutais qu'ils essaieraient, dit Kirtash. Mais c'est une tentative sans espoir. Ils n'ont aucune chance et ils le savent.

– Ils n'ont rien à perdre non plus, fit remarquer Ashran en jetant un bref coup d'œil à Victoria, attachée à la plate-forme. Ils savent que nous avons la fille et que, si elle meurt, leur dernier espoir mourra avec elle.

– Mais comment l'ont-ils deviné ? intervint Gerde, incrédule.

– Nous sommes en train de rénover le pouvoir de la tour de Drackwen, ce n'est pas difficile à détecter, expliqua Kirtash. Ils doivent bien avoir une idée de la manière dont nous procédons.

– Rassemble tes soldats et organise les défenses, Kirtash, lui ordonna Ashran. Gerde et moi renforcerons le bouclier autour de la tour.

– Mais nous allons avoir besoin de beaucoup plus d'énergie, les prévint Gerde. Que se passera-t-il si elle ne nous la fournit pas ?

Les pupilles argentées d'Ashran se posèrent sur la jeune fille, qui trembla de terreur.

– Elle mourra, conclut-il simplement. Après tout, c'est ce que nous voulions depuis le début.

Gerde s'approcha de Victoria, qui pressentait ce qui allait se passer.

– Non ! s'écria-t-elle en se débattant farouchement.

Mais tout ce qu'elle obtint, c'est que les chaînes la meurtrissent davantage.

– Ne vous avisez pas de recommencer à... Je ne vous laisserai pas faire !

Kirtash se dirigeait déjà vers la porte sans un regard. Elle entendit toutefois sa voix dans son esprit : « Tu vas devoir faire d'énormes efforts, Victoria. Cette fois-ci, ton corps ne le supportera peut-être pas. Pense à Jack. Cela te donnera du courage. »

Encore sous le coup de la surprise, elle reçut un autre message télépathique : « Quel dommage... » La pensée de Kirtash n'était plus qu'un murmure lointain, et elle dut redoubler de concentration pour comprendre ses derniers mots. « Tu es belle », ajouta-t-il enfin.

Puis ce fut le vide et la jeune fille remarqua avec horreur que les aiguilles vibraient avec une plus forte intensité que la fois précédente. La spirale obscure qu'elle redoutait tant commença à se dessiner. Son estomac se contracta sous l'effet de l'angoisse et de la terreur. Mais, par orgueil, Victoria adressa un regard haineux à ses bourreaux. Gerde esquissa l'un de ses sourires enchanteurs, se posta à côté d'elle et apposa les mains sur les deux aiguilles.

Alors le dispositif se mit aussitôt à pomper l'énergie de Victoria. Haletante, celle-ci tentait de freiner le torrent qui la traversait, avec une violence inouïe.

Elle serra les dents et pensa à Jack, comme le lui avait conseillé Kirtash. Et, en effet, l'image du garçon la rasséréna. Elle se rappela son doux regard vert, son sourire chaleureux, son étreinte réconfortante, la tendresse avec laquelle il avait chanté cette ballade, en s'accompagnant à la guitare, le contact de ses cheveux, son premier baiser et l'agréable sensation qu'elle avait éprouvée lorsqu'elle s'était réveillée, quelques heures plus tôt, lorsqu'elle l'avait découvert endormi à ses côtés. Quoi qu'il advienne, elle se réjouissait de lui avoir avoué son amour avant de mourir.

– Jack..., soupira-t-elle alors que le pouvoir du Nécromancien s'efforçait d'extraire d'elle jusqu'au dernier atome de magie d'Alis Lithban.

Et, bien qu'elle en soit inconsciente, l'étoile de son front brillait avec la pureté et l'intensité de la lumière de l'aube.

*

Jack caressa le tronc du saule.

– Je t'ai promis que je t'attendrais ici..., murmura-t-il, même s'il savait que Victoria ne pouvait l'entendre. Que je t'attendrais... ici...

Désespéré, il se laissa choir sur la racine où il avait l'habitude de s'asseoir lorsque Victoria était là. Même la douce nuit de Limbhad ne pouvait calmer sa douleur.

Ils avaient regagné la maison de la frontière grâce à la magie d'Allegra. Sans l'avoir jamais vue, l'Âme avait reconnu en la vieille dame une alliée et lui avait permis d'entrer dans son domaine, accompagnée de Jack et d'Alexander. Compte tenu de la situation, mieux valait retourner à Limbhad. Car, si Victoria parvenait à s'échapper, c'était là qu'elle irait en premier.

Après avoir tourné en rond dans la maison comme un lion en cage, Jack avait finalement décidé d'aller faire une promenade dans le bois. Mais tout lui rappelait Victoria, surtout ce saule. Il comprenait désormais pourquoi son amie passait tant de nuits dehors. C'était une licorne, une canalisatrice. L'énergie qui la parcourait finissait à la longue par l'épuiser ; elle avait donc besoin de se recharger, comme une batterie, et le bois était plus débordant de vie que les murs d'une maison. Jack se souvint d'elle, pelotonnée au pied du saule, et de la nuit où il lui avait avoué son amour. Il avait alors eu l'impression qu'une lumière particulière l'illuminait de l'intérieur.

Le fait que Victoria soit une licorne, une créature surhumaine, éclaircissait sa relation avec Kirtash. N'étaient-ils pas tous deux des êtres exceptionnels dans un monde peuplé d'humains médiocres ? Il se souvint que Victoria lui avait dit qu'elle l'aimait, qu'il s'était demandé ce qu'elle avait bien pu lui trouver. Quand elle découvrirait sa véritable nature, elle ne lui accorderait probablement plus un regard.

Pourtant, Jack l'aimait plus que tout et souffrait de son absence. Peu lui importaient Idhun, la Résistance et la prophétie. Il souhaitait juste que Victoria revienne saine et sauve, même s'il devait la perdre à jamais. Allegra avait raison, il fallait que Kirtash continue de la protéger. « Je renoncerai à elle, se dit-il. Si Kirtash la raccompagne à la maison, s'il nous la rend, je me résignerai à la voir partir avec lui, je ne serai pas un obstacle à leur relation... J'aimerais tant la revoir vivante, au moins une fois. »

Il s'adossa au tronc du saule et leva la tête vers les étoiles. Il ressentait une terrible angoisse à l'idée que, quelque part, Victoria était peut-être à l'agonie. Son impuissance à l'aider le rendait fou, d'autant plus qu'il était fermement résolu à risquer sa vie pour la sauver.

– Salut, Alexander, chuchota-t-il en séchant ses larmes.

Son ami écarta les branches du saule, qui formaient un rideau entre eux.

– Pourquoi n'essaies-tu pas de dormir un peu, mon garçon ? Tu dois être épuisé.

– Tu crois que j'arriverai à trouver le sommeil ? Elle va mal, Alexander, je le sais. Et je ne peux rien faire...

– Bon sang ! Et moi, à ton avis, comment je me sens ? Nous avons passé tellement de temps à chercher la licorne. Elle était juste à côté de nous, et nous l'avons laissée partir ! Elle était notre dernier espoir de gagner cette guerre...

Jack le fixa, un éclair de colère au fond de ses yeux verts.

– C'est tout ce qui compte pour toi ? La guerre et la prophétie ?

Alexander eut l'air interloqué.

– Bien sûr que non, bredouilla-t-il. Mais je préfère me la rappeler en me disant qu'elle est Lunnaris, la licorne, parce que c'est la seule façon de conserver mon calme. Si je songe à Victoria, notre jeune et courageuse Victoria, mon cœur se brise.

Jack baissa la tête et se mit à jouer avec le collier qu'il portait, celui que Victoria lui avait donné le jour de leur rencontre.

– Tu vois, dit-il à mi-voix. Je comprends maintenant ce qu'elle ressentait quand ils torturaient Kirtash et qu'elle ne pouvait pas le secourir. C'est...

Il ne trouva pas de mots pour décrire ce qu'il éprouvait et se cacha le visage dans les mains, abattu.

– J'ai encore du mal à croire qu'il l'ait trahie, conclut-il.

– Nous savions que c'était un shek, murmura Alexander. Même si Allegra dit que c'est la faute d'Ashran, qu'il continue à avoir du pouvoir sur lui... je ne sais pas jusqu'à quel point Kirtash est humain. Bonté divine ! ajouta-t-il en serrant les dents. Si Shail était avec nous, rien de tout ça ne serait arrivé. Il connaissait très bien Victoria, il la comprenait, il aurait su comment agir pour l'aider.

– Alexander, demanda Jack après un moment de silence, est-ce que Shail savait que Victoria est une licorne ?

Le jeune homme marqua une pause pour réfléchir.

– Non, trancha-t-il en secouant la tête, mais il adorait Lunnaris, et peut-être qu'au fond... c'est la raison pour laquelle il aimait tant Victoria.

– Peut-être qu'il le savait inconsciemment. Et que c'est la raison pour laquelle il a donné sa vie pour la sauver, il y a deux ans. Tu ne crois pas ?

– C'est possible. Les magiciens disent que celui qui voit une licorne ne l'oublie jamais. Elles devaient vraiment être merveilleuses.

– Si elles étaient toutes comme Victoria, c'est certain. Kirtash a confié à Victoria qu'il avait vu une licorne, un jour, dans son enfance, ajouta-t-il, se rappelant soudain les propos de son amie. Tu crois qu'il l'a oubliée ?

– Pour le bien de Victoria, j'espère que non...

L'angoisse submergea de nouveau Jack et il détourna la tête pour qu'Alexander ne le voie pas pleurer. Mais ses épaules se secouèrent sous l'effet d'un sanglot, et son ami s'en rendit compte. Il l'entoura d'un bras consolateur.

– Sois fort, mon garçon. Aie confiance.

– Confiance ? En quoi ? En qui ? répliqua Jack avec amertume. La seule chose qui m'obsède, Alexander, c'est que je veux la revoir, retrouver son sourire, ses yeux incroyables... Je veux... la prendre dans mes bras et ne plus la laisser partir, plus jamais.

Alexander le considéra avec tristesse.

– Je ne supporte pas d'être inutile, assis ici, sans rien faire... Attendre ne me convient pas. J'ai envie de tout casser. C'est pour ça que je reste là. Si je retourne dans la maison, je risque de donner des coups de poing dans le premier objet qui me tombera sous la main.

Alexander l'observa un moment, puis se leva d'un bond et lui tendit un objet étroit et allongé. Jack le regarda dans la pénombre, le reconnut et comprit les intentions de son ami. Il acquiesça et se leva avec détermination. Il prit l'arme et suivit son ami dans le bois. Le jeune homme s'arrêta sur l'esplanade qui s'étendait entre le bois et la maison.

– En garde ! s'exclama-t-il en dégainant l'épée qu'il avait apportée.

Ce n'était pas une épée d'entraînement, mais Sumlaris, l'Invincible. Et celle que dégaina Jack n'était pas non plus une arme ordinaire, mais Domivat, l'Épée de Feu.

– Prêt, lança Jack.

Alexander attaqua le premier. Jack para le coup et les deux lames se heurtèrent, ébranlant la nuit par la violence de leur choc. Ils reculèrent de quelques pas, mais le garçon revint presque aussitôt à la charge. Au début, il se contint car ce n'était qu'un entraînement. Mais sa douleur et son impuissance disparurent au fil du combat. Presque sans s'en rendre compte, Jack mit de plus en plus de force et de rage dans ses attaques et, quand il porta une dernière estocade à Alexander, désespéré, il s'aperçut qu'il avait les yeux pleins de larmes.

Il cria le nom de Victoria et laissa sa puissance exploser au travers de l'épée.

Mais Sumlaris l'attendait, solide comme un roc, et accueillit le coup sans difficulté. Le choc les projeta néanmoins tous les deux en arrière. Jack tomba assis dans l'herbe et secoua la tête pour s'éclaircir les idées. Alors seulement, il prit conscience de ce qu'il venait de faire.

Alexander se trouvait un peu plus loin, un genou à terre, haletant. Lui aussi avait libéré toute la rage qui l'emprisonnait. Ses yeux brillaient dans la nuit et son visage ressemblait à un masque bestial, moitié loup, moitié homme. Il grogna, montra les crocs, et la main qui soutenait Sumlaris ressembla soudain plus à une patte qu'à une main.

Mais Jack remarqua surtout que les habits d'Alexander étaient en lambeaux et que sa peau présentait de graves brûlures, même s'il ne semblait pas s'en être rendu compte. Il vacilla et, tout en mesurant le danger qu'il y avait à se tenir près d'Alexander dans cet état, il lâcha son épée.

Domivat créa un cercle de feu autour d'elle, calcinant l'herbe, qui ne tarda pas à s'éteindre. Le souffle court, Jack fixait son ami.

– Je regrette, Alexander, annonça-t-il. Je... je ne voulais pas te faire de mal.

Il y eut un silence tendu. Alexander cessa de grogner sourdement et l'éclat de ses yeux s'éteignit. Peu à peu, il reprit son apparence humaine.

– Ce n'est pas grave, mon garçon, le rassura-t-il d'une voix rauque. Si tu dois te battre contre quelqu'un, autant que ce soit moi.

Jack se cacha le visage.

– Et le pire, c'est que tout cela ne m'est d'aucune utilité. Ce n'est pas contre toi que je dois lutter, Alexander...

Il hocha la tête de gauche à droite, abattu, mais, quand il s'arrêta, un feu haineux s'était allumé à l'intérieur de ses prunelles.

– La prochaine fois que je verrai Kirtash, je le tuerai. Je te jure que je le tuerai.

*

Posté derrière les créneaux de la tour de Drackwen, Kirtash contemplait d'un air songeur le paysage qui s'étendait à ses pieds.

Dehors, une terrible bataille entre les forces d'Ashran et le groupe de traîtres qui avaient attaqué la tour faisait rage. Il s'agissait d'une coalition conduite par les magiciens de la tour de Kazlunn, l'un des rares endroits d'Idhun à résister encore à l'autorité du Nécromancien. À leur côté luttaient des fériques, des humains et des célestes. Ces derniers, en principe pacifiques, occupaient le ciel, montés sur de gigantesques oiseaux dorés. Kirtash avait également repéré plusieurs géants dans les rangs des traîtres, ce qui était surprenant. Ces êtres de plus de trois mètres de haut, solides comme le roc, vivaient dans les montagnes glacées du nord ; en temps normal, ils aimaient la solitude et ne fréquentaient pas les autres races.

Mais cette alliance ne pouvait pas vaincre le pouvoir d'Ashran. Une armée de szishs, les redoutables hommes-serpents, protégeait la tour des offensives au sol tandis qu'un groupe de sheks surveillait les airs. Les beaux oiseaux dorés des célestes tombaient comme des mouches. Kirtash orchestrait la défense du haut de la tour, communiquant par télépathie avec les sheks. Quant aux szishs, même si leur esprit n'était pas aussi sophistiqué que celui des serpents ailés, ils parvenaient également à capter ses ordres. Jamais ils ne se seraient aventurés à lui désobéir, car ils savaient que le jeune homme n'était pas seulement un humain ou le fils d'Ashran, mais avant tout un shek, l'une des puissantes créatures qui attaquaient les traîtres depuis le ciel.

Les magiciens s'étaient rassemblés devant la tour pour tenter d'y pénétrer, concentrant tous leurs pouvoirs. Par instants, les fondations de la bâtisse tremblaient, ébranlées par une magie furieuse et désespérée, car elle n'avait plus rien à perdre.

Cependant, même s'ils endommageaient la tour de Drackwen, ils ne parviendraient jamais à briser le bouclier fourni par l'énergie venant de Victoria.

Victoria...

Kirtash voulait la chasser de son esprit. Malgré tout, une légère angoisse, mais lancinante, lui pinçait le cœur. Or, il savait pertinemment pourquoi. Shiskatchegg, l'Œil du Serpent, brillait toujours au doigt de l'adolescente. À travers lui, le jeune homme percevait sa douleur. Il n'aurait pas dû en être affecté, et pourtant, dans un recoin de son âme, il en éprouvait de la peine. Il se maudit de ne pas lui avoir enlevé cette fichue bague de force quand il en avait eu l'occasion. D'autant que Shiskatchegg ne semblait guère disposé à être de nouveau passé au doigt de son maître légitime.

Le corps sinueux d'un shek s'élança alors vers un oiseau doré. L'une de ses immenses ailes couvrit le champ de vision de Kirtash, mais celui-ci savait parfaitement quel serait le résultat de cet affrontement. Personne ne pouvait résister aux sheks. Hormis les dragons... et il n'y en avait plus qu'un.

Les yeux de Kirtash étincelèrent de haine. Quand Victoria mourrait, il n'aurait plus besoin de tuer le dragon, néanmoins il comptait bien le faire.

Quand Victoria mourrait...

Le cœur serré, Kirtash tâcha de contenir l'émotion qui commençait à le gagner, d'autant plus que la souffrance de Victoria, qui perdait peu à peu ses forces, commençait à l'oppresser. Bientôt la lumière de ses yeux s'éteindrait à jamais.

Il s'aperçut alors qu'un des oiseaux dorés s'était dangereusement approché des créneaux. Il se concentra de nouveau sur la défense de la tour. Très vite, il comprit que cet oiseau ne voulait pas lutter. Son cavalier le menait droit sur les créneaux en essayant d'esquiver les sheks... Sa cible n'était autre que Kirtash lui-même, qui se mit en garde et dégaina Haïass.

L'oiseau resta en suspens, à quelques mètres de lui. Le cavalier lui jeta un coup d'œil, le visage caché sous une capuche. Seule la lumière des trois lunes éclairait sa silhouette, mais

Kirtash la reconnut immédiatement. Il savait pourquoi cet homme était là.

Au fond de son cœur, Victoria continuait à souffrir. Sa lumière faiblissait de plus en plus.

Et, soudain, le jeune homme chancela.

*

Ashran plissa les yeux et s'écarta de la plate-forme. Victoria sentit le flux d'énergie qui la traversait se réduire considérablement.

– Quelqu'un est entré dans la tour, lança-t-il.

– C'est impossible ! objecta Gerde.

Les paupières d'Ashran se fermèrent pendant qu'il tentait de communiquer avec son fils.

– Kirtash ne répond pas, annonça-t-il à mi-voix. Si cet intrus est assez puissant pour passer les défenses de la tour, il est possible que mon fils ait eu des ennuis.

Gerde se garda de dire à voix haute ce qu'elle pensait, à savoir qu'il était tout aussi probable que Kirtash les ait de nouveau trahis pour aller ouvrir la porte à leurs ennemis. Mais, Ashran paraissant sûr de sa domination sur Kirtash, insinuer que le jeune homme lui désobéissait revenait à douter de la puisance de son seigneur, si bien qu'elle préféra tenir sa langue.

Ashran sortit de la pièce sans un mot. Il voulait savoir ce qui était arrivé à Kirtash. Quant à Gerde, elle devait continuer d'extraire la magie d'Alis Lithban. Victoria était si épuisée qu'elle ne tarderait pas à mourir. Peu importait, car la tour de Drackwen serait alors imprenable.

Il manquait très peu d'énergie pour qu'il en soit ainsi, de sorte que la présence des deux magiciens près des aiguilles noires n'était plus nécessaire. Gerde se fit malgré tout la réflexion qu'il n'y avait aucun mal à accélérer le processus. Elle toucha deux des aiguilles et, avec un sourire démoniaque, canalisa son pouvoir pour que le dispositif pompe le maximum d'énergie. Victoria crut que quelque chose se déchirait en elle et qu'elle allait mourir.

Qu'il aurait été doux de quitter ce monde en regardant les yeux verts et chaleureux de Jack... Alors, presque sans s'en rendre compte, elle tourna la tête vers la porte, en souhaitant que Kirtash revienne. Elle voulait au moins emporter une image de lui... Il n'avait pas seulement été Kirtash, mais aussi Christian, le jeune homme dont le souvenir lui brûlait encore le cœur.

L'énergie la traversa de nouveau, avec une violence telle que la jeune fille épuisa les quelques forces qui lui restaient en poussant un terrible cri de frayeur. Ses yeux s'emplirent de larmes. La vie était en train de la quitter et les visages de Jack et Christian, les deux êtres qu'elle aimait, furent la dernière chose à laquelle elle se raccrocha avant de perdre connaissance.

*

Elle revint à elle, surprise d'être encore vivante, mais complètement épuisée.

Les aiguilles avaient terminé leur travail et l'énergie ne passait plus au travers de son corps. Elle était si harassée qu'elle ne parvenait pas à bouger. Elle sentit alors un froid glacial sur sa main, qui l'obligea à ouvrir les yeux. Un faible gémissement lui échappa quand elle découvrit la lame d'Haïass tout près d'elle. Mais l'épée se contenta d'effleurer ses chaînes, qui se brisèrent au contact de l'acier glacial.

Victoria vit alors Kirtash penché sur elle ; son visage était tout près du sien et il la couvait du regard, sérieux et ému.

– Qu'est-ce que..., bredouilla-t-elle.

Le shek lui souffla à l'oreille :

– Je ne pouvais pas te laisser mourir.

Il la souleva avec précaution et la prit doucement dans ses bras. Les larmes aux yeux, Victoria eut recours à ses dernières forces pour lui passer les bras autour du cou.

– Christian..., murmura-t-elle.

14
ALLIANCE

Frissonnante, Victoria s'appuya sur Christian pour se relever. Gerde tremblait dans un coin, aussi enragée qu'effrayée, les yeux rivés sur le tranchant d'Haïass. Victoria comprit que Christian s'était battu contre elle pour la libérer.

– Tu vas payer très cher ta trahison, Kirtash, siffla la magicienne en leur lançant un regard haineux.

Sans un mot, Christian soutint Victoria jusqu'à la porte. Là débuta une scène d'une grande confusion. La rébellion inattendue de Christian n'était visiblement pas passée inaperçue. Dans le couloir, ils croisèrent plusieurs hommes-serpents et quelques magiciens, et Christian les affronta tous les uns après les autres à l'épée après avoir adossé Victoria au mur de pierre.

La jeune fille aurait voulu le seconder dans ce combat, mais, sans la crosse d'Ayshel, restée dans le manoir de sa grand-mère, sa magie était inopérante. En outre, elle était trop faible pour lutter. Christian tua ses adversaires en quelques mouvements rapides et sûrs.

Il avait changé d'avis à son sujet, c'était évident. Elle était encore trop étourdie pour décrypter les raisons de son étrange conduite, mais une chose ne lui échappait pas : il avait affronté les soldats de son propre camp, il luttait bien pour la sauver... sans se cacher. Ashran ne le lui pardonnerait jamais. Elle observa l'expression impénétrable du shek, ses yeux bleus qui brillaient à travers ses mèches châtaines et son agilité féline. Qu'est-ce que ce jeune homme si extraordinaire lui trouvait ?

– La voie est libre, Victoria, annonça-t-il en lui tendant la main.

Victoria le considéra un instant, debout dans le couloir, brandissant Haïass dont le tranchant palpitait encore de sa lumière blafarde ; il l'avait déjà trahie et il pourrait recommencer... Mais elle décida soudain que, si elle devait mourir, elle préférait que ce soit près de lui. De sorte que, cette fois, sans une seconde d'hésitation, elle lui prit la main. Il enfila le corridor en l'entraînant derrière lui.

– Christian..., demanda Victoria, hésitante. Pourquoi... m'aides-tu ?

– Parce que tu ne dois pas mourir, Victoria. Quoi qu'il advienne, il faut que tu vives. Peu importe ce qu'ils disent, peu importent la prophétie ou le pouvoir de mon père. Rien de tout cela ne compte, car, si tu mourais, ce serait comme si l'un des soleils s'éteignait. Tu comprends ?

– Non, murmura-t-elle, un peu effrayée.

– Tu comprendras un jour...

Ils dévalèrent l'escalier en colimaçon aussi vite que le permettait l'état de Victoria, mais, dans l'une des pièces du bas, un peloton d'hommes-serpents les attendait. Christian recula de quelques pas.

– Christian ! s'écria Victoria. Tu peux ouvrir la Porte interdimensionnelle, n'est-ce pas ? Alors retournons sur Terre !

– On ne peut pas l'ouvrir ici, répondit le shek. La magie de mon père contrôle la sécurité de toute la tour et des portes.

– Qu'allons-nous faire ?

– Sortir de la tour et ouvrir la porte dans la forêt.

Victoria acquiesça et s'appuya au mur. Bien qu'épuisée, elle ne pouvait se résoudre à laisser Christian se battre seul contre tous ceux qui avaient été autrefois ses alliés.

Sentant une présence derrière, elle se retourna vivement et eut juste le temps de décocher un coup de pied dans la svelte silhouette qui s'approchait d'elle. Une exclamation de surprise lui répondit quand son pied frappa sans crier gare le ventre de Gerde, lui arrachant un sourire sinistre qui se figea vite sur ses lèvres, car elle sentit une force mystérieuse la paralyser. Elle fixa la fée, horrifiée. Celle-ci la toisait dans la pénombre, ses yeux brillant d'un éclat pervers.

La jeune fille porta les deux mains à sa gorge et tomba à genoux en suffoquant. Il devait s'agir d'un sortilège qu'elle était incapable de contrer.

Elle vit alors la légère silhouette de Christian passer à côté d'elle comme une ombre et se précipiter sur Gerde. La fée recula, lui lança un regard haineux et disparut, tout simplement. À l'évidence, elle n'osait pas l'affronter directement.

Christian s'efforça de faire réagir Victoria. Mais il y avait d'autres soldats dans le couloir, des szishs, des humains et même des yans, et le jeune homme dut leur faire face.

Ils étaient dans une impasse. Victoria s'asphyxiait, Christian ne savait pas comment la secourir et les gardes, de plus en plus nombreux, les menaçaient.

– Vas-y, dégage la sortie, dit alors une voix près d'eux. Je vais m'occuper d'elle.

Christian pivota. Dans l'ombre se tenait un homme encapuchonné. Le shek le reconnut aussitôt : c'était celui qui avait fondu sur lui entre les créneaux. Aussi laissa-t-il Victoria à ses bons soins, leur tournant le dos pour affronter les soldats.

Victoria chercha à repousser l'inconnu, mais elle était à bout de souffle et sa vue commençait à se brouiller.

– Respire, murmura l'homme à la capuche en passant une main sur son visage.

Le blocage disparut et Victoria put enfin gonfler ses poumons d'air. Juste avant de perdre connaissance, elle se rendit compte que cette voix lui était étrangement familière.

L'inconnu prit la jeune fille dans ses bras et s'empressa de rejoindre Christian, qui avait terrassé le dernier garde.

– Je n'ai pas pu distraire Ashran plus longtemps, dit-il. Je crois qu'il a deviné ce qui se passe.

– Il le sait depuis longtemps, répondit le shek. Il nous attend à la sortie. Nous ne pourrons pas nous échapper d'ici sans l'affronter.

Christian, tenant Haïass dans une main, suivi de son mystérieux allié portant Victoria dans ses bras, dévalèrent les marches. Mais, juste avant d'arriver au rez-de-chaussée, l'inconnu s'arrêta.

– Je n'ai pas encore eu l'occasion de te remercier de m'avoir sauvé la vie, dit-il.

– Je ne l'ai pas fait pour toi, mais pour elle, répliqua sèchement Christian.

– Je sais. Mais tu m'as quand même sauvé la vie.

Au moment où ils atteignaient l'immense vestibule de la tour de Drackwen, une haute et imposante silhouette leur barra le passage. Christian s'arrêta, brandissant toujours son épée.

– Où crois-tu aller de ce pas, mon fils ? siffla la voix menaçante d'Ashran.

Christian, silencieux, attendait, sur le qui-vive.

– Remets-moi la fille, Kirtash, et je t'épargnerai, dit le Nécromancien. Je peux encore être généreux.

Christian recula de quelques pas.

– Non, père. Victoria ne peut pas mourir.

– Tu oses me défier ?

– Oui, souffla-t-il en le toisant avec orgueil.

– Dans ce cas, tu mourras avec elle.

Lorsque Ashran leva les mains, Christian et son compagnon furent subjugués par le pouvoir impressionnant qui émanait d'elles. Cependant, à la dérobée, le shek chuchota :

– Essaie de sortir de la tour. Je vais ouvrir la porte à l'extérieur. Emmène Victoria loin d'ici, sur Terre.

– Mais... et toi ?

– Je reste ici pour vous couvrir.

– Tu ne survivras pas !

– Tu veux qu'Ashran te suive... jusqu'à Limbhad ?

L'inconnu frissonna sous sa cape. Mais déjà Ashran attaquait Christian, qui leva son épée pour neutraliser le sortilège. Et, presque aussitôt, tous furent secoués par une force dévastatrice, qui se concentra sur le tranchant d'Haïass. Lorsqu'ils disparurent, les trois fugitifs constatèrent, soulagés, qu'ils n'avaient pas une égratignure. Christian n'en tremblait pas moins. Son épée dégageait encore de la fumée tant le choc avait été violent. Au prix d'un terrible effort, le shek abattit Haïass... et focalisa son pouvoir sur l'entrée de la tour, verrouillée. Elle explosa en mille morceaux, leur libérant la voie.

– Va-t'en ! haleta Christian.

L'homme à la capuche se retourna et distingua, au-delà de l'entrée de la tour, une brèche brillante, le chemin de la liberté. Il hésita un instant.

– Va-t'en ! insista Christian. Mets-la en sécurité !

Alors l'inconnu se rua dehors avec Victoria. Quand Ashran les aperçut, ses yeux d'acier étincelant de colère, il leva la main et, par ce simple geste, créa un immense mur de feu entre les fugitifs et la sortie. L'inconnu s'arrêta net, à quelques centimètres des flammes, quand Christian poussa un cri sauvage et lança Haïass contre le mur de feu. L'épée fit quelques tours en l'air avant de traverser les flammes, qui se transformèrent aussitôt en mur de glace. Ashran darda sur Christian des yeux capables d'achever le plus puissant des guerriers, mais le jeune homme soutint son regard sans ciller. Il savait qu'il allait mourir, et il était prêt. Il ne craignait pas la mort. Sa seule inquiétude était de gagner du temps pour que ses compagnons puissent s'échapper.

Il se planta entre Ashran et la porte de la tour pendant que l'inconnu prononçait quelques formules en idhunaïque ancien et que la glace s'écroulait devant lui. Ashran leva de nouveau les mains. Sans arme, Christian était à la merci du Nécromancien.

Soudain, l'homme à la capuche le héla :

Kirtash n'eut qu'à tendre la main pour attraper l'épée que son allié venait de lui lancer. Le pommeau d'Haïass vola jusqu'à lui, et il souleva l'arme juste à temps pour contrer la nouvelle attaque de son père.

La magie d'Ashran visait la lame d'Haïass. Christian résista tant qu'il put à l'attaque, mais la poussée était trop puissante et il comprit qu'il n'y arriverait pas. Soudain, il sentit une ondulation dans l'air : la brèche s'était refermée derrière lui.

Victoria était en sécurité !

Ashran, furieux d'avoir échoué, vociféra à en faire trembler les fondations de la tour. Chancelant, Christian s'effondra et Haïass tomba par terre dans un bruit de verre brisé. Alors, la magie d'Ashran le frappa de plein fouet.

Le jeune homme fut projeté en arrière, contre le mur. Il essaya de se relever, malgré son extrême faiblesse, et de mobiliser ses dernières forces pour parer au danger.

Son corps fut alors parcouru de spasmes et il se transforma sur-le-champ en serpent ailé. Dans une colère noire mais heureux d'être libre, il cria face à Ashran, en faisant vibrer son grand corps annelé.

Le Nécromancien ne cilla pas et lança aussitôt une salve de magie contre le shek, qui hurla de douleur, atteint jusque dans sa chair.

Le serpent savait qu'en s'obstinant, il irait droit à la mort. Son instinct lui dicta de battre des ailes et de s'envoler par la fenêtre. Il laissa derrière lui son épée, qu'il avait oubliée par terre. Tandis que les vitres se brisaient, un nouvel assaut d'Ashran lui arracha un cri qui résonna dans toute la tour de Drackwen. Mais, enfin libre, il déploya ses ailes au maximum sous l'éclat des trois lunes. Hélas, il n'était pas encore hors de danger.

Des dizaines de sheks le scrutaient de leurs yeux irisés pleins de haine et de cruauté, et leur accusation muette frappa son esprit comme une décharge électrique.

« Traître... »

« Tu vas mourir... »

*

Lorsqu'elle s'éveilla, Victoria avait la nausée. Elle cligna des yeux, peinant à revenir à la réalité. Elle sentit d'abord la douce fraîcheur du bois, le murmure du ruisseau, la lumière des étoiles qui brillaient au-dessus d'elle...

... et l'énergie.

Une énergie la traversait doucement, en la reconstituant, et agissait comme un baume.

Elle était à Limbhad, sous le saule... chez elle ! Elle prit une longue inspiration, comme pour s'assurer qu'elle en avait fini avec cet affreux cauchemar.

– Bonne nuit, belle endormie, prononça alors une voix qu'elle connaissait bien.

C'était Jack. Il était assis près d'elle, sur la racine où il lui plaisait de se reposer. Il lui souriait avec tendresse, et Victoria eut l'impression qu'elle ne l'avait pas vu depuis des siècles.

Alors tout lui revint en mémoire par flashs successifs : l'emprisonnement, son horrible rencontre avec le Nécromancien dans la tour de Drackwen, ce qu'on lui avait fait subir, la fuite désespérée...

Elle ne se rappelait pas comment ils s'étaient échappés de la tour, mais, visiblement, ils y étaient parvenus. Elle se jeta dans les bras de Jack, les yeux emplis de larmes.

– Oh, Jack ! Je suis à la maison, tu es là !

– Victoria... Victoria, tu vas bien ?

– Tu m'as tellement manqué...

– J'ai cru que je ne te reverrais plus et à un moment...

– Je ne veux plus me séparer de toi. Plus jamais...

– Plus jamais, Victoria...

Ils parlaient tous les deux à la fois, se murmurant à l'oreille des phrases incohérentes tout en s'enlaçant, en s'embrassant et en se caressant avec passion et tendresse. À cet instant, rien ni personne n'aurait pu les séparer.

– Jack, Jack, Jack..., murmura Victoria, en enfouissant les doigts dans ses cheveux blonds.

Son prénom avait les consonances les plus magiques du monde et elle ne se lassait pas de le répéter.

– Je n'arrive pas à croire que tu sois revenue, dit Jack à mi-voix, en l'embrassant. C'était tellement dur de ne pas pouvoir te venir en aide...

– Je ne sais pas comment je suis revenue ici. C'est Christian qui m'a ramenée, n'est-ce pas ?

– Christian ? lâcha Jack, étonné. Non, Victoria. Il n'est pas rentré avec vous.

– Mais alors, qui est-ce... ? lança-t-elle, décontenancée.

Elle se tut en apercevant quelqu'un près du ruisseau, qui s'était approché en silence et l'observait avec une émotion contenue.

– Bonsoir, Vic, fit l'homme, et Victoria reconnut enfin sa voix.

Elle porta une main à ses lèvres, aussi pâle que si elle venait de rencontrer un fantôme. Non, elle devait rêver...

L'homme s'avança sous les étoiles étincelantes de Limbhad, découvrant son visage. Brun, âgé d'une vingtaine d'années, il avait un air affable et de grands yeux rêveurs.

– Shail ! lâcha Victoria, incrédule.

Le jeune homme sourit et s'avança vers eux en évitant les racines de l'énorme saule. La jeune fille se releva péniblement en s'appuyant sur Jack. Shail ouvrit les bras et, après une brève hésitation, elle se blottit contre lui.

Le magicien l'étreignit avec force. Victoria pleura de joie. Ce n'était pas un fantôme. Shail était bel et bien là, vivant !

– Shail, tu es revenu, tu es...

Sa voix se brisa sous l'effet de l'émotion. Elle attendit un long moment avant de pouvoir s'exprimer de nouveau.

– Mais... Shail, comment... ? Nous pensions que tu étais... qu'Elrion...

– M'avait tué ? Il l'aurait fait, Vic, si sa magie m'avait atteint. Mais un autre sortilège est arrivé avant...

– Comment ça ?

Shail s'écarta d'elle pour la regarder droit dans les yeux.

– Kirtash a été plus rapide. Il m'a sauvé la vie.

Victoria, perplexe, ne comprenait pas.

– Mais… où as-tu été pendant tout ce temps ?

Shail s'esclaffa en lui ébouriffant les cheveux avec affection.

– Sur Idhun, Vic. Kirtash m'a renvoyé sur Idhun pour me sauver la vie. Comme tu peux t'en douter, je ne pouvais pas regagner Limbhad parce qu'Ashran contrôlait la Porte interdimensionnelle.

– S'il t'a sauvé la vie, pourquoi ne m'a-t-il rien dit ? Il…

– J'imagine qu'il n'était pas sûr d'avoir réussi, répondit Shail en reprenant son sérieux. J'ai passé deux ans sur Idhun, à chercher obstinément comment rentrer. J'ai réussi à atteindre la tour de Kazlunn et à parler avec les magiciens qui résistent encore à Ashran. Je leur ai raconté notre aventure et… j'ai appris une foule de choses. J'en connaissais déjà certaines, malheureusement j'en ai appris d'autres trop tard.

Il adressa un regard singulier à Victoria. Alors qu'elle s'apprêtait à le questionner, il poursuivit son récit :

– L'autre nuit, nous nous sommes aperçus qu'Ashran essayait de ranimer le pouvoir de la tour de Drackwen. Or il est apparu que tu étais la seule à en être véritablement capable. J'ai compris qu'il t'avait capturée et je n'ai eu de cesse d'obtenir que les magiciens se décident à attaquer Alis Lithban. C'était une offensive désespérée, mais il nous fallait à tout prix la tenter.

– Tu étais l'un des assaillants de la tour ?

– Oui. Et j'avais perdu presque tout espoir quand j'ai vu Kirtash derrière les créneaux. Alors j'ai pensé qu'il serait peut-être disposé à t'aider une fois encore. J'ai eu une bonne intuition. Il m'a permis d'entrer dans la tour et, ensuite, je suis allé te chercher.

– Alors c'était toi, le mystérieux inconnu qui nous a secourus !

Le sourire de Shail s'élargit. Le magicien observa Victoria dans la douce lumière nocturne de Limbhad.

– Tu as beaucoup grandi, Vic. Tu es devenue une femme.

Victoria sourit et le rouge lui monta aux joues.

– J'aurai bientôt quinze ans, murmura-t-elle. Je ne sais pas si c'est dans un jour ou deux parce que j'ai un peu perdu la notion du temps. Je sais seulement que cette année, comme l'année dernière, le seul et unique cadeau que je désirais était que tu reviennes...

Shail la serra affectueusement, et parut heureux en constatant qu'elle retournait aussitôt près de Jack. Soudain, le lien qui les unissait lui sauta aux yeux lorsque Jack la prit par la taille. Il les contempla avec bienveillance.

– Pourquoi ne m'en suis-je pas rendu compte plus tôt ? murmura-t-il. Je vous ai vus une fois ainsi, alors que vous n'étiez que de petites créatures nouveau-nées, il y a quinze ans...

– Pardon ? fit Victoria en le regardant, interloquée.

– Asseyez-vous, leur ordonna Shail, très sérieux. Il faut que je vous entretienne de quelque chose.

Ils acquiescèrent, mais Victoria s'aperçut que Jack détournait les yeux.

– Jack ? Tu sais de quoi il s'agit ?

Le jeune garçon se renfrogna.

– Non, Jack ne sait pas tout. Pas encore, ajouta Shail.

Jack se tourna vers lui en fronçant les sourcils.

– Que veux-tu dire ?

Shail se mordit la lèvre inférieure. Il ne savait pas par où commencer.

– Il y a quinze ans, dit-il enfin, nous avons envoyé un dragon et une licorne dans un autre monde pour qu'ils réchappent de la colère d'Ashran et permettent à une prophétie de se réaliser. Je les revois encore allongés sur une couverture, dans la tour de Kazlunn, tremblants de peur, tout près l'un de l'autre. Je me rappelle que le dragon s'est tourné pour regarder Lunnaris, la petite licorne. Il a posé sur elle ses étranges yeux vert émeraude, puis il a déployé une de ses ailes pour l'effleurer gentiment, comme s'il cherchait à lui dire qu'il était là et qu'il la protégerait toujours. Lunnaris a levé la tête et l'a observé. Les magiciens étaient en train de discuter et ne s'en sont pas rendu compte. Mais moi, je les ai vus et j'ai compris que je venais d'assister à un moment magique : les vies et les âmes de ces deux créatures si différentes et pourtant si semblables étaient mêlées à jamais. Elles ont fait le voyage interdimensionnel ensemble, elles ont partagé le même destin... et elles étaient appelées à se retrouver. Alsan et moi avons passé la porte tout de suite après, mais le Nécromancien s'en est aperçu et l'a fermée juste à ce moment-là. Nous avons été surpris en plein trajet entre deux mondes et sommes restés suspendus au milieu de nulle part, jusqu'à ce que la porte s'ouvre à nouveau... Kirtash, lui, l'a franchie, dix ans plus tard. Pour nous, coincés entre deux dimensions, le temps n'avait pas passé, voilà pourquoi nous ignorions que nous n'arrivions pas sur Terre juste après le dragon et la licorne, mais des années plus tard. Mais cela, je ne l'ai su qu'en entrant en contact avec les magiciens de Kazlunn, il y a deux ans.

– Je sais, acquiesça Jack. Allegra nous l'a raconté.

– Allegra, sourit Shail. Aïle Alhenaï, l'une des magiciennes les plus puissantes de la tour de Kazlunn. Je suis arrivé sur Terre pour rechercher Lunnaris, elle l'avait trouvée avant moi. La licorne était à côté de moi et je n'ai rien vu, jusqu'à ce qu'une nuit, en Allemagne, je voie Kirtash ensorcelé par son regard... le regard de la dernière licorne. Alors j'ai enfin compris que c'était elle, et que je ne pouvais pas la laisser mourir.

– Non..., murmura Victoria, c'est impossible....

Shail la prit par les épaules et la fixa intensément.

– C'est ce que m'ont expliqué les magiciens de la tour de Kazlunn, Vic. Ce n'est pas le corps de Lunnaris qui est arrivé sur terre, mais son esprit... qui a trouvé refuge dans un corps humain, celui d'une petite fille qui venait tout juste de naître et que l'on a appelée Victoria.

La vérité frappa Victoria comme un coup de massue. Elle riva sur Shail ses immenses yeux sombres, emplis de peur et d'incertitude.

– Non... Ça ne peut pas être vrai ! dit-elle.

Jack passa un bras sur ses épaules.

– Pourtant, c'est la vérité, Victoria. Allegra nous l'a raconté. C'est pour ça qu'elle t'a protégée pendant tout ce temps. Et Kir... Christian devait te tuer pour que la prophétie ne puisse pas se réaliser... mais il savait aussi que tu étais la dernière licorne : s'il te supprimait, ta race disparaissait. C'est pour ça que...

– Il cherchait également à te tuer, le coupa Shail en le regardant fixement. Car, alors, il éviterait que la prophétie se réalise... sans avoir à faire disparaître Victoria. Les sheks n'ont jamais rien eu contre les licornes, mais leur relation avec les dragons, c'est une autre histoire...

Jack était pétrifié. Quand il comprit ce qu'insinuait Shail, le monde cessa de tourner autour de lui et il eut l'impression que son cœur ne battait plus. Sans voix, il écouta son ami poursuivre ses explications.

– Mais la prophétie parle d'un dragon et d'une licorne, continua le magicien en détachant chacune de ses syllabes. S'il l'un des deux meurt, elle est sans effet. Je doute que tu aies pu cacher longtemps à Kirtash ta véritable identité, Jack. Les sheks et les dragons se haïssent depuis des millénaires. Son instinct lui dictait de se battre contre toi, car tu es aussi le dernier de ton espèce.

– QUOI ? s'exclama Jack, abasourdi.

Shail esquissa un sourire gêné.

– Je t'ai dit que tu ne savais pas tout, Jack. Si Lunnaris s'est réincarnée dans un corps humain, qu'est-ce qui te fait penser que le dragon qui l'accompagnait n'a pas fait la même chose ?

– Non..., lâcha Jack en tremblant de tout son corps. Tu dois te tromper.

Alors qu'il voulait découvrir le secret de son identité depuis des années, voilà qu'à présent il aurait préféré ne rien savoir...

– Réfléchis. Tu peux brandir Domivat, qui a été forgée sous le feu d'un dragon. Tu as un pouvoir sur le feu. Tu as une température corporelle supérieure à la normale et tu ne tombes jamais malade. Tu rêves que tu voles. Tu détestes les serpents et, par extension, Kirtash. Que tant d'affrontements millénaires contre les sheks aient marqué ton instinct n'a rien d'étonnant, mon ami.

C'était plus que Jack n'en pouvait supporter. Chaque mot que prononçait Shail lui tombait dessus comme une lourde pierre, révélant la vérité qui habitait son cœur. Mais cette vérité était trop douloureuse.

– Ce n'est pas vrai ! s'écria-t-il en se levant d'un bond. Tu mens ! Tu m'entends ? Je suis un humain, je ne suis pas...

– ... un dragon, acheva Shail.

– Tais-toi ! rugit Jack. Tu n'as pas le droit de revenir d'entre les morts pour me dire...

– Yandrak, l'appela alors doucement Victoria.

Jack se retourna, comme mû par un ressort.

Non, elle ne pouvait pas connaître le nom du dernier dragon. C'était un secret entre lui et Alexander. Mais Victoria le regardait intensément en ayant l'air de le reconnaître, et il vit son propre reflet dans ses yeux.

Pour d'obscures raisons, la vérité ne lui semblait pas aussi amère lorsqu'il la voyait dans les yeux de Victoria.

Il s'effondra néanmoins le long du tronc du saule, anéanti. Victoria chercha son contact en tremblant et, sans réfléchir, il passa le bras autour de sa taille... Il eut alors un très lointain souvenir de la petite licorne qu'il avait protégée de la peur et du froid en la prenant sous son aile.

Victoria avait dû avoir la même vision. Ils se regardèrent, surpris, et se rappelèrent le jour où leurs yeux s'étaient croisés pour la première fois dans la tour de Kazlunn, un jour funeste, tandis que les six astres brillaient dans le ciel et qu'ils se préparaient à un voyage vers l'inconnu. Ce voyage les avait certes sauvés de la mort, mais les avait jetés dans les bras du destin, lié à l'accomplissement d'une mystérieuse prophétie.

En les voyant se serrer l'un contre l'autre, Shail eut la pudeur de s'écarter.

– Je savais que tu étais quelqu'un d'extraordinaire, chuchota Victoria à l'oreille de Jack. Je savais qu'un lien unique nous réunissait depuis toujours.

– Mais… je ne suis pas sûr de vouloir être un dragon, Victoria, répondit Jack à voix basse.

– Et moi, je le veux. Car, si je suis Lunnaris… et si tu es Yandrak, notre relation dépasse mes espérances. Bien que nous soyons très différents, nous étions destinés l'un à l'autre, depuis le début. Tu comprends ?

Jack acquiesça et la serra plus fort. Il avait l'impression que Christian l'avait en quelque sorte préparée à cette révélation. Victoria se doutait déjà de sa véritable identité. Lui, en revanche…

Le garçon se tourna vers Shail, qui se tenait un peu à l'écart.

– Je regrette de m'être emporté. Seulement, tout est si étrange tout à coup…

– J'ai parlé avec Allegra et Als… Alexander pendant que vous étiez ici, expliqua Shail. Allegra n'a découvert qui tu étais qu'il y a deux nuits, Jack. Elle l'a dit à Alexander. Ils ont gardé le secret parce qu'ils te savaient très inquiet à cause de la disparition de Victoria. Ils ont préféré attendre un meilleur moment pour te l'annoncer. Et moi, je l'ai deviné en discutant avec les magiciens de Kazlunn, j'en ai tiré les conclusions qui s'imposaient… Il était de mon devoir de vous le dire.

Jack et Victoria restaient muets.

– Je ne voudrais pas jeter d'huile sur le feu, reprit Shail, mais vous devez réfléchir à ce que cela signifie…

– Je sais déjà ce que cela signifie, le coupa Jack avec impatience. Cela signifie que nous ne sommes pas humains.

– Pas *complètement* humains, Jack. Mais il y a aussi en vous une partie humaine. Et grâce à votre partie… surhumaine, pour dire les choses ainsi, vous pourrez participer à la réalisation de la prophétie.

– La prophétie ? répéta lentement Victoria. Cette prophétie qui nous oblige à affronter Ashran pour le vaincre ou mourir ?

Elle défia Shail du regard.

– Je suis allée sur Idhun, j'ai vu Ashran, et je n'ai pas envie de revivre cette expérience.

– C'est très égoïste de ta part, lui reprocha Shail, on ne peut plus sérieusement. Surtout si l'on tient compte du fait que Kirtash s'est sacrifié pour que...

– Pour quoi ? le coupa Victoria. Qu'est-ce que Christian a fait ?

Shail la regarda sans comprendre sa réaction. Les yeux écarquillés, elle le fixait.

– Que lui est-il arrivé ? demanda-t-elle, une note de panique dans la voix. Il n'a pas franchi la porte avec nous ?

Shail eut l'air confus.

– Ah, Vic..., fit-il. Lui et toi... Mais alors... ? ajouta-t-il en regardant Jack et Victoria. Vous deux...

Jack, mal à l'aise, détourna les yeux. Victoria n'était pas en mesure d'expliquer la complexité de ses relations avec les deux garçons.

– Qu'est-il arrivé à Christian, Shail ? répéta-t-elle. Où est-il ?

Shail choisit ses mots avec soin :

– Il... a ouvert la porte et... il est resté derrière nous, pour couvrir notre fuite.

– QUOI ? Tu l'as laissé derrière nous ? Shaaail ! gémit-elle, désespérée. Ashran va le tuer !

Elle examina avec anxiété l'Œil du Serpent, mais Shail la prit par le bras.

– Nous ne pouvons rien faire, Victoria. C'était écrit dans la prophétie.

– Que veux-tu dire ?

– C'est une des choses que j'ai pu vérifier lorsque j'étais sur Idhun. C'est un point que les Oracles ont caché et que presque personne ne connaît, pas même Ashran. La prophétie dit que seuls un dragon et une licorne unis pourront vaincre le Nécromancien... et qu'un shek leur ouvrira la porte. C'est déjà arrivé, tu comprends ? Kirtash a déjà joué son rôle.

Il y eut un lourd silence, que Jack rompit soudain.

– Non, Shail. Si c'est vrai, cette partie ne s'est pas encore réalisée. Christian a ouvert la porte pour Victoria, mais à présent nous sommes coincés ici. Si Kirtash est le fameux shek de la prophétie, nous aurons encore besoin de lui pour retourner sur Idhun.

Shail allait répondre quand un bruit assourdissant retentit, qui parut scinder le ciel. Tous trois se relevèrent d'un bond. Ils virent une sorte d'éclair fin et fluide comme du mercure traverser le ciel nocturne de Limbhad, erratique et désorienté.

– C'est un shek ! s'exclama Jack, prêt à courir chercher Domivat. Ils ont réussi à entrer à Limbhad !

– Attends, Jack ! l'arrêta Victoria. C'est Christian !

– Quoi ?

Jack se figea et observa avec plus d'attention le corps ondulant qui parcourait le ciel.

– Comment le sais-tu ?

– Il est blessé ! s'écria Victoria en s'élançant à sa rencontre, les deux garçons à sa suite.

Le shek traversa le firmament en un vol instable et tomba en piqué dans le bois. Ils traversèrent à toute allure l'esplanade qui entourait la maison et y rencontrèrent Allegra et Alexander, qui avaient également entendu du bruit. Alexander avait pris les deux épées, la sienne et celle de Jack, bien protégée dans son fourreau, qu'il lui tendit.

– Qu'est-ce que c'était ? demanda-t-il, l'air sombre.

Sa question resta sans réponse.

Lorsqu'ils arrivèrent enfin à l'endroit où le shek avait atterri, ils aperçurent au loin non pas le corps flexible d'un serpent ailé, mais la silhouette d'un jeune homme vêtu de noir, étendu à plat ventre dans l'herbe. Victoria se précipitait déjà, quand Jack la retint par le bras.

– Attends.

– Mais, Jack ! protesta-t-elle en essayant vainement de se libérer. Il est blessé !

Jack secoua la tête.

– La dernière fois que je l'ai vu, Victoria, il venait de te duper pour te livrer à Ashran. Et je ne sais pas ce qu'ils t'ont fait dans cette tour, mais, à en juger par les plaintes que tu poussais dans ton sommeil, ç'a dû être horrible. Je me trompe ?

Victoria se rappela soudain l'épreuve qu'elle avait subie et garda le silence.

– S'il t'a fait du mal, je te jure que je le tuerai, siffla-t-il entre ses dents.

– Non, Jack. Il a changé à cause de moi ! Parce que je l'ai laissé seul. Mais il m'a quand même sauvé la vie. Laisse-moi le voir, je t'en prie. S'il est blessé, je peux le guérir.

– Non, Victoria. J'irai le premier. Je lui parlerai.

– Jaaaack...

– Fais-moi confiance, d'accord ? Regarde-moi, Victoria. Tu me fais confiance ?

Elle fut réconfortée par la sincérité, la gravité et la douceur qu'elle lut dans ses yeux.

– Oui, Jack.

– Alors tu m'attends ici.

Victoria acquiesça. Jack vit que Shail tenait prudemment Allegra et Alexander à distance, comme s'il voulait que cette affaire reste entre Victoria, Christian et lui-même. C'était nécessaire. Il prit une grande inspiration et s'approcha du shek en dégainant Domivat. Il sentit que Victoria était inquiète, mais, si elle lui avait donné sa parole, elle attendrait.

Jack se pencha sur son ennemi. Christian eut du mal à ouvrir les yeux. Constatant qu'il était grièvement blessé, le garçon se demanda s'il devait avoir pitié de lui ou éprouver de la compassion, quand il se rappela que, quelques heures auparavant, il s'était juré de tuer ce monstre quand il le retrouverait.

Pour Victoria.

Les yeux bleus du shek brillèrent un instant en découvrant la flamme de Domivat.

– Qu'es-tu venu faire ici ? lança Jack.

– Rien... de particulier..., souffla Christian au prix de grands efforts. Je voulais... juste... m'échapper.

– Tu es venu éliminer Victoria ?

– Non. Plus maintenant.

– Tu es venu pour me tuer ?

Christian le fixa, il réfléchissait à sa réponse.

– À présent, tu sais qui tu es, lâcha-t-il.

Jack hésita un moment ; il n'avait pas encore tout à fait accepté l'idée qu'il était habité par l'esprit de Yandrak, le dernier dragon. Mais il se souvint que Victoria l'avait reconnu et acquiesça.

– Alors tue-moi, dit le shek. Nos peuples... se sont affrontés pendant des générations. Nous avons tué... toute ta race. Tu peux te venger, maintenant. Je suis sans défense.

Jack serra le poing avec tant de force que ses ongles s'enfoncèrent dans la paume de sa main. Christian avait torturé Victoria, qui, malgré tout, l'aimait encore. Or, il avait beaucoup de mal à accepter ce fait, plus encore que sa condition de dragon. Mais, quand il s'adressa à lui, ce fut d'une voix très maîtrisée.

– Si tu touches à un cheveu de Victoria ou si tu tentes de l'enlever, je te tuerai ici même, sur-le-champ. Si tu veux m'affronter, je lui demanderai de te guérir et nous lutterons à armes égales quand tu seras rétabli.

Christian esquissa un petit sourire.

– C'est noble, murmura-t-il en mettant ses dernières forces dans ces paroles, mais je ne veux plus te tuer. Je ne veux plus obéir au Nécromancien. Je suis devenu... un traître... je n'ai donc plus à exécuter ses ordres. Mon instinct me pousse à en finir avec toi, mais Victoria t'aime. Elle a besoin de toi, et moi...

– Tu l'aimes vraiment.

Épuisé, Christian n'eut pas la force de répondre.

Jack resta un moment à le regarder et se mordit la lèvre inférieure. Puis il prit une résolution. Le feu de Domivat étincela un instant et Victoria laissa échapper un cri d'angoisse. Mais le garçon rengaina son épée et tendit la main à Christian pour l'aider à se relever. Victoria était pétrifiée. Elle n'en croyait pas ses yeux. Toute sa vie elle garderait cette image dans son cœur, l'image de Jack soutenant son ennemi qui boitait, un bras posé sur ses épaules.

Incapable de patienter davantage, elle courut jusqu'à eux et les enlaça. Tous trois semblaient ne former qu'un seul être.

Alexander se tourna vers Shail, exigeant manifestement une explication.

– Laisse-les, Alexander, murmura le jeune magicien en secouant la tête. Kirtash est maintenant l'un des nôtres.

– Comment peux-tu en être aussi sûr ?

Allegra lui répondit :

– Parce que l'Âme l'a autorisé à passer. Sinon, comment crois-tu qu'il serait entré à Limbhad ?

*

Christian ouvrit lentement les yeux. Une chaude sensation traversait son corps, le régénérant, le vivifiant, chassant de son organisme le venin mortel que lui avaient inoculé les crocs des autres sheks, autrefois ses alliés, son peuple. Quelque chose de très doux lui effleurait la joue. C'était les cheveux de Victoria, qui se trouvait tout près de lui.

Il était allongé dans un lit, dans une pièce circulaire, et la jeune fille était tellement absorbée par sa tâche qu'elle ne se rendit pas compte qu'il s'était réveillé. Elle lui avait enlevé son pull noir et ses mains parcouraient sa peau, soignant ses blessures. La lumière de ses yeux brillait avec plus d'intensité que jamais. Christian remarqua quelque chose dont les humains ne se rendaient généralement pas compte : une étincelle luisait par instants sur le front de l'adolescente, comme une petite étoile, à l'endroit où, sur le front de Lunnaris, se dressait autrefois fièrement sa longue corne en spirale.

Victoria se concentrait sur une vilaine cicatrice qui marquait le bras gauche de Christian.

– Celle-là, c'est toi qui me l'as faite, dit-il soudain d'une voix douce. À Seattle. Quand nous nous sommes battus près du stade, tu te souviens ?

Elle observa la cicatrice avec plus d'attention.

– C'est moi ? Avec la crosse ?

Christian acquiesça.

– Il s'est passé tellement de choses incroyables depuis, soupira Victoria.

– Toi aussi, tu as découvert qui tu es, déclara-t-il en souriant.

– À l'exception de ma grand-mère, tu l'as découvert avant tout le monde, murmura-t-elle en hochant la tête.

– Ta grand-mère, répéta Christian. Si j'avais su dès le début que c'était une magicienne idhunite exilée, et des plus puissantes, je l'aurais tuée sans hésiter. Mais elle s'est bien cachée de moi !

– Tu le sais depuis combien de temps ?

– Je me méfiais d'elle depuis un moment, mais mes doutes se sont confirmés la nuit où je t'ai offert Shiskatchegg. Elle m'a surpris dans la maison. Nous nous sommes regardés et j'ai compris qui elle était...

– Mais tu ne l'as pas attaquée ?

– Non. Parce qu'elle te protégeait, Victoria, et tous ceux qui t'aiment et te protègent méritent mon respect.

– Comme Shail. C'est pour ça que tu lui as sauvé la vie. Tu as vu qu'il était prêt à tous les sacrifices pour moi... enfin... pour Lunnaris, corrigea-t-elle.

Christian se tut.

– Ou comme Jack, ajouta Victoria à voix basse.

– J'ai essayé d'empêcher la prophétie de se réaliser, susurra Christian. Non seulement pour préserver le pouvoir des sheks, mais aussi... parce que je ne voulais pas que tu affrontes mon père. Il t'aurait fait disparaître et je m'y refusais.

Ses yeux bleus se plongèrent dans ceux de Victoria. Pendant un moment, elle oublia sa trahison, la douleur qu'elle avait subie à cause de lui, et lui écarta les cheveux du front avec une infinie tendresse.

– Je regrette d'avoir retiré la bague, Christian. Je te l'ai déjà dit dans la tour, mais je te le répète maintenant. Je suis désolée que tu aies tellement souffert par ma faute.

– Toi aussi, tu as souffert à cause de moi, dit-il en haussant les épaules. Nous sommes quittes.

Mais il ne lui demanda pas pardon et Victoria savait pourquoi. Son ascendance shek était ancrée en lui. Toutefois, quand il l'avait vue à l'agonie dans la tour, ses émotions humaines avaient pris le dessus.

– Et ça, demanda Victoria en désignant les blessures qui marquaient son corps, c'est l'œuvre d'Ashran ?

– Oui, en partie, et des attaques des sheks. Après une courte pause, il ajouta : Je n'ai plus rien à voir avec eux désormais.

– Tu es donc des nôtres ? lança Jack.

Victoria et Christian se retournèrent brusquement. Le garçon se tenait les bras croisés sur la poitrine, l'épaule appuyée contre le chambranle de la porte. Il affichait une expression sérieuse et calme, mais exigeait une réponse.

– Suis-je l'un des vôtres ? répéta Christian.

– C'est Ashran qui t'a obligé à enlever Victoria ? le pressa Jack en s'avançant dans la pièce.

– En quelque sorte, oui. Il a fait ressurgir le shek qui m'habite. On peut dire que nous sommes tous les deux responsables...

– Et maintenant ? le harcela Jack.

– Quand bien même ma partie shek me dominerait de nouveau, j'épargnerais toujours Victoria. Et puis, j'ai trahi les miens, ils ne veulent plus de moi. Nous n'avons plus d'intérêts communs.

– Mais ton instinct te pousse à lutter contre moi. Parce que tu me hais autant que je te hais. Qui te dit que tu n'auras pas de nouveau envie de me tuer ?

– C'est vrai...

Victoria les regarda tour à tour, mal à l'aise.

– J'assume ce risque, lâcha Jack d'une voix neutre. Mais, si tu blesses encore Victoria, je te tuerai. Tu m'entends ?

Christian soutint son regard, et il y eut comme une gerbe d'étincelles entre eux. Au bout d'un moment, le shek sourit. Ni lui ni Jack ne pouvaient passer outre les siècles de haine et d'affrontement qu'ils avaient traversés. Cependant, quelque chose les reliait malgré tout : leur amour pour Victoria. Ce sentiment pouvait les monter l'un contre l'autre, mais aussi les souder en créant une alliance insolite.

Dans le passé, Victoria avait demandé à Christian de laisser la vie sauve à Jack. Ne l'avait-il pas fait pour elle ?

Or, cette nuit-là, elle avait également supplié Jack d'épargner Christian... et son ami avait préféré réprimer sa haine plutôt que de la voir souffrir.

Ce moment était d'une importance décisive pour eux trois. La jeune fille prit la main de Christian et posa sa tête sur l'épaule de Jack.

Le contact de Christian était électrisant, intense et troublant. En revanche, Jack lui transmettait de la chaleur, de la confiance. Elle était en sécurité auprès de lui, et elle percevait la folle passion qui le dévorait. Victoria savait qu'elle avait besoin de chacun d'eux pour vivre, qu'elle les avait toujours aimés. Si l'un venait à disparaître, elle le regretterait chaque heure du jour et éprouverait un affreux sentiment d'incomplétude.

Elle ferma les yeux et sentit Lunnaris vibrer en elle, la clé qui manquait pour décider du destin d'Idhun.

Alors, pour la première fois de sa vie, elle se sentit en accord avec elle-même.

ÉPILOGUE
LA PORTE S'OUVRE

Jack s'accouda à la balustrade et ferma les yeux pour humer le parfum de la douce nuit de Limbhad. Il se rappela le jour où, du haut du parapet, il avait sauté dans le jardin pour tenter de s'échapper. Plus de deux années s'étaient écoulées depuis et sa vie avait radicalement changé, le conduisant de découverte en découverte.

Cela faisait déjà plusieurs semaines qu'ils avaient accueilli Christian dans la maison de la frontière. Le shek se remettait lentement de ses blessures, et Jack et Victoria avaient essayé de se faire à l'idée qu'ils allaient bientôt se rendre sur Idhun pour défier le Nécromancien… ainsi que l'avait annoncé la prophétie.

Si Jack se sentait perdu, Victoria s'était habituée à sa condition de licorne, mais redoutait de retourner sur Idhun pour affronter Ashran. Jack, lui, avait envie d'action. Il voulait visiter ce monde qui était la cause de tous les bouleversements de sa vie, et faire payer ses souffrances au Nécromancien. Il continuait néanmoins de s'étonner que l'essence de Yandrak, le dernier dragon, ait élu domicile dans son corps. Il ne le percevait clairement que lorsqu'il croisait Christian dans le couloir. Alors tous deux se toisaient du regard, et la haine ancestrale se remettait à palpiter dans leur cœur. Retenant leur respiration, ils poursuivaient leur chemin.

Ils faisaient ces efforts parce que, après avoir trahi les siens, Christian avait rejoint la Résistance, mais surtout pour Victoria.

Il coûtait énormément à Jack de supporter la présence du shek dans la maison. Et il était clair que la réciproque était vraie.

Alexander non plus ne l'avait pas très bien accueilli. Quant à Allegra, elle émettait elle aussi des réserves à son propos. Victoria éprouvait toujours des sentiments aussi forts à son égard, mais elle donnait l'impression d'être plus distante depuis son séjour dans la tour de Drackwen. Maintenant que Christian allait bien, elle semblait avoir peur de rester seule avec lui, dans la même pièce. Elle lui faisait confiance sans pouvoir totalement dominer cette crainte.

Si Christian avait été accepté dans la Résistance, il n'en était pas pour autant un membre de plein droit, car personne ne lui accordait sa pleine confiance.

Le jeune homme l'assumait sans se plaindre. Jack savait qu'il partirait dès que son état le lui permettrait et qu'ils ne le reverraient probablement plus.

– Je te cherchais, Jack, dit soudain Alexander, derrière lui. J'aimerais que nous nous réunissions dans la bibliothèque.

Le garçon détourna les yeux. Sa relation avec Alexander était moins chaleureuse depuis le retour de Shail. Persuadé qu'ils en parleraient tôt ou tard, il avait évité jusque-là de se trouver seul à seul avec lui.

– Christian aussi ?

– Lui tout particulièrement. Et vas chercher Victoria. Je viens du bois, mais je ne l'ai pas vue.

– Elle a dû se transformer, dit Jack.

– C'est ce que j'ai pensé.

– Bien...

– Attends, dit Alexander, en le retenant au moment où il passa à côté de lui. On peut savoir ce qui t'arrive depuis quelque temps, mon garçon ?

Jack tourna sèchement la tête. Les sentiments confus qui se bousculaient dans son cœur tentaient de se frayer une sortie. Finalement, Jack n'y tint plus et demanda d'une voix tremblante :

– Pourquoi ne m'as-tu pas reconnu ?

– Quoi ? fit Alexander en le regardant, perplexe.

– Tu es venu sur Terre pour chercher Yandrak... autrement dit pour me chercher. Tu m'as trouvé, tu m'avais sous les yeux et tu ne t'es rendu compte de rien ! Pourquoi ? Parce que j'étais simplement une excuse qui t'aurait permis d'affronter Ashran et les siens ? Parce que je ne suis pas le dragon que tu cherchais ? Parce que tout ce que tu m'as raconté à propos de Yandrak n'était qu'un mensonge ?

Alexander le regarda, comprenant tout à coup ce qui clochait entre Jack et lui. Les yeux du garçon étaient humides et il tremblait de rage et d'angoisse.

– Jack, murmura-t-il, que veux-tu que je te dise ? Que j'ai été aveugle et stupide ? C'est ce que tu veux m'entendre avouer ? Si c'est cela, tu as raison...

Jack se tut, baissant les yeux, et Alexander le prit par les épaules.

– Pense ce que tu veux, mon garçon, c'est ton droit. Mais je ne te laisserai jamais douter un seul instant qu'à compter du moment où je t'ai vu sortir de l'œuf, j'ai su que je consacrerais ma vie à te protéger. Prophétie ou pas. Tu m'entends ?

Jack était embarrassé.

– Je t'ai vu naître, Jack... Yandrak, poursuivit Alexander. J'étais seul. J'ignore ce que cela fait de moi. Ton père adoptif ? Ton parrain ? Quoi qu'il en soit, je me suis senti responsable de toi, bien que tu sois d'une race très différente de la mienne. La prophétie n'a rien à voir avec tout ça. Mes sentiments sont nés du fait que j'étais seul et que tu n'avais plus personne sur qui compter. J'ai franchi cette porte pour te retrouver, n'en doute jamais. Je suis sans doute obtus pour certaines choses, et c'est la raison pour laquelle je n'ai pas décelé que le dragon que je cherchais vivait sous les traits d'un jeune garçon de treize ans terrifié. Mais, au fond de moi, je le savais. Car, après que nous t'avons sauvé, chercher Yandrak n'a plus eu autant d'importance pour moi. Je tenais à te protéger et à te transmettre toutes mes connaissances pour que tu puisses te débrouiller par toi-même si Kirtash te menaçait.

Jack lui tourna le dos, incapable de le regarder dans les yeux. Alexander lui posa une main sur l'épaule.

– Tu as peur ?

– Oui, avoua Jack à voix basse. Toute ma vie j'ai cherché une explication et maintenant que je l'ai... cela me déstabilise. Je n'ai même pas encore réussi à me transformer en dragon, alors que Victoria...

– Victoria a eu de l'aide, lui rappela Alexander.

– Mais je n'ai pas du tout l'intention de demander à Christian qu'il m'enseigne à devenir un dragon ! protesta Jack, horrifié.

– Non, concéda Alexander. Ce serait étrange, en effet.

Un bref silence plana entre eux deux.

– Si cela peut te consoler, reprit Alexander, les dragons sont des créatures magnifiques. Par le passé, on les adorait comme des dieux. En particulier les dorés. Je suis impatient de savoir quel genre de créature tu es devenu, ajouta-t-il après avoir marqué une pause. Et je voudrais que tu te sentes bien en dragon.

– Mais... un corps de dragon est... si différent d'un corps humain...

– Tu penses à Victoria ? Tu crois qu'elle t'aimera moins si elle te voit sous ton véritable aspect ?

Jack rougit, gêné.

– Comment l'as-tu deviné ?

Alexander l'observa, très sérieux.

– Parce qu'il m'est aussi arrivé de penser que mes amis me repousseraient en constatant que je n'étais plus complètement humain. Alors j'ai pris la fuite. Mais tu sais quoi ? Je me suis trompé.

Jack lui lança un regard plein de gratitude.

– Mon garçon, reprit Alexander en souriant, Victoria aime toujours Kirtash bien qu'elle l'ait découvert en serpent, de surcroît très impressionnant. Qu'est-ce qui te fait croire qu'elle n'aura plus les mêmes sentiments pour toi si elle te voit en dragon ? Je te rappelle que ce ne serait pas la première fois.

– Tu as peut-être raison...

– Tu verras que oui. Et maintenant va la trouver, d'accord ? Tu en as envie.

Jack étreignit son ami avant de partir en courant.

– N'oubliez pas la réunion ! lui rappela Alexander.

D'un signe, Jack le rassura et poursuivit sa course jusqu'au saule. Mais Victoria n'y était pas. Il sentait pourtant son essence dans l'atmosphère. Les arbres semblaient éclairés par sa lumière et tout paraissait plus beau que d'habitude.

Jack s'enfonça dans la végétation, à sa recherche. Il finit par la découvrir près du ruisseau et, comme tant d'autres fois, il en eut le souffle coupé.

Elle s'était changée en licorne, et ses petits sabots délicats donnaient l'impression de flotter au-dessus de l'herbe. Son pelage renvoyait de doux éclats nacrés, sa crinière ondoyait sur sa gracieuse encolure comme des fils de soie, et sa longue corne blanche en spirale était comme un défi aux ténèbres les plus obscures. Et ses yeux...

Jack était toujours incapable de décrire ces yeux qui le bouleversaient tant.

– Hé, Victo... Lunnaris ! corrigea-t-il.

Son cœur se mit à battre plus vite lorsqu'elle s'avança vers lui. Elle ne voulait pas qu'on la voie quand elle se transformait. Même Christian n'en avait pas le droit. Elle s'était pourtant laissé surprendre plusieurs fois par Jack, intentionnellement. Le garçon savait que c'était un cadeau qu'elle lui faisait, une sorte de symbole de la complicité qui les unissait. Et, pour la première fois, il se demanda si elle aimerait le voir en dragon. Il frémit à l'idée qu'elle n'en avait peut-être pas envie ou que cela lui était complètement égal.

La licorne était maintenant à quelques pas de lui. Fasciné, il tendit la main vers elle, mais elle recula prestement. Jack lui sourit. Il pouvait la voir sous cette forme, mais pas la toucher. C'était l'une des nouvelles règles implicites qui régissaient leur relation. Malheureusement, ce n'était pas la seule.

Lunnaris redevint peu à peu une fille de quinze ans aux boucles sombres et aux yeux noirs, expressifs, trop grands pour son visage menu. Elle pencha la tête de côté et le regarda exactement comme l'avait fait la licorne un instant plus tôt.

– Bonjour, Victoria. Je te cherchais.

– Eh bien, tu m'as trouvée, lui répondit l'adolescente, rayonnante. Tu avais quelque chose à me dire ?

– Alexander veut que nous nous retrouvions dans la bibliothèque.

Victoria fronça les sourcils. Elle savait ce que cela signifiait. Ils retournèrent ensemble à la maison. Jack se tenait prudemment à distance. C'était une autre règle. Après s'être transformée, Victoria mettait un peu de temps à se réhabituer à son corps humain, et n'aimait pas qu'on la touche.

Jack songea que l'amour que Victoria éprouvait à son égard et à celui de Christian semblait depuis quelque temps s'être intensifié, consolidé. Il était devenu plus serein et plus évident, mais aussi plus fort. Le garçon le voyait dans ses yeux.

Cependant, elle le manifestait plus rarement. Elle cherchait beaucoup moins leur contact. Cela déroutait Jack, qui aurait cru à la fin de leur relation s'il n'avait pas lu son attachement dans son regard et dans son sourire, quand ils étaient ensemble. Il était néanmoins troublé par ce récent changement.

Ils firent le trajet en silence, jusqu'à ce que Jack prenne la parole.

– Nous allons bientôt retourner sur Idhun.

– Je sais, soupira la jeune fille. J'y ai pensé et, tu sais quoi... ? Même si je redoute ce moment, je sais qu'avec toi, ce sera bien.

Jack se sentit fondre. Ces mots, prononcés avec une totale confiance et une sincérité absolue, lui prouvaient qu'elle l'aimait. Pourtant...

– Moi non plus, je n'ai pas envie d'y aller, avoua-t-il. Mais je te promets de toujours te défendre, Victoria.

– Et moi, je devrai vous surveiller parce qu'au moindre moment d'inattention, vous recommencerez à vous battre !

Jack comprit qu'elle parlait de Christian ; il se racla la gorge, embarrassé.

– Il ne viendra pas, Victoria.

Il savait ce qu'elle allait ressentir : de la surprise, de la peur, de la douleur... Victoria craignait encore Christian, mais elle ne supportait pas de se séparer de lui. Jack commençait à s'habituer à l'idée de devoir partager l'amour de sa vie avec son pire ennemi, néanmoins c'était dur, extrêmement dur.

– Mais... je ne peux pas l'abandonner, s'écria-t-elle, atterrée.

– Tu préfères l'obliger à retourner sur Idhun ? À affronter son peuple, qui le considère comme un traître, et son père ? C'est impossible.

Victoria soupira.

– Oui, tu as raison, murmura-t-elle.

– Ce sera mieux ainsi, Victoria. Et... quand nous serons de retour, il t'attendra.

Rien n'était moins sûr, mais Jack savait que cette idée réconforterait son amie. Mieux valait ne pas lui dévoiler le fond de sa pensée.

Lorsqu'ils entrèrent dans la bibliothèque, tout le monde était déjà là : Alexander, Shail, Allegra et Christian. Le shek se tenait dans l'obscurité, les bras croisés, dos au mur, décontracté en apparence, mais comme toujours sous tension.

– Je suis désolée pour notre retard, s'excusa Victoria.

– L'heure est venue de regagner Idhun, annonça Shail sans tourner autour du pot. Êtes-vous prêts ?

– Moi, oui, déclara Jack sans hésiter.

Victoria dut lui prendre la main pour trouver le courage d'acquiescer. Elle consulta Christian du coin de l'œil, mais n'obtint aucune réaction de sa part.

– Il faudra qu'on nous ouvre la Porte interdimensionnelle, dit Shail à mi-voix.

Tous les regards se tournèrent vers le shek.

– Je ne sais pas encore ce que je vais faire, dit ce dernier.

– Je comprends, fit Shail. C'est ton peuple et...

– Il ne s'agit pas de ça, le coupa Christian.

Il regarda Jack, puis Victoria avec plus d'intensité.

– La prophétie dit que vous seuls êtes en mesure de vaincre Ashran. Mais elle ne précise pas si vous y parviendrez.

– Que veux-tu dire ? demanda Jack en fronçant les sourcils.

– Grâce au pouvoir que Victoria a extrait d'Alis Lithban, la tour de Drackwen est désormais imprenable, expliqua le shek. Ashran vous connaît, il est averti. Ce ne sera pas facile d'arriver jusqu'à lui. Et, une fois que vous serez sur place, que se passera-t-il ? Qu'arrivera-t-il s'il gagne ? Êtes-vous prêts à risquer la vie de Victoria, avec une chance sur cent de réussir ? Et si elle meurt en combattant Ashran ? Supporterez-vous d'avoir tué la dernière licorne juste pour expulser les sheks d'Idhun ?

Cette question les prit tous au dépourvu. Ils se regardèrent les uns les autres, déroutés.

Jack sourit intérieurement. Christian n'avait pas parlé de lui et il savait pourquoi. À ses yeux, l'extinction des dragons ne serait pas une tragédie. Le jeune garçon ne pouvait pas lui en vouloir, puisqu'il ressentait la même chose vis-à-vis des sheks.

– Tu parles des sheks qui ont causé l'extinction des dragons et des licornes, lui rappela Allegra, non sans dureté.

Christian secoua la tête.

– Je parle des sheks qui ont passé plusieurs siècles dans un monde de ténèbres, précisa-t-il, et qui se sont raccrochés à leur seul espoir de rentrer chez eux.

– Ne me fais pas rire ! intervint Jack. Nous n'avons pas exterminé ton peuple comme vous l'avez fait avec...

Il se tut, perplexe. En disant « nous », il ne pensait pas à la Résistance, mais aux dragons en général.

Christian le toisa, un éclat moqueur dans ses yeux bleus.

– Je vous ai déjà dit qu'au fond, tout ça m'est bien égal. Mais j'ai juré de protéger Victoria coûte que coûte, et c'est ce que je vais faire. Je n'ouvrirai pas la porte. C'est mon dernier mot.

Ses dernières paroles assommèrent la Résistance. Et personne ne retint Christian lorsqu'il quitta la pièce en silence.

– Je n'y crois pas ! explosa Alexander. C'est...

– Je vais lui parler, dit Victoria en emboîtant le pas au jeune homme.

Jack s'empressa de la suivre et la rejoignit dans le couloir.

– Attends. Tu es sûre de ce que tu fais ? Tu veux que je t'accompagne ?

Elle le regarda.

– Non, Jack. Pas cette fois. C'est entre lui et moi.

Le ventre de Jack se contracta, mais, saisissant l'enjeu de cette discussion, le garçon prit sur lui. Victoria sourit et se haussa sur la pointe des pieds pour l'embrasser doucement sur la bouche. Il en eut le souffle coupé. Cela faisait des jours qu'elle n'avait plus eu ce genre d'attention et il ferma les yeux pour savourer le plaisir de ce baiser inattendu, essayant de lui transmettre toute la fougue de ses sentiments. Puis ils se séparèrent.

– Quoi qu'il advienne, Jack, n'oublie jamais que je t'aime... je t'aime éperdument, lui chuchota-t-elle à l'oreille.

Il la regarda, fou d'amour. Après un sourire, elle s'éloigna dans le couloir, et il en fut déchiré.

Victoria traversa l'esplanade et gagna l'orée du petit bois. Elle sentit la présence de Christian. Elle savait qu'il n'y avait qu'une seule façon de le rencontrer : le laisser la trouver en premier. Si bien qu'elle marcha jusqu'au saule et s'assit entre les racines, comme elle avait l'habitude de le faire. Bientôt, la sombre et svelte silhouette du shek s'avança.

– Tu es venue seule, dit-il à voix basse.

– Il fallait bien que je me décide à le faire, non ?

Christian acquiesça sans bouger. Il comprenait parfaitement ce que Victoria ressentait. Cette rencontre sous le saule leur rappelait leurs rendez-vous derrière le manoir d'Allegra, qu'ils évoquaient tous deux – mais surtout Victoria – avec nostalgie et tendresse. Elle ne pouvait cependant oublier que, la dernière fois qu'elle avait couru à sa rencontre, il l'avait trahie pour la livrer au Nécromancien... Ni oublier tout ce qu'elle avait enduré par la suite.

– Je n'ai pas l'intention d'ouvrir cette porte, Victoria. Je refuse que tu retournes sur Idhun.

– J'ai peur de m'y rendre, Christian, mais j'ai beaucoup réfléchi. Le fait d'être la dernière licorne m'a fait beaucoup souffrir. Si j'abandonnais maintenant, tout cela aurait été inutile. J'aurais souffert... pour rien, tu comprends ? Les sentiments contradictoires que j'éprouve pour toi et pour Jack... j'aimerais que tout cela trouve un sens. Et je préfère savoir que j'ai traversé ces épreuves parce qu'on s'attend à ce que je sauve le monde. C'est sans doute une piètre consolation, mais c'est mieux que de me soumettre aux caprices du destin.

Elle n'était pas sûre de s'être bien exprimée, Christian hocha cependant la tête, l'air de dire qu'il comprenait.

Victoria s'aperçut alors qu'il s'était assis à côté d'elle, sur la racine où Jack prenait toujours place. Mais pas de la même manière. Jack aimait s'allonger en s'adossant au tronc, dans une attitude décontractée, alors que Christian était tendu vers elle et la regardait fixement, la tête un peu inclinée, les yeux brillant sous sa frange. Il semblait sur le qui-vive, comme un félin. Aussi loin qu'elle s'en souvienne, elle ne l'avait jamais vu décontracté, et trouvait cela aussi inquiétant que fascinant.

– Tu dois nous ouvrir la porte, Christian, implora-t-elle. Pour que nous en ayons fini le plus tôt possible, tu comprends ? Après, nous pourrons être ensemble.

– Tu sais que nous ne serons jamais ensemble, dit le shek en secouant la tête.

Elle chercha son regard.

– Comment peux-tu croire ne serait-ce qu'un millième de seconde que je te laisserai partir ? souffla-t-elle, très sérieuse.

Une étincelle s'alluma dans les yeux glacés de Christian.

– Il le faut, lui assura-t-il. Pense à Jack. Je sais pourquoi tu ne t'approches presque plus de nous deux. Cela tient en partie à l'éveil de la licorne qui est en toi, mais aussi au fait que tu te contrôles pour ne pas créer davantage de tensions.

Victoria se rendit alors compte qu'elle ne pouvait rien cacher à Christian.

– Et Jack, reprit-il, combien de temps crois-tu qu'il supportera ma présence ? C'est trop dur pour lui. Tu ne peux pas lui demander d'accepter ta relation avec moi, comme si de rien n'était. Pas après tout ce qui s'est passé...

Victoria se mordit la lèvre inférieure, et se rappela les paroles de Jack à propos de Christian : « Tu vas l'obliger à retourner sur Idhun ? À affronter son peuple, qui le considère comme un traître, et son père ? Tu ne peux pas exiger ça de lui. » Et elle se dit que ce n'était pas un hasard si tous deux s'exprimaient de façon si semblable. Ce devait être un signe. De quoi ? Elle l'ignorait, mais elle avait l'intuition qu'il leur fallait rester ensemble. Tous les trois.

– Tu le sous-estimes un peu, ajouta-t-elle. Il est plus fort que tu ne le penses. Rappelle-toi que c'est un dragon.

Christian plissa les paupières.

– Je regrette, s'excusa Victoria. J'ai prononcé le mot tabou. Tu as fait la même tête que Jack quand je parle de serpents !

Le jeune homme se demanda s'il devait se sentir blessé ou amusé par cette moquerie.

– Ne plaisante pas avec ça, l'avertit-il avec gravité.

– Bien. Alors je t'implore de nouveau, Christian. Ouvre-nous la porte ! Laisse-nous accomplir notre destin.

Il secoua la tête.

– Comment peux-tu croire ne serait-ce qu'un millième de seconde que je te laisserai partir ? s'exclama-t-il en reprenant les paroles de Victoria.

Il devinait sa réponse, et il était prêt. Ou, du moins, il le pensait. Et, lorsque Victoria plongea ses yeux dans les siens, il sut qu'il serait à jamais prisonnier de sa lumière.

– Alors viens avec nous sur Idhun. Je ne supporte pas l'idée de te perdre. Et je sais aussi que, si nous revenons un jour ici, malgré ce que dit Jack, tu ne seras pas là pour m'accueillir.

S'il te plaît, Christian. Ne me laisse pas maintenant. Je ne suis pas prête.

Christian hésita.

– Tu as l'avantage, murmura-t-il. Je ne peux rien te refuser quand tu me regardes comme ça…

Victoria sourit à Christian, qui la fixa, déterminé.

– J'ouvrirai la porte si c'est ce que tu veux, Victoria. Je te laisserai partir. Mais je ne t'accompagnerai pas. Je ne fais pas partie de la Résistance. Que j'aille avec vous n'a aucun sens et ne ferait que compliquer les choses. Et, tant que tu porteras cette bague, je serai toujours à tes côtés… Elle t'a même protégée de moi dans la tour de Drackwen…

– La bague ? demanda-t-elle, étonnée.

Christian se leva sans donner plus d'explications.

– Rentrons, trancha-t-il. Il faut que tu prépares ton voyage.

Après un moment d'hésitation, elle s'approcha de lui, prit son visage entre ses mains et l'embrassa avec douceur. Elle le surprit car ce n'était pas un geste auquel le shek était habitué. Mais tous deux savourèrent ce baiser intense et électrisant, comme tous ceux qu'ils avaient échangés jusqu'alors.

– Voilà qui est juste, dit Victoria sans rien ajouter.

Et Christian comprit exactement ce qu'elle voulait dire.

*

Ils s'étaient rassemblés sur l'esplanade, n'emportant dans leurs sacs que le strict nécessaire. Ils étaient six, comme les astres d'Idhun, comme les six dieux de la lumière : Shail, Alexander, Jack, Victoria, Christian et Allegra. Mais l'un d'eux ne franchirait pas la porte, et le cœur de Victoria saignait.

Christian ouvrit sans difficulté la brèche interdimensionnelle. Ils admirèrent tous la trouée brillante qui allait les conduire vers Idhun.

Alexander fut le premier à passer, suivi d'Allegra. Shail s'arrêta un instant près de la brèche et regarda les trois adolescents, indécis.

– On arrive, le rassura Jack.

Alors Shail franchit la porte.

Jack et Victoria échangèrent un regard, puis la jeune fille ne put s'empêcher de se tourner vers Christian, qui se tenait en retrait, l'air sombre. Elle lui tendit la main.

– Viens avec moi..., le supplia-t-elle.

Mais il recula d'un pas.

– Non, Victoria.

Ils étaient tous deux terriblement émus. Christian souffrait le martyre de devoir se séparer d'elle, et elle l'implorait de les suivre.

– Je ne pensais pas que tu nous lâcherais de cette manière, intervint Jack. Je comptais sur toi pour m'aider à empêcher Victoria de se mettre en danger...

Christian et Victoria se tournèrent vers lui, déconcertés. Mais Jack pencha la tête avec un sourire mauvais.

– Tu n'es plus rien sans ton épée, pas vrai ? ajouta-t-il, sarcastique.

Une lueur s'alluma dans les yeux de Christian.

– Haïass...

– Il va falloir que tu la récupères, renchérit Jack.

– Oui. Il faudra bien.

– Nous ne le ferons pas à ta place, tu sais ? Tu nous as déjà causé assez d'ennuis comme ça, à toi de t'occuper de tes affaires.

Christian lui adressa un regard indéchiffrable.

– Oui, comme ça, je pourrais te la planter dans le cœur.

– Pour ça, il faudrait d'abord que tu remettes la main dessus, et je préférerais que tu le fasses. Te tuer ne me donnera aucune satisfaction si tu n'es pas capable de te défendre plus de cinq minutes.

Victoria les observait tour à tour, totalement interloquée.

Alors Christian fit un pas en avant et lui tendit la main. Il répondit à sa surprise par un haussement d'épaules.

– Je dois récupérer mon épée, se contenta-t-il de dire.

Mais ses yeux la regardaient avec tendresse, et elle comprit qu'il était prêt à la suivre jusqu'au bout du monde et même plus loin encore. Avec ou sans épée.

Puis, de sa main libre, elle attrapa Jack. Tous trois franchirent alors la Porte interdimensionnelle pour aller au-devant de leur destin, dans un monde lointain éclairé par la lumière de trois soleils et de trois lunes, qui les attendait... et qui les avait toujours attendus.

TABLE

Cet ouvrage a été mis en pages
par DV Arts Graphiques à La Rochelle

pour le compte des Éditions Bayard

Imprimé en France
N° d'impression :